短 歌 学 入 門

단 가 학 입 문

万葉集에서 시작된 <短歌革新>의 역사

타츠미마사아키(辰巳正明) 지음 | 여순종(余淳宗) 옮김

제이앤씨
Publishing Company

서 론

　단가(短歌)라는 문예(文芸)는 적어도 수천 년의 역사(歷史)를 거치면서 현재(現在)에 이르고 있습니다. 이것만으로도 경이로운 현상(現象)이지만 더욱이 미래(未来)를 지향(志向)하는 단가(短歌)의 계승(継承)이 예상(予想)되는 만큼 저력을 느끼게 됩니다. 이것은 일본(日本)이 자랑할 만한 문화(文化)이고 귀중(貴重)한 문화유산(文化遺産)이라는 것입니다.

　단가(短歌)는 고전문학시기(古典文学時期)에 있어서 와카(和歌)라고 불리고 현재(現在)의 단가(短歌)라는 개념(概念)과는 다른 의미(意味)였습니다. 와카(和歌)는 몇 가지 가체(歌体)를 포함하고 있고 단가(短歌)는 그중의 하나의 가체(歌体)였던 것입니다. 시대(時代)를 거슬러 올라가자면 노래(歌)는 여러 종류(種類)의 가체(歌体)에 의해서 불리어졌던 것이고 그 가운데는 상호(相互)가 노래(歌)를 증답(贈答)하는 방법(方法)이나 독영(独読)에 의한 노래(歌)의 경연(競演)이나 또는 수시간(数時間)에 걸친 긴 서사시(叙事詩)로 존재(存在) 했을 것이라고 생각됩니다.

　고대(古代)의 노래(歌)는 『만요슈(万葉集)』의 시대(時代)에 정리(整理)된 것입니다. 그것은 인공적(人工的)으로 정리(整理)된 것이 아니라 자연스럽게 하나의 가체(歌体)로 형성(形成)된 것입니다. 그 방향(方向)은 이란5 7 5-7 7의 기조음(基調音)으로한 단가체(短歌体)였으나 그러한 상황(状況)은『만요슈(万葉集)』에 수록(収録)된 가체(歌体)에 의해서 알려졌습니다.

4500여수중(余首中)의 그 대부분(大部分)을 단가체(短歌体)가 중심(中心)을 이루게 되고『만요슈(万葉集)』는 단가(短歌)의 시대(時代)였던 것입니다. 그『만요슈(万葉集)』의 단가(短歌)의 단계(段階)에서 이미 현대(現代)의 단가(短歌)의 성립(成立)의 조건(条件)이 싹이 트게 된 것입니다.

이것은 다음의 헤이안조(平安朝)의 경우에는 와카(和歌)란 단가(短歌)를 지칭 할 정도(程度)로 단가(短歌) 일색으로 변형(変形)된 것도 알 수 있습니다.『고킹슈(古今集)』以後의 칙선와카집(勅撰和歌集)은 실로 단가주의(短歌主義)의 시대(時代)로 변화(変化)된 것입니다. 그리고 이 단가(短歌)라는 가체(歌体)는 다양(多様)한 노래(歌)가 집약(集約)되면서 그것을 와카(和歌)라고 불리게 되었습니다. 그것이 근대단가(近代短歌)를 개척(開拓)한 마사오카시키(正岡子規)의 등장(登場)까지에 이른 것입니다.

이러한 단가(短歌)의 성립(成立)의 긴 역사(歴史)에 있어서는 그 시대상황(時代状況)속에서 변용(変容)을 거듭하였습니다만 이것을 변용(変容)이라고 받아들이는 것은 합당(合当)하지 않다고 생각됩니다. 변용(変容)이란 것은 결과론적(結果論的)으로 설명(説明)되는 것이며 바르게는 혁신(革新)이었다고 봐야 할 것입니다. 사이토시게기치(斎藤茂吉)는 각 시대(時代)의 새로운 운동(運動)이라는 것을 당시(当時)에는 광의(広義)의 모더니즘이었다고 서술(叙述)하고 있습니다. 단가(短歌)의 혁신(革新)이라고 말하면 우리는 곧 마사오카시키(正岡子規)의 사생(写生)에 의한 단가혁신(短歌革新)을 생각하게 됩니다만 그것도 오랜 노래(歌)의 역사(歷史)중 하나의 단가(短歌)의 혁신(革新)이었음을 알 수 있습니다. 오히려 노래(歌)는 단가(短歌)를 주종(主流)으로 하면서 항상 혁신(革新)의 파도에 휩쓸려 왔다고 볼 수 있습니다. 그 시초는 무엇보다도 노래(歌)가 단가(短歌)로 집약(集約)되어 가는데 있고 그 집약(集約)의 원인(原因)을 조성(造成)한 것은 무명의 시인(歌人)에 의한 우타카키(歌垣)중의 연가(恋歌)의 경쟁적(競争的)인 창작(創作)에 있었다고 여겨집니다. 『만요슈(万葉集)』가 압도적(圧倒的)인 수(数)의 단가체(短歌体)의 연가(恋歌)를 수록(収録)하고 있는 것은 극히 자연적(自然的)인 현상(現象)으로 본다면 단가체(短歌体)를 지탱하고 있었던 것은 무엇보다도 연가(恋歌)였음을 의심할 여지가 없습니다. 단가체(短歌体)라는 것은 본래(本来) 연가대응가체(恋歌対応型歌体)가 아니었을까하는 생각이 듭니다. 단가(短歌)가 개인(個人)의 서정성(叙情性)을 획득(獲得)하게 된 것은 이를 설명(説明)하는 의미(意味)입니다.

근대단가(近代短歌)가 창작(創作)된 것은 마사오카시키(正岡子規)의 단가혁신(短歌革新)에 이르는 단가(短歌)의 역사(歷史)에 있는데 거기에 어떤 단가(短歌)의 새로운 생성(生成)이나 혁신(革新·모더니즘)이 존재(存在)하였었던가에 대한 근원(根源)을 밝히는 것이 본서(本書)의 커다란 목적(目的)입니다. 마사오카시키(正岡子規)의 단가혁신(短歌革新)은 『고킹슈(古今集)』를 격렬(激烈)하게 비판(批判)하는데서 출발(出発)하지만 거기에는 그러한 성격(性格)을 포함하고 있고 단가(短歌)의 역사(歷史)도 그와 같은 성격(性格)을 지니고 있었음을 짐작할 수 있습니다. 마사오카시키(正岡子規)의 문예적(文芸的)인 이데올로기나 혁신(革新)을 향한 전략(戦略)이 농후(濃厚)하게 나타나 있습니다. 혁신(革新)이란 그러한 성격(性格)을 내포(内包)하고 있고 단가

(短歌)의 혁신(革新)의 역사(歷史)도 그와 같은 성격(性格)속에서 엿볼 수 있습니다.

여기에서는 단가(短歌)의 성립(成立)과 혁신(革新)이라는 것을 테마로『만요슈(万葉集)』의 단가성립(短歌成立)을 비롯하여 마사오카시키(正岡子規)의 단가혁신(短歌革新)에 이르는 역사(歷史)를 파악(把握)하고자 합니다. 단가(短歌)는 어떤 시대(時代)에 있어서도 새로운 표현(表現)을 획득(獲得)하는 살아있는 생명체(生命体)와 같은 것입니다만 거기에서 생성(生成)된 중요(主要)한 문제(問題)를 예(例)를 들면서 생각하는 것을 목표(目標)로 하고 있습니다. 단가입문서(短歌入門書)로 많은 독자(読者)가 읽어 주시길 희망(希望)하고 있습니다.

즉 본서(本書)는 아야베미츠요시(綾部光芳)가 주제(主宰)하는 향단가회지(響短歌会誌)의『향(響)』에 「短歌文芸의 空間」이라는 題目으로 連載된 것을 수정(修正)하여 몇 개의 항목(項目)을 보충(補修) 하였습니다. 아야베미츠요시(綾部光芳)씨에게 감사(感謝)의 말씀을 드리는 바입니다.

인간에 의해 형성(形成)된 문화 중(文化中)에서도 노래(歌)는 가장 오래된 문화(文化)이다. 사람의 생활(生活)속에서 희로애락(喜怒愛楽)이 발생(発生)하고 그것을 목소리로 표현(表現)하여 호소함으로써 노래(歌)는 사람의 감정적(感情的)인 면(面)을 지탱해 왔습니다. 그러한 인간(人間)의 감정(感情)의 역사(歴史)가 노래(歌)의 역사(歴史)가 되기도 하였습니다.

01 사람은 왜 노래(歌)를 부르는가?

倭は 国のまほろば   倭は、国のもっとすぐれた処だ

야마토(倭)는 매우 훌륭한 나라이고

ただなづく青垣   幾重にも重なる、緑の山やま

첩첩이 둘러싸인 푸른 산들

山隠れる   その山やまに抱かれている

그 산들에 둘러싸인 모습은

倭し 美し   倭こそ、ああ、何とも美しい

참으로 아름답구나.

이것은 야마토다케루(倭建命)[1]가 산신(山神)과의 싸움에 지고 드디어 죽음이 다가올 때에 그리운 고향(故郷)인 야먀토(大和)를 생각하면서 읊은 노래(歌)라고 전(伝)해지고 있습니다. 『고지키/古事記』[2] 중에

---

1) 야마토다케루(ヤマトタケル/やまとたける, 72年頃-113年頃)는 記紀에 등장하는 미코(皇子)이다. 야마토다테루노미코토(ヤマトタケルノミコト/やまとたけるのみこと)라고도 호칭을 하고 諱는 오우스노미코토[小碓尊(命)/おうすのみこと]。第12代 교코텐노(景行天皇)의 미코(皇子)・第14代 쥬우아이텐노(仲哀天皇)의 아버지(父)가 된다. 츠다소우기치(津田左右吉)의 설(説)에 의하면 実際로는 4世紀에서 7世紀경의 数人의 야마토(大和/ヤマト)의 英雄을 統合한 架空의 人物이라고한다.

2) 고지키(古事記/ こじき、ふることふみ)는 그 서문(序)에 의하면 와도우(和銅)5年(712年)오호노아소미야스마로(太朝臣安萬侶/ おほのあそみやすまろ, 오오노야

서도 주옥(珠玉)같은 歌謠로 판단(判斷)됩니다.

　노래(歌)란 어떤 민족(民族)에서도 엿볼 수 있는 가장 보편적(普遍的)인 문화(文化)입니다. 사람은 왜 노래(歌)를 부를까요. 그것은 인간(人間)의 생활(生活)속에는 희로애락(喜怒哀楽)이 있고 언제 어디서나 노래(歌)를 부름으로써 스스로의 마음을 개방(開放)할 수 있는 이유(理由)이기 때문이라고 생각됩니다. 오늘날 일본(日本)에는 전국방방곡곡에 가라오케의 문화(文化)가 정착(定着)해 있지만 그 배후(背後)에는 일본인(日本人)이 이열도(列島)안에 살면서 느껴온 마음의 역사(歷史)가 응축(凝縮)되어 있는 것이라고 여겨집니다. 또한 남도(南島)에도 우타항가쿠(歌半学)라는 말이 있고 노래(歌)를 기억(記憶)하면 인생(人生)의 절반은 이해(理解)했다는 의미(意味)라고 합니다. 거기에는 노래(歌)의 힘을 믿는 노래(歌)에 대한 강한 신뢰감(信賴感)이 엿보입니다.

　이웃나라인 중국(中國)에 시선(視線)을 돌리면 오래된 시가(詩歌)는 마음의 심지(心地)를 가르킨다고 합니다. 그 때문에 사람들의 마음은 시가(詩歌)에 표현(表現)되고 위정자(為政者)는 시가(詩歌)를 모아서 사람들의 마음을 이해(理解)하고 정치(政治)를 행하였다고 합니다. 슬픈 노래(歌)는 사람들의 생활(生活)이 어려운 것을 의미(意味)하고 화(怒)를 부른 노래(歌)는 정치(政治)에 대한 비판(批判)과 판단(判斷)인 것입니다. 그것을 후우(風)이라고도 합니다. 이러한 중국(中國)의 詩歌観은 유교(儒教)의 孔子이래 중국(中國)의 전통적인 詩歌観이 되었습

스마로(太安万侶/おおのやすまろ)에 의해서 献上된 日本最古의 歷史書이다. 上・中・下의全3卷으로 나누어져 있다. 原本은 存在하고 있지 않지만 後世의 写本의 古事記의 序文에 기록되어 있는 와도우(和銅)年및 月日에 의해서 年代가 確認되고 있다. 『古事記』에 登場하는 신들(神々)은 다수의 神社에서 祭神으로 모셔지고 오늘에 이르기까지 日本의 宗教文化에 막대한 影響을 끼치고 있다.

니다. 일본(日本)에서도 헤이안시대(平安朝)에 칙선(勅撰)에 의한 歌集을 편찬(編纂)하는 것은 이와 같은 중국(中国)의 전통적(伝統的) 시가관(詩歌観)에 기초(基礎)한 것입니다.

또 중국(中国)의 소수민족(少数民族)가운데는 「노래를 말로 바꾸다/歌を以て言葉に代える」라는 관습(慣習)이 있습니다. 아침에 지인(知人)을 만나면 노래(歌)로 인사(挨拶)를 하고 다른 사람의 집을 방문(訪問)할 때는 주인(主人)과 노래(歌)로 용건(用件)을 서로 대화(対話)한 다는 것입니다. 노래(歌)를 말로 대신한다는 것은 노래(歌)에 따라서 일상(日常)의 다양(多様)한 대화(対話)가 이루어지고 있는 것을 말하는데 이른바 그것은 어디까지나 노래(歌)라는 것이 일상생활(日常生活)가운데서 중요(重要)한 역할(役割)을 하고 있다는 것을 지칭합니다. 게다가 그뿐만 아니라 「식사는 몸을 보양하고, 노래(歌)는 마음을 보양 한다/食事は体を養い、歌は心を養う」라는 관습(慣習)도 있습니다. 또한 노래(歌)는 인생 중(人生中)에서 중요(重要)한 문제(問題)이고 노래(歌)를 부를 수가 없다면 그 사람은 쓸쓸한 인생(人生)을 보내게 되어버린다고 하여 또한 심각(深刻)한 문제(問題)는 노래(歌)를 부를 수 없는 사람은 배우자(配偶者)마저 얻을 수 없다는 것이라고 합니다. 이것은 노래(歌)가 향락(享楽)의 일환(一環)으로서 존재(存在)할 뿐만 아니라 얼마나 중요(重要)한 존재(存在)인가를 의미(意味)하고 있습니다. 따라서 소수민족(少数民族)의 젊은 남여(男女)들은 학교(学校)에 들어가기 전부터 노래(歌)를 부르는 방법(方法)을 진진하게 배우고 우수(優秀)한 가수(歌手)가 되기 위해서 매일 노동(労働)이나 유락(遊楽)이 행해질 때는 실로 노래(歌)를 부른다는 문화(文化)야말로 태고(太古)시절부터 세계(世界)의 여러 민족(民族)이 공통적(共通的)으로 영위(営為)해 온

대단히 중요(重要)한 문화(文化)로 이해(理解)되는 것입니다. 이와 같은 노래문화(歌文化) 가운데서도 소리를 내어 노래(歌)하는 문화(文化)에 대해서 여기에서는 가창문화(歌唱文化)라고 부르기로 하겠습니다. 동아시아의 지역(地域)에서는 중국(中国)의 소수민족(少数民族)의 세계(世界)에 이 가창문화(歌唱文化)가 오랜 형태(形態)를 지닌 채 현재(現在)에도 그대로 계승(継承)되고 있는 것을 볼 수 있습니다. 대부분(大部分)의 소수민족(少数民族)은 일찍이 문자(文字)를 갖지 않았기 때문에 가창문화(歌唱文化)가 중심(中心)을 이루고 있었다고 하는데 무문자사회(無文字社会)이기 때문에 문화(文化)의 수준(水準)이 낮다는 생각하는 것은 큰 오해(誤解)이고, 오히려 이러한 가창문화(歌唱文化)는 고도(高度)로 세련(洗練)된 문화(文化)로서 존재(存在)하고 있는 것입니다. 오히려 무문자(無文字)이고 그 가창문화(歌唱文化)가 현재(現在)에도 계승(継承)되고 있다는 것은 세계적(世界的)인 문화유산(文化遺産)에 해당(該当)하는 중요(重要)한 문화(文化)로서 주목(注目)할 필요(必要)가 있습니다.

좀 더 중국소수민족(中国少数民族)의 가창문화(歌唱文化)를 보자면 중국(中国)에는 五五종(種)의 소수민족(少数民族) 가운데에서도 독자적(独自的)인 문화(文化)를 갖고 있는 민족(民族)은 극히 드물고 일부(一部)의 민족(民族)에 지나지 않습니다. 즉, 대부분(大部分)의 소수민족(少数民族)들은 무문자사회(無文字社会)이였던 것입니다. 물론 현재는 중국(中国)의 교육제도(教育制度)에 따라서 소수민족(少数民族)은 한자(漢字)를 사용(使用)하여 중국어(中国語)를 쓰는 것도 말하는 것도 가능(可能)합니다.

일본(日本)도 6世紀頃에 한반도(韓半島)를 통하여 한자(漢字)를 받아들였다고 합니다만, 그 이전(以前)에는 무문자(無文字)의 사회(社会)였습니다. 문자(文字)의 시대(時代)가 되어서도 노래(歌)는 목소리를 통해 불리워지는 것이 일반적(一般的)이었음으로 중국(中国)의 소수민족(少数民族)에도 동등(同等)한 가창문화(歌唱文化)가 형성(形成)되어 있었을 것이라고 추측(推測)됩니다. 무문자(無文字)의 민족사회(民族社会)에 오히려 가창문화(歌唱文化)가 개화(開花) 하였다는 현상(現状)은 극히 중대(重大)한 사실(事実)이라고 말할 수 있습니다. 무엇보다도 그들의 가창문화(歌唱文化) 속에서 가장 중요(重要)한 내용(内容)으로 전(伝)하는 것은 촌락(村落)이나 민족(民族)의 역사(歴史)를 노래(歌)로 전달(伝達)하는데 있습니다. 민족(民族)이나 마을(村落)의 기원인 창세기(創世記・創世神話)는 그들에 있어서는 무엇보다도 중요(重要)한 유산(遺産)이었습니다. 또한 농사(農事)나 수렵(狩猟)의 방법(方法)도 노동가(労働歌)로서 전(伝)하고 노동가(労働歌)를 통해서 농사(農事)를 짓는 방법(方法)이 전수(伝授)된 것입니다. 언제, 어떻게 해서 농사(農事)를 시작하는가, 어떻게 경작(耕作)하고, 종자(種子)를 심는가를 노래(歌)를 통해서 알게 되는 것입니다. 특수(特殊)한 예(例)로는 제판(裁判)마저도 노래(歌)로 불렀던 민족(民族)이 있었다고 합니다. 또한 결혼식(結婚式)이 행해지면 창세기(創世記)나 경축사(慶祝辞)를 노래(歌)하고 사람이 죽으면 장송가(喪歌)를 부르는 것입니다. 이들 사항(事項)은 노래(歌)가 개인(個人)에 소속(所属)되고, 개인(個人)이 즐기는 이상(以上)으로 부락(村落)이 공유(共有)하는 문화(文化)로서 존재(存在)하고 있는 것을 알 수 있습니다.

十八の娘さんはお茶を配り

18명의 아가씨들은 차를 배열하고

左手は娘さんの持つ金の茶碗に触れ

왼손은 아가씨가 쥐고 있는 찻잔에 스치고

右手は娘さんの頭上のかざしの花を手折り

오른손은 아가씨의 머리위에 꽃 장식을 꽂고

田植えはこんなにも忙しい(壮族(チュワンゾク)「田挿(でんそう)」

모내기는 이정도로 바쁘다네(돈족侗族「田挿」)

모내기는 아마도 서로 노래(歌)를 부르면서 행해졌겠지요. 이 노래 (歌)는 모내기작업(作業)의 노래(労働歌)입니다만, 이 노래(歌)에는 젊은 아가씨를 놀리면서 노동(労働)에 몰두(没頭)하는 모습이 엿보이고 일본(日本)의 모내기 노래(田植え歌)[3]와도 일치(一致)합니다. 이와 같은 모내기 노래(田植え歌)는 노동(労働)뿐만 아니라 남여(男女)의 사교집회(社交集会)에도 자주 불리어졌습니다.

귀주성(貴州省)에 정주(定住)하고 있는 돈족(侗族)에는 오오우타(大歌)라는 문화(文化)가 계승(継承)되고 있고 고도(高度)의 가창문화(歌唱文化)가 존재(存在)합니다. 이 오오우타(大歌)는 각 연령층(年齢層), 남여(男女)로 나뉘어 가항(歌斑)[4]이 조직화(組織化)되어 있고 공공장소(公公場所)에서 민족(民族)의 전통곡(伝統曲)을 피로(披露)합니다만,

---

3) 모내기(田植)의 作業時에 불리어지는 労作歌. 논(田)의 神을 찬양하고 논의 주인 (田主(たあるじ)를 칭찬하거나 미워하거나 労働의 고통을 탄식하는 등의 多彩. 儀式性・芸能性이 풍부하다. 《다우에죠우시/田植草紙》는 무로마치말기(室町末期) 에 成立하였고 中国地方의 伝承歌謡를 전(伝)하고 그 系統의 歌謡는 미카와노하나마츠리가요(三河花祭歌謡), 이세징가쿠라가(伊勢神楽歌)와 함께 三大農耕神事歌謡群로 평(評)을 받고 있다.

4) 노래(歌)를 주고받는 다수(多数)의 남여(男女)로 구성(構成)된 조직(組織).

여기에는 유구(悠久)한 역사(歷史) 속에서 배양(培養)되어온 노래(歌)의 양식(樣式)이 엄격(嚴格)히 존재(存在)하고 있습니다. 인근의 마을(村落)에서 남성객(男性客)이 찾아오면 그를 맞이하는 것은 여성(女性)의 가항(歌斑)이고 마을(村落)의 입구(入口)에 술(酒)을 준비(準備)해서 낭로가(攔路歌)5)와 우타지(路歌)6)라고 하여 길을 봉쇄(封鎖)하는 노래(歌)를 부르고 상대(相手)의 남성객(男性客)과 대창(対唱)하게 됩니다.

> 女 本当にあなたたちが今日来るとは思いもしませんでした
> お兄さんたちはみんな素敵な方ばかりです
> 頭には素敵なターバンを巻いて
> 足には麒麟の靴を履いています
> 体には新しい服が輝いていて
> 銀のネックレスを首に一杯掛けて

---

5) 貴州省의 東南部, 미야오(ミャオ)族・톤(トン)族自治州都인 류쟝(都柳江)의 上中流地域에 歷史上, 일찍이 古州라고 불린 榕江県이 있다. 이 지역(地)은 아름다운 風景과 独特하고 濃厚한 民族風情을 갖고 있고, 특히 톤족(トン), 미야오족(ミャオ), 스이(スイ), 야오(ヤオ) 등의 少数民族의 伝統的인 風情과 文化는 매우 完全에 가까운 状態로 保存되어 있다. 이른바 톤족(トン族), 미야오족(ミャオ族)文化의 発祥地인 것이다.

6) 우타타가키(歌垣/うたがき)란 特定한 日時에 젊은 男女가 모이고 相互에게 求愛의 歌謡을 주고받는(掛け合う) 呪的信仰에 의한 習俗. 現代에는 主로 中国南部로부터 인도네시아半島北部의 山岳地帯에 分布하고 있는 것뿐만 아니라, 필리핀이나 인도네시아 등에서도 類似한 風習을 볼 수 있다. 古代日本의 히타치츠구바(常陸筑波山)등에서 우타가키(歌垣)의 風習이 存在했던 것을 『만요슈(万葉集)』 등에서 엿 볼 수 있다. 이러한 우타가키(歌垣)의 風習이 행해질 때에 내방(来訪)해 오는 손님(客)을 맞이하기 위해서 나뭇가지로 길을 막아 놓고 여성(女性)이 노래(歌)를 불러 객(客)으로부터 여러 가지 사항(事項)을 물어보고 나서 문제(問題)가 없다고 생각할 경우 손님(客)을 마을(村)로 안내(案内)하는 증답가(贈答歌)가 수수(収受)되는 장소(場所)로서의 길(路), 즉 노래(歌)가 읊어지는 장소(場所)라는 의미(意味)에서 다츠미마사아키씨(辰巳正明氏)가 전문적(専門的)인 학술용어(学術用語)로서 우타지(路歌)라고 명명(命名)을 했다.

あなたたちはそのように素敵に装って
何をしにここへ来たのかわかりません

女 정말로 당신들이 올지는 몰랐습니다.
　오빠들은 모두 잘생긴 분들 뿐이요
　머리에는 멋진 터번을 쓰고
　발에는 기린의 구두를 신고 있었습니다.
　몸에는 새로운 옷이 빛이 나고 있고
　은으로 된 목걸이를 아름드리 목에 걸고
　당신들은 그처럼 멋지게 치장을 하고
　무엇을 하기 위해 여기에 왔는가 알 수 없어요

男 家の中には米もなくこの村に借りに来ました
　お金で靴を買うことも出来ません
　私たちは妻子もなくここに来たのです
　蜜蜂が花を求めているようなものです
　着ている服は破れていて繕ってくれる人もありません
　どうして首にネックレスなどしているでしょうか
　私たちが村を出てきたのは他でもありません
　私たちは良い伴侶を得るためにここに来たのです(侗族大歌)

男 집안에 쌀도 없어 이 마을에 빌리러 왔어요.
　돈으로 구두를 살수도 없어요.
　우리들은 처자식도 없이 여기에 왔어요.
　꿀벌이 꽃을 찾아 온 것 같습니다
　입고 있는 옷은 헤어져 있고 기워줄 사람도 없어요.
　왜 목에 목걸이를 하고 있나요

우리들이 마을을 나온 것은 다른 것이 아니어요

우리들은 좋은 반려자를 위해 여기에 온 것입니다.

　이와 같이 이웃마을(隣村落)의 손님(客)을 맞이하여 용무(用務)를 묻고 노래(歌)로 회화(会話)를 하고 있습니다. 이어서 마을(村落)에 들어가면 고로(鼓楼)라는 전통적(伝統的)인 건물내(建物内)에서 주인(主人)인 마을(村落)사람과 객(客)들이 대창(対象)을 행하는 것입니다. 이 중에서도 흥미(興味)깊은 것은 객(客)이 남성(男性)일 경우 여성(女性)이 맞이하고 객(客)이 여성(女性)이라면 남성(男性)이 맞이한다는 방법(方法)입니다. 이것은 항상 마을(村落)의 관계(関係)는 남여(男女)로 구성(構成)된다는 의미(意味)이고 그것은 남자(男子)와 여자(女子)와의 관계(関係)에 의해 세계(世界)가 성립(成立)되어 있다는 것을 기본적(基本的)인 전제(前提)로 하고 있다는 것을 시사(示唆)하는 것입니다. 이와 같은 남여(男女)의 한 쌍(一対)으로 이루어진 형식(形式)이 어떤 민족(民族)일지라도 집단적(集団的)인 사교집회(社交集会)의 기본(基本)인 것은 극(極)히 흥미진진한 것입니다.

　이점에서 생각할 때 연인(恋人)을 노래(歌)로 얻을 수 있다는 필연적(必然的)인 현상(現象)이라고 생각됩니다. 게다가 반려자(伴侶者)를 노래(歌)에 의해서 얻을 수 있다는 방법(方法)은 뭐니 뭐니해도 가창문화(歌唱文化)의 꽃인 것입니다. 아름다운 목소리와 감미로운 내용(内容)에 따라서 불리어지는 남여(男女)의 연정가(恋歌), 그것은 듣는 이로 하여금 넋을 잃게 만든다는 것입니다. 본래(本来) 이 연정가(恋歌)가 두 사람만의 감미로운 사랑의 세계(世界)에서 탄생(誕生)한 것처럼 보이지만, 친밀(親密)한 연정가(恋歌)가 탄생(誕生)한 것은 의외(以外)로 주위에 많은 관중(観衆)이 있느냐, 혹은 그와 같은 장(場)을 배경(背景)으로 하고 있는 것이 보통(普通)입니다. 연인(恋人)인 두 사람은 뜨거운 사랑의 언어(言語)를 주고받지만 그와 같은 열애(烈愛)의 말을 하는 본인(本人)도 부끄러움을 숨길 수 없고 주변(周辺)의 관중(観衆)도 두 사람의 사랑의 말에 웃음을 터뜨리거나 희롱(戯れ)하는 말을 걸거나 나아가서는 다른 사람이 끼어들거나 거기에서는 잡답중(雑踏中)에 가창(歌唱)의 세계(世界)가 전개(展開)되게 됩니다. 그렇다고 할지라도 듣는 쪽은 두 사람의 사랑의 진행(進行)을 응원(応援)하면서 그 행각에 강한 관심(関心)을 갖고 몇 시간(時間)씩 이든 듣고 있어야 합니다. 마치 그 연애(恋愛)는 자신(自信)의 일처럼 생각하고 있는 것은 아닌가하고 생각됩니다. 예(例)를 들면 다음과 같은 연애(恋愛)가 있었고, 사랑이란 추억(追憶)이 민족(民族)을 초월(超越)하여 동등(同等)한 것임을 알게 됩니다.

両手に花をたくさん摘みました
양손에 꽃을 많이 땄습니다.
でも、本当の花はいつ摘めるのでしょう
그래도 진짜 꽃은 언제쯤 딸 수 있는지요
あなたは、いつ、わたしのものになるのでしょう
당신은 언제 나의 연인이 될 수 있나요
わたしの心の焦り、悲しくなります
애타는 내 마음 슬퍼집니다.
黒髪は霜のように白くなり
검은 머리는 서리처럼 희어지고
白く麗しい肌は、岩のように荒れました
희고 아름다운 피부는 바위처럼 거칠어 졌어요.

本当の気持ちをあなたに告げますから

진짜 마음을 당신에게 전할 테니까

あなたもわたしの気持ちを知ってくださ

당신도 내 마음을 알아주세요.

「雲南省剣川石宝山(けんせんせきほうざん)情歌」

　이것은 상대(相手)인 남성(男性)에게 아직 자신의 기분(気分)을 전달 (伝達)하지 못하는 여성(女性)의 노래(歌)로 여겨집니다. 남성(男性)은 이 여성(女性)의 기분(気分)을 잘 모르는지 혹은 주저(躊躇)하고 있을 것이라고 생각됩니다. 그래서 여성(女性)은 애타는 마음을 이렇게 읊고 있겠지요. 남성(男性)을 꽃에 비유(比喩)하고 그 꽃을 따고 싶다고 생각 하지만 남성(男性)은 자신의 기분(気分)을 이해(理解) 못하고 있는 것입 니다. 여성(女性)은 기다리고 있는 사이에 검은 머리는 서리와 같이 하얗 게 되고 아름다운 피부(皮膚)는 바위처럼 거칠어졌다고 한탄합니다.

　이 연정가(恋歌)의 내용(内容)은 여성(女性)의 숨겨진 연심(恋心)처 럼 보이지만 실은 여성(女性)은 이 내용(内容)을 많은 관중(観衆) 앞에 서 노래(歌)하고 있는 것입니다. 이와 같이 연정가(恋歌)란 노래(歌)의 내용(内容)속에 숨겨져 있는 사랑을 노래(歌)하면서도 노래(歌)하는 장 소(場所)는 공개(公開)된 관중(観衆)의 면전(面前)인 것입니다. 그렇게 되면 숨겨진 연정가(恋歌)라고 받아들여졌을 때에는 이것이 독영적(独 詠的)인 사랑의 한탄으로써 받아들여지고 공개(公開)된 연가(恋歌)가 되지만 이번에는 상대(相手)인 남성(男性)의 부실(不実)을 지적(指摘) 하고 책망하는 노래(歌)도 되는 것입니다. 또한 극단적(極端的)으로 말 하자면 여성(女性)이 남성(男性)에게 사랑의 도전(挑戦)을 하고 있는 것이라고 생각됩니다.

가창문화중(歌唱文化中)에는 전통적(伝統的)인 가사(歌詞)를 계승(継承)하는 계통(系統)의 노래(歌)가 많이 있지만, 무엇보다도 즉흥성(即興性)에 의한 노래(歌)의 생성(生成)이 중심적(中心的)인 문화(文化)였다고 여겨집니다. 주인(主人)과 객(客)의 인사로 시작되어 연인(恋人)에 의한 연가(恋歌)의 경쟁(競争)에 이르는 즉흥적(即興的)인 노래(歌)의 수수(収受)는 실로 고도(高度)의 문화(文化)라고 말할 수 있습니다. 일본(日本)의 가라오케에서는 결정(決定)되어 있는 곡(曲)에 따라 노래(歌)를 부를 뿐이지만 즉흥적(即興的)인 노래(歌)는 스스로 가사(歌詞)를 만들지 않으면 안 되고 게다가 그 것은 집안(家内)에서 미리 만들지라도 도움이 되지 않는 것입니다. 왜냐하면 상대(相手)와의 즉흥적(即興的)인 노래(歌)가 성립(成立)하게 됨으로써 상대(相手)에게 맞춰서 즉각적(即刻的)으로 이들 가사(歌詞)를 만들 필요(必要)가 있기 때문입니다. 상대(相手)에게 맞출 수 없다면 그 장(場)에서 퇴장(退場)하든지 다른 사람에게 빼앗기게 되고 그것은 미숙(未熟)한 사람이라는 증거(証拠)입니다.

학교(学校)에서 고수준(高水準)의 교육(教育)을 받지 않았어도 부모(父母)나 장로(長老) 혹은 친구들에게 배우는 가창(歌唱)의 교육(教育)이야말로 가장 고도(高度)한 살아 있는 교양(教養)이고, 또 지혜(智恵)이기도 한 것입니다. 노래(歌)는 인생(人生) 그 자체(自体)라는 것이라는 자긍심이 여기에서는 인정(認定) 되는 것입니다.

일본(日本)의 가창(歌唱)의 역사(歴史)도 옛날에는 이와 같았다고 볼 수 있습니다. 중국(中国)의 한자문화(漢字文化)가 유입(流入)되기 전(前)의 가창문화(歌唱文化)는 물론 문자(文字)가 수입(輸入)된 이후(以後)에도 계속(継続)해서 존재(存在)하고 민속가요(民俗歌謡)로써 현재

(現在)에 이르고 있다는 것을 엿볼 수 있습니다. 그것은 오키나와(沖縄)나 아마미(奄美) 또는 동북지역(東北地域) 등에도 중국(中国)의 소수민족(少数民族)의 예(例)에서 볼 수 있는 가창문화(歌唱文化)가 가장 많이 남아있기 때문입니다만, 이것이 중국소수민족(中国少数民族)의 가창문화(歌唱文化)와 그 방법(方法)을 공유(共有)하고 있는 것은 분명(分明)합니다. 아마미(奄美)에서는 새로운 사람들이 만나면 샤미센(三味線)으로 돌림노래(歌遊び)를 부르고 九月의 전후(前後)에는 각 촌락(村落)에서 八月의 가무로(八月踊り)밤을 지새우고 활기(活気)차게 행해집니다. 이 八月의 가무(歌舞)는 치징(ちぢん)라는 수중(手中)의 북을 치고 남여(男女)의 문답(掛け合い)에 의한 노래(歌)를 주고받으면서 춤 추(舞)는 것으로 각각의 촌락(村落)에 따라 그 특색(特色)이 있습니다. 八月의 가무(歌舞)는 중국(中国)의 서남소수민족(西南少数民族)에 보여 지는 타령(打歌)이라는 가무(歌舞)와 유사(類似)한 것으로 일찍이 고대(古代)의 일본(日本)에서도 왕성(旺盛)하게 개최(開催)되었던 답가(踏歌)와 유사(類似)한 것으로 여겨집니다. 아마미(奄美)의 八月의 가무(歌舞)는 집단적(集団的)인 가창문화(歌唱文化)를 대표(代表)하는 것으로 남여(男女)가 서로의 가구(歌句/詩句)를 이으면서 처음에는 늦은 템포로부터 시작되고 점차로 빨라지고 최후(最後)에는 급한 템포로 끝나는 것입니다. 그때의 상황(状況)에 따라 리더의 역량(力量)에 따라 가사(歌詞)나 춤(舞)이 어우러져 전통적(伝統的)인 가사(歌詞)를 인용(引用)하면서도 즉흥성(即興性)이 강하게 유입(流入)되는 것이 특징(特徴)입니다.

A : 面影ぬ立てば 言沙汰しゆりと思へ

胸ぬつばくめば　泣きゆりと思へ

그대의 모습이 그리워진다면 소문이 난 것이라고 생각해주세요

가슴이 설레면 울고 있다고 생각 하세요

B : 面影ぬ立てば　泣きがれやしるな

　　泣きしゆて思い出せば　まさて立ちゆり

그리워지더라도 울지 말아주세요

울며 생각하면 그대의 모습이 그리워져요

　이러한 八月의 가무(歌舞)에 대해서 가자리쵸코(文潮光·英吉)氏가
쇼와초기(昭和初年)의 狀況을 「지금까지는 질서도 없었고 단편적이고
아무런 연락(聯絡)도 순서(順序)도 없이 극히 무미건조(無味乾燥)한
상태(狀態)에 머물러 있었지만 옛날에는 모두 일정(一定)한 형식(形式)
하에 노래(歌)의 흐름의 한 계통(系統)을 밟아 노래(歌)한 것입니다./今
までこそ唯漫然雜然斷片的に何等の聯絡も順序もなく極めて無味
乾燥な狀態に墮してゐるが、昔はすべて一定の方式のもとに歌流れ
の系統を辿って歌ったものでああつた。」라고 논(論)하고

　　初め必ず朝花流行節(あさばなながれぶし)から諸鈍長浜(しょどん
ながはま)その次に野茶坊(やちゃぼう)、しゆんかね、芦花部一番(あ
しけぶ)、春加那(しゅんかな)、俊良節(しゅんりょうぶし)、かんつめ
の類その後に各種の花歌うけくままんじょ、やるくだんど、儀志直
(ぎしなお)、でんなご等々々、最後にかけて今の風雲(かぜくも)、う
んやだる、てだぬうてまぐれ、かどくなべかな等に移り別れ節の長雲
(ながくも)で終ることになつてゐる。(『奄美大島民謡大観』)

처음에는 나팔꽃 유행가에서 쇼돈의 널찍한 모래사장 그 다음에 야짜보, 봄인가 봐요. 갈대꽃이 제일이고, 봄인가 봐요. 슌료부시, 가츠메류, 그다음에는 수많은 꽃들이 피고 야루구단도, 덴나고 등등. 마지막으로 바야흐로 비구름, 운야다루 우데마그레, 가도구나베인가 봐요. 흘러가는 가사에 긴 구름으로 끝나고 있어요.

(『아마미오오시마민요대관』)

라는 것입니다. 이것은 노래(歌)가 일정(一定)한 흐름 안에서 조화(調和)를 이루고 있는 것으로 그것은 음악적(音楽的)으로 구성(構成)되어 있고 일정(一定)한 이야기가 설정(設定)되어 있으면서 구성(構成)되어 있는 경우를 말합니다. 노래(歌)에 있어서 곡조(曲調)의 문제(問題)는 문자화(文字化)된 노래(歌)에서는 엿볼 수 없지만 대단히 중요(重要)하다는 것을 알 수 있습니다. 거기에는 집단적(集団的)인 가창문화(歌唱文化)의 틀(枠)을 볼 수 있다고 할 수 있습니다.

노래(歌)가 다양(多樣)한 기회(機会)에 읊어지는 것으로써 거기에 고도(高度)의 가창문화(歌唱文化)가 형성(形成)되고 그것이 민족(民族)의 특징적(特徵的)인 문화(文化)를 형성(形成)해왔다고 생각하면 실로 노래(歌)는 민족(民族)의 긍지(矜持)로서 위대(偉大)한 문화(文化)인 것을 이해(理解)할 수 있습니다. 일본(日本)의 고대사회(古代社会)에 생성(生成)된 노래(歌)도 이와 같은 가창문화(歌唱文化)로부터 출발(出発)한 것으로 『만엽집(万葉集)』이라는 우수(優秀)한 가집(歌集)을 형성(形成)하게 된 것임을 알 수 있습니다.

> 고대(古代)는 신(神)들이 함께 생활(生活)했던 시대(時代)입니다. 사람이나 마을이 살아가기 위해서 가장 중요(重要)한 것은 신(神)을 제사(祭事)지내는데 있었습니다. 신(神)의 내방(来訪)을 기다리고 신(神)의 축복(祝福)을 기대(期待)하기 위해서 제사(祭事)가 행해지고 그 제사활동(祭事活動)에 노래(歌)가 중요(重要)한 역할을 담당(担当)하였습니다.

02 노래(歌)의 시작

고대(古代)의 노래(歌)는 『고지키/古事記』[1]나 『니혼쇼키/日本書紀』[2] 등의 상대문헌(上代文献)에 기재(記載)된 가요(歌謡)의 역사위(歴史上)에 성립(成立)하였습니다. 또한, 그 이전(以前)의 노래(歌)의 역사(歴史)도 존재(存在)했었겠지만 사람이 노래(歌)를 부른다는 것은 인간(人間)의 역사(歴史)로서는 오래된 것에 속하는 것임을 알 수 있습니다. 이와 같이 요원하게 느껴지는 노래(歌)의 역사(歴史)는 이래저래 상상(想像)해보는 수밖에 없으나 일본(日本)의 신화(神話)에는 이자나기(イザナギ)[3]와 이자나미(イザナミ)[4]라는 신(神)이 천상(天上)에 떠있는

---

1) 고지키(古事記)는 그 서문에 의하면 와토우(和銅)5年(712年)오호노아소미야스마로(太朝臣安萬侶) 오오노야스마로(太安万侶)에 의해 献上된 日本 最古의 歴史書이다. 上・中・下의 全3巻으로 나누어져 있다. 原本은 存在하지 않지만 後世의 写本인 고사기(古事記)의 序文에 기록된 와도우(和銅年)및 月日의해서 年代가 確認되고 있다.

2) 니혼쇼키(日本書紀)(にほんしょき、やまとぶみ)는 나라시대(奈良時代)에 成立한 日本의 歴史書이다. 日本에 있어서 伝存最古의 正史이고 六国史의 第一에 해당한다. 도네리신노우(舎人親王)등의 편집(撰)이고 요로우(養老)4年(720年)에 完成되었다. 神代로부터 지토텐노(持統天皇)의 時代까지를 취급하고 있다. 漢文・編年体를 취한다. 全30巻、系図1巻. 系図는 상실되었다.

3) 이자나기(イザナギ/伊弉諾・伊邪那岐)는 日本神話에 登場하는 男神。이자나키(イザナキ)라고도 함. 『古事記』에서는 이자나기노미코토(伊邪那岐命)『日本書紀』

다리에 서서 창으로 바다 속을 휘저어 섞자 자연스럽게 섬이 만들어져
서 그 위에서 결혼(結婚)을 했다고 하는 얘기입니다. 섬 위에는 하늘에
닿을듯한 기둥이 만들어져 서고 두 신(神)은 이 기둥을 중심(中心)으로
돌면서 만난 곳에서 결혼(結婚)을 했습니다. 그때 여신(女神)은 「あな
にやし、ゑをとこを」(まあ、なんとすばらしい男性でしょう/이 얼마
나 멋진 남자인가)라고하며, 남신(男神)은 「あなにやし、ゑをとめを」
(ああ、なんとすばらしい女性だ/ 이 얼마나 아름다운 여인인가)라고
소리를 질렀다고 합니다.

　　이 결혼(結婚)은 먼저 여성(女性)의 쪽에서 목소리를 내어서 실패(失
敗)로 끝나고 거기에서 이번에는 남자(男子)쪽에서 소리를 내어 간신히
일본(日本)의 열도(列島)를 탄생(誕生)시킬 수가 있었습니다.

　　이 신화(神話)에 의한 남여(男女)가 결혼(結婚)할 때에 서로 말을 주
고받는 관습(慣習)이 있었다는 것을 알 수 있습니다. 이때의 말의 증답
(贈答)은 단순(單純)한 것입니다만, 고대(古代)의 문헌(文献)에 의하면
남여(男女)가 결혼상대(結婚相手)를 찾을 때 우타가키(歌垣)⁵⁾라는 습
속(習俗)이 있었고, 이 우타가키(歌垣)에는 다양(多樣)한 애정가(恋歌)

에서는 이자나기신(伊弉諾神)이라고 表記된다. 이자나미신(伊弉冉神/伊邪那美・
いざなみ)의 남편(夫).

4) 이자나미(イザナミ/ 伊弉冉、伊邪那美、伊弉弥)는 日本神話의 女神。이자나기신
(伊弉諾神/ 伊邪那岐命/ いざなぎ)의 아내(妻). 別名은 요미츠오오카미(黄泉津大
神), 道敷大神 등의 호칭이 있다.

5) 우타타가키(歌垣/うたがき)란 特定한 日時에 젊은 男女가 모이고 相互에게 求愛
의 歌謠를 주고받는(掛け合う) 呪的信仰에 의한 習俗。現代에는 主로 中国南部
로부터 인도네시아半島北部의 山岳地帯에 分布하고 있는 것뿐만 아니라 필리핀
이나 인도네시아 등에서도 類似한 風習을 볼 수 있다. 古代日本의 히타치츠구바
(常 陸筑波山)등에서 우타가키(歌垣)의 風習이 存在했던 것을 『万葉集』등에서 엿
볼 수 있다.

를 주고받았다는 것을 알 수 있습니다. 그렇다면 전술(前述)한 두 신(神)의 증답(贈答)은 이러한 증답(贈答)의 관습(慣習)과 깊이 관계(関係)되어 있는 것을 알 수 있습니다. 그것이 신(神)의 결혼(結婚)이라는 의식(儀式)으로 행해졌다고 한다면 노래(歌)의 증답(贈答)은 신(神)들의 증답(贈答)이 본래(本来)의 모습이었다는 것을 알 수 있습니다. 노래(歌)의 시작이라는 테마를 상정(想定)하자면 이러한 신(神)들의 증답(贈答)을 신화(神話)로서 말하는데서 출발(出発)한 것이라고 생각됩니다. 그리고 그것을 근거(根拠)로 하여 고대사회(古代社会)에서는 우타가키(歌垣)라는 관습(慣習)이 형성(形成)되고 각 촌락(村落)에서 개최(開催)되었으리라 여겨집니다. 때문에 노래(歌)의 기본(基本)은 남여(男女)의 애정가(恋歌)의 증답(贈答)에 있고 그것이 『만요슈(万葉集)』의 소몽가(相聞歌)6)라는 애정가(恋歌)를 形成한 것이라고 생각됩니다. 소몽(相聞)이라는 것은 남여(男女)에 의한 애정가(恋歌)의 증답(贈答)이 본래(本来)의 의미(意味)인 것입니다.

신(神)들의 증답(贈答)이 이루어지는 것은 촌락(村落)의 축제(祝祭) 때입니다. 촌락(村落)의 특별(特別)한 날에 신(神)이 먼 곳에서 내방(来訪)하여 마을(村落)사람들을 축복(祝福)하고 돌아갑니다. 신(神)을 맞이하여 감사(感謝)의 말을 전(伝)해들은 마을 사람들은 신(神)께 음식(飲食)을 준비(準備)하여 향연(饗宴)을 베풉니다만 신(神)은 그것만으

---

6) 소우몽카(相聞/そうもん)란 죠우카(雜歌)·방카(挽歌)등과 함께『万葉集』의 삼대부타테(三大部立)를 構成하는 要素의 하나. 서로 安否를 물어서 消息을 주고받는다는 意味이다. 원래는 漢籍의 서간(書翰)등에서 家族·友人등의 넓은 範囲의 사람들을 対象한 私情을 교환하는 서간(書翰)이나 노래 (歌)에 대해서 사용되었지만,『万葉集』에서는 전환되어 男女間의 恋愛를 읊는 作品을 모아서 呼称했다.『고킹슈와카슈(古今和歌集)』以後의 칙선와카슈집(勅撰和歌集)에 있어서「고이우타(恋歌/연애시)」의 部門에 相当하는 것으로 불리게 되었다.

로는 만족(満足)하지 않습니다. 신(神)들이 가장 원하는 것은 아름다운 여성(女性)이었습니다. 그러므로 마을 사람들은 마을의 아름다운 여성(女性)을 신(神)의 아내(妻)로서 바친 것입니다. 거기에 신(神)의 결혼(結婚)을 축하(祝賀)하는 노래(歌)도 준비(準備)되어 있었습니다. 이것도 신화(神話)에서 엿볼 수 있지만, 스사노오(スサノオ)⁷⁾라는 神이 이즈모(出雲)⁸⁾에 와서 야마타노오로치(ヤマタオロチ)⁹⁾라는 큰 뱀(大蛇)을 퇴치(退治)하고 구시니다히메(クシナタ姫)¹⁰⁾라는 여성(女性)과 결혼

---

7) 스사노오(スサノオ/スサノヲ、スサノオノミコト)는 日本神話에 登場하는 神이다. 『日本書紀』에서는 스사노오노미코토(素戔男尊、素戔嗚尊)等, 『古事記』에서는 타케하야스사노오노미코토(建速須佐之男命/ たけはやすさのおのみこと、たけはやすさのおのみこと)、須佐乃袁尊、『이즈모후토키(出雲国風土記)』에서는 카무스사노오노미코토(神須佐能袁命/かむすさのおのみこと)、須佐能乎命등으로도 表記 한다.

8) 이즈모노구니(出雲国/いずものくに)는 일찍이 日本의 地方行政区分이었던 지방(国)의 하나이고 山陰道에 位置한다. 現在의 시마네현동부(島根県東部)에 해당한다. 웅슈(雲州/うんしゅう)라고도 불리기도 한다(데와노구니出羽国와의 重複을 피하기 위해서 二文字目를 사용한다). 앵기시키(延喜式)에서의 격(格)은 上国、中国. 이즈모(出雲)라는 国名의 由来는 구름(雲)이 피어오르는 모습을 나타낸 말(語), 이즈모(稜威母/イズモ)라고 한다. 이자나미신(日本国母神「イザナミ」)의 尊嚴에 대한 敬意를 표하는 말(言葉)에서온 단어(語) 또는 이즈모(稜威藻)라는 번개신앙(竜神信仰)의 藻草의 神威凛然한 점을 나타내는 말(語)을 그 源流로한다고 하는 설(説)이 있다. 다만 역사적가나츠카이(歴史的仮名遣/고대의 일본어표기법)로는 「이즈모/いづも」이고, 이즈모노(出鉄/いづもの)에서 왔다고 하는 설(説)도 있다.

9) 야마타노오로치(八岐大蛇)는 『日本書紀』에서의 表記. 『古事記』에서는 야마타노오로치(八俣遠呂智)로 表記하고 있다. 야마타노오로치(高志之八俣遠呂知). 야마타노오로치(ヤマタノオロチ)」라는 名称의 意味에 대해서는 諸説이 있다. 「오로치/オロチ」의 意味로서 「오/お」는 봉우리(峰)、「로/ろ」는 接尾語、「치/ち」는 霊力, 또는 霊力이 있는 존재를 의미한다고 하는 설(説)도 있지만 뱀(蛇)의 一種의 古語인 「미즈치/ミヅチ」나 야마카가시(ヤマカガシ)를 「야마카가치/ヤマカガチ」라는 古来의 다양한 표현을 볼 수가 있다.

10) 야마타노오로치(ヤマタノオロチ)退治의 説話에서 登場한다. 아시나즈치(アシナヅチ)・테나즈치(テナヅチ)의 8명의 딸 가운데에서 最後에 남은 딸. 야마타노오로치(ヤマタノオロチ)에게 희생(生贄)될려고 할 때에 스사노오(スサノオ)에 의해서 모

(結婚) 합니다. 그때 스사노(スサノ)신(神)은 「뭉게뭉게 피어오르는 이즈모의 구름이여, 여러 겹으로 된 담처럼/八雲立つ出雲八重垣妻込めに八重垣作るその八重垣を」을 노래(歌)했습니다. 이것은 마을 사람들이 준비(準備)한 신(神)의 결혼(結婚)에 관한 노래(歌)인데 신화(神話)에서는 신(神) 자신의 노래(歌)로 되어 있습니다. 여기에는 신(歌)이 내방(来訪)하여 마을 사람들을 축복(祝福)한 말(語)이 계승(継承)되고 있는 것으로 여겨집니다. 그것이 「뭉게뭉게 피어오르는 이즈모의 구름/八雲立つ出雲」이라는 말입니다. 이것은 이즈모국(出雲国)이 뭉게뭉게 구름이 피어오르는 신성(神聖)한 국가(国家)라는 의미(意味)이고 구름이 피어오르는 모습에서 풍요(豊穣)가 기대(期待)되는 것입니다. 그것이 토고요(トコヨ・不老不死의 国家)[11]로부터 내방(来訪)한 신(神)을 予祝(미리 어떻게 될 것이라는 말이나 동작(動作)으로 예시(例示)하는

습(姿)을 바꾸어 빗(櫛)이 된다. 스사노오(スサノオ)는 이 빗(櫛)을 머리에 꽂고, 야마타노오로치(ヤマタノオロチ)와 싸워 退治한다. 그 후(後) 구출된 구시나다공주(クシナダヒメ)는 스사노오(スサノオ)의 아내(妻)가 된다. 타카노하라(高天原)에서 追放되어 이즈모(出雲)에 귀향을 간 스사노오(スサノオ)는 야마타노오로치(ヤマタノオロチ)라는 怪物에게 해마다(毎年) 딸을 잡아먹히고 있었던 아시노오즈치(アシナヅチ)・테나즈치(テナヅチ)의 夫婦와 조우하게 되고 구시나다공주(クシナダヒメ)를 아내(妻)로 삼아 야마타노오로치(ヤマタノオロチ)의 退治를 청탁을 받게 되었다. 야마타노오로치(ヤマタノオロチ)로부터 모습을 감추기 위해 빗의 형태(櫛の形)로 변신하고 스사노오(スサノオ)의 머리카락(髪)에 꽂는다. 스사노오(スサノオ)는 야마타노오로치(ヤマタノオロチ)를 퇴치한 후(後) 구시나다공주(クシナダヒメ)를 원래의 모습으로 되돌리고 함께 살 場所를 찾아서 스가지방(須賀の地)에 宮殿를 세운다.

11) 도코요(常世)란 死霊이 사는 나라(国)이고 거기에는 사람들을 悪霊으로부터 보호해준다는 조상신(祖先)이 산다고 여겨지는 곳으로서 農村의 住民들은 毎年定期的으로 도코요(常世)에서 조상신(祖霊)이 찾아와서 사람들을 祝福해준다고 하는 信仰을 갖게 된다. 그 来臨이 드물기 때문에 「드문사람/まれびと」이라고 부르게 되었다고 한다. 現在에는 仏教行事가 되어있는 盆行事도 이 마레비토(まれびと)라는 信仰과의 깊은 関係가 推定된다고 한다.

것/前もってこうあるべきと言葉や動作で示すこと)말이었습니다.

신(神)의 축복(祝福)에 대해서 마을사람들은 구시나다히메(クシナ
だ姫)를 신(神)의 아내(妻)로서 바치고 축혼(祝婚)이라는 노래(歌)를
불렀습니다. 그 노래(歌)는 아마도 남여(男女)의 증답(贈答)으로 불리
어졌던 것으로 추측(推測)됩니다. 예(例)를 들면

　　男 : 八雲立つ 出雲八重垣

　　　　뭉게뭉게 피어오르는 이즈모의 구름이여 여러 겹으로 된

　　　　담처럼 쳐져 있구나.

　　　　妻込めに(男女唱和)

　　　　사랑하는 아내를 머물게 하려고

　　女 : 八重垣作る その八重垣を

　　　　여러 겹의 울타리를 만들기에 좋은 울타리여

와 같은 형태(形態)를 상정(想定)할 수 있다. 물론 이 한 수(首)만이 축
제(祝祭)에서 불리어졌다는 것은 생각할 수 없습니다. 많은 신(神)의
결혼(結婚)을 축하(祝賀)하는 노래(歌)나 애정가(恋歌)도 있었다고 생
각 되고, 또 이들은 남여(男女)의 증답(贈答)의 방식(贈答方式)이었다
고 생각됩니다. 노래(歌)의 증답(贈答)은 남여(男女)의 창화(唱和)가 중
요(重要)한 부분(部分)입니다.

이러한 축제(祝祭)에 신(神)이 내방(来訪)하고 신(神)의 결혼(結婚)
을 축하(祝賀)하는 형태(形態)가 『만요슈(万葉集)』에도 계승(継承)되
었습니다. 그러나 『만요슈(万葉集)』[12)의 段階는 신(神)들의 가요시대

---

12)『만요슈/万葉集』(まんようしゅう、萬葉集)란 7世紀後半에서 8世紀後半頃에 걸쳐

(歌謠時代)로부터 새로운 노래(歌)로 변모(變貌)하는 시대(時代)였음
으로 반드시 신(神)들의 증답(贈答)을 상정(想定)하는 것은 용이(容易)
하지 않습니다. 그러나 『만요슈(万葉集)』의 모두(冒頭)에 기재(記載)
된 歌謠의 유랴쿠텐노(雄略天皇)[13](卷一)는 분명(分明)히 신(神)들의
증답(贈答)을 계승(継承)한 노래(歌)입니다.

籠(こ)もよ   바구니를
み籠持ち   귀여운 바구니를 들고

서 편찬된 日本에 現存하는 最古의 와카집(和歌集)이다. 天皇, 貴族으로부터 下
級官人, 사키모리(防人)등의 당양한 身分의 읊은 노래(歌)를 4500首以上씩이나
모은 것으로 成立은 759年(텐표호지/天平宝字3)以後로 볼 수 있다. 日本文學에
있어서 第一級의 史料인 점은 물론(勿論)이지만 方言에 의한 노래(歌)도 몇 수인
가 收録되어 있고, 그 중에는 읊은 사람의 出身地를 記録하고 있는 점에서 方言學
의 資料로서도 대단히 重要한 史料이다.

13) 유우라쿠텐노(雄略天皇/ゆうりゃくてんのう), 잉교우텐노(允恭天皇) 7年(418
年)12月 - 유우라쿠텐노「雄略天皇 23年8月7日(479年9月8日)」은 第21代天皇, 在
位: 앙코우텐노「安康天皇 3年11月13日(456年12月25日)」 - 유우라쿠텐노「雄略天
皇)23年8月7日(479年9月8日)」。오오하츠세와카다케루노미코토(大泊瀬幼武尊/お
おはつせわかたけるのみこと), 오오하츠세와카타케노미코토(大長谷若建命)・오오하
스세노미카(大長谷王)(古事記). 大悪天皇・有徳天皇라고도 표기. 또『宋書』・『梁書』에
기록이 되어 있는「倭의 五王」中의 倭王武에 比定된다. 그 倭王武의 上表文에는
周辺諸国을 攻略하여 勢力을 拡張한 모습(様子)이 表現되어 있고 구마모토현다
마노오리와미지쵸(熊本県玉名郡和水町)의 에다후나야마고분(江田船山古墳)出
土의 은상감철도명(銀象嵌鉄刀銘)이나 사이타마현이쿠타시(埼玉県行田市)의 이
나산고분출토(稲荷山古墳出土)의 금석명철검명(金錯銘鉄剣銘)을「와카다케루다
이오우(獲加多支歯大王)」, 즉 와카다케루다이오오(ワカタケル大王)라고 해석하
고 그 증거로 한 설(説)이 有力하다. 이 설(説)에 의하면 考古学的으로 実在이
実証된 最古의 天皇이다. 일본서기(『日本書紀』)의 暦法이 유라쿠기이후(雄略紀
以降)와 그 이전과 다른 점, 만요슈(『万葉集』)나 니혼료이기(日本霊異記)의 冒頭
에 유라쿠텐노(雄略天皇)를 들고 있기 때문에 아직 朝廷로서의 組織은 未熟하였
지만 유라쿠조(雄略朝)를 야마토왕권(ヤマト王権)의 勢力이 拡大強化된 歴史的
인 画期的이었다고 古代의 사람들이 칭송한 것으로 보여 짐.

掘串(ふくし)もよ	꼬챙이여
み掘串持ち	귀여운 꼬챙이를 들고
この丘に	이 언덕에서
菜摘(なつ)ます児童(こ)	어린 나물을 캐고 있는 아가씨
家聞かな	당신의 집안에 대해서 묻고 싶어
名告らさぬ	이름도 가르쳐 주세요
そらみつ	널따란
大和の国は	야마토국은
おしなべて	모두 내가 지배하는 곳이다
われこそ居れ	모두 내가 지배하고 있노라
しきなべて	전부를 억누르듯이
われこそ座せ	내가 지배하고 있노라
われこそは	나로 말하자면
告(つ)らめ	가르쳐 주리.
家をも名も	내 집안과 이름도

『만요슈(万葉集)』의 시대(時代)에 이 노래(歌)의 작자(作者)는 「하츠세노아사구람노미야니아메노시타시메시스메라미고토 /泊瀬朝倉宮御宇天皇 /はつせのあさくらのみやにあめのしたしろしめしすめらみこと)」, 즉 유랴쿠텐노(雄略天皇)의 이야기에서는 많은 여성(女性)에게 구혼(求婚)을 하고 있음으로 그 점에서 작자(作者)로 여겨졌는지도 모릅니다.

봄의 언덕에 여성(女性)이 나물을 캐고 있다고 하는 것은 이것은 와카나츠미(若菜摘み)[14]에 관(関)한 일이고 고대(古代)에서는 생명(生

---

14) 日本에는 고대시대부터 연초에 쌓인 눈 사이에서 싹이 나온 새싹을 캐는 일(若菜を

命)의 부활(復活)을 상징(象徵)하는 봄의 행사(行事)로 오늘날의 나나구사기유(七草粥)[15]의 행사(行事)에 이어지는 것입니다. 『만요슈(万葉集)』의 시대(時代)에는 와카나츠미(若菜摘み)가 성황(盛況)리에 행해지고 봄날의 어린 풀을 먹으면 생명(生命)이 새로워진다는 신앙(信仰)에 의한 것입니다.

　이것은 정월(正月)에 새로운 물을 기르고 생명(生命)을 새롭게 하는 신앙(信仰)과도 유사(類似)합니다. 고대(古代)에는 생명(生命)을 새롭게 하는데 열심(熱心)이었습니다. 그만큼 병(病)이나 죽음(死)이 신변(身辺)에 존재(存在)해서 이와 같은 신앙(信仰)을 배경(背景)으로 이 와카나츠미(나물캐기/若菜摘み)의 노래(歌)가 성립(成立)한 것입니다. 또한 이 봄날의 언덕에 나물을 따는 여성(女性)에게 남자(男子)가 家門이나 이름(氏名)을 묻는 것은 구혼(求婚)을 의미(意味)하고 있습니다. 귀여운 바구니라고 표현(表現)하고 귀여운 후구시(掘串)[16]라고 하여 여성(女性)이 지니고 있는 물건(物件)을 들어서 관심(関心)을 끌고 있는 것입니다. 게다가 家門이나 이름(氏名)을 묻는 것은 우타가키(歌垣)[17]에서 불리어지는 노래(歌)의 전형적(典型的)인 모습을 가르키고

摘む), 「와카나츠미/若菜摘み」라는 風習이 있었습니다. 또한 「와카나츠미/若菜摘み」와는 関係없이 헤이안시대(平安時代)에는 中国의 年中行事인「人日」(사람을 죽이지 않는 날)가 만들어져 「나나슈사이노캉/七種菜羹(ななくさのさいのかん)」(7種類의 나물(菜)이 들어 있는 즙(吸い物)」의 影響을 받아 7種類의 穀物로 만들어진 소금기가든 「七種의 죽(粥)」을 먹을 수 있게 되었다고 합니다. 그 後「七種의 죽(粥)」은 「와카나츠미/若菜摘み」와 결부되어 7種類의 어린나물(若菜)을 넣은 「나나구사가유(七草粥)」가 되었다고 볼 수 있습니다. 江戸時代에는 幕府가 公式行事로서 「人日」을 祝日로 삼고 「나나구사가유/七草粥」를 먹는 風習이 一般人들에게도 定着했다고 합니다.

15) 주석19와 동일.
16) 대(竹)나 나무(木)로 만든 흙(土)을 파는 道具
17) 特定한 시기(時期)에 젊은 남여(男女)가 모이고, 相互에게 求愛의 歌謡를 주고받

있습니다. 우타가키(歌垣)에서는 남여(男女)의 증답(贈答)으로 노래
(歌)가 진행(進行)되기 때문에 처음만난 남여(男女)는 두 사람의 관계
(関係)를 만들기 위하여 당연(当然)히 상대(相手)가 어디에 살고 있는
가 어떤 이름(氏名)을 갖고 있는가에 관심(関心)이 있습니다. 그 점(点)
에서 본다면 이 노래(歌)는 남자(男子)가 여성(女性)을 처음 만나서 집
(家門)이나 이름(氏名)을 묻고 사랑하는 애인(恋人)을 만들려 하고 있
는 것을 알 수 있습니다. 물론 여성(女性)은 간단(簡単)하게 집이나 이
름을 가르쳐 주지 않지만, 남여(男女)는 그럼에도 불구하고 여러 번 묻
는 것입니다. 그렇게 반복(反復)하는 가운데 남자(男子)가 착실한 사람
임을 알고 마음에 들면 자신의 집이나 이름을 가르쳐 준다는 노래(歌)
가 반복(反復)될 것입니다. 그렇게 해서 이 증답(贈答)이 전개(展開)되
었다고 한다면 이것은 우타가키(歌垣)가 행해진 증답(贈答)의 노래(歌)
의 단편(断片)이었던 것이 추측(推測)됩니다.

　그런데 이 증답(贈答)으로 이어지지 않고도 남자(男子)가 자신(自信)
의 집(家門)이나 이름(氏名)을 가르쳐 주게 됩니다. 게다가 이 남자는 야
마토(大和)의 지배자(支配者)라고 말하게 됩니다. 즉 남자는 왜왕(倭王)
이라는 것입니다. 여기에는 전반(前半)의 구혼가(求婚歌)와 후반(後半)
의 왜왕(倭王)은 실명(実名)의 노래(歌)라는 형태(形態)를 볼 수 있습니다.

　어떻게 해서 이러한 형태(形態)가 되었는가 하고 생각합니다만, 원래
는 토코요(トコヨ)에서 내방(来訪)한 신(神)이 봄의 언덕의 와카나츠미
(若菜摘み)라는 축제(祝祭)의 女性―이 여성(女性)은 신(神)을 맞이하

(掛け合う)는 呪的信仰에 기초한 習俗。現代에는 주로 中國南部로부터 인도네시
아나 半島北部의 山岳地帶에 分布하고 있는 것 외에 필리핀이나 인도네시아 등에
서도 類似한 풍습(習)을 볼 수가 있다.

고 신(神)의 아내(妻)가 되는 여성(女性)입니다—에게 구혼(求婚)하기 위해서 증답(贈答)은 시작되는 것입니다만, 그 신(神)의 정체(正体)를 스스로 밝히는 것입니다. 본래(本来)는 이 증답가(贈答歌)가 죽 지속(持続)되고 있었습니다만, 이 엣센스만이 완성(完成)되고 신(神)의 실명(実名)을 중심(中心)으로 한 노래(歌)가 된 것입니다. 신(神)이 내방(来訪)하면 자신(自信)은 어떠한 신(神)인가하고 실명(実名)을 대는 것이 한 형태(形態)였습니다. 그 신(神)의 실명(実名)이 여기에서 엣센스가 됩니다.

그것은 왜왕(倭王), 즉 천황(天皇)의 노래(歌)로 전개(展開)한 것을 나타내는 이유(理由)가 있습니다. 천황(天皇)은 일본어(日本語)로는 스메라미미코토(スメラミコト)라고 부르고 있었습니다. 스메라오(スメラオ)는 신성(神聖)한 의미(意味)이고 마을의 신(神)의 존칭(尊称)이고 미코토(ミコト)는 신(神)이라는 말입니다. 그 신(神)의 말을 전(伝)하는 것이 신(神)의 대리자(代理者), 즉 제사(祭事)를 주제(主宰)하는 사람입니다. 고대(古代)는 재정일치(財政一致)라고 하고 제사(祭事)를 집정하는 사람이 정치(政治)를 관장(管長)하는 사람이었기 때문에 신(神)의 말을 전(伝)하는 사람은 왕(王)이었던 것입니다. 왜왕(倭王)도 그러한 재정일치(財政一致)의 주제자(主宰者)였습니다. 그것이 만요시대(万葉時代)에는 왜왕(倭王)이 천왕(天皇)으로 변(変)하고, 역시 신(神)의 말을 발(発)하고 게다가 나라(国家)의 정치(政治)의 주제자(主宰者)였습니다만, 그대로 스메라미코토(スメラミコト)라고 불리고 있습니다. 천황(天皇)과 신(神)의 관계(関係)는 이와 같이 깊이 결부(結付)되어 있습니다.

그와 같은 스메라미코토(スメラミコト)에서 천황(天皇)으로 변신(変身)하는 모습은 이와 같은 『만요슈(万葉集)』의 노래(歌)에서도 이해(理解)될 수 있습니다. 이것은 남자(男性)가 여성(女性)의 품으로 고

생(苦勞)하면서 방문(訪問)해 와서 여성(女性)의 집 앞에 도착(到着)해서 일찍 문을 열어주기를 바라는 노래(歌)에 대해서 여성(女性)은 다음과 같은 노래(歌)입니다.

隱口(こもりく)の 泊瀬小国(はつせをぐに)に よばひ為(せ)す わが
天皇よ 奥床に 母は寝たり 外床(とどこ)に 父は寝たり 起き立たば
母知りぬべし 出で行かば 父知りぬべし ぬばたまの 夜は明け行きぬ
幾許(ここだく)も 思ふ如ならぬ
隱妻(こもりづま)かも(巻一三)

　고모리구의 하츠세강의 상류에 깨끗한 말목에는 거울을 걸고, 멋진 말목에는 훌륭한 옥을 걸고, 그 옥과 같은 사랑하는 나의 아내, 그 거울과 같은 내 사랑하는 아내가 있다고 한다면, 고향의 우리 집에 가련만, 아내 외에 누구를 위해 가리요

이 천황(天皇)은 스메로키(スメロキ)라고 부르고 있습니다. 스메로키(スメロキ)도 스메라미코토(スメラミコト)와 같은 의미(意味)이지만 보다 정열적(情熱的)인 성격(性格)을 갖고 있고 오래된 마을의 신(神)의 모습(姿)이었습니다.

스메로키(スメロキ)라고 불리는 정령(精靈)이 마을의 여성(女性)의 품을 방문(訪問)하여 구애(妻問)를 함으로써 마을을 축복(祝福)합니다만, 이 스메로키(スメロキ)는 만엽시대(万葉時代)가 되면 왜국(倭国)의 왕(王)인 천황(天皇)으로 변(變)한 것입니다. 스메로키(スメロキ)라는 정령(精靈)은 하나의 오래된 신(神)의 모습(姿)이었고 그것은 도코요(トコヨ・常世)라는 樂土에서 마을들을 방문(訪問)하여 축복(祝福)하고 간다는 것이 古代日本人이 극(極)히 보통(普通)의 신관념(神概

念)이었던 것입니다. 오리구치시노부(折口信夫)[18]는 이 신(神)을 「내방자(まれびと)」[19]라고 부르고, 그것은 먼 곳에서 내방하는 정령(精靈)이라고 합니다.

오리구치시노부(折口信夫)와 生誕의 地의 碑및 文学碑

18) 오리구치시노부(折口信夫/おりくちしのぶ), 1887年「(메이지明治20年)2月11日-1953年(쇼우와昭和28年)9月3日」은 日本의 民俗学, 国文学, 国学의 研究者。샤쿠쵸오구우(釈迢空/しゃくちょうくう)라는 호(号)를 지닌 詩人·우타비토(歌人)였다. 오리구치(折口)가 달성한 研究는 「오리구치학(折口学)」이라고 総称되고 있다.

19) 마레비토(まれびと、マレビト/稀人·客人)는 시기(時期)를 정(定)하여 他界에서 来訪하는 霊的, 또는 神의 本質的存在를 定義하는 오리구치학(折口学)의 用語. 오리구치시노부(折口信夫)의 思想体系를 생각할 경우 가장 重要한 핵심개념(鍵概念)의 하나이고 日本人의 信仰·他界観念을 연구하기위한 단서가 되는 소재로서 民俗学上重視된다. 「마레비토/まれびと」의 명칭(称)은 1929年, 民俗学者인 오리구치시노부(折口信夫)에 의해서 提示된다. 그는 「客人」을 「마레비티/まれびと」라고 훈독(訓)하고 그것이 本来 神과 同義語이고 그 神은 도코요(常世)의 나라(国)로부터 来訪한다는 것 등을 現存하는 民間伝承이나 記紀의 記述에서 推定한다. 오리구키(折口)의 마레비토론(まれびと論)은 「国文学의 発生<第三稿>」(『古代研究』所収)에 의해서 그 형태가 완성되었다. 이 논문(右論文)에 의하면 오키나와(沖縄)에 있어서 필드와크(フィールド·ワーク)가 마레비토개념(まれびと概念)의 발상의 契機가 된듯하다. 도코요(常世)란 死霊이 사는 나라(国)이고, 거기에는 사람들을 悪霊으로부터 보호해준다는 조상신(祖先)이 산다고 여겨지는 곳으로서 農村의 住民들은 毎年定期的으로 도코요(常世)에서 조상신(祖靈)이 찾아와서 사람들을 祝福해준다고 하는 信仰을 갖게 된다. 그 来臨이 드물기 때문에 「드문사람/まれびと」라고 부르게 되었다고 한다. 現在에는 仏教行事가 되어 있는 盆行事도, 이 마레비토(まれびと)와 信仰과의 깊은 関係가 推定된다고 한다.

만엽시대(万葉集時代)에는 이미 이 신(神)이 어디에서 찾아오는가는 잊혀져 버렸지만 이 신이 역시 천황(天皇)으로 변신(変身)하여 마을들을 방문(訪問)하고 축복(祝福)을 주었던 것은 고대(古代)의 문헌(文献)에서 엿볼 수 있습니다. 예(例)를 들면『히타치후토기/常陸国風土記』[20)]에는 야마토다케루天皇(倭武天皇)이라는 天皇이 등장(登場)합니다. 이와 같은 천황(天皇)은『고지키(古事記)』에서도『니혼쇼키(日本書紀)』에서도 볼 수 없기 때문에 지방전승(地方伝承)의 특색(特色)을 나타내는 것으로 생각됩니다. 다만 야마토다케루(倭武)는 야마토다케루(ヤマトタケル)로 읽을 수 있음으로 이것은 야마토다케루(ヤマトタケル)伝承의 한 지방적 전개(地方的展開)를 나타내는 것이라고 볼 수 있습니다. 그것이 히타치(常陸)라는 아즈마국(東国)[21)]의 기록(記録)에서 볼 수 있기 때문에 야마

20) 히타치노구니후토키(常陸国風土記/ひたちのくにふどき)는 나라시대초기(奈良時代初期)의 713年(와도우[和銅]6年)에 編纂되고, 721年(요로우[養老]5年)에 成立했다. 히타치국(常陸国), 現在의 이바라키현(茨城県의 大部分)의 地誌이다. 口承的인 說話의 部分은 変体의 漢文体, 노래(歌)는 만요가나(万葉仮名)에 의한 일본어문체(和文体)의 表記에 의한다. 겐메이천황(元明天皇)의 명에 의해서 編纂이 명(命)해졌다. 히타치노구니후토키(常陸国風土記)는 이 명령(詔)에 따라서 令規定의 上申文書形式(解文)로 報告된다. 그 冒頭文言은 히타치의 나라의 국사, 해석하자면 나이 많은 노인에게 들은 오래 전승된 옛날이야기를 듣고 기록한 것/히타치노구니오츠카사常陸の国の司(つかさ)、解(げ)す、古老(ふるおきな)の相伝える旧聞(ふること)を申す事」(原漢文)라고 시작된다. 히타치(常陸)의 고쿠시(国司)가 나이 많은 노인으로부터 청취한 것을 고을마다 정리한 후도기(風土記)를 작성한 것임으로 8세기초두의 사람들의 생활의 모습이나 습속을 알 수 있는 형식이 되어 있다. 記事는 니이하리(新治)・츠쿠바(筑波)・시노다(信太)・이바라키(茨城)・나메카타(行方)・가시마(香島)・나가(那賀)・구지(久慈)・다가(多珂)의 9郡의 立地說明이나 古老의 이야기(話)를 基本으로 정리하고 있다.

21) 아즈마국(東国/とうごく)은 近代以前의 日本에 있어서 地理概念의 일종. 現在로는 아즈마(東国)(=関東地方)이라고 오해하기 쉽지만, 本来는 関東地方은 사카도우(坂東)이라고 부르고 아즈마국(東国)이란 주로 本来의 東海地方, 즉 지금의 시즈오카현(静岡県)에서 南関東地域과 고우치지방(甲信地方)을 지칭한다. 実際, 나라시대(奈良時代)의 사키모리(防人)를 파견하는 諸国은 아즈마국(東国)으로부

토타케루(ヤマトタケル)의 동정전승(東征伝承)이 히타치(常陸国)에서
도 전(伝)해져 있었던 것을 알 수 있습니다. 그 야마토다케루텐노(倭武天
皇)의 전승(伝承)의 하나로 다음과 같은 얘기가 있습니다.

　　行方(なめかた)の郡(こほり)といふゆゑは、倭武(やまとたける)の
天皇(すめらみこと)、天の下を巡守(めぐ)りて、海の北を征平(こと
む)けたまひき。ここに当たりてこの国を経過(よぎ)り、すなわち、槻
野(つき)の清水(しみづ)に幸(いでま)し、水に臨みて手を洗ひ、玉を
井に落としたまひき。今に行方の里の中に存(のこ)れり。玉清(たま
きよ)の井といふ。また車賀(くるま)を廻らして、現原(あらはら)の丘
に幸(いでま)し、御膳(みけ)を供へ奉りき。時に、天皇、四(よも)を
望み、侍従(おもとびと)を顧みてのりたまひしく、「輿(こし)を停(と
どめて徘徊たもとほ)り、目を挙げて望みを騁(は)する　に、山の阿、
海の曲(わた)、参差委蛇(たがひつらな)り、峰の頭に雲を浮かべ、谿
(たに)の腹に霧を擁(いだ)き、物色可怜(ながめおもし)く、郷体甚愛
(くにがたいとめづらし。宜しくこの地(くに)の名を、行細(なめかた)
の国といふべし」。後の世、跡を追ひて、なめかた行方と号(なづ)く。

　　行方(なめがた/なめかた)郡(군/こほり)이란 倭武天皇(야마토다게
루스메라미고토)가 天下를 순행하고 바다의 북쪽을 평정했다. 여기에
나라를 통치하고, 즉 槻野(츠키/つき)의 清水(시미즈/しみづ)에 행차
하셨다. 물에 들어가 손을 씻고 구슬을 우물에 떨어뜨렸다. 지금도 行
方(나메가타/なめかた)의 마을에 남아 있다. 이를 玉清(다마기요/たま
きよ)의 우물(井)이라고 한다. 또한 마차를 몰아서 現原(아라하라/あ

터라고 정해져 있었고 万葉集의 아즈마우타(東歌)나 사키모리우타(防人歌)는 이
地域의 것(物)이다. 또한 東北地方은 에미시(蝦夷/えみし)나 미치노쿠(陸奥みちの
く)로 불리었다.

らはら)의 언덕에 순행하고 희생제물을 바쳤다. 마침 천황은 四方을 둘러보고 시종들을 돌아보며 말씀 하시기를 「마차를 세우게 하고 눈을 들어 바라보니 산과 강, 바다의 끝이 이어져 있었다. 산봉우리에는 구름이 떠 있고 계곡의 산록에는 안개가 끼어 있고 경치가 아름답고, 각 지방의 모습이 진귀하게 보였다. 훌륭하구나, 이 지방의 이름을 行方国(나메가타국/なめかたくに)이라 부르겠다.」。후세에도 이를 계승하여 行方国(나메가타국/なめかたくに)라고 명명하였다.

이 야마토다케루(倭武天皇)는 아즈마국(東国)을 平定하기위해 와서 츠키노(槻野)의 시미즈(清水)로 손을 씻자 구슬을 맑은 물에(清水)에 떨어뜨렸기 때문에 그 곳은 타마키요(玉清)의 우물이라고 불리었다고 합니다. 또 아라하라(現原)의 언덕에 와서 식사(食事)를 할 때 천황(天皇)은 사방(四方)을 바라보고 종자(従者)들을 살펴보면서 말하기를 「마차를 멈추고 여기저기를 왕래(往来)하여 눈을 들어 바라보니 산들의 끝이나 바다의 만(湾)들은 서로 마주대하고 있고 산봉우리 위에는 구름이 떠있고 계곡(渓谷)의 산기슭에는 안개가 끼어 있고 풍경(風景)은 아름답고 나라(国家)의 형태(形態)가 대단히 훌륭했다. 그래서 이 나라(国家)를 나메카다(行細)이라고 했다.」「車を停めてあちらこちらを往来して、目を挙げて望み見ると山々のひだや海の湾曲は互いに交じり合い、峰の上には雲を浮かべ谷の腹には霧を抱き、風景は美しく国の形はとても素晴らしい。それでこの国は行細(なめかた)の国といふべきだ」고 불러야 한다)라고 말하고, 나중에 나메카타(行方)라고 명명(命名)하였다는 것입니다. 맑은 물(清水)에 옥이 떨어져 타마키요(玉清)의 우물이라는 전승(伝承)은 우물이 신성(神聖)한 것이라는 의미(意味)를 이고, 이 우물의 유래(由来)가 야마토다케루천황(倭武天皇)에

의해서 축복(祝福)을 받은 점을 지방기원(地名起源)의 형식(形式)에 따라 전(伝)하고 있는 것입니다. 또한 사방(四方)을 바라보고 읊은 말은 야마토다케루천황(倭武天皇)이 이 지방(地方)을 축복(祝福)한 신성(神聖)한 말입니다. 그 내용(内容)이 산기슭이나 바다의 만(湾)의 아름다움이고, 산봉우리의 구름이나 계곡(渓谷)의 풍경(風景)의 아름다움이고, 국가(国家)의 형태(形態)가 아름답고 그 때문에 이곳이 나메카타(行細)라는 지명(地方)의 기원(起源)이 되었습니다.

이러한 천황(天皇)에 의한 축복(祝福)은 다른 곳에서도 볼 수 있습니다. 동일(同一)한 나메가타(行細郡)에는 게이코텐노(景行天皇)[22]가 시모후사(下総)[23]의 나라(国家)인 인바(印波)의 도미(島見)의 언덕에 올라가 거기에 서서 먼 곳을 쳐다본 후에 동쪽을 돌아보고 신하(臣下)에게 칙언(勅言/명령) 하기를「바다는 즉, 푸른 파도가 넓게 열리고, 육지(陸地)매우 붉고, 안개가 하늘에 끼어 있다. 나라(国家)는 그 안에 있고, 내 한 눈에 보인다/ 海はすなはち青き波浩(なみひろ)く行き、陸はこれ丹(あか)き霞空に朦(かか)れり。国はその中にありて、朕(わ)が目

---

22) 게이코텐노(景行天皇/けいこうてんのう、수우진텐노(垂仁天皇)17年(紀元前13年)-(게이코텐노 景行天)60年11月7日(130年12月24日)은『古事記』,『日本書紀』에 기록된 第12代天皇[在位: 게이코텐노원년景行天皇元年7月11日(71年8月24日) - 同60年11月7日(130年12月24日)]。와후우시고(和風諡号)는 오오타라시히코오시로와케노스메라미코토(大足彦忍代別天皇/おおたらしひこおしろわけのすめらみこと), 大帯日子淤斯呂和氣天皇(古事記)。히타치후토키(常陸風土記)에는 大足日足天皇。하리마후토키(播磨風土記)에는 大帯日子天皇、 大帯日古天皇、大帯比古天皇。야마토다케루노미코토(日本武尊/やまとたけるのみこと)의 아버지.

23) 시모우사노구니(下総国/しもうさのくに)는 일찍이 日本의 地方行政区分이었던 나라(国)의 하나이고 東海道에 位置한다. 別称은 가미우사노구니(上総国)와 함께, 또는 単独하게 소우슈우(総州/そうしゅう)。特히 下総国만을 지칭하여 호구소우(北総/ほくそう)라고 불리는 경우도 있다. 現在의 치바현북부(千葉県北部), 이바라키현남서부(茨城県南西部), 사이타마현(埼玉県)의 東辺, 東京都의 東辺, 스미다강(隅田川)의 東岸에 해당한다. 『엔기시키/延喜式』에서의 격(格)은 大国、遠国.

に見ゆ」라고 말 하였습니다. 게이코텐노(景行天皇)는『고지키(古事記)』
나『니혼쇼키(日本書紀)』에 나타난 야마토다케루(ヤマトタケル)의 아
버지에 해당(該当)하고, 아즈마국(東国)에도 중앙(中央)의 힘이 크게
미쳐서 야마토다케루(倭武)天皇이나 게이코텐노(景行天皇)의 영웅전
승(英雄伝承)이 전개(展開)한 것입니다. 게다가 원래는 아즈마국(東国)
固有의 신(神)을 방문(訪問)하고 마을마다 그 해(年)의 축복(祝福)을
했던 것이라고 생각됩니다. 중앙(中央)의 존귀(尊貴)한 사람의 순행(巡
行)의 이전(以前)에 신(神)이 내방(来訪)하는 모습(姿)은『히타치후도
기・常陸風土記』24)의 후지(富士)25)와 츠구바산(筑波山)26)의 신(神)

---

24) 히타치노구니후토키(常陸国風土記/ひたちのくにふどき)는 나라시대초기(奈良時
代初期)인 713年(와도우/和銅6年)에 編纂되고, 721年(요로우/養老5年)에 成立했
다. 히타치국(常陸国)「現在의 이바라키현(茨城県)의 大部分」의 地誌이다. 口承的
인 說話의 部分은 変体의 漢文体, 노래(歌)는 만요가나(万葉仮名)에 의한 和文体
의 表記에 의한다.

25) 후지산(富士山-ふじさん、英語表記:Mount Fuji)은 시즈오카현(静岡県)의 후지미야
시(富士宮市), 스소노시(裾野市), 후지시(富士市), 고텐바시(御殿場市), 駿東郡
小山町)와 야마나시현(山梨県)의(富士吉田市, 南都留郡鳴沢村)에 위치한 活火
山이다. 標高 3,776m의 日本最高峰(츠루가미네/剣ヶ峰)와 함께 日本三名山(三
霊山), 日本百名山, 日本의 地質百選에 選定되고 있다. 후지하코네이즈 국립공
원(富士箱根伊豆国立公園)으로指定되어 있다. 1952年(쇼우와/昭和27年)에 特別
名勝으로 指定된다. 후지산(富士山)의 優美한 風貌는 日本国内뿐만 아니라 日本
国外에서도 日本의 象徴으로서 널리 알려져 있다. 후요호우(芙蓉峰/ふようほ
う)・후가쿠(富嶽/富岳,ふがく)등으로도 불린다. 古来로부터 霊峰라고 부르고 후
지산(富士山)을 개척한 것은 富士山修験道의 開祖라고 하는 후지카미비토(富士
上人)라고 전해지고 있다『本朝世紀』. 富士山은 많은 사람들이 信仰을 모아 무라
야마슈우켄(村山修験)이나 후지미죠(富士講)라는 一派를 形成하기에 이른다. 에
도시대후기(江戸時代後期)인 1800年(간세이/寛政12年)까지 후지산(富士山)은 女
人禁制였다. 富士山麓周辺에는観光名所가 많을 뿐만 아니라 夏季에는 富士登山
이 성황을 이루고 있다. 富士山의 登山은 最古의 富士登山道인 村山口에서 発展
한다. 山頂은 最暖月의 8月에도 平均気温가 6℃시 밖에 안 되고, 게츠펜(ケッペ
ン)의 気候区分으로는 最暖月平均気温이 0℃以上10℃未満의 츤도라(ツンドラ)
気候으로 分類된다.

에 관(関)한 전승(伝承)중에서 엿볼 수 있습니다.

　　昔、祖の神の尊、諸神の処に巡り行(い)でまししに、駿河の国の福
慈(ふじ)の岳(やま)に到りたまひ、卒(つ)ひに日の暮に遇ひて、萬宿
(やどり)を請欲(こ)ひたまひき。この時、福慈の神答へてまをししく、
「新栗初甞(にいなめ)して、家内諱忌(ものいみ)せり。今日の間、冀
(ねが)はくは許し堪(あ)へじ」と。ここに、祖の神の尊、恨み泣き詈告
(とのこ)ひたまひしく、「すなはち、汝(いまし)が親を、何ぞも宿さまく
欲りせぬ。汝が居める山は、生涯(いのち)の極、冬も夏も雪霜ふり、
冷寒(さむ)さ重襲(かさな)り、人民(ひと)登らず、飲食奠(をしものま
つ)ることなけむ」更に筑波の岳に登りまして、また、容止(やどり)を
請ひたまひき。この時、筑波の神答へてまをししく、「今夜新栗甞す
れども、敢へて尊旨(みこと)にたがひ奉らじ」。ここに飲食を設けて

---

26) 츠구바산(筑波山/つくばさん)은 関東地方東部의 이바라키현츠구바시남북단(茨城
県つくば市北端)에 있는 標高877m의 山。西側에 位置하는 男体山(標高871m)와
東側에 位置라는 女体山(標高877m)으로 이루어져 있다. 雅称은 시호우(紫峰/し
ほう)。츠구바네(筑波嶺/つくばね)라는 異称도 있다. 아름다운 모습(姿)에서 후지
산(富士山)과도 対比되고 「西의 후지(富士), 東의 츠구바(筑波)」라고 並称된다.
이바라키현(茨城県)의 현서지방(県西地方)로부터의 조망(眺)이 아름답다고 한다.
일찍이 『万葉集』에도 읊어지고 日本百名山, 日本百景의 하나로서 들 수 있다. 百
名山의 가운데서는 가장 標高가 낮고 開聞岳(標高924m)와 함께 1000m未満의 山。
独立峰로 誤解되기 쉬우나 実際로는 八溝山地最南端의 츠구바산록(筑波山塊)에
位置하고 있다. 火山으로 오인되는 경우가 있지만, 츠구바산(筑波山)은 火山이 아
니고 深成岩(花崗岩)가 隆起해서 風雨로 깎여졌기 때문에 現在와 같은 형태가
되었다고 한다. 즉 山頂部分은 花崗岩이 아니고 반레이암(斑れい岩)으로 되어있
다. 山全体를 보면, 이시카와시(石岡市) 및 사쿠라가와시(桜川市)에 걸쳐져 있다.
男体山 및 女体山山頂에는 츠구바산신본전(筑波山神社本殿)이 있고 산록부(山
腹)에 츠쿠바산신사배전(筑波山神社拝殿)이 있다. 고래로부터 信仰의 場이고, 『히
타치노구니후토기(常陸国風土記)』에는 츠구바산(筑波山)의 神이 登場한다. 隣接
한 사카도우(坂東)三十三箇所25番札所의 츠구바산다이고토우(筑波山大御堂)(中
禅寺)도 있다.

敬拝(おろが)み祈承(つか)へまつりき。ここに祖の神尊、歡然(よろこ)び詰(たけ)びてのりたまひしく、「愛しきかも、我が胤(みこ)。巍(たか)きかも、神宮(かむみや)。天地の並斉(むた)、日月の共同(むた)人民(たみぐさ)集ひ賀き、飲食豊富(ゆた)かに、代代に絶ゆることなく、日に日に弥栄え、千秋万歳(ちあきよろづ)に遊楽窮(たのしみきは)まらず」と。ここに福慈の岳は、常に雪降りて登臨(のぼ)ることを得ず。その筑波の岳は、往き集ひ、飲み喫(く)ひすること、今に至るまで絶えざるなり。

옛날에 신이 아이 신(神)들의 처소를 차례차례로 방문(訪問)하며 다녔는데 스루가국(駿河国)의 후지산(福慈山)에 가시니 해가 완전히 지고 말았다. 그래서 하룻밤을 재워 달라고 후지산(福慈山)에게 청하자, 후지산(福慈山)산의 신(神)이 「오늘 밤은 공교롭게도 와세(新栗/わせ·早稲)의 니이나메사이(新嘗祭)[27]를 해서 집안사람들이 금기(諱忌)(ものいみ)를 해서 외부(外部)의 사람을 집안에 들여보내지 않도록 하고 있습니다. 모처럼 오셨는데 우리 집에서 묵게 할 수는 없습

---

27) 니이나메사이(新嘗祭/にいなめさい、にいなめのまつり、しんじょうさい)는 宮中祭祀의 하나. 収穫祭에 해당되는 것으로 11月23日에 天皇이 五穀의 新穀을 텐징치기(天神地祇/てんじんちぎ)에게 바치고, 또한 스스로도 이것을 먹고 그 해(年)의 収穫을 感謝한다. 宮中三殿의 가까이에 있는 神嘉殿에서 집행된다. 日本에서는 고래로부터 五穀의 収穫을 축도하는 風習이 있었다. 그 해(年)의 収穫物은 国家로서도 그로부터 一年을 보내는데 중요한 곡물이기 때문에 중요한 行事로서 아스카시대(飛鳥時代)의 교고쿠텐노(皇極天皇)의 시대부터 시작되었다고 전해지고 있다. 一時中断되었지만, 원록시대(元禄時代)의 토야마텐노(東山天皇)의 在位中에 復活했다. 1873年의 太陽暦採用以前은 旧暦의 11月의 2回째의 우노히(卯の日)에 개최되었다. 1873年부터 1947年까지는 祝祭日되고, 그 後에도 勤労感謝日로서 国民의 祝日이 되고 있다. 니이나메사이자체(新嘗祭自体)는 이세징구(伊勢神宮) 및 그와 관련된 神社의 祭儀되고, 이세징구(伊勢神宮)에는 天皇의 칙사(勅使)가 파견되고, 오오미케(大御饌/おおみけ: 神이 드시는 食事)를 공양하는 形式이되었다. 現代에는 드물지만 니이나메사이(新嘗祭)까지 새 쌀(新米)을 먹지 않는 風習도 남아 있다.

니다.」라고 하여 거절(拒絶)하였다. 부모신(親神様)은 후지신(福慈神)의 냉정(冷靜)한 마음을 원망하고 울며 「너는 왜 네 부모(父母)를 묵게 하지 않는 거냐. 네가 그런 마음이라면 네가 살고 있는 산은 영원(永遠)히 겨울에도 여름에도 눈이나 서리가 내려 추위가 엄습하고, 사람의 아들들은 한 사람도 오르지 못하고, 누구도 음식물을 산신에게 바치지 못하게 하리라」라고 저주(呪詛)를 내렸다. 그렇게 해서 이번에는 츠구바산(筑波山)에 올라가서 또 하루 밤을 청했다. 그러자 츠구바신(筑波神)은 「오늘 밤은 니이나메사이(新嘗祭)를 하고 있지만, 말씀대로 하룻밤을 머무소서」라고 말하고 술과 맛있는 음식(飮食)을 차려서 정중(丁寧)하게 대접을 하였다. 부모신(親神様)은 매우 기뻐하며 「귀여운 우리 아이여 높이 치솟는 신(神)의 궁전(宮殿)이여 천지(天地)와 함께 영원(永遠)히 해와 달과 함께 영원(永遠)히 이산에 사람들이 모여들기를 술과 음식(飮食)이 풍요(豊穣)롭고 영원(永遠)히 끝없이 날로날로 더욱 더 번창(繁盛)하여 천대에 팔천대에 환희의 가무(歌舞)가 끝나지 않기를」이라고 노래(歌)를 불렀다. 이런 연유로 하여 후지산(福慈山)에는 항상 눈이 내려서 오를 수가 없지만 츠구바산(筑波山)에는 사람들이 모여서 가무를 즐기고 술을 마시는 것이 지금에 이르기까지 끝이 없다.

후지산(富士山)　　　　　　츠쿠바산(筑波山)

이 옛날 조상신(祖先神)이 여러 신(神)의 곁을 방문(訪問)한 것입니다만, 공교롭게도 니이나메(新嘗)의 밤이었습니다만 그래서 후지산(富士山)은 조상신(祖先神)의 숙박(宿泊)을 거절하고, 한편 츠구바산(筑波山)은 조상신(祖先神)을 머물게 했음으로 후지(富士)는 항상 눈이 내려 차갑고 츠구바산(筑波山)은 사람들의 유락(遊楽)하는 산이 되었다고 하는 것입니다. 니이나메(新嘗)는 신에 대한 감사제(感謝祭)이기 때문에 밤에 신을 맞이하는 것입니다. 그 신(神)이 이 조상신(祖先神)이겠지만 얘기는 부모를 중요(重要)하게 생각한 자여신(子供神)에 대한 축복과 父母를 중하게 여기지 않는 자여신(子供神)에 대한 저주(呪詛)라는 전개(展開)를 하고 있습니다. 다소 얘기는 굴절(屈折)되었지만 도코요(トコヨ)에서 조상신(祖先神)이 내방(来訪)하여 축복(祝福)을 하고 간다는 신관념(神槪念)은 이해(理解)가 됩니다. 게다가 신(神)을 소홀히 한 아들신(子供神)에게는 엄(厳)한 벌(罪)이 주어지는 것만을 봐도 신(神)을 맞이하는 것의 중요성(重要性)을 엿볼 수 있습니다.

이처럼 고대(古代)의 문헌(文献)에는 천황(天皇)이나 신(神)이 순행(巡行)을 와서 마을(村落)들을 축복(祝福)한다는 생각이 존재(存在)했습니다. 야마토다케루(倭武天皇)이나 게이고텐노(景行天皇)는 천황(天皇)의 정치(政治)가 미치는 것으로 만들어진 전승(伝承)입니다만, 본래(本来)는 그 지상(地上)의 사람들이 믿는 신(神)이었던 것입니다. 그 지방(地方)의 신(在地神)은 한해(一年)에 가끔씩 도코요(トコヨ)에서 방문(訪問)하고 사람들을 축복(祝福)하고 있었습니다. 그와 같은 도코요신(トコヨ神)의 축복(祝福)이 『만요슈(万葉集)』에 이르면 죠메이텐노(舒明天皇・在位六二九ー六四一)의 구니미우타(国見歌)(巻一)를 형성(形成) 하였습니다.

大和には	야마토에는
郡山あれど	많은 산들이 있지만
とりよろふ	특히
天の香具山	신성한 가구야마에
登り立ち	올라가
国見をすれば	나라를 둘러보면
国原は	국토에는
煙立つ立つ	연기가 뭉개뭉개 피어오르고
海原は	해상에는
鴎立つ立つ	많은 갈매기들이 날고 있네
うまし国そ	실로 아름다운 나라구나
蜻蛉島(あきつしま)	잠자리의 나라
大和の国は	야마토국은

　유라쿠텐노(雄略天皇)의 교세이카(御製歌)[28]는 옛날 왜왕(倭王)의 모습이었지만, 이 교세이카(御製歌)는 만요시대(万葉時代)의 시작을 알리는 천황(天皇)의 노래(歌)로서 죠메이텐노(舒明天皇)에게 주어진 것입니다. 이후 초기만요(初期万葉)의 時代에 등장(登場)하는 것은 텐치(天智)나 텐무(天武), 또는 하시히토(間人·はしひと)등의 죠메이텐노(舒明天皇)의 계보(糸譜)에 이어지게 됩니다. 그 만엽(万葉)의 초대 천황(天皇)이 신성(神聖)한 가구야마(香具山)에 올라서 구니미(国見)를 하여 야마토(ヤマト)를 축복(祝福)하고 있는 것이 전술(前述)한 교세이카(御製歌)입니다.

---

28) 교세이우타(御製歌/ぎょせいか)는 天皇이나 皇帝、또는, 皇族의 손에 의해 씌어지거나 지어진 文章(政令의 종류는 제외)·詩歌·絵画등을 말합니다. 日本에서는 교세이(御製)라고 하면 一般的으로 天皇이 읊은 와카(和歌)를 말하는 경우가 많다.

이 구니미우타(国見歌)는 원래 야마토(ヤマト)의 사람들이 믿고 있던 신앙(信仰)의 토요코신(トコヨ神)이 순행(巡行)하여 마을을 축복(祝福)했다고 합니다. 그 말의 형식(形式)에 따른 것입니다. 야마토다케루천황(倭武天皇)에게서 본바와 같이 신(神)은 높은 동산에 올라가 국토(国土)의 풍경(風景)을 말한 후 국토(国土)를 축복(祝福)하고 있습니다. 구니하라(国原)에서 연기가 피어오르는 것은 풍요(豊穣)의 상징(象徵)이고, 海上에 갈매기가 빈번하게 날아다니는 것도 풍요(豊穣)의 상징(象徵)이었습니다. 그것이 신(神)에 의해 축복(祝福)을 받으면 그와 같이 풍요(豊穣)로워 진다고 생각되었던 것입니다. 이를 예축(予祝)이라 하여 미리 그러한 풍요(豊穣)로운 상황(状況)의 말을 진술하는 것입니다. 그 신(神)의 말에는 영혼이 담겨 있음으로 사람들은 신(神)의 말씀에는 절대적(絶大的)으로 신뢰(信頼)를 하는 것입니다. 이 교세이카(御製歌)도 그와 같이 읊어지고 있습니다만 또한 야마토(ヤマト)를 톤보(トンボ)의 국가(国家)라는 것은 톤보(トンボ)가 갖는 풍요성(豊穣性)을 야마토(ヤマト)에 전(伝)하려고 하는 주술(呪術)인 것입니다. 게다가 말미(末尾)의「야마토국은 /大和の国は」는 야마토다케루천황(倭武天皇)에 의하면「그래서 여기를 야마토라고 한다/それでここを大和という」라는 지명(地名)의 기원(起源)에 이어지는 뉘앙스가 엿보입니다. 또한 가구야마(香具山)에서는 바다는 보이지 않지만 구니하라(国原)뿐만 아니라 우나바라(海原)로 읽는 것은 천황(天皇)의 지배권(支配權)이 바다에까지 미친다는 것을 시사(示唆)하는 것이고, 국토(国土)와 해상(海上)을 一体化함으로써 새로운 국가(国家)의 형태(形態)를 시사(示唆)하고 있는 것을 볼 수 있습니다. 그런데 이러한 신(神)의 축복(祝福)의 노래(歌)가 어떻게 해서 천황(天皇)의 교세이카(御製歌)로 전개

(展開)했는지 그 점을 재고(再考)하지 않으면 안 됩니다. 이「구니미(望国)」는 노래(歌)중에서 다이시(題詞)가 있고 거기에는「天皇(すめらみこと)の、香具山に登りて望国(くにみ)したまひし時の御製歌(おほみうた)(天皇이 가구이산(香具山)에 올라 나라를 조망했을 때 읊은 노래)」라고 합니다. 이「구니미(望国)」는 노래(歌)속에서「구니미(望国)」라고 합니다만, 구니미(国見)와 구니에(望国)란 어떤 관계(関係)가 있을까요. 원래는 신(神)의 축복(祝福)의 노래(歌)가 천황(天皇)의 구니미우타(国見歌)로 변천(変遷)되고 그 구니미우타(国見歌)가 구니미우타(望国歌)가 된 것임을 알 수 있습니다. 그 이유(理由)는 구니미(望国)라는 것은 중국(中国)의 제사(祭事)를 말하는 漢語를 그대로 사용(使用)하였기에 그것은 그 국왕(国王)만이 집정하는 제사(祭事)를 의미(意味)하는 것입니다. 즉「望」이라는 것은 漢語로는 마츠리(奉り)라는 의미(意味)이고, 그 내용(内容)은 먼 산(山)이나 강(川)의 신(神)을 멀리까지 바라보고 숭배(崇拜)하는 것을 가르킵니다.「望」이「바라보다/のぞむ」라는 의미(意味)를 나타내는 가장 근본적(根本的)인 사용법(使用法)입니다. 이 마츠리(祭)가 가능(可能)했던 것은 그 나라의 왕(中国에서는 皇帝)뿐 이었습니다. 그리고 이와 같은 제사(祭事)를 집행하는 왕(王)은 천신(天神)의 의지(意地)를 중시(重視)하고 조상(先祖)을 중시(重視)하는 왕(王)으로써 존경(尊敬)을 받았습니다. 왕(王)의 중요한 의무(義務)는 제사(祭事)를 집행하는 것이기 때문에 그것을 무시(無視)하는 왕(王)은 나라(国家)를 어지럽히는 자(者)로서 평정(平定)되게 되어있었습니다. 이 구니미(望国)라는 제사(祭事)는 국가(国家)의 안녕(安寧)을 기원(起源)하는 중국황제(中国皇帝)의 중요(重要)한 제사(祭事)임으로 그것을 집행하는 황제(皇帝)는 덕(德)이 있는 황제(皇帝)라는 의미(意

味)를 내포(内包)하고 있으며 중국(中国)의 역사서(歴史書)에서 높이
평가(評価)를 받았습니다. 이와 같은 중국적(中国的)인 사상(思想)이
죠메이텐노(舒明天皇)의 교세이카(御製歌)에서도 엿볼 수 있는 것은
확실(確実)합니다. 초기만요(初期万葉)의 시초의 천황(天皇)을 어떠한
위치(位置)에 정립(定率)시켜야 하는가는 만요편찬(万葉編纂)의 問題
에 直接的으로 관여(関与)하는 것입니다만, 죠메이텐노(舒明天皇)29)
를 구니미(国見=望見)30)하는 훌륭한 성천자(聖天子)로 삼음으로서 신
만요(新万葉)의 출발(出発)의 천황상(天皇像)이 의도(意図)된 것입니다.
이와 같이 천황(天皇)은 『고지키(古事記)』나 『니혼쇼키(日本書紀)』에
묘사(描写)되어있는 닌도쿠텐노(仁徳天皇)31)의 모노카타리(소설/物
語)와 공통점(共通点)이 있습니다. 국민(国民)의 가난을 알아챈 닌토구

---

29) 죠메이텐노(舒明天皇/じょめいてんのう, 스이토텐노(推古天皇)의 元年(593年)? -
죠메이텐노 舒明天皇13年10月9日(641年11月17日)은 日本의 第34代天皇(在位:
죠메이텐노 舒明天皇元年1月4日(629年2月2日) - 舒明天皇13年10月9日(641年11
月17日). 고(諱)는 타무라(田村/たむら). 와후우시고(和風諡号)은 아키나가타라시
히히로누카노스메라미코토(息長足日広額天皇/おきながたらしひひろぬかのす
めらみこと).

30) 古代에서는 国土를 보고 꽃(花)이나 青葉을 「보다/見る」는 것을 통해서 人間의
生命力을 강(強)하게 하는 것, 타마후리(タマフリ)가 가능하다고 한다. 꽃(花)이나
푸른 잎(青葉)은 봄이 되어서 소생(蘇生)한 自然의 生命力이 集中한 部分이고,
그것을 보는 것이 카마후리(タマフリ)의 효과(効果)를 갖고 있다. 그때에 읊어진 것이
구니미우타(国見歌)이고, 国土를 찬양하는 노래(歌)를 읊음으로서 풍요번영(豊穣
繁栄)이나 건강장수(健康長寿)를 얻을 수 있다고 믿고 있었던 것이다.

31) 닌토쿠텐노(仁徳天皇/にんとくてんのう), 신코우황후(神功皇后)의 섭정(摂政)57
年(257年) - 仁徳天皇87年1月16日(399年2月7日)은 日本의 第16代天皇(在位: 仁
徳天皇元年1月3日(313年2月14日) - 同87年1月16日(399年2月7日). 古事記의 干
支崩年에 따르면 오우징텐노(応神天皇)의 사망(崩御) 西暦394年, 닌토쿠텐노(仁
徳天皇)의 사망(崩御)이 西暦427年이 되고, 그 사이(間)가 在位期間이 된다. 名은
오호사자기미노미코토(大雀命/おほさざきのみこと)(『古事記』), 오호사자기미노
미코토(大鷦鷯尊/おほさざきのみこと), 오오사자스메라미미코토(大鷦鷯天皇/お
ほさざきのすめらみこと)・聖帝(『日本書紀』・나니와텐노(難波天皇-『万葉集』).

텐노(仁德天皇)는 三年間의 조세(租税)를 중지(中止)합니다만, 그 점을 깨달았던 것도 고전(高殿)이나 고대(高台)에 올라 사방(四方)을 조망(眺望)했기 때문이었습니다.

성제(聖帝)라고 불리는 천황(天皇)은 높은 곳에 서서 나라(国家)안을 조망(眺望)하며 국민(国民)의 괴로움을 아는 知識이 있고, 神의 축복(祝福)의 言語는 성제(聖帝)를 말하는 모노가타리(物語)나 노래(歌)로 크게 변질(変質)되어 갔습니다.

노래(歌)는 목소리를 내서 노래(歌) 하는 것이 일반적(一般的)이다. 고대(古代)의 일본열도(日本列島)에 널리 불리어지고 있던 우타카키(歌垣)의 노래 (歌)에는 歌曲名이 기술(記述)되어 있습니다. 古代의 우타가키(歌垣)에서는 男女의 애정소설(物語)이 즉흥적(即興的)으로 오페라로서 불리어졌습니다.

03 우타가키(歌垣)의 노래(歌)와 곡조(曲調)

고대(古代)의 일본(日本)의 열도(列島)에는 우타카키(歌垣)[1]라는 민속행사(民俗行事)가 각지(各地)에 전개(展開)하고 있었다는 것을 알 수 있습니다. 그 사정(事情)에 대해서는 고대(古代)에 남겨진 문자문헌(文字文献)에 단편적(断片的)으로 보입니다. 동쪽은 츠구바산(筑波山)이나 가시마(香島)의 우타가키(歌垣)가 보이고 나라(奈良)에서는 츠바이치(海石榴)등의 市에서의 우타가키(歌垣)가 있고, 셋츠(摂津)에는 우타가키(歌垣)의 산(山)이 있고 큐슈히젠(九州肥前)에는 기시마산(杵島山)[2]의 우타가키(歌垣)가 엿보입니다. 지방지(地方誌)에는 사람들이

---

1) 特定한 시기(時期)에 젊은 男女가 모이고, 相互에게 求愛의 歌謡를 주고받(掛け合う)는 呪術的信仰의 習俗. 現代에서는 주로(主) 中国南部에서 인도시나(インドシナ)의 半島北部의 山岳地帯에 分布하고 있는 것 외에 필리핀이나 인도네시아 등에서도 類似한 風習을 볼 수 있다.

2) 사가현서남부(佐賀県南西部)에 있는 丘陵性山地. 아리아케(有明)의 바다(海)에 面하는 시로리시(白石)平野의 西方에 거의 南北에 속한다. 기시마군(杵島郡)의 시로이시쵸(白石町)와 다케오(武雄)市, 우레시노(嬉野)市에 걸쳐져 있다. 南北約 9키로미터, 서쪽에는 다케오분지(武雄盆地)등이 펼쳐지는 独立山地. 훈석안산암(輝石安山岩)類등으로 되어있고, 이묘산(勇猛山)(259미터), 이누야마산악(犬山岳)(342 미터), 이이모리산(飯盛山)(318 미터), 시로야마산(白岩山)(340미터)등의 산봉우리들을 総称한다. 最高点은 다케오시(武雄市), 시로이시쵸(白石町), 기노시(嬉野市)의 境界로 約370키로미터. 계곡은 얕고 산록(山麓)各所에 다메이케(溜池)가 分布하고, 귤농원 등이 있다. 츠구바산(筑波山)과 함께 古代의 우타가키(歌垣)

샘(泉)이나 온천(溫泉)에서 유락(遊楽)한 기사(記事)의 여러 형태(形態)가 보이고 거기에서는 우타가키(歌垣)의 유락(遊楽)이 행해진 것이라고 생각됩니다.

기시마산(杵島山)

이와 같이 우타가키(歌垣)는 집단적(集団的)인 사교(社交)의 집회(集会)를 말하고 주로 男女의 대영(対詠)에 의한 연애(恋愛)의 재전(祭典)입니다. 남여의 각 그룹이 서로 애정의 노래(恋歌)를 불러 경쟁(競争)

로 알려져 있다. 『万葉集』에 登場하고 『히젠구니노후토우키/肥前国風土記』逸文에도,……매년(歳毎)의 봄과 가을에 손을 잡고 올라가 조망하고, 사케노미가무(楽飲み歌舞)를 하고, 노래를 더 이상 부를 수 없으면 돌아간다(曲盡(うたつ)きて帰る). 歌詞에 이르기를 「싸락눈이 내리는 기시마산을 즐기고, 풀을 뜯어서 연인의 손을 잡네/あられふる杵島が岳を峻(さか)しみと草採りかねて妹(いも)が手を執(と)る」와 우타가키(歌垣)의 様相이나, 기시마부리(杵島曲/ぶり)에 대해서 기록하고 있다. 많은 古墳群이 分布하고 서쪽(西側)의 아츠보산(おつぼ山), 고우고돌(神籠石/こうごいし), 이미즈(出水/いづみ)法要의 암푸구지의사찰(水堂安福寺/あんぷくじ), 천수답(雨乞/あまごい)의 農耕神의 이나사신사(稲佐神社)등이 알려져 있다.

을 하는 것입니다만, 그러한 그룹이 이쪽에서도 저쪽에도 발생하고 서로 노래(歌)로 경쟁(競争)하였으리라고 여겨집니다. 『만엽집(万葉集)』에는 다카하시무시마로(高橋虫麿呂)[3]가 츠구바산(筑波山)의 우타가키(歌垣)를 읊고(巻九), 유부녀(人妻)와 交際하는 노래(歌)를 부르고 있습니다. 또 이 우타가키(歌垣)는 아즈마구니(東国)[4]에서는 가카히(燿歌)라고도 칭(称)한다고 기록(記録)되어 있습니다. 가카히(燿歌)란 중국(中国)의 문헌(文献)에서 수용(受容)한 지식(知識)으로 중국(中国)의 소수민족(少数民族)의 우타아와세(歌会)[5]를 지칭하고 있습니다. 일본

---

3) 다카하시무시마로(高橋 虫麻呂/たかはしのむしまろ、生没年不詳)는 나라시대(奈良時代)의 만요우타비토(万葉歌人). 姓은 무라지(連). 다카하시씨(高橋氏)(高橋連)는 모노베씨(物部氏)의一族인 카미베씨족(神別氏族)719年 요로우(養老3年)頃, 후지오라노우마카이(藤原宇合)가 히타치군수(常陸守)이였을 때에 우마카이(宇合)의 부하(下僚)가 되고 以後, 우마카이(宇合)의 庇護를 받았다고 한다. 『万葉集』에 34首의 作品이 수록되어 있고, 그중의 長歌가 14首・셋토우기(旋頭歌)가 1首이다. 巻6의 2首째부터는 「무시마로(虫麻呂)의 노래(歌)(다카하시무라지무시마로가집(高橋連虫麻呂歌集)의 中에 나오지 않는다.」라고 기술되어 있다(巻6의 1首目)는 가사가네무라(笠金村)의 노래(歌). 시모츠구니구사마(下総国真間/現在의 치바현이치가와시(千葉県市川市)의 데코나(手児奈/てこな)의 노래(歌)나 셋츠구니아시야(摂津国葦屋)(現在의 효고켄도야마시兵庫県芦屋市)의 우네이오토메(菟原処女/うないおとめ)의 노래(歌)등, 地方의 伝説이나 人事를 읊은 노래(歌)가 많다. 무시마로(虫麻呂)가 읊은 노래(歌)의 地域은 히타치국(常陸国)으로부터 스루가국(駿河国)에 걸친 아즈마(東国)와 셋츠국(摂津国)・고우치국(河内国)・京등이다.

4) 토우고쿠(東国/とうごく)는 近代以前의 日本에 있어서 地理概念의 하나. 現在에는 東国=関東地方이라고 잘못 생각하기 쉬우나 本来는 関東地方은 사카도우(坂東)라고 불리고 토우고쿠(東国)는 주(主)로 本来의 東海地方, 즉 현재의 시즈오카현(静岡県)으로부터 南関東地域과 고우신지방(甲信地方)을 가르킨다. 실제로 나라시대(奈良時代)의 사키모리(防人)를 배출하는 諸国은 아즈마국(東国)으로부터 결정되었고 万葉集의 아즈마우타(東歌)나 사키모리우타(防人歌)는 이 地域의 것(物)이다. 또한 東北地方은 에미시(蝦夷)나 미치노쿠(陸奥)라고 불렀었다.

5) 우타카이하지메(歌会始/うたかいはじめ)는 와카(和歌/短歌)를 서로가 披露하는 「우타아와세(歌会)」로 그해(年)의 연초에 행해지는 것을 지칭한다. 現在에는 年頭에 행해지는 宮中에서의 「우타하지메(歌会始)의 儀」가 특히 有名하다. 우타아와세

(日本)의 우타가키(歌垣)를 가카히(燿歌)로 기록(記錄)한 점에서 보면 우타가키(歌垣)와 가카히(燿歌)가 서로가 매우 유사(類似)하다는 것을 엿볼 수 있습니다. 또한 이 츠구바산(筑波山)의 우타가키(歌垣)에서는 유부녀(人妻)와 교제(交際)하기 위해서 노래(歌)를 부르는 것은 男女는 미혼(未婚)의 남여(男女)만을 한정(限定)하지 않고 미혼(未婚), 기혼(既婚)의 사람이 합쳐진 우타가키(歌垣)였던 것을 알 수 있습니다. 이와 같은 우타가키(歌垣)에서는 어떻게 노래(歌)가 정화(唱和)되었을까요 그것은 물론 일률적(一律的)이 아니라고 생각됩니다. 『만요슈(万葉集)』를 거슬러 올라가면 몇 가지 가체중(歌体中)에서 노래(歌)의 경합(歌の掛け合い)이 이루어진 것으로 보입니다. 『고지키(古事記)』의 가요(歌謠)의

> 倭(やまと)の 高佐士野(たかさしの)を 七(なな)行く 媛女(おとめ)ども 誰し枕(ま)かむ

(歌合/うたあわせ)란 우타비토(歌人)를 左右二組로 나누고 읊은 노래(歌)를 각 노래(歌)와 비교하여 優劣을 가리는 놀이(遊び). 심판역(審判役)을 한자(判者/はんじゃ), 판정의 말(判定の詞/ことば)를 한지(判詞/はんじ)라고 한다. 이 한지(判詞)는 점차로 文學的인 性格을 띠게 되고 歌論으로 계승된다. 役割은 한자(判者)의 외(他)에 가타우도(方人/かたうど;노래(歌)를 提出하는 者), 오모이비토(念人/おもいびと; 自陣의 노래(歌)를 찬탄하고 弁護하는 役)등이 있고, 左右両陣의 오모이비토(念人)에 의한 一種의 데이벳토(ディベート)에 따라서 한자(判者)의 判定을 이끈다. 헤이안시대(平安時代)에 시작되고 記錄에 의하면 닌나원년(仁和元年·885年)의 사이미부교우타아와세(在民部卿家歌合)가 最古의 것으로 알려져 있다. 그 외에 텐토쿠(天德)4年(960年)의 텐토쿠다이리우타아와세(天德内裏歌合), 겐큐(建久)3年(1192年)의 육백번우타아와세(六百番歌合), 겐진원년(建仁元年)(1201年)의 천오백번우타아와세(千五百番歌合)등이 유명하다. 基本的으로 「놀이(遊び)」이지만, 헤이안기(平安期)에는 노래(歌)의 優劣이 出世에 미치는 重大事였기 때문에 오늘날 이루어지는 가벼운 것이 아니다. 또한 時代가 내려감에 따라서 文學性이 향상되고 前述한 것처럼 「한지/判詞」가 文學論·歌論으로서의 位置를 결정하도록 되었다.

오오쿠메노미코토(大久米の命)

야마토의 타카사시의 들판을 걸어가는 일곱 명의 소녀들 중에 누구를 부인으로 삼으렵니까

かつかづも いや先立てる 兄(ゑ)をし枕(ま)かむ

진무텐노(神武天皇)

여하튼 맨 앞에 서 있는 나이 많은 소녀를 아내로 삼으리라

는 문(問)이 4 6 4 5 7(短歌体未定型)이고, 이 답(答)이 5 7 6(가타우타체/片歌体)입니다. 미정형(未定型)의 부분(部分)이 있습니다만, 단가체(短歌体)와 가타우타체(片歌体)로 인정되고 그 歌体에 의한 대영(対詠)입니다. 또

天地(あめつつ) ちどりましとと など黥(さ)ける利目(とめ)

伊須気余里比売(이스케요리히메/いすけよりひめ)

비새, 할미새, 물떼새, 멧새의 눈처럼 어찌하여 당신은 문신을 하여 그렇게 날카로운 눈을 하고 있는 가요.

媛女(おとめ)に直に逢はむと 吾が黥(さ)ける利目(とめ)

大久米命

아가씨를 하루빨리 만나고 싶어서 문신을 넣어 매서운 눈으로 되었소

에서는 문(問)이 4 7 7(片歌体・가타우타체)이고, 답(答)도 4 7 7의 가타우타체(片歌体)의 형식(形式)입니다. 이것은 가타우타체(片歌体)에 의한 대영(対詠)입니다. 이와 같은 形式은 야마토타케루노미코토(倭建命)와 미히타키(御火燒・みひたき)6)의 노인(老人)의 대영(対詠)도 같

---

6) 陰暦一一月八에 京都를 中心으로 행해진 오카구라(神楽/かぐら)등이 있고, 神社

습니다. 조금 색다른 점으로는

> 八田(やた)の 一本菅(ひともとすげ)は 子供たず 立ちか荒れなむ あ
> たら菅原
> 야타의 한포기 사초는 새싹도 피우지 못하고 말라 버리려는 것일까.
> 가엾은 사초의 들녘이여
> 言をこそ 菅原と言はめ あたら清(すが)し女진
> 토쿠텐노(仁德天皇)
> 말은 사초 들판이라고 하지만 가엾은 사초처럼 청초한 여인이여
> 八田の 一本菅は 独居りとも 大君し よしと聞かさば 独居りとも
> 이라츠메(郎女)
> 야타의 한포기 사초는 혼자이어도 괜찮습니다. 사랑하는 님이 그래도
> 좋으시다고 한다면
> 저는 혼자여도 좋습니다.

는 문답(問)이 3 7 4 7 7・587(短歌体+片歌体)이고, 답(答)은 77・577
(施頭歌体)입니다. 또는

> 女鳥の 吾が王(おおきみ)の 織ろす機(はた) 誰が料ろかも　　天皇
> 사랑스런 메토리가 짜고 있는 그 옷감은 누구의 옷을 짓기 위한 것
> 일까.
> 高行くや 速総別(はやぶさわけ)の みおすひがね멧
> 토리오오우(女鳥王)
> 하야부사와케가 입을 옷입니다.

에서는 神前에 新穀의 神饌과 神酒를 헌상하고 오카구라(神楽)를 연주하고 庭上
에서 淸火를 집힌다.

그러면 문(問)은 4 7 5 7 (4句体型)이고, 답(答)이 5 7 6의 가타우타 (片歌)입니다. 4구체형(句体型)은 달리 볼 수가 없기 때문에 가타우타 (片歌)와 동일(同一)한 단계(段階)에서 소멸(消滅)된 가체(歌体)라고 생각됩니다. 그러나 이와 같은 가체(歌体)에 의해서 대영(対詠)이 이루어진다면 古代의 문답(歌掛け)으로는 여러 개의 가체(歌体)에 의해서 이루어져 있었다는 것이 됩니다.

　　이와 같은 대영중(対詠中)에서도 우타가키(歌垣)의 장소(場所)에서 대영(対詠)의 노래(歌)가 주목(注目)됩니다. 그것은 오케노미코토(袁祁命)와 시비(志毘・シビ)의 신(臣)에 의한 노래(歌)의 투쟁(闘争)입니다.

> 大宮のをとつ端手 隅傾けり シビ
> 오오미야의 가장자리가 기울어져 있어요.
> 大匠拙劣みこそ 隅傾けり　　ヲケ
> 목수가 서툴기 때문에 기울어져버렸네
> 大君の 心をゆらみ 臣の子の 八重の柴垣 入り立たずあり　シビ
> 당신의 마음이 흔들리고 있기 때문에 나는 八重의 섶나무의 울타리에 들어가지 못 하네
> 潮瀬の波折(なを)りを見れば 遊び来る 鮪(シビ)が端手に 妻立てり見ゆ ヲケ
> 먼 바다를 바라보면, 바다의 저편을 보면, 놀러오는 기분으로 찾아오는 다랑어 때문에 아내가 그립네.
> 大君の 王(みこ)の柴垣 八節結り 結(しま)りもとほし 截(き)されむ 柴垣 焼けむ柴垣 シビ
> 그대는 신(神)의 八重의 섶나무의 울타리를 만들고, 整理가 서툴어 곧 타버리는 섶나무의 울타리를

大魚(おふを)よし 鮪(しび)衝(つ)く海人(あま)よ 其(し)が 離(あれ)ば うら恋(こほ)しけむ 鮪(しび)衝(つ)く海人(あま) ヲケ

큰 선생이 좋다, 다랑어를 뜨는 어부여, 그대가 있기 때문에 사랑스럽게 생각하리, 어부여

이 두 사람의 対詠의 展開를 보자면 다음과 같습니다.

567(片歌体)シビ
567(片歌体)ヲケ
575777(短歌体)シビ
47577(短歌体)ヲケ
57577・7(仏足石歌体)シビ
57576(短歌体)ヲケ

여기에도 몇 종류(種類)의 歌体에 의해서 대양(対詠)이 개최(開催)되었음을 알 수 있습니다. 이 시비(シビ)와 오케(ヲケ)와의 우타가키(歌垣)에서의 경쟁(競争)은 고대(古代)에 성립(成立)한 모노카타리(物語・이야기)이기 때문에 이것을 사실(事実)로서 읽을 수 는 없지만 노래(歌)를 주고받는 방법(方法)은 당시(当時)에도 기본적(基本的)으로 개최(開催)되고 있었던 것을 생각하자면 이와 같은 몇 종(種)의 歌体에 의한 방법(方法)도 존재(存在)했다고 생각됩니다.

이들 대영(対詠)에 의한 歌体를 보자면 短歌形式도 그 하나로서 기능(機能)하고 있다는 것이 알려져 있습니다. 아직 完全한 定型에는 이르지 못하고 있으나, 일단 短歌体라고 할 수 있는 형태(形態)가 다른 歌体와 함께 활약(活躍)하고 있는 것도 이해(理解)가 됩니다.

이러한 몇 가지의 가체(歌体)가 古代의 증답(贈答)의 노래(歌)에 존재(存在)하면서도 결과적(結果的)으로는 단가체(短歌体)가 증답가(贈答歌)로서 全國을 석권(席捲)하게 된 것입니다. 그것은 오히려 地方의 우타가키(歌垣)의 노래(歌)의 형식(形式)이 단가체(短歌体)를 기준(基準)으로서 전국제패(全國制覇)로 이어진 것으로 생각됩니다. 그 구체적(具体的)인 事例는 다음과 같습니다.

杵島(きしま)の県。 県の南二里に一狐山あり。 坤(ひつじさる)のかたより艮(うしとら)のかたを指して、三つの峰相連なる。 是を名づけて 杵島(きしま)と曰ふ。 坤のかたなるは比古神(ひこかみ)と曰ひ、中なるは比売神(ひめかみ)と曰ひ、艮のかたなるは御子神 一の名は軍神。 動けば即ち兵興ると曰ふ。 郷閭(むらざと)の士女、酒を提へ琴を抱きて、年毎の春と秋に、手を携へて登り望(みさ)け。 楽飲(さけの)み歌ひ舞ひて、曲尽きて帰る。 歌の詞に云く、あられふる 杵島(きしま)が岳を 峻(さが)しみと 草取りかねて 妹が手を執る。 是は杵島(きしま)曲なり。

기시마현(군) 군청의 남쪽 二里의 지점에 고립된 산이 있다. 西南쪽에서 東北쪽에 이르는 三峰으로 되어 있습니다. 이를 기시마라고 한다. 西南方의 比古神(히코가미), 중간을 比売神(히메가미/ひめかみ), 東北方을 御子神(미코가미)(別名은 軍神이쿠사. 움직이면 兵전쟁이 일어난다). 촌락의 남여는 매년 봄과 가을에 술을 손에 들고 거문고를 들고 서로 손을 마주 잡고, 이산에 올라 조망하고 술에 얼큰히 취하고 노래 부르며 춤을 추고 희락을 즐기고 돌아가는 관습이다. 그 노래(歌)에 눈 싸라기가 내리는 기시마산이 험준하여 풀을 뽑을 수가 없어서 그대의 손을 잡고 오르네. 이것은 기시마 곡(曲)이다.

의 노래(歌)이고, 이것은 「히젠후도기일문/肥前国風土記逸文」에 보이는 우타가키(歌垣)의 기사(記事)입니다. 기시마산(杵島山)이 험준함으로 풀을 벨 수 없고 귀여운 이 아이의 손을 잡다」라고 하는 해학적(諧謔的)인 노래(歌)입니다. 이것이 우타가키(歌垣)의 노래(歌)라고 한다면, 남여(男女)의 대영(対詠)으로 불리어진 것이 아니고 기시마산악(杵島岳)의 주변(周辺)의 유행가(流行歌)와 같은 노래(歌)였다고 생각됩니다. 그리고 이 노래(歌)는 기시마곡(杵島曲)이라는 점에 주목(注目)할 필요(必要)가 있습니다. 즉 이 기시마곡(杵島曲)이 이 기시마산악(杵島山岳)의 우타가키(歌垣)의 기본곡조(基本曲調)였다는 것입니다. 게다가 이 곡조(曲調)는 575777의 단가형식(短歌体形式)인 것입니다. 이 기시마곡(杵島曲)은 또한 요시노(吉野)의 기요시미(吉志美岳)에서도 유행(流行)하고 있었다는 것을 알 수 있습니다. 『만요슈(万葉集)』에 의하면

> あられふる 吉志美(きしみ)が岳を 険(さが)しみと 草とりはなち 妹
> が手を取る(巻三)
> 싸라기눈이 내리는 요시미산이 험준하여 풀을 뽑지 못하여 그대의 손
> 을 번거롭게 하네.

의 노래(歌)가 있고 이것은 「柘枝(つみのえ)의 노래(歌)」라하고 사정(事情)은 노래(歌)의 주석(注釈)에 「요시노의 사람 우사시네의 츠미노에 공주에게 바치는 노래/吉野の人 味稲(うましね)の 柘枝仙媛つみのえひめ)に与へし歌あり」라고 전(伝)해 오고 있지만 「츠미노에전/柘枝伝」을 보더라도 이 노래(歌)에 실려 있지 않다고 기록(記録)되고 있습니다. 츠미노에전(柘枝伝)이라는 것은 우마시네(味稲)라는 남자(男子)가 요시노강(吉野川)에서 흘러내려온 츠미노에(柘枝/桑の木)를 줍

자 아름다운 선녀(仙女)가 되었다는 내용(內容)과 같이 요시노(吉野)[7]
에 전(伝)해져온 신선전(神仙伝)과 같은 것입니다. 그 신선전(神仙伝)
에는 이 노래(歌)는 보이지 않기 때문에 별전(別伝)이 존재(存在)한 것
이 상정(想定)됩니다. 아무튼 이 노래(歌)를 보면 기시마곡(杵島曲)과
도 매우 유사(類似)하다는 것을 알 수 있습니다. 어느 쪽이 본가(本家)인
지는 모르겠지만, 큐슈(九州)와 요시노(吉野)의 사이에 노래(歌)의 교
통(交通)이 있었다는 것을 알 수 있습니다. 그리고 이 요시미가다케(吉
志美が岳)의 우타(歌)도 우타가키(歌垣)의 유행가(流行歌)였다고 여겨
집니다. 그뿐만이 아닙니다. 이 노래(歌)는 또 다른 지역(地域)에도 유
행(流行)하였습니다. 『고지키(古事記)』의 가요(歌謠)에 의하면 동일(同
一)한 내용(內容)의 노래(歌)가

---

7) 요시노(吉野/よしの)는 나라현남부(奈良県南部)의 名。요시노산(吉野山)으로부터
다이호우산(大峰山)의 山岳地帶를 말하고 수렵에 적당한 들판(狩りに適した良い
野)이라는 意味이다. 요시노(吉野)는 고우요시노(口吉野)와 오쿠요시노(奧吉野)
로 나누어진다. 오쿠요시노(奧吉野)는 산들이 중첩되는 山岳地帶리고 일찍이 다
이호우(大峰)라고 명명되었고 厳密하게는 요시노(吉野)에 포함되지 않았다. 다이
오우미네(大峰)의 산들은 구마노(熊野)까지 이어진다. 다이오우미네(大峰)로 가는
길(道)은 修験者에 의해서 구마노(熊野)로부터 개척되었다. 『記・紀』에는 오우징
(応神)이나 유우랴쿠(雄略)의 요시노(吉野)에서의 사냥(狩り)의 伝承이 기술되어
있다. 기요반도(紀伊半島)의 中部에 位置하고 나라분지(奈良盆地)의 남쪽(南)에
位置한다. 高地・盆地・山岳地帶가 並存한다. 고우요시노(口吉野)는 요시노강유
역(吉野川流域), 오쿠요시노(奧吉野)는 도츠강(十津川)・기타야마강유역(北山川
流域)이다. 요시노강(吉野川)은 기노강(紀ノ川)이 되어 기이수도(紀伊水道)로 흘
러내려가고 도츠강(十津川)과 기타야마강(北山川)은 구마노강(熊野川)이 되어 구
마노여울(熊野灘)로 흐르고 있다. 벚꽃(サクラ)의 名所로서도 알려져 있지만 많은
요시노명(吉野名)을 딴 소메이요시노(ソメイヨシノ)가 아니고 야마사쿠라(ヤマザ
クラ)의 종류이다.

梯立(はしたて)の　倉梯山(くらはしやま)を　嶮(さか)しみと　岩懸(か)きかねて　我が手取らすも

쿠라하시산이 너무도 험준하여 바위도 잡을 수 없어 나의 아내는 내 손을 꼭 잡았구나

梯立の　倉梯山は　嶮(さか)しけど　妹と登れば　嶮(さか)しくもあらず

비록 구라하시산이 험준하여도 사랑하는 아내와 함께라면 전혀 험하게 느껴지지 안구나

봄(春)의 요시노산(吉野山)

와 같은 것입니다. 구라하히산(倉梯山)[8]은 나라(奈良)의 사구라이(桜井)에 있는 산이고, 아마도 이 산에서도 우타가키(歌垣)가 개최(開催)되고 있었다고 봅니다. 노래(歌)의 一首째는 여동생의 손에서 내 손으로 변화(変化)하고 있지만, 기시마산(杵島山)이나 기시미가다케(吉志美が岳)의 노래(歌)와 유사(類似)하기 때문에 거기에도 노래(歌)가 交通하고 있었음을 알 수 있습니다. 그 노래(歌)로부터 생각하자면 구라하시산(倉梯山)에도 우타가키(歌垣)가 행해지고 있었고 그 우타가키

---

8) 구라하리(倉梯/椋橋・倉橋)는 現在의 동마이츠루지구남부(奈良県桜井市)의 市街地의 全域을 부르는 地名이었다. 소보다니강유역(祖母谷川流域)・요호로강유역(与保呂川流域)의 海까지. 森・行永・浜・北吸의 地에 해당한다.

(歌垣)로 流行하고 있었던 歌曲였다고 생각됩니다.

　이와 같이 우타가키(歌垣)의 노래(歌)는 유행(流行)하고 있었던 것을 알 수 있고 가곡명(歌曲名)까지 기록되어 있는 것을 보자면, 우타가키(歌垣)에는 일정한 공통(共通)된 歌曲이 전개(展開)되고 있었습니다. 게다가 그 가곡(歌曲)에 공통(共通)된 기본가사(基本歌詞)에서 보자면 57577의 단가형식(短歌形式)이었던 것은 이 단가형식(短歌形式)이 우타가키대응형(歌垣対応型)의 형식(形式)이었다고 생각할 수 있습니다. 즉 단가체(短歌体)라는 것은 우타가키(歌垣)의 가곡(歌曲)에서 발생한 형식(形式)이었다는 것입니다. 게다가 기시마곡(杵枝曲)은 히타치(常陸)의 나메가타(行方)[9]에도 「기시마의 창곡을 7일 7야 가무를 즐기며/杵島の唱曲を七日七夜遊び楽しみ歌ひ舞ひき」(『히타치후토기/常陸国風土記』)에서도 보이니까 시즈에곡(杵枝曲)은 우타가키(歌垣)의 가곡(歌曲)으로서 전국(全国)을 제폐(制覇)를 하고 있습니다.

구라하시산(倉梯山)

---

9) 東京으로부터 約70km, 県庁所在地의 미나토시(水戸市)로부터 約40km에 位置한다. 동쪽은 기타우라(北浦), 서쪽은 가스미가우라(霞ヶ浦)라는 두 개의 넓은 호수(湖)에 있고 東西의 湖岸部分는 低地, 内陸部는 標高30m前後의 나메가타대지(行方台地)라고 하는 丘陵台地에 의해 形成된다. 니마토시(水戸市)나 츠치우라시(土浦市)로부터 차(車)로 約1時間, 이시오카시(石岡市)나 시키지마시(鹿嶋市)로부터는 約30分이다.

아즈마(東国)은 츠구바산(筑波山)의 우타가키(歌垣)로 저명(著名)하지만, 츠구바(筑波)에는 츠구바(筑波)의 가곡(歌曲)이 존재(存在)했던 것으로 알려져 있습니다. 역시 『히타치루토기(常陸国風土記)』의 구시고오리(久慈郡)에는

> 夏の月熱き日、遠里近郷(をとこちのむらざと)より暑さを避け涼しさを追ひて、膝を役(つらね)、手携はり筑波の雅曲を唱ひ、久慈の味酒を飲む。
>
> 무더운 여름날, 먼 마을에서 더위를 피하고 시원한 바람을 따라서 찾아와 무릎을 나란히 하고 손을 잡고, 츠구바(筑波)의 雅曲을 부르며 구시(久慈)의 맛있는 술을 마셨다.

와 같이 보입니다. 츠구바(筑波)의 아곡(雅曲)이라는 것은 츠구바(筑波)의 가곡(歌曲)을 말하고, 이것이 아즈마국 (東国)의 끝가지 유행(流行)하고 있었던 것을 알 수 있습니다. 츠구바(筑波山)의 우타가키(歌垣)에 대해서는 『히타치루토기(常陸国風土記)』의 츠구바군(筑波郡)에

> それ筑波岳は、高く雲に秀で、最頂(いただき)は西の峯崢(さが)しく嶸(たか)く、雄の神と謂ひて登臨(のぼ)らしめず、唯、東の峯は四方磐石(いはほ)にして、昇り降りは峡(けは)しく(そばだ)てるも、其の側に泉流れて冬も夏も絶えず。坂より東の諸国の男女、春の花の開く時、秋の葉の黄づる節、相携ひて駢闐(つらな)り、飲食(をしもの)を齎賚(もちき)て、騎(うま)にも歩(かち)にも登臨(のぼ)り遊楽(たの)しみ栖遲(あそ)ぶ。その唱にいはく、
>
> 筑波嶺に 逢はむと いひし子は 誰が言聞けばか 神嶺(みね)あすばけむ

筑波嶺に 廬(いほ)りて 妻なしに 我が寝む夜ろは 早やも
明けぬかも

詠へる歌甚多くして載車(のす)るに勝へず、俗の諺にいはく、筑
波峯の会に娉の財を得ざれば、児女(むすめ)とせずといへうり。

그런데 이 츠쿠바(筑波)山 정상의 서쪽 봉우리는 높고 험준하여 이
것을 오의가미(雄神/남자신)라고 하여 누구도 오를 수 없다. 그러나
동쪽 봉우리의 四方이 암석이고, 오르내리기는 험준하지만 그 곁에
샘이 흐르고 있고 겨울에도 여름에도 물이 마르는 일이 없다. 아시가
라산(足柄山)의 언덕에서 동쪽 지방의 남여는 봄에는 꽃이 필 때 가
을에는 단풍이 들 때에 모두 데리고 술이나 맛있는 음식을 가지고 말
이나 도보로 올라 노래를 부르거나 춤을 추거나 하며 편안한 시간을
지내는 예이다. 그때에 노래(歌)를 부르는 우타(歌)의 하나 둘을 들자
면 츠구바산(筑波山)의 우타가키(歌垣)에서 말을 주고 받지요라고 말
한, 그 아이는 누가 말하는 것을 듣고 산에서 나와 대화(対話)를 하지
않았을까. 츠구바산(筑波山)에 머물러 동침 할 여자도 없어 혼자서
자는 밤이라 빨리 날이 새지나 않을까 등이 있지만, 읊어진 노래(歌)
를 도저히 여기에는 기록할 수가 없다. 이지방의 속담에 이르기를「
츠구바산(筑波山)」의 우타가키(歌垣)에서 구혼(求婚)의 징표로서의
선물(品物)을 받지 않는 사람은 내딸로서 인정할 수가 없다.」라고 전
하고 있다.(츠쿠바군{筑波郡})

와 같이 화려(華麗)한 우타가키(歌垣)의 행사(行事)가 기록(記録)되고
二首의 노래(歌)가 기록(記録)되고 있습니다. 그 노래(歌)는「츠구바산
에서 만나기로한 아이가 다른 남자(男子)가 말하는 것을 듣고 만날 수
없었다./筑波の山で逢おうと約束した子が、他の男の言うことを聞
いて逢えなかった」는 것이나「그녀를 만날 수 없었던 이런 밤은 빨리

새기를 바라네./彼女を得られなかったこんな夜は、早く明けてくれ」
라는 내용(內容)으로 男子들의 웃는 노래(歌)입니다. 이것도 츠구바(筑
波)의 우타가키(歌垣)의 기본곡조(基本歌曲)라고 생각되고, 츠구바(筑
波)의 우타가키(歌垣)에서 유행(流行)했었다고 말할 수 있습니다. 그리
고 이 가곡(歌曲)도 또한 575777의 형식(形式)을 밟는 기시마곡(杵島
曲)등과 유사(類似)한 단가형식(短歌形式)의 가곡(歌曲)이었던 것은
확실합니다. 즉 이 형식(形式)은 우타가키(歌垣)의 曲調로서 全國에 展
開되고 있다는 것입니다.

　단가(短歌)는 새로운 形式이라고 보는 경우가 있습니다. 또 이 形式
은 漢詩를 배워서 成立했다고 보는 의견(意見)도 있을 수 있습니다.
그러나 단가(短歌)의 가체(歌体)는 일찍부터 우타가키(歌垣)의 증답(贈
答)의 하나로서 存在하고, 결과적(結果的)으로 短歌形式이 증답(贈答)
에 가장 적합(適合)한 형식(形式)으로서 완성도(完成度)를 높인 형식
(形式)이었던 것입니다. 왜 단가형식(短歌形式)이 증답(贈答)에 적합
(適合)했는가는 모르지만, 첫 째 곡조(曲調)의 問題에 있었다고 추측
(推察)됩니다. 두 번째는 가타우타몬토(片歌問答)보다도 적절(適切)한
길이가 있는 것, 세 번째는 단가형식(短歌形式)이 개인(個人)의 정서(情
緖)를 적절(適切)하게 표현(表現)할 수 있는 歌体였던 것으로 생각됩니
다. 특히 세 번째 理由는 이후(以後)의 단가(短歌)의 성질(性質)을 형성
(形成)하는 중요(重要)한 理由였다고 생각되며, 그 出発에 있어서 연가
(恋歌)와 대응(対応)함으로써 短歌로서의 生命을 지니게 됩니다. 그것
은 以上의 점에서 이해(理解)된다고 생각됩니다.

열도(列島)안에는 민족(民族)의 기층(基層)이 되는 곡조(曲調)가 형성(形成)되어 왔다. 여기에서 고대가요(古代歌謠)의 원형이 성립(成立)된 것이다. 또 외래(外来)의 악기(楽器)나 곡조(曲調)의 도래(渡来)에 의해서 이들을 수용(受容)하게 되고 수회(数回)에 걸친 변혁(変革)의 역사(歴史)를 거치면서 민족(民族)의 노래(歌)와 곡조(曲調)가 동시(同時)에 형성(形成) 되었다.

04 노래(歌)와 곡조(曲調)와의 관계(関係)

노래(歌)는 다양(多樣)한 기회(機会)에 불리어지는 것으로 이로부터 우수(憂愁)한 가창문화(歌唱文化)가 발생(発生)하게 되었습니다. 단지 고대(古代)의 일본(日本)에 있어서 노래(歌)가 어떻게 가창(歌唱)되었는가는 분명(分明)하지 않습니다. 『만요슈(万葉集)』의 경우에도 어떻게 불리어졌는지 여러 가지 방법(方法)이 시도(試図)되었기 때문에 흥미진진한 점이 있습니다만, 이것만으로는 확실(確実)한 상황(状況)을 알 수 없습니다. 그러나 문자문예(文字文芸)로써 『만요슈(万葉集)』가 성립(成立)하였다고 하더라도 『만요슈(万葉集)』는 역시 時代에 따라서 불리어졌다는 것을 알 수 있습니다.

만엽시대(万葉集時代)에는 연회(宴会)에서 노래(歌)가 왕성(旺盛)하게 읊어졌던 것을 보더라도 이것을 문자(文字)로 기록(記録) 되어 피로(披露)되었다고만 생각할 수 없습니다. 「도우쇼쇼우에이/ 当所頌栄」 등으로도 기록(記録)되어 있는 것을 보자면 목소리를 내어 불리어진 것으로 생각됩니다. 그것이 어떻게 불리어졌는가를 알 수 없는 것은 대단히 유감스러운 점입니다.

다음시대의 『고킹슈(古今集)』[1]에는 죠우가(雑歌)의 분류(分類)가

있고 거기에는 오우미(近江), 미즈구키부리(水莖ぶり), 시하스야마부리(しはつ山ぶり)라는 명칭(名稱)이 엿보이고, 이들은 우타부리(歌ぶり) 즉 노래(歌)의 곡조(曲調)를 지칭하고 있는 것을 알 수 있습니다. 이와 같은 명칭(名稱)은 또한 『긴카후/琴歌譜』[2]라는 고대가요집(古代歌謠集)에 의하면 시즈우타(しづ歌), 우타이가에시(歌い返し), 가타오로시(片降ろし), 덴닌부리(天人振り)등도 많이 볼 수 있고 확실(確實)히 금곡(琴曲, 거문고에 의한 음악)에 의한 노래(歌)의 곡조(曲調)인 것을 알 수 있습니다. 이와 같은 고대(古代)의 풍속가(風俗歌)를 채록(採錄)한 사이바라쿠(催馬楽)[3]라는 가요집(歌謠集)에 의하면 많은 노래

1) 『고킹와카슈(古今和歌集)』란 헤이안시대초기(平安時代初期)에 편찬된 最初의 칙선와카집(勅撰和歌集). 略称을 『고킹슈(古今集)』라고도 한다. 『古今和歌集』는 卷頭에 가나(仮名)로 기록된 가나죠(仮名序)와 卷末에 마나죠(真名序)의 두개의 序文을 갖는데 가나죠(仮名序)에 의하면 다이고텐노(醍醐天皇)의 칙명(勅命)에 의해 『万葉集』에 선택되지 못한 古時代의 노래(歌)로부터 撰者들의 時代까지의 와카(和歌)를 선택하여 편찬(編纂)하고 앤기(延喜)5年(905年)4月18日에 奏上되었다. 다만 現存하는 『古今和歌集』에는 앤기(延喜)5年 以降에 읊어진 와카(和歌)도 들어가 있고 奏覧의 후에도 内容이 첨부되었다고 볼 수 있습니다. 撰者는 기노츠라유키(紀貫之), 기노토모노리(紀友則)(編纂途上에서 没), 미부노타다미네(壬生忠岑), 오우시고우치노미츠네(凡河内躬恒)의 네 사람이다.

2) 宮中의 오오우타도코로(大歌所/おおうたどころ)에서 教習한 와공(和琴/일본식 거문고)의 譜本. 全1卷. 1924年, 요메이문고(陽明文庫)에서 写本이 発見되었다. 텐강(天元)4年(981年)의 후기(奥書)가 있지만, 編者, 成立年代는 不詳.

3) 사이바라(催馬楽/さいばら)란 헤이안시대(平安時代)에 隆盛한 古代歌謡. 元来存在하는 各地의 民謡・風俗歌에 外来楽器의 伴奏를 첨부한 形式의 歌謡이다. 管弦의 楽器와 笏拍子로 伴奏하면서 노래(歌)를 부른다. 「노래(歌いもの)」의 일종이고 대부분의 경우 遊宴이나 祝宴, 娯楽의 시(際)에 불리어진다. 語源에 대해서는 우마코우타(馬子唄)나 唐楽에서 왔다고 하는 설(説)등도 있지만 정확하지는 않다. 사이바라쿠(催馬楽)는 헤이안시대초기(平安時代初期), 庶民의 사이에서 불리어진 民謡나 風俗歌의 歌詞에 外来의 楽器를 伴奏楽器로서 사용하고 新旋律의 합창(掛け合い), 音楽을 発足시킨 것이고 9世紀부터10世紀에 걸쳐서 隆盛했다. 隆盛의 例로서는 수이코텐노(醍醐天皇)의 時期(897-930)에 사이바라쿠(催馬楽)와 管弦을 맞춘 音楽体系가 一定한 様式으로 정해지고, 天皇이나 구교(公卿)・토노

(歌)를 《율(律)》과 《여(呂)》로 분류(分類)하고 있는 것이 특징(特徵)입니다. 이 율(律)과 여(呂)라는 것은 중국의 음양사상(陰陽思想)에 기초(基礎)한 음계(音階)의 분류(分類)로 율(律)은 양(陽)을 여(呂)는 음(陰)을 나타냅니다.

이 음계(音階)는 12음계(十二音階)로 구성(構成)되어 있고, 12음계(十二音階)는 12개월의 1년을 나타내게 됩니다. 그 12음계(十二音階)를 음양(陰陽)으로 二分化시켜 6률(六律)과 6여(六呂)로 한 것입니다. 사이바라쿠(催馬楽)의 율(律)과 여(呂)는 이 음계(音階)에 기초(基礎)한 것임으로 이들 풍속가(風俗歌)는 중국(中国)으로부터 도래(中国渡来)한 곡조(曲調)에 맞추어 불리어진 것임을 알 수 있습니다.

이러한 외래(外来)의 곡조(曲調)는 당시(当時)의 일본(日本)에는 많았습니다. 헤이안시대(平安時代)에 편찬(編纂)된 『와메이쇼/倭名鈔』4)라

우에비토(殿上人)가 演奏者로서 合奏이나 唱歌를 즐기는「규유우(御遊/ぎょゆう)」가 宮廷에서 개최되게 되었다. 원래 一般庶民의 사이에서 불리어진 歌謡이기 때문에 特히 旋律은 결정되어 있지 않았지만 貴族에 의해서 雅楽風으로 編曲되고「오오우타(大歌)」로서 宮廷에 유입되어 雅楽器의 伴奏로 불리어지게 되면, 宮廷音楽으로서 流行했다. 사이바라쿠(催馬楽)는 雅楽으로서 유입되었기 때문에 여러 번 譜의 選定이 이루어졌고 헤이안시대중기(平安時代中期)에는「율(律)」및「여(呂)」의 2種類의 旋法이 정해졌다. 歌詞는 古代의 素朴한 恋愛등 民衆의 生活感情을 노래(歌)한 것이 많고, 4句기레(切)의 셋토우가(旋頭歌)등의 다양한 歌詞의 形体를 이루고 있다. 사이바라쿠(催馬楽)의 표현법(歌い方)은 流派에 따라서 다르지만 伴奏에 笏拍子와 琵琶(楽琵琶), 소(箏/そう), 쇼우(笙/しょう), 히치리키(篳篥/ひちりき), 龍笛, 大和笛(神楽笛)등의 管楽器・弦楽器이 사용되고 춤(舞)은 동반하지 않는다. 또한 거문고(琴), 일본거문고(和琴)가 첨부되는 것도 있다. 무로마치시대(室町時代)에는 衰退했지만 現存, 그 자체는 17世紀에 古譜에 의해서 復元된 것이다.

4) 와묘우루이쥬우쇼우(和名類聚抄(わみょうるいじゅしょう)는 헤이안시대중기(平安時代中期)에 제작된 辞書이다. 쇼헤이년간(承平年間)(931年 - 938年), 긴시나이신노(勤子内親王)의 요청에 따라서 미나모토노시타코(源順)가 編纂했다. 中国의 分類辞典『爾雅』의 影響을 받고 이다. 名詞는 우선 漢語로 類聚하고, 意味에 의해 分類해서 項目을 세우고 만요가나(万葉仮名)로 日本語에 対応하는 名詞의 읽는

는 사전(辞典)에 의하면 이츠고츠조(壱越調), 소우죠우조(双調), 효우죠우조(平鐘調), 오우시키조(黄鐘調)와 시키조(盤渉調)등의 곡조류(曲調類)가 정리(整理)되어 기록(記録)되어 있고, 이들 중 많은 외래곡(外來曲), 또는 외래곡(外來曲)을 日本人이 편곡(編曲)한 것 등을 들 수 있습니다. 헤이안조(平安朝)의 궁정(宮廷)에서는 외래(外来)의 악곡(楽曲)에 따라서 연중행사(年中行事)때마다 우아(優雅)한 음악(音楽)이 연주(演奏)되고 있었음을 알 수 있습니다. 게다가 사이바라쿠(催馬楽)의 율여(律呂)에서 알 수 있는 것은 일본(日本)의 풍속가(風俗歌)인 가사(歌詞)가 외래(外来)의 곡조(曲調)에 따라서 불리어지고 있다는 점이고 이는 대단히 중요(重要)한 의미(意味)를 갖고 있는 것입니다.

예(例)를 들면 이세바다「伊勢의 海」라는 가사(歌詞)가 있고, 그 주석(注釈)에 의하면 주스이가쿠 효우시하치(拾翠楽 拍子八)라고 기록(記録)되어 있다. 『와메이쇼/倭名鈔』에 의하면 주스이가쿠 (拾翠楽)라는 스이조(水調)의 곡(曲)으로 그 주(注)에는 「율가(律歌)」. 이세(伊勢) 바다의 海曲이 있고」라고 기록(記録) 되어 있음으로 이미「長生楽破 拍子卅二 七段」라는 기록(記録)이 있고, 이「長生楽」은「다카사코(高砂)」가 장수(長寿)를 기원(祈願)하는 노래(歌)로부터 유래(由来)된 와카악곡(和風楽曲)라고 생각되고 와메이쇼(『倭名鈔』)에 보이는「천추악(天寿楽)」이나「만사이악(万歳楽)」에 버금간다고 생각됩니다.

방법(読み)(와메이/和名・倭名)를 붙인 위에 漢籍(字書・韻書・博物書)을 出典으로서 多数引用하면서 説明를 가(加)한 体裁를 취한다. 현재의 国語辞典의 외漢和辞典이나 百科事典의 要素를 多分하게 포함하고 있는 것이 特徵. 当時부터 漢語의 와훈(和訓)를 알기 위해 重宝시되고, 에도시대(江戸時代)의 国学発生以降、헤이안시대(平安時代)의 以前의 語彙・語音를 알 수 있는 資料로서 또한 社会・風俗・制度등을 알 수 있는 史料로서 国文学・日本語学・日本史의 世界에서 重要視되고 있는 서책((書物)이다.

9세기(九世紀)중엽의 닌메이텐노(仁明天皇)의 時代에 백십삼세(百十三歲)의 오하리한슈(尾張浜主)라는 老人이 노래(歌)하고 춤 추(舞)었다고 하는「와카장추악(和歌長寿楽)」과도 흡사한 악곡(楽曲)이었던 것으로 생각되고, 와풍(和風)이란 한풍(漢風)의 번역(翻訳)을 의미(意味)한다고 생각됩니다. 파(破)는 서파급(序破急)의 파(破)이고 박자(拍子)에 変化가 많아지는 것을 나타내는 것입니다. 그 박자(拍子)가 卅二이고, 七段은 四라는 주석(注釈)을 달고 있기 때문에 가악(雅楽)을 배우고 있는 분에게는 어느 정도(程度)의 音階나 템포가 理解되리라고 생각됩니다.

이러한 가악(雅楽)의 도래(渡来)는 나라조이전(奈良朝以前)라는 것은 나라조이전(奈良朝以前)의「다이호율령/大宝律令」을 계승(継承)한「요로율령/養老律令」의「직원령(職員令)」에 가가쿠료(雅楽寮)가 설치(設置)되어 있었던 것입니다. 가가쿠료(雅楽寮)는 당악(唐楽), 고구려악(高麗楽), 신라악(新羅楽), 기악(伎楽)등의 외래악(外来楽)의 전문가(専門家)가 설치(設置)되고 또한 일본고래(日本古来)의 가무(歌舞)의 전승자(伝承者)도 설치(設置) 되어 있는 것은 주목(注目)할만한 것입니다. 일찍이 일본고래(日本古来)의 가무(歌舞)가 가악(雅楽)의 안에 설치(設置) 되어 있었던 것을 알 수 있지만, 그것은 귀족(貴族)들의 세계(世界)에 풍류(風流)를 형성(形成)되게 되었습니다.『만요슈(万葉集)』에는 텐표(天平)八年의 겨울에 가무소(歌舞所)의 제왕(諸王)이나 제신(諸臣)들이 후지이노히로나리(葛井広成)라는 문악(文雅)의 집에 모여서「고카(古歌)」나「고교쿠(古曲)」를 즐기는 풍류(風流)의 노래(歌)를 읊고 있습니다. 이 시기(時期)의 노래(歌)에는 매화꽃(梅花)에 휘파람새(梅に鶯)를 읊은 것입니다만, 이점에서 생각하자면「梅花落」라는 중국(中国)의 적곡(笛曲)이었던 것을 추측(推測)할 수 있습니다. 이보다 먼저 『만요슈(万葉集)』의 第三期의 우타비토(歌人)인 오오토모타비비토(大伴旅人)[5]는 다자이후(大宰府)에서 게료삼십이(下僚三十二)명을 모아서 「梅花의 연회(宴会)」를 열고 한 사람당 한 슈(一首)의 매화꽃(梅花)의 노래(歌)를 읊는 풍류(風流)를 만끽하는 것입니다. 나라시대(奈良時代)에는 궁정(宮廷)의 관저(邸宅)에서 외래악(外来楽)이 들렸을 것입니다. 또는 사이바라쿠(催馬楽)의 「새해/新年」의 가사(歌詞)를 보자면

> 新(あたら)しき 年の始めに や 斯くこそ はれ 새해가 되어 이처럼 맑으니
> 斯くこそ 仕えまつらめ や 万代までに 이처럼 최후까지 섬기리 만대에까지

라고 읊어지고 있습니다만, 이것은 텐표(天平) 十四年正月에 군신(君

---

5) 오오토모다비비토(大伴旅人/おおとものたびと、텐치텐노(天智天皇)4年(665年) - 텐표(天平)3年7月25日(731年8月31日)은 나라시대초기(奈良時代初期)의 貴族, 우타비토(歌人)。다이나곤(大納言)・오오토모야스마로(大伴安麻呂)의 子。官位는 쇼우니이(従二位)・다이나곤(大納言)。714年 와도우(和銅7年)父인 야스마로(安麻呂)가 사망한다. 718年 요로우(養老2年)에 추우나곤(中納言)으로 임명된다. 720年의 요로우(養老)4年은 山背摂官이 되고, 그 後 하토지세츠다이장군(征隼人持節大将軍)으로서 하토(隼人)의 反乱을 鎮圧했다. 징기년간(神亀年間)(724年-729年)에는 다자이소치(大宰帥)로서 규슈(九州)의 다자이후(大宰府)에 妻子[야카모치(家持)・가키모치(書持)]를 동반하여 赴任하고 야마노우에노오쿠라(山上憶良)와 함께 츠쿠바가단(筑紫歌壇)을 形成했다. 妻를 다자이후(大宰府)에서 잃은 後에는 오오토모사카가미노이라츠메(大伴坂上郎女)가 西下하고 야카모치(家持), 가키모치형제(書持兄弟)를 養育하고 있다. 730年(텐표天平2年)다이나곤(大納言)에 임명되어 京都에 되돌아오고 다음해(翌)731年(텐표天平)3年에 従二位로 昇進하지만 얼마 되지 않아 病을 얻어 사망하였다. 政治的으로는 나가야오우파(長屋王派)하고 되어있다. 漢詩集 『가이후우소(懐風藻)』에 漢詩作品이 수록되어 있고 『万葉集』에도 와카작품(和歌作品)이 78首選出되고 있지만, 와카(和歌)의 다수는 다자이후소치임관이후(大宰帥任官以後)의 것이다. 술(酒)을 찬양하는 歌十三首를 읊고 있고 술(酒)을 좋아하는 인물(人物)로서 알려져 있다.

臣)들이 연회(宴会)를 베풀고 고세치(五節)6)의 춤(舞)을 추고 少年·少女들이 답가(踏歌)를 불렀을 때에 三位以下의 사람들이 거문고(琴)를 타면서 부른 노래(歌)와 거의 동일(同一)한 것 입니다. 사이바라쿠(催馬楽)의 경우 이것은 여(呂)의 노래(歌)에 포함되어 있습니다. 이 時代에는 와카(和風)로 편곡(編曲)되어 있었던 것이 많았던 것으로 여겨지며, 이와 같이 편곡(編曲)되거나 또는 새롭게 작곡(作曲)하여 楽器에 맞추어 노래(歌)를 부르는 것이 風流라고 간주되었던 것입니다. 『만요슈(万葉集)』에 보이는 天皇이 개최(開催)하는 공연(公宴)이나 貴族들의 사연(私宴)에서 불리어지 대부분(大部分)의 노래(歌)는 그 노래(歌)의 내용(内容)에 따라 曲調를 정해놓고 노래(歌)를 불렀던 것은 아닌가 하고 추측(推測)됩니다.

그런데 노래(歌)가 曲調와 함께 불리어졌던 흔적(痕跡)을 농후(濃厚)하게 보이고 있는 것은 『고지키(古事記)』의 가요(歌謡)입니다. 『고지키(古事記)』의 가요(歌謡)는 『니혼쇼키(日本書紀)』에도 다르게 기술(記述)되어 있습니다만 『니혼쇼키(日本書紀)』는 『고지키(古事記)』만큼은 曲調에 関心을 보이고 있지 않습니다. 『고지키(古事記)』가 曲調에 많은 関心을 보이고 있는 것은 아마도 외래악(外来楽)의 곡조(曲調)와 만났을 때 발생(発生)했었던 것으로 생각됩니다. 이로써 日本古来

---

6) 고세치마이(五節舞,五節の舞/ごせちのまい)란 다이나메사이(大嘗祭)나 니이나메사이(新嘗祭)에 행해진 豊明節会이고 오오우타토코로(大歌所)의 別当을 指示한 것, 오오우타토코로(大歌所)의 사람이 노래(歌)하는 오오우타(大歌)에 맞춰서 춤(舞)을 춘다. 4~5명의 우타히메(舞姫)에 의해서 춤을 추는 춤(舞). 다이나메사이(大嘗祭)에서는 5명. 오오우타토코로(大歌所)에는 이즈미국(和泉国)에서 「十生」라고 하는 사람(人)이 上洛하고『衛府官装束抄』「和田文書」-大日本史料所引-외에), 臨時로 오오우타토코로(大歌所)에 초청을 받은 官人에게 教習한다. 別当로는 이 오오우타토코로(大歌所)의 責任者이다.

의 노래(歌)를 새롭게 재정비(再整備)하고 정리(整理)한 것이 『고지키(古事記)』歌謠의 歌曲이었던 것으로 추측(推測)됩니다. 거기에는 가미카다리우타(神語歌), 히나부리(夷振), 히나부리아게우타(夷振上歌), 히나부리가게시타시(夷振片下), 시즈우타(志都歌), 시즈우타가에시(志都歌歌い返し), 시라게우타(志良宜歌), 미야비도부리(宮人振), 아마다부리(天田振), 우기우타(宇岐歌), 요미우타(読歌)등의 歌曲을 볼 수 있습니다. 이들 曲調가 나나가시

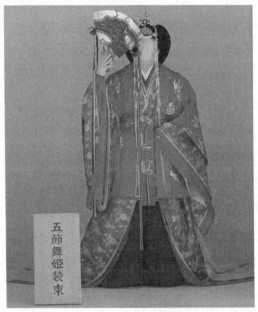

고세치마이히메인형(五節舞人形)

부리(某振)라든가 우타가에시부리(歌返し振)라든가 가타오로시(片下し)등과 같이 이들 曲調가 어떤 상태(状態)였는지는 모르지만 예(例)를 들자면 『고지키(古事記)』에는 유라구텐노(雄略天皇)라는 영웅(英雄)

으로 호색가(色好み)인 천황(天皇)이 登場합니다만, 그 天皇이 야마토(大和)의 미와강(美和河)에 행차(御幸)했을 때 아름다운 처녀를 보고 결혼약속(結婚約束)을 한다는 이야기가 있습니다. 그런데 천황(天皇)은 그 약속(約束)을 완전(完全)히 잊어버리고 처녀는 80세가 되고 어쩔 수 없이 궁궐에 나가 지금까지 계속 기다렸던 것을 증오하면서 호소하는 것입니다. 천황(天皇)은 놀라서 사과를 하고 노파(老婆)와 하룻밤을 지내려고 했습니다만, 노파(老婆)의 거절(拒絶)로 노래(歌)를 불러 위로(慰労)하였다고 합니다. 그때에 읊어진 四首의 노래(歌)가 있고 이들은 시즈우타(志都歌)라고 기술(記述)되어 있습니다. 그 3번째의 노래(歌)에

御諸に 築くや玉垣 築き余し 誰にかも依らむ 神の宮人
미무로에 둘러쳐져 있는 훌륭한 담장. 그 담장이라는 말은 아니지만, 신을 청정하게 모시며 세월을 보내고, 지금은 누구에게 의지할 것인가, 신궁에서 신을 모시고 있는 궁인들은

라는 노래(歌)가 있고, 이것은 『긴가후/琴歌譜 7)』에 수록(収録)되어 있는 노래(歌)입니다. 그 긴가후(琴歌譜)는 이 노래(歌)를 시즈우타(しづ歌)로서 들고 있으며 이어서 우타가에시(歌返)로

島国の 淡路の三原の篠(ささ) さ根掘じに い掘じ持ち来て
朝妻の 御井の上に植ゑつ や 淡路の三原の篠
섬 지방(島国)인 아와지섬(淡路島), 그 니하라(三原)의 갓(笠)를 뿌리채로 뽑아가지고 와서

---

7) 궁중(宮中)의 오오우타토코로(大歌所/おおうたどころ)에서 教習한 일본거문고(和琴/わごん)의 악보(譜本). 全1卷。1924年, 요메이문고(陽明文庫)에서 写本으로 発見되었다. 텐겐(天元)4年(981年)의 간기(奥書)가 있지만, 編者, 成立年代不詳.

나라(奈良)의 아사츠마(朝妻)에 있는 우물(井戸)의 위에 심었어요. 아
와지섬(淡路島)의 미하라(三原)의 작은 대(笹)를

라는 노래(歌)를 들고 있습니다. 이것이 어떻게 앞의 노래(歌)와 관계
(関係)가 있는지는 현재(現在)로서는 설명(説明)할 수 없지만, 아무튼
「우타가에시/歌返し(증답)」라는 형태(形態)로 앞의 노래(歌)를 잇고 있
는 것은 事実입니다. 또한 여기에는 가타부리(片降)라는 노래(歌)도 붙
어 있습니다. 그에 의하면

木綿垂(ユフシ)デテ 神ノ崎ナル 稲ノ穂ノ 諸穂ニ垂デヨ コレチフモ
ナシ
신장대(御幣)[8]를 늘여 뜨려 제사를 지내는 카미미사키(神岬)의 벼이
삭이여, 많은 이삭을 내어라
그렇게 되기를 바라네

고헤이(御幣)

---

8) 고헤이(御幣/ゴヘイ)란 神道의 祭祀에 사용되는 공물(幣帛/헤이하구)의 一種으로
두개(2本)의 종이장식(紙垂)을 대(竹), 또는 나무(木)의 공물(幣串)에 끼운 것이다.
공물(幣束/ヘイソク)、오리(幣/ヌサ)라고도 한다. 通常, 종이장식(紙垂)은 흰 종이
(白紙)로 만들지만 고헤이(御幣)에 부착하는 종이장식(紙垂)은 백색(白)만이 아니
고 五色의 종이(紙)나, 金箔・銀箔이 사용되는 경우도 있다.

라고 기술(記述)되어 있습니다. 이것도 왜 가타후리(片降)가 되었는지 불분명(不明)하지만 시츠우타(しづ歌)로서 이처럼 수록(収録)되어 있는 것입니다. 『긴카후(琴歌譜)』의 내용(内容)에서 보자면 이것은 유랴쿠텐노(雄略天皇)의 노래(歌)라고 하는 시츠가(志都歌)와는 직접적(直接的)으로 관계(関係)가 없다고 생각됩니다. 오히려 『고지키(古事記)』의 유랴쿠텐노(雄略天皇)의 노래(歌)는 어떤 단계(段階)에서 天皇의 이야기(物語)로 삽입(挿入)된 노래(歌)로 추정(推定)됨으로 노래(歌) 그 자체는 별도(別途)로 전송(伝承)되어 있었던 것이라고 생각됩니다. 『긴카후(琴歌譜)』가 이와 같이 전(伝)해 내려오고 있는 것은 그것을 지칭하고 있다고 할 수 있습니다.

이들은 어떤 곡조(曲調)였던가를 추측(推測)할 수 있습니다. 거문고(琴)라는 악기(楽器)의 반주(伴奏)에 따라 가창법(歌い方)을 変化를 주면서 읊어 지고 있는 노래(歌)인 것입니다. 특히 기기(記紀)의 가요(歌謡)가 모두 악기(楽器)를 사용(使用)했는가 하면 반드시 그렇지만은 않은 것 같습니다. 예(例)를 들면 요시노(吉野)에 있었던 구즈(国主)라는 술(酒)을 만들어 그것을 오오자키노미코도(大雀命, 後의 仁徳天皇)[9]

---

9) 닌토쿠텐노(仁徳天皇/にんとくてんのう), 진구코고황후섭정(神功皇后摂政)57年 (257年) - 닌토쿠텐노(仁徳天皇)87年1月16日(399年2月7日)는 日本의 第16代天皇 (在位: 닌토쿠텐노원년仁徳天皇元年)1月3日[313年2月14日] - 同87年1月16日(399年2月7日)]. 古事記의 간시호년(干支崩年)에 의하면 오우징텐노(応神天皇)의 사망(崩御)이 西暦394年, 닌토쿠텐노(仁徳天皇)의 사망(崩御)이 西暦427年되고, 그 사이가 在位期間이 된다. 名은 오호사자키노미코토(大雀命/おほさざきのみこと)(『古事記』), 大鷦鷯尊(おほさざきのみこと)오호사자키노스메라미코토(大鷦鷯天皇/おほさざきのすめらみこと)·聖帝(『日本書紀』)·나니와텐노(難波天皇)(『万葉集』)。오우징텐노(応神天皇)의 사망(崩御)後, 가장 有力시되었던 皇位継承者인 우지노와카이라츠코미코(菟道稚郎子/うじのわきいらつこ)皇子와 서로(互いに) 皇位를 양보했지만 미코(皇子)의 죽음(死)(『日本書紀』에는 니토쿠텐노(仁徳天皇)에게 皇位를 양보하기 위해 自殺했다고 전(伝)한다)으로 即位했다고 한다.

에게 헌상(献上)했을 때에 휘파람(口鼓)을 불고 가창력(歌唱力)을 발

닌토쿠천황(仁德天皇)의 능(陵)

휘(発揮)하여 읊었다고 합니다. 이것은 입에서 강한 소리를 내어 그것
을 손뼉을 치며 독특(独特)한 소리를 내는 方法이었던 것으로 여겨집니
다. 요시노(吉野)의 구즈(国主)라는 이민족(異民族)의 예능(芸能)으로서
기술(記述)되어 있기 때문에 궁정(宮廷)에서는 독특한 것이었습니다.
이 점에서 궁정(宮廷)의 가곡(歌曲)은 이와 같은 이민족(異民族)의 예
능(芸能)과 같은 것은 아니고 이미 고도(高度)로 정비(整備)되었던 것
을 엿볼 수 있습니다.

　또한 『고지키(古事記)』에서 배나무(木梨)의 가벼운 북과 가벼운 오
오이라츠메(大郎女)와의 비극적(悲恋的)인 이야기(物語)에는 특히 다
양(多樣)한 곡조(曲調)가 나타나고 있습니다. 이 슬픈 사랑이야기(悲恋
物語)에는 오빠인 태자(太子)가 즉위직전(即位直前)에 같은 어머니의
딸(同母妹)인 여동생(妹)과 서로 사랑하는 연인(恋人)사이가 되고 세상

(世間)사람들의 신망(信望)을 잃은 끝에 남동생(弟)인 미코(皇子)에게 붙잡혀 이여섬(伊予島)에 유배되고 최후(最後)에는 자살(自殺)을 한다는 이야기입니다. 여기에는 시라게우타(志良宜歌), 히나부리노아게우타(夷振の上歌), 미야비도부리(宮人振), 아마다부리(天田振), 히나부리노가게시타시(夷振の片下), 요미우타(読歌)등으로 볼 수 있지만, 이 이야기(物語)는 명백(明白)히 当時의 가극(歌劇)이었던 것을 알 수 있습니다. 장면(場面)마다의 노래(歌)는 각각의 곡조(曲調)에 따라서 다르기 때문에 최초(最初)에 두 사람이 처음으로 서로 사랑하게 된 장면(場面)의 노래(歌)는 시라게우타(志良宜歌)라고 하며 두 사람의 사건(事件)이 세상 사람들에게 발각되었음에도 불구하고 서로 사랑하는 내용을 읊은 것이 히나부리노아게우타(夷振の上歌)였습니다. 그런데 동생(弟)인 미코(皇子)가 兵士를 보내자 太子는 臣下의 집으로 도망쳤지만 그 때 신하(臣下)가 읊은 노래(歌)가 아마다부리(天田振)입니다. 그러나 太子는 붙잡혀 이요(伊豫)에 유배(流配)되게 되고, 그때 여동생(妹)을 그리워하며 읊은 것이 아마다부리(天田振)이고, 게다가 계속해서 사랑하는 여동생(妹)이 있는 곳에 반드시 돌아오겠다는 심정을 읊은 노래(歌)가 히나부리가타오로시(夷振片下)입니다. 더욱이 여동생(妹)은 끌어 오르는 연정(恋心)을 못내 억제(抑制)하지 못하여 오빠(兄)의 뒤를 쫓아 오빠(兄)를 만나서 그 노래(歌)에 응답한 오빠(兄)인 태자(太子)가 읊은 노래(歌)가 요미부리(読歌)입니다.

이 이야기(物語)는 같은 어머니(同母)사이에 태어난 오빠(兄)와 누이(妹)의 비애(悲恋)를 가극(歌劇)으로 완성(完成)한 작품(作品)입니다만, 이와 같은 불행(不幸)한 연애(恋愛)가 가극(歌劇)으로서 成立한 것은 오빠(兄)와 여동생(妹)이라는 근친혼(近親婚)의 금기(禁忌)를 포함한 신화적(神話的)인 요소(要素)도 있습니다만, 이것은 사랑의 도피(逃避)의 노래(歌)를 배경(背景)으로서 정사(情死)의 노래(歌)로 완성(完成)되게 됩니다. 불행(不幸)한 자유연애(自由恋愛)끝에 동반자살(同伴自殺)을 하는 것이 일본근세(近世)의 소설작품(物語)입니다만, 그에 앞서 고대(古代)에도 정사(情死)를 노래(歌)하는 전통(伝統)이 존재(存在)했었던 것을 알 수 있습니다.

가루태자(軽太子)[10]의 이야기(物語)는 왕권(王権)에 대한 반역(反逆)이라는 요소(要素)가 포함되어 왕권측(王権側)에서 이 연애시(恋歌)를 폭력적(暴力的)으로 청산(清算)되게 되지만, 이것은 오누이(兄妹)의 정사(情死)의 노래(歌)의 형태안(形態中)에 있는 것은 확실(確実)합니다. 무엇보다도 가루노히츠기노미코(軽太子)와 오오이라츠메(大郎女)

---

10) 소토오리히메(衣通姫/そとおりひめ、そとおしひめ)는 記紀에 絶世의 美女라고 伝承되는 人物。소토오시노이라츠메(衣通郎姫/そとおしのいらつめ)・衣通郎女・衣通王。매우 아름다운 女性이었기 때문에 그 아름다움이 옷(衣)을 통해서 빛나는 점에서 이 이름이 있다. 일본(本朝)의 三美人의 한사람(一人)이라고 한다. 記紀의 사이(間)에서 소토오리히메(衣通姫)의 設定이 다르다.『古事記』에는 잉교우텐노히메미코(允恭天皇皇女)의 가루노오오이라츠메(軽大郎女/かるのおおいらつめ)의 別名으로 하고 同母兄인 가루노히츠기노미코(軽太子/かるのひつぎのみこ)와 정(情)을 통하는 금기의 범죄를 저질렀다. 그것이 原因으로 잉교우텐노(允恭天皇)의 사망 후(崩御後), 가루노미코(軽太子)는 群臣에게 미움을 사서 失脚, 이요(伊予)에 유배(流刑)되지만, 소토오리히메(衣通姫)도 그를 따라 이요(伊予)로 향하고 再会를한 두 사람(二人)은 동반자살(心中)을 한다(衣通姫伝説).『日本書紀』에 있어서는 잉교우텐노(允恭天皇)의 皇后인 오시사카노오오나카츠노히메(忍坂大中姫/おしさかのおおなかつのひめ)의 여동생(妹)・오토히메(弟姫/おとひめ)라고 하고 잉교우텐노(允恭天皇)에게 총애(寵愛)를 받은 공주(妃)로서 묘사된다. 오우미사카다(近江坂田)에서 환송을 받아 입궁(入内)하고, 후지와라궁(藤原宮)[나라현가시하라시(奈良県橿原市)에 살았지만 皇后의 질투(嫉妬)를 理由로 가우치(河内)의 치누노미야(茅淳宮/ちぬのみや、大阪府泉佐野市)로 이주하여 살고 天皇은 수렵(遊猟)을 빌미로 하여 소토오리히메(衣通郎姫)의 처소를 계속 찾아다녔다. 皇后가 이를 훈계(諫め諭す)하자 以後의 행차(行幸)는 드물어졌다고 한다.

의 비애소설(悲哀物語)의 노래(歌)에 多数의 曲調가 있다고 하는 것은 이것이 일대(一大)의 서사시(叙事詩)(大歌)인 同時에 가극(歌劇)의 대본(台本)이었던 점, 커다란 理由를 발견 할 수 있습니다. 古代의 자유연애(自由恋愛)의 結果인 悲恋은 이 사랑의 도피와 정사(情死)의 노래(歌)의 전통(伝統)을 계승하고 있다고 볼 수 있습니다. 사랑의 도피의 노래(歌)는 中国의 소수민족(少数民族)의 사회에서도 많이 볼 수 있으며, 운남성(雲南省)의 리스족(族)은 특히 도혼조(《逃婚調》)라는 曲調를 갖고 있습니다. 부모(親)가 결정한 結婚에 저항(抵抗)하여 사랑의 도피를 하는 노래(歌)이기 때문에 사랑의 도피조(駆け落ち調)라고 부르는 것입니다. 리스(リス)族의 노래(歌)는 송시(頌詩), 찬주가(酒詩), 古詩, 제시(祭詩), 정시(情詩)등으로 分類되고 있지만, 이들 노래(歌)의 曲調를 송가조(頌歌調), 주가조(酒歌調), 고가조(古歌調), 제가조(祭歌調), 정가조(情歌調)라고 불리고 있는 것은 노래(歌)와 곡조(曲調)가 不離된 것을 意味하기 때문입니다.

일찍이 中国의 소수민족(少数民族)의 곡조(曲調)는 복잡(複雑)하였고, 후이족(布依族)의 노래(歌)에 대조(大調)와 소조(小調)의 区別이 있었고, 대조(大調)는 서사(叙事)·축추(祝酒)·영연송객(迎宴送客)·소정설리(訴情説理)에 사용(使用)되었고, 소조(小調)는 정가(情歌)를 노래(歌)할 때에 사용(使用)되고 있습니다. 대조(大調)는 공적(公的)인 曲調나 内容, 小調는 恋歌등의 私的인 曲調와 内容에 의한 区別이 가능합니다. 운남다이리(雲南大理)에 가까운 지카이(洱海)의 주변(周辺)의 지카이서산(洱源西山)의 배족(白族)에서 볼 수 있는 서산조(西山調)에 의하면 形式은 독창(独唱), 또는 대창(対唱)이고 가사(歌詞)는 七句의 단락(段落)을 지니고 上下良段形으로 불리고 있습니다. 여기에는 세 종류의 구식(句式)이 있고, 하나는 七七五, 七七七五句式, 두 번째는 七三五, 七七七五의 句式으로 二種類는 第一·三·五·七句째에 韻을 더하고, 셋째로 七七七五, 七七七五의 句式으로 이것은 第一·二·四·六·八句에 운(韻)을 더한다고 합니다. 그리고 이들 매단(每段)의 말미(末尾)에는 「아이야/阿衣約」의 말(語)로 고르고 前段과 後段을 연결(連結)하는 선율(旋律)이 된다고 합니다. 七七七五調는 近世의 일본(日本)에 만연(蔓延)된 도도이츠계(都都逸系)와 동일(同一)한 내용(内容)입니다만 이들도 注目해야 할 곡조(曲調)입니다.

곡조(曲調)는 각 민족(各民族)의 가창문화(歌唱歌文化)에 의해서 독자적(独自的)으로 형성(形成)되고 발전(発展)해왔다고 생각됩니다만, 中國의 소수민족(少数民族)의 곡조(曲調)에서 보면, 각 종류(各種類)의 가곡(歌曲)이 각각의 곡조하(曲調)에 불리어 졌던 것은 분명(分明)합니다. 『고지키(古事記)』에 보이는 歌謡를 들자면 결국(結局) 가미가타리우타(神語歌)는 가미가타리조(神語調)이고, 주악가(酒楽歌)는 주악조(酒楽調)이고, 호기우타(寿歌)는 호기조(寿調)이고, 시라게우타(志良宜歌)는 시라게조(志良宜調)라는 것입니다. 나니가시부리(某振)라고 불리는 것은 曲調의 구체적(具体的)인 명칭(名称)이었다고 생각되며, 이들 노래(歌)의 曲調를 再現하는 것은 불가능(不可能)할지라도 여기에는 다수(多数)의 歌曲과 풍부(豊富)한 곡조(曲調)를 가지고 노래(歌)가 불리어지는 것은 확실(確実)합니다.

아마도 『고지키(古事記)』를 거슬러 올라가는 것은 훨씬 오래된 古代時代부터 기층(基層)이 되는 民族의 曲調가 열도 내(列島内)에서 形成되고, 이어서 새로운 外来의 악기(楽器)나 曲調가 도래(渡来)하고, 그리고 이것들도 포함하여 여러 번 변혁(変革)의 歴史를 거치면서도 아무튼 『고지키(古事記)』등에 겨우 民族의 曲調의 存在가 나타나게 되었다고 생각합니다. 『고지키(古事記)』가 曲調에 고집(固執)한 것은 文字를 전체(前提)로 한 책(書物)이기 전(前)에 노래(歌)로 불리어지는 것을 전체(前提)해서 노래(歌)가 存在했다는 것으로 생각됩니다. 『고지키(古事記)』의 기록자(記錄者)인 아즈마마로(安万侶)는 이 民族의 曲調를 <소리/音>으로서 기록(記錄)하는 것이 不可能했던 것을 지금도 유감(有感)스럽게 생각하고 있습니다.

古代日本의 노래(歌)의 基本音은 短(五)와 長(七)을 組合해서 連続構成에 의한 것입니다. 이 基本音은 古代에 存在했던 歌謡의 歌体에 共通的으로 확인(確認)이 가능합니다. 그때의 五音은 노리토(祝詞)이고 七音은 意味内容을 지칭합니다.

05 정형(定型)의 발생(発生)

短歌는 五七五七七를 정형(定型)으로 하면서도 그 出生은 반드시 불명확(不明確)하다고 생각됩니다. 음율(音律)의 유형(類型)에서 보자면 短歌는 오음율(五音律)과 七音律과의 두 번의 반복(反復)에 七音律이 포함되는 그 형식(型式)이 成立하고 있습니다. 우리가 理解할 수 있는 古代의 문헌(文献)을 보자면, 그 형식(型式)이 지나치게 정비(整備)되어 있는 問題도 있습니다만, 무엇보다도 그 発生的인 단계(段階)에 정형(定型)에서 이라는 과정(過程)을 거쳐 진화론적(進化論的)으로 形成되었다고 생각되는 흔적(痕跡)은 보이지 않습니다. 『만요슈(万葉集)』의 時代에는 이미 現在의 정형(定型)을 획득(獲得)하였을 뿐만 아니라 短歌史的으로는 一定한 完成을 보았다고 생각할 수 있습니다. 이 점에서 보자면 短歌의 탄생(誕生)은 『만요슈(万葉集)』의 단계(段階)를 훨씬 뛰어넘어 『고지키(古今集)』나 『니혼쇼키(日本書紀)』등에 게재(掲載)된 古代歌謡(記紀歌謡)에서 찾을 必要있다고 생각됩니다. 短歌는 어떻게 해서 탄생(誕生)했는가. 短歌의 誕生에 대해서는 일찍이 関心이 많았던 것을 알 수 있고, 이미 『고지키(古今集)』의 가나죠(仮名序)에 다음과 같이 기록(記録)되어 있습니다.

この歌、天地(あめつち)のひらけはじまりける時よりいできにけり。〈天の浮き橋のしたにて、女神男神となりたまへる事をいへる歌なり。しかあれども、世につたはることは、　ひさかたの天にしては、下照姫(したてるひめ)にはじまり、下照姫(したてるひめ)とは、天稚御子(あめわかみこ)の妻なり。兄の神かたち岡谷にうつりかがやくをよめる夷歌(ひなうた)なるべし。これらは文字の数もさだまらず、歌のやうにもあらぬことどもなり。〉あらがねの地にしては、素盞鳴尊(すさのをのみこと)よりぞおこりける。ちはやぶる神代には、　歌の文字もさだまらず、すなほにして、ことの心わきがたかりけらし。人の世となりて、素盞鳴尊(すさのをのみこと)よりぞ、三十文字あまり一文字よける。〈素盞鳴尊(すさのをみこと)は天照大神のこのかみなり。女とすみたまはむとて、出雲国に宮造りしたまふ時に、その所に、やいろの雲のたつを見て、よみたまへるなり。八雲立つ出雲八重垣妻ごめに八重垣つくるその八重垣を。〉

이 노래(歌)는 천지가 갈라지고 신(神)이 태어나고 와카(和歌)가 발생(発生)했을 때의 일이다. 아마노우스하시의 아래에서 여신(女神)과 여신(女神)이 탄생(誕生)한 사건(事件)을 노래(歌)한 노래(歌)이다. 그런데 세상에 전승(伝承)되기는 천상(天上)에서는 시타데루히메(下照姫)의 노래(歌)가 지상(地上)에서는 사노오노미코토(素盞鳴尊)의 노래(歌)가 처음이었다. 시타데루히메(下照姫)란 아메노가미코(天稚御子)의 아내(妻)이다. 오빠 신(兄神)의 얼굴이 비춰서 빛이 나는 것을 읊은 히나부리(夷歌)의 노래(歌)이다. 이들은 문자수(文字数)도 정(定)해져 있지 않고 노래(歌)의 형태(形態)도 갖추지 못했다. 아라가네노 지방(地方)에서는 스사노오미코토(素盞鳴尊・すさのをみこと)에 의해서 일어났다. 고래(古来)의 神代에는 노래(歌)의 문자(文字)도 정(定)해지지 않았고 자연스럽게 사물(事物)을 이해(理解)하기도 힘들었었다. 인사(人事)이래 스사노오노미코토(素盞嗚尊)의 때부터 31의 문자중(文字中)는 1文字는 읽을 수 있었다. 스사노오노미코토(素盞嗚尊)는 아마데라스오오카미(天照大神)가 이신(神)의 오빠이다. 여자(女子)와 함께 살기 위하여 이즈모(出雲)의 지방(地方)에 궁궐을 지을 때에 그곳에서 8색(色)의 구름이 끼는 것을 보고 읊었다. 뭉게뭉게 피어오르는 이즈모의 구름이여 여러 겹으로 된 담처럼 쳐져있구나, 사랑하는 아내(妻)를 머물게 하려고, 여러 겹의 울타리를 만들기에 좋은 울타리여.

여기에서는 기기(記紀)의 신화시대(神話時代)에 이미 短歌의 기원(起源)이 있었던 것을 말해주고 있습니다. 츠라유기(貫之)들의 기원설(起源説)에 의하면, 天上에서는 이자나기, 이자나미(神)가 하늘의 우키바시(天の浮き橋)에서 결혼(結婚)할 때 「아아 멋진 남자여/あなにやし、ゑをとこを」「아아 훌륭한 남자여/あなにやし、ゑをとこを」라고 서로 사랑의 언어(愛の言葉)를 주고받으면서 神代의 例나 하늘(天)에 승천(昇天)하는 오빠의 아름다움을 찬양(賛美)하는 시타데루히메(下照姫)의 노래(歌)의 예(例)로 시작됩니다만, 이들은 노래(歌)의 文字도 정립(定立)되지 않았고, 노래(歌)의 마음(心)도 理解가 곤란(困難)했던 점, 정확(正確)히 말하자면 地上의 세계(世界)에 있어서 스사노오노미코도(スサノヲ命)가 이즈모(出雲)에서 야마타노오로치(ヤマタノオロチ)를 퇴치(退治)하고 구시나비공주(クシナダ姫)와 결혼(結婚)할 때에 부른 노래(歌)가 그 시작이라고 하는 것입니다. 가나죠(仮名序)에서 시작되는 단기기원설(短歌起源説)은 이후(以後)의 가학(歌学)의 기본적(基本的)인 틀이 됩니다만, 물론 이것은 후카이(付会)의 伝説에 지나지 않습니다.

따라서 短歌의 誕生을 스사노미코도(スサノ命)의 야에가키(八重垣)의 노래(歌)에서 찾는 것은 곤란(困難)합니다만, 단지 이 노래(歌)는 短歌가 成立한 고대적 상황(古代的状況)을 다소나마 언급(言及)하고 있다고 생각됩니다. 그 이유(理由)의 하나는 이 노래(歌)가 반복에 의해서 성립(成立)된 점이고 반복(反復)하는 의미(意味)가 오리구치시노부(折口信夫)氏의 설(説)에 의하면 言語의 주력(呪力)을 고양(高揚)시키는 것이라고 한다면(「国文学의 発生」), 그 흐름 가운데 이 노래(歌)가 존재(存在)했었다는 것입니다. 그 이유(理由)의 두 번째는 이즈모(出雲)라는 地名에 야구모다츠(八雲立つ)라는 마쿠라고토바(称詞/枕詞)가 사용(使用)되고 있고, 이것도 오리구치시노부(折口信夫)에 의하면 마쿠라고토바(称詞)는 神名이나 地名을 지칭하는 노리토(祝詞)이고(同上) 거기에는 神의 선언(宣言)으로 호칭(呼称)되는 지방(土地)이 있고, 사람들은 그와 같이 성화(聖化)된 유서(由緒)있는 지방(土地)에 살게 되었다고 합니다. 그것이 고대적(古代的)인 발상(発想)의 기반(基盤)입니다.

　　이와 같은 고대적(古代的)発想은 고대문헌(古代文献)에서 여러 번 볼 수 가 있습니다만, 그것이 한편으로는 구니부리(国ぶり)의 격언(諺으)로서 成立하고 거기에는 일찍이 서사시(叙事詩)가 存在했던 것을 오리(折口)氏는 설파하고 있습니다(同上). 이와 같은 用例를 『히타치후터기(常陸国風土記)』에서 확인(確認)해 보자면

　　　　筑波の山に黒雲掛かり、衣の袖漬(ひたち)の国(総説)
　　　　츠구바산의 언덕에 검은 구름이 걸리고 옷의 소매를 저시는 나라
　　　　白遠ふ新治(にひはり)の国(新治国)
　　　　희고 먼 시니이하리(新治)의 나라
　　　　立雨零(たちさめふ)り行方の国(行方郡)

보슬비내리는 나메카타의 나라

霰零り香鳥の国(香鳥国)

장대비가 세세히 하고, 시끄럽게 내리는 나라

薦枕多珂(こもまくらたか)の国(다카마쿠라고을/多珂国)

고마(薦)를 높여서 잠드는 다카마쿠라(多珂)의 고을

와 같은 표현(表現)이「풍속(風俗)의 格言」(風俗格言)라고 합니다. 風俗이라는 것은 지방(土地)의 생활습관(生活習慣)을 의미(意味)하는 것으로 이것들은 지방(土地)을 전승(伝承)하는 고대서사시(古代叙事詩)가 노리토(祝詞)에 집약(集約)된 것이고, 그 내용(内容)을 잘 표현(物語)해 주고 있는 것이 총설(総説)에 나타난「衣의 袖漬의 国」의 유래담(由来談)입니다.

> 倭武(やまとたける)の天皇、東の夷(ひな)の国を巡狩(めぐ)りて、新治の県に幸過(いでま)ししに、遣はされし国 造毘那良珠(くにのみやつこひならす)の命(みこと)、新たに井を掘らしめしに、流泉(いづみ)浄く澄み、尤好愛(いとうるは)しかりき。乗輿(みこし)を停めて、水を翫び手を洗ひたまひしに、御衣(みけし)の袖、泉に垂りて沾(ひち)ぬ。すなはち、袖を漬(ひた)す義(こころ)によりて、この国の名となせり。

> 야마토다케루천황(倭武天皇-伝説的天皇)이 아즈마국(東国)을 巡行하고, 니이하리현(新治県)에 왔을 때에 派遣되어온 구니노미야츠코(国造)인 히나라스노미코토(毘那良珠命)에게 새로운 우물을 파면 물이 나와 매우 청량하고 맛이 있었다. 天皇이 수레(輿)를 멈추게 하고 물에 가서 손을 씻었을 때에 옷(服)의 소매(袖)가 물에 젖었다. 그

래 소매(袖)를 적신다고 하는 意味에서 이 나라(国-지방)의 이름(名前)이 되었다.

이 유래(由来)에 의하면「히타치/常陸」라는 漢字의 地名은 원래(元来)는 야마토타케루(倭武天皇)이 아즈마구니(東国)를 행차(巡狩)했을 때 従者에게 샘(泉)을 파게하여 장난을 치니 옷(衣)의 소매(袖)가 물에 젖어서「衣手=漬(히타치・ヒタチ)」라고 명명(命名)하였다는 것입니다. 야마토다케루(倭武天皇)도 귀에 익숙하지 않는 천황명(天皇名)이고, 이에는 겐교후카이적요소(牽強付会的要素)도 엿볼 수 있지만, 지명기원설(地名起源説)이라는 것은 대략 이와 같은 지방(土地)의 고대서사(古代叙事)를 배경(背景)으로 하면서 발생(発生)했다는 것입니다. 이와 같은 고대서사시(古代叙事詩)의 즉 五音律은 쇼우시계통(称詞系統)의 表現을 担当하고 集約된 言語가 그 基本을 쇼우시(称詞)라 하고 地名에 기초(基礎)를 두고 있다고 한다면, 여기에는 五音律과 七音律을 만들어내는 점이 근원적(根源的)인 言語의 体系가 나타나게 된 것으로 여겨집니다. 七音律은 의미계통(意味系統)을 담당(担当)하게 되었습니다. 전술(前述)한「뭉게뭉게 피어오르는/八雲立つ=이즈모/出雲」에 따르자면「뭉게뭉게 피어오르는 구름/八雲立つ」는 五音律의 쇼우지(称詞)가 되고, 이즈모(出雲)는 七音律로 고르면 야구모야에가키(出雲八重垣)에 해당(相当)하고, 그것은 意味를 담당(担当)하고 것을 알 수 있습니다. 이와 같은 쇼우시(称詞)와 意味와의 결합(結合)에 의한 五・七音律에 의한 서사시(叙事詩)는 역시 地方의 신화전승(神話伝承)에서 볼 수 있습니다.『이즈모후토키/出雲国風土記』의 오우고오리(意宇郡)에는 오우(意宇)라고 명명(銘銘)된 유래담(由来談)이 다음같이 전(伝)해져오고 있습니다.

意字(おう)と号くるゆゑは、国引きましし八束水津野(やつかみづ
おみつの)の命詔りたまひしく、「八雲立つ出雲の国は、狭布(さふの稚
国(わかくに)なるかも。初国小さく作らせり。かれ、作り縫はな」と詔
りたまひて、「栲衾志羅紀(たくぶすましらき)の三埼(みさき)を、国の
余りありやと見れば、国の余りあり」と詔りたまひて、

오우(意字)라는 연유는 나라를 끌어당긴 야츠가미오미츠노미코토
(八束水津野)가, 구름이 뭉게뭉게 피어오르는 이즈모국(出雲国)은
폭이 좁은 헝겊 같구나. 좁고 불충분한 나라이다. 처음부터 매우 작게
만든 것이다. 때문에 다른 나라를 가지고 와서 기워서 잇자.」라고 말
씀하시고, 다구부스마시라기(栲衾志羅紀)의 갑을 남은 토지가 없기
때문에 나중에 보시고, 「남은 토지가 있다.」라고 말씀하시고,

童女(をとめ)の胸鋤(むなすき)取らして
소녀의 가슴과 같은 폭이 넓은 가래를 들고
大魚(おふを)の きだ働(つ)き別けて
큰 물고기의 아가미에 화살을 찌르듯
はたすすき 穂振(ほふ)り別けて
그 남은 토지에 가레를 질러 펄럭이는 참억새가 이삭을 흔들어서 가르고
三身の 綱打ち掛けて
세 겹으로 꼰 튼튼한 강철을 걸고
霜黒葛(しもつづら)くるやくるや
서리를 맞은 넝쿨을 끌어당기듯이 끌어당겨서 「나라여 오너라 나라
여 오너라」라고하자,
河船の もそろもそろ
배처럼 서서히

国来国来(くにくにこ)と引き來縫へる国は、去豆の折絶よりして、や
ほに支豆支の御埼なり。かくて堅め立てしかしは、石見の国と出
雲の国の堺なる、名は佐比売山(さひめやま)これなり。また、「北門の
佐伎(さき)の国を、国余りありやと見れば、国の余り」と詔りたまひて

끌어들여서 기운 나라는 고즈(去豆)의 湾入한 곳에서 많은 흙으로
매웠다고 한다. 기즈사(支豆支)의 미사키(御埼)까지이다. 그래 굳힌
말목은 이시미국(石見国)과 이즈모국(出雲国)의 국경이 된 사히메산
(佐比売山)이다. 또 끌어들인 강철은 긴 해변이 되었다. 또한 북쪽 바
다의 입구인 사기국(佐伎国)을, 남은 토지가 없는가하고 보시고, 「남
은 토지가 있군」하고 말씀하시고,

童女の　　　胸鋤取らして
소녀의 가슴과 같은 폭이 넓은 가래를 들고
大魚の　　　きだ働き別けて
큰 물고기의 아가미에 화살을 찌르듯
はたすすき　　穂振り別けて
그 남은 토지에 가래를 질러 펄럭이는 참억새가 이삭을 흔들어서 가르고,
三身の　　　綱打ち掛けて
세 겹으로 꼰 튼튼한 강철을 걸고
霜黒葛　　　くるやくるやに
서리를 맞은 넝쿨을 끌어당기듯이 끌어당겨서 「나라여 오너라 나라
여 오너라」라고하자,
河船の　　　もそろもそろに
배처럼 서서히
国来国来と引き来縫へる国は、多久(たく)の折絶よりして、狭田の
国これなり。

끌어들여서 기운 나라는 多久(다구/たく)의 湾入한 곳으로부터 狹田国(사다국/さだくに)입니다.

이와 같이 해서 구니비키(国引き)를 여러 번 반복(反復)하고 거기에는 멋진 서사시(叙事詩)가 읊어지고 있습니다. 그 중에서도 가장 중요(重要)한 시쇼(詞章)가 二段組의 部分이고 上段이 下段과 대응(対応)하면서 전개(展開)되고 있는 것을 알 수 있습니다. 그리고 上段은 쇼우시(称詞)로서 役割을 하고 下段은 意味의 역할(役割)을 하고 있으며, 그 연속체(連続体)는 부정형(不定型)이면서도 五七・五七・五七・五七로 反復되어가고 마치 長歌体와 같은 리듬에 있는 것입니다. 이 구니비키(国引き)의 神話가 언제 발생(発生)하였는가는 모르지만, 고대서사시(古代叙事詩)가 이와 같이 읊어지고 있다는 것을 추측(推測)할 수 있게 하는 자료(資料)일 것이다고 생각됩니다. 여기에서는 쇼우시(称詞)+地名의 形式이 아니고, 쇼우시(称詞)+神의 行為인 점이 특징(特徴)이 있고, 이들이 完成 되는 점에 地名이 成立하게 됩니다. 이와 같은 쇼우시(称詞)+地名의 형식(形式)이 아니고, 쇼우시(称詞)+神의 行為라는 점에 특징(特徴)이 있고, 이들의 완성(完成)되는 점에 지명(地名)이 성립(成立) 하게 됩니다. 이와 같은 쇼우시(称詞)+地名이나, 쇼우시(称詞)+神의 行為라는 형식(形式)이 古体를 나타낸다고 생각하는 데는 물론 신중(慎重)해야 합니다만, 8세기초두(八世紀初頭)의 地方에 있어서 국가창조(国造り) 神話의 伝承에 이와 같은 형식(形式)이 존재(存在)했다는 것은 사실(事実)로서 인정(認定)할 수 있습니다. 이와 같은 形式을 五七音律의 基本으로 가정(仮定)하자면, 그 기본형(基本形)을 취하여 고대(古代)의 노래(歌)는 다양(多様)하게 전개(展開)된

것을 알 수 있습니다. 예(例)를 들자면 『만요슈(万葉集)』에서도 고가요
(古歌謡)에 속한다고 생각되는 卷十三의 長歌를 보자면

あおによし 奈良山過ぎて (あおによし) 奈良山を過ぎて　青丹
이 좋은 나라야마를 지나서

もののふの 宇治川渡り　(もののふの) 宇治川を渡り
모노노후의 우지강을 건너

少女らが　相坂山に　(少女らが)　相坂山に
아가씨들이 만나는 아이자카산에

手向草　綵(ぬさ)取り置きて (手向草)　幣を取り置いて
꽃을 바치는 幣를 남겨두고

吾妹子に　淡海の海の　(吾妹子に)　淡海の海の
사랑하는 그대를 만나는 아후미의 바다

沖つ波　来寄る浜辺を　沖つ波の　来寄せる浜辺を
바다 저편에서 파도가 밀려오는 해안을

くれくれと　独りそわが来る 暗い心で　独りだけで私はやって来た
마음도 어둡고 홀로 온 나는

妹が目を欲り　あの子に逢いたいために
사랑스런 그대를 만나고 싶어서

와 같이 노래(歌)가 불리어지고 있습니다. 「사랑스런 그대를 만나고 싶
어서 /妹が目を欲り」라는 내용(内容)에서 판단(判断)하자면 연애(恋
愛)의 감정(感情)을 도출(道行き)하는 노래(歌)인 것을 알 수 있습니다.
여기에서는 「青丹(あおによし)」「모노노후(もののふの)」「처녀들이
(少女らが)」「와기모코가(吾妹子が)」가 마쿠라고토바(枕詞)로서 기능

(機能)을 갖고 각 지명(各地名)이 나타나면서 연속적(連続的)으로 중첩되어 가는 것 입니다. 행차(道行き)는 신(神)의 순행(巡幸)의 이야기(物語)에서 많이 볼 수 있습니다만, 이와 같은 행차(道行き)를 노래(歌)하는 방법(歌い方)에서 時代가 어느 정도(程度) 명백(明白)한 것으로는 누카타노오오기미(額田王)가 읊은 오우미천도시(近江遷都時)에「味酒(うまさけ) 三輪(みわ)の山 あおによし 奈良の山の‥‥/ 우마사케(味酒)의 미와야마(三輪山)이 青土도 아름다운 나라산(奈良山)‥‥」라는 노래(歌)가 있습니다. 이것도 천도시(遷都時)의 절차(途次)의 순행(道行き)의 노래(歌)이고, 여기에 서사시(叙事詩)의 단편(斷片)이 잔존(残存)해 있는 것입니다. 순행시(道の途次)에 通行하는 지방의(土地)의 지명(地名)을 열거(列挙)하는 方法은 서사(叙事)의 基本的인 지식(知識)이었을 것으로 추정(推定)되며, 그 본질(本質)을 선택(選択)하여 노래(歌)를 부르면

> あおによし　奈良山過ぎて　　5 7
> 青丹이 좋은 나라야마를 지나서
> くれくれと　独りそわが来る　5 7
> 마음도 어둡고 홀로 온 나는
> 妹が目を欲り　　　　　7
> 사랑스런 그대를 만나고 싶어서

라는 가창법(歌方)도 可能하게 되고, 여기에는 신축성(伸縮性)이 있는 五音律과 七音律등이 존재(存在)하고 있는 것입니다. 이 쇼우 시계통(称詞系統)의 노리토(祝詞)는 短歌에 있어서도 현저(顕著)하게 나타나고 있습니다. 쇼우시(称詞)는 마쿠라고토바(枕詞)라는 形式으로 변질

(変質)되면서 短歌의 수사적(修辞的)인 方法으로서 남게 된 것을 엿볼 수 있습니다.

이와 같은 오음율(五音律)과 칠음율(七音律)등이 基本이 되어 古代의 노래(歌)가 生成된 것을 볼 수 있습니다만, 短歌, 그 자체는 五音律과 七音律이 두 번(二回) 反復되고, 七音律이 첨부(添付)된 것임으로 그 짧은 스타일은 서사(叙事)에 대응(対応)하는 形式이라기 보다 서정(抒情)에 対応하는 形式이었다고 생각할 수 있습니다. 그것은 『만요슈(万葉集)』의 단계(段階)에서 長歌에 短歌形式의 항카(反歌)가 덧붙여진 것은 長歌의 산문성(物語性)의 영향(影響)을 받아 서정성(抒情性)을 表現하는 것을 目的으로한 이른바 인공적(人工的)인 形式이었기 때문이라고 理解할 수 있습니다.

短歌가 서정(抒情)을 主体로한 表現에 있었다고 하는 것은 통설(通説)입니다만, 그렇다고 한다면 短歌가 탄생(誕生)하는 상황(状況)을 서정(抒情)의 場面에서 추구(追求)하는 것이 可能할 것으로 추정(推定)됩니다. 그리고 그러한 서정적(抒情的)인 場面이라는 것은 男女가 사랑(愛)을 노래(歌)하는 우타가키(歌垣)등의 집단적가창(集団的歌唱-男女対唱)의 장소(場所)가 상정(想定)되는 것은 아닌가하고 생각됩니다. 우타가키(歌垣)의 경우는 自己의 사랑(愛)의 심정(心情)을 상대(相手)에게 호소하는 장면(場面)이기 때문에 거기에는 철저(徹底)한 성정적(抒情的)인 장면(場面)이었다는 것입니다. 『만요슈(万葉集)』의 短歌는 압도적(圧倒的)으로 연애시(恋愛歌)가 차지하고 있을 뿐만 아니라, 이들을 증답가(相聞歌)로서 분류(分類)하는 점에 短歌와 연애시(恋歌)등이 밀접(密接)하고 불리(不離)의 관계(関係)가 있었다는 것을 시사(示唆)하고 있습니다. 『만요슈(万葉集)』는 이와 같은 남여대응(男女対詠)

의 가창법(歌唱法)을 볼 수 있고 基本的으로는 二首一組(한쌍)으로 짜여 있습니다.

あかねさす 紫野行き 標野(しめの)行き 野守は見ずや 君が袖振る
(巻一) 누카타노오오키미(額田王)
자줏빛을 띠는 저 자줏빛 초야를 가고, 그 料地의 들판을 걸으며 - 들판의 오랑캐는 보고 있지 않겠지요. 그대는 소매를 흔들고 있겠지요.
紫の にほへる妹を にくくあらば 人妻ゆゑに われ恋ひめやも(巻一)
아오아마노오우지(大海人皇子)
자줏빛 풀잎처럼 아름다운 그대가 미웠다면, 그대는 남의 아내인데 왜 사랑하며 그리워하리.

神さぶと 否とにはあらね はたやはた かくして後に さぶしけむかも
(巻四) 기노이라츠메(紀女郎)
사랑하기에는 나이가 지나치게 들었다든가 아닌가라는 것은 아니지만 역시 이처럼 늙은 사람을 사랑하다마지 못해 나중에 적막하게 생각할 수도 있겠지요.

百年に 老舌出でて よよむとも われはいとはじ 恋は益すとも(巻四)
야카모치(家持)
당신이 백 살이 되고 닫히지 않는 입에서 혀를 내밀고, 몸도 휘청휘청될지언정 나를 싫어하지는 않겠지요.
恋心이 깊어질지언정

紫は 灰指すものそ 海石榴市(つばいち)の 八十の衢(ちまた)に 逢へる児や誰(巻十二) 作者未詳

자줏빛 염료는 제즙을 넣는 그릇이네, 제로 만드는 동백의, 츠바이치시(海石榴市)길 모퉁이에서 만난 그대의
의 이름은 무엇이라 하나요.

たらちねの 母が呼ぶなを 申さめど 路行く人を 誰と知りてか(卷十二) 作者未詳
다라다네의 어머니가 나를 부르는 이름을 알려드릴까요, 그런데 지나가는 길에 당신을, 어떤 사람이라고 말하리

　이와 같은 男女에 의한 대영(対詠)의 노래(歌)는 옛날時代에 우타가키(歌垣)의 場에서 成立한 것으로 그것이 만요(万葉)의 시대(時代)를 맞이하면 궁정(宮廷)이나 귀족(貴族)의 살롱 또는 시정(市井)의 시장(市場)등에서 전개(展開)된 것입니다. 노래(歌)의 가케아이(歌掛け合い・증답)는 그 상황(状況)에 대응(対応)하면서 相手의 마음을 짐작(斟酌)하여 노래(歌)로 이끌거나 혹은 相手의 要求를 거부(拒否)하거나 하면서, 그 기지(機知)를 경쟁(競い)하면서 전개(展開)되는 것이 특질(特質)입니다. 여기에서는 男子와 女子와의 마음의 기미(機微)를 어떻게 능숙(上手)하게 노래(歌)하는가가 강하게 요구(要求)되고, 그에 대응(対応)하는 기술(技)을 겨루었던 것입니다. 이들은 어느 쪽이나 즉흥(即興)에 의해 대영(対詠)된 것이라고 생각 되고, 그 즉흥(即興)에 대응(対応)하여 단가체(短歌体)가 기능(機能)하였다는 것입니다.
　이들 고이우타(恋歌)는 基本的으로는 사랑(恋)의 제전(祭典)인 우타가키(歌垣)의 가케아이(掛け合い/증답)에서 탄생(誕生)하였고 短歌라는 形式은 사랑(恋)의 감정(感情)을 고지(告知)하는 方法으로서 存在했다는 것을 가르쳐 주고 있습니다. 그리고 우타가키(歌垣)를 떠나서도

男女의 대창(対唱)의 方法은 다양(多樣)한 장(場)으로 계승(継承)되었고, 도시(都市)에서는 市의 우타가키(歌垣)나 貴族의 살롱 등 장(場)으로 展開함으로서 『만요슈(万葉集)』의 수많은 노래(歌)의 世界를 形成하게 된 것입니다.

五音과 七音을 基本音으로한 古代日本의 노래(歌)는 그 조합(組合)에 따라서 다양(多樣)한 변화(変化)가 일어난다. 이것을 어디까지 연결하여 最後를 七音으로 끝나는 長歌形이 발생하고 二回정도 反復되어 七音으로 끝나는 短歌形이 나타난다.

06 노래(歌)의 형태(形態)

現在와 같은 短歌가 노래(歌)의 中心的인 형태(形態)를 취하기 시작한 것은 헤이안조(平安朝)에 성립(成立)하는 『고킹슈/古今集』以後의 것입니다. 물론 『고킹슈(古今集)』에도 長歌[1]나 셋도우가(旋頭歌)[2]등

---

1) 쵸우카(長歌/ちょうか)는 와카(和歌)의 形式의 하나. 五七, 五七, 五七, 七의 形式으로, 즉 五七를 三回以上 반복(繰り返し)하고 最後를 七音을 더한다. 『万葉集』에서 많이 볼 수 있지만 『고킹와카슈(古今和歌集)』의 時点에서는 이미 제작되지 않고 있다. 주(主)로 공적인 장소(公의 場)에서 읊어지기 때문에 항카(反歌)를 동반한다. 옛날에는 반드시 五 또는 七이 아니고 지아마리(字余り), 지다라즈(字足らず)가 되는 경우가 있다. 쵸우카(長歌)는 가키모토히토마로(柿本人麻呂)에 있어서 그 頂点에 달(達)했다. 쵸우카(長歌)의 시작은 古代의 歌謠에 있다고 볼 수 있고, 니혼쇼키(『日本書紀』)나 고지키(『古事記』)中에서 많이 볼 수 있다. 五音과 七音의 句를 3回以上을 반복한 形式의 작품이 많고, 그것이 점차로 五・七音의 最後에 七音을 더해서 완성하는 形式으로 定型化 해갔다. 만요슈(『万葉集』)의 時代가 되면 쵸우카(長歌)의 후(後)에 그것을 要約하는 형태(形)로 短歌形式(五七五七七)의(드물게 셋토우카형식(旋頭歌形式)의 항카(反歌)를 付加한 것이 많아진다. 헤이안시대(平安時代)에 들어와 『古今和歌集』가 편찬(編纂)될 쯤이 되면, 와카(和歌)라고 하면 短歌를 지칭하게 되고 쵸우카(長歌)는 점차로 衰退해갔다. 그 制作은 試作的이었다.

2) 셋도우카(旋頭歌/せどうか)는 나라시대(奈良時代)에 있어서 와카(和歌)의 한 형식(一形式)。『古事記』,『日本書紀』,『万葉集』등에 作品을 볼 수 있다. 五七七를 2回 반복한 6句로 되어있고 上三句와 下三句로 독자(詠み手)의 立場이 다른 노래(歌)가 많다. 頭句(第一句)를 다시 반복[旋(めぐ)らす]하는 것에서 셋도우(旋頭歌)라고 부른다. 五七七의 가타우타(片歌)를 두 사람이서 창화(唱和) 또는 問答한 것에서 発生했다고 생각할 수 있다. 国文学者인 히사마츠토모가즈(久松潜一)는 『上代日本文学의 研究』에서 셋도우(旋頭歌)의 本質은 問答的으로 낭송하는(誦する)점에

의 歌体를 볼 수 있지만, 이들은 한정(限定)된 수(数)뿐 입니다. 가마쿠라(鎌倉)初期의 후지와라사다이에(藤原定家)³⁾나 메이지(明治)의 마사오카시키(正岡子規)⁴⁾에 의한 短歌의 개혁(改革)을 통해서 다시 短歌는 새로운 文芸로서의 가치(価値)를 획득(獲得)하게 됩니다. 따라서 와카(和歌)⁵⁾라고 하면 短歌라고 말할 수 있을 정도(程度)로 강하게 인식

있다고 논하고 다른 研究者도 이를 支持하고 있다. 혼자서 詠作하는 歌体도 있지만, 이것은 가키모토히토마로(柿本人麻呂)에 의해서 創造되었다고하는 説이 있다. 만요슈(『万葉集』)에는 62首의 셋도우(旋頭歌)가 수록되어있고, 그중의 35首까지가 「가키모토히토마로가집(柿本人麻呂歌集)」로 되어있다. 만요슈(『万葉集』)以後는 급속(急速)하게 쇠퇴하고, 고킹와카슈(『古今和歌集』)以下의 칙선와카집(勅撰和歌集)에서는 드물다.

3) 후지와라노사다이에[藤原 定家/ふじわらのさだいえ, 1162年(오우호우応保2年) - 1241年9月26닌지 仁治2年8月20日]는가마쿠라시대초기(鎌倉時代初期)의 구게(公家)・우타비토(歌人). 위(諱)는 「데이카/ていか」라고 유우쇼쿠요미(有職読)가 되는 경우가 많다. 후지와라호케(藤原北家)의 아들(御子左流)로 후지와라노도시나리(藤原俊成)의 二男. 最終官位는 正二位権의 츄우나공(中納言). 교고쿠덴(京極殿) 또는 교고쿠츄나공(京極中納言)이라고 부른다. 法名은 묘우죠(明静/みょうじょう). 우타비토(歌人) 쟈크렌(寂蓮)은 従兄, 타이세이다이징(太政大臣)의 사이온지키츠네(西園寺公経)는 義弟에 해당한다. 헤이안시대말기(平安時代末期)부터 가마쿠라초기(鎌倉時代初期)라는 激動期를 보내고 御子左家의 가도우(歌道)의 집안(家)으로서의 地位가 不動했다. 代表的인 신고킹쵸(新古今調)의 우타비토(歌人)이고, 그 노래(歌)는 後世에 유명해진다. 도시나리(俊成)의 「유우겐/幽玄」를 더욱 深化시켜서「우싱(有心)」을 제창하고, 後世의 노래(歌)에 대단히 큰 影響을 끼쳤다.

4) 마사오카시키(正岡 子規/まさおかしき, 1867年10月14日, 게이오(慶応)3年9月17日 - 1902年, 메이지(明治)35年 9月19日)는 日本의 하이징(俳人), 우타비토(歌人), 国語学研究家이다. 이름은 츠네노리(常規/つねのり). 幼名은 도코로노스케(処之助/ところのすけ)이고 나중에 노보루(升/のぼる)라고 개칭하였다. 하이쿠(俳句), 短歌, 新体詩, 小説, 評論, 随筆등의 多方面에서 創作活動을 하고, 日本의 近代文学에 커다란 影響을 끼쳤다. 明治時代를 代表하는 文学者의 한사람(一人)이다. 죽음(死)을 맞이할 때까지의 約 7年間은 結核에 걸렸었다.

5) 와카(和歌)란 옛날부터 日本에 있어서 읊어진 韻文이고, 5音과7音의 日本語를 사용하여 構成하는 작품. 일찍이 야마토우타(倭歌)라고도 表記되었다. 漢詩에 대한 呼称이고, 야마토우타(やまとうた), 또는 단순 (単) 히 우타(うた)라고 하고 와시(倭詩/わし)라고도 한다. 또는 와괴(倭語)라고도 칭(称)했다.

(印象)되고 短歌는 독립(独立)한 文芸의 価値를 획득(獲得)하게 됩니다. 短歌는 오랜 時代中에 다양(多様)하게 변용(変容)하고, 그 시대정신(時代精神)을 표현(表現)하는 方法을 확립(確立)하게 된 것은 이 短歌라는 노래(歌)의 실태(形態)는 실은 歌唱文化의 종언(終焉)을 의미(意味)하는 歌体이기도 합니다. 이른바 短歌라는 歌体는 다양(多様)한 노래(歌)의 형태(形態) 가운데서 最後에 선별(選別)된 엘리트였습니다. 왜냐하면 단가(短歌)라는 가체(歌体)가 마지막(最後)으로 선별(選別)되었는가를 생각하는 것은 日本의 노래(歌)의 文化를 생각 할 때에 重要한 問題라고 생각됩니다.

마사오카시키(正岡子規)

노래(歌)가 가창문화(歌唱文化)로서 기능(機能)했던 時代에는 상당히 많은 歌体가 존재(存在)하고 있었다고 생각됩니다. 이들의 一部는 『고지키(古事記)』나 『니혼쇼키(日本書紀)』에 보이는 기기가요(記紀歌謡)에 잔존(残存)하고, 또 『후토키/風土記』6)의 歌謡나 「가구라우타

(神楽歌)」,「사이바라쿠(催馬楽)」등의 신사가요(神事歌謡)・풍속가
(風俗歌)등에서도 볼 수 있습니다. 물론『만요슈(万葉集)』에도 많은 노
래(歌)의 形態가 남아 있습니다. 다만『만요슈(万葉集)』에서는 이미 노
래(歌)는 가창성(歌唱性)을 상실(喪失)하고, 오히려 문자문예(文字文
芸)로서의 새로운 性格을 띠고 있으며『만요슈(万葉集)』의 時代는 가
창문화(歌唱文化)에서 문자문예(文字文化)로 그 기능(機能)이 이행(履
行)하고 있는 것을 알 수 있습니다. 이점은『만요슈(万葉集)』의 時代에
각종(各種)의 노래(歌)의 형태(形態)가 短歌로 바뀌고 최후(最後)에 다
른 短歌의 歌体에서 선별(選別)된 時代였던 것을 意味하고 있습니다.
短歌의 形成이라는 수수께끼(謎)는 먼저『만요슈(万葉集)』의 가운데
에 감추어져 있다는 것입니다.

　그『만요슈(万葉集)』에는 기기(記紀)의 가요(歌謡)의 가체(歌体)를
계승(継承)하면서도 대략 다음과 같은 歌体가 존재(存在)하고 있습니
다. 즉 ①短歌体7) ②長歌体 ③ 셋도우가(施頭歌) ④ 붓소쿠세기우타

---

6) 후토기(風土記/ふどき)는 一般的으로는 地方의 歴史나 文物을 기록한 地誌를 지
   칭하지만 狹義로는 日本의 나라시대(奈良時代)에 地方의 文化風土나 地勢等을
   지방별(国ごと)로 記録編纂하고 天皇에게 献上한 책을 가르킨다. 正式名称은 아
   니고, 그 밖의 風土記와 区別하여「고후토키/古風土記」라고도 한다. 律令制度의
   各国別로 기록되었고 몇 권의 写本으로서 남아있다. 후토기(風土記/ふどき)란 나
   라시대초기(奈良時代初期)의 官撰의 地誌. 센메이텐노(元明天皇)의 칙령(詔)에
   의해 各令制国의 国庁이 編纂하고, 주(主)로 漢文体로 기술되어 있다.
7) 단가(短歌/たんか)는 와카(和歌)의 一形式이고、五・七・五・七・七의 五句体의
   노래(歌)。記紀歌謡末期・만요슈(『万葉集』)初期의 作品에서 成立하고, 고킹(古
   今)을 통해서 널리 제작되고, 쵸우카(長歌)가 제작되는 것이 적어짐으로써 와카(和
   歌)라고하면 短歌를 지칭하게 되었다. 五・七・五・七・七의 五句体(31)의 詩形
   은 그 時代에 왕성했던 긴 詩形과의 関連으로 호칭이 바뀌었다. 나라시대(奈良時
   代)에는 쵸우카(長歌)에 대해(対)서 단가(短歌), 헤이안시대이후(平安時代以降)는
   漢詩에 대해(対)해서 와카(和歌), 메이지시대후반(明治時代後半)부터는 新体詩에
   대해(対)서 다시 단가(短歌)라고 부르고 現在에 이르고 있다. 一人称의 詩形, 私性

체(仏足歌体)[8] ⑤렌가체(連歌体)라는 五種類의 歌体입니다. 기기가요(記紀歌謠)에는 보이고 『만요슈(万葉集)』에는 이미 상실(喪失)된 ⑥ 가타우타체(片歌体)라는 것이 첨부(添付)됩니다만, 고가요(古歌謠)에서 만요슈시대(万葉集時代)까지의 現存하는 노래(歌)의 形態가 完成되게 됩니다. 이 六種類의 歌体로 노래(歌)의 形態가 전부였는지 어떤지는 불분명(不明)합니다. 또 이들 形態中에는 변용(変容)된 것도 存在함으로 実在로는 더욱 풍부(豊富)한 形態로 機能하고 있었다고 생각됩니다. 이들 歌体의 특징(特徵)은 어느 쪽이나 가창문화중(歌唱文化中)에서 出發한 것이고 短歌라는 歌体도 그 예외(例外)는 아닙니다. 게다가 이들 歌体의 基本을 形成하고 있는 音数는 《五・七》을 중심(中心)으로 오래된 형태(形態)는 미정형(未定型)의 것도 볼 수 있지만, 이들도 基本音의 핵(核)은 五・七로 바뀌게 됩니다. 이 五・七이라는 리듬이 日本의 노래(歌)의 中核으로서 成立하고 있는 것은 日本的인 리듬의 形成을 意味합니다만, 단지 중국소수민족(中国少数民族)의 노래(歌)에도 五・七을 基本으로 한 것이 存在하고 있는 것을 보자면, 五七音律의 形成은 동아시아적인 問題로서 고려(考慮)할 必要가 있다고 생각됩니다. 게다가 日本古代의 歌体는 모두가 短歌로 전개(展開)되어가는 리듬이었다는 것은 그 歷史의 안에서 여러 번 노래(歌)의 변혁(変

의 詩라고 부를 정도 作者의 主体性이 강(強)한 表現形式이다. 교우카(狂歌)란 文体를 같이하지만, 定義로는 완전히 다른 것이다.

8) 붓소쿠쿠세케우타(**仏足石歌**/ぶっそくせきか)는 와카(和歌)의 作歌에 있어서 内容과 形式에 의한 노래(歌)의 명칭(名前)이고 붓소쿠세키(**仏足石/仏足跡)의 노래(歌)라고도 한다.** 나라야쿠시지(奈良薬師寺)에는 仏足石과 함께 붓소쿠세키우타비(仏足跡歌碑)가 있고 그 歌碑에 각인된 「恭仏跡·仏德을 찬미한 것」(仏德을 찬양한 것)17首, 「呵責生死」(세상의 無常의 道理를 설파하여 仏道를 지키는 것)4首의 仏教歌謠이다.

革)이 일어났다는 것을 意味합니다.

먼저 ②의 長歌体라는 歌体는 제례(祭札)나 의식(儀式)의 때에 불리어지기 위한 형태(形態)였다고 생각됩니다. 이전(以前)에는 신화(神話)와 같은 내용(内容)을 노래(歌)하는 것에서 출발(出発)했다고 생각되며 『만요슈(万葉集)』의 단계(段階)에서도 長歌는 서사성(叙事性)을 풍부(豊富)하게 지니고 있습니다. 長歌는 五・七을 三回以上 反復하고 最後에 五七七七에 의해 완결(完結)되고, 게다가 말미(末尾)의 五七五七七은 누가타노오오키미(額田王)[9]나 히토마로(人麿)[10]의 長歌(또는 短歌)로 발전(発展)되어 갑니다. 때문에 短歌의 形成은 장가말미(長歌末尾)의 五七五七七의 独立과 깊은 관계(関係)가 있다는 설(説)도 볼 수 있습니다. 항카(反歌)[11]의 成立에 대해서는 아직 검토(検討)해야 할 問題가 많습니다만, 항카(反歌)라는 것은 中国의 부(賦)라는 文学을 모방

---

9) 누카타노오오기미(**額田王**/ぬかたのおおきみ, ぬかたのきみ라고도, 生没年不詳)은 죠메이조(斉明朝)부터 지토조(持統朝)에 活躍했다. 日本의 代表的인 여류만요우타비토(女流万葉歌人)이고, 또한 텐무텐노(天武天皇)의 妃(一説에 采女라고 한다)이다. 누카타노오오기미(額田王『万葉集』)의 表記가 一般的이지만, **額田女王、額田姫王**(『日本書紀』)또는 **額田部姫王**(『薬師寺縁起』)라고도 기록한다.

10) 가키모토히토마로(**柿本人麻呂**/かきのもとのひとまろ,660年頃 - 720年頃)는 아스카시대(飛鳥時代)의 우타비토(歌人). 이름은「히토마로/人麿」라고도 表記된다. 後世, 야마베노아카히토(山部赤人)와 함께 **歌聖이라 불리고** 칭송을 받았다. 또한 三十六歌仙의 한 사람(一人)이고 헤이안시대(平安時代)부터는「히토마로/人丸」로 表記되는 경우가 많다. 가키모토씨(柿本氏)는 고우쇼텐노자손(孝昭天皇後裔)을 称하는 가스가씨(春日氏)의 庶流에 해당한다. 히토마로(人麻呂)의 出自에 대해서는 아버지(父)를 가키모토오오니와(柿本大庭), 兄을 가키모토사류(柿本猨(佐留)라고하는 後世의 문헌이 있다. 또한 同文献에서는 히토마로(人麻呂)의 아들(子)로 蓑麿(母는 依羅衣屋娘子)를 들고 있고 히토마로이우자손(人麻呂以降子孫)은 이시미국미노고오리츠카사(石見国美乃郡司)로서 土着, 가마쿠라시대이후마스다씨(鎌倉時代以降益田氏)를 称하여 이시미국인(石見国人)이 되었다고 한다.

11) 日本의 詩로, 쵸우카(長歌)의 後에 읊어지는 短歌.

(模倣)한 方法이고 「요약(要約)한다」라는 意味임으로 長歌의 말미(末尾)를 요약(要約)한 것이 항카(反歌)라는 설(説)이 있습니다. 예(例)를 들자면 누가타노오오키미(額田王)가 오우미(近江)의 천도(遷都)시에 야마토(大和)와의 이별(離別)을 노래(歌)하는 長歌의 말미(末尾)에서는

가키모토히토마로(柿本人麻呂)

しばしばも 見放(みさ)けむ山を 情なく 雲の 隠さふべしや(巻一)
여러 번 만나는 당신이 아닌데 은하수의 강에 빨리 배를 띄어주세요. 밤이 깊어지기 전에

라고 읊어지고 있습니다(이 長歌는 末尾가 五七五의 異体입니다). 이 長歌의 말미(末尾)의 五句가 항카(反歌)로 답(答え)하자면

三輪山(みわやま)を しかも隠すか 雲だにも 情あらなむ 隠さふべしや(同右)

　　마와산을 이처럼 숨기는 것인가. 적어도 구름만이라도 온정이 있었으면 숨길 필요는 없는데

처럼 됩니다. 여기에 長歌의 말미(末尾)가 요약(要約)됨으로써 独立하는 方向을 지니게 되는 것을 알 수 있습니다. 그리고 그것이 短歌로 전개(展開)되고 그와 같은 기회(機会)를 부여한 것이 누가타노오오키미(額田王)라고 생각 할 수 있습니다. 오오키미(王)는 제례(祭札)나 의식(儀式)등에서 가창(歌唱)되었던 고가요(古歌謠)로서의 長歌를 개혁(改革)하고, 그때까지와는 다른 신장가(新長歌)(長歌 十 反歌)를 成立시키게 됩니다. 이후의 히토마로(人麿)는 이를 계승(継承)하여 長歌를 完成시키게 됩니다.

　　다음의 ③의 셋도우가(施頭歌) 의 형태(形態)를 보자면 셋도우가(施頭歌)는 五七七·五七七이라는 形態입니다. 이 歌体는 실은 『만요슈(万葉集)』에서는 상실(喪失)된 ⑥의 가타우타(片歌)의 五七七의 形態로 兄弟와 같은 관계(関係)가 있습니다. 이 가타우타(片歌)와 셋토우가(施頭歌)라는 가체(歌体)는 가창문화(歌唱文化)속에서는 대창(対唱)의 기능(機能)을 가장 잘 발휘(発揮)한 것이었다고 생각 되는 것이고, 특히 가타우타(片歌)라는 명칭(名称)은 이미『고가요(古事記)』에서 볼 수 있는 것으로 이 형태(形態)는 당시(当時)에 있어서도 불완전(不完全)한 가체(歌体)였던 것임을 알 수 있습니다. 즉 가타우타(片歌)라는 것은 다른 쪽(片方)의 노래(歌)라는 意味이고 本来는 양쪽(両方)이 완비(完備)될 것을 전제(前提)로 하고 있었던 명칭(名称)이라는 것입니다. 그

러면 어떤 상황(状態)이 양면성(両面性)을 지닌 형태(形態)였는가 하면 형식적(形式的)으로 보자면 그것이 셋토우카(施頭歌)의 形態이였다는 것이 됩니다.『만요슈(万葉集)』에 남아 있는 셋토우카(施頭歌)는 셋토우카(施頭歌)라는 형태(形態)로 完成된 것임으로 가타우타(片歌)를 지니고 있는 歌体는 아닙니다. 이 점을 이해(理解)하기 위해서는 다시 가타우타(片歌)의 형태(形態)를 찾을 必要가 있습니다.

『고가요(古事記)』에 야마토다케루노미코토(倭建命)가 아즈마구니(東国)를 평정(平定)하기 위하여 떠날 때 가이국(甲斐国)의 사카오리궁(酒織宮)에서 히타기노오키나(火燒翁)와 문답(問答)을 했을 때의 노래(歌)가 기록(記録)되어 있습니다. 그 노래(歌)에 의하면

> 新治 筑波を過ぎて 幾夜か寝つる
> 야마토다케루노미코토(倭建命)
> 니이바리와 츠구하를 지나 며칠 밤이나 잤을까
> かが並べて 夜には九夜(ここのよ) 日には十日を
> 히타기노오키나(火燒翁)
> 날이 거듭하여 밤으로는 9일 밤이요, 낮으로는 10일입니다

라고 기술되어 있습니다. 이것은 어느 쪽이나 五七七에 의해 증답(贈答)된 노래(歌)의 형태(形態)이고, 이른바 五七七의 질문(質問)과 五七七의 화답(話答)이라는 관계(関係)로 구성(構成)하는데 적합(適合)한 가체(歌体)였다는 것을 알 수 있습니다. 이 五七七의 형태(形態)는『고지키(古事記)』에서는 시비(シビ)의 신(臣)과 오케(オケ)의 미코토(命)와의 우타가키(歌垣)의 노래(歌)등에서도 볼 수 있고 五七七의 가타우타(片歌)의 歌体는 대창(対唱)의 기능(機能)을 갖고 있다는 것을 알 수

있습니다. 이들을 한 사람의 우타비토(歌人)가 질문(問)과 화답(答)의 관계(関係)를 이루면서 읊게 되고, 그것이 셋토우카(施頭歌)라는 가체(歌体)의 오랜 형태(形態)였다고 생각됩니다. 예(例)를 들자면

> 水門(みなと)の 葦の末葉(うらば)を 誰か手折りし/わが背子が 振る
> 手を見むと われそ手折りし(巻七)
> 미나토의 갈대 끝의 잎을 누가 꺾었는지, 사랑스런 남자의 흔들리는
> 손을 보려고 내가 꺾었네

라는 노래(歌)가 있습니다. 사랑하는 男性이 배를 타고 멀리 여행(旅行)을 떠날 때 그 男性을 배송하러온 女性의 노래(歌)였다고 생각됩니다. 미나토(水門/선착장/船着き場)의 근처에 갈대가 우거진 강변(川岸)의 그 갈대 잎의 끝부분(葉先)이 부러져 있는 것을 発見하고 누가 갈댓잎을 부러 드렸냐고 묻고(問い掛け) 있습니다. 당시(当時)의 사랑은 男女가 함께 다른 사람들이 모르게 하는 것이 중요했기 때문에 연인(恋人)이 멀리 길 떠나는데도 몰래 배웅하는 것입니다. 갈댓잎의 끝을 누가 꺾어 놓았을까 하는 질문(問い)에 내 사랑하는 사람은 반드시 나를 알아보고 손을 흔들어 줄 것임이 틀림없음으로 그 것을 보려고 내가 꺾었습니다라고 화답(答え)하는 것입니다.

이것은 한 사람의 女性이 읊은 노래(歌)로서 成立한 것입니다. 그 중에 질문(問い)과 화답(答え)이라는 관계(関係)가 이루어지고 있습니다. 이른바 자문자답(自問自答)입니다만, 이 자문자답(自問自答)의 형식(形式)이 나타나는 것은 그 이전(以前)에 질문(問)과 화답(答)의 형태(形態)가 준비(準備)되어 있지 않으면 안 됩니다. 그것이 가타우타(片歌)였던 것입니다. 그런데 어느 단계(段階)에서 가타우타(片歌)의 대창

성(対唱性)이 상실(喪失)되고 셋토우카(施頭歌)의 안에 자문자답(自問自答)을 창조하기 시작하면, 가타우타(片歌)의 기능성(機能性)은 후퇴(後退)하고 가타우타(片歌)는 오래된 형식(古形式)으로서 고가요(古歌謠)의 世界에 잔존(残存)하게 되어버린 것입니다. 그리고 셋토우카(施頭歌)는 언젠가는 같은 運命을 걷게 됩니다. 그 가타우타(片歌)의 方法을 다음시대(時代)에 계승(継承)한 것이 이 셋토우카(施頭歌)였다고 합니다. 그와 같은 대창성(対唱性)을 유지(維持)하는 셋토우카(施頭歌)도 나라시대(奈良時代)가 되면 야마노우에노오쿠라(山上憶良)[12]라는 우타비토(歌人)에 의해서 새로운 감각(感覚)의 歌体로서 개혁(改革)되게 됩니다. 예(例)를 들면

> 萩の花 尾花(をばな) 葛花(くづばな) 撫子(なでしこ)の花/女郎花(をみなへし) また藤袴(ふぢばかま)朝顔の花(巻八)
> 싸리 꽃, 참억새, 패랭이 꽃, 마타리, 또한, 골나무, 나팔꽃

은 가을(秋)의 나나구사(七草)로서 저명(著名)합니다만, 셋토우카(施頭歌)는 이러한 하이센스가 농후(濃厚)한 歌体로서 등장(登場)하게 됩니다. 그러나 다음시대로 発展하지 못하고 가타우타(片歌)와 같이 쇠퇴(衰退)하게 됩니다.

---

12) 야마노우에노오쿠라(山上憶良/やまのうえのおくら, 죠메이텐노(斉明天皇)6年(660年) - 텐표(天平)5年(733年)는 나라시대초기(奈良時代初期)의 우타비토(歌人)。만요우타비토(万葉歌人)。姓은 臣。官位는 従五位下・치쿠젠모리(筑前守)。가스카베씨(春日氏)의 一族이고 구리다씨(粟田氏)의 支族라하고 나카니시스스무(中西進)등의 文学系研究者의 一部에서는 百済系帰化人説도 나오고 있다. 702年 다이호우(大宝)2年)의 第七次遣唐使船로 同行하고, 唐에 가서 儒教나 仏教등 最新의 学問을 研鑽한다. 帰国은 東宮侍講를 지낸 후에 호우키노가미(伯耆守), 치쿠젠노가미(筑前守)과 地方官을 歴任하면서 수많은 노래(歌)를 읊었다.

그런데 이 셋토우카(施頭歌)가 短歌를 형성(形成)한다고 하는 설(説)이 있습니다. 가타우타(片歌)가 대창(対唱)이라는 집단(集団)의 장(場)을 배경(背景)으로 하고 있는 것처럼 그것을 계승(継承)한 셋토우카(施頭歌)도 자문자답(自問自答)이라는 형태(形態)입니다만, 집단성(集団性)을 계승(継承)한 것입니다. 이 셋토우카(施頭歌)의 집단성(集団性)은 무엇보다도 질문(問)과 화답(答)의 관계(関係)가 있는 것이 특징(特徴)이고, 그 집단성(集団性)이 후퇴(後退)하면 상대(相手)에게 질문(問い掛け)하는 필요성(必要性)도 쇠퇴(衰退)하게 됩니다. 이 셋토우카(施頭歌)의 형성(形成)과 후퇴(後退)의 형태(形態)를 이 가타우타(片歌)의 단계(段階)에서 보자면

> 水門の 葦の末葉を 誰か手折りし・・・・・・・・・・・・問
> 미나토의 갈대 끝의 잎을 누가 꺾었는지,
> わが背子が 振る手を見むと われそ手折りし・・・・・・・答
> 사랑스런 남자의 흔들리는 손을 보려고 내가 꺾었네

로 되고 가타우타(片歌)의 문답형(問答形)인 것입니다. 그런데 셋토우카(施頭歌)가 되면

> 水門の 葦の末葉を 誰か手折りし・・・・・・・・・・・・自問
> 미나토의 갈대끝의 잎을 누가 꺾었는지,
> わが 背子が 振る手を見むと われそ手折りし・・・・・・自答

와 같이 되고, 이것은 가타우타(片歌)가 2회(二回)씩 반복(反復)된 자문자답(自問自答)의 노래(歌)입니다. 더욱이 이와 같은 단계(段階)에서

질문(問)의 意識이 완전(完全)히 후퇴(後退)하면

> 水門の　葦の末葉を　わが　背子が　振る手を見むと　われそ手折り
> し‥独詠
> 미나토의 갈대 끝의 잎을 누가 꺾었는지, 사랑스런 남자의 흔들리는
> 손을 보려고 내가 꺾었네

와 같이 상대(相手)에 대한 질문(質問)이 상실(喪失) 되고 독영(独詠)
의 단가형(短歌形)으로 変化합니다. 가타우타(片歌)의 문답체(問答体)
에서 셋토우카(施頭歌)의 자문자답(自問自答)에 이르게 되고, 더욱이
자문(自問)의 후퇴(後退)에 의해서 短歌体의 노래(歌)가 成立하는 것
입니다. 이 가설(仮説)은 매우 재미있는 것으로 생각됩니다.
　이어지는 ④는 五七五七七/七는 가체(歌体)로 이것은 단가(短歌)의
말미(末尾)의 七이 一句가 많은 것입니다. 나라(奈良)의 야쿠시지(薬師
寺)13)의 붓소쿠가비(仏足石歌碑)의 노래(歌)의 형태(形態)에서 명명
(命名)된 것이고, 그 最初로 예(例)를 든 노래(歌)를 들자면

> 御足跡作(みあとつく)る　石の響は　天(あめ)に到り　地さへ揺(ゆ)すれ
> 父母がために/諸人(もろひと)のために
> 석가의 발자취를 만드는 돌의 반향은 하늘에 닿아 땅마저 흔들리고
> 부모를 위하여, 중생을 위하여

---

13) 야쿠시지(薬師寺)는 「홋소우슈우(法相宗/ほっそうしゅう)」의 大本山입니다. 텐무
　텐노(天武天皇)에 의해 発願(680), 지토텐노(持統天皇)에 있어서 본존개설(本尊
　開眼)(697), 다시 분무텐노(文武天皇)의 시대(御代)에 이르고, 아스카(飛鳥)의 地
　에 있어서 堂宇의 完成을 보았다. 그後 헤이죠우교 천도(平城遷都/710)에 따라
　現在地로 이전된 것이다.(718)

나라야구시사(奈良薬師寺)

라고 기술(記述) 되어 있음으로 短歌에 七音이 하나 많은 것을 알 수 있습니다. 노래(歌)의 내용(内容)을 보자면 붓소쿠세키(仏足石)를 새겼을 때의 작업(作業)한 노래(歌)인 것으로 추정됩니다. 또 最後의 一句는 五句째의 반복(反復)인 것을 알 수 있고, 그 말미(末尾)의 부분(部分)이 모로히토(諸人)들의 합창(合唱)에 의해서 불리어 졌을 可能性이 있습니다. 이 歌体는 『만요슈(万葉集)』의 에치주(越中)의 지방(国)의 노래(歌)속에서 볼 수 있고

> 伊夜彦(いやひこ) 神の麓に 今日らもか 鹿の伏すらむ 皮服着(かは
> ごろもき)て/角付きながら(巻十六)
> 이야히코의 신산의 산록에 오늘도 사슴이 엎드려 있을 까, 가죽 옷을
> 입고 뿔이 달린 채로

라고 읊어지고 있습니다. 이것도 말미(末尾)의 一句가 합창(合唱)된 可能性을 시사(示唆)하고 있고, 가미마츠리(神祭り)의 집단가요(集団歌謡)였다고 추측(推測)됩니다. 그 집단성(集団性)이 후퇴(後退)하면, 이 歌体도 단가체(短歌体)로서 成立하는 상황(状況)이 나타납니다.

남은 ⑤의 렌가체(連歌体)는 短歌의 上句와 下句를 두 사람(二人)이 따로 따로(別々) 읊은 것이고 後世의 렌가(連歌)의 기원(起源)을 시사(示唆)하는 歌体입니다.『만요슈(万葉集)』에는

佐保川の 水を塞(せ)き上げて 植ゑし田を　　　　아마(尼)
사호강의 물을 막아서 심은 논을 베어서 빨리빨리 먹는 것은 나 한 사람일 것입니다.
刈る早飯(わさいひ)は 独りなるべし(巻八)　　　야카모치(家持)
벤 이른 밥은 혼자일 것입니다.

와 같이 보입니다. 이 歌体는 短歌体에서 새롭게 전개(展開)한 것임을 알 수 있고, 새로운 時代에 재생산(再生産)된 대창(対唱)의 형태(形態)라고 말할 수 있습니다. 이와 같은 短歌가 上句와 下句로 분할(分割)되고 복수(複数)의 関係中에 읊어지는 것이 가능(可能)한 것은 短歌라는 歌体가 일찍이 대창(対唱)에 의한 가창(歌唱)文化를 계승(継承)했던 歌体였던 것임에 틀림없습니다.
　이렇게 해서 다양(多様)한 歌体를 보자면 어느 쪽의 歌体든 短歌라는 歌体로 전개(展開)되고 있는 것을 엿볼 수 있습니다. 다양(多様)한 가체중(歌体中)에서 短歌는 最後에 선별(選別)된 歌体라고 전술(前述)하였습니다만, 그 理由가 理解되었으리라 생각됩니다. 다수(多数)의 歌体는 일찍이 가창(歌唱)을 위해서 기능(機能)했던 것이고 短歌도 同一한 가창문화중(歌唱文化中)에 存在한 것입니다. 그러나『만요슈(万葉集)』의 時代에는 가창(歌唱)의 文化가 후퇴(後退)하고 종언(終焉)하게 되고, 그중에서 단가(短歌)라는 方法만이 선별(選別)되고, 다양(多様)한 歌体의 엣센스가 短歌에 집약(集約)되었습니다. 그것은 또한 短

歌가 다양(多樣)한 歌体로 환원(還元)할 수 있는 기능성(機能性)을 갖는 점에 있는 것입니다. 그리고 短歌는 이윽고 문자문예(文字文芸)로서의 短歌로 정착(定着)하게 되고 문자문화(文字文化)로서의 『만요슈(万葉集)』의 世界를 形成하게 되는 것입니다. 이를 통해서는 短歌는 보다 독영성(独詠性)을 강하게 표출(表出)되었다고 할 수 있습니다.

長歌라는 歌体의 기원(起源)은 古代의 叙事歌이었다. 叙事歌는 民族의 重要한 歴史(神話로부터 시작 되는 것을 一般版이라고 한다)를 노래(歌) 하는 것입니다. 그것은 오오우타(大歌)라고도 불리고 고대(古代)에는 叙事大歌가 儀式에서 노래(歌) 불리어 졌던 것입니다.

07 서사(叙事)와 오오우타(大歌)

短歌体가 成立하는 時代에는 한편으로는 서사가요(叙事歌謠)도 存在하고 있었다고 생각됩니다. 서사가요(叙事歌謠)는 신화(神話)・모노가타리(物語/소설)를 노래(歌)를 통해 말하는 것으로『고지키(古事記)』나『니혼쇼키(日本書紀)』의 신화(神話)・모노가타리(物語)는 이 서사가요(叙事歌謠)에 속한다고 말할 수 있습니다. 그러한 서사가요(叙事歌謠)는 民族의 중요(重要)한 역사(歷史)로서의 意味도 있고 마츠리(祭り)나 의식(儀式)때에 노래(歌)로서 불리어지고 있었습니다. 이들은 헤이안(平安)時代가 되면 오오우타도코로(大歌所)라는 오오우타(大歌)를 관리(管理)하는 관청(役所)이 설치(設置)되었습니다.

이 오오우타(大歌)에는 일반인(一般人)들이 즐겁게 듣는 내용(内容)도 많았다고 생각합니다. 야치호코노(ヤチホコカミ神)의 구혼(求婚)의 서사시(叙事詩)는 마츠리(祭り)의 장면(場面)의 가극(歌劇)이었던 것으로 생각되며 各地의 다케루(タケル)들의 영웅이야기(英雄物語)로서 예능화(芸能化)되었다고 생각됩니다. 이러한 서사시(叙事詩)의 중에서도 다음(後)의『만요슈(万葉集)』가 계승(継承)되는 것은 男女의 사랑(愛)의 모노가타리(物語)였던 것으로 생각됩니다. 그 중에서도 가장 인기를 끌고 상연(上演)된 가극(歌劇)이『고지키(古事記)』나『니혼

쇼키(日本書紀)』, 이윽고 『만요슈(万葉集)』가 전(伝)하고 있는 가루의 태자(軽太子)와 가루의 이라츠메(軽大朗女)의 남매(兄妹)에 의한 비애(悲恋)의 모노가타리(物語)였다고 생각됩니다. 또한 천황(天皇)으로 즉위(即位)할 때에 여동생(妹)과의 사랑(愛)이 발각(発覚)된 태자(太子)는 붙잡혀 이요(伊予)섬에 유배(島流し) 되게 됩니다. 그 뒤를 따라 여동생(妹)인 오오이라츠메(大朗女)는 이요(伊予)에 도착(到着)하게 되고, 마침내 두 사람(二人)은 정사(情死)를 한다고 하는 내용(内容)입니다. 태자(太子)가 붙잡히기까지 몇 수(首)의 노래(歌)가 가곡(歌曲)에 따라서 노래(歌)로 불리어지고 있습니다만, 두 사람(二人)의 사랑(愛)의 시작은

あしひきの　山田を作り
아시히키의 산에 논을 만들려 지만
山高み　下樋(したび)をわしせ
산이 높아서 송수관을 지나
下娉(と)ひに　吾が泣く妻を
그 상수관처럼 몰래 방문하여 나의 울고 있는 연인을
下泣きに　吾が泣く妻を
울음소리도 내지 않고 울고 있는 나의 울고 있는 연인을
昨夜(きぞ)こそは　安く肌触れ
마침내 어젯밤에는 슬며시 피부를 스쳤노라

와 같이 읊어지고 이것은 시라케우타(志良宜歌)라고 하고, 또한 太子가 붙잡혔을 때에

天飛(あまと)ぶ 軽(かる)の嬢子(をとめ)

하늘을 나는 기러기, 가루의 아가씨

いた泣かば 人知りぬべし

심하게 울면 남에게 알려지겠지

波佐(はさ)の山の 鳩の

하사 산의 비둘기 같이

下泣きに泣く

목소리를 낮추어 울고 있네

天飛ぶ　軽嬢子

하늘을 날고 있는 가루의 아가씨

したたにも 倚り寝てとほれ

바짝 기대어 자고가세요

軽嬢子ども

가루의 아가씨여

처럼 노래(歌)하고, 이것은 「아마다부리(天田振)[14]」라고 합니다. 이 사랑(愛)의 비극(悲劇)은 오빠(兄)와 여동생(妹)의 사랑이라는 금기(タブー)사항(事項)에 대해서 언급(言及)되는 모노가타리(物語)입니다만, 그러나 그것은 民族의 사랑(愛)의 歷史로서 오랫동안 노래(歌)로서 계

---

14) 두 개의 노래(歌)의 最初의「(天飛ぶ)」로 「아마다무(あまだむ)」로 읽습니다. 「후리/振り」란 마이(舞)나 오도리(踊り)의 「후리츠케/振り付け」의 「후리/振り」입니다. 그러면 하늘을 나는 새와 같은 후리츠케의 노래/「天を飛ぶ鳥のような振り付けのつく歌」라고 해도 문제가 없겠지요. 그러나 이 「아마다부리/天田振」는 다른 日本書紀의 箇所에는 나오지 않습니다. 여동생(妹)인 「가루노이라츠메가 난다/軽ノ嬢子が飛ぶ」라고 할 때에는 「아마다무(天飛/あまだむ)」, 「새의 사자가 날다/鳥の使いが飛ぶ」라고 할 때에는 「아마도부/天飛(あまトぶ)」. 새(鳥)는 「하늘을 날다/天を飛ぶ」라고 한다. 그러나 날지도 않는 여동생(妹)은 「아마다무(天飛(あまだ)む)」라고 한다.

승(継承)되었던 것입니다.

이 오오우타(大歌)를 계승(継承)하는 것이 가키모토히토마로(柿本人麿)였습니다. 히토마로(人麿)의 등장(登場)은 『만요슈(万葉集)』의 평가(評価)를 크게 変化시켰습니다. 후대시대(後代時代)의 우타비토(歌人)들은 히토마로(人麿)의 노래(歌)를 신(神)의 노래(歌)처럼 생각하고 히토마로(人麿)의 그림(絵)이나 상(像)을 그리고 노래(歌)가 능숙(上達)해지기를 기원(祈願)하였습니다.『고킹슈(古今集)』를 편찬(編纂)한 기노츠라유기(紀貫之)도「かの御時に、おほきみつのくらゐかきのもとの人まろなむ歌の聖なりける(어느 날 오호미츠구라이 가카모토노 히토마로의 성스러운 노래)」와 같이 히토마로(人麿)는 노래(歌)의 성인(聖人)이라고 말하고 있습니다. 『만요슈(万葉集)』의 편찬자(編纂者)도 동일(同一)한 생각(思慮)이었던 것 같습니다. 왜냐하면『만요슈(万葉集)』를 편찬(編纂)하는데 히토마로(人麿)의 노래(歌)를 최우선시(最優先視)하고 이후(以後)의 노래(歌)를 다음에 나열(羅列)하는 方法을 취하고 있기 때문입니다. 이것은 명확(明確)히 히토마로(人麿)의 노래(歌)를 신(神)의 노래(歌)처럼 높이 평가(評価)하고, 히토마로(人麿)의 노래(歌)를 가장 우수(優秀)한 노래(歌)의 기준(基準)이나 연습(練習)의 텍스트로 삼고 있었던 것에 의한 것이라고 할 수 있습니다.

이러한 히토마로(人麿)의 노래(歌)의 역량(力量)은 장가(長歌)에 있었다고 생각됩니다. 長歌는 히토마로(人麿)를 정점(頂点)으로 하여 그 以後는 쇠퇴(衰退)의 길(道)을 걷게 되고, 헤이안(平安)時代가 되면 거의 힘을 잃게 되고 단가중심(短歌中心)의 時代를 맞이하게 됩니다. 와카(和歌)라는 長歌나 短歌, 혹은 세토우카(施頭歌)등도 포함되어 있습니다만, 그것이 단가융성(短歌隆盛)의 시대(時代)라고 명명(銘銘)되었기 때문에 와카(和歌)는 短歌의 이미지를 강하게 띠게 되는 것입니다. 그러나 이러한 단가(短歌)의 시대(時代)를 거슬러 올라가면 장가(長歌)의 시대에 이르게 됩니다. 그것은 히토마로(人麿)이전(以前)의 고대가요(古代歌謠)의 시대로 거슬러 올라가게 되고 장가(長歌)는 장가요(長歌謠)로서 존재(存在)하고 있습니다. 히토마로(人麿)가 장가요(長歌謠)를 특기(特技)로 삼았던 것은 아직 장가요(長歌謠)의 시대(時代)의 숨결(息吹)을 느낄 수 있었던 시대(時代)였기 때문이라고 생각됩니다.

초기만요(初期万葉)의 노래(歌)는 장가요(長歌謠)부터 시작되고, 누가타노오오기미(額田王)를 거쳐 히토마로(人麿)에게로 전개(展開)하는 것입니다. 장가요(長歌謠)라는 것은 五・七・七을 반복하여 나중에 五・七・七로 끝나는 形式입니다만, 이 한계(限界)는 장가(長歌)와 유사(類似)합니다. 그러나 長歌는 『만요슈(万葉集)』의 時代에 들어와서 成立하는 가체(歌体)이고 기본적(基本的)으로는 장가가요(長歌歌謠)의 형식(形式)에 항카(反歌)를 동반(同伴)하는 것으로부터 장가(長歌)와는 구별(区別) 됩니다.

이러한 古代의 장가요(長歌謠)는 기본적(基本的)으로는 신(神)에 대한 소우죠우노우타(奏上の歌)의 노래(歌)나 신(神)이 하사한 노래(歌)였다고 생각됩니다만, 한편으로는 民族의 역사(歷史)를 말하는 노래(歌)였습니다. 이 민족(民族)의 역사(歷史)를 말하는 노래(歌)의 계통(系統) 오오우타(大歌)[15]이였다고 생각할 수 있습니다. 이 오오우타(大歌)는 우주(宇宙)의 창세(創世)나 민족(民族)의 탄생(誕生)과 移動, 또

---

15) 宮廷의 神事・宴遊등에서 읊어지는 노래(歌)。唐・韓등으로부터 外来의 악(楽)에 대해서 日本古来의 楽。風俗歌・가구라(神楽)의 노래(歌)・사이바라(催馬楽)등 오오우타토코로(大歌所)에서 管理・伝承된 것.

는 자연(自然)·文化의 탄생(誕生)을 노래(歌)하고, 더 나아가서는 영웅(英雄)들의 서사(叙事)나 조상(先祖)들의 고사(故事)를 노래(歌)하고 실로 민족(民族)의 역사(歷史), 그 자체를 노래(歌)하고 있는 것으로 생각됩니다. 이들이 역사서(歷史書)로서 성립(成立)하면『고지키(古事記)』와 같은 형태(形態)가 탄생(誕生)하게 된다고 볼 수 있습니다. 이와 같은 오오우타(大歌)를 생각하자면 히토마로(人麿)가 살았던 時代는『고지키(古事記)』가 편찬(編纂)되어 있었던 時代였기 때문에 히토마로(人麿)가 신화(神話)에 대한 관심(関心)을 강하게 갖고 있었던 것으로 이해(理解)됩니다. 오오우타(大歌)를 통해서 민족(民族)의 역사(歷史)를 노래(歌)하고 있었던 최후(最後)의 시대(時代)에 히토마로(人麿)는 만나(遭遇)게 된 것입니다. 七世紀後半의 일입니다.

그러나 히토마로(人麿)는 이러한 오오우타(大歌)를 전(伝)하는 사람은 아닙니다. 이와 같은 전승(伝承)의 가문(家柄)에서 태어났는지 아닌지는 모르지만 적어도 오오우타(大歌)를 이해(理解)할 수 있는 환경(環境)속에서 成長한 것은 인정(認定)할 수 있습니다. 그 오오우타(大歌)의 전통(伝統)을 계승(継承)함으로서 히토마로(人麿)의 장가(長歌)가 성립(成立)하게 됩니다만, 히토마로(人麿)의 뛰어난 점은 이 오오우타(大歌)에서 크게 일탈(逸脱)한 점에 있습니다. 이미 전술(前述)한 바와 같이 오오우타(大歌)는 민족(民族)의 과거(過去)의 역사(歷史)를 노래(歌)하는 것이었습니다. 그러나 히토마로(人麿)의 오오우타(大歌)는 과거(過去)의 역사(歷史)는 아니고 現在의 歷史를 노래(歌)하는 점에 있었습니다. 히토마로(人麿)의 長歌의 生命은 실로 여기에 있는 것입니다. 그 대표적(代表的)인 노래(歌)가 히나미미코(日並皇子)[16]나 다케치노미코(高市皇子)[17] 또는 아츠카오오죠(明日香皇女)[18]등의 방카

(挽歌)이고 다양(多樣)한 방카(挽歌)¹⁹⁾인 것입니다.

그 방카(挽歌)중에서도 아내의 죽음(妻死)을 노래(歌)한 망처방카(亡妻挽歌)에서는 히토마로(人麿)의 통곡(慟哭)의 소리가 들려옵니다. 아내의 죽음(妻死)을 테마로 한 것은 過去에도 있었습니다만, 히토마로(人麿)는 이를 오오우타(大歌)로서 노래(歌)한 것입니다. 아내의 죽음

---

16) 텐무텐노(天武天皇)의 第二皇子。어머니는 지토텐노(持統天皇)。万葉에는 히나노시노미코노미코토(日並皇子尊/ひなみしのみこのみこと)이다. 阿閉皇女(겐메이텐노/元明天皇)가 妃이고 가루노미코(軽皇子/분무텐노文武天皇)・하타카노히메미코(氷高皇女-겐쇼텐노(元正天皇)・기비노미코(吉備皇女)등을 낳았다.

17) 타케치노미코(高市皇子/たけちのみこ・たけちのおうじ、654年(白雉5年)? - 696年8月13日 지토텐노(持統天皇)10年7月10日)는 日本의 아스카시대(飛鳥時代)의 人物이고 텐무텐노(天武天皇)의 皇子(長男)이다. 구가나츠카이(旧仮名遣い)로 읽는 방법(読み)은 동일. 노치노미코노미코토(後皇子尊/のちのみこのみこと)라고 尊称된다. 672年의 壬申의 乱勃発時, 타케치노미코(高市皇子)는 오우미오오츠쿄(近江大津京)에 있고, 挙兵을 알고, 脱出한 아버지(父)와 合流했다. 若年이지만 미노구니(美濃国)의 후하(不破)에서 軍事의 全権을 이양 받아 乱에 勝利했다. 679年에 텐무텐노(天武天皇)의 휘하에서 요시노(吉野)의 盟約에 참가하고 兄弟의 協力을 맹세했다. 이후에는 그 밖의 皇子와 함께 자주 조문(弔問)에 파견된다. 686年에 지토텐노(持統天皇)가 即位하면 다이세이다이징(太政大臣)이 되고 以後는 天皇・皇太子를 제외한 皇族・臣下의 最高位가 된다.

18) 아스카노히메미코[明日香皇女/あすかのひめみこ、生年不詳 - 붐무텐노(文武天皇)4年4月4日(700年4月27日)]는 텐치텐노미코(天智天皇皇女)。아스카미코(飛鳥皇女)라고도. 어머니(母)는 다치바나노이라츠메(橘娘)(父:아베우치마로(阿倍内麻呂). 同母의 여동생(妹)은 니니다베노미코(新田部皇女). 아사가베노미코(忍壁皇子)의 妻라는 説이 있다. 지토텐노(持統天皇)6年(692年)8月17日에 지토텐노(持統天皇)가 아스카노히메미코(明日香皇女)의 田荘에 행하(行幸)했다. 지토테노(持統天皇)8年(694年)8月17日에 아스카노히메미코(明日香皇女)의 病気平癒를 위해 샤몽(沙門)108人을 出家시켰다. 분무텐노(文武天皇)4年(700年), 浄広肆의 位로4月4日에 死去. 빈소에 시신을 안치했을 때에 가키모토히토마로(柿本人麻呂)가 남편(夫)과의 금실(夫婦仲)이 좋은 노래(歌)인 방카(挽歌)를 받쳤다. 아스카노히메미코(明日香皇女)는 지토텐노(持統天皇)의 訪問을 받기도 하고, 그녀(彼女)의 病気平癒를 위해 108人의 샤몽(沙門)을 出家시키는 등 다른 텐치텐노미코(天智天皇皇女)에 비해서 異例의 총애를 받았다.

19) 슬픔을 읊은 詩, 노래(歌), 楽曲。

(妻死)이면서 그것을 민족(民族)의 비애(悲哀)의 역사(歷史)로서 노래(歌)한 것입니다. 다이시(題詞)에 의하면 「柿本朝臣人麿の妻死(みまか)りし後に泣血(いさち)ち哀慟(かな)みて作れる歌二首并せいて短歌(가키모토히토마로아손의 처가 사망한 후에 피를 흘리면서 지은 노래 2수 동시 단가」(卷二)라고 기록(記錄)되어 있습니다. 즉 히토마로(人麿)는 아내의 죽음을 흡혈애곡(泣血哀慟)의 두 쌍(二組)의 방카(挽歌)를 읊고 있는 것입니다. 게다가 이 두 구릅(二組)과 더불어 「別本/별책」에도 있다고 하는 이전(異伝)에 있는 노래(歌)도 게재(掲載)되어 있으므로 이 히토마로(人麿)의 망처방카(亡妻挽歌)가 얼마나 当時의 사람들에게 신선(新鮮)한 충격(衝擊)을 주었는지를 엿볼 수 있습니다. 그 最初의 한 쌍(一組)은 아직 父母에게도 알리지 않은 애인(恋人)의 죽음(死)의 비애(悲哀)를 탄식(嘆き)한 것으로 다음과 같은 노래(歌)가 있습니다.

天飛ぶや　軽の路は
하늘을 나는 기러기 가루의 길은
吾妹子(わぎもこ)が　里にしあれば
그대의 고향이기에
ねもころに　見まく欲しけど
애절하게도 만나고 싶지만
止まず行かば　人目を多み
자주 다니면 사람들의 눈에 띄기에
数多(まね)く行かば　人知りぬべみ
가끔씩 가면 사람들이 알아채겠지
狭根葛(さねかづら)　後も逢はむと
넝쿨풀처럼 언젠가는 만나려고

大船の　思ひ憑(たの)みて

큰 배를 탄 것처럼 의지하여

玉かぎる　磐垣淵(いはがきふち)の

다마가기루 돌담의 언저리가 보이지 않도록

隠(こも)りのみ　恋ひつつあるに

남몰래 그리워했는데

渡る日の　暮れぬるが如

해가 져버린 것처럼

照る月の　雲隠る如

달빛이 구름에 가리워 진 것처럼

沖つ藻(おきつも)の　靡きし妹は

바다의 해초처럼 늘어져 잔 그대는

黄葉(もみちば)の　過ぎて去にきと

단풍이 진 것처럼

玉梓(たまづさ)の　使の言へば

다마즈사의 사자가 말함으로

言はむ術(すべ)　為むすべ知らに

어떻게 말해야할지, 어떻게 해야 할지 몰라서

声のみを　聞きてあり得ねば

목소리만이라도 들을 수 없어

わが恋ふる　千重の一重も

사랑하는 천에 하나라도

慰(なぐさ)もる　情(こころ)もありやと

위로할 마음이 있을까

吾妹子が　止まず出で見し

그대가 언제나 나가 있었네

軽(かる)の市(いち)に　わが立ち聞けば

가루노이치, 나는 나가서 목소리를 듣지만

玉襷(たまだすき)　畝傍(うねび)の山に

다마다즈키의 우네비산에

鳴く鳥の　声も聞こえず

우는 새, 목소리도 들리지 않고

玉桙(たまぼこ)の　道行く人も

다마보코의 길가는 사람도

一人だに　似てし行かねば

한 사람도 닮은 사람은 만나지 못하고

すべをなみ　妹が名喚びて

어쩔 수 없이 그대의 이름을 불러

袖そ振りつる

옷소매를 흔들고 말았네

항카(反 歌)

秋山の　黄葉(もみち)を茂み

가을 산, 단풍이 하염없이 지는데

迷ひぬる　妹を求めむ

길을 헤맸겠지, 그대를 찾았지만

山道知らずも

어느 산길인지 모르네

黄葉(もみちば)の　散り行くなへに

단풍이 하늘하늘 질 때에

玉梓(たまずさ)の　使(つかひ)を見れば

다마즈사의 사자를 보니

逢ひし日思ほゆ

그대와 만난 날이 그리워지네

와 같이 노래(歌)합니다. 가루노사토(軽里)에 아버지를 두고 있으면서
도 다른 사람의 이목을 꺼려서 만나지 못하고, 그 가운데 아내(妻)의
죽음(妻死)을 알리는 부고(赴告)가 도착(到着)하고 믿을 수 없어서 아
내와 만났던 가루노이치(軽市)에서 아내(妻)를 찾을 수 없었노라고 한
탄하는 것입니다. 아마도 이 男女는 가루이치(軽市)의 우타가키(歌垣)
에서 만났었고 다른 사람들의 이목을 피하여 자유연애(自由恋愛)를 하
고 있었던 것으로 추정(推定)되며, 그 때문에 男子의 비통(悲痛)과 통
곡(慟哭)이 함께 드라마틱하게 묘사(描写)되어 있다고 생각됩니다. 이
어지는 두 번째(二組目)의 방카(挽歌)는 다음과 같습니다.

> うつそみと　　思ひし時に
> 이 세상에 아내가 살아 있을 때에
> たづさへて　　わが二人見し
> 손을 잡고 둘이서 바라보았네
> 走り出の　　堤に立てる
> 조금 밖에 나가 대보에 서 있는
> 槻(つき)の木の　　こちごちの枝の
> 여기저기의 느티나무 가지에
> 春の葉の　　茂きが如く
> 봄의 잎이 번성한 것처럼
> 思へりし　　妹にはあれど
> 그리워했던 그대였는데
> たのめりし　　児(こ)らにはあれど

믿고 있던 그대였는데

世の中の　背(そむ)きし得ねば

세상의 도리를 어길 수 없어

かぎろひの　燃ゆる荒野に

아지랑이가 피어오르는 들판에

白栲(しろたへ)の　天領巾隠(あまひれかく)り

흰빛의 천에 숨어서

鳥じもの　朝立ちいまして

새처럼 아침 일찍 날아가

入日なす　隠りにしかば

일몰처럼 가리워져

吾妹子が　形見に置ける

사랑하는 그대가 유품으로 남겨준

みどり児の　乞ひ泣くごとに

어린아이가 젓을 보채며 울먹일 때마다

取り与ふ　物し無ければ

줄 것도 없어서

男じもの　腋はさみ持ち

남자이면서 아이를 겨드랑이에 껴안고

吾妹子と　二人わが宿(ね)し

그대와 둘이서 잠을 이뤘네

枕つく　嬬屋の内に

잠을 자는 안채에 있어

昼はも　うらさび暮し

낮에는 낮으로 적적하게 지내고

夜はも　息づき明かし

밤에는 밤이어서, 한숨을 쉬며 밤을 새고

嘆けども　せむすべ知らに

심하게 한탄하지만 어찌 할 수 없어

恋ふれども　逢ふ因(よし)を無み

그대를 그리워 하지만 만날 방법이 없어

大鳥の　羽易(はがひ)の山に

오오도리의 하가이산에

わが恋ふる　妹は座(いま)すと

사랑하는 그대가 있노라고

人の言へば　石根(いはね)さくみて

친절한 사람이 가르쳐주어서 바위산을 넘어

なづみ来(こ)し　吉(よ)けくもそなき

어렵게 왔노라. 그러나 아무런 좋은 일도 없어

うつそみと　思ひし妹が

살아 있을 거라고 그리워했던 그대에게

玉かぎる　ほかにだにも

다마가기루 잠시나마

見えぬ思へば

만날 수 없었던 것을 생각하면

항카(反歌)

去年(こぞ)見てし　秋の月夜は

작년에 본 가을의 아름다운 달은

照らせども　相見(あひみ)し妹は

빛을 발하지만 함께 있었던 그대는

いや年さかる

드디어 멀리 가벼렸네

衾道を　引手の山に
후스마 길을 지나 히기테산에
妹を置きて　山路を行けば
그대를 남겨 두고 산길을 가면
生けりともなし　生きた心地もしない
살아있는 기분도 들지 않네

　히토마로(人麿)의 長歌는 이와 같이 리듬이 길고 연속적(連続的)인 흐름 속에서 읊어지고 있습니다. 이를 사이토시게기치(斉藤茂吉)[20]의 풍(風)으로 말하자면, 일대연속성조(一大連続声調)라는 것이 됩니다. 이를 창출(創出)해낸 것은 히토마로(人麿)의 재능(才能)입니다만, 그 배후(背後)에는 장대한 민족(民族)의 노래(歌)의 역사(歴史)가 있고, 특히 오오우타(大歌)의 성조(声調)가 크게 영향(影響)을 미치고 있다고 생각됩니다. 게다가 아내의 죽음(妻の死)이라는 비애(悲恋)에 연속성조(連続声調)가 멋지게 균형(均衡)을 이루고 있음을 알 수 있습니다. 아내의 죽음(妻の死)을 슬퍼하는 성조(声調)의 성립(成立)에는 아마도 먼 옛날의 야마토다케루(ヤマトタケル)등의 영웅(英雄)의 전투와 비극적(悲劇的)인 죽음이나 가루노태자(軽太子)와 가루노오오이라츠메(軽大朗女)의 오누이(兄妹)와 같이 사랑하는 사람이 맺어지지 못하고 정

---

20)　사이토모기치(斎藤茂吉/さいとうもきち, 1882年(明治15年)5月14日(戸籍에서는 7月27日) ‐ 1953年(昭和28年)2月25日은 야마카타현미나미무라야마군가네가메촌 (山形県南村山郡金瓶村)(現在의 上山市金瓶)出身의우타비토(歌人), 精神科医 이다. 이토사치오문하(伊藤左千夫門下). 다이쇼(大正)에서 쇼우와전기(昭和前期) 에 걸쳐서 아라라기(アララギ)의 中心人物. 長男으로 사이토시게타(斎藤茂太), 次 男으로 기타시오(北杜夫), 손자(孫)로 사이토유카(斎藤由香)가 있다. 또한 妻인 弟齋藤西洋의 妻의 兄은 호리우치게이죠(堀内敬三).

사(情死)에 이르는 古代의 사랑의 悲劇을 슬퍼하는 声調가 있었던 것으로 생각됩니다.

이른바 영웅(英雄)의 죽음(死)이나 사랑의 비극(悲劇)의 오오우타(大歌)의 성조(声調)를 미코(皇子)나 아내(妻)의 죽음(妻の死)에 대한 슬픔의 성조(声調)로 바뀌고 히토마로(人麿)의 오오우타(大歌)가 성립(成立)하고 있다고 말할 수 있겠지요. 게다가 男子가 女子의 죽음(妻の死)을 이와 같이 슬퍼하는 것은, 그 소재(素材)의 선택방법(選択方法)도 신선(新鮮)했고 또 테마도 실로 신선(新鮮)했던 것으로 생각됩니다. 일찍이 영웅(英雄)의 죽음(死)이나 사랑의 비극(悲劇)으로 눈물을 흘리고 있는 사람들은 現実的으로 미코(皇子)나 아내의 죽음을 슬퍼하는 노래(歌)에 접하고 새삼스럽게 눈물을 흘리게 되었다고 생각됩니다. 아내의 죽음(妻の死)에 관(関)해서는 사랑하는 사람의 죽음을 애도(哀悼)하는 방카(挽歌)로서 보다도 사랑의 노래(恋歌)로서 널리 향수(享受)된 것으로 생각되는 것입니다.

사이토시게기좌상(斎藤茂吉像)

古代(古代)에 오오우타(大歌)는 많이 남아 있었다고 생각합니다만, 이들은 과거(過去)의 역사(歷史)의 유산(遺産)이었습니다. 이 과거(過去)의 오오우타(大歌)는『고지키(古事記)』의 편찬(編纂)에 의해 거기에 수렴(収斂)되고 過去의 세계(世界)의 역사(歷史)는 종언(終焉)을 맞이합니다. 민족(民族)의 과거(過去)의 역사(歷史)의 종언(終焉)과 함께 나타난 것이 現在의 歷史를 노래(歌)하는 히토마로(人麿)의 오오우타(大歌)이였던 것입니다. 게다가 히토마로(人麿)의 등장(登場)의 또 다른 하나의 특징(特徵)은 현재(現在)의 사건(事件)을 오오우타(大歌)의 形式으로 창작(創作)하는 작자(作者)였습니다. 古代의 서사시(叙事詩)는 히토마로(人麿)보다도 오오우타(大歌)로서 노래(歌)로서 불리어지고 동시(同時)에 장가체(長歌体)의 오오우타(大歌)는 종언(終焉)을 맞이하게 되었습니다.

08 항카(反歌)와 단가(短歌)

단가체(短歌体)라는 가체(歌体)가 『만요슈(万葉集)』로 전개(展開)됨으로써 단가(短歌)는 재생(再生)되었을 까요. 『만요슈(万葉集)』중에서도 초기만요(初期万葉)라고 불리는 단계(段階)의 그룹이 있습니다. 그중에서도 기기(記紀)(『고지키(古事記)』)와 『니혼쇼키(日本書紀)』)에서 볼 수 있는 가요(歌謠)의 성격(性格)을 띠면서 『만요슈(万葉集)』로 이행(履行)되는 단계(段階)의 노래(歌)를 볼 수 있습니다. 그 단계(段階)의 노래(歌)를 포함해서 초기만요(初期万葉)라고 합니다만, 닌토쿠텐노(仁德天皇)[1]의 황후(皇后)인 이와노히메황후(磐姫皇后)[2]나 유

---

1) 닌토쿠텐노[仁德天皇/にんとくてんのう, 진구우코우고우셋세이(神功皇后摂政)57年(257年) - 닌토쿠텐노(仁德天皇)87年1月16日(399年2月7日)]는 日本의 第16代天皇[在位: 닌토쿠텐노원년(仁德天皇元年)1月3日(313年2月14日) - 同87年1月16日(399年2月7日)]. 古事記의 간시호우년(干支崩年)에 따르면 오우진텐노(応神天皇)의 사망(崩御)이 西暦394年, 니토쿠텐노(仁德天皇)의 사망(崩御)이 西暦427年이 되고, 그 사이(間)가 在位期間이 된다. 이름은 오오사자키노미코토(大雀命)(『古事記』), 오호사자키노미코토(大鷦鷯尊), 오호사자키노스메라미코토(大鷦鷯天皇)·聖帝(『日本書紀』)·나니와텐노(難波天皇)(『万葉集』).

2) 이와노헤메노미코토(磐之媛命/いわのひめのみこと, 生年不詳-닌토쿠텐노(仁德天皇)35年6月(347年)은 古墳時代의 皇妃. 가츠라기노소츠히코(葛城襲津彦)의 딸(娘). 고우겐텐노(孝元天皇)의 男系来孫(古事記에서는 玄孫). 닌토쿠텐노(仁德天皇)의 皇后이고, 리츄우텐노(履中天皇)·스미노에노나카노오우지(住吉仲皇子)·한제이텐노(反正天皇)·잉교우텐노(允恭天皇)의 母. 닌토쿠텐노(仁德天皇)2年(314

랴구텐노(雄略天皇)의 노래(歌)로부터 시작되고 누가타노오오기미(額田王)가 활약(活躍)하는 오우미쵸(近江朝)[3]의 文学까지가 초기만요(初期万葉)의 時代라고 합니다.

『만요슈(万葉集)』의 시작을 알리는 단계(段階)의 초기만요(初期万葉)는 진도쿠텐노(仁徳天皇)의 황후(皇后)인 이와노히메황후(磐姫皇后)의 短歌四首입니다. 그러나 통설(通説)에 의하면, 이 노래(歌)는 이와노히메황후(磐姫皇后)에게 가탁(仮託)한 것이고 실제(実際)로는 훨씬 나중의 노래(歌)라고 합니다. 따라서 초기만요(初期万葉)를 생각할 때에는 作者와 노래(歌)가 항상 일체화(一体化)가 되지 않기 때문에 주의(注意)할 필요(必要)가 있는 것입니다. 그러면 초기만요(初期万葉) 중에서도 교체(古体)의 노래(歌)라는 것은 어떤 작품(作品)을 지칭하는가 하면 『만요슈(万葉集)』의 권두(巻頭)에 기술(記述)된 유랴구텐노(雄略天皇)의 장가(長歌)라는 것이 됩니다.

이것이 『만요슈(万葉集)』에서 가장 오래된 노래(歌)라는 것은 아닙니다만, 노래(歌)의 형태(形)로 보자면 古体라는 것이 명백(明白)합니다. 노래(歌)는 「籠(こ)もよ み籠持ち 掘串(ふくし)もよ み掘串持ち/바구니여 아름다운 바구니를 가지고 주걱이여 아름다운 주걱을 들고」

年)立后. 매우 嫉妬가 심하고, 닌토쿠텐노(仁徳天皇)30年(342年), 그녀가 구마노(熊野)에 놀러온 틈에 남편(夫)이 야다노히메미코(八田皇女)[이와노헤메노미코토의 사후(磐之媛命崩御後), 니토쿠텐노(仁徳天皇)의 皇后]를 宮中에 끌어들인 것에 激怒하고, 야마시로(山城)의 筒城宮(現在의 교투후교다나베시(京都府京田辺市)로 옮겨 同地에서 사망하였다.

3) 오우미노미야(近江宮/おうみのみや)는 7世紀後半의 텐치텐노(天智天皇)가 지은 宮. 오우미노오오츠노미야(近江大津宮/おうみのおおつのみや), 오오츠노미야(大津宮/おおつのみや)라고도 불린다. 시가현오오츠시니시키오리(滋賀県大津市錦織)의 遺跡이 오우미노오오츠노미야(近江大津宮)의 유적(跡)이라고 한다. 즉 本来의 表記는 오우미노오오츠노미야(水海大津宮/おうみのおおつのみや)였다고 하는 指摘이 있다.

(巻一)라고 노래하기 시작하고 오카베(岡辺)에서 어린나물(若菜)을 따는 女性에게 구혼(求婚)을 하고 있는 內容을 엿볼 수 있습니다. 리듬은 三·四·五·六 라는 불규칙적(不規則的)인 것으로 부정형(不定型)이든지 혹은, 이정형(未定型)의 단계(段階)를 가르키고 있습니다. 이 노래(歌)도 유랴구텐노(雄略天皇)에게 가탁(仮託)한 것이고 봄의 야외놀이(春野遊び)가 행해질 때에 왕(天皇)의 구혼(求婚)의 세계(世界)를 가요(歌謡)로서 전승(伝承)한 것으로 여겨집니다. 이 노래(歌)에 이어지는 것은 죠메이텐노(舒明天皇)[4]의 구니미(国見)의 노래(歌)입니다. 「大和には 群山あれど とりよろふ 天の香具山 登り立ち 国見をすれば 国原は 煙立つ立つ 海原は 鴎立つ立つ うまし国そ 蜻蛉島(あきつしま)大和の国は/야마토에는 많은 산이 있지만, 특히 훌륭하게 장식되어 있는 하늘처럼 높은 가구산에 올라 나라를 살펴보면 연기가 뭉게뭉게 피어오르고, 바다에는 갈매기가 날아다니네, 아름다운 야마토여, 아키

---

4) 죠메이텐노[舒明天皇/じょめいてんのう, 스이코텐노(推古天皇元年)(593年)?‐죠메이텐노(舒明天皇)13年10月9日(641年11月17日)]은 日本의 第34代天皇[在位:죠메이텐노원년(舒明天皇元年)1月4日(629年2月2日) ‐ 죠메이텐노(舒明天皇)13年10月9日(641年11月17日)]. 諱는 타무라(田村/たむら). 와후시고우(和風諡号)는 오키나가타라시히히로누카노스메라미코토(息長足日広額天皇/おきながたらしひひろぬかのすめらみこと). 先代의 스이코텐노(推古天皇)는 在位36年3月7日(628年)에 사망(崩御)했을 때에 후계자(継嗣)를 정하지 않았다. 소가노에미시(蘇我蝦夷)는 群臣이었고, 그 意見이 다무라미코(田村皇子)와 야마세오오키미미코(山背大兄皇子)로 나뉘어졌던 것을 알고 타무라미코(田村皇子)를 옹립하여 天皇으로 삼았다. 이것이 죠메이텐노(舒明天皇)이다. 이에는 에미시(蝦夷)가 権勢를 부리기 위한 괴뢰(傀儡)으로 하려고 했다고는 설(説)과 다른 有力豪族과의 摩擦을 피하기 위해 소가씨(蘇我氏)혈통인 야마세노오키미미코(山背大兄皇子)를 회피하려고 했다는 설(説)이 있다. 또한 近年에는 깅메이텐노(欽明天皇)의 嫡男인 비다츠텐노(敏達天皇)의 直系(다무라미코/田村皇子)로 庶子인 요우메이텐노(用明天皇)의 直系인 야마시로노오오에노오우(山背大兄皇子/ やましろのおおえのおう)에 의한 皇位継承争이고, 豪族들도 両派로 나뉘어졌기 때문에 에미시(蝦夷)는 그 状況에 対応했던 現実的인 判断을 했을 뿐이다라는 의견이 있다.

츠섬 나라 야마토는」(巻一)와 같이 읊어지고 천상(天上)의 가구야마(香 具山)5)에서 지상(地上)의 야마토구니(大和国)을 조망(眺望)하면서 구 니미(国見)라는 의례(儀礼)를 행하는 것입니다. 이것도 죠메이텐노(舒 明天皇)에게 가탁(仮託)된 의례(儀礼)의 노래(歌)이고, 모두『고지키(古 事記)』나『니혼쇼키(日本書紀)』의 가요(歌謡)에이 어지는 고시대(古時 代)의 가요성(歌謡性)을 전승(伝承)하고 있는 것으로 여겨집니다.

가구야마(香久山)

초기만요(初期万葉)라는 것은 이러한 기기이래(記紀以來)의 의례 (儀礼)의 世界에서 불리어진 노래(歌)를 계승(継承)한 것인 듯 하고, 그

---

5) 아마노가구산(天香久山/あまのかぐやま, あめのかぐやま)은 나라현가시와라시(奈 良県橿原市)에 있는 山. 우네비야마(畝傍山), 미미나시야마(耳成山)와 함께 야마 토삼산(大和三山)이라고 부른다. 標高는 152.4미터(メートル)로 三山中에 가장 낮 다. 山이라기 보다는 언덕(丘)의 印象이지만, 古代부터 「아마/天」라는 尊称이 붙 을 정도로 가장 神聖視되었다. 太古時代에는 도우노미네(多武峰)로부터 이어지는 산록(山裾)의 部分에 해당하고 그 後의 浸食作用으로도 상실되지 않은 남은 部分 이라고 한다. 表記가 「아마노가구야마(天香久山)」와 「天香具山」의 두 명칭(二通) 이 있지만, 国土地理院의 地図난 가시와라시(橿原市)에서는 「아마노가구야마(天 香久山)」 또는「가구야마(香久山)」을 公式으로 使用하고 있고, 西日本旅客鉄道의 사쿠라이선(桜井線)에 있는 駅도 가구야마산역(香久山駅)이다.

것이 전승(伝承)되어 『만요슈(万葉集)』로 이어져온 것임을 알 수 있습니다. 이와 같은 점에서 보자면 다음의 장가(長歌)와 동일(同一)한 경향(傾向)을 보이는 것이라고 생각됩니다. 역시 죠메이텐노(舒明天皇)의 時代의 노래(歌)로서 전해 내려오고 있는 사냥(狩猟)할 때의 의례가(儀礼歌)입니다. 다이시(題詞)의 노래(歌)의 앞에 작자(作者)의 이름이나 작가사정(作歌事情)등을 기록(記録)한 고도바가키(詞書)에 의하면, 천황(天皇)이 사냥(狩猟)에 출발(出発)할 때에 나카츠스메라미코토(中皇命)[6]라는 여성(女性)이 하시히토노오유(間人老人)라는 사람에게 천황(天皇)에게 헌정(献呈)하도록 명령(命令)을 내린 노래(歌)였다고 합니다. 다만 이 다이시(題詞)만으로는 어느 쪽이 作者인지 어떤지는 불분명(不分明)합니다. 나카츠스메라미코토(中皇命)가 짓고 오유(老)가 명(命令)을 받아 헌정(献呈)하였는가, 아니면 오유(老)가 명령(命令)하여 지어서 헌정(献呈) 하였는지에 대해서 학설(学説)이 이분(二分)됩니다만, 사냥(狩猟)을 위해 出発하는 천황(天皇)에 대해서 활(弓)의 아름다움을 찬미(賛美)하고 있는 내용(内容)에서 사냥(狩猟) 에 의한 풍요(豊饒)를 기원(祈願)하는 의례(儀礼)의 노래(歌)라고 여겨집니다.

---

6) 텐치텐노(天智天皇/てんちてんのう/ てんじてんのう, 스이코(推古)34年(626年) - 텐치텐노(天智天皇)10年12月3日(672年1月7日)은 第38代天皇. 와후시고우(和風諡号)는 아메미코토히라카스와케노미코토(天命開別尊/あめみことひらかすわけのみこと). 一般的으로는 나카노오오에노오우지(中大兄皇子/なかのおおえのおうじ / なかのおおえのみこ)로서 불린다. 「나카노오오에(大兄)」란 同母兄弟中의 長男에게 부여되는 皇位継承資格을 붙이는 称号이고, 나카노오오에(中大兄)는 두 번째의(二番目)오오에(大兄)를 意味하는 말. 諱(実名)은 카즈라키(葛城/かづらき/かつらぎ). 漢風諡号인 텐치텐노(天智天皇)는 代代의 天皇의 漢風諡号와 同様에 나라시대(奈良時代)에 오우미노미후네(淡海三船)에 의해서 撰進되고 「殷最後의 王인 紂王의 총애를 받은 天智玉」으로부터 작명(名付)을 받았다고 한다.

やすみしし わご大君の 朝には とり撫でたまひ 夕(ゆうふべ)には
い縁(よ)せ立たしし み執(と)らしの 梓(あづさ)の弓の 中弭(なかは
づ)の 音すなり 朝猟に 今立たすらし 暮猟(ふゆかり)に 今立たすら
し み執らしの 梓の弓の 中弭(なかはづ)の 音すなり(巻一)

널리 나라를 다스리시는 천황이 아침에는 손에 들고 비비고, 저녁
에는 저녁이 어서 들고 서는 그 애용하시던 활의 활 중간에서 울려
퍼지는 소리가 들려오는 것 같아요. 아침에도 저녁에도 오늘도 사냥
을 나가시리라 생각 됩니다. 그 애용하시는 활의 중간에서 소리가 울
려퍼져요.

반복(反復)되는 리듬은 当時의 그대로는 아니고, 츠이구(対句)의 方
法을 도입(導入)하면서도 새로운 표현방식(新表現方式)으로 이행(移
行)을 하고 있는 것입니다만, 반복(繰り返し)되는 리듬은 古体를 계승
(継承)하고 있다고 생각됩니다. 또 다이시(題詞)의 나카츠스메라미코
토(中皇命)는 하시히토황후(間人皇后)[7]일 것으로 추정(推定)됩니다.
또한 하시히토노오유(間人老人)라는 사람은 황후(皇后)를 섬겼던 男性
이었고, 이 노래(歌)를 천황(天皇)에게 전(伝)하여 낭독(朗唱)한 것으로
추측(推測)되고 있습니다. 또한 하시히토노오유(間人老人)라는 사람은
황후(皇后)를 모시는 남성(男性)이었던 것 같고, 이 노래(歌)를 天皇에
게 보내어 낭송(朗誦)한 것으로 생각됩니다. 아무튼 천황(天皇)이 사냥
(狩猟)을 할 때에 행해진 의례(儀礼)의 장가(長歌)가 헌정(献呈)되었고

---

7) 하히토노히메미코(間人皇女/はしひとのひめみこ, 生年不詳 - 텐치텐노(天智天
皇)4年2月25日(665年3月16日)은 아스카시대(飛鳥時代)의 皇族. 하히토오오기사키
(間人大后)라고도 한다. 고우토쿠텐노(孝徳天皇)의 皇后. 아버지(父)는 깅메이텐노
(舒明天皇), 母는 코우교우고쿠텐노(皇極天皇), 사이메이텐노(斉明天皇). 텐치텐노
(天智天皇)의 同母妹, 텐치텐노(天武天皇)의 同母姉에 해당한다.

이와 같은 장가(長歌)가 가요(歌謠)의 世界를 계승(継承)하고 있는 것을 알 수 있습니다.

그런데 이 長歌에는 다음과 같은 短歌의 형식(形式)과 비슷한 노래(歌)가 항카(反歌)로서 기술(記述)되어 있습니다만, 이것은 항카성립(反歌成立)의 역사(歴史)의 문제(問題)라는 점에서도 주목(注目)을 받고 있는 점입니다.

> たまきはる 宇智(うち)の大野に 馬並(な)めて 朝踏ますらむ その草
> 深野(ふかの)(巻一)
> 영혼이 다하는 우지, 우지의 널따란 들판에 말을 늘어세우고 아침을 밟고 계시겠지요. 그 풀이 많은 들판에.

전술(前述)한 유랴구텐노(雄略天皇)나 죠메이텐노(舒明天皇)의 長歌가 長歌만으로 완성(完成) 되어 있는 것에 반해 이 長歌는《항카/反歌》라는 노래(歌)를 부속(付属)시키고 있는 점이 특징(特徴)입니다.『만요슈(万葉集)』의 長歌가 기술(記紀)에 보이는 장가요(長歌謠)와의 결정적(決定的)인 차이(差異)를 보이고 있는 점이 바로 이점입니다. 長歌에 항카(反歌)라는 노래(歌)를 부속(付属)시킴으로써 지금까지의 長歌와는 다른 새로운 형태(形態)의 노래(歌)로서 長歌가 성립(成立)한 것입니다. 따라서『만요슈(万葉集)』의 長歌라는 것은 갑자기(突然) 나타난 신체(新体)의 형식(形式)이고, 여기에 長歌는 가요(歌謠)에서 이탈(離脱)하는 상황(状況)이 설정(設定)되게 되었다고 할 수 있습니다.

그러면 이 長歌와 항카(反歌)와의 관계(関係)는 어떻게 발생(発生)하였을까요. 먼저 유랴구텐노(雄略天皇)의 노래(歌)도 또한 죠메이텐노(舒明天皇)의 노래(歌)도 의례(儀礼)의 노래(歌)로서 전승(伝承)된

古体를 계승(継承)한 것이라고 말했습니다. 그 의미(意味)에서는 이 장가(長歌)도 나카츠스메라미코토(中皇命) 또는 하시히토노오유(間人老人)가 作者가 아니고, 전승(伝承)되어 온 가요(歌謡)를 계승(継承)한 長歌라고 할 수 있습니다. 게다가 作者를 어느 쪽엔가 할당(割当)하는 것은 유랴구텐노(雄略天皇)나 죠메이텐노(舒明天皇)의 경우와 동일(同一)하기 때문입니다. 問題는 왜 여기에 《항카/反歌》가 부속(付属)하는가라는 점입니다만, 이것은 아마도 우연(偶然)한 事件이 아니었는가 생각됩니다. 이 長歌는 특정(特定)한 作者의 작품(作品)이 아니고, 전승(伝承)된 의례가(儀礼歌)라는 것은 그 노래(歌)의 性格에서 알 수 있고, 하시히토노오유(間人老人)는 나카츠스메라미코토(中皇命)에게 명령(命令)을 받아 수렵(狩猟)의 儀礼歌를 낭독(朗誦)하게 했을 것으로 추정(推定)됩니다. 그렇기 때문에 의례가(儀礼歌)는 하시히토노오유(間人老人)는 이때의 가창(歌唱)의 명인(名人)이었을 가능성(可能性)이 큽니다. 의례가(儀礼歌)는 専門家가 전문적(專門的)으로 배우고 기억(記憶)하고 전승(伝承)하지 않으면 안 되기 때문에 누구나가 관리(管理)가 가능(可能)한 것은 아닙니다. 게다가 이것은 불리어진 노래(歌)이기 때문에 가창(歌唱)의 전문가(専門家)가 아니면 불가능(不可能)한 것입니다. 일부러 하시히토노오유(間人老人)라고 이름(名前)을 기록(記録)하고 있는 것은 오유(老)의 役割이 매우 컸던 때문이라고 생각하는 것이 자연스럽습니다. 오유(老)의 역할(役割)에는 더한층 또 하나의 중요(重要)한 점이 있었다고 생각됩니다. 그것은 나카츠스메라미코토(中皇命)가 개인적(個人的)으로 지은 노래(歌)를 천황(天皇)에게 헌정(献呈)한 것이었다고 생각됩니다. 그것은 나카츠스메라미코토(中皇命)의 작품(作品)이고, 이것도 長歌의 공적(公的)인 내용(内容)에서 보자면 항카(反歌)는 우지(宇智)[8]의 들판(野)에서 사냥을 하고 있는 천황 (天皇(夫))의 모습을 멀리에서 바라보는 내용(内容)입니다. 천황(天皇)에 대한 친밀감(親密感)이 담겨있는 것이 노래(うた)에서는 충분(充分)히 엿볼 수 가 있습니다. 이점에서 생각하자면 長歌와 항카(反歌)는 원래부 터 한 쌍(一対)이 아니고, 분명(分明)히 특별(特別)한 노래(歌)였던 것으 로 상정(想定)됩니다. 그것이 《長歌+反歌》로서 한 쌍(一対)으로 되어 있는 것은 실로 우연(偶然)한 결과(結果)라고 말할 수 있습니다.

그러나 항카(反歌)가 우연(偶然)하게 成立했다고 하는 것으로는 설 명(説明)이 충분(充分)하지 않습니다. 항카(反歌)라는 개념(概念)이 成 立하기 까지는 일정(一定)한 단계(段階)가 必要했다고 생각됩니다. 그 단계(段階)라는 것은 《항카/反歌》라는 단어(単語)가 사용(使用)되던 단계(段階)입니다. 항카(反歌)라는 것은 한어(漢語)가 아니고, 日本의 노래(歌)에 적합(適合)하게 고안(考案)된 명칭(名称)이었으나, 그 항카 (反歌)가 역사적(歴史的)으로 나타나게 되는 것은 누가타노오오기미 (額田王)의 단계(段階)로 추정(推定)되며, 완성(完成)된 모습을 보이는 것은 히토마로(人麿)의 단계(段階)로 상정(想定)되고 있습니다. 따라서 와카(和歌)의 역사상(歴史上)에서 항카(反歌)가 成立하는 것은 이 죠 메이텐노(舒明天皇)의 時代보다도 늦어진 것을 알 수 있습니다. 이 단 계(段階)에서 항카(反歌)의 개념(概念)이 成立한다고 한다면 나카츠스 메라미코토(中皇命)의 노래(歌)인 항카(反歌)는 어떠한 경위(経緯)로 항카(反歌)로 성립(成立)되었을까요.

---

8) 우지고오리(宇智郡/うちのこおり・うちぐん)는 야마토국(大和国)→나라현남부(奈 良県南部)에 해당하는 郡. 現在의 고죠우시(五條市)에 相当하는 地域이다. 古代 以来, 1957年의 고죠시(五條市)制成立까지, 이 郡名이 사용된다.

·항카(反歌)의 《항(反)》은 반란(反乱)등으로 사용(使用)되고 있는데 「반·反」의 사전적(辞書的)인 意味는 복(福)을 받다/증답하다/반하다/ 정리하다/다스리다/반복하다/등과 같이 많은 意味를 지니고 있는 것입니다. 누가타노오오기미(額田王)의 미와산(三輪山)9)이라는 석별(惜別)의 항카(反歌)(巻一)이나 히토마로(人麿)의 오시노찬가(吉野贊歌)(巻一)라는 항카(反歌)등에서 볼 수 있는 장가말미(長歌末尾)의 반복(反復)의 方法은 반복(反復)된다든지 정리(整理)한다는 意味의 「반·反」라는 것을 알 수 있습니다. 또한 中国의 「부/賦」라는 文学에 《반사·反辞》라는 것이 있고, 意味는 「정리하다/まとめる」라는 것이기 때문에 항카(反歌)는 정리(整理)하는 노래(歌)라는 意見도 있습니다. 그러나 나카츠스메라미코토(中皇命)의 항카(反歌)를 보자면, 이것은 정리(整理)하다라는 의미(意味)보다도 「복을 받다(むくいる)」「증답하다(こたえる)」라는 의미(意味)가 강하게 나타나 있는 것으로 여겨집니다. 전통적(伝承的)인 의례가(儀礼歌)의 헌정(献呈)에 대해서도 더욱이 이

---

9) 미와야마(三輪山/みわやま)는 나라현사쿠라이시(奈良県桜井市)에 있는 山. 나라현북부나라분지(奈良県北部奈良盆地)의 南東部에 位置하고 標高 467.1m, 周囲 16km. 미무로야마(三諸山/みもろやま)라고도 한다. 평평한 円錐形의 山이다. 미와산(三輪山)은 죠몽시대(縄文時代) 또는 야오이시대(弥生時代)부터 自然物崇拝를 하는 原始信仰의 対象이 되었다. 古墳時代가 되면 山麓地帯에는 점차로 커다란 古墳이 만들어진다. 그 점에서, 이 一帯를 中心으로해서 日本列島를 代表하는 政治的勢力, 즉 야마토정권(ヤマト政権)의 初期의 미와정권(三輪政権)(王朝)가 存在했다고 생각할 수 있다. 200에 300미터의 큰 古墳이 늘어서져 있고, 그중에는 第10代의 수우진텐노(崇神天皇), 하시하카고분(行灯山古墳), 第12代의 교코텐노(景行天皇), 시부야무카야마고분(渋谷向山古墳)의 陵이 있다고 전하고, 더욱이 하시하카고분(箸墓古墳/はしはかこふん)은 (『魏志』倭人伝)에 나타나는 야마다이국(邪馬台国)의 女王인 히미코(卑弥呼)의 墓가 아닌가하고 推測되고 있다. 『記紀』에는 미와산전설(三輪山伝説)로서 나라현사쿠라이시(奈良県桜井市)에 있는 大神神社의祭神·大物主神(別称三輪明神)의 伝説이 기재되어 있다. 따라서 미와야마(三輪山)는 神이 鎮座하는 山, 神奈備이라고 불리고 있다

에 증답(贈答)하거나 복(福)을 받거나하는 意味로 사용(使用)되고 있는 것으로 생각 됩니다. 즉《항카·反歌》라는 것은『만요슈(万葉集)』에 普通 볼 수 있는《와카·和歌》, 즉「화답하는 노래(和歌)」『만요슈(万葉集)』로 와카(和歌)라는 야마토우타(大和歌)라는 意味는 아니고, 相手에게 답하는 노래(歌)라는 의미(意味)와 유사(類似)한 意味라고 생각되며 장가(長歌)에 직접적(直接的)으로 부속(付属)하는 形式을《항카·反歌》라고 부르고 서로 화답(問い掛け)하는 형식(形式)을 와카(和歌)라고 부르는 것은 아닌가하고 추측(推測)되는 것입니다. 이와 같은 형식(形式)은 고대가요(古代歌謡)에 존재(存在)했던 형식(形式)이고 巻十三의 항카형식(反歌形式)이 참고(参考)가 됩니다.

이들 항카(反歌)는 새롭게 만들어진 것으로 생각됩니다만, 장가(長歌)에 단가형식(短歌形式)으로 답하는 형식(形式)의 전개(展開)라고 볼 수 있습니다.

大美和의 杜展望台에서 본 미와산(三輪山)

이 가설(仮説)이 정확(正確)하다면, 항카(反歌·和歌)의 形式은 노래(歌)가 창화(唱和)되었던 단계(段階)의 상황(状況)을 말하고 있는 것이 됩니다. 노래(歌)가 창화(唱和)된다는 것은『고지키(古事記)』나『니혼쇼키(日本書紀)』의 가요(歌謠)에서 보통(普通)볼 수 있는 형식(形式)이고, 그 형식(形式)을 계승(繼承)한 것이 항카(反歌·和歌)였다고 볼 수 있습니다. 물론 그것은 항카(反歌)라는 개념(概念)이 成立하기 이전(以前)의 것이고, 장가(長歌)에 답하는 노래(歌)를 읊는 형성(形式)이 창화형식(唱和形式)으로 전개(展開)되고, 그것이 중국문학(中國文學)의 「반사·反辞」에 맞춘 항카(反歌)의 개념(概念)이 成立함으로써 《항카(反歌)》가 한 쌍(一対)의 形式으로서 登場한 것이라고 말할 수 있습니다. 항카(反歌)는 창화형식(唱和形式)의 계단(段階)의 「화답하는 노래(和す歌)」에서 전개(展開)한 것으로 생각하면, 그 形式이 나카츠스메라미코토(中皇命)의 노래(歌)에 나타나 있다고 하여도 이상(異常)하지 않다고 하는 것입니다.

또한 죠메이텐노시대(舒明天皇時代)의 노래(歌)에 천황(天皇)이 찬기(讚岐)의 아야고오리(安益郡)[10]를 순행(巡行)했을 때의 구사노오오키미(軍王)의 노래(歌)가 있습니다. 나카츠스메라미코토(中皇命歌)의 노래(歌)에 이어서 게재(揭載)되어 있는 것으로, 이 순행시(巡行時)에 구사노오오키미(軍王)는 산을 보고 지었다고 합니다만, 산을 사이에 두고 고향(故鄕)에서 기다리는 아내를 그리워하는 노래(歌)입니다. 장가(長歌)는 순행(巡行)에 따라서 여행(旅行)하는 날이 길어지고 산에서 불어오는 바람에 아침저녁마다 소매가 나부끼는 것에 대해 해변(海辺)에서 소녀(少女)들이 소금을 굽는 불과같이 마음속이 타고 있다고 노래(歌)합니다. 이른바 연정(恋心)으로 승화(昇華) 되고 있는 것입니다. 그

---

10) 아노군(阿野郡/あのぐん·あやぐん)은 산기구니중부(讚岐国中部)의 郡, 綾郡, 安益郡, 阿夜郡이라고도 한다. 山本鄕(西庄鄕), 松山鄕, 林田鄕, 鴨部鄕, 氏部鄕, 甲知鄕(府中鄕), 新居鄕, 羽床鄕, 山田鄕으로 構成되고, 国府와 고쿠분지(国分寺)가 설치되어 있다.

리고 항카(反歌)에서는

> 山越しの 風を時じみ 寢(ぬ)る夜おちず 家なる妹を 懸(か)けて偲
> (しの)ひつ(巻一)
> 산에서 불어오는 바람은 끊임없고, 밤에는 항상 집에 있을 그대를
> 생각하노라

와 같이 불리어 졌습니다. 산에서 불어오는 바람이 항상 불어내려 오듯이 밤에 잠들 때마다 집에 남겨두고 온 아내(妻)를 항상 그리워한다고 하듯이 처(妻)에 대한 연정(恋心)으로 승화(昇華)됩니다. 이 長歌와 항카(反歌)는 一体로서 읊어지고 있습니다만, 長歌는 의례가(儀礼歌)가 아니기 때문에 여기에 항카(反歌)가 이와 같은 形式으로 登場하기 때문에 일반적(一般的)으로 이 노래(歌)는 가장 후시대(後時代)의 노래(歌)였던 것으로 추정(推定)됩니다. 이 時代에 항카(反歌)라는 신형식(新形式)이 등장(登場)하는 것은 적당(適当)한 때가 아니지만, 그러나 이 항카(反歌)도 長歌에 대립(対立)하여 스스로 증답(贈答)하는 노래(歌)로서 이해(理解)되고 있다고 한다면 화답(答)하는 노래(和す歌・和歌)를 계승(継承)하고 있다고 말할 수 있습니다. 항카(反歌)라는 명칭(名称)의 成立이 후시대(後時代)의 것이었다고 할지라도 노래(歌)의 形式에서 판단(判断)하자면 그것은 창화(唱和)의 형식(形式)을 빌리고 있다고 하는 이해(理解)는 쉬웠을 것입니다. 그것이 다시《와카・和歌》에로 전개(展開)하게 되고, 長歌에 대해서는《항카・反歌》라는 명칭(名称)이 부여 되게 되는 것입니다.

《항카・反歌》라는 명칭(名称)은 아직 成立하지 않았던 時代에 복

수(複数)로 창화(唱和)된 노래(歌)의 形式을 계승(継承)하고, 의례장가(儀礼長歌)에도 개인(個人)이 회답(回答)하는 노래(歌)를 읊는다고 하는 것은 우연(偶然)한 형식(形式)이 등장(登場)하고, 다시 자각(自作)의 長歌에 스스로가 화답(話答)하는 形式도 등장(登場)합니다. 그것이 죠메이텐노(舒明天皇)의 時代에 한 가지 형태(形態)를 형성(形成)하게 된 것입니다. 후시대(後時代)에 이르러 長歌로 부속(付属)하는 노래(歌)를 항카(反歌)라고 부릅니다만, 그 항카(反歌)의 원류(源流)는 창화(唱和)의 形式에 있고, 죠메이텐노(舒明天皇)의 時代에 이미 항카(反歌)가 成立하는 돌파구(突破口)에 다르고 신장가(新長歌)의 형식(形式)이 탄생(誕生)하려고 하고 있었던 것입니다. 전술(前述)한 바와 같이 卷十三에는 궁정(宮廷)의 고가요(古歌謡)라고 읊어지는 많은 長歌가 있고, 여기에서 볼 수 있는 항카(反歌)는 나중에 창작(創作)되어서 덧붙여진 것이라고 하지만 이것은 분명(分明)히 고가요(古歌謡)에 응답(応答)하는 의미(意味)의 항카(反歌)라는 것임을 알 수 있고, 長歌体에 화답(話答)하는 短歌体의 形式이 오래도록 존재(存在)했던 것을 예상(予想)할 수 있습니다. 창화(唱和)하는 形式의 가운데서도 한편으로는 《와카·和歌》가 또 한편에서는 《항카·反歌》가 成立했다고 생각하자면, 이들은 동일(同一)한 테두리 안에 존재(存在)하는 두 가지의 형식(形式)이었다고 할 수 있습니다.

五七・五七・七 이 短歌의 形式입니다. 이 形式은 우타가키(歌垣)의 경우에 있어서 집약(集約)된 것입니다. 우타가키(歌垣)에는 몇 가지 歌体가 存在했지만, 이 形式은 노래(歌)를 증답하는 機能性과 함께 個人의 感情의 表出의 機能性에 특히 탁월하다고 할 수 있습니다.

09 단가체(短歌体)의 탄생(誕生)

단가(短歌)라는 形式이 다양(多様)한 노래(歌)의 형식(形式)중에서 最後에 선택(選択)된 歌体라고 하는 것은 이미『만요슈(万葉集)』의 단계(段階)에서 확인(確認)이 可能합니다. 만요가(万葉歌)의 노래(歌)의 총수(総数)는 四五一六首(이것은『国家大観』이라는 서적(書籍)에 기술(記述)되어 있는 노래(歌)의 총합계(背番号)에 기초(基礎)하여 最後의 노래(歌)의 번호(番号)입니다. 연구자(研究者)에 따라서 노래수(歌数)가 차이(差異)가 있습니다)를 세고, 그중에서도 항카(反歌)와 長歌의 배후에 붙여진 단가형식(短歌形式)이나 세도우카(施頭歌形式)의 노래(歌)도 포함시키면 단가(短歌)라고 부를 수 있는 四二〇七首가 있습니다. 전체(全体)의 약(約) 90%를 차지하고 있습니다. 따라서『만요슈(万葉集)』는 단가(短歌)를 中心으로한 가집(歌集)인 것을 알 수 있고, 이것은『만요슈(万葉集)』의 時代에 관계(関係)없이 日本의 노래(歌)의 基本이 短歌体라는 것을 시사(示唆)하고 있습니다. 短歌는 最後에 선별(選別)된 가체(歌体)입니다만, 그 요인(要因)은 가창(歌唱)을 中心으로한 가체(歌体)였기 때문이라고 생각합니다. 오히려 단가체(短歌体)야말로 가창문화(歌唱文化)의 원형(原型)의 歌体로서 지역(地域)에 관계(関係)없이 분포(分布)하고 있으며 널리 기능(機能)하고 있었던 것으로 생각됩니다.

短歌体는 五七五五七五이라는 形式을 취하고 있는데, 중핵(中核)을 이루는 소리를 《五七》에 두고서 그것을 2회 반복(二回反復)하여 七音으로 마무리하는 오래된 形式입니다. 基本을 五七에 두는 것에서 그 구성(組合)에 따라서 가타우타(片歌)에도 셋도우카(施頭歌)에도 長歌에도 그밖에도 변신(変身)하는 가능성(可能性)이 있습니다. 노래(歌)가 가창문화 내(歌唱文化内)에 존재(存在)했던 단계(段階)에서는 短歌도 이 形式으로 널리 불리어지고 있었던 것으로 생각됩니다. 게다가 이 短歌体라는 것은 제사(祭事)나 의식(儀式)에도 사람의 죽음을 슬퍼하는데도 연회(宴会)에서도 연정(恋情)을 호소하는 데에도 어떤 장면(場面)에도 대응(対応)할 수 있는 마르치타입(マルチタイプ)이라고도 할 수 있는 성격(性格)의 가체(歌体)였던 것으로 생각됩니다.

단가체(短歌体)의 기능(機能)이 가창(歌唱)되는 데에 적합(適合)한 것을 시사(示唆)하는 하나의 증거(証拠)는 『만요슈(万葉集)』중에 나타나는 유가[類歌 類似한 表現이나 内容의 노래(歌)]에 있다고 생각됩니다. 유가(類歌)의 모두가 직접적(直接的)으로 가창문화(歌唱文化)와 결부(結付)되지 않는다고 할지라도 유가(類歌)의 다수(多数)가 존재(存在)하는 중요(重要)한 이유(理由)로서는 노래(歌)가 구층(口承)되고 전파(伝播)되었다는 점에 있다고 생각됩니다.

단순(単純)히 지명(地名)을 변화(変化)시킨 것만으로는 타지역(他地域)에 정착(定着)하고 있는 노래(歌)도 많이 있는 점입니다만, 유사(類歌)의 性格을 띠고 있습니다. 이러한 특징(特徴)을 잘 시사(示唆)하는 것은 卷十四에 수록(収録)되어 있는 아즈마우타(東歌)이고 그 중에는

入間路(いりまぢ)の 大家が原の いはゐ蔓(つら) 引かばぬるぬる 吾

(わ)にな絶えそね 우에노의 노래(上野の歌)

入間路(이리마지)에 있는 大家(오호야가)들판의 이와이 줄기를 끌면
미끈미끈하게 이어지듯이 나와의 사이를 끊지 말아다오

上野(かみつけの)可保夜(かほや)が沼の　いはゐ蔓　引かばぬれつつ
吾をな絶えそね　　무사시노의 노래(武蔵の歌)

上野(가미스케의) 可保夜가沼(가호야가)늪의 이와이 줄기를 끌어내
어도 풀어져서 나와 떨어지지 말아라

와 같은 노래(歌)가 있고 地名의 차이(差異)를 빼면 거의 같은 내용(内
容)의 노래(歌)로서 전(伝)해져오고 있습니다. 이것은 연인(恋人)과의
사이가 간단(簡単)하게 끊어지지 않기를 넝쿨풀을 비유(比喩)로서 읊
고 있는 것이고, 지명(地名)을 변환(変換)한 것으로도 널리 전파(伝播)
되었다고 여겨집니다. 이와 같은 노래(歌)는 그 밖에도 많이 볼 수 있습
니다. 예(例)를 들자면

君がため 浮沼(うきぬ)の池の 菱(ひし)つむと わが染めし袖 濡(ぬ)
れにけるかも(巻七) 作者未詳
사랑스런 그대를 위해 우기 늪의 연못의 마름의 열매를 따려고 하니
내가 염색한 소매는 젖어버렸네

君がため 山田の沢に 恵具(えぐ/芋)菜むと 雪解(ゆきげ)の水に 裳
(も)の裾(すそ)濡れぬ(巻十)　作者未詳
그대를 위해야마다의 개천에서 감자를 따려고 눈 녹은 물에 옷소매가
젖어버렸네

妹(いも)がため 上枝(ほつえ)の梅を 手折(たお)るとは 下枝(しづえ)
の露に 濡れにけるかも(巻十) 作者未詳

그대에게 보내기 위하여 윗가지의 매화를 꺾으려고 하다가 아래가지
에 젖어버렸네

에서는 연인(恋人)을 위해 늪이나 개천에서 피(菱)나 에구(감자/ 恵具/
芋)를 따서 소매나 옷자락(裳裾)이 연못의 물이나 습지의 물에 젖어 버
렸다고 하는 것이 앞의 2수 째(前二首)이고, 이에 대해서 연인(恋人)을
위해 매화(梅花)를 따서 이슬에 젖었다는 것이 다음의 一首입니다. 앞
의 二首의 노래(歌)는 피(菱)나 에구(감자/ 恵具/えぐ/芋)라는 食用의
식물(植物)을 따는 점에서 作者는 地方의 농민(農民)이라고 생각되고,
농경성(農耕性)을 유지(保持)하고 있지만, 후자(後者)에서는 매화(梅
花)라는 도시적(都市的)인 꽃으로 관심(関心)이 전이(転移)되게 됩니
다. 이것은 이 노래(歌)가 차츰 계승(継承)되고 도시 내(都市内)에도 혼
합(混合)되어 가는 것을 시사(示唆)하고 있습니다. 이 노래(歌)는 『고킹
슈/古今集』의 世界에로 계승(継承)되어 가고 그것은 다음과 같이

君がため 春の野にいでて 若菜つむ わが衣手(ころもで)に 雪は降り
つつ(春歌上)
그대를 위하여 봄날의 들판에 나가 나물을 캐는 나의 소매에 눈은 계
속해서 내리고

나라공원(奈良公園)

라고 노래(歌)로서 불리어지고, 다시 『햐쿠닌잇슈・百人一首』중에도 채용(採用)되어 갑니다. 봄날의 들판에는 만요시대(万葉時代)에도 도시생활(都市生活)이 成立한다는 나물(若菜)을 캐는 유락(遊楽)의 場所가 되고 거기에는 유락(遊楽)만이 아니라 아름답게 차려입은 젊은 여성(女性)들이 나물을 캐러 오는 장소(場所)가 되고 남자(男子)들의 놀이터이기도 했습니다. 연못의 물(池水)이나 늪의 물(沼水)에 소매가 젖어버렸다고 하는 경험(経験)에서 이번은 매화(梅花)의 가지에 이슬(露)에로 변질(変質)된 노래(歌)는 마침내 헤이안시대(平安時代)에는 가스가노(春日野)11)의 와카나츠미(若菜摘み・나물 캐기)가 되고 소매에 눈이 내린다고 하는 헤이안(平安的)인 우아(優雅)한 노래(歌)로 변신(変身)해 가는 것입니다.

短歌体가 가창문화(歌唱文化)의 원형(原型)의 歌体로서 기능(機能)하고 있다고 생각하자면, 여기에 아즈마우타(東歌)12)는 왜 短歌만으로 成立하고 있는가라는 수수께끼도 해결가능(解決可能)하도록 생각됩니

---

11) 와카쿠사산(若草山), 미카사(御蓋/みかさ)山, 미카사산(三笠/みかさ)山, 서쪽의 산록(西麓/せいろく)의 台地로 北은 사호강(佐保川), 南은 노토강(能登川)으로 나누어져있고, 東은 나라공원(奈良公園)內一帯에서 市街地에 이른다. 洪積層으로된 유연한 波状의 台地이고, 一面은 잔디로 뒤덮여 있고, 老杉가 무성하고, 아시비(アシビ)가 群生하고, 사슴(シカ)이 무리를 지어 노는 光景은 奈良公園의 象徴이되고, 観光客에게 친숙해져 있다. 市街地와의 比高는 約15~20미터(メートル)이고, 北部에 토우다이지(東大寺), 中央에 가스카대신사(春日大社), 興福寺가 있고, 이시가와노이라츠메(石川郎女/いしかわのいらつめ)의「가스가 들판에의 산길을 두려워하지 않고 다니시는 기대가 보이지 않는 곳까지/春日野の山辺の道を恐(おそ)りなく通ひし君が見えぬころかも」(万葉集), 작자미상의「春日野はけふはな焼きそ若草の妻もこもれり我もこもれり」(古今集/後述)등 많은 歌集에 읊어지고 있다.
12) 아즈마국가요(東国歌謡). 특히《万葉集》巻14所収의 230首를 말한다. 모두 短歌이고 作者는 不明. 国名明記의 것은 90首. 民衆의 生活과 感情이 아즈마국(東国)의 方言을 섞어서 읊어지고 있고, 本来는 고대아즈마국(古代東国)에 구승(口誦)되고 있었던 在地歌謡였다고 생각할 수 있다.

다. 아즈마우타(東歌)는 도시(都市)에 모인 단계(段階)에서 단가(短歌)의 形式으로 수정(修正)되지 않았는가 하는 설(説)도 있습니다만, 단가(短歌)는 도시적(都市的)인 가체(歌体)라고 생각하기보다도 오히려 옛날부터 가창(歌唱)의 形式으로서 넓은 지역(地域)에 보편성(普遍的)으로 기능(機能)하고 있었다고 생각할 수 있습니다. 아즈마우타(東歌)의 다수(多数)는 연애노래(恋歌)입니다만, 이들은 男女를 중심(中心)으로 한 대창(対唱)된 노래(歌)가 원래(元来)의 형태(形態)였을 것으로 추정(推察)됩니다. 단가체(短歌体)가 대창(対唱)을 기능(機能)으로서 存在하고 있었다고 생각한다면, 아즈마우타(東歌)가 모두 단가체(短歌体)인 것은 조금 이상(異常)하지는 않습니다. 또는 短歌의 最初의 노래(歌)였던 것으로 추정(推察)되는 스사노미고토(須佐之男命)[13]의 노래(歌)는 그것이 最初의 短歌인지 아닌지는 다른 문제(問題)라고 생각하

---

13) 스사노오(スサノオ(スサノヲ、スサノオノミコト)는 日本神話에 登場하는 神이다. 『日本書紀』에서는 素戔男尊, 素戔嗚尊等, 『古事記』에서 타케하야사스사노오노미코토(建速須佐之男命/たけはやさすさのおのみこと, たてはやさのおのみこと), 須佐乃袁尊, 『이즈모후토기(出雲国風土記)』에서는 가무스사노미코토(神須佐能袁命/かむすさのおのみこと), 須佐能乎命등으로 表記한다. 『古事記』에 의하면, 신 탄생(神産み)에서 이자나기(伊弉諾尊/伊邪那岐命・いざなぎ)가 요미노구니(黄泉の国)에서 帰還하고, 히무카타노다치바나노아하키하라(日向橘小門阿波岐原/ひむかのたちばなのをどのあはきはら)에서 하라에(祓/목욕제개)를 할 때에 코(鼻)를 풀었을 때(濯いだ時)에 태어났다고 한다. 『日本書紀』에서는 이자나기노미코토(伊弉諾尊)와 이자나미노미코토(伊弉冉尊 /伊邪那美命・いざなみ)의 사이(間)에 태어난 것으로 기술되어 있다. 미하시라노우즈노미코(三貴子)의 末子에 해당한다. 그에게 부여된 役割은 太陽을 神格化한 아마테라스(天照大神/あまてらす), 달(月)을 神格化한 츠쿠요미노미코토(月夜見尊/月読命・つくよみ)와는 조금 다르기 때문에 議論的으로 되어있다. 統治領域은 文献에 따라서 다르고, 三貴神 중 아마테라스대신(天照大神)은 타카노아마노하라(高天原)이지만, 츠쿠요노미코토(月夜見尊)는 아오노우나바라(滄海原/あおうなばら), 또는 밤(夜)을 스사노오노미코토(素戔嗚尊)에게는 밤(夜)의 요루노오스쿠니(食国/よるのおすくに), 또는 우나바라(海原)를 통치한다.

더라도 短歌가 가창중(歌唱中)에 있었다는 것을 설명(説明)하는 것으로 여겨집니다. 그 신명(神詠)에 의하면

> 八雲立つ　　出雲八重垣　　뭉게뭉게 피어오르는 이즈모의 구름이여 여러 겹으로 된 담처럼 쳐져있구나
> 妻込めに　　　八重垣作る　　사랑하는 아내를 머물게 하려고
> その八重垣を(古事記歌謡)　　여러 겹의 울타리를 만들기에 좋은 울타리여

와 같이 읊어지고 있습니다. 스사노미코토(須佐之男命)는 다카마(高天)에서 난폭(乱暴)하게 굴고 이즈모(出雲)에 추방(追放)되게 됩니다. 그 이즈모(出雲)에서 야마타노오로치(八岐大蛇)를 퇴치(退治)하고 땅(土地)의 여신(女神)인 구시나다히메(櫛名田姫)를 도와서 두 사람은 결혼(結婚)을 하게 되고 그때의 축복의 노래(歌)가 이것이라고 전(伝)해 내려오고 있습니다. 이 가요(歌謡)의 특징(特徴)은 구름(雲)과 야에가키(八重垣)등이 반복(反復)되고 있는 점이고, 이와 같은 반복(繰り返し)은 가창(歌唱)의 큰 특징(特徴)입니다. 또는

> 愛(うるは)しと　さ寝しさ寝てば　刈り薦(こも)の　乱れば乱れ　さ寝しさ寝てば(古事記歌謡)
> 여자를 귀엽게 생각하여 잠시라도 잘 수 있다면 나중에 헤어지더라도 괜찮아요.

도 同一한 반복(反復)에 의한 노래(歌)입니다. 이것은 木梨의 가루노타이시(軽太子)가 即位를 앞에 두고 오누이(同母妹)의 가루노오오이라츠메(軽太朗女)를 사랑하게 되고, 그 사건(事件)이 발각(発覚)되었을 때

에 읊어진 것으로 여겨집니다. 여동생(妹)과의 사랑으로 세상(世間)이 술렁이지만 그것은 관계(関係) 없다고 하는 内容입니다만, 反復하는 方法이 이와 같이 확립(確立)되고 있는 것으로도 가창문화(歌唱文化)의 한 형태(形態)를 나타내고 있다는 것이 可能하다고 생각됩니다.

물론『고지키(古事記)』의 가요(歌謡)의 단가체(短歌体)에는 反復를 하고 있는 것도, 하고 있지 않는 것도 모두 存在하고 있기 때문에 가창(歌唱)하는 것이 즉시 反復를 다양(多様)하게 한다는 것은 아닙니다. 이어서 섬으로 유배(島流し)된 太子를 뒤쫓아 가서 여동생인 가루노오오이라츠메(軽太朗女)의 노래(歌)에서는

> 君が行き 日長くなりぬ 山たづの 迎えか行かむ 待つには待たじ(고지기가요/古事記歌謡)
>
> 그대가 떠나고 나서 해가 길어지자 산길에 마중 나가려고 기다리고 있네.

라고 노래(歌)합니다. 太子가 섬으로 유배(流配)되고 나서 며칠이 지나고 마중하러 가야하나, 기다려야 하는가에 대해서 번민(煩悩) 하는 것입니다. 태자(太子)의 연애사건(恋愛事件)은 가극(歌劇)으로서 성립(成立)하고 노래(歌)는 가곡명(歌曲名)이 상세(詳細)히 기록(記録)되어 있고, 이 事件은 가창문화(歌唱文化)를 채색(彩色)하는 저명(著名)한 가극(歌劇)이었다고 생각됩니다.

기다리기를 反復하면서도 어느 정도 정연(整然)한 노래방법(歌い方)이 成立하고 있는 것을 알 수 있습니다. 이 노래(歌)는『만요슈(万葉集)』에서는 진도쿠텐노(仁徳天皇)의 황후(皇后)인 이와야히메황후(磐姫皇后)의 노래(歌)로서 게재(掲載)되 다음 단계(段階)의 노래(歌)의 행방(行方)을 시사(示唆)하고 있는지 어떤지는 알 수 없습니다. 이와 같은

가체(歌体)가 가요(歌謠)로서 기능(機能)하고 있는 단계(段階)에서는 혹은 사이바라쿠(催馬楽)에서 볼 수 있는 형태(形態)가 상정(想定)되고 있는가도 알 수 없습니다. 예(例)를 들자면

> いで我が駒(こま)　早く行きこせ　待乳山(まつちやま)　あはれ　はれ
> 待乳山　待つらむ人を　行きてはや　あはれ　行きてはや見む(진의 노래/律の歌「나의 말/我が駒」)
> 자, 나의 말이여 빨리 가다오, 마츠찌산, 아아, 아아, 마츠찌산에서 기다리고 있는 사람을 빨리 가서 보자구나

와 같은 노래(歌)가 있습니다. 여기에는 反復의 방법이 다양(多様)하게 표현(表現)되어 있고, 사이바라쿠(催馬楽)라는 가창(歌唱)의 특징(特徴)을 시사(示唆)하고 있는 것으로 생각됩니다. 노래(歌)는 복잡(複雑)한 가창(歌唱)이 이루어지고 있지만, 이 노래(歌)는 반복을 정리(整理)하자면 다음과 같은 短歌가 되는 것을 理解할 수 있습니다.

> いで我が駒　早く行きこせ　待乳山(まつちやま)　待つらむ人を　行きてはや見む

「자 나의 말이여, 서둘러 넘어가다오, 마츠치산(待乳山)를 넘어서 나를 기다리고 있을 사람을 빨리 만나고 싶으니까」라는 이른바 男子가 지금부터 츠마도이(妻問い)를 하려고 한다는 내용(内容)입니다. 연인(恋人)이 기다리고 있는 마츠(待つ)라는 마츠치산(待乳山)을 걸어서 자신을 기다리고 있는 연인(恋人)의 품으로 말(馬)을 재촉하고 있는 노래입니다. 동일(同一)한 사이바라쿠(催馬楽)의

山城(やましろ)の 狛(こま)のわたりの 瓜(うり)つくり な なよや ら
いしなや さいしなや 瓜つくり 瓜つくり はれ 瓜つくり 我を欲しと
いふ いかにせむな なよや らいしなや さいしなや いかにせむ いか
にせむ はれ いかにせむ なりやしなまし 瓜たつまでに や らいしな
や さ いしなや 瓜たつま 瓜たつまでに(야마시로/山城)
야마시로의 고마의 주변의 오이를 제배하는 농부가 나를 좋아한다고
하니 어찌 할꼬 반드시 얘기가 통할지도 몰라요, 오이가 익을 때가지

는 한 층 복잡(複雜)한 가창형(歌唱形)으로 意味도 즉각적으로는 이해
(理解)하기 힘들 정도 입니다. 그러나 이 경우에도 다음과 같은 단가체
(短歌体)로 정리(整理)하자면

山城の 狛のわたりの 瓜つくり 我を欲しといふ 瓜たつまでに(A)
야마시로의 고마의 주변의 오이를 제배하는 농부가 나를 좋아한다고
하니 오이가 익을 때가지
山城の 狛のわたりの 瓜つくり なりやしなまし 瓜たつまでに (B)
야마시로의 고마의 주변의 오이를 제배하는 농부가 나를 좋아한다고
하니 오이가 익을 때가지

와 같이 됩니다. 야마시로(山城)의 고마(狛)에서 오이(瓜)를 제배(栽培)
하고 있는 남자가요, 오이(瓜)를 수확(収穫)하기까지는 저를 아내로 삼
고 싶다고 말하고 있어요」라는 內容이 (A)의 노래(歌)입니다. 또한 야마
시로(山城)의 오이(瓜)를 제배(栽培)하고 있는 남자가요, 아내를 얻을지
도 몰라요. 오이를 수확(収穫)할 때까지는」라는 內容이 (B)의 노래(歌)입
니다. 하나의 가요 중(歌謡中)에 주지(主旨)가 둘로 분열(分裂)하여 表現

되고 있는 점이 특징(特徵)이라고 할 수 있습니다. 이와 같은 内容을 매우 복잡(複雜)한 것으로 만들고 있는 것은 가창(歌唱)에 의한 것을 전제(前提)로 하고 있는 노래(歌)가 成立하고 있기 때문이라고 생각됩니다. 예(例)를 들자면 短歌体의 노래(歌)라고 할지라도 이와 같이 극단적(極端的)으로 복잡화(複雜化)하게 되어 노래(歌)하는 것이 可能하다고 하는 것을 나타내는 노래(歌)입니다. 또한 이 노래(歌)는 『슈이슈/拾遺集』(雜下)에서는 노래(歌)의 소재(素材)로서 등장(登場)하고 있습니다.

> 音に聞く 狛のわたりの 瓜つくり となりかくなり なる心かな
> 유명한 고마부근의 오이를 제배하는 농부는 이렇게 할까 저렇게 할까
> 어찌 할 바를 몰라 마음을 정하지 못 한다네
> 증답(返し)
> さだめなく なるなる瓜の つら見ても たちやよりこむ 狛のすきもの
> 이렇게 저렇게 다양하게 열리는 오이의 표면을 보아도 들러 오겠지,
> 아무튼 유명한 고마의 탐욕스런 사람이니

天下에 이름을 알린 고마(狛)의 농부(農夫)는 어떻게 되든 상관(相關)없다고 하는 마음이라고 오이(瓜)를 소재(素材)로 하여 노래(歌)를 증답(贈答)하지만 어쩐지 불안(不安)해져서 열린 오(瓜)의 표면(表面)을 보자마자 따라붙는 오이(瓜)의 호색(好色)한이라고 응수(応酬)하고 있습니다. 가요(歌謠)의 세계(世界)에서는 오이(瓜)는 호색(好色)의 상징(象徵)으로 여겨지고 있었겠지요. 그것을 모티브로 하여 호색성(好色性)을 노래(歌)로서 응수(応酬)하고 있다고 생각됩니다. 와카(和歌)의 대창성(対象性)은 이와 같은 점이 농후(濃厚)하게 나타나고 있습니다. 그중에서도 사이바라쿠(催馬楽)가 가요(歌謠)로서 존재(存在)하면서도 다음과

같은 사이바라쿠(催馬楽)와 함께 할 때에 가요(歌謡)와 단가(短歌)의 관계(関係)가 어떻게 존재(存在) 하고 있는가, 당황(彷徨)하게 됩니다.

梅が枝に 来居る鶯 や
매화의 가지에 찾아와서 우는 휘파람새
春かけて はれ 春かけて
겨울에 와서 봄까지 죽
鳴けどもいまだ や
울어대지만 아직도
雪は降りつつ あはれ そこよしや
눈은 계속 내리네. 아아, 여기저기에
雪は降りつつ(梅が枝)
눈은 계속 내리네(梅花 의 가지에)

이것도 똑같이 복잡(複雑)한 가창법(歌唱法)이 엿보이고 내용(内容)도 복잡(複雑)한 것입니다만, 이것을 역시 정리(整理)하자면

梅が枝に 来居る鶯 春かけて 鳴けどもいまだ 雪は降りつつ
매화의 가지에 찾아와서 우는 휘파람새 봄까지 죽 울어대지만 눈은 지금도 계속 내리고

가 됩니다. 이것은 잘 알려진『고킹슈(古今集)』의 봄노래(春歌)에 기록(記録)되어 있습니다.『고킹슈(古今集)』편에서 보자면 훌륭한 와카(和歌)입니다만, 사이바라쿠(催馬楽)의 측에서 보자면 이번에는 가요(歌謡)라는 것이 됩니다. 이 両者의 사이에 일어나는 단가(短歌)의 혼돈성(混沌性)이 감추어져 있는 것처럼 생각됩니다.

이와 같이 단가체(短歌体)라는 노래(歌)의 기능성(機能性)을 보자면 실로 단가체(短歌体)는 천변만화(千変万化)하는 기능성(機能性)을 가지고 있는 것을 이해(理解)가 가능(可能)합니다. 이와 같은 단가체(短歌体)가 복잡(複雑)하게 変化하는 기능성(機能性)이라는 점은 무엇보다도 가창성(歌唱性)에 있고 가창(歌唱)의 方法에 의해 다양(多様)하게 変化가 可能합니다. 그 가창성(歌唱性)을 기반(基盤)으로 하면서도 점차로 短歌의 自立이라는 의식(意識)이 成立하게 된 것이『만요슈(万葉集)』에서 볼 수 있는 단가(短歌)였다고 생각되는 것입니다.

五七五七七의 形式이 왜 短歌라고 하였는가. 단가(短歌)라는 이름은 만요슈(万葉集)에서 처음 볼 수 있고, 노래(歌)의 다이시(題詞)에 普通으로 볼 수 있습니다. 그런데 다이시(題詞)를 除去하면 만요후기(万葉後期)의 오오토모야캬모치(大伴家持)에게서 단편적(単片的)으로 볼 수 있고 거기에 短歌라는 명칭(由来)의 由来를 볼 수 있습니다.

10 단가(短歌)라는 명칭(名称)

그런데 이 五七五七七이라는 音数의 歌体에《短歌》라는 명칭(名称)을 부여(付与)한 것은 도대체 누구였을까요. 또한 五七五七七에 왜 短歌라는 명칭(名称)이 부여(付与)되었을까요. 短歌란 짧은 노래(歌)라는 意味이라고하는 것은 理解할 수 있지만, 그것만의 기르키는 意味일까요. 이 短歌에 대해서 긴 노래(歌)가《長歌》라는 것입니다만, 이것도 긴 노래(歌)라는 意味일까요.

『만요슈(万葉集)』의 단계(段階)에서는 일반적(一般的)으로《노래하다/うたう》는 노래(歌)라고 기술(記述)하는 경우가 많고 긴 노래(歌)일지라도 노래(歌)라고 기술(記述)하고《長歌》라고 기술(記述)하지 않는 것이 원칙(原則)입니다. 『만요슈(万葉集)』에 장가(長歌)가 많이 보이는 것은 주지(周知)하는 바입니다만, 그러나 이들 교세이카(御製歌), 고우타(御歌), 노래(歌)와 같은 형식(形式)으로 기술(記述)되고 長歌라고는 기술(記述)하지 않습니다. 유일(唯一)한 『만요슈(万葉集)』에 長歌라는 명칭(名称)이 보이는 것은 巻十三의 노래(歌)의 좌주(左注)에 「또는 이르기를 『이 短歌는 사키모리(防人)의 아내(妻)가 만든 점』이라고 한다. 그러나 長歌도 이와 같이 만들어졌던 것을 알 수 있다·この短歌は、防人(さきもり)の妻の作りし所なり』といへり。然れ

ども即ち長歌もまた此と同じく作れりと知るべし」(三三四五)에 보이는 것이 그것입니다. 作者에 대한 이전(異伝)을 기독(記録)하고 있습니다만, 短歌와 함께 長歌도 아내(妻)의 作일 것이라는 점입니다. 이 左注를 붙인 것은 어느 단계(段階)인가는 알 수 없습니다. 巻十三은 궁정(宮廷)의 고가요군(古歌謡群)인 것은 알려져 있지만, 이것이 정리(整理)되어서 장가(長歌)에 항카(反歌)를 덧붙인 것은 다음 단계(段階)라고 생각됩니다. 또한 주석(注釈)에 덧붙인 것은 巻十三이 상당히 정리(整理)된 단계(段階)인 것을 말하고 있습니다.

『만요슈(万葉集)』가 정식적(正式的)인 긴 노래(歌)에 대해서《長歌》라고 기술(記述)되지 않은 것은 이상(異常)한 일입니다. 그에 반(反)하여《短歌》는 일찍이 붙여진 명칭(名称)이라고 생각할 수 있습니다. 그것은 이미 가키모토히토마로(柿本人麿)의 作品에서 보여 지는 것이기 때문입니다. 예(例)를 들자면 가루노미코(軽皇子)[後의 분무텐노(文武天皇)]가 아키노(阿騎野)에 머물렀을 때에 히토마로(人麿)가 長歌(巻一)를 읊고, 이때에 다이시(題詞)에 「가키모토히토마로아손작가(柿本朝臣人麿作歌)」라고 기술(記述) 되어 있고, 長歌에 이어서 「短歌」로서 四首의 노래(歌)가 늘어서 있습니다. 그 有名한「동쪽에 불꽃이 이는 것을 보고/東(ひむかし)の野に炎(かぎろひ)の立つ見えて」을 포함한 노래(歌)입니다. 여기에서 注意해야 할 바는 長歌에 부속(付属)하는 노래(歌)는 어느 쪽이나 항카(反歌)라고 불리고 있었다는 점입니다. 前述한 바와 같이 히토마로(人麿)의 이 短歌가 出現하기까지 히토마로(人麿)도 포함하여 長歌에 부속(付属)하는 짧은 노래(歌)는 항카(反歌)였던 점입니다. 오우미(近江)의 황폐(荒廃)해진 수도(都)를 슬퍼하는 노래(歌)(巻一)에도 요시(吉野)의 순행행차(行幸従駕)의 노래(歌)(巻

一)에도 히토마로(人麿)의 長歌에는 항카(反歌)라고 보입니다. 그럼에도 불구하고 여기에 長歌에 부속(付属)하는 노래(歌)로서 《短歌》가 登場한 것은 무엇인가 특별(特別)한 사정(事情)이 存在했다고 생각하지 않으면 안 되는 것입니다.

이후(以後)에 히토마로(人麿)의 長歌에는 《항카(反歌)》와 《단가(短歌)》가 혼합(混合)되면서 登場하게 됩니다. 게다가 다이시(題詞)에 「가카모토히토마로아손작가 1수합하여 단가/柿本朝臣人麿作歌一首并短歌」라고 기술(記述)되어 있으면서도, 부속(付属)하는 노래(歌)에는 항카(反歌)라고 기술(記述)되어 있는 것도 볼 수 있습니다. 이시미국(石見国)이라는 지방(地方)에서 처(妻)와 이별(離別)하고 상경(上京)했을 때의 長歌(巻二)는 그 대표적인 예(代表例)입니다. 동일(同一)한 히토마로(人麿)의 作品이면서 항카(反歌)와 短歌가 통일(統一)되어 있지 않지만, 이와 같은 점은 부자연(不自然)스런 현상(現象)이라고 생각됩니다. 왜냐하면 항카(反歌)와 短歌라는 명칭(名称)이 히토마로(人麿)에 의해 창조(創造)되고 그것이 신선(新鮮)하고 적절(適切)하다고 판단(判断)되었다고 한다면, 히토마로(人麿)는 短歌에 통일(統一)되었을 것이라고 생각되기 때문입니다. 그것이 이루어지지 않은 것은 단가(短歌)라는 명칭(名称)이 히토마(人麿)로 이외(以外)의 곳에서 부여(付与)되었기 때문이라고 생각하는 것이 타당(妥当)하다고 생각됩니다.

조금 전의 四首의 「短歌」에 대해서 생각해 보면 이 四首가 모두 長歌에 부속(付属)한다는 노래(歌)였던가 의문(疑問)이 있다는 의견(意見)도 볼 수 있습니다. 本来는 二首가 항카(反歌)이고 다음의 二首가 첨부(添付)되지 않았는가하는 점입니다. 이러한 의문(疑問)이 발생(発生)하는 것은 長歌라는 노래(歌)의 本来의 性格에 의한 것으로 생각됩니다. 長歌의 本来의 모습(姿)이라는 것은 부속(付属)하는 노래(歌)가 없는 상태(状態)를 가르키는 것이고, 전장(前章)에서 長歌에 항카(反歌)가 부속(付属)하게 되는 것은 어느 우연(偶然)에 의한 것이라고 논(論)하고 있습니다만, 그 우연(偶然)이 정착(定着)하기까지는 히토마로(人麿)의 단계(段階)에서는 항카(反歌)는 확립(確立)되어 있지만, 그러나 아직 혼돈(混沌)이 있었던 것이 아닌가하는 생각이듭니다. 혼돈(混沌)이라기보다는 長歌에 부속(付属)하는 단가(短歌)는 어느 독립성(独立性)을 갖고 있었던 것은 아닌가하는 것입니다. 이 단가(短歌)가 항카(反歌)와는 달리 독립성(独立性)이 강하다는 의견(意見)은 바르다고 생각됩니다. 現在와 같이 쓰여 진『만요슈(万葉集)』를 보자면 長歌에는 항카(反歌)(또는 短歌)가 부속(付属)한다고 하는 것이 상식(常識)입니다만, 이들이 가창(歌唱)에 의해서 피로(披露)된 노래(歌)라고 한다면 다이시(題詞)도 항카(反歌)(혹은 短歌)도 사주(左注)도 사라져 버리게 됩니다. 목소리에 따라서 가창(歌唱)하는 데에는 이것들은 불요(不要)하기 때문입니다.

따라서 短歌라든가 항카(反歌)라든가 등으로 기술(記述)되는 意味는 기록(記録)되는 것이 전제(前提)가 되는 경우였습니다. 히토마로(人麿)의 자신이 기록(記録)한 것으로도 볼 수 있지만, 아마도 히토마로(人麿)의 노래(歌)의 기록(記録)은 히토마로(人麿)의 손에 의한 것이고, 또 다른 서기자(書記者)의 손에 의한 것으로 생각됩니다. 이와 같이 복수(複数)의 서기자(書記者)가 기록(記録)했을 것으로 상정(想定)하는 것이 타당(妥当)하다고 보여 집니다. 또한 히토마로(人麿)가 지은 노래(歌)도 전문적(専門的)인 우타비토(歌人)가 가창(歌唱)한 것으로 생각할 필요(必要)도 있습니다. 作者가 반드시 아름다운 목소를 지닌 우타비토(歌人)라고 한정(限定)지을 수는 없습니다. 그 때문에 히토마로(人麿)의 노래(歌)를 정리(整理)하는 단계(段階)에서는 기록자(記録者)에 의해서 항카(反歌)로 기록(記録)되는 경우도 있고 표기(表記)의 불일치(不一致)는 그와 같은 이유(理由)에 의한 것이라고 생각됩니다.

또한『만요슈(万葉集)』는 長歌에 대해서 어느 일정(一定)한 표기(表記)의 形式을 밟는 것이 보통(普通)입니다. 그 形式이라는 것은 히토마로(人麿伝)의 예(例)를 보자면

柿本朝臣人麿の石見(いはみ)の国より妻に別れて上(のぼ)り来し時
の歌二首幷(あは)せて短歌
가키모토아손 히토마로가 이시미 지방에서 아내와 헤어졌을 때 지은
2수의 단가

와 같이 기술(記録) 되어 있습니다. 이것은 만요슈말기(万葉集末期)의 야카모치(家持)에 이르기까지 균등(均等)하게 계승(継承)된 것이고『만요슈(万葉集)』의 어떤 단계(段階)에서 확립(確立)된 표기(表記)의 形式이었던 것이라고 여겨집니다. 長歌에 부속(付属)하는 노래(歌)가 항카(反歌)였다고 하더라도 다이시(題詞)의 形式에서는「短歌」로 표기(表記)하는 것이 보통(普通)이고『만요슈(万葉集)』를 보자면, 단가(《短歌》)라는 것은《항카・反歌》의 意味라는 것입니다. 히토마로(人麿)의 초기(初期)의 作品에는 이「합하여 단가・幷せて短歌」가 기술(記述)되지 않은 다이시(題詞)도 볼 수 있습니다. 오우미(近江)의 황폐(荒廃)한 수도(都)를 지날 때의 노래(歌)(巻一)나 요시노순행행차(吉野行幸従駕)의 노래(歌)(巻一)등이 그것이고 이들에는「작가・作歌」라고만 기술(記述)되어 있습니다. 그러나 이것들에는《항카・反歌》

가 부속(付属) 되고 있는 것입니다. 여기에서도 히토마로 작품(人麿作品)의 불일치성(不一致性)이 볼 수 있지만, 그 이유(理由)는 첫째·항카(反歌)의 개념(概念)이 아직 혼동(混同)되고 있었다는 점, 둘째 히토마로(人麿)의 作品은 히토마로(人麿) 以外의 사람이 정리(整理)하고 기술(記述)했다고 생각함으로써 해결(解決)할 수 있다고 생각됩니다.

그런데 長歌에 부속(付属)하는「합하여 단가·并せて短歌」라는 항카(反歌)의 意味의 단가이외(短歌以外)에 『만요슈(万葉集)』중에서 《短歌》라는 명칭(名称)을 발견(発見)하는 것은 용이(容易)한 것이 아닙니다. 전술(前述)한 卷十三에 長歌도 단가(短歌)도 사키모리(防人)[14]의 처(妻)의 노래(歌)는 주석(注釈)이 있습니다만, 이외(以外)에 단가(短歌)라는 명칭(名称)을 사용(使用)하고 있는 것은 어느 쪽이나 야가모치(家持)라는 특징(特徴)이라는 것입니다. 야카모치(家持)의 이전(以前)에는 오오토모다비비토(大伴旅人)가 다자이후(大宰府)[15]의 매화(梅花)의 우타게(宴)의 노래(歌)(巻五)의 서(序)에「단영(短詠)」을 부여(付与)한다고 기술(記述)되어 있습니다. 이것은 短歌를 이렇게 부르고 있는 것입니다만, 그러나 五七五七七의 形式의 노래(歌)를 단영(短詠)이라고 했던 것은 그것이 단순히 短歌이기 때문이라고는 생각

---

14) 사키모리우타(防人歌(さきもりのうた)란 다이카(大化)의 改新後, 규슈(九州)沿岸의 국경수호병(守り)인 사키모리(防人)가 읊은 노래(歌)이다.

15) 다자이후(大宰府/だざいふ)는 많은 史書에서는 다이후(太宰府)라고 기술되어 있고, 7世紀後半에 큐슈(九州)의 치구젠(筑前国)에 設置된 地方行政機関. 和名은 오호미코토모치노츠카사(おほみこともち のつかさ)라고 한다. 現在에도 地元는 다자이후(太宰府)를 사용하고 있다. 다자이후(大宰/おほ みこともち)는 地方行政上重要한 地域에 설치되고, 넓은 地域을 統治하는 직무(役職)이고, 이른바 地方行政長官이다. 다이호율령(大宝律令)以前에는 기부다자이(吉備大宰), 텐무텐노(天武天皇)8年(679年), 스호우(周防)総令, 텐무텐노(天武天皇)14年(685年), 이요(伊予)総領, 지토텐노(持統天皇)3年(689年)등이 있었지만, 다이호우령(大宝令)의 施行과 함께 廃止되고, 다자이후(大宰)의소치(帥/장관)만이 남아있다.

할 수 없습니다. 또한 에치쥬(越中)에서 야카모치(家持)와 노래(歌)를 증답(贈答)한 오오토모이케누시(大伴池主)16)가 야카모치(家持)와의 한시(漢詩)의 증답(贈答)을 하는 중에 自身의 漢詩를「短歌」

다자이후청부청사유적(大宰府政庁跡)

(巻十七)라고 부르고 있고 이것은 다비비토(旅人)의 단영(短詠)과 이어지는 問題인것으로 추정(推定)됩니다. 또한 야마노우에노오쿠라(山上憶良)의 作品에 늙은 몸에 병이 걸려 어린아이들을 그리워하는 노래(歌)(巻五)가 있고, 그 다이시(題詞)의 말미(末尾)에「長一首短六首」라

---

16) 生没年不詳, 나라(奈良)時代의 官人. 오오토모야카모치(大伴家持)와 親接인 同族이고『万葉集』에 많은 노래(歌)를 남기고 있다. 텐표(天平)10(738)年에 가스미야궁(春宮)坊少属従七位下. 同年, 다치바나노나라마로(橘奈良麻呂)의 연회(宴)에 参加했다. 18年부터 翌年에 걸쳐 에치쥬모리야카모치(越中守家持)와 함께 掾으로서 에치쥬(越中/富山県)에 있었고, 연회(宴)등에서 함께 노래(歌)를 읊은 외에 야카모치(家持)가 病臥했을 때에 노래(歌)를 贈答하고 있다. 20年에치젠로쿠(越前掾)로 신분이 바뀌어도 텐표쇼호(天平勝宝)3(751)年에 걸쳐서 에치쥬(越中)의 야카모치(家持)와의 사이(間)에서 交信하고 있다. 5年에는 左京少進해서 京에 귀환하고 쇼나공야카모치(少納言家持)등과 고엔노(高円/(奈良市)에서 유희를 즐긴다. 6年1月 오오토모(大伴)의 氏人이 야카모치댁(家持宅)에 운집(賀集)하고 宴飮했을 때에도 詠歌하고 있다. 8年에는 시키부(式部)少丞이라고 보이지만 다치바나노나라마로(橘奈良麻呂)의 난(変)(757)에 참가하여 禁獄되고 消息이 없게 된다.

는 주석(注釈)을 볼 수 있습니다. 이것은 오쿠라(憶良)가 기록(記録)했
는지 어떤지는 불분명(不分明)하지만「長一首短六首」의 意味인 것은
확실(確実)합니다. 그러나 왜 생략(省略)해야 할 필요(必要)가 있었던
가는 의문(疑問)으로 남습니다. 어쩌면 長歌一首短歌六首라는 意味가
아닐지도 모릅니다. 긴 노래(歌)의 形式과 짧은 노래(歌)의 형식(形式)
의 노래(歌)라는 意味일지도 모릅니다. 아무튼 텐표(天平) 初期에 長
歌・短歌의 명칭(名称)이 볼 수 없는 것은 이상(異常)한 현상(現象)이
라고 생각됩니다.

에체쥬(越中)[17]에서 이케누시(池主)와의 증답(贈答)을 하는 야카모
치(家持)는 이케누시(池主)보내져온 漢詩에 대해서「七言一首」의 漢
詩와「短歌二首」노래(歌)를 증답(贈答)하고 있습니다. 여기에서 漢詩
와 함께 단가(短歌)를 읊는 것입니다만, 短歌를 漢詩와 동등(同等)하게
취급하고 있는 점에 注目할 필요(必要)가 있습니다. 오히려 七言의 漢
詩와 대응(対応)하는 詩形式으로서 短歌를 의도적(意図的)으로 함께
읊고 있는 것은 아닌가라고 생각됩니다. 短歌라는 것은 다비비토(旅人)
의 경우의 단영(短詠)도 포함 되고 어떻든 漢文과의 관계 중(関係中)에
서 의식적(意識的)으로 나타나고 있는 것처럼 생각됩니다.

또한 야카모치(家持)는 에치쥬(越中)에서 귤꽃(橙橘)이 처음으로 피
고, 소쩍새가 울면서 나는 소리를 듣고, 그 아름다운 시절(時節)에 왜

---

17) 엣츄우노구니(越中国/えっちゅうのくに)는 일찍이 日本의 地方行政区分이었던
   国의 하나이고 호쿠리쿠도(北陸道)에 位置한다. 現在의 도야마현(富山県)과 領域
   이 동일한(단, 初期는 노토(能登)나 카미에치(上越)의 一部도 포함되어 있다). 엔
   기시키(延喜式)에서의 格은 上国, 中国. 7世紀末의 고시노쿠니(越国/こしのくに)
   의 分割에 의해서 成立했다. 하시미(初見)는 다이호(大宝)2年(702年)3月甲申条(17
   日)이고 에치고후국(越後国)에로의 四郡割譲의 記事이다(続日本紀). 成立時의 範
   囲는 現在의 도야마현전역(富山県全域)과 니이가타(新潟県)의 西部에 해당한다.

뜻을 품지 않을 수 있으리요라고 말하고 있지만 「따라서 3수의 시를 짓고, 우울한 마음을 떨어뜨릴 뿐/ 因って三首の短歌を作りて、鬱結の緒を散らさまくのみ」(卷十七)이라고 노래(歌) 합니다. 야카모치(家持)는 에체쥬(越中)에서 우울병(鬱病)에 걸릴 정도(程度)로 서울(都)을 그리워하는 일이 많았고 다치바나(橘)와 소쩍새(ホトトギス)는 서울(都)의 풍아(風雅)이기 때문에 그것을 에치쥬(越中)에서 노래(歌)하고 기분(気分)을 전환(転換)하려고 하는 것입니다. 그때에 「三首의 短歌」를 읊었다고 합니다만, 이 경우에도 다른 예(例)를 들자면 「三首의 노래(歌)로 문제(問題)가 없습니다. 특히 短歌라고 기술(記述)해야 할 이유(理由)따위는 불필요합니다. 그러나 이 三首의 노래(歌)에 《短歌》라고 기술(記述)한 것은 이것들이 특별(特別)한 것이었기 때문입니다. 더욱이 야캬모치(家持)는 다시 한 번 「短歌」를 사용(使用)하고 있습니다. 어느 겨울날 밤에 번개가 치고, 눈이 내려 마당을 덮은 것을 보고, 삽시간에 슬픔에 젖고 「聊作短歌一首」(卷二十)라고 기술(記述)하고 있습니다. 이 경우도 「聊作短歌一首」로 문제(問題)가 없습니다만, 역시 短歌라고 기술(記述)한 것은 전술(前述)한 短歌와 동일(同一)하게 이 노래(歌)에는 특별(特別)한 사정(事情)이 있다고 하는 수밖에는 없습니다.

전술(前述)한 바에 의하면 야카모치(家持)가 「短歌」라는 노래(歌)를 읊는 것은 한시(漢詩)와 대등(対等)하게 하려고한 의도(意図)의 노래(歌)나 수도(都)에 대한 동경(風雅)이나 슬픔을 서술(叙述)하는 노래(歌)에 대한 것입니다. 즉 《항카(反歌)》가 아닌 《短歌》라는 것은 야캬모치(家持)가 어느 특별(特別)한 상황(状況) 가운데에서 읊은 노래(歌)라는 의미(意味)가 되고 짧다는 의미(意味)의 단가(短歌)가 아니라는 생각입니다. 게다가 항카(反歌)는 아니고, 단(短)이라고 하는 것은 적어도 야캬모치(家持)에 의해서 사용(使用)되고 있는 전용적(專用的)인 용어(用語)인 것으로 여겨지고 현상적(現象的)으로는 항캬(反歌)가 아닌 《短歌》는 야카모치(家持)의 노래(歌)의 世界라는 생각이듭니다. 短歌라는 명칭(名稱)을 야캬모치(家持)가 정(定)한 것인지 아닌지는 명백(明白)하지 않지만, 長歌와 함께 短歌라는 명칭(名稱)에 대해서 재고(再考)해야 할 必要가 있을 것이라고 생각됩니다.

長歌를 보아도 短歌를 보아도 모두 漢詩에서 온 것은 以外라고 논(論)하고 있지 않는 것처럼 여겨집니다. 처음부터 長歌를 긴 노래(歌), 短歌를 짧은 노래(歌)라는 식(風)으로 이해(理解)하고 그것을 日本語로 바꾸어 理解하고 있기 때문입니다만, 한시(漢詩)로서의 장가(長歌)나 단가(短歌)와 어떠한 의미(意味)를 지니고 있었을까요. 예(例)를 들면 『고킹슈(古今集)』의 잡체중(雜体中)에 「고가를 봉헌(奉献)했을 때의 목록(目録), 그 장가/古歌奉りし時の目録のその長歌」 등으로 기술(記述)되어 있는 노래(歌)를 포함한 五首의 노래(歌)를 볼 수 있습니다. 그런데 이들 長歌의 모두(冒頭)에 「短歌」라는 서문(序文)이 보이고 거기에 이어서 실제(實際)로는 長歌 五首가 실려 있는 것입니다. 일반적(一般的)으로 이것은 잘못된 것으로 처리(處理)되고 있습니다만, 그러나 칙선(勅撰)의 歌集에 이와 같은 오류가 발생(發生)하는 것은 의문(疑問)입니다. 칙선(勅撰)이라고 할지라도 오류가 발생할 可能性이 없는 것도 아니지만, 長歌를 短歌로 기술(記述)하는 따위는 명백(明白)한 오류라고는 볼 수 없습니다. 이러한 현상(現象)은 그 밖에도 볼 수 있지만 『료진히쇼・梁塵秘抄』라는 가요집(歌謡集)에도 모두(冒頭)에 「長歌 十首」라고 기술(記述)되어 있고

そよ、

君が代は 千世に一たび

그대의 세월은 긴긴 세월가운데 단 한 번

ゐる塵の 白雲かゝる

이는 먼지가 흰 구름에 걸려서

山となるまで

산이 될 때가지

와 같이 短歌形式인 것은 명백(明白)합니다. 처음에 「소요·そよ」라는 박자(囃し)와 같은 말이 들어가는 것은 분명(分明)히 노래(歌)로서 불리어졌다는 것을 증명(証明)하는 증거(証拠)입니다. 또한 흥미(興味)로운 것은 인세이기(院政期)의 노래(歌)의 전문가(專門家)인 후지와라도시나리(藤原俊成)의 『규안핫구슈·久安百首』[18]에서는 「短歌」로서 長歌를 게재(掲載)하고 있는 점입니다. 가학상(歌学上)에서는 여기에서 커다란 혼란(混乱)이 있는 것을 지적(指摘)하고 있지만 실(実)은 이들은 声調에 있어서 長歌·短歌의 意味가 있고 歌体의 형식(形式)을 지칭하는 것은 아닌 점입니다.

이들은 長歌나 短歌를 1차원적(一義的)인 의미(意味)로 파악(把握)

---

18) 큐우안햐쿠슈(久安百首/きゅうあんひゃくしゅ)는 헤이안(平安)時代後期의 1150年(久安6年), 슈우토쿠인(崇德院)의 命에 의해 作成했던 百首歌. 큐우안(久安)六年百首, 슈우토쿠인(崇德院)御百首라고도 칭(称)한다. 코우지(康治)年間(1142年~1144年)에 슈우토쿠인(崇德院)으로부터 題가 제시되고, 作者는 崇德院외에 후지와라노코우노우(藤原公能), 후지와라노리나가(藤原教長), 후지와라노아키스케(藤原顕輔), 후지와라노리나가(藤原俊成)등의 14名이지만, 途中에 死去에 의해 바꾸어진 作者도 있다. 現存하는 것은 우타비토(歌人)의 百首를 題마다 分類하지 않고 수록한 것과 후지와라도시나리(藤原俊成)에 의해서 10卷으로 分類된 2種類가 있다.

한데서 일어난 오해(誤解)가 아닌가 하고 생각합니다. 漢語로서의 長歌나 短歌를 생각한다면, 이들은 긴 장편(章篇)의 노래(歌)나 짧은 장편(章篇)의 노래(歌)를 지칭함과 동시(同時)에 노래(歌)를 부를 때의 성조(声調)의 意味를 지칭하고 있는 것입니다. 中国의 악부(楽府)에 보이는 「단가행(短歌行)」이나 「장가행(長歌行)」은 노래(歌)로서의 성조(声調)에 의한 명칭(名称)입니다. 물론 『고킹슈(古今集)』가 長歌에 短歌라고 기술(記述)한 것은 이러한 성조(声調)에 의한 것이라는 후지와라사다이에(藤原定家)의 意見도 있었지만, 오늘에 와서는 잘못된 설(説)이 일반적(一般的)인 것입니다. 그러나 긴 노래(歌)로서의 長歌를 짧은 성조(声調)에 따라서 노래(歌)한다고 한다면, 그것은 긴 노래(長歌)이면서 성조상(声調上)에서는 단가(短歌)라고 하는 것은 타당한 것입니다. 『고킹슈(古今集)』의 잡체(雑体)의 노래(歌)에는 短歌外에 셋토우카(旋頭歌)나 하이카이가(俳諧歌)[19]가 실려 있고, 이들은 어느 일정(一定)하고 특별(特別)한 노래(歌)를 지칭하고 있습니다. 長歌인데 短歌라는 것도 이러한 특별(特別)한 노래(歌)이기 때문입니다. 이점에서 보자면 『만요슈(万葉集)』의 《長歌》도 《短歌》도 하나의 意味가 아니고 어떻든 곡조(曲調)도 포함된 복잡(複数)의 의미(意味)를 가지고 있는 것은 아닌가하고 생각되는 것입니다.

---

19) 와카(和歌)의 一体. 골개미(滑稽味)를 띤 와카(和歌). 고킹슈(古今集)卷一九에 「하이카이우타(俳諧歌)」로서 多数가 収録된 以来, 칙선집(勅撰集)에 가끔씩 나타난다. 하이카이우타(はいかいうた).

11 단가(短歌)의 승리(勝利)

短歌는 왜《노래/うた》의 中心을 차지하는 歌体가 되었을까요. 이 문제(問題)는 어떤 意味에서는 長歌의 성쇠(盛衰)와 관련(関連)된 것으로 생각됩니다. 물론(勿論) 短歌는 단가독자(短歌独自)의 표현가능(表現機能)을 전통(伝統)을 지니면서 와카(和歌)史上에 그 지위(地位)를 점유(占有)하고 있지만, 그 短歌의 기능성(機能性)은 일찍이 개인(個人)의 심정(心情)을 직접적(直接的)으로 호소하는 고이우타(恋歌)에 있다고 여겨집니다. 한편 長歌도『만요슈(万葉集)』의 歌体를 代表하는 것이고『만요슈(万葉集)』以後에도 長歌는 제작(製作)되고 있습니다. 따라서 長歌의 전통(伝統)은 계승(継承)되고 있다고 말할 수 있는데, 이들의 원천(源泉)은『만요슈(万葉集)』로 회귀(回帰)하는 것은 틀림없습니다. 그러나『만요슈(万葉集)』以後의 長歌는 간신히 명맥(命脈)을 유지(維持)하고 있는 상태(状態)이고 와카사상(和歌史上)에서는 마침내 주류(主流)가 될 수 없었습니다. 長歌의 本質은 무엇보다도 의뢰성(儀礼性)이나 서사성(叙事性)을 生命으로 하는 것이었으므로 의뢰성(儀礼性)이나 서사성(叙事性)을 노래(歌)가 담당(担当)하지 않는 한 長歌의 생명(生命)도 단절(断絶)되는 운명(運命)을 피할 수 없었던 것입니다.

이들은 『고킹슈(古今集)』의 《長歌》를 보면 理解가 可能합니다. 『고킹슈(古今集)』의 「잡체(雜体)」라는 분류중(分類中)에 《短歌》로서 수록(収録)되어 있는 長歌는 작자미상(作者未詳)의 長歌를 모두(冒頭)로 한 츠라유키(貫之)・타다미네(忠峯)・미츠네(躬恒)・이세(伊勢)의 五首의 長歌가 게재(掲載)되어 있습니다. 지금 시험적(試驗的)으로 츠라유키(貫之)의 「고가를 봉헌 할 때의 목록의 장가/ふるうたたてまつりし時のもくろくのそのながうた」라는 長歌를 들어 보면

　　　ちはやぶる　神のみよより　くれ竹の　世々にもたえず　あまびこの
　　　をとはの山の　はるがすみ　おもひ乱れて　さみだれの　空もとどろに　さ
　　　よふけて　山ほととぎす　なくごとに　たれもねざめて　からにしき　たつ
　　　たの山の　もみぢばを　みてのみしのふ　かみな月　しぐれしぐれて　冬の
　　　夜の　庭もはだれに　ふるゆきの　猶(なほ)きえかへり　年ごとに　時につ
　　　けつつ　あはれてふ　ことをいひつつ　きみをのみ　ちよにといはふ　世の
　　　人の　おもひするがの　ふじのねの　もゆるおもひも　あかずして　わかる
　　　るなみだ　ふぢごろも　をれるこころも　やちぐさの　ことのはごとに　す
　　　べらぎの　おほせかしこみ　まきまきの　なかにつくすといせの海の　う
　　　らのしほがひ　ひろひ集め　とれりとすれど　たまのをの　みじかきここ
　　　ろ　思ひあへず　猶あらたまの　としをへて　大宮にのみ　ひさかたの　ひ
　　　るよるわかず　つかふとて　かへりみもせぬ　わがやどの　忍ぶ草おふる
　　　板間あらみ　ふるはるさめの　もりやしぬらん

　　神代의 신들로부터 천화의 대대에도 이어져 전해져오고 봄에는 안개, 산의 뻐꾸기, 단풍, 내리는 눈 등, 매년 계절에 따라서 감회를 불러 넣어 和歌(와카)를 지어 천황의 천수를 기원하고, 불타는 연정, 이별의 눈물, 망자에 대한 깊은 애상을 읊은 和歌(와카)의 하나하나를

폐하의 명을 받아 歌集의 각 권마다 모두 넣으려고 수집 하였습니다만, 좀처럼 진행되지 않고 세월이 경과되어 이처럼 궁궐에서 근무하고 있는 사이에 회고한 일이 없었던 우리 집안은 잡초가 무성하고, 처마도 황폐해져 봄비가 새지나 않을까하고 걱정이 됩니다.

와 같은 表現되고 있습니다. 츠라유키(貫之)는 헤이안조(平安朝)를 代表하는 저명(著名)한 우타비토(歌人)이고, 또한 『고킹슈(古今集)』의 선자(選者)의 한 사람이기도 했습니다. 츠라유키(貫之)는 『고킹슈(古今集)』를 편찬(編纂)할 때에 『만요슈(万葉集)』에 수록(収録)되어 있지 않는 고가(古歌)를 모은 목록(目録)을 作成하여 천황(天皇)에게 봉헌(奉献)했습니다만, 그때에 《장가/ながうた》를 읊은 목록(目録)과 함께 봉헌(奉献)한 것입니다. 그것이 이 長歌입니다. 의례적(儀礼的)인 노래(歌)라고 할지라도 이 장가(長歌)를 통(通)해서 츠라유키(貫之)가 무엇을 말하려고 했던가는 즉시 이해(理解)할 수는 없습니다. 아무튼 고카(古歌)로 읊어진 노래(歌)를 우타마구라(歌枕)[1]로서 계속(継続)해서 읊어서 다양(多様)한 표현(表現)의 언어(言語)를 구사(駆使)하고 全体가 두리뭉실한 느낌이듭니다. 노래(歌)의 취지(趣旨)는 고카(古歌)를 노력(努力)하여 수집(収集)했지만 그래도 누락(漏落)되어버린 作品이 있지 않을까하고 우려하고 있는 것 같습니다.

이것이 츠라유키(貫之)의 長歌입니다만, 이와 같은 노래(歌)의 표현(表現)의 方法은 다른 長歌도 마찬가지 입니다. 한결같이 말을 가지고 놀이를 하고 말을 표상하는 것을 우선시(優先視)하는 노래(歌)이고, 이

---

1) 우타마쿠라(歌枕)는 옛날에는 와카(和歌)에서 사용된 말(言葉)이나 읊어진 題材, 또는 그것들을 모아서 기록한 書籍을 意味했지만, 現在는 한결같이 이들 중의 와카(和歌)의 題材가 된 日本의 名所旧跡을 지칭하는 것이다.

를 가지고도 長歌의 生命은 끝난다고 생각됩니다. 역(逆)으로 말하자면 長歌가 쇠퇴(衰退)한 상황(状況)가운데서도 언어(言語)만을 우선시(優先視)하게 되는 것처럼 느껴집니다. 게다가 그 말이 실태(実態)를 表現이 不可能한 점에서 長歌의 쇠퇴(衰退)가 나타나는 것입니다. 短歌의 時代에 長歌를 읊는 것이 얼마나 힘든 것인가 이해가능(理解可能)한 용례(用例)입니다. 츠라유키(貫之)自身은 정성껏 읊었으리라고 생각되지만, 결과적(結果的)으로는 『만요슈(万葉集)』의 長歌에는 도저히 못 미치는 결과(結果)였다고 볼 수 있습니다.

長歌가 생생하게 살아있던 時代, 그것은 히토마로(人麿時代)였다고 생각합니다만, 그 히토마로(人麿)의 長歌는 어떻게 成立하였을까요. 히토마로(人麿)는 텐무텐노(天武天皇)[2]의 독재적왕권(独裁的王権)을 계승(継承)한 지토텐노(持統天皇)의 時代에 등장(登場)하고 지토텐노(持統天皇)[3]의 사망(死亡)과 동시(同時)에 『만요슈(万葉集)』에서 모

---

2) 텐무테노(天武天皇/てんむてんのう, 죠메이텐노(舒明天皇)3年(631年)? - 슈죠(朱鳥)元年9月9日(686年10月1日)은7世紀後半의 日本의 天皇이다. 在位는 텐무텐노(天武天皇)2年2月27日(673年3月20日)부터 슈죠(朱鳥)元年9月9日(686年10月1日). 『皇統譜』가 정한 代数로는 第40代가 된다. 죠메이텐노(舒明天皇)와 교고쿠텐노(皇極天皇)(사이메이텐노/斉明天皇)의 子로서 태어나고 나카노오오에노미코(中大兄皇子-덴치텐노/天智天皇)가 되어서는 両親이 동일한 동생(弟)에 해당한다. 皇后의 우노노사라라노히메미코(鸕野讚良皇女)는 後에 지토텐노(持統天皇)가 되었다. 텐치텐노(天智天皇)의 死後, 672年에 壬申乱으로 오오토모미코(大友皇子/弘文天皇)를 무너뜨리고, 그 翌年에 即位했다. 그 治世는 14年間,即位부터는 13年間에 해당한다. 아스카노기요미하라노미야(飛鳥浄御原宮)를 造営하고, 그 治世는 계속되는 지토텐노(持統天皇)의 時代와 함께 텐무(天武)・지토텐조(持統朝)등의 말(言葉)로 一括된 것이 많다. 日本의 統治機構, 宗教, 歷史, 文化의 原型이만 들어진 重要한 時代이지만, 지토텐노(持統天皇)의 統治는 基本的으로 텐무텐노(天武天皇)의 路線을 계승하고, 完成시킨 것으로, 그 発意은 많은 텐무텐노(天武天皇)에게 회기 된다. 文化的으로는 하쿠호문화(白鳳文化)의 時代이다.
3) 지토우텐노(持統天皇/じとうてんのう、다이카원년(大化元年)(645年) - 다이호(大

습을 감추게 되었다고 생각할 수 있습니다. 여기에 히토마로(人麿)를 둘러싼 여러 가지 수수께끼가 남게 되고 뛰어난 시인(歌人)에게 따라붙기 좋은 비밀(秘密)스런 전설(伝説)이 부합(付会)되어 가게 됩니다. 『고킹슈(古今集)』가 히토마로(人麿)는 정3위(正三位)였다고 하는 것도 히토마로(人麿)를 노래(歌)의 聖人《歌聖》이라고 평가(評価)함으로써 가성(歌聖)이 신분(身分)이 불분명(不詳)해서는 곤란(困難)하기 때문입니다. 그 히토마로(人麿)의 전설(伝説)은 나라시대(奈良時代)에는 成立했던 것으로 보여 집니다. 분명(分明)히 히토마로(人麿)는 비밀(秘密)이 많은 우타비토(歌人)입니다만, 히토마로(人麿)가 지토텐노(持統天皇)의 시대(時代)에 활약(活躍)한 것은 히토마로장가(人麿長歌)가 성립(成立)하는데 중요(重要)한 시대환경(時代環境)이었다고 말할 수 있습니다. 지토텐노(持統天皇)는 텐무텐노(天武天皇)의 절대왕권(絶対王權)을 계승(継承)하고 눈앞(目前)에 장해(障害)가 발생(発生)하면 설령 남편인 텐무텐노(天武天皇)의 미코(皇子)였다고 할지라도 배제(排除)하는 태도(態度)를 보였습니다.

宝)2年12月22日(703年1月13日)은 日本의 第41代天皇。實際로는 治世를 遂行했던 女帝이다.(称制: 슈쵸(朱鳥)元年9月9日(686年10月1日), 在位: 지토텐노(持統天皇)4年1月1日(690年2月14日) - 지토텐노(持統天皇 11年8月1日(697年8月22日). 諱는 우노노사라라(鸕野讃良/うののさらら、またはうののささら). 和風의 시고우(諡号)는 두 개가 있고 『쇼쿠니혼기/續日本紀』의 다이호(大宝)3年(703年)12月17日의 火葬時에 오오야마토네코아메노히로노히메노미코토(大倭根子天之廣野日女尊/おほやまとねこあめのひろのひめのみこと)와 『日本書紀』의 요로우(養老)4年(720年)에 代代의 天皇과 함께 諡된 다카노하라히로노히메노스메라미미코토(高天原廣野姫天皇/たかまのはらひろのひめのすめらみこと)가 있다(또한 『日本書紀』에 있어서 「다카노하라/高天原」가 記述된 것은 冒頭의 第4의 一書와 이 箇所뿐이다). 和風의 시고우(諡号), 지토우텐노(持統天皇)는 代代의 天皇과 함께 오우미노미후네(淡海三船)에 의해 熟語인 「継体持統」에서 지토(持統)라고 명명되었다.

지토텐노(持統天皇)의 句

　　남편(夫)과 自身의 직접적(直接的)인 혈연(血緣)의 관계(関係)의 미코(皇子)를 第一로하고 텐무텐노(天武天皇)가 확립(確立)한 왕권(王権)의 의지(意志)를 계승(継承)한 것입니다. 게다가 텐무텐노(天武天皇)가 정취(情趣)할 수 없었던 다양(多様)한 제도(制度)의 개혁(改革)을 단행(断行)하였습니다. 특히 텐무텐노(天武天皇)가 꿈에 그리던 신도시계획(新都計画)을 지토텐노(持統天皇)가 実現한 것입니다. 지금까지 비좁았던 아츠가궁성(飛鳥宮処)을 버리고 후지와라(藤原)의 광대(広大)한 土地에 수도(都)를 천도(遷都)하고, 더욱이 그 수도(都)는 中国의 도성(都城)을 모방(模倣)한 수도(都)였습니다. 지금까지 본적도 없었던 마치 타츠미야성(竜宮城)과 같은 이국(異国)의 도성(都城)을 방불(彷彿)케 하는 경이로운 수도(都)였던 것입니다. 이 수도(都)는 헤이죠교(平城京)보다도 규모(規模)가 대단히 컸다고 하기에 대단한 도성(都城)이었던 것을 알 수 있습니다.

그 도성(都城)의 主人인 지토텐노(統天皇)가 天下를 지배(支配)하는 모습은 마치 中國의 황제(皇帝)의 위용(威容)의 二重으로 묘사(描写)하고 있다고 생각할 수 있습니다. 때마침 中國에서는 측천무후(則天武后)의 時代였습니다. 히토마로(人麿)가 登場하는 것은 그와 같은 시대상황(時代状況) 한 가운데 있었던 것입니다. 게다가 지토텐노(持統天皇)는 在位의 기간 중(期間中)에 31回에 이르는 요시노(吉野)에 순행(巡行)을 반복(反復)하였습니다. 무엇을 目的으로 요시노(吉野)를 순행(巡行)하였는가는 하나의 미스터리지만, 요시노(吉野)는 텐무텐노(天武天皇)가 지토(持統)와 함께 텐치(天智)의 오우미궁(近江宮)에서 도망(逃亡)하여 숨은 곳이기도 합니다. 그리고 임신란(壬申乱)의 거병(挙兵)은 요시노(吉野)에서 행해지게 된 것입니다. 요시노(吉野)는 이와 같은 유서(由緒)가 깊은(由縁) 지역(地域)이고, 여제(女帝)의 요시노(吉野)의 순행(巡行)은 텐무텐노왕권(天武天皇王権)의 성지(聖地)로서의 회귀(回帰)이기도 하였습니다. 히토마로(人麿)는 이 지토텐노(持統天皇)의 순행(巡行)을 따라서(従駕)의 의례가(儀礼歌)를 읊게 됩니다.

やすみしし わご大君の 聞こし食す 天の下に 国はしも 多にあれども 山川の 清き河内と 御心を 吉野の国の 花散らふ 秋津の野辺に 宮柱 太敷きませば 百磯城の 大宮人は 船並めて 朝川渡り 舟競ひ 夕河渡る この川の 絶ゆることなく この山の いや高知知らす 水激つ 滝の都は 見れど飽かぬかも(巻一)

전국토를 통치하시는 천황이 다스리는 천하에 나라는 많지만 산도 강도 맑은 하천으로서 마음속으로 훌륭하다고 생각하고 있는 요시노 지바의, 꽃이 지는 아키치의 강변에 궁전의 기둥도 굵게 군림하면 수백

명의 大宮人는 배를 띄어 경쟁하고 아침에도 저녁에도 강을 건너서는 잠잠해지니. 이 강이 끊이지 않기를, 이 산이 높기를, 더한층 영원히 드높이 통치하시길, 이 격류가 들끓는 폭포의 궁궐은 언제까지나 싫어지는 일은 없으리.

일찍(古来)부터 히토마로(人麿)의 長歌는 존중(尊重)되어 왔습니다. 이 長歌도 잘 알려져 있는 것으로 하나의 말(言語)의 오류도 없이, 게다가 긴장감(緊張感)이 떠도는 장중(莊重)한 흐름을 엿볼 수 있습니다. 그 긴장감(緊張感)은 지토텐노(持統天皇)를 눈앞(眼前)에 두었을 때의 긴장감(緊張感)이고 히토마로(人麿)는 이카즈치노오카(雷丘)[4]의 위(上)에서 지토텐(持統天皇)을 「(대왕께서는 신으로서 배석 하였으니) 大君は神にし座せば」(卷三)라고 칭송(贊美)하고 있습니다. 이른바 지토텐노(持統女帝)를 정점(頂点)으로 한 위대(偉大)한 神의 나라(国), 그것이 히토마로(人麿)가 받아들인 時代의 정신(精神)이기도 하였습니다. 詩人(歌人)의 言語(言葉)時代의 정신(精神)을 직접(直接)的으로 반영(反映)하면서 창조(創造)된 것이고, 지토텐노(持統天皇)의 위대(偉大)함과 요시노(吉野)의 리큐(離宮)의 장중(莊重)함, 이러한 時代의 모습을 이 長歌는 반영(反映)하고 있다고 말할 수 있습니다.

長歌는 히토마로(人麿)로 종료(終了)되었다고 하는 意見도 있습니다. 분명(分明)히 히토마로(人麿)가 달성(達成)한 長歌는 以後에 아카히토(赤人)[5]등에게 계승(継承)되었습니다만, 히토마로(人麿)의 作品

---

4) 『니혼료우이키(日本靈異記)』에 유라쿠텐노(雄略天皇)의 命을 받은 臣下의 치이사코노무라지스가루(小子部栖輕)가 이 언덕에서 번개(雷)를 붙잡았다고 하는 伝説이 기록되어 있다.
5) 야마베노아카히토(山部 赤人/やまべのあかひと)、生年不詳 - 텐표(天平)8年(736

에서 보자면 동일(同一)다고는 볼 수 없습니다. 오히려 다음 時代의 長歌를 代表하는 것은 율령시대(律令時代)의 정신(精神)을 반영(反映)한 야마노우에노오쿠라(山上憶良)의 登場이라고 말할 수 있습니다.

雷丘(奈良県高市郡明日香村大字雷

年)는 나라(奈良)時代의 우타비토(歌人). 三十六歌仙의 一人. 姓은 스쿠네(宿禰).야마베노아시지마(山部足島)의 子라는 系図가 있다. 官位는 外従六位下・上総少目. 後世, 야마베노아카히토(山邊(辺)赤人)라고 表記되는 경우도 있다. 그 経歴는 확실하지 않지만『続日本紀』등의 史書에 이름(名前)이 보이지 않기 때문에 下級官人이었다고 推測되고 있다. 진기(神亀)・텐표(天平)의 両時代에만 와카작품(和歌作品)이 남아 있고 행차(行幸)등에 随行했을 때의 천황찬가(天皇讃歌)가 많기 때문에 쇼무텐노(聖武天皇)의 時代의 궁정우타비토(宮廷歌人)였다고 생각된다. 읊어진 와카(和歌)에서 諸国을 여행(旅)한 것으로도 推測된다. 同時代의 우타비토(歌人)로는 야마노우에노오쿠라(山上憶良)나 다비비토(大伴旅人)가 있다. 『만요슈(万葉集)』에는 長歌13首・短歌 37首가『슈이와카슈(拾遺和歌集)』(3首)以下의 칙선와카집(勅撰和歌集)에 49首가 入首되어 있다. 自然의 아름다움이나 청명함을 읊은 叙景歌로 알려져 있다.『고킹와카슈(古今和歌集)』의 가나죠(仮名序)에 있어서 가키모토히토마로(柿本人麻呂)와 함께 歌聖라고 칭송되고 있다. 이 히토마로(人麻呂)와는 대등한 관계는 만요슈(万葉集)의 오오토모야카모치(大伴家持)의 漢文에 「산시의문(山柿の門)」(야마베(山部)의 「山」과 가키모토(柿本)의 「가키/柿」)라고 하는 기술을 初見할 수 있다.

율령시대(律令時代)가 되면 천황(天皇)의 절대성(絶対性)은 前面에 나타나고 오히려 율령(律令)은 관료기구(官僚機構)를 성문화(成文化)하고 신분질서(身分秩序)를 명시(明示)하고 서민(庶民)으로부터 세금(税金)의 징수(徴収)를 합리화(合理化)하고 피라미드형(型)의 지배기구(支配機構)를 확립(確立)한 점에 특징(特徴)이 있습니다. 여기에는 가부장제(家父長制)가 위치(位置)를 점유(占有)하게 되어 家族이라는 사고(思考)가 成立하고 고쿠시(国守)6)의 임무(任務)가 명기(明記)되고 각지(各地)에 파견(派遣)되는 고쿠시(国守)는 公民(百姓)을 직접지도(直接指導)하는 일을 맡게 됩니다. 이 율령시대(律令時代)라는 것은 《社会》라는 상태(状態)가 보이기 쉽게 되었다는 점에 그 특색(特色)이 있습니다. 관료(官僚)는 지배자(支配者)로서의 의식(意識)을 갖고 社会를 구성(構成)하는 中心은 公民이고, 公民를 구성(構成)하는 中心은 家族이라는 것을 이념(理念)으로 하는 것이 율령(律令)의 정신(精神)입니다. 오쿠라(憶良)가 登場하는 意味는 실(実)로 여기에 있다고 말할 수 있습니다. 오쿠라(憶良)가 家族을 노래(歌)하고 妻子를 노래(歌)하는 것은 時代의 精神이 社会라는 상황(状況)을 보이는 곳에 있다는 점입니다.

---

6) 고쿠시(国司/こくし, くにのつかさ)는 古代에서 中世의 日本에서 地方行政単位인 구니(国)의 行政官으로서 中央에서 派遣된 官吏이고 四等官인 가미(守/かみ), 스케(介/すけ), 죠우지(掾/じょう), 사캉(目/さかん)等을 지칭한다(詳細는 古代日本의 地方官制도 함께 참조 할 것). 고오리(郡)의 官吏(郡司)는 在地의 有力者, 이른바 旧豪族부터 任命되었기 때문에 中央으로부터의 支配의 중심은 고쿠시(国司)에게 있었다. 任期는 6年(후에 4年)이었다. 고쿠시(国司)는 고쿠가(国衙)에 있어서 政務에 임하고 祭祀·行政·司法·軍事의 모두를 담당하고 管内에서는 絶大的인 権限을 갖는다.

오오토모야카모치상(大伴家持像)

　게다가 이 율령제도(律令制度)는 지배(支配)와 피지배(被支配)라는 관계(関係)가 원칙(原則)이기 때문에 지배(支配)를 받는 사람들은 이념(理念)과는 다른 가혹(苛酷)한 운명(運命)을 강요(強要) 당하게 됩니다. 오쿠라(憶良)는 관료(官僚)이기 때문에 그만큼 율령(律令)의 모순점(矛盾点)을 일찍이 깨달은 관리(官吏)였다고 말할 수 있습니다. 다만 오쿠라(憶良)가 이러한 율령(律令)이 갖는 모순(矛盾)을 노래(歌)한 것은 아니고, 오히려 그 모순(矛盾)을 통해서 나타나는 다양(多様)한 고통(苦痛)으로부터 人間으로서 살아가는 보편적(普遍的)인 意味를 문제(問題)삼는 것입니다. 「힌토몬토카/貧窮問答歌」는 著名한 저명(作品)입니다만

　　　風雑(まじ)り 雨降る夜の 雨雑り 雪降る夜は 術(すべ)もなく 寒くしあれば 堅塩(かたしほ)を 取りつづしろひ 糟湯酒(かすゆざけ) うちすすろひて 咳(しはぶ)かひ 鼻(び)しびしに しかとあらぬ 鬚かき撫でて 我を措きて 人は在らじと 誇ろへど 寒くしあれば 麻衾(あ

さぶすま) 引き被り 布肩衣 有りのことごとと 着そへども 寒き夜す
らを 我よりも 貧しき人の 父母は飢ゑ寒からむ 妻子(めこ)どもは
乞ふ乞ふ泣くらむ この時は 如何にしつつか 汝(な)が世は渡る(巻五)

비바람이 섞어 치는 비 내리는 밤, 바람이 섞어 치는 눈 내리는 밤
은 어찌할 수 없이 추워 단단한 소금을 조금씩 집어 먹으면서 가스유
술을 마시면서 침을 삼키고 코를 드르렁거리며 당당하지도 못한 수염
을 만지작거리고, 그래도 자기 이외에 없다고 자긍 해보지만 역시 추
워서 적삼의 이불을 뒤집어쓰고, 헝겊조가리가 있는 대로 겹쳐서 입
지만 그래도 춥다. 이런 밤만을 생각만 해도 나보다 가난한 사람의 부
모는 배도 고프고 춥겠지. 이런 때는 어떻게 하고 있을까. 그대는 세
상에 살아 있는지.

와 같이 노래(歌) 합니다. 이것은 질문(問)의 部分이고 이 以後에 답변
(答え)이 이어집니다. 그 문답(問答)은 율령사회(律令社会)의 모순(矛
盾)을 노래(歌) 하는 것처럼 보이지만 문답(問答)하는 남자(男子)는 世
俗을 버린 貧士(清廉潔白한 사람)라는 은둔자(隠遁者)이고, 이에 화답
(話答)하는 것은 운명(運命)으로서 주어진 빈궁(貧窮)에 탄식하는 남자
(男子)이고, 이 두 사람의 빈궁(貧窮)한 삶에게 《人間의 存在》란 무엇
인가를 성찰(省察)하게하는 것입니다. 長歌의 말미(末尾)에서 「이처럼
허무(虚無)한 것인가 인생/人生)길이란」/ かくばかり術なきものか世
の中の道」라고 탄식 하듯이 그것은 《빈궁(貧窮)》란 피할 수 없는 인
생고(人生苦)의 모습인 것을 발견(発見)하게 된 것입니다. 히토마로(人
麿)의 長歌가 천황(天皇)에 대한 긴장(緊張)을 문답(歌い掛け)한 것이
라고 한다면 오쿠라(憶良)의 長歌는 人間이나 家族이라는 存在에 대
한 긴장(緊張)하는 노래표현(歌表現)이었다고 말할 수 있습니다.

『만요슈(万葉集)』의 말기(末期)가 되어 오오토모야카모치(大伴家持)⁷⁾가 등장(登場)합니다. 야캬모치(家持)의 時代도 율령사회(律令社会)입니다만, 오쿠라(憶良)와 동일(同一)하지는 않습니다. 오쿠라(憶良)의 長歌가 인간성(人間性)의 추구(追求)였다고 한다면, 야카모치(家持)의 長歌가 목표(目標)로 한 것은《나・私》라는 存在에 의해 나타나는《나의 마음・私の心》의 問題에 있었다고 생각됩니다. 예(例)를 들자면 야카모치(家持)는 다음과 같은 長歌를 읊고 있습니다.

　　　高御座 天の日嗣(ひぎ)と 天皇の 神の命の 聞(きこ)し食(お)す 国
　　　のまほらに 山をしも さはに多(おほ)みと 百鳥(ももとり)の 来居て鳴

7) 오오토모야카모치(**大伴家持**/おおとものやかもち, 요로우(養老)2年(718年)頃 – 엔랴쿠(延暦)4年 8月 28日(785年10月5日)은 나라시대(奈良時代)의 貴族・우타비토(歌人). 다이나곤(大納言)・오오토모다비비토(大伴旅人)의 子. 官位는 従三位・츄우나곤(中納言). 三十六歌仙의 한사람(一人). 만요슈(『万葉集』)의 편찬(編纂)에 관계한 우타비토(歌人)로서 예시되는 경우가 많은데, 오오토모씨(大伴氏)는 야마토조정이래(大和朝廷以来)의 武門家이고, 祖父・야스마로(安麻呂), 父・다비비토(旅人)와 같이 律令制下의 高級官吏로서 歴史에 이름을 떨친다. 텐표(天平)의 政争을 극복하고, 엔랴쿠(延暦)年間에는 츄우나곤(中納言)까지 승격했다. 父・다비비토(旅人)가 다자이소치(大宰帥)로서 다자이후(大宰府)에 赴任할 때에는 母・다지히노이라츠메(丹比郎女), 弟・가키모치(書持)와 함께 任地로 향하였다. 後에는 母가 사망(亡くし)하고, 西下해온 叔母인 오오토모사카가미노이라츠메(大伴坂上郎女)에게 양육되었다. 텐표(天平)2年(730年)다비비토(旅人)와 함께 帰京. 텐표(天平)10年(738年)에 우치토네리가 된 것으로 추정되고, 텐표(天平)12年(740年)후지와라노히로츠구노난(藤原広嗣乱)의 平定을 祈願하는 세이무텐노(聖武天皇)의 이세행차(伊勢行幸)에 동행(従駕).텐표(天平)17年(745年)에 従五位下로 승격되었다. 天平18年(746年)3月에 구나이쇼우스케(宮内少輔), 7月에는 엣츄우노구니모리(越中守)로 임명되고, 텐표쇼호(天平勝宝)3年(751年)까지 赴任.이 사이에 220余首의 노래(歌)를 읊었다. 쇼우나곤(少納言)으로 임명되어 帰京後, 텐표쇼호(天平勝宝)6年(754年)효우부쇼츠와모노노츠카사(兵部少輔 /ひょうぶしょうふ、つわもののつかさ)가 되고, 翌年, 나니와(難波)에서 사키모리(防人)의 検校에 관계한다. 이때의 사키모리(防人)와의 회우(出会)하지만, 만요슈(『万葉集』)의 사키모리우타(防人歌)의 収集에 관여하고 있다. 텐표호우지(天平宝字)2年(758年)에 이나바노모리(因幡守). 익년텐표호우지(翌天平宝字)3年(759年)1月에 이나바구니고쿠후(因幡国国府)에서 만요슈(『万葉集』)의 最後의 노래(歌)를 읊는다.

く声 春されば 聞きの愛(かな)しも いづれをか 別きてしのはむ 卯の
花の 咲く月立てば めづらしく 鳴くほととぎす 菖蒲草(あやめぐさ)
球貫(たまぬ)くまでに 昼暮らし 夜渡し聞けど 聞くごとに 心つごき
て うち嘆き あはれの鳥と 言はぬ時なし(巻十八)

　고위에 앉아 태양을 계승하는 몸으로 천황신이 통치하는 이 훌륭
한 국토에는 산이 여기저기에 많이 있어서 다양한 새들이 와서 울고
있네. 그 울음소리는 봄이 되면 듣고 있으면 귀엽구나. 어떤 새소리가
좋다고 하는 것도 아닌데, 그 중에서도 병 꽃이 피는 해가 되면 귀엽
게 우는 뻐꾸기 소리는 창포를 약용으로 사용하는 5월가지 낮에는 하
루 종일, 밤에는 하루 밤 내내 듣고 있을 때마다 마음이 감동을 받아
감탄하고, 흥미진진한 새라고 말 하지 않는 때가 없다.

　방안의 커튼을 닫고 홀로 방안에서 멀리에서 들려오는 두견새의 울음
소리를 들을 때의 노래(歌)라고 다이시(題詞)에 기록(記錄)되어 있습니
다. 그러나 방안의 커튼을 닫고 들을 수 있는 것과 같은 두견새의 울음소
리란 무엇을 의미(意味) 할까요. 게다가 두견새의 소리를 듣는데 다가마
구라(高御所)라는 높은 지위(地位)에 있고 천왕(天皇)의 자리를 계승(継
承)하는 천황(天皇)이 지배(支配)하는 나라의 위용(偉容)을 읊기 시작하
는 것은 이상(異常)한 것입니다. 여기에는 천황(天皇)의 곁을 떠나서 시
골벽지에 있으면서 울적해진 야카모치(家持)의 심정(心情)이 느껴집니
다. 두견새의 목소리는 천황(天皇)의 목소리였는지도 모릅니다.
　항카(反歌)에는「행방을 모른 채 건너더라도/行方なくあり渡るとも」
라고 노래(歌)하고 있습니다. 여기에는 行方을 모르는 하루하루를 보내
고 있는 야카모치(家持)의 心情이 상기(想起)되고 있습니다. 암울(暗
鬱)한 방안의 상황(状況)은 야카모치(家持)의 심정(心情), 그 자체(自

体)의 심리(心理)라고 합니다. 먼 곳에서 두견새의 울음소리가 들리고, 그것은 야캬모치(家持)의 어두운 심정(心情)을 표현(表現)하는 것입니다. 그 두견새의 울음소리(声)는 그리운 서울(都)을 암시(暗示)하고 있는 것처럼 생각됩니다. 여기에는 自己의 心情에 충실(充実)하려는 야카모치(家持)의 모습을 엿볼 수 있습니다. 이러한 마음의 상태(状態)를 《내성(内省)》이라고 말할 수 있습니다만, 지금의 야카모치(家持)의 마음은 실로 내성(内省)에 의해서 심오(深奥)하게 성찰(省察)되고 있습니다. 야카모치(家持)의 長歌가 《나의 마음・私の心》을 대상(対象)으로 함으로써 그것은 短歌의 질(質)과 길항(拮抗)하게 됩니다. 야카모치(家持)의 長歌는 기기가요(記紀歌謡)나 히토마로(人麿)・오쿠라(憶良)의 흐름을 단절(断絶)시키고 여기에서는 長歌의 의례성(儀礼性)도 서사성(叙事性)도 상실(喪失)되었다고 생각할 수 있습니다.

長歌가 의례성(儀礼性)이나 서사성(叙事性)을 상실(喪失)하면 그 生命도 종말(終末)을 맞게 됩니다. 따라서 自己의 심정(心情)의 심오(深奥)한 경지(境地)에 이르는 감정(感情)은 長歌에 의해서가 아니고 《短歌》라는 方法에 의해서 형성(形成)되게 됩니다. 長歌는 短歌와 길항(拮抗)하면서도 短歌에 의해서 그 심정(心情)은 구원(救援)되고, 마침내 노래(歌)는 短歌에 의한 서정(抒情)에로 흐르는 본류(本流)가 되는 것입니다.

> 오랫동안 口頭로 伝承되어온 노래(歌)가 漢字의 渡来에 의해 漢字로 표기(表記)되게 된다. 그 初期的段階에서는 倭語(日本語)를 어떤 漢字로 置換하였는가가 重要한 課題였지만 『만요슈(万葉集)』의 中期에는 기록(記録)만을 目的으로한 노래(歌)가 誕生한다.

12 文字노래(歌)의 成立

現在하는 日本最古의 문헌(文献)은 서력(西暦) 七一二年正月二十八日에 완성(完成)된 『고지키(古事記)』입니다. 편자(編者)인 오오노아소미야스마로(太朝臣安万侶)[1]는 『고지키(古事記)』의 서문(序文)을 마지막으로 완성하고 漢字를 사용(使用)하여 와문(和文)(日本訓의 文章)을 쓰는 것이 얼마나 어려운가를 기술(記述)하고 있습니다. 야스마로(安万侶)에 의하면 상고(上古)의 時代는 言語도 内容도 소박(素朴)했기 때문에 문장(文章)을 이루는 시구(詩句)를 구성(構成)하더라도 文字로 기록(記録)하는 것이 얼마나 곤란(困難)했던가 漢字로 훈(訓)으로 쓰면 言語는 심정(心情)을 表現하는 것이 용이(容易)하지 않고, 그

---

1) 오오노야스마로(太安万侶/おおのやすまろ, 生年不詳 – 요로우(養老)7年7月6日(723年8月15日)는 나라시대(奈良時代)의 文官. 名은 야스마로(安萬侶、安麻呂)로도 표기된다. 姓은 아손(朝臣). 오오노혼지(多品治)의 子라고하는 後世의 系図가 있다. 官位는 쥬우시이하(従四位下)・민부교(民部卿). 게이운원년(慶雲元年)(704年)正月7日에 従五位下, 와토우(和銅)4年(711年)4月7日에 正五位上으로 승진하였다. 同年元明天皇에 히에다노아레(稗田阿礼)가 誦習하는 『帝紀』, 『旧辞』를 筆録하여 史書를 編纂하도록 명(命)을 받고, 익년와토우(翌和銅)5年(712年)正月, 天皇에게 『古事記』로서 献上한다. 익년레이기원년(霊亀元年)(715年)正月10日에는 従四位下로 승진하고, 익년레이기(翌霊亀)2年(716年)9月23日, 우치노쵸(氏長)가 된다. 子孫인 오오노히토나가(多人長)에 의하면 『日本書紀』의 편찬(編纂)에도 참가했다고 전한다. 요로우(養老)7年(723年)7月7日, 민부교(民部卿)・쥬시이게(従四位下)으로 死去.

렇다고 해서 모두 漢字音으로 읽을 수 있도록 쓰면 사항(事項)이 지루해 지는 점, 어떤 경우에는 一句中에 漢字의 음(音)과 일본어(日本語)에 의한 훈(訓)등을 혼합(混合)하고 또한 상황(狀況)에 따라서는 하나의 사항(事項)을 기록(記錄)하는데 훈(訓)만을 사용(使用)하여 기술(記述)하였다고 논(論)하고 있습니다.

　日本의 히라가나(平仮名)나 가타가나(片仮名文字)가 成立하기까지는 모두 漢字를 사용(使用)하고 있었으므로 그 당시(当時)의 문장(文章)은 漢文으로 기술(記述)되는 것이 보통(普通)이었습니다. 야스마로(安万侶)의 時代는 八世紀初頭였지만 아직 漢字를 使用하여 和文(日本語)을 表現하기 곤란(困難)한 時代였습니다. 그것은 漢字가 형(形)·의(義)·조화(組合)로 이루어져 있었기 때문에 和語(日本語)를 表記할 때는 漢字의 음(音)만을 이용(利用)하여 意味를 제외(除外)시킬 必要가 있었고, 그렇게 하면 意味가 理解하기 어려워짐으로 結果的으로 이해(理解)할 수없는 부분(部分)을 주석(注釈)으로 보강(補強)하는 방법이외(方法以外)에는 音(漢字音)과 훈(訓)(일본어)과의 혼합(混合)으로 기술(記述)하기로 했다는 것입니다. 그 성과(成果)는『고지키(古事記)』모두(冒頭)의 文章과 같이 「天地初発之時、於高天原成神名、天之御中主神」(태초에 다카마의 들에 강림하신 이름은 아메노미나카누시 신/あめつちのはじめのとき、たかまのはらになりませるかみのみなは、あめのみなかぬしのかみ)라는 와한혼합(和漢混合−일본어와 중국어의 혼합)의 문장(文章)을 成立시킨 점에 나타나 있습니다. 야스마로(安万侶)가 고안(考案)한 이 표기방법(表現方法)은 現在의 한자가나혼합문(漢字仮名混合文)의 원조(元祖)가 됩니다. 日本에 漢字가 전래(伝来)된 것은 전설(伝説)에 의하면 오진텐노(応神天皇)[2](五世紀前後에 比定)

의 時代였습니다. 『고지키(古事記)』에 의하면 백제왕(百済王)에게 귀
국(貴国)에 현인(賢人)이 있다면 파견(派遣)해 주도록 말했을 때에 백
제왕(百済王)은 와니기시(和邇吉士)라는 현인(賢人)을 파견(派遣)하고,
또한 『論語』十巻, 『千字文』一巻과 함께 보내왔다고 합니다. 『論語』는
유교(儒教)의 학문(学問)을 위한 교과서(教科書), 『천자문(千字文)』은
4자숙어(四字熟語)에 의한 文字의 학습(学習)을 위한 교과서(教科書)
입니다. 이후(以後) 한반도(韓半島)나 中国에서 도래(渡来)한 지식인
(知識人)들이 왜국(倭国)의 조정(朝廷)에서 다양(多様)한 学問을 교수
(教授)했던 것이 사서(史書)에서 볼 수 있습니다.

이렇게 해서 日本人은 漢字라는 文字를 손에 넣어 한문(漢文)의 문
장(文章)에 익숙해지기 시작합니다만, 한편 와문(和文/日本語)의 표기

---

2) 오우징텐노(応神天皇/おうじんてんのう, 쥬우아이텐노(仲哀天皇)9年12月14日
(201年1月5日) - 오우징텐노(応神天皇)41年2月15日(310年3月31日)는 第15代天
皇(在位: 応神天皇元年1月1日(270年2月8日) - 同41年2月15日(310年3月31日)。
諱는 호무다와케노미코토(誉田別尊/ほむたわけのみこと), 오오토모와케노미코토
(大鞆和気命/おおともわけのみこと). 호무타노스메라미코토(誉田天皇/ほむたの
すめらみこと/ほんだのすめらみと), 하라노우치니마시마스스메라미코토(胎中天
皇)라고도 칭(称)한다. 実在性이 濃厚한 最古의 다이오우(大王/天皇)이라고도 하
지만, 니토쿠텐노(仁徳天皇)의 条와 記載의 重複・混乱이 볼 수 있기 때문에 오우
징(応神)・닌토쿠(仁徳)同一説 등이 나온다. 그 年代는 『古事記』의 干支崩年에
따르면 4世紀後半이 된다. 『記・紀』에 기록되어 있는 系譜記事를 보자면, 오우징
텐노(応神天皇)는 当時의 王統의 有力者를 合成해서 만들어진 것이라고 생각하
는 것이 妥当하다는 설(説)이 있다. 이 実在의 不確実함도 있고, 다이오우(大王)의
実像을 둘러싸고 諸説이 나왔다. 오우징텐노(応神天皇)의 와후우시고우(和風諡
号)인 「호무다/ホムダ」는 위장이 많은 8代以前의 天皇와 확연히 다른 점에서 実在
로 보는 설(説), 三王朝交代説에 있어서 征服王朝의 創始者라고 하는 설(説), 야마
타이국동부천설(邪馬台国東遷説)에 관한 皇室의 先祖로서 숭배되는 神(우사하치
망/宇佐八幡)이라는 설(説), 가우치왕조(河内王朝)의 始祖라고 간주하는 설(説)등
이 있다. 또한 日本国外의 史料와의 相対比較해서 『宋書』나 『梁書』에 나타나는
倭의 五王의 讃에 比定하는 説(외에 닌토쿠텐노(仁徳天皇)나 리추텐노(履中天皇)
를 比定하는 説도 있다).

(表記)를 고안(考案)하게 됩니다. 예(例)를 들자면 사이타마현(埼玉県)의 이나리야마(稲荷山)의 고분(古墳)에서 출토(出土)된 깅죠우감메이(金象嵌銘)가 새겨진 철검(鉄剣)에는 ①漢文, ②漢語, ③漢字音의 使用, ④훈독(訓読)등을 혼합(混合)하여 표기(表記)하는 方法이 고안(考案)되게 되었습니다. 人名이나 地名은 ③에 의해서 漢字의 意味를 배제(排除)하여 음(音)만을 사용(使用)하고 ④는 와문표기(和文表記)를 위한 중요(重要)한 方法으로 예(例)를 들면「為杖刀人首」의「首」는「오비도/をびと」라는 훈독(訓讀)이 이루어졌다고 볼 수 있고, 또한「此百練利刀」의「此」는「이/この」라는 훈독(訓読)이 이루어져 있다고 생각됩니다. 이 단계(段階)에서는「데니오하/テニヲハ」에 해당(該当)하는 조사(助詞) 혹은 동사(動詞)등의 활용어미(活用語尾)가 기술(記述)되 있지 않음으로 漢字에 가까운 표기방법(表記方法)이 이루어지고 있었습니다. 또한 이나리야마(稲荷山)의 철검(鉄剣)과 동시기(同時期)라고 생각되는 구마모토현(熊本県)의 다마나고오리(玉名郡)의 에다후나야마고분(江田船山古墳)3)에서 出土된 깅죠우감메이(銀象嵌銘)의 철검(鉄剣)도 있고 作者는「창안(張安)」이라고 기술(記述)되어 있습니다. 이 점에서도 漢字나 漢語에서 와어(和語)가 부분적(部分的)으로 出現한 모습이 엿보입니다.

---

3) 에다후나야마고분(**江田船山古墳**/えだふなやまこふん)은 구마모토현다마나군나고미마치(熊本県玉名郡和水町)(旧菊水町)에 所在하는 前方後円墳. 세이바루(清原/せいばる)古墳群中에서 最古·最大의 古墳이고, 日本最古의 本格的記録文書인 75文字의 긴죠우강메이(銀象嵌/ぎんぞうがん銘めい)이 새겨진 大刀가 出土된 곳으로 著名하다. 국가의 史跡으로 指定되었다.

에다후나야마고분(江田船山古墳)

한자전래(漢字伝来)에 따른 문장(文章)을 기록(記録)하는 것이 可能하게 된 고대일본(古代日本)에 있어서 그대로 漢文의 문장(文章)을 쓰는 방법(方法)도 있었을 것입니다. 그 길을 따라가면 현재(現在)에도 표기(表記)는 한문(漢文), 언어(言語)는 일본어(日本語)가 가능성(可能性)이 있었습니다. 이른바 표기(表記)는 英語, 言語는 日本語와 동일(同一)한 것입니다. 그러나 日本人은 일찍부터 한문(漢文)때문에 불편(不便)을 느끼고 있었던 것입니다. 무엇보다도 漢文은 일본어(日本語)의 어순(語順)과 다르고 또한 어려운 것이었습니다. 정확(正確)한 漢文을 기술(記述)하는 데는 상당(相当)한 학문(学問)을 쌓아야 할 必要가 있었습니다.

따라서 漢文을 어떻게 日本語에 근접(近接)시키는가가 커다란 과제(課題)였던 것입니다. 이와 같은 난문(難問)을 해설(解説)해주었던 것은 漢字·漢文을 日本에 전(伝)해준 것은 韓国이었습니다. 여기에는 漢文을 日本語에 근접(近接)시켜서 쓰는 수법(手本)이 있었기 때문입니다. 韓国語도 日本語와 비슷하고 主語·목적어(目的語)·술어(述語)의 어순(語順)이기 때문에 中国語의 主語·술어(述語)·목적어(目

的語)와는 다릅니다. 아마도 日本人에게 漢文을 日本語의 어순(語順)에 따라서 기술(記述)하는 方法을 가르쳐준 것은 韓国의 도래계지식인(渡来系知識人)이였다고 생각됩니다. 다음의 사료(史料)는 군마현(群馬県)의「야먀나손비/山名村碑」라고 하는 지명(地名)입니다만, 텐무텐노(天武天皇)十年(六八一)의 일이었습니다. 그 것은 漢文에서 和文(日本語)의 表記로 크게 바뀐 것을 추측(推測)하게 해주고 있습니다.

佐野三家定賜健守命孫黒売刀自、此新川臣児斯多多祢足辺孫大児臣、娶三児長利僧母為記定文也。

放光寺僧

사노(佐野)의 三家遺跡

이 문장(文章)은「(사노의 세 집안을 정하고, 다케모리노미코토의 구로메의 도지, 이 니이가와의 아손의 시타타네노스쿠네의 손자 오오코아손, 장가들어서 세 아이를 낳았다. 나가소리를 위해 기록한 문장이다.)佐野ノ三家(みやけ)ヲ定メ賜ヘル健守(たけもり)ノ命(みこと)ノ孫黒売(くろめ)ノ刀自(とじ)、此ノ 新川ノ臣ノ児斯多多祢足辺(したたねのすくね)ノ孫大児(おおこ)ノ臣、娶(めあ)ヒテ三(生メル?)児長利僧母(ながりそ)ガ為ニ記シ定メル文也。放光寺僧。」와 같이 읽

을 수 있는 문장(文章)입니다. 漢文의 어순(語順)을 완전(完全)히 무시(無視)하고 日本語의 어순(語順)에 漢字를 나열(羅列)해 갑니다. 이것은 中國人에게는 의미(意味)가 동일(同一)하지 않지만 가타가나(片仮名)의 어느 일정(一定)한 부분(部分)을 보충(補充)한 것으로 日本人은 간단(簡單)히 읽을 수 있는 문자(文字)입니다. 여기에 이르러 일본인(日本人)은 한문(漢文)으로부터 해방(開放)되어 독자적(独自的)인 표기방법(表記方法)을 가능(可能)하게 되었다고 생각됩니다. 그 意味에서는 이것은 와문(和文)의 성립과정(成立過程)을 상기(想起)시키는 기념비적사료(記念碑的史料)라고 할 수 있습니다. 이러한 와문(和文)의 成立을 더 한층 강화(強化)시킨 것은 노래(歌)를 기술(記述)하게 되었다는 점이 중요(重要)합니다. 물론 現在 대량(大量)으로 發見되고 있는「목간/木簡」에 의하면 当時의 관리(官吏)들은 열심(熱心)히 漢文을 学習하고 있었던 것을 알 수 있습니다. 나무를 얇게 깍은 판자에 文字를 기록(記錄)한 것이 목간(木簡)이고 습자목간(集書木簡)이라고 불리는 것으로는 中国의 문선(『文選』)이나 논어(『論語』) 또는『천자문(千字文)』 등의 문장(文章)을 학습(学習)했던 흔적(痕跡)이 엿보입니다. 또한 관청(官庁)의 기록(記錄)이나 연락(連絡) 또는 니후다(荷札)등에 使用된 목간(木簡)에서도 当時의 문장(文章)의 상황(状況)을 알 수 있지만, 그러나 노래(歌)를 기술(記述)한 方法은 아즈마마로(安万侶)를 곤란(困難)하게 만든 以上으로 어려운 표기방법(表記方法)이 사용(使用)되고 있기 때문에 그것이 와문(和文)을 완성(完成)시키는 커다란 힘이 된 것은 의심(疑心)할 여지가 없습니다. 『고지키(古事記)』나『니혼쇼키(日本書紀)』에서 볼 수 있는 노래(歌)는 한자일자일음표기(漢字一字一音表記)가 사용(使用)되고, 예(例)를 들자면

夜久毛多都(やくもたつ) 伊豆毛夜幣賀岐(いづもやへがき)都麻碁微爾(つまごみに) 夜幣賀幣岐都久流(やへがきつくる) 曹能夜幣賀岐袁(そのやへがきを)

뭉게뭉게 피어오르는 이즈모의 구름이여 여러 겹으로 된 담처럼 처져 있구나, 사랑하는 아내를 머물게 하려고, 여러 겹의 울타리를 만들기에 좋은 울타리여

같이 표기(表記)됩니다. 일자일음표기(一字一音表記)는 노래(歌)의 훈(訓)을 可能하게 하였습니다. 그런데 이 표기(表記)로는 의미(意味)가 전달(伝達)되기 어렵습니다. 이것을 한문(漢文)으로 표기(表記)하면 意味가 통(通)하지만 이번에는 훈(訓)이 난해(難解)해집니다. 아즈마마로(安万侶)의 고뇌는 이와 같은 점에 있었습니다.

이 노래(歌)의 표기방법(表記方法)은 『만요슈(万葉集)』의 경우 약간 복잡(複雜)하게 되고 다양(多様)한 방법(方法)이 고안(考案)되지만, 크게 다음과 같은 세 形式을 볼 수 있습니다.

① 春楊 葛山 発雲 立坐 妹念(卷七)

春楊(はるやなぎ) 葛城山(かづらきやま)に 立つ雲の 立ちても居ても 妹をしぞ思ふ 봄의 버들가지를 장식으로 하는 가즈라산 (葛城山)에 피어오르는 구름처럼 서있어도 앉아있어도 아내를 생각하네.

② 東 野火 立所見而 反見為者 月西渡(卷一)

東(ひむかし)の 野に陽炎(かぎろひ)の 立つ見えて 返り見すれば 月傾(かたぶ)きぬ 동쪽의 들판의 끝에 서광이 비치네. 뒤돌아보니 서쪽 하늘에 하현달이 보이네.

③ 和我則能尔 宇米能波奈知流 比佐可多能 阿米欲里由吉能 那何
列久流加母(巻五)
吾が苑に 梅の花散る 久方の 天より雪の 流れ来るかも
우리 집 정원에 매화꽃이 지고 하늘에서 눈이 내려오네.

①은 漢詩와 같습니다. ②는 [데니오하/テニオハ]가 조금 使用되고
있습니다. ③은 一字一音의 表記입니다. 어느 쪽이든 누가 기술(記述)
하였는가는 불분명(不分明) 하지만, 여기에는 일본어(日本語)를 성립
(成立)시키는 다양(多様)한 노력(努力)이 엿보이고 여러 가지 방법(方
法)이 시도(試図)된 것을 알 수 있습니다.

또한 이뿐만 아니라, 만요비도(万葉人)는 이러한 漢字를 使用하고「
한자유희(漢字遊戯)」에도 열심(熱心)이었습니다. 그 代表的인 것은「기
군/戯訓」이라고 불리는 표기법(表記法)이고, 예(例)를 들자면「一伏三向」
는「고로/コロ」로 읽고, 이른바 사이고로(サイコロ)의「고로/コロ」를
지칭하고,「追馬喚犬」은「소마/ソマ」로 읽고, 말(馬)을 부를 때의 소리
와 개를 부를 때의 소리를 나타냅니다. 당시(当時) 말(馬)을「소소소・
ソソソ」라고 부르고, 개를「마마마・ママ」라고 호칭하였던 것을 알
수 있습니다. 그것을 반대(反対)로「喚犬追馬鏡」라고 한다면「마소・マ
ソ」가 되고「喚犬追馬鏡」는「마소가가미・マソカガミ」가 됩니다.「니
니・二二」는「시・シ」이고「十六」은「시시・シシ」이고「八十一」은「구
구・クク」입니다. 이것은 나눗셈이 됩니다. 혹은「山上復有山」은「이
즈・イヅ(出づ)」로 읽고 理由는 산(山)의 위에 또한 산(山)이 있기 때문
입니다. 이것은 中国의『옥대신영집(玉台新詠集)』4)라는 유서(由緒)깊

---

4) 교쿠다이싱에이『玉台新詠』(ぎょくだいしんえい/玉臺新詠)는 中国의 南北朝時

은 詩集에서 나온 漢詩의 一部分입니다.『만요슈(万葉集)』에는 이러한 한자유희(漢字遊戲)가 여러 곳에서 구사(駆使)되고 있습니다. 그 대표적(代表的)인 용례(用例)는 다음과 같이 表記된 노래(歌)입니다.

垂乳根之 母我養蚕乃 眉隠 馬声蜂音石花蜘蛛荒塵 異母二不相而(巻十二)

다라치네의 어머니(母)가 기르고 있던 누에(蚕)가 누에고치(繭)의 안에 들어 있는 것처럼「馬声蜂音石花蜘蛛」라고 한탄하고 있습니다. 그 理由는 사랑스런 그대를 만날 수 없기 때문이라고 합니다. 그 심정(心情)의 상태(状態)가「馬声・蜂音・石花・蜘蛛」와 같습니다. 이것은「이/イ(馬声)」「부/ブ(蜂音)」「세/セ(石花)」「구모/クモ(蜘蛛)」로 읽는 것으로 우울(鬱陶)하다는 意味인 것입니다. 노래(歌)는「다라치네의 어머니가 기르는 누에가 들어 있고, 어떻게 하면 사랑스런 그대를 만날 수가 있을까/たらちねの 母が養ふ蚕の繭隠(まゆごも)り いぶせくもあるか 妹に逢はずて」라고 기술(記述)되어 있습니다. 이것은 마치 수수께끼(謎)를 해독(解読)하는 것과 같고, 만요비도(万葉人)는 이 수수께끼를 풀고 즐거워했을 것으로 생각됩니다.

이러한 漢字에서 배워(習熟)온 만요가나(万葉仮名)가 成立하고 하나의 음(音)을 나타내는데 일정(一定)한 공통(共通)된 한자(漢字)를 사용(使用)하게 됩니다. 한자전래(漢字伝来)로부터 약(約) 200여년(二百

代에 編纂된 시집.『玉臺新詠集』라고도 한다.全10巻。陳의 徐陵의 撰. 다만 実際로는 梁의 簡文帝가 皇太子(東宮)時代에 徐陵에게 명(命)해서 編纂한 것이라고 한다. 漢代以来의「艶詩」나 当時流行한「宮体詩」(「宮体」는「東宮의 詩体」의 意味)라고 부른다. 男女의 情愛을 노래한 艶麗한 詩를 中心으로 収録한다.

余年)이 경과(経過)한 단계(段階)입니다. 이와 같이 漢字를 使用하여 노래(和語)를 표기(表記)하는 것이 보편화(普遍化) 되게 됩니다. 목소리를 내어 노래(歌)하는 경우에는 전제(前提)가 되지 않고, 처음부터 기록(記録)을 中心으로한 노래(歌)를 가능(可能)하게 하였습니다. 그 代表的인 용례(用例)는 오오토모야카모치(大伴家持)의 노래(歌)에서는

春苑 紅尓保布 桃花 下照道尓 出立憾嬬(巻十九)

와 같이 기술됩니다. 이것은

春の苑 紅にほふ 桃の花 下照る道みに出で立つ少女(をとめ)
봄의 정원에 분홍색으로 채색이 되어 있는 복숭아꽃 아래에서 햇살이 빛고 있는 길을 나서는 소녀여

라는 저명(著名)한 노래(歌)입니다. 야카모치(家持)가 부임(赴任)한 에치쥬도미산(越中富山)의 봄(春)의 풍경(風景)으로서 이해(理解)되는 경우도 있습니다만, 상구(上句)는 「춘원도화(春苑桃花)」라는 한시구(漢詩句)로 치환(置換)시킬 수 있는 것으로 야카모치(家持)는 와고(和語)를 통해 노래(歌)를 읊기 전(前)에 이와 같은 한시구(漢詩句)를 완성(完成)하고 그것을 일본어(日本語)로 번역(翻訳)하고 있다고 생각됩니다. 또한 복숭아꽃이라고 하면 중국(中国)의 곤론산(崑崙山)5)의 복숭

---

5) 곤론(崑崙/こんろん、クンルン, 拼音: Kūnlún)이란 中国古代의 伝説上의 山岳. 곤론산(崑崙山/こんろんさん、クンルンシャン, 拼音: Kūnlún Shān)・崑崙丘・崑崙虛라고도 한다. 中国의 西方에 있고 黃河의 源로, 玉을 産出하고, 仙女인 서왕모(西王母)가 있다고 한다. 곤론노(崑崙奴/こんろんど)는 아프리카계(アフリカ)系黑人에 대한 호칭(呼び名)이다. 仙界라고도 하고、八仙이 있다고 되어있다.

아(桃)가 有名하고 여기에는 西王母6)라는 아름다운 신서(神仙)가 살고 있다고 합니다. 이 곤론산(崑崙山)의 복숭아나무(桃木)는 生命의 나무이고 여기에 西王母가 배치(配置)되어 있는 것은 바로 수하미인도(樹下美人図)를 상기(想起)하게 합니다. 수하미인도(樹下美人図)라고 한다면 세이쇼인(正倉院)의 보물(宝物)이 存在하지만, 그것은 야카모치(家持)가 이 노래(歌)를 읊고 있다는 점입니다. 이 노래(歌)는 야카모치(家持)의 수하미인도(樹下美人図)의 하나의 모습이었습니다.

노래(歌)를 漢字로 쓰는 方法은『만요슈(万葉集)』의 최후(最後)의 단계(段階)에 이르고, 단어(単語)의 레벨을 넘어서 이와 같은 한시풍(漢詩風)의 이미지를 완전(完全)하게 表現하는 것을 可能하게 했던 것입니다.

西王母像(漢代의 拓本)

---

6) 서왕모(西王母)는 中国에서 옛날부터 信仰되어온 女仙, 女神。姓은 양(楊), 名은 回。九霊太妙亀山金母, 太霊九光亀台金母、瑶池金母라고도 한다. 王母는 祖母의 謂이고, 西王母란 西方에 사는 女性의 尊称이다. 모든 女仙들을 統率한다. 東王父에 対応한다. 周의 穆王이 서쪽(西)에 巡符해서 곤론(崑崙)에서 놀고, 그녀(彼女)를 만나 귀가하는 것을 잊어버렸다고 한다. 또 前漢의 武帝가 長生을 원했을 때에 西王母는 天上에서 내려와 仙桃七顆를 주었다고 한다. 現在의 王母의 이미지는 道教完成後의 理想化된 모습이다. 本来의 모습은「天属五残(疫病과 五種類의 刑罰)」을 관장하는 鬼神이고『山海経』의 西山経및 大荒西経에 의하면 半人半獣의 모습이다. 또한 三羽의 새(鳥)가 西王母를 위해 食事를 운반해 준다고도 하고(海内北経)이들 새의 이름은 大鷲, 小鷲, 青鳥이라고한다(大荒西経).

헤이안조(平安朝)에는 칙선와카집(勅撰和歌集)의 편찬(編纂)이 이루어 졌다. 노래(歌)가 民間의 歌謠로서 繼承되고, 貴族들의 敎養으로서 읊어지지만, 그것이 日本의 자긍심을 내건 가요편찬사업(歌集編纂事業)로 전개(展開)하게 된 것은 中國의 漢詩文化와 並列하는 和歌文化에 대한 自負에서 이루어졌다.

13 칙선와카집(勅撰和歌集)

天皇의 命令을 받아 와카(和歌)를 공적(公的)으로 편찬(編纂)한 것이 칙선와카집(勅撰和歌集)[1]입니다. 와카상(和歌上)으로는 『고킹와카슈/古今和歌集』에서 出發하여 多數의 칙선와카집(勅撰和歌集)가 편찬(編纂)되었습니다. 이것이 日本文學이나 日本文化上에서 커다란 권위(權威)를 지닌 것은 주지(周知)하는 바입니다. 歌集이 칙선(勅撰)에 의해서 편찬(編纂)된다고 하는 것은 대단히 흥미진진한 文化라고 생각됩니다. 『고킹슈(古今集)』[2]에 앞서 헤이안(平安)初期에 칙선(勅撰)의

---

1) 칙선와카집(勅撰和歌集/ちょくせんわかしゅう)은 天皇이나 죠노우(上皇)의 명(命)에 의해 編集된 歌集. 고킹와카슈(古今和歌集 - 엔기(延喜)5年(905年)成立으로 시작되고 신죠쿠고킹와카슈(新続古今和歌集), 에이교우(永享)11年(1439年)成立까지의 534年間으로 21의 칙선와카집(勅撰和歌集)이 있고 總称해서「二十一代集」라고 한다. 이밖에 南朝에서 編纂된 신요와카집(新葉和歌集)을 준칙선와카집(準勅撰集)라고 한다.

2) 「고킹와카가나죠(古今和歌集仮名序)」(こきんわかしゅうかなじょ)는 『고킹슈(古今和歌集)』의 序文이다. 仮名로 기록된 점에서 「가나죠/仮名序」라고 불리고 있다. 執筆者는 기노츠라유키(紀貫之)이고 처음으로 本格的으로 와카(和歌)를 논(論)한 歌論이다. 또한 歌学의 선구로서도 알려져 있다. 고킹슈(『古今和歌集』/こきんわかしゅう)란 헤이안시대초기(平安時代初期)에 편찬된 最初의 칙선와카집(勅撰和歌集). 略称은 『古今集』라고 한다. 『古今和歌集』은 巻頭에 가나(仮名)로 기록된 가나죠(仮名序)와 巻末에 마나죠(真名序-한문으로 기록됨)의 序文을 갖고 있고, 가나죠(仮名序)에 의하면 다이고텐노(醍醐天皇)의 칙명(勅命)에 의해 『万葉集』에 수록되지 못한 오래된 時代의 노래(歌)로부터 撰者들의 時代까지의 와카(和歌)를

漢詩集이 편찬(編纂)되었습니다만, 이 칙선와카집(勅撰和歌集)이라는 것은 사전적(辞典的)으로 설명(説明)하자면 「歌集의 분류상(分類上)의 호칭(呼称). 천황(天皇) 또는 상황(上皇)이 선자(撰者)에게 논지(論旨), 또는 인선(院宣)을 내려 선진(撰進)된 와카집(和歌集)이라고 말한다.」(岩波『日本古典文学大辞典』)라는 정도(程度)의 설명(説明)밖에 볼 수 없습니다. 지금까지 와카(和歌)의 칙선(勅撰)에 대해서 상세(詳細)한 意味가 해석(解釈)된 적은 없었던 것으로 압니다. 그러나 칙선(勅撰)의 와카집(和歌集)의 意味를 생각하는 것은 短歌가 왜 천황(天皇)에게 봉혼하는가라는 수수께끼를 풀기위한 중요(重要)한 問題라고 생각됩니다.

칙선와카집(勅撰和歌集)의 最初는 『고킹와카슈(古今和歌集)』입니다만, 여기에는 가나조(仮名序)와 마나조(真名序)[3]라는 서문(序文)이 붙어 있습니다. 가나조(仮名序)를 기록(記録)한 것은 기노츠라유키(紀貫之)[4]라는 헤이안(平安)初期의 우타비토(歌人)입니다만 『고킹와카

모아 編纂하고, 엔기(延喜)5年(905年)4月18日에 奏上되었다. 현존하는 『古今和歌集』에는 엔기(延喜)5年以降에 읊어진 와카(和歌)도 입수되어 있고, 奏覧의 후에도 内容에 가필을 한 것으로 보여 진다. 撰者는 기노츠라유키(紀貫之), 기노토모노리(紀友則)(編纂途上에서 没), 미부노타다미네(壬生忠岑), 오우시고우치노미츠네(凡河内躬恒)의 4人이다.

3) 『고킹와카슈(古今和歌集)』의 권말에 기록된 한 문장(漢文章).

4) 기노츠라유키(紀貫之/きのつらゆき)는 平安時代前期의 우타비토(歌人). 『古今和歌集』의 選者의 한 사람. 또한 三十六歌仙의 한사람이다. 기노토모노리(紀友則)는 従兄弟에 해당한다. 기노모치유키(紀望行)의 子. 幼名을 「나이교보(内教坊)의 아코구쇼(阿古久曽)」라고 칭(称)했다고 한다. 기노츠라유키(紀貫之)의 母가 나이교보출신(内教坊出身)의 女子였기 때문에 츠라유키(貫之)도 이와 같이 칭(称)하지 않았는가라고 추측되고 있다. 엔기(延喜)5年(905年), 다이고텐노(醍醐天皇)의 명(命)으로 최초의 칙선와카집(勅撰和歌集)인 『古今和歌集』를 기노토모노리(紀友則)・미부노타다미네(壬生忠岑)・오오시고우치노미츠네(凡河内躬恒)와 함께 編纂하고, 가나(仮名)에 의한 序文인 仮名序를 執筆했다.

슈(古今和集)』의 편찬자(編纂者)의 한 사람이기도 했습니다. 그는 당시(当時)의 와카(和歌)에 대해서

> 今の時代は何につけてても派手になり、人の心も華美を好み、つまらない歌や空疎(くうそ)な歌ばかりが中心となり、それゆえに歌は好色の人の間に好まれるのみで、人に知られることなく埋もれてしまって、公に出すことなくなってしまった。

> 현재는 무엇이든 화려하게 만들고, 사람의 마음도 화려함을 좋아하고, 시시한 노래(歌)나 치졸한 노래(歌)가 중심을 이루고, 그 때문에 호색가(好色家)들 사이에 유행(流行)하고, 사람들에게 알려지지 못한 채 공표(公表)되지 못하고 없어지고 말았다

라고 탄식하고 있는 것입니다. 이것은 헤이안(平安)初期의 와카(和歌)의 상태(状態)를 논술(論述)한 것인데, 이른바 이 時代에 노래(歌)는 고이우타(恋歌)[5]가 中心이 되어버렸다는 것입니다. 당시(当時)의 고이우타(恋歌)는 「화조의 사절/花鳥の使い」이라 부르고 풍류(風流)를 추구(追求)하고 있었습니다. 여기에서 기노츠라유키(貫之)는 「노래(歌)의 초두를 생각하자면 이렇게 되어서는 안 된다. 옛날 역대(歴代)의 천왕(天皇)은 봄꽃이 피는 아침에 가을의 달밤에 천황(天皇)을 모시는 사람들을 불러서 일부러 노래(歌)를 헌상(献上)하도록 하였습니다. 이때에는 꽃을 완상(鑑賞)한다고 하여 길을 노닐고, 어떤 때에는 달을 완상(鑑賞)한다고 하여 어둠 가운데서 헤매고, 이러한 사람들의 마음을 보시고 신하(臣下)의 영지(英知)와 어리석음을 이해(理解)했던 것입니다.」라고 말하고 있습니다.

---

5) 와카(和歌)주에서 사랑을 노래한 시를 지칭한다.

여기에는 대단히 중요(重要)한 내용(内容)이 기록(記録)되어 있습니다만, 종래(従来)의 연구(研究)에서는 이 内容에 관(関)하여서는 그다지 関心을 나타내지 않았습니다. 츠라유키(貫之)는 옛날 역대(歴代)의 천황(天皇)은 봄날 꽃이 만발한 아침, 가을 달이 밝은 저녁에 신하(臣下)를 불러 노래(歌)를 헌상(献上)하게 하였다고 하면서 이것이 노래(歌)의 첫 단계(段階)였다고 합니다. 옛날 천황(天皇)이 누구인지 알 수 없으나 천황(天皇)을 중심(中心)으로 하여 신하(臣下)들이 모여 주연(宴会)을 베풀고 여기에서 신하(臣下)들은 노래(歌)를 읊고 천황(天皇)에게 헌상(献上)한 것입니다. 츠라유키(貫之)는 이것이야말로 노래(歌)의 첫 번째로 보고, 여기에 천황(天皇)과 신하(臣下)에 의한 이상적(理想的)인 노래(歌)의 世界를 묘사(描写)하고 있습니다. 신하(臣下)들은 천황(天皇)의 칙명(勅命)을 받아 주연(宴会)에 초대(招待)되어 거기에서 천황(天皇)에게 노래(歌)를 헌상(献上)하기 때문에 이것은 《미코토노리니오우즈/応詔》[6]를 意味하고 있습니다. 미코토노리(応詔)라는 것은 천황(天皇)의 命令에 따른다는 意味입니다. 여기에서는 노래(歌)의 헌상(献上)이기 때문에 이 노래(歌)는 천황(天皇)의 명령(命令)에 따라 노래(歌)를 읊고, 헌상(献上)함으로써 미코토노리우타(応詔歌)라고 합니다. 이 미코토노리우타(応詔歌)가 《칙선/勅撰》으로 연속(連続)되어가는 입구(入口)인 것입니다.

다시 초기만요(初期万葉)의 누카타노오오키미(額田王)의 춘추판별(春秋判別)의 노래(歌)를 생각하자면, 이 노래(歌)에는 「天皇、詔内臣藤原朝臣、競(憐)春山万花之艶秋山千葉之彩時、額田王、以歌判之歌」라는 복잡(複雑)한 다시(題詞)가 있었습니다. 이와 같이 복잡(複雑)

---

6) 勅令에 응하는 것.

하게 기록(記録)되지 않으면 안 되었던 것은 그 나름의 理由가 있었습니다. 여기에는 츠라유키(貫之)가 이상(理想)으로 한 노래(歌)의 모습이 나타나 있습니다. 천황(天皇)(天智天皇)이 신하(臣下)(内大臣藤原)에게 명(詔)하여 《春花》와 《가을의 단풍/秋葉》과의 아름다움을 우타비토(歌人)들을 경쟁(競争)시키고 있습니다만, 이것은 츠라유키(貫之)의 이상(理想)과 같은 것입니다. 기노츠라유키(貫之)도 천황(天皇)이 신하(臣下)(여기에서는 우타비토(歌人)들을 연회(宴会)에 초청(招待)하여 《봄꽃이 만발한 아침》과 《가을 달밤》에 노래(歌)를 읊게 하고 헌상(献上)하게 했다고 합니다. 이 기노츠라유키(貫之)가 묘사(描写)한 이상(理想)의 노래(歌)의 세계(世界)는 천황(天皇)이 칙명(勅命)을 내려 臣下가 노래(歌)를 헌상(献上)한다는 군신(君臣)의 모습을 통해서 《君臣의 和楽》을 表現하는데 있었습니다.

이것은 노래(歌)가 정치적(政治的)인 역할(役割)을 많이 지니고 있다라는 것을 意味합니다. 現在의 와카(和歌)는 개인(個人)의 서정(抒情)이 中心이고 한시(漢詩)와는 다르게 뜻을 표현(表現)하는 것이 아니라고 하거나 와카(和歌)는 비정치적(非政治的)이라고 하기도 합니다. 그러나 츠라유키(貫之)에 의하면 노래(歌)라는 것은 이상적(理想的)인 정치(政治)를 実現하기 위한 중요(重要)한 도구(道具)라고 생각되었던 것은 틀림없습니다. 게다가 츠라유키(貫之)는 천황(天皇)이 노래(歌)를 읊는 신하(臣下)의 마음을 보고 신하(臣下)가 「현명한 사람」인가 「우둔한 사람」인가를 알게 되었다고 하는 것은 중요(重要)한 内容입니다. 바른 정치(政治)를 하기위해서는 뛰어난 신하(臣下)가 등용(登用)되지 않으면 안 됩니다. 어리석은 신하(臣下)가 많으면 바른 정치(政治)는 불가능(不可能)하기 때문에 나라(国家)를 멸망(滅亡)시키는 원인(原

因)이 됩니다. 누가 뛰어난 신하(臣下)인가를 간파(看破)하기 위해서 천황(天皇)은 봄날에 꽃이 만발한 아침에 가을 달이 밝은 밤마다 신하(臣下)를 초청(招待)하여 노래(歌)를 헌상(献上)하게 했다고 합니다. 우수(優秀)한 노래(歌)를 읊을 수 있는 신하(臣下)야말로 관료(官僚)라는 이해(理解)인 것입니다. 실로 노래(歌)는 위(魏)의 조비(曹丕)[7]가 말하듯이 「문장(文章)은 경국(経国)의 대업(大業)」이라고 합니다.

이 노래(歌)의 이상(理想)의 時代에 대해서 츠라유키(貫之)는 다시 한 번 반복(反復)하여

　　ならの天皇の時代に、天皇は歌の心を十分に理解されていたのであろう。この時代に、大三位の柿本人麻呂という歌人があり、彼は歌聖であった。これは君と臣とが身を合わせていたというべきであろう。

　　나라시대의 천황대에 천황은 노래(歌)의 핵심을 충분히 이해하고 있었을 것이다. 이 시대에 제3위의 가키모토히토마로라는 시인이 있었고, 그는 歌聖이었다. 이것은 君과 臣이 함께 했다는 것을 말하고 있는 것이다.

라는 의미(意味)입니다. 역사적관점(歴史的観)에서 보자면 히토마로

---

7) 조비(曹 丕/そうひ)는 三国時代의 魏의 初代皇帝. 父曹操의 勢力을 계승하고, 後漢의 献帝로부터 禅讓을 받아 魏王朝를 개국했다. 著書로는 『典論』이 있다. 曹操와 卞氏(武宣皇后)의 長子로 태어나, 8歳에 우수한 文章을 쓰고, 騎射나 剣術을 특기로 했다. 처음에는 庶子(実質的으로는 三男)의 한사람으로서 불과 11歳에 父・曹操의 軍中에 従軍했었다. 197年에 曹操의 正室의 丁氏가 養子로서 양육되고, 嫡男으로서 대우를 받았던 異母長兄의 曹昂(生母는 劉氏)가 戦死하자, 이를 계기로 하여 丁氏가 曹操와 離別한다. 이에 따라서 一介의 側室에 지나지 않았던 生母卞氏가 曹操의 正室로서 등용되고, 以後, 曹丕는 曹操의 嫡子로서 대우를 받게 된다. 次兄의 曹鑠도 멀지 않아 病死하고, 이윽고 曹丕는 文武両道의 素質을 지닌 人物로 成長하게된다. 『魏書』에 의하면 曹丕는 茂才로 推擧되었지만, 出仕하지않았다.

(人麿)는 나라시대이전(奈良時代以前)의 우타비토(歌人/시인)이기 때문에 사실(事実)과는 조금 다르지만, 여기에서는 나라시대(奈良時代)를 오랜 과거(過去)라고 생각하고 이 옛날의 이상적(理想的)으로 생각하는 것이 엿보이고 있습니다. 나라(奈良)의 天皇의 時代에 가키모토 히토마로(柿本人麻呂)라는 가성(歌聖)이 있었고 군주(君)와 관료(官僚)가 협력(協力)하였다고 하는 것은《군신일체(君臣一体)》라는 정치상(政治上)의 이상적(理想的)인 모습을 지적(指摘)하고 있는 것입니다. 원문(原文)에서는「군신이 협력하여 성립되었다・これは君も身をあはせたちというふなるべし」라고 기술(記述)되어 있습니다. 실로 이 것은《천황(天皇)과 우타비토(歌人)》이라는 관계(関係)에 의해서 군신일체(君臣一体)의 이상(理想)이 설파되고 있는 것입니다.

이 츠라유키가나죠(貫之仮名序)에 대해서 漢文으로 씌어진 서문(序文)을 마나죠(真名序/漢文)이라고 합니다. 마나죠(真名序)는 기노요시모치(紀淑望)가 기록(記録)하고 있습니다. 기노요시모치(淑望)도『고킹슈古今集』의 선자(撰者)의 한 사람입니다. 그 마나죠(真名序)에도 노래(歌)의 이상(理想)이 기술(記述)되어 있습니다만, 마나죠(真名序/한문)의 쪽보다는 선명(鮮明)하게 노래(歌)의 이상향(理想郷)이 묘사(描写)되어 있습니다.

古天子、毎良辰美景、詔侍臣預宴筵者、献和歌。君臣之情、由斯可見。賢愚之性、於是相分。所以随民之欲、択士之才也。

라고 기술(記述) 되어있고, 이 의미(意味)는「옛날 천자(天子)는 양진미경(良辰美景)의 시절에 天子를 모시는 신하(臣下)와 연석(宴席)에

초청받은 사람에게 와카(和歌)를 헌상(献上)하도록 했다. 군신(君臣)의
정(情)은 이런 점에 있다고 보아야 할 것이다. 현명(賢明)한 신하(臣下),
바보같은 신하(臣下)의 성질(性質)을 여기에서 구별(区別)했습니다. 이
것은 백성(百姓)의 희망(希望)에 따라서 정치(政治)를 행하기 위해서
능력(能力)있는 사람을 선발(先発)하는 방법(方法)이었다」라고 기록
(記録)되어 있습니다. 옛날에 현명(賢明)한 天子가 있었다고 생각하는
것은 中国의 상고사상(尚古思想)에 의한 것이지만, 그 天子는《양진
(良辰)》《미경(美景)》의 때마다 연회(宴会)를 베풀고, 연석(宴席)에
앉은 사람에게 와카(和歌)를 헌상(献上)하게 했다고 합니다. 이것은 가
나죠(仮名序)와 비슷하지만 요진(良辰)·미경(美景)라고 쓴 것은 어떠
한 의미(意味)를 부여(付与)하기 위함입니다. 이 어떤 의미(意味)라는
것은 전술(前述)한 위(魏)의 소비(曹丕)의 이상(理想)의 사연(詩宴)의
슬로건을 지칭합니다. 그 사연(詩宴)을 後時代에 再現한 것이 사령운
(謝霊運)8)이라는 육조(六朝)의 詩人입니다만, 그는 소비(曹丕)의 시연

---

8) 사령운(謝 霊運/しゃれいうん, 385年(太元10年) - 433年(元嘉10年))는 中国東晋·
   南朝宋의 詩人·文学者。本籍은 陳郡陽夏(現河南省太康)。魏晋南北朝時代을
   代表하는 詩人이고, 山水를 읊은 詩가 유명하고「山水詩」의 祖라고 한다. 六朝時
   代을 代表하는 門閥貴族인 謝氏의 出身으로, 祖父의 謝玄은 파수(淝水)의 전투
   (戦い)에서 前秦의 苻堅의 大軍을 撃破했던 東晋의 名将이다. 祖父의 爵位인 康
   楽公을 계승했기 때문에 後世에는 謝康楽이라고도 부른다. 聡明하고 다양한 才能
   을 가지고 태어났지만, 性格은 傲慢하고, 大貴族出身이었던 것도 재앙이 되었고,
   나중에 刑死되었다. 406年, 20歳時에 起家했다. 420年, 東晋을 대신하여 宋이 건
   국되자 爵位를 公에서 侯로 降格된다. 少帝의 時代에 政争에 말류 되고, 永嘉(現
   浙江省温州市)의 太守로 左遷되기도하고, 在職1年으로 辞職, 郷里의 会稽에 돌
   아가 幽峻山을 跋渉하고, 悠悠自適하여 豪勢로운 生活을 보낸다. 이때에 다른 隠
   士와도 交流하고, 많은 뛰어난 詩作을 남기고 있다. 424年, 文帝가 即位하자 朝廷
   에 되돌아가게 되고, 밀서감(秘書監)으로 임명되고 『晋書』의 編纂등에 従事했다.
   그後, 侍中으로 천거되었다. 그러나 文帝가 文学의 士로서 밖에 待遇해주지 않는
   것에 不満을 갖고, 病気을 빌미삼아 사직하고, 다시 郷里에 돌아갔다. 再度의 帰郷

(詩宴)의 슬로건이 양진(良辰)·미경(美景)·상심(賞心)·악사(楽事)에 있었다고 합니다. 그 最初의 두 가지가 양진(良辰)·미경(美景)이였습니다. 양진(良辰)이란 아름다운 계절(季節), 미경(美景)이란 아름다운 風景을 말합니다. 이른바 가장 좋은 계절(季節)에 가장아름다운 풍경(風景)의 가운데서 시연(詩宴)이 개최(開催)되었던 것입니다. 그 유명(有名)한 누가타노오오기미(額田王)의 노래(歌)를 보자면 양진(良辰)은 봄과 가을이고, 미경(美景)은 만화(万花)가 요염(艶)한 것을 말하고 단풍(千葉)의 채색(彩)이라는 것이 됩니다.

이 뛰어난 계절(季節)의 아름다운 風景의 가운데 옛날의 天子가 와카(和歌)의 주연(宴)을 개연(開宴)하는 것은 단순(単純)한 유락(遊楽)이 아닙니다. 天子는 신하(臣下)를 초청하여 와카(和歌)를 헌상(献上)하도록 하는 것입니다. 이로써 비로소 《군신(君臣)의 정(情)》이 상호(相互)에게 이해(理解)된다는 점입니다. 이것은 군신(君臣)의 화락(和楽)하는 모습을 지칭하는 것입니다. 군신(君臣)이 화락(和楽)하는 것은 바른 정치(政治)를 하기 위한 기본(基本)입니다. 천자(天子)는 천자(天子)로서의 입장(立場)을 지키고, 신하(臣下)는 신하(臣下)로서의 신분(身分)을 지키고 비로소 바른 정치(政治)를 행하는 것입니다. 게다가 이 와카(和歌)의 헌상(献上)을 통해서 현명(賢明)한 신하(臣下)와 어리석은 신하(臣下)를 구별(区別)한다는 것은 가나죠(仮名序·히라가나, 가타가나서문)와 동일(同一)한 것입니다. 그러나 마나죠(真名序)는 계속(継続)해서 더욱 중요(重要)한 점을 말하고 있습니다. 그것은 「이것

後도 山水中에 豪遊, 太守와 衝突하여 騒乱의 罪를 짓게 된다. 特赦에의해 臨川內史로 임명되지만, 그 傲慢한 所作을 고치지 못했기 때문에 広州로 流刑되었다. 그 후 武器나 兵을 모아流刑의 道中에서 脱走를 計画했다는 容疑를 받아 市에 있어서 公開処刑의 후에 死体가 버려졌다.

은 백성의 희망(希望)에 따라서 정치(政治)를 행하기 위해서 능력(能力)있는 사람들을 선택(選択)하는 방법(方法)이었다」라고 생각하고 있는 점입니다. 즉 天子가 臣下를 초청하여 아름다운 봄꽃(春花)과 가을 달(秋月)의 아래에서 와카(和歌)를 헌상(献上)하게 한 것은 군신(君臣)의 화락(和楽)을 이해(理解)했기 때문이고, 또한 신하(臣下)의 능력(能力)을 이해(理解)하는 方法이었기 때문입니다. 게다가 이것의 근원적 이유(根源的理由)는《백성의 희망》에 따라서 정치(政治)를 행하기 위해서라고 합니다.

이것은《政治》라기보다는《政道》라고 말해야 할지도 모릅니다.「정치(政治)는 무엇을 위해서 있는가」라는 해답이 여기에 있습니다. 정치(政治)는 무엇을 위해서 존재(存在)하는 것일까요. 정치가(政治家)가 권력(権力)을 피력(披瀝)하기 위해서인가요. 권력(権力)을 이용(利用)해서 사리사욕을 충족(充足)시키기 위함입니까. 이와 같은 정치(政治)가는 어리석은 신하(臣下)라는 의미(意味)가 됩니다. 정치(政治)는 어디까지나《백성(百姓)의 희망》을 묻는 점에 있다는 것 이은 여기에서 말하는 정치(政治)에 대한 바른 이해(理解)입니다. 백성(百姓)은 목소리가 없는 존재(存在)이기 때문에 백성(百姓)의 희망(希望)을 묻는 것은 항상 백성 측(百姓側)에 서있지 않으면 백성(百姓)이 무엇을 바라는지 무엇을 생각하고 있는지 알 수 없습니다. 때문에 어리석은 신하(臣下)는 백성(百姓)의 희망(希望)을 이해(理解)하는 것은 불가능(不可能)하기 때문에 어리석은 신하(臣下)를 배제(排除)하고 현명(賢明)한 신하(臣下)를 선택(選択)하기 위해서 와카(和歌)를 헌상(献上)하게 하여 그것으로 판단(判断)한다는 것입니다. 이 意味에서도 정치(政治)라기보다도 정도(政道)라고 하는 것이 바르다고 생각됩니다.

『고킹슈(古今集)』가 칙선(勅撰)에 의해서 편찬(編集)되었다고 하는 意味는 옛날의 天子의 정치(政治)가 현재(現在)의 천황(天皇)의 세상에 재현(再現)되었다고 하는 것의 증명(証明)인 것입니다. 지금의 천황(天皇)은 옛날의 우수(優秀)한 천자(天子)의 정치(政治)에 대한 생각에 기초(基礎)하여 스스로 정치(政治)를 올바르게 시행(施行)하고 있는가를 증명(証明)하고 있는 것입니다. 이것이 훌륭한 역할(役割)이었습니다.

이점은 『고킹슈(古今集)』에 한정(限定)된 것은 아닙니다. 칙선 8집(勅撰八集)의 마지막은 『신고킹와카슈/新古今和歌集』9)입니다만, 여기에도 마나죠(真名序)가 붙어있고 와카(和歌)의 정치성(政治性)을 한층 강조(強調)하고 있습니다.

> 或抒情而達聞。或宣上德而致化。或属遊宴而書懷、或採艶色而寄言。
> 誠是理世撫民之鴻徽、賞心楽事之亀鑑者也。

이 意味는 「와카(和歌)라는 것은 또는 백성(百姓)의 마음을 천황(天皇)에게 전(伝)하고, 혹은 천황(天皇)의 덕(德)을 백성(百姓)에게 가르킨다. 또는 주연(酒宴)을 베풀어 마음을 표현(表現)하고, 또는 계절(季節)의 아름다움을 언어(言語)로 표현(表現)한다. 실로 이것은 이세부민(理世撫民)의 주간(根幹)이고 상심(賞心)과 악사(楽事)의 모범(模範)

---

9) 신고킹와카슈(『新古今和歌集』/しんこきんわかしゅう)는 가마쿠라시대초기(鎌倉時代初期), 고토바노죠노우(後鳥羽上皇)의 勅命에 의해서 편찬된 칙선와가집(勅撰和歌集). 고킹와카슈이후(古今和歌集以後)의 8칙선와카슈(勅撰和歌集), 이른바 「八代集」의 最後를 장식한다. 『古今集』를 모범(範)으로 하여 七代集을 集大成하는 目的으로 편찬되었고, 新興文学인 렌가(連歌)·당시에 侵蝕되고 있었던 短歌의 世界를 典雅한 空間으로 復帰시킬려고한 歌集. 고킹(古今)以来의 伝統을 계승하고, 또한, 独自의 美世界를 現出했다. 만요(万葉) 고킹(古今)과 함께 三大歌風의 하나인 「新古今調」를 이루고, 와카(和歌)만이 아니라 後世의 렌가(連歌)·하이카이(俳諧)·요우교쿠(謡曲)에 큰 影響을 끼쳤다.

이다」라는 점입니다. 와카(和歌)라는 것은 백성(百姓)의 마음을 천황(天皇)에게 전하고, 천황(天皇)의 훌륭한 덕(德)을 백성(百姓)에게 가르키는 것이라는 와카(和歌)의 정치성(政治性)을 단적(端的)으로 말하고 있는 것입니다. 이것은 中国의 『시경(詩経)』에 기술(記述)되어 있는 서문(序文)의 사상(思想)을 계승(継承)한 것이지만, 와카(和歌)를 中国의 詩와 동일(同一)하게 보고 있는 것입니다. 또한 와카(和歌)는 주연(遊宴)이나 경치(景色)가 아름다운 季節에 읊어지고, 그것은 실로 《이세부민・理世撫民》의 근간(根幹)이라고 합니다. 이세부민(理世撫民)이라는 것은 「세상을 바르게 하고 백성(百姓)에게 자비(慈悲)를 베풀다」라는 것이고 와카(和歌)의 정치성(政治性)을 논(論)하는 중요(重要)한 部分입니다. 또한 《상심악사(賞心楽事)》의 모범(模範)이라고 하는 것은 이것도 소비(曹丕)의 시연(詩宴)의 슬로건으로 보이는 후반부(後半部)의 두 가지 입니다. 상심(賞心)은 아름다운 풍물(風物)과 함께 완상(鑑賞)하는 마음을 지칭하고, 악사(楽事)는 음악(音楽)・시연(詩歌)을 즐기는 것입니다. 여기에는 詩가 군신(君臣)을 화락(和楽)하게 하고, 군신(君臣)의 심정(心情)을 일체화(一体化)시키는 효용(効用)을 이해(理解)한 후(後)에 와카(和歌)도 또한 이와 같은 것임을 생각할 수 있습니다.

이와 같이 칙선와카집(勅撰和歌集)이 편찬(編纂)된 것입니다. 따라서 칙선와카집(勅撰和歌集)라는 것은 옛날의 天子가 훌륭한 정치(政治)를 見本으로하여 실현(実現)한 것을 증명(証明)한다. 지금 천황(天皇)의 이상적(理想的)인 정치(政治)의 서적(書籍)이라는 것이 됩니다. 계절(季節)의 노래(歌)가 최초(最初)로 오는 것은 뛰어난 천황(天皇)의 時代는 계절(季節)이 순조(順調)롭게 지나가고 그 때문에 백성(百姓)의 生活이 안정(安定)을 이루게 된다는 희열(喜悦)이 있기 때문입니다.

> 宮廷안에서 展開된 短歌는 天皇과 신하(臣下)와의 관계(関係)를 이어주는 君臣의 和楽의 方法으로서 機能한다. 또한 短歌는 뛰어난 臣下나 賢明하지 못한 臣下를 区別하는 방법(方法)으로서 機能하고 여기에는 短歌의 政治性이 농후(濃厚)하게 하는 요소(要素)입니다.

14 단가(短歌)와 군신화락(君臣和楽)

단가(短歌)의 본질(本質)은 고이우타(恋歌)에 있었다고 생각됩니다. 『만요슈(万葉集)』의 분류(分類)를 보자면 죠우가(雑歌・儀礼歌)[1], 소우몽카(相聞歌)・증답가(贈答歌)[2], 방카(挽歌)・사자애도가(死者哀悼歌)[3]라는 삼부다테(三部立)[4]를 기본(基本)으로 하고 있지만, 죠우카(雑歌)와 방카(挽歌)는 그다지 많은 수효(歌数)를 점유하지 못하고 있습니다. 그에 반해서 소우몽카(相聞歌)는 많은 수효(歌数)를 점유하고 있고, 그 대부분(大部分)은 고이우타(恋歌)이고, 소우몽카(相聞歌)의

---

1) 죠우카(雑歌). 「죠우노우타/ぞうのうた」, 「구사구사노우타/くさぐさのうた」라고도 읽는다. 소우몽(相聞), 방카(挽歌)以外의 노래(歌)를 모두 말한다. 万葉集에서는 소우몽(相聞)・방카(挽歌)보닫도 前에 配置되고 중시되었다.
2) 소우몽(相聞歌). 古今集以降의 부타데(部立)에서 볼 수 있다. 고이우타(恋歌)에 相当하고, 男女의 사랑(恋)의 노래(歌)를 中心으로하지만 肉親이나 友人間의 愛情도 포함된다.
3) 방카(挽歌). 葬送의 노래(歌) 病中의 作, 追悼등 사람의 죽음 (死)에 관한 노래(歌).
4) 와카집(和歌集)에서 와카(和歌)의 테마에 따른 分類. 만요슈(万葉集)의 경우 죠우카(雑歌)・소우몽카(相聞歌)・방카(挽歌)의 삼대부타데(三大部立)가 있고, 고킹와카슈(古今和歌集)에서는 春(上・下)・夏・秋(上・下)・冬・賀・離別・羈旅・物名・恋(一~五)・哀傷・雑歌(上・下)・雑体・오오우타도코로노고우타(大歌所御歌)의 부타데(部立)가 있다. 고킹와카슈(古今和歌集)의 부타데(部立)는 포함되는 内容이 변하거나 진기(神祇)・샥쿄(釈教)가 포함되는 등 時代에 의해 多少의 変化는 있지만, 대략 이 以降의 歌集에 踏襲되었다.

분류이외(分類意外)의 점에서 고이우타(恋歌)를 많이 볼 수 있습니다. 그리고 이들 고이우타(恋歌)의 대부분(大部分)이 단가체(短歌体)라는 점이 특징(特徵)이 있습니다. 물론 장가(長歌)에 의해서 읊어지는 고이우타(恋歌)도 있기는 하지만, 이들은 어떤 특수(特殊)한 형성과정(形成過程)이 있고 반드시 고이우타(恋歌)의 본질(本質)이라고 볼 수는 없습니다. 단가(短歌)가 고이우타(恋歌)를 본질(本質)로 한 것은 단적(端的)으로 표현가능(表現可能)했기 때문이라고 생각됩니다. 다양(多様)한 노래(歌)의 형태(形態)는 최후(最後)에 단가(短歌)에 의해서 형성(形成)되지만, 그 주요(主要)한 이유(理由)는 《나의 마음·私の心》을 표현(表現)하는 기능(機能)으로서 단가(短歌)가 우수(優秀)했던 점(点)에 있습니다. 그 中心이 된 사적감정(私の心)의 主体야말로 실로 사적(私的)인 연정(恋情)이고 그 마음을 호소하는 것이 고이우타(恋歌)였던 것입니다.

노래(歌)는 민족(民族)의 가창문화(歌唱文化)에 의해서 成立하고 있습니다만, 그 단계(段階)의 노래(歌)의 기능(機能)은 집단성(集団性)(集団)으로 노래(歌)를 읊는 성질(性質)에 있고, 나누어도 상대(相手)와 마주보고 노래(歌)하는 성질(性質))안에 있었다고 생각됩니다. 즉 복수(複数)의 상대(相手)와 관계(関係)를 맺는 것을 전제(前提)로 함으로써 노래(歌)가 成立되게 됩니다. 특히 고이우타(恋歌)의 成立은 그와 같은 복수(複数)의 相手에 대해서 청중(聴衆)의 앞에 공개(公開)되는 노래(歌)였던 점에 가창(歌唱)의 성격(性格)을 보이는 것입니다. 여기에 대영성(対詠性)이 강(強)하게 나타나게 되고, 그러면서도 고이우타(恋歌)는 私的인 연정(恋情)을 읊는 것이 전체적(全体的)인 형태(形態)이기 때문에 고이우타(恋歌)를 많이 볼 수 있는 것은 고이우타(恋歌)의 대영성(対詠性)에서 자립(自立)하는 사정(事情)에 의한 것이라고 할 수 있습니다.

短歌가 고이우타(恋歌)를 읊는 歌体로서 적절(適切)했던 理由는 이와 같은 점에 있지만, 이것은 고이우타(恋歌)에 의해서 短歌가 다른 歌体에 승리(勝利)하는 상황(状況)이기도 하였습니다. 이와 같은 사정(事情)에 의해 고이우타(恋歌)의 본류(本流)가 되었다고 생각되지만, 그런데 고이우타(恋歌)는 短歌의 본류(本流)가 되지 못했습니다. 그 이유(理由)는 이번에는 단가(短歌)가 천황(天皇)에게 봉헌(献上)되는 형태(形態)로서 성립(成立)하기 때문입니다. 천황(天皇)에게 봉헌(献上)하기 위한 노래(歌)는 기본적(基本的)으로는 장가(長歌)가 담당(担当)하고 있습니다. 히토마로(人麿)에게 그와 같은 상황(状況)이 존재(存在)했던 것을 엿볼 수 있고, 그 흐름은 아카히토(赤人)나 야카모치(家持)에까지 인정(認定)할 수 있습니다. 長歌는 아마도 世界의 成立을 말하는「창세기(創世記)」등의 신화(神話)를 노래(歌)하는 歌体였다고 생각되지만, 그것이 어느 단계(段階)에서 왕권(王権)의 일화(日話)가 中心이 되고『만요슈(万葉集)』에 이르면 천황(天皇)을 찬양(賞賛)하는 의례(儀礼)의 長歌로서 기능(機能)하게 됩니다. 그러나 천황(天皇)에게 봉헌하는 의례장가(儀礼長歌)는 텐치텐노(天智天皇)의 時代인 오우미조(近江朝)에 등장(登場)하는 궁정한시(宮廷漢詩)에 그 장(場)을 물려주게 되고 히토마로(人麿)의 등장(登場)을 맞이하지만, 그 이후(以後)에 의례장가(儀礼長歌)는 쇠퇴(衰退)하게 됩니다.

이 의례장가(儀礼長歌)에 대신해서 등장(登場)하는 것이 의례장가(儀礼短歌)입니다. 물론 개별적(個別的)으로 보자면 短歌에 의해서 의례적(儀礼的)인 内容의 노래(歌)도 읊어지고 있습니다만, 결정적(決定的)인 의례단가(儀礼短歌)의 登場은『만요슈(万葉集)』에 기재(記載)되는「六年甲戌에 아마노이누카이오카마로(海犬養宿禰麿)의 명(命)

에 따라서 답(答)하는 노래(歌)의 「一首」(卷六)라고 기술(記述)되어 있지만, 다음과 같은 短歌였다고 말할 수 있습니다.

御民(みたみ)われ 生ける驗(しるし)あり
백성인 나는 살고 있는 기쁨이 있습니다.
天地(あめつち)の 栄ゆる時に
천지가 이와 같이 번성(繁盛)하는 聖天子의 時代에
あへらく思へば
운명이라고 생각 되지만,

六年이라는 것은 텐표(天平)六年(七三四)을 말하고 노래(歌)는 正月의 찬가(賀歌)였을 可能性이 있습니다. 또한 이해(年)의 正月에는 후지와라무치마로(藤原武智麿)[5]가 우다이징(右大臣)로 승격(昇格)했습

---

5) 후지와라노무치마로(藤原 武智麻呂/ふじわらのむちまろ, 텐무텐노(天武天皇)9年 (680年) - 텐표(天平)9年7月25日(737年8月29日)은 아스카시대(飛鳥時代)로부터 나라시대전기(奈良時代前期)에 걸쳐서 貴族・政治家. 후지와라후히토(藤原不比 等)의 長男이고, 후지와라교다이(藤原四兄弟)의 한사람. 후지와라난케(藤原南家) 의 祖. 요로우(養老)2年(718年)에 시키부교(式部卿). 父没後奈良時代의 皇族, 구 게(公卿). 쇼니이사다이징(正二位左大臣). 皇親勢力의 巨頭로서 政界의 重鎮가 되었지만, 対立하는 후지와라씨(藤原氏)의 陰謀이라고 하는 나가야오우(長屋王) 의 変으로 自害했다. 텐무텐노(天武天皇)13年(684年)誕生説이 有力하지만, 가이 후우소(懐風藻)의 記事에 의하면 텐무텐노(天武天皇)5年(676年)라고하는 説도 있 다. 父는 텐무텐노(天武天皇)의 미코(皇子)인 다케치노미코(高市皇子), 母는 텐치 텐노(天智天皇)의 皇女인 미나베노히메미코(御名部皇女)(겐메이텐노(元明天皇) 의 同母姉)이고, 皇親로서 嫡流로 매우 가까운 存在였다. 나가야오우(長屋王)는 게이운원년(慶雲元年-704年)正四位上으로 直叙되고, 와도우(和銅)2年-709年)従 三位宮内卿, 同3年式部卿, 운기(霊亀)2年(716年)에는 正三位으로 승진된다. 헤 이죠교천두후(平城京遷都後), 우다이징후지와라노후히토(右大臣藤原不比等)이 政界의 中心이되고, 토네리신노우(舎人親王)나 나가야오우(長屋王)등 皇親勢力 이 이에 대항했던 형태(形)였다. 다만 나가야오우(長屋王)가 후히토(不比等)의 딸

니다. 나가야오(長屋王)[6]의 사건이후공백상태(事件以來空白状態)에

(娘)을 妻로 삼은 関係로 후히토(不比等)의 生存中은 오히려 王의 立場은 오야후지와라씨적존재(親藤原氏的存在)였다고 하는 설(説)도 있다. 当時의 施策으로서는 요로우(養老)7年(723年)에 発令된 三世一身法이 있다. 또한 요로우(養老)3年(719年)에는 新羅로부터의 使者를 나가야오우댁(長屋王邸)에 맞이하여 盛大한 宴会가 催되고, 나가야오우(長屋王)自身의 作이 되는 詩나 당시의 文人들이 지은 詩가 『가이후우소/懷風藻』에 収録되어 있다. 또한 『가이후우소우(懷風藻)』에는 이때의 詩를 포함하여 一나가야오우(長屋王)의 漢詩가 計3首수록 되어 있다. 징기(神亀)5年(728年)5月에는 王의 父母와 세이무텐노(聖武天皇)를 비롯한 歴代天을 위한 大般若経一部六百卷의 書写를 発願하고 있다(神亀経). 쇼우와(昭和)61年(1986年)부터 헤이세이(平成)元年(1989年)에 걸쳐서 나라시(奈良市)二条大路南의 소고우데파토(そごうデパート)建設予定地에서 奈良文化財研究所에 의한 発掘調査가 이루어지고, 昭和63年(1988年)에는 奈良時代의 貴族邸宅址과 大量의 목간군(木簡群)(長屋王家木簡)과 함께 発見되고, 나가야오우댁(長屋王邸)으로 判明되었다. 나가야오우댁(長屋王邸)은 헤이쬬규우(平城宮)의 東南角에 隣接하는 高級住宅街에 位置하고 約30,000m2를 점하고 있었다. 출토된 木簡群등의 遺物은 나라시대(奈良時代)의 貴族生活을 이해하는데 貴重한 遺産이 되었지만, 그 지역인이나 研究者의 反対에도 불구하고 遺構의 다수는 建設에서 破壊되었다. 쇼무텐노(聖武天皇/しょうむてんのう, 다이호원년(大宝元年)(701年) - 텐표쇼호(天平勝宝)8年5月2日(756年6月4日), 在位: 징기원년(神亀元年)2月4日(724年3月3日) - 텐표쇼호 원년(天平勝宝元年)7月2日(749年8月19日)은 日本(奈良時代)의 第45代天皇. 即位前의 이름은 오비토노미코(首皇子). 尊号(諡号)를 아메시루시구니오시하라기토요사구라히코노스메라미코토(天璽国押開豊桜彦天皇/あめしるしくにおしひらきとよさくらひこのすめらみこと), 쇼우간진쇼우무텐노(勝宝感神聖武皇帝/しょうほうかんじんしょうむこうてい), 샤미시요우만(沙弥勝満/しゃみしょうまん)이라고도 한다. 문무텐노(文武天皇)의 第一皇子. 母는 후지와라후히토(藤原不比等)의 딸(娘)·미야코(宮子)의 同5年(721年)에는 츄우나곤(中納言)으로 昇進해서 후지와라일족(藤原一族)의 中心的存在가 된다. 나가야오우(長屋王)失脚後의 징기(神亀)6年(729年)에 다이나공(大納言), 텐표(天平)6年(734年)에 우다이징취임(右大臣就任). 텐표(天平)9年(737年)7月, 当時流行し하고 있던 天然痘로 쓰러지고, 臨終時에 正一位左大臣을 받았다. 동생의 후사사기(房前)에 비하여 政治的活動은 부족하지만, 大学頭였던 時代에 大学制度의 設立에 정성을 쏟는 등 文教行政面에서의 活躍은 特筆해야 할 것이다. 그 자신(彼自身)도 깊은 教養의 소유자이고, 쇼무텐노(聖武天皇)의 皇太子時代에느 家庭教師役(春宮傳)으로 선발된 적도 있다. 死後, 텐표호지(天平宝字)4年(760年)에는 다이세이다이징(太政大臣)을 追贈되었다.

6) 나가야노오오키미(長屋王/ながやのおおきみ、텐무텐노(天武天皇)13年(684年)? —

있던 사우다이징(左右大臣)의 자리였습니다만, 무치마로(武智麿)가 우다이징(右大臣)이 되어 후지와라(藤原)의 정권(政権)이 내각(内閣)의 실권(実権)을 명실공히 장악(掌握)한 것입니다. 그것은 조정(朝廷)에 있어서도 안정(安定)된 정권(政権)의 탄생(誕生)이었을 것이고, 그와 같은 태평성대(太平盛大)한 해(年)를 맞은 것은 텐표(天平)六年이었습

징기(神亀)6年2月12日(729年3月16日)는 奈良時代의 皇族, 구게(公卿)。正二位左大臣. 皇親勢力의 巨頭로서 政界의 重鎮이 되었지만, 対立하는 후지와라씨(藤原氏)의 陰謀이라고 하는 長屋王의 変으로 自害했다. 텐무텐노(天武天皇)13年(684年)誕生説이 有力하지만, 가이후우소(懷風藻)의 記事에 의하면 텐무텐노(天武天皇)5年(676年)라고하는 説도있다. 父는 텐무텐노(天武天皇)의 미코(皇子)인 다케치노미코(高市皇子), 母는 텐치텐노(天智天皇)의 皇女인 미나베노히메미코(御名部皇女)(겐메이텐노(元明天皇)의 同母姉)이고, 皇親로서 嫡流로 매우 가까운 存在였다. 나가야우오(長屋王)는 게이운원년(慶雲元年)(704年)正四位上으로 直叙되고, 와토우(和銅)2年(709年)쥬우삼이구나이교(從三位宮内卿), 同3年-시키부교(式部卿), 운기(霊亀)2年(716年)에는 쇼우삼이(正三位)으로 승진된다. 헤이쵸교천두후(平城京遷都後), 우다이징후지와라노후히토(右大臣藤原不比等)이 政界의 中心이되고, 토네리신노우(舎人親王)나 나가야오우(長屋王)등 皇親勢力이 이에 대한 형태(形)였다. 다만, 나가야오우(長屋王)가 후히토(不比等)의 딸(娘)을 妻로 삼은 関係로, 후히토(不比等)의 生存中은 오히려 王의 立場은 오야후지와라씨적존재(親藤原氏의存在)였다고하는 설(説)도 있다. 当時의 施策으로서는 요로(養老)7年(723年)에 発令된 三世一身法이 있다. 또한 요로우(養老)3年(719年)에는 新羅로부터의 使者를 나가야오우댁(長屋王邸)에 맞이하여 盛大한 宴会가 개최되고, 나가야오우(長屋王)自身의 作이 되는 詩나 당시의 文人들이 지은 詩가『가이후우소(懷風藻)』에 収録되어 있다. 또한『懷風藻』에는 이때의 詩를 포함하여 一나가야오우(長屋王)의 漢詩가 計3首수록 되어 있다. 징기(神亀)5年(728年)5月에는 王의 父母와 쇼무텐노(聖武天皇)를 비롯한 歴代天皇을 위한 大般若経一部六百巻의 書写를 発願하고 있다(神亀経). 쇼우와(昭和)61年(1986年)부터 헤이세이(平成元年-1989年)에 걸쳐서 나라시(奈良市)二条大路南의 소고우데파토(そごうデパート)建設予定地에서 奈良文化財研究所에 의한 発掘調査가 이루어지고、昭和63年(1988年)에는 奈良時代의 貴族邸宅址과 大量의 목간군(木簡群)(長屋王家木簡)과 함께 発見되고 나가야오우댁(長屋王邸)으로 判明되었다. 나가야오우댁(長屋王邸)은 헤이쵸규우(平城宮)의 東南角에 隣接하는 高級住宅街에 位置하고 約30,000㎡를 점하고 있었다. 출토된 木簡群등의 遺物은 나라시대(奈良時代)의 貴族生活을 이해하는데 貴重한 遺産이 되었지만, 地元나 研究者의 反対에도 불구하고 遺構의 다수는 建設에서 破壊되었다.

니다. 이 노래(歌)의 다이시(題詞)에「명에 따르다·(応詔)」라고 기술
(記述)되어 있듯이 이것은 쇼무텐노(聖武天皇)[7]의 명령(命令)을 받아
읊은 특별(特別)한 노래(歌)였던 것을 엿볼 수 있습니다.

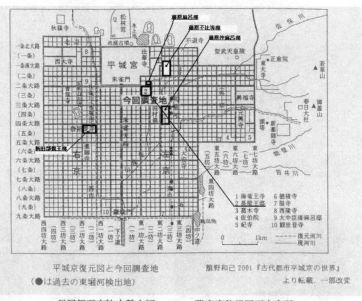

平城京復元図と今回調査地
(●は過去の東堀河検出地)

鶴野和己 2001『古代都市平城京の世界』
より転載。一部改変

長屋親王宮鮑大贄十編　　　　雅楽寮移長屋王家令所

---

7) 쇼무텐노(聖武天皇/しょうむてんのう, 다이호원년(大宝元年)(701年)－텐표쇼호
(天平勝宝)8年5月2日(756年6月4日), 在位: 징기원년(神亀元年)2月4日(724年3月3
日)－텐표쇼호 원년(天平勝宝元年)7月2日(749年8月19日)은 日本(奈良時代)의 第
45代天皇. 即位前의 이름은 오비토노미코(首皇子). 尊号(諡号)를 아메시루시구니
오시하라기토요사구라히코노스메라미코토(天璽国押開豊桜彦天皇/あめしるしく
におしはらきとよさくらひこのすめらみこと), 쇼호우간진쇼무텐노(勝宝感神
聖武皇帝/しょうほうかんじんしょうむこうてい), 샤미시요우만(沙弥勝満/しゃ
みしょうまん)이라고도 한다. 문무텐노(文武天皇)의 第一皇子。母는 후지와라후
히토(藤原不比等)의 딸(娘)·미야코(宮子).

御取鰒(あわび)五十烈　　　伊雑郷近代鮨　　　賀吉鰒廿六貝

安宿王(長屋王와 妾長蛾子과의 아들(息子)에의 贈答札의 木簡群

의례장가(儀礼長歌)를 대신하여 短歌가 이와 같은 내용(内容)을 읊을 수 있었던 것은 短歌의 역사상(歴史上) 중요(重要)한 意味를 갖는다고 말할 수 있습니다. 물론 궁정의례(宮廷儀礼)에서는 한시(漢詩)가 中心이된 時代였지만 短歌가 궁정의례(宮廷儀礼)에 활용(活用)되는 상황(状況)이 전개(展開)되었습니다. 게다가 천황(天皇)의《백성·御民》인 개인(個人)은 천황(天皇)의 은덕(恩德)에 따라서 번영(繁栄)하는 시대(時代)를 맞이하여 살아있는 환희(歓喜)를 만끽하게 되었다는 내용(内容)은 완전(完全)히 새로운 면모(面貌)를 보이는 내용(内容)인 것입니다. 中国에서는 古時代의 王朝의 성쇠(盛廃)의 歴史를 기록(記録)한《상서(尚書)》라는 성전(聖典)이 있고 「백성(百姓)의 안위(安慰)를 생각하는 것은 은혜(恩惠)이고, 백성(百姓)은 그것을 생각하는 것입니다」라든가 백성(百姓)을 안심(安心)시키는 것은 자비(慈悲)이고, 백성(百姓)은 그것을 볼 수 있습니다」등과 같이 엿보입니다. 이것은 뛰어난 왕(王)은 国民을 국가(国家)의 기본(基本)으로 삼는다는 민주주의(民本主義)의 사상(思想)에 의한 것이고 日本古代의 漢詩集인『가이후우소우/懐風藻』[8]의 詩人들도 미고토노리시(応詔詩/천황의 명령을

---

8) 나라시대(奈良時代), 텐표쇼호(天平勝宝)3年(751年)의 序文을 갖고 있다. 編者는 오오토모미코(大友皇子)의 曾孫에 해당하는 오후미노미후네(淡海三船)라고 하는 説이 有力하다. 또는 그밖에 이소노가미노야카츠구(石上宅嗣), 후지와라노요시오(藤原刷雄) 等이 예시되어 있지만 確証되지 않는다. 오우미죠(近江朝)로부터 나라죠(奈良朝)까지의 64人의 作者에 의해 116首의 詩를 수록하고 있지만, 序文에는 120되어있고, 現存하는 写本은 原本과 다르다고 想像되고있다. 作品의 대부분은 五言詩이고, 헤이안초기(平安初期)의 칙선(勅撰)3詩集이 七言詩로 되어있는 것과는 큰 차이가 있다. 作者는 天皇을 비롯해 오오토모(大友)·가와시마(川島)·오오츠(大津)등의 미코(皇子)·諸王·諸臣·僧侶등. 作風은 中国大陸, 특히 浮華한 六朝詩의 影響이 크지만, 初唐의 影響도 보이기 시작했다. 古代日本에서 漢詩사 지어지기 시작한 것은 当然大陸文化를 계승하려고 하는 律令国家에로의 영향이 反映되고 있다.『가이후우소우(懐風藻)』의 序文에 의하면, 오우미죠(近江朝)의 安定된 政治에 의한 平和가 詩文의 発達을 촉진하고, 많은 作品을 만들었다고 한다. 또한『懐風藻』에는『万葉集』에 노래(歌)가 없는 후지와라노후히토(藤原不比等)

받들어 지은 시)로 「천황(天皇)의 은혜는 만민을 살찌운다.」(기마로/紀麻呂) 「천황(天皇)의 은혜는 만민(万民)에게 빈틈없이 미친다.」(息長臣足)라고 天皇의 은혜(恩惠)가 《만민(万民)》에게 충만(充満)하게 미치고 있는 것을 읊고 천황(天皇)의 덕(德)을 상찬(賞賛)하고 있습니다. 이점을 公民의 立場에서 읊은 것이 오카마로(岡麿)의 미고토노리시(応詔詩)(천황의 명령을 받들어 지은 시)였습니다. 오카마로(岡麿)가 스스로를 《백성·御民》이라고 호칭하고 있는 것은 백성(民)이 천황(天皇)의 소유물(所有物)이기 때문입니다만, 천황(天皇)과 백성(民)이 일체(一体)로서 인식(認識)되기 시작한 것은 정치사상(政治思想)의 出発이기도 합니다. 궁정의례(宮廷儀礼)의 노래(歌)가 短歌에 의해서 확실(確実)한 발판을 순서(順序)롭게 보이기 시작한 것이 오카마로(岡麿)의 의례가(儀礼歌)입니다만, 다음의 단계(段階)는 텐표(天平)十五年(七四三)에 구니교(恭仁京)9)에서 개최(開催)된 고세치(五節)의 행사(行事)의 노래(歌)입니다. 『쇼쿠니혼기/続日本紀』10)라는 역사서(歷史書)에

의 漢詩가 수록되어 있고 오오토모야카모치(大伴家持)는 『万葉集』에 漢詩를 남기고 있지만, 『懐風藻』에는 作品이 없다.

9) 구니교(**恭仁京**/くにきょう, くにのみや)는 奈良時代의 一時期, 수도(都)가 설치되어 있었던 야마시로구니소우라구군(山背国相楽郡)의 地. 現在의 교도후기즈가와시(京都府木津川市)에 位置한다. 야마토노구니노오오미야(**大養徳恭仁大宮**/やまとのくにのおおみや)라고도 한다. 후지와라노히로츠구노난(藤原広嗣乱)의 後, 텐표(天平)12年(740年)12月15日, 쇼우무텐노(聖武天皇)에 의해서 헤이죠교(平城京)에서 遷都되었다. 相楽이 선택된 理由로서 사다이징(左大臣)·다치바나노모로에(橘諸兄)의 本拠地였던 것이 指摘되고 있다.

10) 쇼쿠니혼기(**続日本紀**/しょくにほんぎ)는 헤이안(平安)時代初期에 編纂된 칙선사서(勅撰史書)이고 『日本書紀』에 이어 릿코구시(六国史/りっこくし)의 第二에 해당한다. 스가와라노미치자네(菅野真道)等이 엔랴쿠(延暦)16年(797年)에 完成했다. 분무텐논원년(文武天皇元年)(697年)부터 간무텐노(桓武天皇)의 엔랴쿠(延暦)10年(791年)까지 95年間의 歷史를 취급하고 全40卷으로 되어있다. 나라시대(奈良時代)의 基本史料이다. 編年体, 漢文表記이다.

의하면 五月五日에 연회(宴会)가 개최(開催)되고 당시(当時)의 황태자
(皇太子)(後의 고우켄텐노(孝謙天皇)[11]가 「고세치마이・五節舞를 춤
추고, 겐쇼우라이죠우천황(元正太上天皇)은

大極殿(金堂)跡

山城国分寺(恭仁京)復元模型

---

11) 고우켄텐노(**孝謙天皇**/こうけんてんのう, 요로우(養老)2年(718年) - 진고케이운(神
護景雲)4年8月4日(770年8月28日))은 日本의 第46代天皇(在位: 텐표쇼호 텐표쇼
호원년(天平勝宝元年)7月2日(749年8月19日) - 다이호우지(天平宝字)2年8月1日
(758年9月7日). 父는 쇼우무텐노(聖武天皇), 母는 후지와라씨(藤原氏)出身으로
史上初 징신(人臣)에서 皇后가된 고묘코우고우(光明皇后)(光明子). 史上 6人目
의 女帝이고 텐무계(天武系)에서 最後의 天皇이다.

そらみつ 大和の国は　하늘에 가득 찬 야마토국은
神からし 尊くあるら　신에게 사랑을 받았네.
この舞見れば(第一首)　이 춤을 보자면

天つ神 御孫(みま)の命の　　하늘의 신들 자손의 명을
取り持ちて この 豊御酒(とよみき)を　　받들어 이 술을
厳献(いかたてまつ)る(第二首)　바치네

やすみしし 我が大君は　　온국토를 다스리는 우리 천황은
平らけく 長く坐して　평안하게 오래도록 진좌하시어
豊御酒献(とよみきまつ)る(第三首)　　술을 바치네

와 같이 노래(歌)를 부릅니다. 그리고 고세치마이(五節舞)가 시연(試宴)
되는 것은 군신(君臣)이 마음을 일치(一致)시켜 황조(皇祖)인 테무텐노
(天武天皇)의 의지(意志)(君臣・祖子의 道理)를 계승(継承)하는 것이
목적(目的)이라고 말하고 있습니다. 군신(君臣)이 화락(和楽)하고 황조
(皇祖)를 중요(重要)하게 여길 것을 주위(周囲)에 알리기 위하여 고세치
마이(五節舞)와 노래(歌)가 여기에서 요청(要請)된 것은 유교적(儒教的)
인 교육(教育)《예(礼)와 악(楽)》이라는 사상(思想)을 구체적(具体的)
으로 나타내기 위함이었다고 하는 것이 이해(理解)가 됩니다. 이 時代는
후지와라히로츠구(藤原広嗣)의 난(乱)(天平十二年)이 일어나고, 큰 혼
란(混乱)을 일으키고 그것을 계기(契機)로 쇼무텐노(聖武天皇)은 수도
(首都)를 천도(遷都) 했습니다. 그만큼 군신(君臣)의 화락(和楽)을 행하
는 의례(儀礼)는 대단히 중요(重要)했던 것을 엿볼 수 있습니다.
　이와 같은 중요(重要)한 의례(儀礼)의 노래(歌)로서 겐쇼다이죠텐노
(元正太上天皇)(作者에 대해서 一首째를 쇼무텐노(聖武天皇), 다음의

二首를 신하(臣下)의 노래(歌)라고 생각하는 説도 있다.) 이 短歌가 읊어지고 있습니다. 고세치마이(五節舞)는 《예(礼)》로서 행해지고 노래(歌)는 《악(楽)》으로서 읊어집니다. 日本에 있어서 예악(礼楽)의 사상(思想)은 희박(希薄)한 것처럼 생각되고 있습니다만, 궁정가악(宮廷雅楽)은 이 예악사상(礼楽思想)을 代表하는 중요(重要)한 악(楽)입니다. 고대중국(古代中国)에 있어서 《예(礼)》와 《악(楽)》이란 공자(孔子)가 매우 중요시(重要視)하는 사상(思想)이었습니다. 유교(儒教)의 중요(重要)한 질서(秩序)를 시사(示唆)하는 예악(礼楽)의 사상(思想)이고 그것을 고세치(五節)의 춤(舞)과 노래(歌)로서 나타내고 있습니다. 고세치(五節)라는 것은 후에는 오오니에노마츠리 (大嘗祭)[12]의 때에 다섯 명의 우타히메(舞姫)의 무악(舞楽)을 가르키게 되지만, 本来는 5개의 音階(규/宮・쇼우/商・가쿠/角・치/徴・우/羽)라는 意味이고, 이 五音은 五教(君臣・父子・夫婦・長幼・朋友)와 같이 인륜도덕(人倫

---

12) 오오니에노마츠리(大嘗祭/おおにえのまつり)는 天皇이 即位의 礼後, 처음으로 행하는 니이나메사이(新嘗祭). 一代一度만의 大祭이고, 實質的으로는 센소(践祚)의 儀式. 센소오오니에노마츠리(践祚大嘗祭)라고도 하고 「다이죠우사이(だいじょうさい)」, 「오오무베노마츠리(おおむべのまつり)」라고도 한다. 毎年11月에 天皇이 거행하는 収穫祭를 니이나메사이(新嘗祭)라고 한다. 그해(年)의 新穀을 天皇自도 먹는 니이나메사이(新嘗祭)를 옛날에는 「毎年의 오오니에에 大嘗」라고 称했다. 当初는 通常의 니이나메사이(新嘗祭)와 区別되지 않았지만, 後에 即位後初의 一世一度 행해지는 미츠리(祭)로서 「毎世의 오오니에(大嘗)」, 「오오니에마츠리(大嘗祭)」로서 重視되었다. 오오니에노마츠리(大嘗祭)와 니이나메사이(新嘗祭)가 区別되는 것은 쇼우무텐노(天武天皇)의 오오니에마츠리(大嘗祭)의 때라고 한다. 오오니에마츠리(大嘗祭)의 儀式의 모양(形)이 定해진 것은 7世紀의 교우고쿠텐노(皇極天皇)의 頃이라고 한다. 律令制가 整備됨과 동시에 마츠리(祭)의 式次第등 詳細에 대해서도 整備되었다. 엔기시키(延喜式)에 정해진 것 중에 「다이시/大祀」가된 것은 오오니에마츠리(大嘗祭)뿐이다. 또한 다이죠에(大嘗会/だいじょうえ)라고 불리는 경우도 있었지만, 이것은 오오니에마츠리(大嘗祭)의 後에는 3日間에 걸쳐서 세치에(節会)가 거행된 것에서 由来되었다.

道德)이 五音階의 질서(秩序)로 비유(比喻)되는 것입니다.

이와 같은 인륜(人倫)의 질서(秩序)를 지칭하는 三首歌가 있고, 一首째는 춤(舞)에 의해서 야마토국(大和国)이 신(神)의 나라(国家)로서 중시(重視)되는 것과 (신(神)의 직계(直系)로서의 천황(天皇)이 통치(統治)하는 나라), 二首 째는 신(神)의 자손(子孫)이 천황(天皇)에게 미키(神酒)를 헌상(献上)하는 것(天皇을 中心으로한 秩序의 聖約), 三首 째는 천황(天皇)의 수명(寿命)이 무사(無事)하고 장구(長久)해지도록 (治国平天下)을 읊고 있는 것입니다. 천황(天皇)을 정점(頂点)으로 해서 그를 둘러싼 군신(君臣)・부자(父子)・夫婦・장유(長幼)등의 질서(秩序)가 안정(安定)된 국가(国家)를 보증(保証)하게 되고, 이 고세치마이(五節舞)과 노래(歌)에 따라서 그 이념(理念)이 나타나게 됩니다.

이와 같이 천황(天皇)에게 봉헌하는 단가(短歌)는 『만요슈(万葉集)』에도 여러 용례(用例)를 볼 수 있지만, 그 하나로서 역시 겐쇼다이죠텐노(元正太上天皇)를 中心으로한 텐표(天平)十八年正月의 노래(歌)(巻十七)가 있습니다. 여기에는 노래(歌)가 읊어진 상세(詳細)한 사정(事情)이 기록(記録)되어 있고, 사다이징(左大臣)인 다치바나노마에츠키(橘諸兄)13)와 다이나곤(大納言)인 후지와라도요나리(藤原豊成)14)가

---

13) 다치바나노모로에(橘諸兄/たちばなのもろえ, 텐무텐노(天武天皇)13年(684年) ‐ 텐표쇼호(天平勝宝)9年1月6日(757年1月30日)는 나라시대(奈良時代)의 政治家・元皇族. 비다츠텐노(敏達天皇)의 後裔로 다자이후소치노미노오우(大宰帥美努王)의 子. 원래(元)의 이름(名前)을 가츠라기노오오키미(葛城王/葛木王・かつらぎのおおきみ). 正一位・左大臣. 이데사다이징(井出左大臣), 또는 사이이다이징(西院大臣)라고 号를 붙였다. 초대다치바나우지장자(初代橘氏長者).

14) 후지와라노도요나리(藤原 豊成/ふじわらのとよなり, 다이호(大宝)4年(704年) ‐ 텐표진고우원년(天平神護元年)11月27日(766年1月12日)은 나라(奈良)時代의 貴族. 후지와라난케(藤原南家), 사다이징(左大臣)・후지와라노무치마로(藤原武智麻呂)의 長男. 官位는 従一位・右大臣. 別名은 나니와다이징(難波大臣), 요코하기노오토도(横佩大臣/よこはきのおとど).

제왕신(諸王臣)을 이끌고 겐쇼다이죠텐노(元正太上天皇)의 쥬우구사이인(中宮西院)에 입궐하여 봉헌하고 쌓인 눈을 치우고 봉헌하자 다이죠텐노(太上天皇)는 그들이 눈을 치우는 수고를 위로하기 위해서 연회(宴会)가 준비(準備)가 되었습니다. 이때에 명령(命令)이 하달되고, 「이 눈을 읊어라」라는 것입니다. 이때의 노래(歌)가 다음과 같이 배열(配列)되어 있습니다.

左大臣橘宿禰の詔に応へる歌
좌대신 다치바나노마에츠키의 명에 답한 노래
降る雪の 白髪(しろかみ)までに 大君に 仕へまつれば 貴くもあるか
내리는 눈처럼 하얀 백발이 될 때까지 천황을 모시면 황공하옵니다
紀朝臣清人の詔に応へる歌
기노아손기요히토의 명에 답한 노래
天の下 すでに 覆(おほ)ひて 降る雪の 光を見れば 貴くもあるか
천하를 온통 덮은 채 내리는 눈, 광채를 보니 존귀하도다
紀朝臣男梶(をかぢ)の詔に応へる歌
기노아손오가치의 명에 화답한 노래
山の峽(かひ)其処(そこ)とも見えず 一昨日(おとつひ)も 昨日も今日も 雪の降れば
산기슭을 어디지도 잘 모르게 그젯밤에도 어젯밤에도 눈이 내려
葛井連諸会(ふぢいのむらじもろあい)の詔に応へる歌
후지이의무라지모로아이의 명에 화답한 노래
新しき 年のはじめに 豊(とよ)の年 しるすとならし 雪の降れるは
신년이 되어 눈이 내려 쌓이니 풍년의 징조를 보이는 것 같아요
大伴宿禰家持の詔に応へる歌

오오토모스쿠네야가모치의 명에 화답한 노래

大宮の 内にも外(と)にも 光るまで 降れる白雪 見れど飽かぬかも

大宮의 안에도 밖에도 빛날 정도로 내린 하얀 눈은 싫증이 나지 안네

　여기에 예(例)로서든 것은 그 일부(一部)이고, 다른 노래(歌)는 기록(記錄)되지 않아 소실(喪失)되어 버렸다고 기록(記錄)되어 있습니다. 그리고 이 미코토리노우타(応詔歌)를 읊은 사람외의 연회(宴会)에 참가(参加)했던 사람들의 이름이 十八名이나 기록(記錄)되어 있습니다. 게다가 그들은 후지와라도요나리(藤原豊成)나 후지와라나카마로(藤原仲麻呂)등의 当時의 궁정(宮廷)의 中心的인 관료(官僚)였기 때문에 이때의 눈치우(雪かき)기와 연회(宴会)가 얼마나 장엄(壮厳)했던지 알 수 있습니다.

　이것은 텐표(天平)十五年의 춤(舞)의 의미(意味)를 군신(君臣)의 사이에서 구체적(具体的)으로 체험(体験)한 내용(内容)이라고 할 수 있습니다. 正月에 눈이 많이 쌓였다고 하는 것은 천황대(天皇代)의 경사와 풍작(豊作)의 징후(兆候)였기 때문에 매우 경사스러운 서설(瑞雪)(祥瑞로운 雪)이었습니다. 이들 노래(歌)는 正月의 눈에 의해서 그와 같은 감정(感情)이 발생(発生)한 것입니다만 그것만은 아닙니다. 이를 계기(契機)로 하여 고세치(五節)의 춤(舞)과 군신(君臣)의 도리(道理)가 실제(実際)로 실현(実現)된 것입니다. 고세치마이(五節舞)가 개최(開催)되었을 때에도 다치바나노모로에(橘諸兄)가 겐쇼다이죠텐노(元正太上天皇)의 칙명(詔)을 제신(諸臣)들에게 전(伝)한다고 하는 역할(役割)을 다하고 있었습니다만, 이번에는 솔선(率先)하여 다이죠텐노(太上天皇)의 궁(宮)의 눈을 치울 때에 제후(諸臣)를 이끌고 봉헌하였습니다.

여기에 군신(君臣)의 화락(和樂)이 완전(完全)하게 실현(實現)되었던 것입니다.

이와 같은 연회(宴会)에 있어서 短歌라는 歌体가 선정(選定)된 것이 궁정(宮廷)과 短歌와의 관계(関係)를 강화(強化)시켰다고 생각됩니다.

천황(天皇)의 칙령(詔)이 즉석(即座)에서 발령(発令)된 만큼 즉흥성(即興性)이 요구(要求)됩니다. 또한 十八名가운데 하타노이미키초겐(秦忌寸朝元)이라는 日本의 유학승(留学僧)과 中国의 女性과의 혼혈아(混血児)가 있고, 그는 칙령(詔)에 답변하지 못하였기 때문에 모로에(諸兄)는 벌(罰)로서 죠코우(麝香─수사슴(雄鹿)의 배에 있는 香囊에서 얻을 수 있는 분비물을 건조(乾燥)한 향료(香料), 生薬의 일종─)를 빼앗기고 말았다고 합니다. 그와 같은 장난기(戱れ)도 부합(符合)되면서 즉흥적(即興的)인 미코토리노우타(応詔歌)가 읊어졌습니다만, 이러한 즉흥(即興)에 대응(対応)할 수 있었던 것이 단가(短歌)였던 것입니다. 그만큼 短歌라는 歌体는 『만요슈(万葉集)』의 단계(段階)에서는 이미 사람들의 귀에 익숙한 가체(歌体)였다고 볼 수 있습니다. 단가(短歌)를 그 같이 익숙해진 가체(歌体)로 한 공적(功績)은 실로 자유자재(自湯自在)로 읊어지고 있었던 단가형식(短歌形式)에 의한 고이우타(恋歌)의 方法에 있었다고 생각됩니다.

君臣의 和楽을 方法으로한 短歌는 오오우타(大歌)로부터 기미가요(君が代)에 이른다. 이 기미가요(君が代歌)라는 우타(歌)는 원래 돌이나 꽃의 문화를 배경으로 하여 성립한 것이고, 꽃의 문화는 부정된 돌문화가 선택되어 기미가요(君が代)가 성립 되었다.

15 기미가요(君が代)와 短歌

短歌가 천황(天皇)에게 봉헌(奉献)되는 最後의 모습은 명확(明確)하게 기미가요(君が代)[1]의 법칙화(法制化)에 의한 것입니다. 전후(戦後)의 日本은 기미가요(君が代)의 취급문제(取扱問題)로 요동(揺動)하고 있었습니다. 특히 학교교육(学校教育)의 현장(現場)에서는 슬픈 事件들이 많이 일어났습니다. 기미가요(君が代)는 학교교육일환(学校教育一環)으로 강제화(強制化)되고 있었습니다만, 이번에는 법률(法律)로서 기미가요(君が代)를 국가(国歌)로서 결정(決定)하였습니다. 도대체 기미가요(君が代)라는 短歌는 어떤 역사 중(歴史中)에서 탄생(誕生)한 短歌였을까요. 이 문제(問題)에 대해서 생각해보기로 하겠습니다.

기미가요(君が代)의 노래(歌)에 대해서 국어학자(国語学者)인 야마다요시오(山田孝雄) 氏의 「기미가요(君が代)의 역사/君が代の歴史」(宝文館出版)라는 명저(名著)가 있습니다. 여기에는 기미가요(君が代)가 어떻게 成立한 노래(歌)인가가 상세(詳細)하게 정리(整理)되어 있

---

1) 기미가요(君が代/きみがよ)란 日本의 国歌이다. 메이지유신(明治維新後)의 明治13年(1880年)에 곡(曲)이 붙여졌고, 以後는 国歌로서 취급되게 되었다. 헤이세이(平成)11年(1999年)에 国旗및 国歌에 관(関)한 法律로 正式으로 国歌로 制定되었다. 근원은 헤이안시대(平安時代)에 읊어진 와카(和歌)이다. 메이지(明治)13年(1880年), 法律로는 제정되지 않았지만, 日本의 国歌로서 「기미가요/君が代」가 採用되었다. 이 国歌의 테마는 皇統의 永続性이고, 歌詞는 10世紀에 編纂된『고킹와카슈(古今和歌集)』에 収録되어 있는 短歌의 하나이다.

고, 일독(一読)을 권유(勧誘)하는 바입니다. 이 책은 쇼와(昭和)의 三十
一年에 간행(刊行)된 것입니다만「그 서문(序文)에 最近, 기미가요(君
が代)의 노래(歌)에 대해서 다양(多様)한 논의(議論)가 전개(展開)되고
있는 듯합니다. 또 민주주의(民主主義)에 반한다든가, 또는 원래는 고
이우타(恋歌)라든가 여러 측면(側面)에서 이탈(離脱)되어 있다고 하는
것을 친구(友人)인 나가오가요이치로(長岡弥一朗)氏로부터 들었지만,
이러한 제반의 설(説)을 들어보면 어느 쪽이나 멋대로의 생각에 그치고
있고, 근거(根拠)가 없는 것을 멋대로 언급(言及)하고 있는 듯합니다.
이러한 경박(軽薄)한 주장(言論)은 혹은 현 사회(現代社会)의 풍조(風
潮)인지도 모르지만 너무도 조악(粗悪)한 언급(言及)입니다」라고 언급
(言及)하고 여기에서「기미가요/君が代」에 대해서 근본적(根本的)으
로 거슬러 올라가 생각해보고 연혁(沿革)도 알아보고, 후대(後代)에 참
고자료(參考資料)로 하자고 합니다.

「기미가요/君が代」라는 노래(歌)는 처음『고킹슈(古今集)』에「나의
님은・我が君은」이라고 읊어지고 있습니다. 가마쿠라(鎌倉)時代初期
쯤에「기미가요/君が代」로 읊어지게 된 듯합니다. 따라서「기미가요/
君が代」의 노래(歌)는

「기미가요(君が代)」의 악보(楽譜)

我が君は 千代に八千代に さざれ石の 巖(いはほ)となりて 苔のむすまで(古今集)

나의 님은 영원히 작은 돌이 바위가 되도록 이끼가 자라서 오래도록 계시옵소서

君が代は 千代に八千代に さざれ石の 巖となりて 苔のむすまで(鎌倉初期)

나의 님은 영원히 작은 돌이 큰 돌이 되어 이끼가 자라서 오래도록 계시옵소서

와 같이 2계류(二系統)의 노래(歌)이고 現在에는「기미가요는/ 君が代는」쪽으로 정착(定着)되고 이것이 국가(国歌)로 제정(制定)되었다고 볼 수 있습니다. 아무튼 축하(祝賀)의 노래(歌)이고 相手나 主人에 대해서 영원(永遠)한 번영(繁栄)을 축언(祝言)하는 노래(歌)인 것입니다. 물론「나의 님/我が君」이든「기미가요/君が代」이든 그 相手나 主人이 天皇인 경우가 많은 것은 時代的인 問題로서 당연시(当然視)되었던 것입니다. 게다가 이 노래(歌)는 이 형태(形態)로 고정(固定)되어 노래(歌)로 불리어진 것은 아니고 다양(多様)한 가창법(歌唱法)이었던 것을 볼 수 있습니다.

君が代は 何に譬(たと)へむ さされ石の 巖とならむ 程もあかねば

그대의 목숨을 무엇에 비하리요, 작은 돌이 바위가 되도록 영원하기를

君が代は 松の上葉に おく露の 積もりて四方(よも)の 海となるまで

그대의 목숨은 소나무 잎 위에 이슬이 내려 쌓여서 온 세상이 바다가 될 때까지

와 같이 동공이곡(同工異曲)의 노래(歌)를 읊고 있는 것입니다. 이것은

日本人에게 있어 축하(祝賀)하는 심정(心情)을 表現하는 形式으로서 볼 수 있습니다. 우리가 正月을 경사스럽게 여기고 그것을 표현(表現)하는데《가도마츠/門松》를 使用합니다. 왜 하필이면 正月에 가도마츠(門松)일까요. 소나무(松)는『만요슈(万葉集)』에서 다양(多樣)하게 읊어지고 있는 植物입니다만, 대개는 경사스러운 일을 表現 하는 것입니다.

> 一つ松 幾夜か経(へ)ぬる 吹く風の 音の清きは 年深みかも
> 이 한그루 소나무는 얼마나 세월이 흘렀는가. 소나무에 부는 바람이 청명한 것은 세월이 오래 되었기 때문이지요.
> たまきはる 命は知らず 松が枝を 結ぶ情は 長くとぞ思ふ
> 영혼이 다하는 목숨은 내손에 없어요. 아무튼 소나무 가지를 잇는 나의 기분은 장수 하는 것이네

여기에서는 소나무(松)의 영원성(永遠性)을 읊고 있습니다. 소나무(松木)의 영원성(永遠性)은 漢詩에서도 제재(題材)로 삼고 있습니다. 正月에 가도마츠(門松)를 세우는 풍습(風習)은 소나무(松木)와 같이 항상 신록(緑)을 칭송(賞賛)하는 번영(繁栄)과 生命의 영원성(永遠性)을 기원(祈願)하는데 있습니다. 正月의 경사를 이 소나무(松)와 함께 매화(梅)나 대나무(竹)도 포함시킵니다. 송・죽・매(松・竹・梅)라는 것은 正月의 경사의 상징(象徵)인 것입니다. 송죽매(松竹梅)는 겨울의 혹한에도 굴하지 않고, 푸른 잎을 떨어뜨리는 일도 없고, 혹한 속에서도 아름다운 꽃을 피웁니다. 옛날의 中国人은 이것을 추운 겨울의 세 명(三名)의 친구들, 즉「세한삼우(歲寒三友)」라고 명(命名)하였습니다.

때문에 詩人들은 송죽매(松竹梅)를 詩材로 하였습니다. 『만요슈(万葉集)』에서도 송죽매(松竹梅)는

池の辺の 松の末葉(うらば)に 降る雪は 五百重(いほへ)降りしけ 明日さへも見む
연못 주변의 소나무 가지 끝의 잎에 내린 눈은 점점 겹쳐서 내려라. 쌓인 눈을 내일도 보자구나
わが園に梅の花散る ひさかたの 天より雪の 流れ来るかも
우리 집 정원의 매화꽃이 진다. 천상의 끝에서 눈이 내려오네.
御苑生(みそのふ)の 竹の林に 鶯は しば鳴きにしを 雪は降りつつ
정원의 대나무 숲에 벌써 휘파람새는 자주 울고 있는데 지금은 눈이 내리고

와 같이 읊어지고, 축하(祝賀)하는 심정(心情)이 아름다운 短歌를 창출(創出)해낸 것을 볼 수 있습니다. 기미가요(君が代)의 노래(歌)의 원가(元歌)가 『고킹슈(古今集)』에서 출발(出発)한 것은 명백(明白)합니다만, 이 기미가요(君が代)는 왜 경사(慶事)스런 노래(歌)가 되었을까요. 主人이나 상대(相手)의 가정(家庭)의 번영(繁栄)이나 生命의 영원(永遠)을 작은 돌(石/磯)이 바위(巌)가 되어 거기에 이끼가 낀 상태(状態)를 비유(比喩)하고 있습니다.

　이를 보자면 日本人은 송죽매(松竹梅)와는 별도로 돌(石)에서 번영(繁栄)과 영원성(永遠性)을 추구(追求)하였던 것을 알 수 있습니다. 명백(明白)히 돌(石)은 日本人이 좋아하는 경사(慶事)스런 존재(存在)였던 것입니다. 아마도 여러분의 家内에는 《도코노마・床の間(응접실 이하 생략)》이 있고, 거기에는 여러 가지 물건(物件)이 장식(装飾)되어 있을 것으로 추찰(推察)됩니다. 무엇이 장식(装飾)되어 있는가 한 번

확인(確認)해 보십시오. 거기에 새겨져 있는 것은 대개는 경사(慶事)스런 것들입니다. 이 도코노마(床の間)에 돌(石)을 장식(裝飾)해둔 사람들이 많은 것 같습니다. 도코노마(床の間)라는 것은 그 家庭의 정신(精神)을 상징(象徵)하는 공간(空間)이기 때문에 경사(慶事)스럽지 않는 것을 장식(裝飾)을 하면 家内의 번영(繁栄)은 바랄 수 없습니다. 때문에 도코노마(床の間)에는 돌(石)이나 다이고쿠신(大黒神/7복신의 하나)[2])이나 에비스신(恵比寿神/칠복신의 일종)등 영원성(永遠性)을 상징(象徵)하는 것이나 또는 재보(財宝)를 가져다주는 복신(福神)을 장식(裝飾)하는 것이 상식(常識)입니다. 그런데 도코노마(床の間)에 꽃(花)을 꽂는 것도 일반적(一般的)으로 볼 수 있다고 생각 됩니다. 여행(旅行)을 떠나서 일본풍여관(和風旅館)에 숙박(宿泊)하면 반드시 도코노마(床の間)가 있고, 여주인(女将/めかみ)이 아침에 꽃꽂이한 신선(新鮮)한 꽃으로 맞이하여 줍니다. 매우 흡족한 기분(気分)이 듭니다. 도코노마(床の間)에 꽃(花)을 꽂는다고 하는 것은 어떻게 집안의 정신(精神)을 表現하는 것일까요. 여기에 도코노마(床の間)를 대표(代表)하는 장식물(裝飾物)로서 돌(石)과 꽃(花)이라는 두 가지가 있고, 이것이 日本文化의 일단(一端)을 상징(象徵)하고 있는 것 같습니다. 이러한 돌(石)과 꽃(花)에 관하여 『고지키(古事記)』에는 매우 흥미(興味)로운 얘기가 나옵니다. 日本人은 이미 나라시대(奈良時代)의 이전(以前)에 돌(石)과 꽃(花)과의 논쟁(論争)을 하고 있었습니다.

이 이야기는 아마츠가미(天つ神/천신) 의 니니기미코토(二二ギの命/みこと)[3)]라는 신(神)이 이 地上에 내려와서 가사사(カササ)라는 곳에

---

2) 日本에서 다이고쿠텐(大黒天)이라고 하면 一般的으로는 간다메이징(神田明神)의 다이고쿠텐(大黒天/大国天)像으로 代表되도록 神道의 大国主와 神仏習合했던 日本独自의 神을 지칭하는 경우가 많다.

서 한 명(一名)의 美人을 만나는 시점(視点)에서 출발(出発)합니다. 니니기노미코토(二二ギの命/みこと)가 美人과 우연(偶然)히 만나 「이 사람은 누구의 딸인가」라고 묻자 아가씨(娘子)는 오오야마츠미신(大山津見神)4)의 딸(娘)이고, 고노하나노사구야비메(コノハナのサクヤ媛)5)라고 대답합니다. 나무에 꽃이 피는 공주(木の花の咲くや媛)라고 하는 의미입니다.

---

3) 니니기(ニニギ/あめにぎしくににぎしあまつひこひこほのににぎ)는 日本神話에 登場하는 神이다. 아마테라스오오카미(天照大神)의 자식인 아메노오시오미미(天忍穂耳尊)와 다카미무시비(高皇産霊尊)의 딸(娘)이다. 다쿠하타치지히메노미코토(栲幡千千姫命/萬幡豊秋津師比売命)의 子. 오빠(兄)로는 아메노호아카리(天火明命)가 있다. 『日本書紀』의 一書에서는 아메노호카리(天火明命)의 子라고한다.

4) 오오야마츠미(オオヤマツミ/大山積神, 大山津見神, 大山祇神)는 日本神話에 登場하는 神. 別名 和多志大神, 酒解神. 신의탄생(神産み)에서 이쟈나기(伊弉諾尊)와 이자나미(伊弉冉尊)와의 사이(間)에서 태어났다. 古事記에서는 그 후, 풀(草)과 들판(野)의 神인 가야노히메가미(鹿屋野比売神/野椎神)와의 사이(間)에 以下의 四対八神의 神을 낳고 있다.

5) 고노하나노사구야비메(コノハナノサクヤビメ)는 日本神話에 登場하는 女神. 一般的으로는 木花咲耶姫라고 기록된다. 또한 『古事記』에서는 木花之佐久夜毘売 『日本書紀』에서는 木花開耶姫라고 表記한다. 고노하나노사구야비메(コノハナサクヤビメ, コノハナサクヤヒメ, 또는 단순히 사구야비메(サクヤビメ)라고도 부르는 경우도 있다. 『古事記』에서는 가무아다츠히메(神阿多都比売/カムアタツヒメ), 『日本書紀』에서는 鹿葦津姫, 또는 가야츠히메(葦津姫)가 本名이고, 고노하나노사구야비메(コノハナノサクヤビメ)는 別名으로 하고 있다. 오오야마츠미(オオヤマツミ)의 딸(娘)이고, 언니(姉)로는 이와나가히메(イワナガヒメ)가 있다. 니니기(ニニギ)의 妻로서 호데리(ホデリ/海幸彦)・호스세리(ホスセリ)・호오리(ホオリ/山幸彦)를 낳는다.

다이고쿠상신(大黒神)

에비스(えびす)상

또 「형제는 있는가」라고 묻자, 언니(姉)인 이와나가히메(イワナガ媛)[6]가 있습니다라고 대답합니다. 그래서 니니기노미코토(二二ギ命/みこと)는 「당신과 결혼(結婚)하고 싶은데 어떤가」라고 묻습니다. 낭자(娘子)는 自身은 대답할 수 없으니 父親인 오오야마츠미신(大山津神)에게 상담(相談)해주세요라고 답합니다. 그래서 니니기노미코토(二二ギ命(みこと)는 오오야먀츠미신 (大山津見神)이 있는데 가서 고노하나노사구야비메(コノハナノサクヤ媛)를 아내(妻)로 삼겠다고 청원(請願)을 합니다. 父親은 니니기노미코토(二二ギの命/みこと)의 구혼(求婚)을 매우 기뻐하였으나, 그 부친신(父親神)은 많은 공물(貢物)과 물품(物品)을 함께 언니(姉) 이와나가히메(イワナガひめ媛)를 딸려 보냅니다. 그런데 그 언니(姉)인 이와나가히메(イワナガひめ媛)라는 것은 대단히 추(醜)한 女性이기 때문에 니니기노미코토(二二ギみこと

---

6) 이와나가히메(イワナガヒメ/イハナガヒメ)는 日本神話에 登場하는 女神. 『古事記』
에서는 石長比売 『日本書紀』·『先代旧事本紀』에서는 磐長姫로 表記한다. 『日本
書紀』에는 妊娠한 고노하나노사구야히메(コノハナノサクヤビメ)를 이와나가히메
(イワナガヒメ)가 저주를 했다고도 기록되어 있고, 그것이 사람의 短命의 起源이
다고 하고 있다.

命)는 죄송하여 언니(姉)를 신(神)에게 돌려보내 버렸기 때문에 고노하나노사구야히메(コノハナノサクヤ媛)만을 만류하여 하룻밤 잤던 것입니다. 당연한 것은 부친신(父親神)은 이와나가히메(イワナガ媛)를 돌려보냈음으로 매우 부끄러운 경험(経験)을 했습니다. 그래서 부친신(父親神)은 다음과 같이 니니기노미코토(二二ギ命/みこと)에게 말하는 것입니다.

> 私の娘を二人並べてあなたに奉ったのは、理由があるのである。イワナガ媛(ひめ)を奉ったのは、天神の御子の命が雪が降り風が吹いても、常に石のように、常盤(ときわ)に 堅磐(かきわ)に動くことの無いことを願ってであるのです。また、コノハナのサクヤ媛(媛)を奉ったのは、木の花の栄えるように栄えることを願い祈って奉ったのでした。このように、イワナガ媛(ひめ)を返して、コノハナノサクヤ媛(ひめ)をひとり留められたのは、天孫の御子の寿命は、木の花の合間(あわい)ばかりにあることでしょう。

> 내 딸을 둘 다 당신에게 바친 것은 이유가 있습니다. 이와나가공주를 바친 것은 천신의 자식의 목숨이 눈이 내리고 바람이 불어도 항상 돌처럼 영원히 움직이지 않기를 바라고 있어요. 또한 고노하나노사구야공주를 바친 것은 나무의 꽃이 번영하기를 기원하여 바쳤습니다. 이와 같이 이와나가 공주를 돌려받고 고노하나노사구야 공주를 한사람 만류한 것은 천손의 자식의 수명이 나무의 꽃이 피는 때까지이겠지요.

그래서 이에 따라 지금에 이르기까지 天皇의 수명(寿命)은 길지 않다고 합니다. 이 이야기는 天皇의 수명(寿命)에 관하여 말하고 있습니다. 천신(天神)은 영원(永遠)한 生命을 갖는 存在로서 地上에 내려온 것입니다만, 이 이야기에 의해서 天皇의 수명(寿命)은 길어졌다고 합니다. 그 이유(理由)는 산신(山神)이 돌(石)의 生命과 꽃(花)의 生命을 상징(象徵)하는 두 명(2名)의 낭자(娘子)를 天神에게 주었지만, 天神은 아름다운 낭자(娘子)만을 곁에 두고 추녀(醜女)는 돌려보냈기 때문에 수명(寿命)이 짧아졌다고 하는 것입니다. 이와 같은 얘기는 『니혼쇼키(日本書紀)』에도 보이고 이들에서는 天皇의 수명(寿命)이 아니고, 人間의 수명(寿命)이 단명(短命)해졌다는 것을 말하고 있습니다.

그런데 이 얘기에는 돌(石)과 꽃(花)이 생명(生命)의 상징적(象徵的)인 존재(存在)로서 나타나고 있습니다. 돌(石)은 영원(永遠)한 생명(生命)을 꽃(花)은 단명(短命)을 상징(象徵)하고 있습니다. 게다가 돌은 흉측하고 꽃은 아름답다는 것입니다. 꽃이 아름답다고 하는 것은 이해(理解)되지만 돌이 보기에 흉하다는 것은 다소(多少) 설명(説明)이 필요(必要)하다는 것입니다. 古代의 추(醜)하다는 의미(意味)는 현재(現在)의 추(醜)의 意味와는 다르고 강력(強力)하다든가 거칠다는 意味로 사용(使用)되고 있습니다. 추녀(醜女·しこめ)라는 것은 강력(強力)한 女性이라는 意味입니다. 돌을 추(醜)하다고 하는 것은 돌의 견고함에서 온 것이고, 그 성질(性質)은 〈永遠〉이라는 의미(意味)가 됩니다. 그러나 그 돌(石)이 꽃(花)과 한 쌍(一対)이 되면 강력(強力)하다는 의미이외(意味以外)에 現代의 意味인 《추·醜》라는 意味도 포함되어 있습니다. 즉 돌(石)과 꽃(花)은 《추(醜)와 미(美)》라는 意味가 되는 것입니다. 때문에 天神은 영원(永遠)한 生命을 보증(保証)할 예정(予定)이었던 이와나가히메(イワナガ媛)를 처(妻)로 삼는 것을 거절한 것입니다.

한편 《꽃·花》을 아름답다고 생각하는 것은 어디에서 온 것일까요. 古代의 日本人은 그만큼 꽃(花)에 흥미(興味)를 갖고 있었던 것은 아닙니다. 농경생활(農耕生活)가운데 꽃에 대한 관심(関心)은 벼꽃이나 작

물(作物)의 꽃이고, 우리가 생각하고 있는 꽃이 아니었습니다. 꽃을 아름답다고 느끼는 것은 꽃에 대한 교양(教養)이 없으면 안 되는 것입니다. 고노하나노사구야비메(コノハナノサクヤ媛)의 꽃은 벚꽃이라고 생각합니다만, 벚꽃은 악역(悪疫)을 퍼뜨리기 때문에 조정(朝廷)에서는 하나시즈메(花鎮)의 마츠리(花鎮の祭り)[7]를 행하였을 정도(程度)입니다. 古代의 문헌(文献)에는 꽃이 거의 등장(登場)하지 않는 것은 꽃에 대한 관심(関心)이 희박(希薄)했었다는 증거(証拠)입니다.

오오사카텐궁친카사이(大阪天満宮花鎮祭)

꽃을 아름다운 것으로 느끼게 된 것은 『만요슈(万葉集)』의 時代였던 것입니다. 게다가 漢詩를 학습(学習)하는 것과도 깊은 관계(関係)가 있습니다. 女性에 대해서 꽃처럼 아름답다고 하는 것은 지식인(知識人)들의 새로운 사고(思考)였습니다. 이전(以前)까지는 돌(石)과 같이 견고하고 씩씩한 것이 좋다고 생각했던 것입니다.

---

7) 하나시즈메노마츠리(花鎮めの祭り)는 칭가사이(鎮花祭)라고도 하고, 초춘(春先)에서 초하(初夏)에 걸쳐서 날씨(天気)가 安定되지 않는 時期에 疫病이 流行하지않도록 疫病의 精霊를 잠재워서 사람들의 健康을 祈願한다고 한다. 奈良時代부터 존재하고 있는 마츠리(祭り)이다. 그 때의 사람들은 지는 꽃에 깃들어 있는 精霊이 飛散하고, 병(病)이 流行한다고 믿고 있었기 때문에 毎年 칭가사이(鎮花祭)를 행하고, 꽃(花)이 언제까지나 꽃(花)으로 머물러 있고, 疫病의 精霊에게도 잠들도록「잠들어라 꽃이여/やすらえ花よ」라고 노래하고 춤을 추며(歌い踊り) 계속기원을 해왔다.

여기에는 일본(日本)의 두 가지 문화(文化)가 성립(成立)하고 있습니다. 즉《돌의 文化》와《꽃의 文化》라는 것입니다. 돌의 文化는 오래된 층에 속해 있었기 때문이고 꽃의 文化는 새로운 층에 속하는 것입니다. 이 두 가지문화(文化)의 우열(優劣)이 교차(交差)하지만 앞의 천신(天神)의 이야기입니다. 꽃을 아름답다고 느끼고 永遠한 生命을 불어넣어주는 돌을 추(醜)하다고하는 것입니다. 現在는 시내(市内)의 여기저기에 꽃가게(花屋)가 있고 돌집(石屋)을 발견(発見)하는 것은 곤란(困難)합니다. 꽃 한 송이 한 잔(花一杯)라는 운동(運動)은 있어도 돌한 잔(石一杯)이라는 운동(運動)은 없습니다. 그만큼 日本文化는 꽃을 중요시(重要視) 여기게 됩니다.

이 두 가지 文化 中에서 기미가요(君が代)의 노래(歌)는 돌의 文化를 노래(歌)하고 있는 것입니다. 天神이 추(醜)하다고 버린 돌(石)을 이번에는 존귀(尊貴)한 것으로 평가(評価)하고 있습니다. 물론 天神이 사랑한 꽃(花)을 존중(尊重)하면 그것은《短命》, 이른바 꽃의 생명《花の命》의 상징(象徴)도 번영(繁栄)도 영원(永遠)하지 않습니다. 하야시후미코(林芙美子)8)는「꽃의 생명(生命)은 짧고 괴로운 일만 많아라(花の命は短く、若きことのみ多かりき)」라고 한탄하고 있습니다. 꽃은 生命의 무상(無常)을 상징(象徴)하기 때문에 국가(国歌)에《벚꽃벚꽃/さくらさくら》이 좋다고 하는 意見도 있습니다만 꽃이 되어서는 안 되는 것입니다.

---

8) 하야시후미코(林芙美子/はやし ふみこ, 1903年(메이지明治36年)12月31日 - 1951年(쇼우와昭和26年)6月28日)은 日本의 小説家. 철이 들어 小学生時代에는 가난했기 때문인지 底辺의 庶民를 자애롭게 묘사한 名作이 있다. 『푸른 말을 보거나(蒼馬を見たり)』(S1 B1, 詩34篇), 南宋書院(1930年), 『방랑기(放浪記)』(『규슈탄광가방랑기(九州炭坑街放浪記)』를 倂録)(S2 B1, 小説), 改造社, (1930年)등.

하야시후미코(林芙美子)

그렇다고 하더라도 天皇의 조상인 天神이 추(醜)하다고 버린 돌(石)인데 새삼스럽게 天皇의 번영(繁栄)을 축하(祝賀)하는 노래(歌)로서 기미가요(君が代)를 국가(国歌)로 정(定)한 것은 정말로 올바른 판단(判斷)이었을까요.

전통(伝統)이 성립(成立)하면 보수적(保守的)인 의식(認識)이 성립(成立)합니다. 이 지켜져야 할 전통(伝統)을 기준(基準)으로서 혁신(革新)이라는 사고(思考)가 파생(派生) 됩니다. 보수(保守)와 혁신(革新)이란 시대(時代)를 움직이는 중요(重要)한 이데올로기가 되고 마사오카시키(正岡子規)의 短歌革新은 그 戰略으로서의 方法입니다.

16 시키(子規)와 단가혁신(短歌革新)

노래(歌)를 읊는다고 하는 것은 상식(常識)인데 근대(近代)에 들어와 마사오카시키(正岡子規)의 시대(時代)에 시작된 단가(短歌)의 혁신(革新)이라는 사고(思考)가 보편화(普通化)되고, 短歌는 항상 혁신(革新)의 파도에 휩쓸리게 되었다고 생각됩니다. 그 결과(結果)로서 새로운 표현(表現)이나 새로운 발상(新発想)에 의해 短歌가 평가(評価)되거나 합니다. 그만큼 近代(現代)라는 時代는 短歌가 극단적(極端的)으로 개인화(個人化)되고, 항상 다른 노래(他歌)를 초월(超越)해야 할 필요(必要)가 요청(要請)됩니다. 또는 時代의 상황(状況)과의 다툼이었는지도 모릅니다. 세계(世界)에서 일어난 사건(事件)이지만 직접적(直接的)으로 노래(歌)의 테마가 되는 現在의 특징(特徵)입니다. 아무튼 근대단가이후(近代短歌以後)는 항상 短歌의 혁신(革新)이 요청(要請)되고 있는 것은 아닌가하고 생각됩니다.

마사오카시키(正岡子規)는 『고킹슈・古今集』를 비판(批判)하기만 하지 않고 전대(前代)의 우타비토(歌人・시인)의 노래(歌)도 심하게 비판(批判)합니다. 와카(和歌)라는 용어(用語)도 진부(陳腐)하고, 노래(歌)도 진부(陳腐)하고, 노래(歌)도 취향(趣向)이 고정화(固定化)되어 진부(陳腐)해지고, 개량(改良)의 방법(方法)도 없을 정도(程度)의 상황

(状況)이었다고 합니다. 「5回 노래(歌)를 보내는 서(五たび歌よみに与ふる書)」에서는 전시대(前時代)의 좋지 않은 노래(歌)를 견본(見本)으로 들면서 다음과 같이 말하고 있습니다.

心あてに見し白雲は麓にて思はぬ空に晴るゝ不尽の嶺とふは春海のなりしやに覚え候。 こえは不尽の裾より見上げし時の即興なるべく、生(せい)も実際に斯く感じる事あれば面白き歌と一時は思ひしが、今見れば拙き歌に有之候。第一、麓といふ語如何(いか)にや、心あてに見し処は少なくとも半腹位の高さなるべきを、それを麓といふべきや疑はしく候。第二、それは善(よ)しとするも「麓にて」の一句理屈ぽくなって面白からず、只心あてに見し雲よりは上にありしばかり言はねばならぬ処に候。 第三、不尽の高く壮なる様を詠まんとならば今少し力強き歌ならざるべからず、此の歌姿弱くして到底不尽に副ひ申さず候。

상상하여 보니 흰 구름은 산록에서 갑자기 하늘이 맑아지고, 후지산의 봉우리를 봄 바다처럼 생각했습니다. 목소리는 후지산의 산기슭으로부터 올려다보았을 때의 즉흥이어야 하고, 생기도 있고 실제로 그렇게 느끼는 것이 있다면 훌륭한 노래라고 일시적으로 생각하지만, 지금 생각 해 보니 치졸한 것이었습니다. 첫째, 산기슭이라는 말이 어떠한가, 상상하여 본 것은 적어도 半腹(반신)정도의 높이인 것을, 그것을 산기슭이라고 표현한 것은 의심스럽습니다. 둘째, 그것을 좋다고 하는 것도 「산기슭에서/麓にて」의 一句는 억지표현 인 것 같아 좋지 않고, 단지, 추측해서 본 구름 보다는 위에 있을 정도라고 말해야 할 곳입니다. 세 번째로, 후지산의 높고 장엄한 모습을 읊고자 한다면 좀 더 강한 표현의 노래가 되어야하고, 이 노래의 표현을 약하게 해서 도저히 후지산에 미치지 못합니다.

봄날의 바다(春海)는 무라타하루우미(村田春海)1)를 지칭하고 가모노마부치(賀茂真淵)2)에게 배운 에도시대(江戸時代)의 국학자(国学者)입니다. 와카(和歌)를 많이 읊고『만요슈(万葉集)』의 연주(研究)에도 영향(影響)을 끼쳤습니다. 그러한 국학자(国学者)의 노래(歌)를 비판(批判)의 대상(対象)으로 삼아 좋지 않은 노래(歌)의 용례(用例)로서 들고 있습니다. 특히 시키(子規)의 비판(批判)은『고킹슈(古今集)』에만 한정(限定)되지 않고 근세(近世) 우타비토(歌人)의 노래(歌)도 비판(批判)의 대상(対象)으로 삼았습니다. 무라타하루우미(村田春海)의 외(外)에도 시키(子規)의 비판(批判)의 대상(対象)이 된 시인(歌人)은 있습니다만, 근세(近世)의 와카(和歌)의 특색(特色)은 만요(万葉)・고킹(古

---

1) 무라다하루미(村田春海/むらたはるみ, 엔쿄(延享)3年(1746年) - 분카(文化)8年2月13日(1811年3月7日)은 에도시대(江戸時代)中期부터서 後期에 걸친 国学者・우타비토(歌人). 本姓은 헤이지(平氏). 通称은 헤이야스로(平四郎). 字는 사치마로(士観). 号는 니시고리노야(織錦斎)・고토지리노오키나(琴後翁). 가모노마부치문하(賀茂真淵門下)에서 県居学派(県門)四天王의 한 사람. 漢籍을 핫토리하쿠히(服部白賁)에게 国典을 가모노마부치(賀茂真淵)에게 배우고, 国学者이고 우타비토(歌人)인 가토치카게(加藤千蔭/橘千蔭)와 함께 江戸派歌人의 双璧을 이루고, 무츠노구니시라가와항슈(陸奥国白河藩主)로 幕府老中도 지낸 마츠히라사다노부(松平定信)의 寵愛를 받았다. 晴海는 特히 가나즈카이(仮名遣い)에 造詣가 깊고,『신센지카가미(新撰字鏡)』를 発見・紹介하고 있다.

2) 가모노마부치(賀茂 真淵/かものまぶち, 겐로쿠(元禄)10年3月4日(1697年4月24日) - 메이와(明和)6年10月30日(1769年11月27日)은 江戸時代의 国学者, 우타비토(歌人). 通称庄助, 三四. 마부치(真淵)는 出生地인 시키치군(敷知郡)에 의거한 雅号이고, 바부치(淵満)라고도 称했다. 가모노마부치(賀茂真淵)는 가다노아즈마마로(荷田春満)를 師로하고,『万葉集』등의 古典研究를 통해서 古代日本人의 精神을 研究했다. 가타노아즈마마로(荷田春満)・모토오리노리나가(本居宣長)・히에다노아레(平田篤胤)와 함께「国学의 시우시(四大人)」의 한 사람으로 칭한다. 주요한 著書에『가이고(歌意考)』,『만요고(万葉考)』,『고쿠이고(国意考)』,『노리토고(祝詞考)』,『니히마나비(にひまなび)』,『부이고(文意考)』,『고이고(五意考)』,『관사고(冠辞考)』,『가구라고(神楽考)』,『겐지모노가타리신석(源氏物語新釈)』,『고토바모모쿠사(ことばもゝくさ)』등이 있다.

今)·신고킹(新古今)의 가풍(歌風)을 새롭게 소생(蘇生)시키는 것을 목적(目的)하였기 때문에 시키(子規)의 사생(写生)이나 솔직성(率直性)을 목적(目的)으로 하는 가풍(歌風)에서는 비판(批判)의 대상(対象)이 되었습니다.

가모노마부치(賀茂真淵)

あはれにも 何残るらむ 霜深き 岡辺の薄 枯れも 果てなで 가타노아즈마마로(荷田春美満)

아아, 무엇이 남으리요. 서리가 짙게 내린 언덕의 참억새도 시들어 버렸어요.

夕されば 海上潟(うなかみがた)の 沖つ風 雲ゐに吹きて 千鳥鳴くなり 가모노마부치(賀茂真淵)

저녁이 되면 갯벌의 해풍이 구름에 불어고 물떼새가 울어대네

うづらなく ふりにし里の さくら花 見る人なしに 散りか過ぎなむ 모토오리오이나가(本居宣長)

메추라기가 울고 정든 고향의 벚꽃을 보는 사람이 없어지고 있네

あはれわが 常盤(ときは)にかへぬ 真心を ときはに受けむ 人の子もがな 히라다아츠타네(平田篤胤)

아아, 나의 영원히 변치 않는 진심을 가끔씩은 알아주세요, 인정어
린 사람으로

모두 근세국학(近世国学)의 4대성인(四大聖人)의 노래(歌)입니다.
이들이 만요(万葉)의 노래(歌)를 배경(背景)으로 하고 있는 것을 알 수
있습니다. 만요(万葉)를 통해서도 새로운 국풍(歌風)으로 바꾸려고 하
였습니다만, 시키(子規)의 입장(立場)에서 보자면 엄한 비판(批判)의
대상(対象)이 되었습니다.

시키(子規)의 와카(和歌)에 대한 입장(立場)은 당시(当時)의 立場가
연마(陳腐)하고 부패(腐敗)해 있다고 주장(主張)하는데 있습니다. 일시
적(一時的)인 방편으로 매화, 나비, 국화 등을 일본(日本)의 고유(固有)
한 말(言語)로 생각하고, 그 이외(以外)를 배척(排斥)하는 태도(態度)를
비판(批判)하고 그 개혁(改革)을 위해서는 오히려 외국어(外国語)도 산
크리스트어(語)도 되고 한어(漢語)도 서양언어(西洋言語)도 文学的으
로 사용(使用)할 수 있다면 문제(問題)가 없고 이들은 모두 노래(歌)의
言語라고 주장(主張)하고 있습니다. 우선 이러한 점에 시키(子規)의 단
가혁신(短歌革新)이 있었습니다.

이와 같은 短歌의 혁신(革新)이라는 생각은 물론 近代에만 그치지
않고, 고전와카(古典和歌)라는 時代를 통해서 어느 時代에도 存在했던
것입니다. 그것은 短歌에 한정(限定)되지 않고, 바쇼(芭蕉)[3]가 「불역류

---

3) 마츠오바쇼[松尾 芭蕉/まつお ばしょう, 강에이(寛永)21年(1644年) - 겐로쿠(元
禄)7年10月12日(1694年11月28日)]는 에도(江戸)時代前期의 하이카이시(俳諧
師). 現在의 미에현이가우에노시출신(三重県伊賀市出身). 幼名은 깅사쿠(金作).
通称은 토우시나나오(藤七郎), 츄우에몽(忠右衛門), 싱시치로(甚七郎). 이름은 무
네후사(宗房). 하이고(俳号)로서는 처음에는 実名宗房를 다음에는 도우세이(桃
青), 바쇼(芭蕉/はせを)라고 개칭하였다. 기타무라기킹문하(北村季吟門下). 쇼우

행/不易流行」이라고 하였듯이 문학작품(文学作品)은 그와 같은 혁신(革新)(流行)을 강요(強要)받아온 것입니다. 또한 그것은 문예작품(文芸作品)에 한정(限定)된 것은 아닙니다. 예술작품(芸術作品)은 항상 혁신(革新)되는 것입니다. 회화(絵画)도 음악(音楽)도 연극(演劇)도 그렇습니다. 그 배후(背後)에는 전통(伝統)(不易)을 수호(守護)하려는 강한 의식(意識)이 있고, 이처럼 고수(固守)되어야 할 전통(伝統)을 기준(基準)으로서 혁신(革新)하려는 사고(思考)가 자생(自生)하게 되었습니다. 그것은 보수(保守)와 전통(伝統)이라는 표현(表現)에서도 설명(説明)이 可能합니다. 이 두 時代를 움직이는 중요(重要)한 이데올로기에 대한 내용을 사전(辞書)에서 보자면 人間의 행동(行動)을 좌우(左右)하는 근본적(根本的)인 사고(思考)의 체계(体系)라고 말하고 있습니다.

이러한 보수(保守)와 전통(伝統)이라는 이데올로기는 의외(以外)로 옛 시대(時代)로 거슬러 올라갈 수 있습니다. 이미 나라(奈良)時代初에 오오토모다비비토(大伴旅人)나 야마노우에노오쿠라(山上憶良)가 만요(万葉)의 우타비토(歌人)로서 登場합니다만, 이 두 사람은 이데올로기로서 노래(歌)의 혁신(革新)을 이룬 最初의 우타비토(歌人)입니다. 나라시대(奈良時代)는 완전(完全)히 短歌의 時代는 아니고, 長歌를 읊는 일이 우타비토(歌人)으로서의 입장(立場)을 보증(保証)하고 있었습니다. 때문에 오쿠라(憶良)는 長歌의 우타비토(歌人)로서 활약(活躍)합

후우(蕉風)라고 하는 芸術性이 매우 높은 句風을 確立하고, 하이세이(俳聖)로서 世界的으로도 알려져 있다. 日本史上最高의 하이카이시(俳諧師)의 한사람이다. 바쇼(芭蕉)가 弟子인 가와이소라(河合曾良)를 동반하고, 겐로쿠(元禄)2年3月27日(1689年5月16日)에 江戸를 출발하여 東北, 호쿠리크(北陸)를 순행하고 기후(岐阜)의 오오가키(大垣)까지 여행(旅)을 하고 기록한 紀行文인『오쿠노호소미치(おくのほそ道)』가 있다.

니다. 이 시대(時代)에는 한쪽이 단가(短歌)이고, 다른 한쪽이 장가(長歌)의 형태(形態)로 노래(歌)를 경쟁(競争)하는 것입니다. 그리고 두 사람은 노래(歌)를 이데올로기로서 노래(歌)하고 당시(当時)의 사회(社会)나 정치(政治)와 깊이 관여(関与)하게 됩니다.

하이세이덴(俳聖殿)

보수(保守)라는 것은 그 공동체(共同体)나 국가(国家)에 깊이 뿌리내린 文化를 지키는데 있지만, 그렇다면 혁신(革新)이란 어떠한 文化에 기초(基礎)하는 것일까요. 혁신(革新)이라는 것은 사전(辞典)에 의하면 제도(制度)나 조직(組織)등을 바꾸어서 새롭게 하는 것이라고 기술(記述)되어 있습니다. 이른바 공동체(共同体)나 国家에는 정착(定着)되어 있지 않은 사고(思想)나 文化에 의해서 그 제도(制度)를 새롭게 하는데 있기 때문에 지금까지 친숙해진 내부(内部)의 사람들에 있어서 그것은 이질적(異質的)이고 특이(特異)한 것입니다. 그것을 전통(伝統)

이라는 立場에서 배체(排除)하든가 그 때문에 수용(受容)할 것인가는 日本의 역사(歷史)속에서 자주 반복(反復)되어온 문제(問題)입니다.

예(例)를 들면 국제화(国際化)의 時代를 맞이하게 되었다고 하는 오늘날에도 日本人은 外国人을 〈가이징(外人)〉라고 부르고 일본인(日本人)의 쪽에 수용(受容)하려는 데는 적극적(積極的)이지 않습니다. 이것은 日本人이 외부사회(外部社会)에 대해서 일종(一種)의 특별(特別)한 心理를 갖고 있는 것을 가르키고 있고 日本人의 폐쇄성(閉鎖性)으로서 화제(話題)가 되는 이야기이지만, 여기에 《보수(保守)》라는 이데올로기가 적용(適用)되고 있는 것입니다. 日本에는 쇄국(鎖国)의 時代가 있었고, 오랫동안 외부(外部)와의 접촉(接触)을 거부(拒否)하고 있었습니다. 이러한 역사적(歷史的)인 문제(問題)가 내재(内在)되어 있기 때문에 日本人의 보수성(保守性)이 강해졌다고 말할 수 있습니다. 외부(外部)에서 들어온 사람은 이질적(異質的)이고 무엇을 생각하고 무슨 일을 할지 모르기 때문에 불안감(不安感)이 외국인(外国人)을 배제(排除)한다고 하는 行動으로 보일 수 있습니다. 이와 같은 행동(行動)으로 유명(有名)한 것이 古代에 일어난 불교(仏教)의 수용(受容)과 배제(排除)를 둘러싼 쟁난(争乱)이었습니다.

혁신(革新)은 이단(異端)이거나 이질(異質)이거나 하기 때문에 최초(最初)는 배제(排除)되는 운명(運命)을 거치면서도 그 유효성(有效性)이 인정(認定)되면 수용(受容)되어서 공동체(共同体)나 국가(国家)의 신문화(新文化)로서 成立하게 됩니다. 그러나 그 혁신(革新)도 시간(時間)이 지나면 전통문화(伝統文化)로서 인지(認知)되고 지금은 이를 지키려고 하는 이데올로기가 발생(発生)하게 됩니다. 그에 비해 다시 혁신(革新)의 사상(思想)이 발생(発生)하고, 전통(伝統)을 개혁(改革)하는 것입니다. 이와 같이 되어 공동체(共同体)나 문화(文化)가 성립(成立)하는 것입니다. 실로 보수(保守)와 혁신(革新)은 표리(表裏)의 관계(関係)이고 그것은 오랜 역사(歷史)中에서 반복(反復)되고 있지만 그것은 공동체(共同体)나 국가(国家)를 생동감(生動感)있게 하는 것입니다.

단가(短歌)도 또한 이러한 원리 안(原理中)에 있습니다만, 그러면 혁신(革新)이라는 외부(外部)는 도대체 어떤 존재(存在) 일까요. 그것은 공동체(共同体)에 있어서는 촌락(村落)이나 벽촌의 문화(文化)였습니다. 혹은 도시(都市)의 문화(文化)였습니다. 인접한 마을이나 도시(都市)에서 방문(訪問)하는 외부인(外部人)이 가지고 들어오는 문화(文化)는 공동체(共同体)에 있어서는 이질적(異質的)이고 신기한 것입니다. 이와 같은 문화적(文化的)인 접촉(接触)의 기본(基本)은 교역(交易)이었습니다. 마을의 거리나 마을의 경계선(境界線)에서 있는 임시(臨時)의 시내(市内)에는 해당지역(該当地域)에서는 수확(収穫)되지 않는 야채(野菜)나 과일 또는 고도(高度)한 기술(技術)에 의한 농기구(農器具)나 생활도구(生活器具)가 넘쳐나고 신기한 타국(他国)의 산물(産物)로 넘쳐났겠지요. 더욱이 타국(他国)의 신기한 노래(歌)나 춤(舞)도 장대(壯大)한 연극(演劇)등도 보거나 들었거나 했겠지요. 이번에는 이쪽에서도 〈外人〉이 되기도 하고, 실로 外人들의 교차점(交差点)인 것입니다. 그곳은 산물(産物)의 교환장소(交換場所)일 뿐만 아니라 문화(文化)의 교환장소(交換場所)이기도 하였습니다. 일상적(日常的)으로 익숙해진 것뿐만 아니라 질려버린 것입니다만, 그것이 역(逆)으로 타국인(他国人)에게는 신기한 것이 되었을 것입니다. 사람들은 이 시장(市場)에 나오면 즐거울 뿐만 아니라 일상생활(日常生活)에서는 경험(経験)할 수 없는 흥분(興奮)된 시간(時間)을 보낼 수 있는 것입니다. 그리고 그곳에서 획득(獲得)한 것을 자신들의 마을에 도입(導入)하여 마을을 개혁(改革)하게 됩니다.

이것이 국가(国家)의 단계(段階)나 나라(国家)의 단계가(段階)되면 어떻게 될까요. 나라나 국가(国家)는 촌락(村落)의 산물(産物)이나 기술(技術)에 의해서 성립(成立)하기 때문에 전국(全国)의 산물(産物)이나 기술(技術)이 도시(都市)에 모여서 그곳은 전국(全国)의 견본시장(見本市場)과 같은 상황(状況)이 됩니다. 그러나 나라를 지배(支配)하는 사람의 저택(邸宅)에 이번에는 진짜 〈가야징(外人)〉들이 교역(交易)을 위해서 신기한 물품(物品)들을 가지고 들어옵니다. 외국(外国)에 있어서는 일본(日本)의 산물(産物)은 신기한 것들이고 그것과 교환(交換)합니다. 이로서 이번에는 일본(日本)에서 교역(交易)의 선박(船舶)을 출발(出入)시킵니다. 이것이 견수사(遣隋使)나 견당사(遣唐使)가 되는 것입니다. 견수사(遣隋使)나 견당사(遣唐使)는 국가(国家)가 행한 中国의 새로운 산물(産物)이나 학문(学問)을 입수(入手)하기 위해 교역(交易)을 위한 사절(使節)이었습니다. 그러나 中国의 고도(高度)한 文化에 접촉(接触)하게 됨으로써 일본(日本)에서 생산(生産)되는 물품(物品)이 그다지 많지 않다는 것을 알고 마침내 중국(中国)에서 일방적(一方的)으로 기술(技術)이나 학문(学問)을 수입(輸入)하게 됩니다. 그것이 국가(国家)가 행한 고대(古代)의 교역(交易)이었습니다.

일본(日本)이 국가적(国家的)으로 혁신(革新)의 시대(時代)를 맞이하게 된 것은 이 견수사(遣隋使)나 견당사(遣唐使)의 파견(派遣)에 의한 것입니다. 민간(民間)의 교역(交換)은 일상잡화(日常雑貨)가 중심(中心)이었지만, 견수사(遣隋使)나 견당사(遣唐使)의 선박(船舶)은 일상잡화(日常雑貨)를 입수(入手)하기 위한 것은 아니었습니다. 교역(交

易)이 이루어지는 것은 국가건설(国家建設)에 필요(必要)한 산물(産物)이나 기술(技術), 지배자(支配者)에 있어서 권위(権威)를 상징(象徵)하는 보물(宝物) 그리고 学問이었습니다. 그 결과(結果), 日本人은 漢字라고 하는 文字를 구사(駆使)하고 유교(儒教)라는 사상(思想)으로 정치(政治)를 하고 仏教라는 종교(宗教)를 믿게 된 것입니다. 그것은 웅대(雄大)한 혁신(革新)의 時代였다고 하는 것을 말합니다. 이 혁신(革新)의 時代가 지나고 헤이안(平安)의 귀족문화(貴族文化)가 탄생(誕生)하게 됩니다.

이와 같이 혁신(革新)이라는 것은 외부(外側)로부터의 자극(刺激)에 의해서 시작 됩니다. 역사 속(歷史中)에는 다양(多様)한 전통(伝統)과 혁신(革新)과의 차이(差異)가 연령(年齢)의 차이(差異)처럼 중첩되어 있습니다. 이와 같은 문화층(文化層)이 형성(形成)되면 이번에는 過去의 文化에를 거슬러 올라가 혁신(革新)하는 것도 가능(可能)해 집니다. 과거(過去)도 외부(外部)가 되어가는 것입니다.

그러나 큰 혁신(革新)을 이루기 위해서는 외부 측(外部側)에서도 바다의 저편에 추구(追求)하는 것이 일본인(日本人)의 생각이었던 것입니다. 장기간(長期間)에 걸쳐서 中国이나 韓国 또는 海外의 文化에 동경(憧憬)을 가지고 있었던 日本人에 있어서 고도(高度)한 물건, 고가품(高価品)은 海外에서 찾아온다고 하는 신앙(信仰)을 탄생(誕生)하기에 이릅니다. 일찍이 《박래품/舶来品》이라고 하고 지금은 브랜드라고 합니다. 해외(海外)에 보물(宝物)로 가득한 나라(国家)가 있고 거기에는 금은보화(金銀財宝)가 흘러넘치고 있다고 생각했던 결과(結果)입니다. 이것은 外国에서도 동일(同一)하게 생각하였습니다. 일본(日本)

이 《황금(黃金)의 国家의 상징(象徵)》라고 불리는 것도 해외신앙(海外信仰)의 문제(問題)인 것입니다.

오오토모다비비도(大伴旅人)나 야마노우에노오쿠라(山上憶良)의 時代는 海外에서 밀려들어오는 文化의 파도에 휩쓸리고 있던 時代였습니다. 게다가 혁신(革新)은 배제(排除)되지 않고 적극적(積極的)으로 받아들여야 했던 것입니다. 유교(儒教)라는 学問에 대한 이해(理解)는 원래부터 文字는 国文字인 漢字를 사용(使用)하고, 漢字에 의해서 漢詩를 읊는 것도 중요(重要)한 교양(教養)이 되고 仏教에 대한 理解도 同一했습니다. 더욱이 노장(老莊)이나 도교(道教)등의 이상(異常)한 사상(思想)이나 종교(宗教)도 理解되는 時代였던 것입니다. 그 때문에 다비비토(旅人)도 오쿠라(憶良)도 이 時代의 사상(思想)의 조류중(潮流中)에서 새로운 발상(新発想)의 노래(歌)를 테스트해보는 것이 可能했던 것입니다. 전통(伝統)을 보수(保守)하려고 하는 생각보다도 무절조(無節操)라고 말해도 무리(無理)가 안 될 정도(程度)로 적극적(極端的)인 외국숭배(外国崇拜), 그 意味는 국제화시대(国際化時代)였습니다.

그러나 이것은 現在의 우리들에게 있어서 웃어버릴 수 있는 것일까요. 왜냐하면 이것도 同一한 극단적(極端的)인 외국숭배(外国崇拜)의 時代가 명치(明治)의 초기(初期)이었기 때문입니다. 이 時代의 표어(標語)로서 알려진 것으로 《탈아입오(脱亜入欧)》라는 말이 있었습니다. 우리 日本人은 아시아인이지만, 아시아를 버리고 유럽인이 되려고 하는 것입니다. 日本의 文化에 비하여 유럽의 문화(文化)는 현기증을 일으킬 정도(程度)로 고도(高度)한 文化였기 때문입니다. 아시아는 열등(劣等)하고 유럽은 훌륭하기 때문에 유럽의 文化를 入手하려고한 것이다. 日本人은 아시아인이 되는 것을 포기(放棄)하고 유럽인이 되려고 하는 것도 농담(冗談)이 아니고 정말로 그와 같이 생각했던 것입니다. 日本人의 인종(人種)을 개량(改良)하려고 하는 것입니다. 그러기 위해서는 앞으로는 日本人은 유럽인과 결혼(結婚)하고 일오혼혈(日欧混血) 아이를 늘리려는 계획(計画)이었습니다. 또한 日本語를 포기(放棄)하고 英語로 하려는 계획(計画)도 있었습니다. 이들은 단념(断念)할 수밖에 없었지만 政治·社会의 제도(制度)나 조직(組織)의 개혁(改革)이 이루어져 日本은 유럽을 추종(追随)하게 되었습니다. 이것도 또한 국가규모(国家規模)에 있어서의 혁신(革新)이었습니다.

이와 같은 時代를 받아들여 회화(絵画)도 음악(音楽)도 연극(演劇)도 움직이기 시작했습니다. 마침 유럽에서는 철학(哲学)·예술(芸術)에 있어서 리얼리즘 운동(運動)이 일어났던 것입니다. 이 리얼리즘이라는 것은 예술운동(芸術運動)의 경우《사실주의(写実主義)》라고 불립니다. 객관적 사실(客観的事実)을 가능(可能)한 충실(忠実)하게 재현(再現)하려고 하는 태도(態度)를 지칭합니다. 이와는 반대(反対)의 태도(態度)가《낭만주의·浪漫主義》입니다. 이 두 가지의 立場은 古代로부터의 예술(芸術)의 두 가지의 흐름이었습니다만, 그것이 예술운동(芸術運動)으로서 자각적(自覚的)으로 출현(出現)하는 것이 19世紀였습니다. 근래시민사회(近代市民社会)의 태동(胎動)이기도하고 엥겔스라는 독일인 정치(政治)·경제학자(経済学者)는 리얼리즘이라는 것은 세부(細部)의 묘사(描写)의 사실성외(真実性外)에 전형적환경(典型的環境)에 있어서 전형적성격(典型的性格)의 충실(忠実)한 재현(再現)이다라고 언급(言及)하고 있습니다. 그 전형(典型)은 반듯이 事実이어야만하는 것이 아니고, 그것이 現実로서 인식(認識)된다면 리얼리즘이라

는 말입니다. 그 意味에서는 리얼리즘은 낭만주의(浪漫主義)와도 모순
(矛盾)되지 않는 것입니다.

이와 같이 볼 때 外国語도 점점 도입(導入)하려고 하는 마사오카시
키(正岡子規)의 단가혁신(短歌革新)은 오랜 단가혁신(短歌革新)의 역
사(歷史)의 하나로서 近代에 발생(発生)하였다는 주장(主張)인 것을
알 수 있습니다. 시키(子規)의 단가혁신(短歌革新)의 근본(根本)은
《写生》에 있었습니다. 이것은 리얼리즘이고, 사실주의(写実主義)를
지칭합니다. 시키(子規)가 『고킹슈(古今集)』를 비판(批判)하고 『만요
슈(万葉集)』를 평가(評価)한 것은 어디까지나 사생(写生)이라는 예술
운동(芸術運動)을 実現하기 위한전술(戦術)·전략(戦略)이고, 한편으
로는 요사노뎃강(与謝野鉄幹)[4]·아키코(彰子)夫婦의 낭만주의단가
(浪漫主義短歌)의 꽃을 피우게 됩니다. 그 마사오카시키(正岡子規)의
短歌에는

요사노뎃강(与謝野鉄幹)   요사노뎃강 歌碑

---

4) 요사노뎃강(与謝野 鉄幹/よさのてっかん, 1873年(메이지明治6年)2月26日 - 1935
年(쇼우와昭和10年3月26日)은 우타비토(歌人). 本名은 히로시(寛). 뎃강(鉄幹)은
号. 요사노아키코(与謝野晶子)의 夫. 후에 게이오의숙대학교수(慶應義塾大学教
授). 文化学院学監.

瓶(かめ)にさす藤の花ぶさみじかければたゝみの上にとどかざりけり

벼에 꽂는 등나무꽃송이가 작아 다다미 위에 두었네.

くれなゐの二尺伸びたる薔薇の芽の針やはらかに春雨のふる

불그스럽게 二尺정도 자란 장미의 싹의 가시는 부드럽고 봄비가 내리네.

와 같이 읊고 있습니다. 시키(子規)는 『병상육척(病床六尺)』으로「들꽃 한 송이를 머리맡에 두고 그것을 솔직(率直)하게 사생(写生)하고 있으면 조화(調和)의 비밀(秘密)이 점점 이해(理解)되는 듯한 기분(気分)이 든다·草花の一枝を枕元に置いて、それを正直に写生して居ると、造化の秘密が段々と分って来るやうな気がする」라고 언급하고 있지만「다다미의 위에 머물고서·たゝみの上にとどかざりけり」에는 実際로 이와 같이 존재(存在)하고 있는 등꽃의 모습을 사생(写生)한 것이라고 말하고「2척씩이나 자란 장미·二尺伸びたる薔薇」에도 길이를 재는 사생(写生)의 태도(態度)를 볼 수 있습니다. 그러한 사생(写生)으로서의 短歌가 실험(実験)되고 있지만, 그뿐만 아니라 다타미(畳)의 위에 닿지 않는 꽃송이의 자태(姿態)에 스스로의 단명(短命)을 예감(予感)하고 있었고 장미(薔薇)의 잎에 접하는 자연(自然)의 아름다움을 발견(発見)하고 있습니다. 사생(写生)을 하면서도 문학적서정성(文学的抒情性)을 획득(獲得)하고 있는 점에 시키(子規)의 본래(本来)의 단가혁신(短歌革新)이 있었다고 말할 수 있습니다.

> 단가(短歌)의 혁신(革新)은 이미 『만요슈(万葉集)』의 시대(時代)부터 시작 되었습니다. 이러한 혁신(革新)의 기수는 각각의 시대(時代)의 사조(思潮)를 체험(体験)하고 등장(登場)하는 뛰어난 시인(詩人)들이었습니다. 오히려, 뛰어난 시인(詩人)이란 전시대(前時代)의 노래(歌)의 혁신(革新)을 이룩한 훌륭한 시인(詩人)이 되었습니다.

17 만요(万葉)의 단가혁신(短歌革新)

와카사(和歌史)를 볼 때에 최초(最初)로 短歌의 혁신(革新)을 한 것이 누구인가하면, 그것은 초기만요시대(初期万葉時代)의 누가다노오오기미(糠田王)라고 할 수 있습니다. 그녀는 600年代後半의 우타비토(歌人)로 오우미(近江)에 수도(都)를 설치(設置)한 前後에 활약(活躍)합니다만, 상세(詳細)한 이력(履歴)은 알 수 없습니다. 미코(巫女, 샤만, 무당)的인 우타비토(歌人)라고하기도 하고 우네메(采女·궁녀)[1]적인 性格이 있다고도 합니다. 長歌三首와 短歌八首만이 남아 있지만 最初의 여류우타비토(女流歌人)로서 인기(人気)가 있었습니다. 또 그녀는 전설(伝説)의 인물(人物)로서도 유명(有名)합니다. 처음에는 오오아마노미코(大海人皇子)[2]의 아내가 되고, 도오노치노히메미코(市皇女)[3]을 낳은 것은 歷史的으로도 인정(認定)되고 있습니다만, 다음에 오빠인

---

1) 우네메(采女/うねめ)는 日本의 朝廷에서 天皇이나 皇后에게 近侍하고, 食事등 신변(身の回り)의 雑事를 專門으로하는 女官. 헤이안세대(平安時代)의 以降는 쇠퇴하고 特別한 行事時만의 官職이 되었다.

2) 테무텐노(天武天皇/てんむてんのう, 죠메이텐노(舒明天皇)3年(631年)? – 슈쵸우원년(朱鳥元年)9月9日(686年10月1日)은 7世紀後半의 日本의 天皇이다. 在位는 텐무텐노(天武天皇)2年2月27日(673年3月20日)부터 슈쵸우원년(朱鳥元年)9月9日(686年10月1日). 『皇統譜』가 정한 代数로는 第40代가 된다.

3) 도오노치노히메미코(十市皇女/とおちのひめみこ、653年, 하구치(白雉)4年? 다이카(大化)4年(648年)説도) - 텐무텐노(天武天皇)7年4月7日(678年5月3日)는 텐무텐

텐치텐노(天智天皇)의 총애(寵愛)를 받고 두 사람의 형제(兄弟)에게도 사랑을 받은 비극적(悲劇的)인 女性이 되고 임신난(壬申乱)[4]은 그녀를 둘러싸고 일어났다는 전설(伝説)이 있습니다. 이와 같은 전설(伝説)은 애도(江戸)時代에 정착(定着)하고 메에지(明治)以後의 근대만요학(近代万葉学)도 이를 바탕으로 누가타노오기미(額田王)를 비애(悲恋)의 히로로 만들게 되었습니다.

누카타노오오기미(額田王)는 『만요슈(万葉集)』의 最初의 우타비토(歌人)입니다. 그것은 우타비토(歌人)의 탄생(誕生)을 의미(意味)합니다. 와카사상(和歌史上)에서 우타비토(歌人)가 탄생(誕生)한다고 하는 것은 노래(歌)의 상황(状況)이 지금까지와는 크게 변화(変化)된 것을 가르쳐주고 있습니다. 오우미조(近江朝)의 궁정음악(宮廷音楽)이나 궁정가무(宮廷歌舞)가 어떠한 모습이었는지는 알 수 없지만, 우타비토(歌人)가 탄생(誕生)하는 단계(段階)를 맞이하고 있다고 하는 것은 분명(分明)합니다. 그러면 그녀는 어떠한 재능(才能)을 갖추고 있었을까요. 그녀가 왕(王)이라고 불리는 것은 다이호율령이전(大宝律令以前)의 제도(制度)에 의한 것이기 때문에 반드시 황실관계(皇室関係)의 女性이라고는 할 수 없습니다. 그러나 궁정(宮廷)과 깊이 관여(関与)되고 있음

노(天武天皇)의 第一皇女(母는 누가타노오오키미(額田王), 오오토모미코(大友皇子)(弘文天皇)의 正妃.

4) 진신노란(壬申の乱/じんしんのらん)이란 텐무텐노(天武天皇)元年(672年)에 일어난 日本古代最大의 内乱이고, 텐치텐노(天智天皇)의 太子·오오토모노미코(大友皇子/おおとものみこ, 明治3年(1870年), 고우붕텐노(弘文天皇)의 称号를 追号)에 대해서 皇弟·오오아마노미코(大海人皇子/おおあまのみこ, 後의 텐무텐노(天武天皇)가 地方豪族을 아군(味方)으로 하여 反旗를들었던 사건이다. 反乱者인 오오아마노미코(大海人皇子)가 勝利했다고한다. 유례가 없는 内乱이었다. 텐무텐노(天武天皇)元年은 간시(干支)로 壬申(じんしん、みずのえさる)에 해당하기에 이를 壬申의 乱이라고 부른다.

으로 특별(特別)한 女性입니다. 그 특별(特別)한 조건(条件)에 의해서 궁정(宮廷)의 우타비토(歌人)로서 등장(登場)하는 환경(環境)을 얻었다고 할 수 있습니다. 그녀의 특별(特別)한 조건(条件)의 하나가 노래(歌)가 가능(可能)하다는 것이었습니다.

이 조건(条件)에서 말하자면 그녀의 고대(古代)의 가기(歌妓)·기생(歌姬)이였다고 생각됩니다. 가기(歌妓)라는 것은 오래된 노래(歌)를 낭송(伝誦)하고 아름다운 목소리로 노래(歌)가 可能한 女性이고 전문가수(專門歌手)를 말합니다. 텔레비전이나 라디오가 없었던 時代에 芸能의 中心을 차지했던 가무(歌舞)였습니다. 地方에서도 都市에서도 궁정(宮廷)에서도 다양(多様)한 노래(歌) 文化가 存在했습니다. 노동(労働)이나 마츠리(祭り, 축제)나 연회(宴会) 또는 의례(儀礼)이고, 노래(歌)는 빠뜨릴 수 없는 조건(条件)입니다. 과거(過去)로부터 전승(伝誦)된 노래(歌)를 많이 기억(記憶)하고 노래(歌)하는 것이 可能한 사람, 그것이 높은 교양(教養)을 갖은 사람이었던 것입니다.

現在에도 마을마다 민요(民謡)라고 불리는 가요(歌謡)가 많이 있습니다만, 이들은 노동(労働)이나 마츠리(祭り)나 연회(宴会)에서 노래(歌)하고, 여기에 등장(登場)하는 전문가수(專門歌手)도 있습니다. 전문가수(專門歌手)는 일찍이 「호가히히토, ホカヒヒト」라고 불립니다. 노래(歌)를 부를 수 있다고 하는 것은 전문가수(專門歌手)로서의 가창능력(歌唱能力)이 있다는 것을 가르킵니다.

전문가수(專門歌手)가 등장(登場)하는 것은 노래(歌)를 신(神)에게 봉헌하는 의미 외(意味外)에 사람들이 듣고 싶어 하는 요구(要求)가 있기 때문입니다. 마을(村)에는 오래된 중요(重要)한 노래(歌)가 전승(伝誦)되고 있었습니다. 그 고카(古歌)를 들을 수 있는 것은 마을의 축제

(祝祭)였습니다. 신(神)을 맞이하여 아름다운 노래(歌)를 봉헌(奉納)하는 것입니다. 신(神)에게 노래(歌)를 봉헌하는 사람은 오래된 무당(巫ㆍふ)라고 불리는 샤만입니다. 샤만은 特別한 사람이고 고카(古歌)를 관리(管理)하고 낭송(伝誦)하고 있었습니다. 그것이 어느 단계(段階)에서 신(神)을 모시는 샤만과 노래(歌)를 전문(專門)으로 하는 가수(歌手)로 분화(分化)되게 되었습니다. 전문가수(專門歌手)는 마츠리(祭り)에 모인 청중(聴衆)을 위해 고카(古歌)를 들려줌과 同時에 新作의 노래(歌)를 부릅니다. 텐무텐노(天武天皇)의 時代에 地方에서 노래(歌)를 잘하는 男女를 모았다고 사서(史書)에 기록(記録)되어 있지만, 그것은 샤만과는 다른 전문가수(專門歌手)를 지칭합니다. 그와 같은 男女를 왜 모았는가하면 궁정음악(宮廷音楽)의 정비(整備)가 目的이었기 때문입니다. 이미 외래(外来)의 음악(音楽)은 정비(整備)되기 시작하였고, 여기에 《국가(国歌)》에 의한 音楽의 정비(整備)가 시작된 것입니다. 그것이 구니부리(国ぶり)의 出発이었습니다.

누카타노오오기미(額田王)는 뿌리를 거슬러 올라가보면 샤만이 됩니다만, 정확(正確)하게 분화(分化)한 전문가수(專門歌手)의 계통(系統)을 계승(継承)한 女性입니다. 게다가 일반적(一般的)인 전문가수(專門歌手)의 단계(段階)를 넘어서 궁정(宮廷)의 專門的인 우타비토(歌人)로서 등장(登場)하고 그녀의 노래(歌)가 세련(洗練)된 조건(条件)이 완비(完備)되어 있습니다. 천황(天皇)을 대신하여 궁정(宮廷)의 연회(宴会)에서 계절(季節)의 노래(歌)를 읊고, 또는 즉흥적(即興的)인 고이우타(恋歌)나 천황(天皇)이 사망(死亡)했을 때 방카(挽歌)를 읊는 것도 전문적(專門的)인 우타비토(歌人)의 성격(性格)을 띠는 것입니다.

あかねさす 紫野(むらさきの)行き 標野(しめの)行き 野守は見ずや
君が袖振る(巻一)

붉은 빛을 띠는 저 자주색 풀이 많은 들판에 나가 그 御料地의 들판
을 걸으면서 들판의 야만인이 보고 있지나 않았을까. 소매를 흔들고
있어요.

五月五日의 구스리가리(薬猟・약초를 채집하는 것)의 우타아와세
(歌会)(우타의 마츠리, 歌の祭り)에서 즉흥적(即興的)인 고이우타(恋
歌)입니다. 그녀는 남성(男性)에게 사랑을 고백(告白)하게 됩니다. 이
에 접(接)하게 된 남성 중(男性中)의 한 사람이 오오아마노미코(大海人
皇子)였습니다. 노래(歌)의 축제시(祭り時)의 즉흥적(即興的)으로 상
대(相手)를 노래(歌)에 끌어들이는 역할(役割)을 하는 것이 전문가수
(専門歌手)의 역할(役割)이기도 합니다. 또는 오우미(近江)의 天皇(텐
치텐노/天智天皇)를 생각하며 지었다고 하는 노래(歌)가 있습니다.

君待つと わが恋ひをれば わが屋戸の すだれ動かし 秋の風吹く(巻四)
그대를 기다리노라고 그리워하며 우리 집 주렴을 움직이니 가을바람
이 불어오네.

그리워하는 마음으로 계속 기다리는 중에 여름도 지나고 창가(窓
側)의 주렴(簾)이 흐날리는 가을바람(秋風)이 불기 시작했다고 하는 고
이우타(恋歌)입니다. 「가을바람이 불다・秋の風吹く」라는 표현(表現)
은 민요(民謡)에서 따온 것은 아니고 한시(漢詩)의 「秋風」에 의한 것입
니다. 중국(中国)에서는 「병풍(屏風)에 주렴이 흐날리고, 초현달에 등
밝히니・청풍유렴(清風帷簾)을 動かし、晨月幽房を燭らす」(張茂先)

와 같이 季節속에서 사랑의 정서(情緖)를 채록(採錄)하는 것이 유행(流行)하고 있습니다. 오우미조(近江朝)에는 백제(百済)가 멸망(滅亡)하여 많은 백제(百済)의 망명지식인(亡命知識人)들이 관리(官吏)가 되고, 백제궁정문화(百済宮廷文化)가 재현(再現)되었습니다. 이들이 가져온 궁정문화(宮廷文化)중에는 漢字에 의한 《시·詩》와 国風에 의한 《노래·歌》라는 생각이 있었던 것입니다. 누카타노오오기미(額田王)는 이 국풍(国風)의 전문적(專門的)인 우타비토(歌人)가 되는 것입니다. 게다가 국풍(国風)의 노래(歌)는 한시(漢詩)의 멋을 채록(採錄)하였습니다. 「춘추판별(春秋判別)의 노래(歌)」는 그 대표적(代表的)인 것입니다만, 이러한 재능(才能)을 갖춘 것이 가기(歌妓)였습니다. 앞의 가을바람의 시(詩)는 이러한 전문적(專門的)인 우타비토(歌人/시인)들에 의해 천황(天皇)에 대한 사교적(社交的)인 고이우타(恋歌)였습니다.

다음에 전문가수(專門歌手)로서 등장(登場)하는 것은 와카사(和歌史)를 대표(代表)하는 가키모토히토마로(柿本人麿)라는 우타비토(歌人)입니다. 히토마로(人麿)의 이력(履歴)은 불분명(不分明)하지만, 지토텐노(持統天皇)의 時代에 활약(活躍)한 것을 알 수 있습니다. 『만요슈(万葉集)』에 의하면 히토마로(人麿)에게는 「히토마로가집(人麿歌集)」이 存在했던 것을 추측(推察)할 수 있습니다. 작자미상(作者不明)의 노래(歌)가 대부분(大部分)이지만 장가(長歌)·단가(短歌)·셋토우카(旋頭歌)등의 三七〇首 정도(程度)가 남아 있습니다. 히토마로(人麿)에게 가집(歌集)이 존재(存在)한다고 하는 것은 그가 널리 노래(歌)를 모았다고 하는 증거(証拠)인데 왜 노래(歌)를 모을 必要가 있었던가 하면 전문적(專門的)인 가수(歌手)는 오래된 전승(伝承)의 노래(歌)나 당시유행(当時流行)하던 노래(歌)등을 전문적(專門的)으로 관리(管理)

하는 능력(能力)이 요구(要求)되고 있었습니다. 이들 노래(歌)는 전문 가수(專門歌手)에 있어서 텍스트가 되는 것입니다. 이를 기반(基盤)으로 하여 노래(歌)를 창작(創作)하거나 또는 사람들에게 노래(歌)를 가르키는 것입니다.

당시(当時)는 농촌(農村)에서도 도시(都市)에서도 우타가케(歌掛け)라고 하는 우타아소비(歌遊び)가 개최(開催)되었습니다. 우타가케(歌掛け)는 우타가키(歌垣)의 전통(伝統)을 계승(継承)한 것이고, 남녀노소(老若男女)가 다양(多様)하게 노래(歌)를 부르면서 즐기는 것이고, 아마미(奄美)의 말(言語)을 빌리자면《우타아소비(歌遊び)》라고도 할 수 있습니다. 주고받는 노래(掛け合う歌)가 고이우타(恋歌)인 경우가 많음으로「히토마로가집(人麿歌集)」에는 다수(多数)의 고이우타(恋歌)가 남아 있는 것입니다. 특히 셋토우카(旋頭歌)라는 형태(形態)는 우타아소비(歌遊び)에 使用되는 것입니다.

> 女 住吉(すみのえ)の 小田(をだ)を刈らす子 奴(やつこ)かも無き
> 스미노에의 작은 논(벼)을 수ㅎ확하고 있는 그대는 노비가 없는가
> 男 奴あれど 妹が御為(みため)と 私田(わたくしだ)刈る(巻七)
> 아니 노비가 있지만 사랑스런 그대를 위하여 스스로 아내의 私田을 수확하고 있노라

어떤 女性이 혼자서 벼를 베고 있는 男性에게 당신은 노비가 없는가라고 물었습니다. 그러나 男性은 사랑스런 그대를 위하여 벼를 베고 있노라고 응수합니다. 이것은 스미노에(住吉)라는 地方의 경우 농촌(農村)에서 벼를 베는 작업 중(作業中)에서도 즉흥적(即興的)으로 우타가케(歌掛け)가 이루어졌을 때의 노래(歌)입니다. 이와 같은 노래(歌)가

「히토마로(人麿歌集)」에 채록(採録)되고 있는 것은 우타아소비(歌遊び)의 기술(技術)을 알기 위함 것입니다. 촌락(村落)의 단계(段階)에 이르면 이들 노래(歌)는 암기(暗記)함으로서 끝나는 것이었습니다. 中国의 소수민족(少数民族)의 우수(優秀)한 전문가수(専門歌手)는 몇 천수(首)의 노래(歌)를 기억(記憶)하고 있다고 합니다. 그러나 히토마로(人麿)는 후지와라교(藤原京)라는 都市의 時代에 등장(登場)하고, 이미 漢字를 사용(使用)하여 노래(歌)를 기록(記録)하는 時代가 되어 있었습니다. 일찍이 어느 정도(程度)의 분류방법(分類方法)을 구사(駆使)하고 모은 노래(歌)를 정리(整理)하고 있었던 것도 엿볼 수 있습니다. 그러한 노래(歌)의 분류(分類)는 가집(歌集)을 편찬(編纂)하기 이전(以前)에 이들 노래(歌)를 이용(利用)하여 특정(特定)한 장소(場所)에서 노래(歌)하거나 또는 사람들에게 가르치거나 하기위한 것이었다고 볼 수 있습니다. 가집(歌集)은 당초(当初) 히토마로(人麿)가 노래(歌)를 배우기 위한 텍스트의 역할(役割)을 하고 있었다고 볼 수 있습니다. 여기에는 히토마로(人麿)의 노래(歌)도 포함되어 現在의 「히토마로가집(人麿歌集)」이 成立했습니다.

히토마로(人麿)가 우수(優秀)한 우타비도(歌人)로서 명성(名声)을 떨친 것은 궁정(宮廷)과 깊은 관계(関係)가 있습니다. 전문가수(専門歌手)가 궁정(宮廷)의 전문적(専門的)인 우타비토(歌人)가 되는 상황(状況)은 누카타노오오기미(額田王)에게서도 볼 수 있습니다. 한풍(漢風)의 時代를 맞이함으로서 전통적(伝統的)인 노래(歌)(주로 儀式歌)는 사라지기 시작하였지만, 国風이라는 사고(思考)가 채용(採用)됨으로서 한풍(漢風)과 국풍(国風)이 함께 동시(同時)에 읊어지게 된 것입니다. 그와 같은 한풍(漢風)과 국풍(国風)을 확실(確実)히 병립(並立)시키고,

정착(定着)시키는 것을 계획(計画)하고 실행(実行)한 것이 텐무텐노(天武天皇)였습니다. 노래(歌)를 잘하는 男女라는 것은 국풍가요(国風歌謡)의 전승자(伝承者)이고, 가수(歌手)이고, 궁정음악(宮廷音楽)의 国風部分을 담당(担当)을 했습니다. 히토마로人(麿)는 이와 같은 옹가쿠도코로(音楽所)(일본고대음악을 담당하던 관청)에 소속(所属)한 전문가수(専門歌手)였다고도 합니다. 한풍(漢風)은 오오츠미코(大津皇子)5)등의 詩人이 역할(力量)을 발휘(発揮)하고, 国風은 히토마로(人麿)가 담당(担当)하게 됩니다. 히토마로(人麿)는 한풍(漢風)에 지지 않고, 화려한 노래(晴れの歌)나 死者를 애도(哀悼)하는 노래(歌) 또는 고이우타(恋歌)등의 다양(多様)한 主題를 漢風에서 학습(学習)하고 궁정(宮廷)의 전문적(専門的)인 우타비토(歌人)로서의 역량(力量)을 발휘(発揮)하게 됩니다.

---

5) 오오츠노미코[大津皇子/おおつのみこ、663年(텐무텐노(天智天皇)2年) ‐ 686年10月25日(슈죠朱鳥元年10月3日)]는 텐무텐노미코(天武天皇子)。母는 텐치텐노헤메미코(天智天皇皇女)의 오오다노히메미코(大田皇女)。同母姉에 오오구노히메미코(大来皇女)。妃는 텐치텐노히메미코(天智天皇皇女)의 야마베노히메미코(山辺皇女)。663年에 규슈(九州)의 구니오오츠(那大津)에서 誕生。오오츠노미코(大津皇子)는『가이후우소우(懐風藻)』에 의하면 '状貌魁梧、器宇峻遠、幼年에 학문을 즐기고, 博覧하여 문장을 잘 썼다고한다。출중하고, 武를 좋아하고, 多力하여 잘 剣을 사용하였다。성격은 매우 放蕩하고, 法度에도 관계없이 節을 지키지않고 士를 중시하였다。이에 따라서 사람들의 신망이 컸다'(体格이나 용모(容姿)가 출중하고、寛大。어린시절부터 学問을 즐기고, 책(書物)을 잘 읽고, 그 知識은 심오하고, 훌륭한文章을 썼다。成人이되어서는、武芸를 즐기고, 검술이 뛰어났다。그 인품(人柄)은 자요분방(自由気まま)하고, 規則을 따르지 않고, 미코(皇子)의 신분임에도 불구하고, 謙虚한 態度를 취하고, 人士를 중시했다。이때문에 오오츠미코(大津皇子)의 인품(人柄)을 극찬하고 많은 사람들의 信望을 받았다)라고 기술되어 있다。『日本書紀』에도 같은 趣旨의 讃辞가 언급되어 있고, 抜群의 人物로 인정을 받는다。

오오츠미코(大津皇子)의 二上山墓   오오츠미코의(大津皇子墓)

　　궁정(宮廷)의 전문적(專門的)인 우타비토(歌人)는 천황(天皇)이나 천황(天皇)의 자녀들(皇子女)을 상대(相手)로 의례적(儀礼的)인 장소(場所)에서 노래(歌)를 피로(披露)하기 때문에 상당(相当)히 긴장(緊張)을 했을 것입니다. 히토마로(人麿)는 지토텐노(持統天皇)의 시대(時代)사람입니다만, 텐무왕권(天武王権)의 계승자(継承者)인 지토텐노(持統天皇)를 의식(意識)함으로서 노래(歌)를 부르기 때문에 장엄(荘厳)한 内容과 表現을 추구(追求)하게 됩니다. 다사(多数)가 長歌인 것은 의례(儀礼)에 대응(対応)하는 노래(歌)이기 때문에 한편으로는 사적(私的)으로 보이는 長歌도 아마도 공적(公的)인 요구(要求)가운데 읊어지고 있다고 생각됩니다. 이러한 히토마로(人麿)의 공적(公的)인 性格은 短歌에도 영향(影響)을 미치게 됩니다.

　　　大君(おほきみ)は 神にし座(ま)せば 天雲(あまくも)の 雷(いかづち)
　　の上に 廬(いほ)らせるかも(巻三)
　　　大君는 신이기 때문에 비구름에 울려 퍼지는 번개소리의 위에 임시
　　로 움막을 짓고 계시네.

천황(天皇)은 천상(天上)의 구름(雲)이 떠다니는 번개(雷)위에 신(神)으로서 그 위용(威容)을 나타내고 있다고 천황(天皇)을 찬양(賞賛)하는 노래(歌)는 長歌의 의례적성격(儀礼的性格)을 短歌에 미친것입니다. 短歌를 처음부터 의도(意図)하는 것이 아니고 長歌의 정신성(精神性)을 短歌로서 완성(完成)하는 것입니다. 그만큼 히토마로(人麿)의 短歌에는 중량감(重量感)이 느껴집니다. 히토마로(人麿)는 長歌를 전문(専門)으로 하는 우타비토(歌人)이고, 長歌에 붙여지는 항카(反歌)로서 短歌가 기능(機能)하는 것입니다. 가루노미코(軽皇子)를 따라서 아기(安騎)의 들판에 묵었을 때의

> 東(ひむがし)の 野に炎(かぎろひ)の 立つ見えて かへり見すれば 月
> 傾きぬ(巻一)
> 동쪽의 들판의 끝에 서광이 비추네. 뒤돌아보면 서쪽 하늘에 나직이
> 하현달이 보이네.

는 항카(反歌)四首中의 一首입니다. 長歌와 연속(連続)되는 가운데 短歌가 탄생(誕生)하였고 短歌는 독립(独立)하지 못했습니다. 고이우타(恋歌)일지라도 이시미(石見)의 아내(妻)와의 이별(離別)을 長歌의 말미(末尾)에 「여름풀이 휘어졌을 무렵에 그리운 그대가 문 앞에 서있는 모습이 엿보이는 이산이여/夏草の 思ひ萎(しな)へて 偲(しの)ふらむ 妹が門見む 靡(なび)けこの山」(巻二)라고 노래(歌)를 부르고

> 小竹(ささ)の葉は み山もさやに 乱(さや)げども われは妹思ふ 別れ
> 来ぬれば(巻二)

조릿대의 잎은 산길에 가득하여 와삭와삭 바람을 타고 있지만, 내 마음은 한결같이 아내를 그리워하네, 조금 전에 헤어지고 와서

라고 長歌와 호응(呼応)한 短歌가 탄생(誕生)한 것입니다.

히토마로(人麿)의 短歌는 長歌의 정신성(精神性)의 가운데 存在하고 있다고 말 할 수 있습니다. 長歌와 호응(呼吸)을 맞추면서 短歌를 제작(作歌)하는 것입니다. 오우미(近江)에서 수도(都)에 돌아올 때에 읊었다고 합니다.

淡海(あふみ)の 夕波(ゆふなみ)千鳥 汝(な)が鳴けば 情(こころ)もしのに 古(いにしへ)思ほゆ(巻三)
淡海(아후미)의 바다의 석양의 파도 위를 나는 물떼새여, 네가 울면 마음이 울적 해지듯이 옛날이 그리워지네

의 노래(歌)는 깊은 정서성(情緖性)이 내포된 노래(歌)입니다. 황혼녘 (夕焼け)의 비야호(琵琶湖)의 주변(周辺)을 다비비토(旅人)가 발걸음을 재촉(催促)합니다. 눈앞(目前)에는 물떼새(千鳥)가 자주 울면서 날아갑니다. 그 물떼새(千鳥)의 울음소리에 대해서 과거(過去)의 일들이 自然스럽게 그리워진다고 하는 것입니다. 이「과거・이니시에(古)」는 오우미쵸(近江朝)의 멸망(滅亡)의 이야기(物語)를 시사(示唆)하고 있습니다. 히토마로(人麿)는 오우미(近江)의 황폐(荒廃)해진 수도(首都)를 지나갈 때에 그 슬픔을 長歌로서 읊고 있습니다만, 그 長歌와 호응(呼応)하는 것이 短歌입니다. 여기에도 長歌의 정신성(精神性)이 나타나고, 短歌 그 자체(自体)를 자립(自立)시키지 않고 있습니다. 히토마

로(人麿)는 장가편(長歌編)에서 그 정신성(精神性)을 의식(意識)함으로서 결과적(結果的)으로 短歌의 혁신(革新)을 행한 우타비토(歌人)이었다고 말할 수 있습니다.

이 이후(以後), 나라(奈良)의 時代에 들어서면 미코(皇子)와 왕(王) 또는 귀족(貴族)의 자제(子弟)들이 전문적(專門的)인 우타비토(歌人)로서의 역할(役割)을 하게 됩니다. 그 이유(理由)는 〈풍류(風流)〉를 基本으로 하는 노래(歌)와 춤(舞)인 時代를 맞이하고, 그들 귀공자(貴公子)들은 교양(教養)으로서의 가우(歌舞)를 배우고, 男性쪽에서도 女性쪽에서도 「멋지다・かっこいい」라고 여겨지는 센스를 몸에 읽히는데 노력(努力)하게 됩니다. 이른바 〈호색풍류(好色風流)〉의 時代를 만들어 가는 것입니다. 여기에 또한 短歌가 혁신(革新)으로 향하고 세련(洗練)된 短歌의 새로운 상황(狀況)이 탄생(誕生)하게 됩니다.

민간(民間)에 유포(流布)되는 시(詩)는 기본적(基本的)으로 고이우타(恋歌)이다. 그 가운데서 사회성(社会性)을 도입(導入)하지 않는 이상(理想)이나 철학(哲学)을 노래(歌)하고, 이상적(理想的)인 세계(世界)에 대한 동경(憧憬)이나 절망(絶望)을 노래(歌)하는 시인(詩人)이 등장(登場)한다. 그 결과(結果)로서 고독(孤独)이나 무상(無常)을 감상(感性)으로서 노래(歌)하는 단가(短歌)가 성립(成立)한다.

18 이데올로기로서의 短歌

단가(短歌)를 이데올로기로서 개혁(改革)한 것은 우선 오오토모다비비토(大伴旅人)였다고 할 수 있습니다. 혹은 그것은 当時의 모더니즘이었다고도 할 수 있습니다. 다비비토(旅人)는 만요(万葉)의 第三期의 우타비토(歌人)이고, 8세기초두(八世紀初頭)의 텐표초기(天平初期)에 활약(活躍)했습니다. 텐표초기(天平初期)는 몬부조기(文武朝¹)期)인 七○一年에 재개(再開)된 견당사(遣唐使)의 時代의 영향(影響)을 받아서 中国에서 많은 文物이 유입(輸入)되었던 時代입니다. 그 学問의 지대(至大)한 성과(成果)의 하나로서 나라(奈良)에 헤이죠교(平城京)가 완성(完成)되어 천도(遷都)했습니다. 이것은 710年에의 사건(事件)

---

1) 몬부텐노(文武天皇)는 이름을 가루노미코(軽皇子)라고 하고, 구사가베미코(草壁皇子)의 第二子. 가루노미코(軽皇子)는 七歳에 부구사가베미코(父草壁皇子)를 잃었지만, 祖母인 지토텐노(持統天皇)에게 寵愛를 받으며 자랐다. 697年立太子, 同年, 지토텐노(持統天皇)의 讓位을 받아서 분부텐노(文武天皇)가 되었다. 간징후지와라노후히토(権臣藤原不比等)의 娘宮子을 夫人으로서 首親王[쇼우무텐노(聖武天皇)]를 낳았다. 분부조(文武朝)의 701年「다이호율령(大宝律令)」이 完成되어 翌年부터 施行되었다. 분부조(文武朝)에는「飛鳥浄御原律令」를 지키게 하고, 또한 田租・雑徭등의 半分을 3年間에 걸쳐서 免除하는 등, 지토다이죠텐노(持統太上天皇)나 후지와라노후히토(藤原不比等)의 지지를 받아 善政을 하였다. 707年 25歳의 젊은 나이로 사망(崩御)했다.

입니다. 이어서 712년에 『고지키(古事記)』가 완성(完成)되고, 익년(翌年)인 713年에는 지방지(地方誌)의 『후토기/風土記』에 관한 편찬(撰進)의 관명(官命)이 내려지고, 720年에는 『니혼쇼기(日本書紀)』가 完成되었습니다.

이 時代는 日本의 고대국가(古代国家)에 있어서 文化的인 격동기(激動期)에 있었던 것을 알 수 있습니다. 이미 당견사(遣唐使)를 파견(派遣)한 해(年)에는 다이호율령(大宝律令)이 시행(施行)되었고, 古代日本은 사실적(事実的)으로 율령사회(律令社会)가 되었습니다. 이와 같은 정치사회(政治社会), 文化의 정비(整備)에 따라서 고대국가(古代国家)는 안정(安定)된 時代를 맞이하는 것처럼 보였습니다만, 그런데 七二九年(진기・神亀六)年二月에 지금까지 제상(宰相)이었던 나가야오(長屋王)가 모반(謀反)의 죄(罪)로 자살(自尽)을 강요(強要)되는 事件이 일어나고, 当時의 정권(政権)은 나가야오(長屋王)로부터 후지와라후히토(藤原不比等)의 자녀(子女)들의 네 명(四人)의 정권(政権)으로 이관(履行)되게 되었습니다. 사건(事件)이 많은 데는 수수께끼가 많습니다만, 세이무텐노(聖武天皇)는 즉시 연호(年号)를 텐표(天平)로 고치고, 후지와라노후이토(藤原不比等)의 딸인 고우묘우시(光明子)를 황후(皇后)로 즉위(即位)하게 하고, 이 사건(事件)은 일단종식(終息)하게 됩니다.

이에 세상에서 말하는 텐표문화(天平文化)2)의 시대(時代)가 출발

---

2) 텐표문화(天平文化/てんぴょうぶんか)는 時期로는 7世紀終頃부터 8世紀中頃까지를 말하고, 나라(奈良)의 都平城京를 中心으로하여 華開한 貴族・仏教文化이다. 이 文化를 세이무텐노(聖武天皇)시의 元号인 텐표(天平)를 취해 텐표문화(天平文化)라고 한다. 律令制가 確立되고, 中央集権的인 国家体制가 정비됨에 따라서 国의 부(富)는 中央에 집중되고, 皇族이나 貴族은 이러한 富를 背景으로 화려한 生活을 보냈다. 当時의 貴族은 遣唐使등에 의해서 박래(舶来)한 唐의 선진 文化를 갖는데 큰 熱意를 갖고 있었기 때문에 텐표문화(天平文化)도 周(武周)의 武則天

(出発)하게 되었습니다. 다비비토(旅人)는 나가야오(長屋王)의 事件이 일어나기 前年의 봄에 큐슈(九州)의 다자이후의 소치(大宰府の帥)(長官)로서 부임(赴任)하고 있습니다. 부임 전(赴任前)에 사건(事件)의 전조(前兆)라고 생각할 수 있는 問題가 발생(発生)하고 있습니다. 나가야오(長屋王)와의 깊은 관계(関係)로 인하여 다비비토(旅人)는 좌천(左遷)되었다고 하는 생각이 있듯이 六十四歳의 다비비토(旅人)에 있어서 다자이후(大宰府)의 부임(赴任)은 좌천(左遷)에 가까운 임무(任務)였다고 생각됩니다.

착임(着任)하여 멀지 않아 함께 다자이후(大宰府)에 동반한 아내(妻)가 피로(疲労)에 지쳐 여행도중(旅行途中)에 사망(死亡)하였습니다. 그 슬픔도 채 가시기 전(前)인 익년(翌年)에 나가야오(長屋王)의 事件을 듣게 되고 서울(都)의 이변(異変)을 먼 타향(他郷)에서 어떻게 느끼고 있었을 까요.

다비비토(旅人)가 아내(妻)를 잃은 슬픔의 短歌를 읊고 있습니다. 『만요슈(万葉集)』에 남아 있는데 그것은

이나 唐의 玄宗의 文化의 影響을 강하게 받아들였다. 이와 같은 唐으로부터의 文化移入에는 特히 다자이후(大宰府)가 발휘한 役割이 크다고 생각할 수 있다. 한편 고쿠가(国衙)・고쿠분지(国分寺)등에 任命된 고쿠(国司)(貴族)・官人이나 僧侶 등에 의해서 地方에도 새로운 文物이 들어왔다. 이와 같이 해서 中国風(漢風)・仏教風의 文化의 影響이 列島의 地域社会에 浸透해갔다. 실크로드(シルクロード)에 의해서 西아시아에서 唐으로 도입된 것이 遣唐使를 통해서 日本에 도래하였다. 세이무텐노(聖武天皇)에 의해 諸国에 僧寺(国分寺)・尼寺(国分尼寺)를 세우고, 각각 七重의 塔을 만들고, 金光明最勝王経과 妙法蓮華経을 一部씩 두게했다. 그 本山으로 位置가 정립된 総国分寺・総国分尼寺가 東大寺, 法華寺이고, 東大寺 大仏은 鎮護国家의 象徴으로서 建立되었다. 이 大事業을 推進하기 위해서는 넓은 民衆의 支持가 必要했기 때문에 교우기(行基)를 大僧正으로 받아들이고 協力을 받았다.

世の中は 空しきものと 知る時し いよよますます 悲しかりけり(巻五)

이세상이 허무하다고 느꼈을 때 비로소 더욱 더 적적해 졌노라

야쿠시지동탑(藥師寺東塔)(天平時代)

세이쇼우잉마사쿠라(正倉院正倉)(天平時代)

라는 작품(作品)이었습니다. 이것은 쇼토쿠다이시(聖德太子)[3]가 말한

---

3) 쇼우토쿠타이시(聖德太子/しょうとくたいし, 히다츠텐노(敏達天皇)3年1月1日
   (574年2月7日) - 스이고텐노(推古天皇)30年2月22日(622年4月8日)는 아스카시대
   (飛鳥時代)의 皇族. 政治家. 요우메이텐노(用明天皇)의 第二皇子. 母는 깅메이텐
   노(欽明天皇)의 皇女・아나호베노하시히토노미코토(穴穗部間人皇女/あなほべの
   はしひとのひめみこ). 스이코텐노(推古天皇)의 하(もと)에 摂政으로서 소가노우
   마코(蘇我馬子)와 協調하여 政治를 하고, 国際的緊張가운데에서 遣隋使를 派遣

「세겐고겐・世間虚仮」을 상기(想起)시키지만, 当時의 知識人에게는 사교적(仏教的)인 무상관(無常観)이 침투(浸透)하고 있었던 것을 엿보게 합니다. 세상(世間)이 무상(無常)하다고 하는 것은 理解되고 있었지만, 처의 죽음에 의해서 세상(世間)의 무상(無常)이 깊은 슬픔으로서 실감(実感)되었다는 말입니다. 그와 같은 세상(世間)에 대한 무상(無常)을 理解한 다비비토(旅人)에게 있어서 찬물을 끼언 듯 서울의 최고 권력자(最高権力者)인 나가야오(長屋王)도 政治의 음모(陰謀)에 의해서 허무(虚無)하게 멸망(滅亡)해 가는 것입니다. 이 점을 생각한다면 세상(世間)에 대한 신뢰(信頼)등은 어디에도 없는 것이고 있는 것은 다만 세상(世間)에서 일어나는 추악(醜悪)한 알력(軋轢)과 슬픔뿐이라고 하는 것이 됩니다.

이처럼 세상(世間)의 무상(無常)을 슬퍼하는 다비비토(旅人)는 유교적(儒教的)인 도덕(道徳)을 절대적(絶対的)인 가치(価値)로 하는 생각에서 해방(開放)되게 됩니다. 나라시대(奈良時代)는 다이호율령(大宝律令)[4]을 거쳐 후지와라노후이토(藤原不比等)의 손에 의한 요로율령시대(養老律令時代)[5]을 맞이하게 됩니다. 율(律)은 형법(刑法)을 령

하는 등 大陸의 선진文化나 制度를 도입하고, 冠位十二階이나 十七条憲法을 제정하는 등 天皇을 中心한 中央集権国家体制의 確立을 모색했다. 또한 仏教를 독실하게 信仰하고, 興隆에 힘썼다.

4) 다이호우리츠료우(大宝律令/たいほうりつりょう)은 8世紀初頭에 制定된 日本의 律令이다. 唐의 에이키리츠레이(永徽律令, 651年制定)을 参考했다고 추정된다. 大宝律令은 日本史上初의 율(律)과 령(令)이 갖추어져 成立한 本格的인 律令이다. 다이호율령(大宝律令)에 이르는 율령편찬(律令編纂)의 起源은 681年까지 소급한다. 同年, 텐무텐노(天武天皇)에 의해서 율령제도(律令制定)을 명하는 칙령(詔)이 発令되고, 텐무몰후(天武没後)인 689年 지토우(持統3年6月)에 아스카기요미하라료우(飛鳥浄御原令)가 頒布・制定되었다. 다만, 이 令은 先駆的인 律令法이고, 律을 동반하지 않고, 또한, 日本의 国情에 適合하지 않는 부분도 많았다.

5) 요우로우리츠료우(養老律令/ようろうりつりょう)는 古代日本에서 757年, 텐표호

(令)은 행정법(行政法)을 지칭합니다. 이 두 가지의 율령(律令)에 기초(基礎)하여 政治가 집행되게 됩니다. 율령(律令)의 제도(制度)라는 것은 유교(儒教)의 정치사상(政治思想)에 의해서 성립(成立)하고 있기 때문에 여기에는 율(律)이든 령(令)이든 유교적(儒教的)인 도덕관(道德観)이 강하게 표출(表出)됩니다. 관리(官吏)들은 이 도덕관(道德観)을 요청(要請)하였던 것입니다. 또한 령(令)에 의해서 결정(決定)된 신분계급(身分階級)은 初位를 最下位로서 一位의 最上位까지 三十階級이 있습니다. 이러한 엄한 신분계급(身分階級)은 당연(当然)히 상계급자(上階級者)에게 아부하는 부패(腐敗)한 정치상황(政治状況)을 만들어 냈습니다. 当時의 총리대신(総理大臣)인 나가야오(長屋王)자체도 후지와라씨(藤原氏)의 정치권력(政治権力)에 의해서 배제(排除)되는 現

지원년(天平宝字元年)에 施行되었던 基本法令. 構成은, 律10巻12編, 令10巻30編. 다이호율령(大宝律令)에 버금가는 律令으로서 施行되고 古代日本의 政治体制를 規定하는 根本法令으로서 機能했지만, 헤이안시대(平安時代)에 들어서자 現実의 社会・経済状況과 齟齬를 초래하시 시작하고, 헤이안시대(平安時代)에는 格式의 制定등에 의해서 이를 보충하게 되었지만, 늦어도 헤이안중기(平安中期)까지 거의 形骸化했다. 廃止法令은 特히 나오지 않았고, 形式的으로는 메이지유신기(明治維新期)까지 存続했다. 701年(다이호원년/大宝元年), 후지와라후히토(藤原不比等)등에 의한 編纂에 의해서 다이호율령(大宝律令)이 成立했지만, 그 후도 후히토등(不比等ら)은 日本의 国情에 따라서 適合한 内容으로 하기 위하여 律令의 撰修(改修)作業을 継続했었다. 그런데 720年(요로우/養老4年)의 후히토(不比等)의 사망으로 인해 律令撰修는 일단 停止하게 되었다(다만 그後에도 改訂의 계획이 있었고, 最終的으로 실시 시(実施時)에 그 成果의 一部가 反映되었다고하는 견해도 있다). 그 후 고우켄텐노(孝謙天皇)의 治世의 757年5月, 후지와라노나카마로(藤原仲麻呂)의 주도에 의해서 720年에 撰修가 中断되었던 新律令이 施行되게 된다. 이것이 요로우율령(養老律令)이다. 구다이호율령(旧大宝律令)과 신요로우율령(新養老律令)에서는 一部(戸令 등)의 重要한 改正도 있었지만, 全般的으로는 큰 差異는 없고, 語句나 表現, 法令不備의 修正이 주요한 相違点이었다. 以後 감무텐노(桓武天皇)의 時代에 요로우율령(養老律令)의 修正・追加를 目的한 산데이율령(刪定律令)(24条)・산데이레이가쿠(刪定格)(45条)의 制定이 이루어지지만, 短期間으로 廃止되고, 以後日本에 있어서 律令이 編纂된 적은 없다.

実을 지켜보면서 냉정(冷靜)하게 판단(判斷)이 可能한 사람에게 있어서는 다음은 권력(權力)에 아부하여 자신의 영혼(靈魂)을 포기(放棄)하든가 그와 같은 권력(權力)에서 물러나는가 어느 쪽인가를 선택(選擇)했어야 합니다. 적어도 다비비토(旅人)는 後者의 태도(態度)를 취하게 되는 것입니다. 『만요슈(万葉集)』에 게재(揭載)된 다비비토(旅人)의 「찬주13수(讚酒十三首)」(卷三)에서는 그러한 마음의 상황(狀況)을 볼 수가 있습니다.

酒の名を 聖(ひじり)と負(おほ)せし 古の 大き聖の 言(こと)のよろしさ
술 이름을 성현이라고 명명한 옛날의 대성인의 말의 훌륭함이여
古の 七の賢(さか)しき 人どもも 欲(ほ)りせものは 酒にしありけり
옛날 7인의 현인들도 마시고 싶어 했던 것은 술이었네
なかなかに 人とあらずは 酒壷に 成りにてしかも 酒に染みなむ
무익한 삶을 살기보다는 술항아리가 되고 싶었는데, 그렇게 해서 술에 취해 보려 하네.
あな醜(みにく) 賢しらをすと 酒飲まぬ 人をよく見れば 猿にかも似る
얼마나 추한 것인가, 현명한 것처럼 생각하여 술을 마시지 않는 사람을 자세히 보면 원숭이를 닮았네.
生ける者 つひにも死ぬる ものにあれば この世なる間(ま)は 楽しくをあらな
살아 있는 사람은 언젠가는 죽기 때문에, 이 세상에 살고 있는 한은 즐겁게 살리.

　十三首連作의 찬주가(讚酒歌)는 뭐니뭐니해도 압도적(圧卷的)입니다. 中國에서 《찬주가(讚酒歌)》라는 것은 세속(世俗)을 버린 은일자

(隱逸者)의 하나의 스타일인 것입니다. 유명(有名)한 詩人으로는 도연명(陶淵明)6)이 있습니다. 다비비토(旅人)가 말하는 죽림(竹林)의 칠현(七賢)7)들도 그와 같은 스타일의 사람입니다. 금주령(禁酒令)이 나온 時代에 탁주(濁酒)에 《현인(賢人)》, 청주(清酒)에 《성인(聖人)》이라는 명칭(名称)을 붙여서 술을 마시고 있었던 것도 죽으면 술항아리가 되어 술에 빠져 죽을 테니까 술항아리(酒壺)를 만드는 도공의 집근처에 묻어 주라고 하는 유언(遺言)을 家族에게 남긴 것도 中国의 현인(賢人)들입니다. 부패(腐敗)한 정치세계(政治世界)를 버리고 전원(田園)이나 竹林에 은거(隱居)하는 사람들 지금의 정치(政治)를 비판(批判)하고 이상(理想)을 꿈꾸는 사람들 그들은 현인(賢人)이라고 불리었습니다.

---

6) 도연명(陶淵明, 365年(興寧3年)－427年(元嘉3年)11月)은 中国魏晋南北朝時代, 東晋末에서 南朝宋의 文学者. 字는元亮. 또한 名는 潛, 字는 淵明. 死後友人으로부터 諡에 의해「靖節先生」또한 自伝의作品「五柳先生伝」에서「五柳先生」라고 불린다. 潯陽柴桑(現江西省九江市)의 사람. 郷里의 田園에 隱遁後, 스스로 農作業에 従事하면서, 日常生活에 대한 詩文를 많이 남기고, 後世「隱逸詩人」「田園詩人」이라고 부른다.

7) 죽림칠현(竹林の七賢)은 3世紀의 中国・魏(三国時代)의 時代末期에 술(酒)을 마시거나 清談을 하거나해서 交遊를 했다. 下記의 七人의 称. 阮籍, 嵆康, 山濤, 劉伶, 阮咸, 向秀, 王戎 등. 阮籍이 指導的存在이다. 그 自由奔放한 言動은『世説新語』에 기록되어 있고, 後世사람들이 敬愛하고 있다. 七人이 一堂에 모인적은 없었던 것 같고, 4世紀頃부터 그렇게 불리게 되었다고 한다. 隱者라고하는 경우도 있지만, 많은 관직(役職)에 종사하고 있었고, 特히 山濤와 王戎는 宰相格의 高官으로 등극하고 있다. 日本에서는 竹林의 七賢이라고 하면 現実를 떠나서 気楽한発言을 하는 사람의 代名詞가 되었지만, 当時의 陰惨한 状況에서는 奔放한 言動는 死의 危険있고, 事実, 嵆康은 讒言에 의해 死刑에 처해졌다. 그들의 俗世로 부터 超越한 言動은 悪意와 偽善에 가득 찬 社会에 대한 분개(慷慨/憤り)와 그 意図의 韜晦(目くらまし)이고 当時의 知識人의 생명을 건(精一杯で命がけ) 批判表明이라고 칭(称)해졌다. 魏부터 晋의 時代에는 老荘思想에 기초하여 俗世로 부터 超越한 談論를 하는 清談이 流行했다.『世説新語』에는 그들 以外의 다수의 人物에 대해서 기록되어 있지만, 그들 以後는 社会에 대한 慷慨의 気分은 옅어지고 詩文도 華美한 方向으로 흐르게 되었다.

그리고 가야금(琴)을 켜고, 술(酒)을 마시고, 詩를 읊는 무위자연(無為自然)의 생활방법(生活方法)을 선택(選択)하고 当世의 정치(政治)의 비판(批判)을 통해서 그들의 이상적(理想的)인 정치(政治)가 전(伝)해지게 됩니다.

竹林의 七賢 晉時代拓本

다비비토(旅人)의 관저(官邸)에서「매화꽃의 연회・梅の花の宴」가 개최(開催)되고 다자이후관할(大宰府管轄)[8]의 관리(官吏)들이 일당(一堂)에 모여 三十二人이 매화가(梅花歌)를 계속 읊는다고 하는 이른바 풍류운사(風流韻事)에 보이는 연회(宴会)도 다비비토(旅人)의 内心으로는《梅花》를 은유(隠喩)한 정치(政治)에 대한 비판(批判)인 것입

---

8) 다자이후(大宰府)는 많은 史書에서는 太宰府라고 기록되어 있고, 7世紀後半에 큐우슈우(九州)의 치구젠(筑前国)에 設置된 地方行政機関. 和名은「오호미코토미노츠가사/おほみこともちのつかさ」라고 한다. 現在이도 地元는 다자이후(太宰府)를 사용하고 있다. 오호미코토모치(大宰/おほみこともち)란 地方行政上重要한 地域에 설치되고, 数個国程度의 광역의 地域을 統治하는 청사(役職)이고, 이른바 地方行政長官이다. 다이호우율령(大宝律令)以前에는 기비다자이(吉備大宰, 텐무텐노(天武天皇)8年(679年), 스호우조우레이(周防総令)텐무텐노(天武天皇)14年(685年), 이요소우레이(伊予総領), 지토텐노(持統天皇)3年(689年)등이었지만, 다이호우령(大宝令)의 施行와 함께 廃止되고, 다자이(大宰)의 서치(帥/장관)만이 남게 되었다.

니다. 그때의 다비비토(旅人)는

特別史跡、다자이후정청유적(大宰府政庁跡)

わが園に 梅の花散る ひさかたの 天より雪の 流れ来るかも(巻五)
우리 마당의 매화가 진다. 하늘 저 끝에서는 눈이 내려오네.

라고 읊고 있습니다. 중국(中国)에서는 매화꽃이라는 것은 옛날부터 추운 초춘(初春)에 다른 꽃들보다 앞서서 피는 훌륭한 꽃이었기 때문에 덕(德)이 있는 꽃으로 중시(重視)되었습니다. 매화(梅花)는 고결(高潔)한 꽃이고 봄의 따뜻한 바람을 받아서 쉽게 피는 꽃과는 구별(区別)되는 것입니다. 그와 같은 매화꽃에 마음을 둠으로서 다비비토(旅人)가 개최(開催)한 매화꽃의 연회(宴会)의 의미(意味)가 이해(理解)되고 있습니다. 매화(梅花)의 시(詩)는 풍류(風流)를 의미(意味)하고 있지만, 그 풍류(風流)는 부패(腐敗)한 정치(政治)로부터 일탈(逸脱)한 世界이고 매화(梅花)에 의해서 결백(潔白)한 삶을 암시(暗視)하고 강한 정치(政治)에 대한 비판(批判)이 은유(隱喩)로서 나타나 있습니다. 술(酒)도 이와 같은 의미(意味)이고 다비비토(旅人)의 생활(生活)을 잘 표현(表現) 하고 있습니다.

세상을 등지고 시(詩)·술(酒)·거문고(琴)를 친구로서 무위자연 속(無為自然)에서 산다고 하는 스타일은 하나의 이데올로기로서의 생활(生活)입니다. 그 스타일에 따라서 다비비토(旅人)도 술(酒)을 예찬(礼賛)하는 도덕(道徳)도 불교(仏教)의 무상(無常)한 가르침도 무가치(無価値)로서 부정(否定)되게 되고, 고독 속(孤独中)에서 술(酒)을 친구로 삼는 다비비토(旅人)의 생활(生活)은 물론 외래(外来)의 스타일의 문제(問題)이지만, 여기에 새로운 일본인(日本人)이 등장(登場)한 것은 분명(分明)하고 단가(短歌)가 이데올로기로서 성립(成立)하는 것을 가능(可能)하게 한 것은 분명(分明)합니다.

다자이후(大宰府)에서 다비비토(旅人)의 장관착임(長官着任)을 기다리고 있었던 것이 먼저 치구젠(筑前)의 고쿠시(国司)로 임명(任命)되었던 야마노우에노오쿠라(山上憶良)[9]였습니다. 그 오쿠라(憶良)도 또

---

9) 야마노우에노오쿠라(山上憶良/やまのうえのおくら, 사이메에텐노(斉明天皇)6年(660年)? ~ 텐표(天平)5年(733年)는 나라시대초기(奈良時代初期)의 우타비토(歌人). 만요우타비토(万葉歌人). 姓은 臣. 官位는 従五位下·치구젠가미(筑前守). 가스가우지(春日氏)의 一族이고, 구리다우지(粟田氏)의 支族이라하지만, 나카니시스스무(中西進)등의 文学系研究者의 一部로부터는 百済系帰化人이라는 説도 있다. 702年 다이호(大宝) 2年의 第七次遣唐使船로 同行하고, 唐에 건너가 儒教나 仏教등 最新의 学問을 研鑽한다. 帰国後는 東宮侍講을 거친 후 호우기가미(伯耆守), 치구젠가미(筑前守)와 地方官을 歴任하면서 다수(多数)의 노래(歌)를 읊었다. 仏教나 儒教의 思想에 傾倒해 있었기 때문에 死나 貧, 老, 病등에 敏感하고, 또한 社会的인 矛盾을 민감하게 観察하고 있었다. 그 때문에 官人이라는 立場에 있으면서 重税에 허덕이는 農民이나 사키모리(防人)로 파견되는 남편(夫)을 지켜보는 妻등 社会的인 弱者를 예민하게 観察한 노래(歌)를 多数를 읊고 있고, 当時로서는 異色있는 사회파우타비토(社会派歌人)로서 알려져 있다. 抒情的인 感情描写에 뛰어나고, 또한 一首内에 自分의 感情도 읊어내는 노래(歌)도 많다. 代表的인 노래(歌)에 『힌규몬토우카(貧窮問答歌)』『子자식을 생각하는 노래/子を思ふ

한 이데올로기에 의해서 단가(短歌)를 개혁(改革)했던 시인(詩人)입니다. 오쿠라(憶良)의 전력(全歷)은 불분명(不分明)합니다만, 백제(百済)가 멸망(滅亡)하여 도래(渡来)한 도래인(渡来人)의 자녀(子女)라는 설(說)도 있습니다. 710年에 재개(再開)된 견당사(遣唐使)의 서기차관(書記次官)으로서 일원(一環)으로 참가(参加)하였습니다. 40歲를 넘은 연령(年齡)이었습니다. 이것은 그 후(後)의 우타비토(歌人/詩人)인 오쿠라(憶良)를 생각하는데 대단히 중요(重要)한 것입니다. 견당사(遣唐使)는 국가(国家)에 있어서 도움이 되는 문물(文物)을 배워서 가져오는 것이 목적(目的)이었습니다. 그러나 오쿠라(憶良)의 우타비토(歌人/詩人)로서의 중요(重要)한 의미(意味)는 당시(当時)의 당(唐)의 문학(文学)이나 문화(文化)를 개인(個人)의 시점(視点)에서 이해(理解)하고, 귀국후(帰国後)에 그것을 오쿠라(憶良)의 문학(文学)으로서 개화(開花)시킴으로서 당시(当時)의 당(唐)의 문학사상(文学思想)이 직접적(直接的)으로 알려지는데 있습니다. 『만요슈(万葉集)』가 오쿠라(憶良)의 作品을 모은 것은 그러한 오쿠라(憶良)의 작품(作品)의 혁신성(革新性)에 대한 평가(評価)에 있었던 것으로 생각됩니다. 오쿠라(憶良)의 작품(作品)중에서 자주 인용(引用)되는「고라를 생각하면서 지은 노래 1首와 서문/子等を思へる歌一首併せて序」(巻五)는 오쿠라(憶良)가 자식에 대해서 번뇌(煩悩)를 하고 있었다던가 사회자(社会派)의 우타비토(歌人)라고 불리는 높은 평가(評価)를 받는 作品입니다. 그러나 이 作品은 불교(仏教)와 유교(儒教)의 사상(思想)을 합체(合体)시킨 作品입

歌』등이 있다. 『万葉集』에는 78首가 수록되어 있고, 오오토모야카모치(大伴家持)나 가키모토히토마로(柿本人麻呂), 야마베노아카히토(山部赤人)와 함께 나라시대(奈良時代)를 代表하는 우타비토(歌人)로서 評価가 높다. 『신고킹화카슈(新古今和歌集)』(1首)以下의 칙선와카집(勅撰和歌集)에 5首가 採録되어 있다.

니다. 무엇보다도 석가여래(釈迦如来)마저도 자식을 사랑하기 때문이
라는 유교적(儒教的)인 논리 속(論理中)에 석자(釈迦)를 평가(評価)함
으로써 자식에 대한 사랑을 설파하는 作品인 것처럼 생각됩니다.

釈迦如来(しゃかにょらい)の、金口(ごんく)に正に説きたまはく「等
しく衆生を思ふことは、羅睺羅(らごら)の如し」と。又説きたまはく「
愛(うつくし)びは子に過ぎたるは無し」と。至極(しこく)の大聖すら、
尚ほ子を愛ぶる心ます。況(いは)むや世間の蒼生(あをひとく)さの、
誰かは子を愛びざらめや。

석가여래가 입으로 설파하기를 「대개 중생을 생각하는 것은 내 아
들 라고라와 같다」 라고. 또한, 설파하기를 「자식을 사랑 하는 것보다
더한 사랑은 없다」 라고. 억겁의 대성인임으로 역시 자식을 사랑하는
번뇌를 가지고 계신다. 하물며 세사의 범인인 누가 자식을 귀여워하
지 않으리.

瓜食めば こども思ほゆ
오이를 먹으면 아이가 생각나네.
栗食めば まして思ほゆ
밤을 먹으면 더한층 생각나네.
何処(いづこ)より 来りしものそ
어디에서 찾아 왔는지
目交(まなか)ひに もとな懸りて
눈앞에 언제나 거슬려
安眠(やすい)し 寝さぬ
깊은 잠을 잘 수 없네.
항카(反歌)

銀(しろがね)も　金(くがね)も玉も

은도, 금도, 옥도

何せむに　　勝れる宝

무엇이 될까. 훌륭한 보석이

子に及(し)かめやも

아이보다 나을까

　자식을 사랑한다는 것은 특별(特別)한 것이 아니고, 자식을 갖은 부모(父母)라면 누구라도 자식을 사랑하는 자연스런 감정(感情)을 갖고 있을 것입니다. 때문에 이 노래(歌)는 오쿠라(憶良)가 당연(当然)한 부모(父母)로서의 감정(感情)을 노래(歌)하고 있다고 생각하기 쉽습니다. 그런데 오쿠라(憶良)는 자식을 사랑한다는 감정(感情)의 중요(重要)함을 그 석가(釈迦)의 말을 근거(根拠)로서 설파하고 있는 것입니다. 여기에 오쿠라(憶良)나름의 의도(意図)가 있는 것입니다. 무엇보다도 자녀를 사랑하는 것에 대해서는 유교(儒教)의 가르침이 기본(基本)일 것입니다. 자식을 사랑하는 것은 부모(父母)의 역할(役割)이고「고라를 생각하다/子等を思ふ」라는 제목(題目)에서 보자면 유교적(儒教的)인 가르침이 전개(展開)된 것입니다. 그런데 서문(序文)에 의하면「석가여래가 입으로 설파하기를/釈迦如来の, 金口に正に説きたまはく」처럼 석가(釈迦)가 자녀를 사랑 했다고 설파했다는 것입니다. 석가(釈迦)는 출가(出家)하기 전에 태어난 아이에게(라고라)라는 이름을 붙였습니다만, 이것은 사악(邪悪)한 자(者)라는 의미(意味)라고 합니다. 자식에 대한 사랑이 자신을 속박(束縛)한다고 생각하고 그 사랑하는 아이를 버리고 석가(釈迦)는 출가(出家)하였기 때문에 석가여래(釈迦如来)가 그 입으로「사랑가운데서 사랑 이상의 것은 없다」라고 말했다고 하는 것은 무

엇인가 위화감(違和感)이 있는 것처럼 느껴집니다. 왜냐하면 석가(釈迦)는 금(金)·은(銀)·루리(瑠璃)등과 같은 보물(불교에서는 7종의 보물(宝物)이라고 합니다)은 버리라고 가르쳤고, 더욱이 자신의 아이인 라고라를 버린 것처럼 사랑하는 처자식(妻子息)마저도 버리라고 가르쳤습니다. 보물(宝物)은 사람의 마음을 현혹시키는 것이기 때문입니다만, 그 이상(以上)으로 사람의 마음을 현혹시키는 최대(最大)의 보물(宝物)은 사랑하는 귀여운 자식 이상(以上)의 것은 없습니다. 〈자보(子宝)〉라는 말은 그와 같은 부모(父母)의 정(情)에 의한 것입니다.

이 오쿠라(憶良)의 노래(歌)는 석가(釈迦)이기 때문에 자식을 사랑했기 때문에 세상일이라면, 누구나 다 자식을 사랑한다고 하는 점에서 설파하기 시작하였습니다. 오이나 밤을 먹는 아이라고 생각하여 눈앞에 거슬려 밤에도 숙면(熟眠)을 취할 수 없다고 노래(歌)하는 것은 흡사 석가(釈迦)의 생각과도 일치(一致)하지만, 그러나 이것은 석가(釈迦)의 가르침과는 완전(完全)히 반대(反対)입니다. 이 석가(釈迦)가 사랑하는 것 가운데서도 가장 우수(優秀)한 것은 아이를 사랑하는 것이라고 한 것은 그것이 사람을 현혹시키고 번뇌(煩悩)에 이르게 하는 가장 심한 뚜렷한 것이었기 때문입니다.

점에서 보자면 오쿠라(憶良)의 서문(序文)도 장가(長歌)도 우수(優秀)한 작품(作品)처럼 생각됩니다. 그러나 오쿠라(憶良)는 항카(反歌)로 금은재보(金銀財宝)를 버리는 것을 당연(当然)하게 생각하면서도 번뇌(煩悩)의 가장 커다란 것은 자식을 선택(選択)함으로서 사랑이라는 번뇌(煩悩)와 고뇌(苦悩)에 몸을 망치는 결과(結果)가 됩니다.

이것은 다비비토(旅人)의 아내의 죽음을 애도(哀悼)한 무제시(無題詩)로 「아이가(愛河)의 파도는 이미 사라지고, 고통스런 번뇌도 또한

얽히는 것이 없네/愛河(あいが)の波浪は已先(すで)に滅(き)え、苦界の煩悩も亦結ぼほることなし」라고 한탄한 점에 동일(同一)하고 자식에 대한 사랑도 또한 아이가(愛河)의 파도(波浪)속에서 번뇌(煩悩)에 휩싸이게 됩니다.

물론 불교(仏教)의 가르침과 유교(儒教)의 가르침을 하나로 하면서양자(両者)의 모순(矛盾)을 초월(超越)하려고 할지라도 현실적(現実的)으로는 처자식(妻子息)을 사랑하는 것에서 도피(逃避)를 할 수 없는 것이고, 게다가 사랑하는 사람이 죽으면 깊은 번뇌(煩悩)에 빠지는 것도 이해(理解) 되고, 그 고뇌(苦悩)나 번뇌(煩悩)를 피하기 위해서는 역시 사랑하는 처자(妻子)를 버려야만 하는 끊임없는 모순(矛盾)을 받아 들이게 됩니다. 사랑하는 처자(妻子)를 버리면 유교(儒教)의 근본적(根本的)인 가르침에 반(反)하는 것이 되고, 처자(妻子)에 대한 사랑은 끝없는 번뇌(煩悩)의 아이가 강(愛河)에 빠지게 됩니다. 이 극단적(極端的)인 모순(矛盾)을 지닌 유교(儒教)와 불교(仏教)의 가르침의 가운데서 이단(異端)의 철학적(哲学的)인 명제(命題)로 향하는 것을 알 수 있습니다.

오쿠라문학(憶良文学)의 특질(特質)은 그의 노래(歌)가 중국시문(中国詩文)과의 관계 속(関係中)에서 발생(発生)된 점에 있습니다. 또한 유교(儒教)의 가르침을 기본사상(基本思想)으로 하면서도 당시(当時)의 나라시대(奈良時代)에 대두(台頭)한 새로운 불교사상(仏教思想)이나 도교사상(道教思想)「중국(中国)의 토속적신앙(土俗的信仰)을 기본(基本)으로 하는 종교사상(宗教思想)을 받아들여 매우 혼잡(混雑)하고 혼돈(混沌)스런 사상(思想)을 시(詩・歌)나 한시문(漢詩文)으로 기록(記録)한 점입니다. 오쿠라(憶良)가 삼강5교(三綱五教)라는 유교(儒教)의 덕목(徳目)을 노래(歌)하고, 생노병사(生老病死)라는 불교(仏教)의 사구(四苦)를 노래(歌)하고, 세속(世俗)을 버리고, 산림(山林)에 도피(逃避)하는 사람을 노래(歌)하는 것은 새로운 시대(時代)의 사상(思想)을 받아들이고 있기 때문입니다. 이와 같은 사상형태(思想形態)를 유(儒)·불(仏)·도(道)의 3교사상(三教思想)이라고 말합니다. 이것은 오쿠라(憶良)가 당(唐)에 갔을 때에 유행(流行)하고 있었던 사상(思想)입니다. 유교적(儒教的)인 立場의 주장(主張)과 불교적(仏教的)인 立場의 주장(主張)이 있고, 도교적(道教的)인 입장(立場)의 주장(主張)도 있고, 또한 이들 3교(三教)를 하나로 하자는 입장(主張)이나, 둘로 하자는 입장(立場)의 주장(主張)이 있고 다양(多様)한 사상(思想)의 시대(時代)였던 것입니다. 그것이 나라시대(奈良時代)의 신사상(新思想)이 되어가고 있는 것입니다. 이 입장(立場)이나 주장(主張)에 의해서 일본인(日本人)에게도 익숙한 것은 父母의 장례식(葬式)의 때에 승려(僧侶)가 부모(父母)에 대한 효행(親孝行)에 관하여 설교(説教)한다는 것입니다. 이것은 유교(儒教)의 부모(父母)에 대한 효행사상(孝行思想)이 불교(仏教)에도 유입(導入)된 것이고, 그 배후(背後)에는 『부모은정(父母恩経)』라는 불전(仏典)이 있었고, 이것은 중국(中国)에서 만들어진 불전(仏典)입니다만, 불교국가(仏教国家)에 포교(布教)하기 위해서 이른바, 한 방편으로서의 경전(経典)입니다. 불교(仏教)와 유교(儒教)가 하나가 되어 좋은 예(例)로서 볼 수 있습니다.

　오쿠라(憶良)가 당(唐)에 건너갔을 때는 측천무후(則天武后)의 시대(時代)였습니다. 측천무후(則天武后)는 도교(道教)를 우선(優先視)하고 불교(仏教)를 나중으로 하는 《도선불후(道先仏後)》의 정책(政策)을 취하고 있었습니다. 이것은 정치적(政治的)인 종교정책(宗教政策)의 문제(問題)임으로 현실적(現実的)으로 三教가 다양(多様)하게 전개

(展開)되고 있습니다. 그 가운데서도 오쿠라(憶良)가 당(唐)의 수도(首都)에서 직접(直接)들었다고 생각되는 유행(流行)하던 노래(歌)가 있었습니다. 그것은 서울의 곳곳에서 거지와 같은 모습을 한 중(僧侶)이 노래(歌)하는 속어(俗語)를 섞은 구어체(口語体)의 노래(歌)였습니다. 이것은 원래(元来)는 오본시(王梵志)10)라는 중이 노래(歌)하여 유행(流行)시킨 것입니다. 「가난한 집의 남자」라는 노래(歌)는 누더기 옷을 몸에 걸치고, 아침부터 저녁까지 일하고 있지만 연공(年功)은 납부(納付)할 수 없기 때문에 이장(町長)으로부터 매일 같은 재촉(催促), 납부(納付)하지 못하면 두들겨 맞고, 관청(官庁)에 신고(申告)하면, 또 두들겨 맞고, 자녀들은 황폐(荒廃)한 집에서 딸과 같이 배가 고파서 울먹이며 사(生活)는 것이 얼마나 괴로운가하고 노래(歌)하는 것입니다. 오쿠라(憶良)의 「힌규몬토가/貧窮問答歌」와 아주 비슷한 것을 알 수 있습니다.

그것뿐 만은 아닙니다. 오본시(王梵志)는 생노병사(生老病死)의 비참(悲惨)함을 노래(歌)하고 하루빨리 이 괴로운 세계(世界)에서 벗어나려고 호소합니다. 예(例)를 들자면 「옛날에 불노초(不老草)를 구해왔으나, 모두가 저 세상에 가벼렸어요. 아무리 돈이 많아도 목숨은 돈으로 살수 없는 것을」든가 「잠시 이 세상에 태어나 생활(生活)하고 잠시 있으면 죽어서 저 세상에 가는 것이다. 죽은 후에 진짜 집에 돌아가는

---

10) 오본시(王梵志(/おうぼんし, 生卒年不詳)은 中国·隋唐代, 아마도 8世紀後半의 仏教詩人, 詩僧이다. 黎陽(河南省浚県)의 사람이라고 한다. 그 伝歴은 不明이지만, 俗語를 사용하여 仏理를 혼합한 平易한 教訓詩를 多数를 남기고 있다고 한다. 일찍이 伝説的인 要素가 강(強)하고, 仏理에 達한 사람이라고 생각된다. 그 詩는 仏教의 因果応報나 諸行無常의 教理를 現実의 生活에 따라서 설파한 것이고, 그 作者像으로서 想定되는 것은 街巷나 山郷등을 遊行하면서 説教한 遊化僧의 그자체이다. 詩集는 9世紀까지는 日本에 伝来하고 있고 『日本国見在書目録』에도 著録되고 있지만 宋代에는 散佚했다. 20世紀初에 発見된 敦煌文献中에 그것이 포함되어 있었다. 그 内容은 寒山·拾得의 詩와 共通点을 갖고 있다.

것이고, 여기에서 태어난 것은 귀신(鬼神)의 집에 몸을 의지 할 뿐이다」라고 노래(歌)합니다. 혹은「태어나면 반드시 죽고, 시작이 있으면 끝이 있다는 것을」라고 노래(歌)합니다. 오쿠라(憶良)도「옛 성현(聖賢)들은 이미 세상을 떠나고, 이후(以後)의 현자(賢者)들도 남아 있지 않다. 만일, 돈으로 목숨을 사고 죽음을 면할 수 있는 가능성(可能性)이 있다면, 옛날사람들도 돈이 없었던 것은 아니었다.」(俗道仮合詩文)라고 하고「그것으로 이해했다」태어나면 반드시 죽음이 있다. 죽음을 원하지 않는다면 태어나지 않은 편이 낫다」(同)등도 말합니다. 여기에는 강렬(强烈)한 이데올로기가 있습니다. 심한 사상(思想)과 대체하면서 자신의 생각이 탄생(誕生)하게 되었습니다. 오쿠라(憶良)의 단가(短歌)는 이와 같은 중국(中國)에서 볼 수 있었던 혼돈(混沌)된 사상(思想中)가운데서 발상(発想)된 것이다.

19 漢詩에 대응하는 短歌

    나라시대(奈良時代)末期의 노래(歌)의 상황(状況)은 명확(明確)하지는 않았습니다. 야카모치(家持)의 『만요슈(万葉集)』最後의 노래(歌)以後, 또한 하마나리(浜成)[1]의 『가교효시키/歌経標式』[2]以後의 노래

---

[1] 후지와라노하마나리(藤原 浜成/ふじわらのはまなり, 징기(神亀)元年(724年) - 엔레키(延曆)9年2月18日(790年3月12日)은 나라시대(奈良時代)의 貴族・우타비토(歌人). 후지와라교우가(藤原京家), 산기(参議)・후지와라와마로(藤原麻呂)의 子. 官位는 從三位・参議. 名은 처음에는 하마다리(浜足)라고 称했다. 후지와라교우가(藤原京家)의 祖・후지와라마로(藤原麻呂)의 嫡男으로서 京家의 中心的人物이었지만, 年齡的으로 一世代가까운 年上이었던 다른 3家(南家・北家・式家)의 二世世代에 비해 그 昇進은 항상 一歩後가 되어야만 했다. 751年, 텐표쇼호(天平勝宝)3年의 從五位下에 승진한다. 교우겐(孝謙)・준나죠(淳仁朝)에 걸쳐서 오오쿠라쇼우스케(大蔵少輔)・大判事・민부교오스케(民部大輔)등을 歷任하지만, 昇進은 停滞하여 從五位下에 오래도록 머물렀지만, 764年(天平宝字8年)9月에 発生했던 후지와라노나카마로(藤原仲麻呂)의 乱으로 교우겐죠우노측(孝謙上皇側)에 붙어 同年10月에는 一挙에 從四位下에까지 昇進한다. 나중에 케이부교(刑部卿)를 거쳐 772年(호기(宝亀)3年)49歳로 從四位上・산기(参議)로 叙任하고 구게(公卿)로 등극한다.

[2] 가교효우시키(『歌経標式』)는 나라시대(奈良時代)의 人物인 후지와라노하마나리(藤原浜成)가 저술한 歌論書. 歌論書로서는 現存最古의 것으로 歌病論의 시초가 되었다. 中国의 詩学을 기초하여 그것을 와카(和歌)에 応用하고, 와카(和歌)란 어떠해야하는가에 대해서 논(論)한 것. 『와카작시(和歌作式)』, 『기센시키(喜撰式)』, 『와카시키(和歌式)(孫姫式)』, 『이시미녀시키(石見女式)』와 병행하여「와카시시키(和歌四式)」또는 『이시미녀시키(石見女式)』를 제외하고「와카산시키(和歌三式)」의 하나가 되고, 이것을 書名라고하는 책(本)도 적지 않다. 序文에서는「니음하여

(歌)와 가학(歌学)과의 관계(関係)를 알 수 있는 것은 九〇五年에 칙선(勅撰)에 의해 편집(撰進)된『고킹슈(古今集)』에 이르러서 입니다.『고킹슈(古今集)』以前의 문학사상(文学状況)을 보자면 漢文学의 시대(時代)를 맞이하였습니다. 나라시대(奈良時代)의 中半에 해당(該当)하는 七五一年에 日本最初의 漢詩集인『가이후우소우(/懷風藻)』가 편찬(編纂)되고 헤이안시대(平安時代)에 들어와 사가텐노(嵯峨天皇)[3]하에 칙선(勅撰)에 의한 한시집(漢詩集)이 편찬(編纂)되었습니다. 또한 홍법대사(弘法大師)인 구우카이(空海)[4]가 시학서(詩学書)인『분교히후론/

歌式라고한다」라고 기술되고 있음으로 本来의 書名은『가시키(歌式)』이고『가교효우시키(歌経標式)』란 後代에 명명된다.「歌式」란 中国의『詩式』를 모방한 것이라고 생각할 수 있다.「歌経」는『詩経』에 의거한 것으로 보인다.「효우시키(標式)」의 語源은 분명하지 않지만「노래(歌)의 方式・規則등을 標目으로서 나타낸다」라는 意味인가 싶다. 그 밖에『하마나리시키(浜成式)』『하마나리(浜成)의 가시키(歌式)』으로서 諸書로 引用되어 왔다. 本書의 成立은 하마나리자신(浜成自身)의 発案이것 같은 記述이 序文에 보이지만, 발문(跋文)으로는 칙선(勅撰)인 것처럼 기술되어 있다. 한편 書를 偽書라고하는 説도 있지만, 偽書와 断定할 정도의 証拠는 없다. 序文에는 호우기(宝亀)3年(772年)5月7日, 발문(跋文)에는 同月25日의 날짜가 있고, 고우진텐노(光仁天皇)의 代에 쓰여 진 것이라고 한다. 10世紀前半에 成立한 것으로 보는『와카사쿠시키(和歌作式)(喜撰式)』『와카시키(和歌式)(孫姫式)』에 가까운 形式을 갖고, 늦어도 이들과 同時代인지 그 以前의 成立으로 推定된다.

3) 사가텐노[嵯峨天皇/さがてんのう 엔레키(延暦)5年9月7日(786年10月3日) - 쇼우와(承和)9年7月15日(842年8月24日)]은 日本의 第52代天皇(在位:다이도우(大同)4年4月1日(809年5月8日) - 고우징(弘仁)14年4月16日(823年5月29日). 諱는 가미노(神野). 兄・헤이제이텐노(平城天皇)의 即位에 따라서 皇太弟로 세워진다. 그러나 헤이제이텐노(平城天皇)에게는 이미 다카오(高岳)・아오(阿保)의 両親王이 있었기 때문에 皇太弟擁立의 背景으로는 父帝・간무텐노(桓武天皇)의 意向이 작용했다고도 한다. 이와 같은 事情에서 即位後에 조카(甥)에 해당하는 다카오신노(高岳親王)를 皇太子가 되었지만, 翌年810年에 헤이제이텐노(平城天皇)가 復位를 꾀한「구스(薬子)의 変」이 발생한다. 이 結果 다카오신노(高岳親王)는 폐위되지만, 実子를 즉위시키는데 마음이 내키지 않아했던 때문인지 이번에는 미리 臣籍降下을 바라고 있던 異母弟의 오오토모신노(大伴親王)는 준와텐노(淳和天皇)를 強引하게 皇太弟로 세워버렸다(이것이 준와(承和)의 変의 遠因이 된다).

文鏡秘府論』5)을 저술(著述)하고, 중국당(中国唐)의 대시인(大詩人)인 백거이(白居易)(白楽天)의 『백씨문집(白氏文集)』6)이 渡来합니다. 이 時代는 스가와라노미치자네(菅原道真)7) 등의 많은 漢詩人을 배출(輩出)하게 되고 国風이 후퇴(後退)해서 한시구가(漢詩謳歌)의 시대, 이른

---

4) 구우카이[空海/くうかい, 호기(宝亀)5年(774年) - 쇼와(承和)2年3月21日, 835年4月 22日]는 헤이안시대초기(平安時代初期)의 僧. 홍법대사(弘法大師/こうぼうだいし)의 諡号(921年, 다이고텐노(醍醐天皇)로 알려져 있는 真言宗의 開祖이다. 俗名은 사에케노마오(佐伯 眞魚). 日本天台宗의 開祖最澄(伝教大師)와 함께 日本仏教의 大勢가 오늘에 칭송되는 奈良仏教에서 헤이안불교(平安仏教)에로, 転換해 가는 흐름(流)의 劈頭에 位置하고, 中国으로부터 真言密教를 전해왔다. 노우쇼가(能書家)로서도 알려지고, 사가텐노(嵯峨天皇)・다치바나노하야나리(橘逸勢)와 함께 상히츠(三筆)의 한사람으로 들어진다.
5) 분교히후론(文鏡秘府論)은 헤이안(平安)時代前期에 編纂된 文学理論書로 全六巻, 中国의 六朝期로부터唐朝에 이르는 詩文의 創作理論을 정리한 것이다. 唐代中期의 長安에 留学했던 구우카이(空海)가 帰国後, 日本의 고우징(弘仁)年間(810年 - 823年)에 完成시킨 것이다. 기술되어 있는 諸家의 評論의 取捨選択으로 구우카이(空海)의 主観이 개입되어 있지만, 여기에 引用되어 있는 文章은 모두 唐土의 文人의 것이고, 그 自身이 執筆한 것이 確実한 것은 各巻에 보이는 序文뿐이다. 구우카이(空海)는 本書에 関해서는 「著者」가아니고, 編者의 位置에 있다고 할 수 있다.
6) 백씨문집(白氏文集)은 中国唐의 文学者, 白居易의 詩文集.「75巻」으로 되어 있다 (現存하는 것은 71巻). 단순히 『文集』이라고도 한다. 백거이가 사망하기 前年에 白居易自身애 의해 편찬되었다. 日本에도 이미 도래했고,「겐지모노가타리(源氏物語)」「마쿠라노소우시(枕草子)」等의 王朝文学을 비롯한 日本文学에 큰 影響을 끼쳤다. 그중에서도『長恨歌』나『琵琶行』이 특히 有名하다.
7) 스가와라노미치자네[菅原道真/すがわら のみちざね/ みちまさ/ どうしん, 쇼우와(承和)12年6月25日(845年8月1日) - 엔기(延喜)3年2月25日(903年3月26日)]는 日本의 헤이안(平安)時代의 貴族, 学者, 漢詩人, 政治家이다. 산기(参議)・스가와라노고레요시(菅原是善)의 三男. 官位는 쇼우니이(従二位)・右大臣. 贈正一位・다이세이다이징(太政大臣). 우다텐노(宇多天皇)에게 重用되어 간표우노치(寛平の治)를 지지한 한사람이고, 다이고텐노(醍醐朝)때에는 우다이징(右大臣)까지 승진되었다. 그러나 사다이징후지와라도키히라(左大臣藤原時平)에게 讒訴되고, 다자이후(大宰府)로 権帥로서 左遷되어 現地에서 사망했다. 死後天変地異이 多発했던 점에서 朝廷에 재앙을 일으켰다고 하고, 텐만텐가미(天満天神)로서 信仰의 대상이 된다. 現在는 学問의 神으로서 익숙해져 있다.

바 《국풍암흑시대(国風暗黒)》라고 하는 한문학(漢文学)의 時代가 도래(到来)했다고 합니다.

그러나 이 문학상황(文学状況)의 사고방식(思考方式)은 반드시 정확(正確)하다고는 할 수 없습니다. 漢文学의 시대가 헤이안초두(平安初頭)에 갑자기(突如) 일어난 것은 아니고 六四五年의 다이카개혁(大化改新)以後, 古代日本은 漢文学・漢文化의 시대에 들어갑니다. 外来의 文字를 구사(駆使)하여 外来의 사상(思想)・감정(感情)을 表現하는데는 時間이 必要했던 것입니다. 『가이후후소수록/懷風藻』의 서문(序文)에 의하면 텐치텐노(天智天皇)의 시대에 백여 편(百余篇)의 일본한시(日本漢詩)가 지어졌습니다만, 그것들은 유감스럽게도 오오토모미코(大友皇子)의 二首를 제외(除外)하고 진신노난(壬申乱)으로 소멸(消滅)되었다고 합니다. 이후(以後)에 읊어진 漢詩는 나라시대초기(奈良時代初期)의 나가야왕(長屋王)왕의 문학살롱(サロン)의 漢詩를 중심으로 『가이후우소우(懷風藻)』에 수록(収録)되었습니다. 나라시대(奈良時代)도 기본적(基本的)으로는 漢詩의 시대였던 것입니다. 그 결과(結果)로서 헤이안초두(平安初頭)에 이르러 漢詩・漢文学이 일거(一挙)에 개화(開花)하게 됩니다. 일본전통(日本伝統)의 노래(歌)는 이 상황(状況)의 속에서는 결코 中心的文学이 아니었던 것입니다.

전통(伝統)의 우타(歌)가 아직 中心을 차지하고 있었던 것은 히토마로(人麻呂)의 때까지 입니다. 히토마로(人麻呂)이후에 히토마로(人麻呂)를 계승(継承)하는 노래(歌)는 아카히토(赤人)등에 의해 읊어지지만, 그러나 노래(歌)는 다비비토(旅人)・오쿠라(憶良)・야카모치(家持)・사카가미노이라츠메(坂上郎女)등의 作品에서 알 수 있듯이 漢文学에 의해 새로운 문학(文学)으로서 성장(成長)하게 됩니다. 이것은 전통적(伝統的)인 노래(歌)가 가요(歌謡)에서 출발(出発)한 것에 원인(原因)이 있습니다. 가요(歌謡)는 기본적(基本的)으로는 작자미상(作者未詳)의 文学입니다. 또한 가요(歌謡)의 일반적(一般的)인 性格은 고이우타(恋歌)입니다. 『만요슈(万葉集)』에서 다수(多数)의 고이우타(恋歌)를 볼 수 있는 것도 이 가요(歌謡)의 性格을 계승(継承)하고 있기 때문입니다. 작자미상(作者未詳)의 노래(歌)는 作者名이 탈락(脱落)한 경우도 있습니다만, 다수(多数)는 가요(歌謡)의 性格에서 오는 것입니다. 이와 같은 작자미상(作者未詳)의 世界로부터 누가타노오오기미(額田王)나 히토마로人(麻呂)와 같은 전문적(専門的)인 우타비토(歌人)가 등장(登場)했던 것은 노래(歌)가 궁정(宮廷)과 관계(関係)된 때문입니다. 더욱이 히토마로(人麻呂)의 시대(時代)는 이미 漢文学의 시대(時代)임으로 궁정(宮廷)이 전통(伝統)의 노래(歌)를 요구(要求)하고 있는 것은 아닙니다. 전문적(専門的)인 우타비토(歌人)로서 히토마로(人麻呂)가 요청(要請)된 것은 전통적(伝統的)인 노래(歌)를 신발상(新発想)에 의해서 읊을 수 있는 것이 可能해졌기 때문입니다. 그 새로움은 漢詩를 모델로 함으로서 可能했던 것입니다. 히토마로(人麻呂)의 노래(歌)가 가요적(歌謡的)인 性格을 일탈(逸脱)한 이유(理由)를 여기에서 볼 수가 있습니다. 『만요슈(万葉集)』가 몇 가지 가체(歌体)를 가지고 있는 것은 이미 본 것입니다만, 가체(歌体)를 여러 개 가지고 있다고 하는 것은 가요(歌謡)의 성격(性格)에 유래(由来)한 것입니다.(中国에서도 漢詩는 歌謡에서 出発했기 때문에 古詩는 몇 개의 詩体를 가지고 있었습니다. 그러나 당(唐)의 시대(時代)에는 五言과 七言으로 집약(集約)되어 갑니다). 그 歌体中에서 점차로 개인(個人)의 감정(感情)을 적절(適切)하게 표현가능(表現可能)하게 하는 가능성(機能性)을 갖는 것으로서 短歌가 선택(選択)되고, 결과적(結果的)으로 단가(短歌)는 도시적대응형(都市的対応型)의 歌体로서 세련(洗練)되어 完成됩니다. 그 完成된 모습(姿)은 야카모치(家持)의 短歌로부터 상정(想定)이 可能합니다. 그리고 그 야카모치(家持)의 短歌는 漢文学과 의식적(意識的)으로 대응(対応)하는 것을 목표(目標)로 했음으로 전통(伝統)의 노래(歌)의 사고방식(思考方式)이 크게 변질(変質)되게 됩니다. 전통(伝統)의 노래(歌)는 漢詩와 同一한 것이라고 하는 방식(方式)입니다. 노래(歌)가 詩와 동일(同一)하다고 하는 意識에 의해서 전통(伝統)의 노래(歌)가《와시/倭詩》라는 개념(概念)으로 정착(定着)하게 됩니다. 여기에 왜시(倭詩)라는 개념(概念)의 노래(歌)가 탄생(誕生)한 것은 매우 重要한 問題입니다. 그것은 왜국(倭国)의 시(詩), 즉《야마토우타/やまとうた》에 이르는 개념(概念)을 形成했기 때문입니다. 漢文学의 향수중(享受中)에서 출발(出発)한 새로운 노래(歌)의 개념(概念)의 탄생(誕生)이었다고 할 수 있습니다. 이로써 次時代에《와카/和歌》라는 개념(概念)이 확인(確認)되고 전개(展開)를 보이게 됩니다.

와카(和歌)라는 신개념(新概念)은 가요(歌謡)에서 확정(画定)된 것은 『고킹슈(古今集)』의 가나죠(仮名序)를 쓴 기노츠라유키(紀貫之)였습니다. 기노츠라유키(貫之)가 쓴 가나죠(仮名序)의 커다란 특질(特質)은 와카(和歌)가 漢詩와 동등(同等)한 文学이라는 것의 발현(発現)이었습니다. 그것의 논리적보증(論理的保証)으로서 츠라유키(貫之)는 가나죠(仮名序)를 쓴 것입니다. 게다가 그 논리(論理)의 基本이 中国의 詩学이었다는 事実입니다. 즉 漢詩의 理論을 사용(使用)하여 와카(和歌)의 이론(理論)을 구축(構築)하는 것이 츠라유키(貫之)의 歌学인 것입니다. 그것을 가나죠(仮名序)의 모두(冒頭)에

やまとうたというのは、人の心を種として、さまざまな言葉となって
現れたものである。世の中にある人は、事件やなすべきことが多
야마토우다라는 것은 사람의 마음을 씨로서 다양한 말이 되어 나타난
것입니다. 세상 사람들은 사건이나 해야 할일이 많음으로
いので、心に思うことを目に見たり耳に聞いたりするにつけて言葉
に出すのである。花に鳴く鶯、水に住む蛙(かわず)の声を聞くと、
마음에 생각하는 것을 눈으로 보거나 귀로 들은 것에 대해서 말로 표
현하는 것입니다. 꽃에는 우는 휘파람새, 물에 사는 개구리의
人として生きている者で、歌を詠まないなどという者があろうか。
울음소리를 들으면 인간으로서 살아있는 자로서 노래를 읊지 않는 사
람이 있으리요.

라고 서술(叙述)합니다. 츠라유키(貫之)가 「노래란 무엇인가/歌とは何
か」라는 問題에 대응(対応)해서 준비(準備)한 해답(解答)입니다. 노래
(歌)라는 것은 사람의 심정(心情)이 言語가 되어서 나타나는 모습(姿)
이라는 것입니다. 따라서 세상에 살고 있는 사람은 본 것이나 들은 것에
대해서 감동(感動)하고 자연스럽게 노래(歌)를 읊게 된다고 말할 수 있
습니다. 노래(歌)는 人間의 심정(心情)을 表現한다는 것입니다만, 이것
은 특별(特別)한 것은 아닙니다. 어떤 意味에서는 당연(当然)한 것처럼
생각되지만, 노래(歌)를 읊는 사람 쪽에서는 명백(明白)한 것입니다. 이
것은 노래(歌)를 와카(和歌)로서 논리화(論理化)하기 위해서 중요(重
要)한 사고방식(思考方式)이었습니다. 왜냐하면 노래(歌)가 心情의 表
出이라고 생각하는 것은 단순(単純)히 노래(歌)가 읊어질 때의 마음을
가르키는 것이 아니라 이것은 고도(高度)의 정치철학(政治哲学)에 의
한 《마음/心》의 問題인 것입니다. 그것을 끌어내기 위해서 이 모든 부

분(冒頭部分)은 中国의 詩学의 사상(思想)을 채용(採用)하고 있는 것입니다. 中国의 고전시학(古典詩学)인『시경(詩経)』의「다이죠(大序)」(漢代)에 의하면

> 詩というのは、志の向かうところのものである。心にあるのを志とし、言葉に発するのを詩とするのである。
>
> 시라는 것은 마음의 심지가 향하는 것입니다. 마음에 있는 것을 의지하고, 언어로 발하는 것을 시라고 한다.

라고 말할 수 없습니다. 여기에는《시(詩)와 마음/詩と心》과의 関係의 사이에《지(志)》를 첨부(添付)하고 있습니다. 일반적(一般的)으로는《詩言志説》라고 하여 詩란 지(志)를 말하는 것이라는 점입니다. 츠라유키(貫之)가 와카(和歌)는 사람의 마음에 나타난다고 하는 것은 漢詩와는 다른 노래(歌)의 機能性을 배려(配慮)하고 있다는 것을 인정(認定)할 수 있지만, 윤곽(輪郭)으로서는 詩学의「시(詩)란 무엇인가/詩とは何か」에 근거(根拠)를 추구(追求)하고 있습니다.

이 시언지설(詩言志説)의 目的은 詩의 정치성(政治性)에 있는 것입니다. 다이죠(大序)가 말하는 시(詩)는 마음에 있는 의지(意志)가 말이 되었다/詩は心にある志が言葉となった」라는 理解에 의하면 詩에는 人間의 心情을 표현(表現)하고 있는 것이므로 詩를 읊으면 사람들의 생각이 이해(理解)되게 된다는 것입니다. 이때의 詩는 민간(民間)의 가요(歌謡)이고 사람들은 하층(下層)의 무명 (名無き)의《백성/民》입니다. 지배자(支配者)는 백성의 목소리를 듣기 위하여 민간가요(民間歌謡)를 각지(各地)에서 모으고, 그 내용(内容)을 판단(判断)해서 백성의

생활(生活)의 지혜(智惠)를 이해(理解)하게 된 것입니다. 공자(孔子)가 『시경(詩経)』을 편찬(編纂)한 것은 여기에 理由가 있고 그것을 다이죠 (大序)는 다음과 같이 말하고 있습니다.

> 正しい世の中では楽しい歌が歌われる。政治が正しいからである。乱れた世の中では恨みの歌が歌われる。政治が人々に背いているの
> 바른 세상에서는 즐거운 노래가 읊어진다. 정치가 바르기 때문이다. 혼란한 세상에서는 한의 노래가 읊어진다. 정치가 사람에게 등
> である。国が滅んだ世の中では哀しみの歌が歌われる。民が苦しんでいるからである。
> 을 돌리고 나라가 멸망한 세상에서는 슬픔의 노래가 읊어집니다. 백성이 고통스러워하고 있기 때문입니다.

이것에 의하면 노래(歌)가 씨(種)로 한다는 것은 《마음/心》은 백성의 마음을 지칭하는 것을 알 수 있습니다. 그리고 노래(歌)는 백성의 마음의 상태(状態)를 반영(反映)하는 것이라고 합니다. 마나죠(真名序) 가 「마음은 의지를 발하고, 노래는 말에 나타난다. 그래서 편안하게 사는 사람은 즐거운 노래를 부르고, 한을 갖은 사람은 슬픈 노래를 노래한다. / 思いは志に発し、歌は言葉に現れる。それで、安らかに暮らす者は楽しい歌を歌い、恨みを持つ者は悲しい歌を歌う」라고 진술하고 있는 것은 실로 이점을 가르킵니다. 《노래와 마음/歌と心》과의 関係는 지배자(支配者)와 피지배자(被支配者)와의 관계(関係)인 것이 이해(理解)될 것입니다.

中国의 詩学이라는 것은 나중에 시(詩)를 짓는 기술적(技術的)인 方法이되지만, 옛날에는 이해(理想)의 정치(政治)를 표현(実現)하는 方法

이었던 것입니다. 다이죠(大序)는 이어서 다음과 같은 점을 말합니다. 즉

> そこで、人の悪い行いを正したり、天地の神を感動させたり、不幸な
> 死に方をした者の魂(鬼神)を和らげたりするのに、詩よりほか
> 그런데 사람이 나쁜 행실을 바르게 하거나, 천지의 신을 감동 시키거
> 나 불행한 죽음을 당한 사람의 혼(귀신)을 위로하는데 시외에
> に良い方法はない。
> 좋은 방법이 없습니다.

라는 것은 詩가 특별(特別)한 도덕적효용성(道德的效用性)을 갖고 있는 것을 지적(指摘)하는 것입니다. 사람의 행동(行動)을 바르게 하는 것도 신(神)을 감동(感動)시키는 것, 또는 거친 死者의 영혼(靈魂)을 위안(慰撫)하는 것도 詩가 갖는 도덕성(道德性)이고, 詩가 갖는 효용(效用)인 것입니다. 이것도 츠라유키(貫之)의 가나죠(仮名序)에 의하면

> 力を加えずに天地を動かしたり、目に見えない鬼神(おにがみ)を感
> 動させたり、男女の仲を取り持ったり、勇猛な武士の心を慰撫
> 힘을 쓰지 않고 천지를 움직이거나 눈에 보이지 않는 귀신을 감동시
> 키거나, 남녀의 사이를 중재하거나 용맹한 무사의 마음을
> (いぶ)したりするのは、歌である。
> 위로하거나 하는 것은 우타이다.

라는 것입니다. 와카(和歌)라는 것은 정치(政治)와는 무관계(無関係)라고 설명(説明)하지만, 츠라유키(貫之)는 와카(和歌)의 효용(效用)을 詩의 효용(效用)에 기초(基礎)하면서 설명(説明)하고 있습니다.

다이죠(大序)가 말하는 정치성(政治性)의 重要한 점은 의지(志心)에 발하는 詩를 육의(六義)(賦・比・興・風・雅・頌)로 분류(分類)하는 理論이지만, 특히 《풍(風・ふう)》의 사고(思考)가 基本이 됩니다. 이것은 風化・풍자(風刺)를 말하고 意味는 《윗사람이 아랫사람에게 넌지시 가르쳐 주고, 아랫사람이 윗사람을 풍자한다/上の者が下の者にそれとなく教え、下の者が上の者を風刺する》라는 것입니다. 지배자(支配者)는 백성(民)에게 바른 노래(歌)나 音樂으로 도덕(道德)을 教化하고 백성(民)은 지배자(支配者)의 나쁜 정치(政治)에 풍자(風刺)의 노래(歌)를 읊어서 가르쳐 주는 것입니다. 때문에 中国에서 詩는 의지(志)의 文学이라는 전통(伝統)이 발생(発生)하고, 그것은 정치적(政治的)인 문제(問題)로 자연스럽게 향하게 됩니다. 츠라유키(貫之)도 또한 와카(和歌)를 육종류(六種類)로 분류(分類)하고 마나죠(真名序)에서는 「와카에는 육기(六義)가 있다/和歌に六義がある」라고 명확(明確)하게 지적(指摘)하고 있습니다.

여기에 츠라유키(貫之)에 의한 와카(和歌)라는 단가혁신(短歌革新)이 있습니다. 츠라유키(貫之)가 와카(和歌)라고 하는 것은 명확(明確)히 그것이 《漢詩》와 동등(同等)의 文学에로 이론화가능(理論化可能)하게 된 긍지(矜持)입니다. 『만요슈(万葉集)』時代까지의 가요성(歌謡性)을 잔존(残存)시키는 몇 가지 歌体를 갖는 전통(伝統)의 노래(歌)를 中心에서 배제(排除)하고 短歌에 의해서 읊어지는 《신체가(新体歌)》를 목표(目標)로 하고, 또한 노래(歌)가 高度한 정치성가운데(政治性中)에 이론화(理論化)되는 것을 목표(目標)로 하고, 그것이 달성(達成)된 노래(歌)를 와카(和歌)라고 불렀다는 것입니다. 실로 《가라우타/からうた》와 한 쌍(一対)이 된 《야마토우타/やまとうた》의 탄생(誕生)이었다고 말할 수 있습니다.

독자(読者)여러분에게는 아직 이와 같은 와카(和歌)의 탄생(誕生)을 믿지 못 할 수도 있습니다. 츠라유키(貫之)의 생각이 중국시학(中国詩学)에 기초(基礎)한 것으로서도 그것은 서문(序文)에 있을 법한 핑계(理屈)이고『고킹슈(古今集)』의 와카(和歌)에 어떻게 반영(反映)하고 있는가가 의문(疑問)이 남기 때문입니다. 그래서 츠라유키(貫之)의 생각을 조금 더 예(例)를 들자면 츠라유키(貫之)는 現代의 時代의 노래(歌)가 시시(示唆)하게 되어버린 것을 한탄하면서

> 古い時代の天皇は、春の花の朝、秋の月の夜ごとに臣下たちに歌を献上させた。ある者は花を求めて道に迷い、ある者は月を求め
> 옛날 시대의 천황은 봄꽃이 피는 아침, 가을 달밤에 신하들에게 노래를 헌상하게 하였다. 어떤 사람은 꽃을 찾아 길을 헤매고,
> て暗闇に迷った。そうした臣下の心を見て、天皇は賢臣と愚臣との区別をしたのである。
> 어떤 사람은 달을 찾아다니다가 어둠에 헤맸다. 그러한 신하의 마음을 알고 천황은 현신과 우신을 구별 했다.

라고 기술(記述)하고 있습니다. 즉 오랜 옛날의 천황(天皇)은 우수(優秀)해서 춘월화(春花)·추월(秋月)의 때에 신하(臣下)를 불러서 노래(歌)를 헌상(献上)하게 했지만, 그것은 현신화(賢臣下)와 우신하(愚臣下)를 구별(区別)하기 위함이었던 것입니다. 이것은 마나죠(真名序)와 같이 기술(記述)되어 있고, 더 한층「이것은 백성의 소원을 이해(理解)하는 능력(能力)을 갖은 신하(臣下)를 선택(選択)하는 방법(方法)입니다./ これは、民の願いを知る能力を持つ臣下を選ぶ方法なのである」라고도 말합니다. 이점을 생각하면『고킹슈(古今集)』는 와카(和歌)의

모음이고 또한 정치(政治)의 모음이라는 것도 분명(分明)하고 『고킹슈
(古今集)』를 이와 같은 시점(視点)에서 재평가(再評価) 되어야 합니다.

> 도시나리(俊成)나 사다이에(定家)들이 유우겐(幽玄)의 노래(歌)를 시도한 것은 思想的問題에서는 아니고 短歌의 本質的問題이기 때문이다. 仏教의 時代中에서 도시나리(俊成)나 사다이에(定家)는 仏教의 난해한 깊이를 短歌가 갖는 余情性안에 포함하는데 成功한다.

20 仏教에 同化하는 短歌

단가(短歌)가 그 時代의 사상(思想)을 수용(受容)하면서 다양(多様)하게 변혁(変革)을 수행(遂行)해가는 것은 단가(短歌)가 고전(古典)으로서 존중(尊重)되고 존재(存在)했던 것은 아니고, 현재(現在)를 살고 있는 표현태(表現態)이기 때문입니다. 나라(奈良)·헤이안초기(平安初期)라는 短歌의 형성전기(形成前期)에 있어서 조차 항상 혁신(革新)의 움직임을 볼 수 있는 것은 日本의 정신문화(精神文化), 또는 언어문화(言語文化)가 短歌를 근원(根源)으로 하기 때문이라고 할 수 있습니다. 그만큼 短歌는 時代로부터 탐욕적인 삶을 박탈(剝奪)해 왔다고 할 수 있습니다.

仏教의 時代가 도래(到来)하자 短歌는 또한 신혁신(新革新)의 時代를 맞이하게 됩니다. 일찍이 国家의 学問으로서 수용(受容)한 유교(儒教)는 직접적(直接的)으로 短歌의 정신성(精神性)을 고양(高揚)하는 것은 아니었습니다만, 仏教는 短歌와 심오(深奥)한 정신성(精神性)을 부여(付与)하는데 성공(成功)합니다. 이 유교(儒教)와 仏教의 차이(相違)는 유교(儒教)의 세속성(世俗性)과 仏教의 탈세성(脱世性)이라는 점에 있습니다. 短歌는 탈세성(脱世性)을 추구(追求)함으로서 혁신(革

新)을 진행(進行)하는 것입니다. 그 점을 산세기(三夕/さんせき)의 노래(歌)를 열거(列擧)하고자 합니다.

산세키(三夕/さんせき)노래(歌)라고 한다면 『신고킹슈(新古今集)』의 쟈구렌(寂蓮/じゃくれん)8) · 사이교(西行/さいぎょう)9) · 사다이에(定家/さだいえ)10)가 가을의 석양을 읊은 노래(歌)로서 널리 알려져 있습니다.

---

8) 쟈크렌[寂蓮/じゃくれん, 1139年(호엔(保延)5年)? ‐ 1202年8月9日 겐징(建仁)2年7月20日)]는 헤이안시대말기(平安時代末)에서 가마쿠라시대초기(鎌倉時代初期)에 걸친 우타비토(歌人), 僧侶이다. 俗名은 후지와라사다나가(藤原定長). 僧슌카이(俊海)의 子로서 태어나고, 1150年 [규우안(久安)6年] 頃에 叔父인 후지와라도시나리(藤原俊成)의 養子가 되고 오래도록 쥬고이가미(從五位上) · 나카츠가사교우스케(中務少輔)에 이른다. 그러나 도시나리(俊成)에게 實子定家가 태어남으로써 이를 계기로 30歳代에 出家,歌道에 精進했다. 미코히다리케(御子左家)의 中心歌人로서 活躍하고 「六百番歌合」에서 겐쇼(顯昭)와의「独鈷鎌首論争」은 有名하다. 1201年, 겐징원년(建仁元年)와카도도코로요리우도(和歌所寄人)가 되고 『신고킹와카슈(新古今和歌集)』의 撰者가 되지만, 完成을 보지 못하고 익년(翌)1202年[겐징(建仁)2年]에 사망했다. 『센쟈이와카슈(千載和歌集)』以下의 칙선와카집(勅撰和歌集)에 117首入集. 家集에 『쟈크렌호우시수슈(寂蓮法師集)』가 있다.

9) 사이교(西行/さいぎょう)는 겐에이원년(元永元年)(1118年) ‐ 분치(文治)6年2月16日(1190年3月23日)는 헤이안시대(平安時代)末期에서 가마쿠라시대초기(鎌倉時代初期)의 武士 · 僧侶 · 우타비토(歌人). 父는 사에몽노죠사토야스기요(左衛門尉佐藤康清), 母는 겐모츠(監物)미나모토노기요요시(源清女). 同母兄弟로 나카기요(仲清)가 있고, 子로 隆聖, 女子(西行의 딸/娘)이 있다. 俗名은 사토노리기요(佐藤義清). 憲清, 則清, 範清로도 기술된다. 出家하여 法号는 円位, 나중에 西行, 大本房, 大宝房, 大法房라고도 칭한다. 칙선집(勅撰集)으로는 『시카슈(詞花集)』에 初出(一首). 『센쟈이슈(千載集)』에 十八首 『신고킹슈(新古今集)』에 九十四首(入撰数第一位)를 비롯하여 二十一代集에 計265首가 入撰. 家集에 『산가슈(山家集)』(六家集의 一) 『산가신쥬우슈(山家心中集)』(自撰) 『기키가키슈(聞書集)』, 그 逸話나 伝説을 모은 説話集에 『센슈소우(撰集抄)』 『사이교모노가타리(西行物語)』가 있다.

10) 후지와라노사다이에(藤原定家/ふじわらのさだいえ, 1162年[오우호우応保2年] ‐ 1241年9月26日[닌지(仁治)2年8月20日]은 가마쿠라시대초기(鎌倉時代初期)의 구게(公家) · 우타비토(歌人). 諱는 「데이카/ていか」라고 유우쇼쿠요미(有職読み)가 되는 경우가 많다. 후지와라노호케(미코히다리케系사류(藤原北家御子左流)로 후지와라도시나리(藤原俊成)의 二男. 最終官位는 소우니이츄우나공(正二位権中納言). 교우고쿠덴(京極殿) 또는, 교우고쿠츄우나공(京極中納言)이라고 불린다. 法名은

さびしさはその色としてもなかりけりまき立つ山の秋の夕暮れ
(寂蓮法師)

이 적적함은 특히 어디에서부터라고 말 할 수 없는 것이다. 真木가
무성한 가을 산의 황혼이여

こころなき身にもあはれは知られけりしぎ立つ沢の秋の夕暮れ
(西行法師)

허무함조차 형언 할 수 없는 나에게도 지금 그것은 잘 알고 있는 것
이네, 도요새가 나는 개울가의 황혼이여

見渡せば花も紅葉も無かりけり浦のとまやの秋の夕暮れ　(藤原定家)

바라보면 꽃도 단풍도 여기에는 없네, 해변의 움막이 늘어선 가을의
황혼이여

가을이라는 季節을 슬퍼하는 것으로 표현(表現)하는 것은 中國文學
을 理解하고 있는 사람에게 있어서 상식(常識)에 속(屬)하는 것입니다.
그것을 《悲秋의 文学》등이라고 합니다만,『고킹슈(古今集)』의 우타
비토(歌人/詩人)들도

わがために来る秋にしもあらなくに虫の音(ね)聞けばまづぞ悲しき
작자미상(作者未詳)

나 한사람만을 위해 오는 이 가을도 아닌데, 벌레소리를 들으니 무엇

묘우쬬우(明静). 우타비토(歌人)인 쟈크렌(寂蓮)은 從兄, 다이죠다이징(太政大臣)
의 사이옹지깅츠네(西園寺公経)는 義弟에 해당한다. 헤이안(平安)時代末期에서
가마쿠라(鎌倉)時代初期라는 激動期를 보내고, 미코사케(御子左家)의 歌道의 家
로서의 地位를 不動으로 하였다. 代表的인 新古今調의 우타비토(歌人)이고, 그
노래(歌)는 後世에 유명하다. 도시나리(俊成)의「유우겐(幽玄)」을 한층 深化시켜
서「우싱(有心)」을 제창하고, 後世의 노래(歌)에 큰 影響을 끼쳤다.

을 보거나 듣는 것보다도 먼저 슬픔에 젖네.

月見ればちぢに物こそかなしけれわが身ひとつの秋にはあらねど
오오에치사토(大江千里)
달을 바라보니, 왠지 모르게 슬퍼지노라, 나 혼자만의 가을이 아니건만
奥山の紅葉踏みわけなく鹿の声聞く時ぞ秋はかなしき
작자미상(作者未詳)
심산의 단풍잎을 지려 밟고 있으니 사슴의 울음소리가 들리니 가을이
슬퍼지네.

와 같이 가을의 벌레 소리나(秋虫声)나 사슴의 울음소리(鹿声)를 듣고,
또는 가을밤(秋夜)에 맑게 갠 하늘의 달을 보고, 그것을 슬프다고 한탄
하는 것입니다. 자신 혼자만의 가을은 아닌데 여러 가지로 슬픈 수심에
잠긴다고 탄식하는 것은 개인(個人)의 번뇌(物思い)도 있을 것이라고
생각 되지만, 나만의 가을(我が身一つの秋)이라고 하는 것은 백락천
(白楽天)의 유명(有名)한 『백씨문집(白氏文集)』中의,

燕子楼中霜月夜　　燕子楼(えんしろう)中霜月(そうげつ)の夜
燕子楼에 서리 내리는 달밤에
秋来唯為一人長　　秋来り唯一人のために長し
길고긴 가을이 왔네. 오로지 한사람만을 위하여

을 出展으로서 지적(指摘)되고 있습니다. 당(唐)의 詩人인 백락천(白楽
天)은 서리(霜)가 내리는 달밤(月夜) 에 엔시로(燕子楼/えんしろう)에
있으면서 또한 심산(奥山)에서 단풍(紅葉)을 지려 밟고 우는 사슴(鹿)
의 목소리를 듣고 슬퍼하는 것도 中国의 詩人들과 같이 원숭이 울음소

리(猿声)로 환언(置き換え)하자면 가을의 슬픔(秋の悲しみ)이 중국적 문맥중(中国的文脈中)에 있는 것을 알 수 있습니다. 『와칸로에이슈/和漢朗詠集』11)에는 「원숭이/猿」의 항목(項目)이 있습니다만, 거기에는

다이나공루지와라노 김토우(小倉百人一首)

巴峡(はきょう)に秋深し、五夜の哀猿(あいえん)月に叫ぶ

巴峡에 가을이 깊어지고 五夜의 원숭이가 달을 향해 울부짖네.

猿は巫陽(ふよう)を過ぎ始めて腸を断つ

원숭이는 巫陽가 지나자 비로소 애장을 끄네.

---

11) 와칸로에이슈(『和漢朗詠集』/わかんろうえいしゅう)는 후지와라노깅(藤原公任撰)의 歌集이다. 간닝(寛仁)2年(1018年)頃成立했다. 『倭漢朗詠集』 또는 巻末의 内題에서 『倭漢抄』라고도 부른다. 원래는 후지와라노미치나가(藤原道長)의 딸(娘)인 이시(威子)入内시에 선물(贈り物)인 屏風絵를 첨부한 노래(歌)로서 編纂되고, 나중에 깅도(公任)의 딸(娘)과 후지와라노노리미치(藤原教通)의 結婚시에 축하의 선물로서 보내졌다. 達筆인 후지와라노유키나리(藤原行成)가 清書, 粘葉本에 装幀하여 硯箱에 넣어 보냈다고 한다. 下巻『祝』部에 日本国歌 『기미가요(君が代)』의 原典이 있다.

三声の猿の後郷涙を垂る

三声의 원숭이가 고향을 향해 눈물을 짓노라

등을 볼 수 있고, 심산(奥山)에 우는 원숭이의 울음소리(猿の声)는 中国文学에서는 일반적(一般的)으로 볼 수 있고, 슬픔의 정(情)을 상징(象徴)하고 있습니다만, 심산(奥山)의 사슴의 울음소리(鹿声)로 이행(移行)하는 것으로 고킹우(古今風)의 가을날의 슬픔(秋の悲しみ)이 成立한 것입니다.

산세기(三夕)의 노래(歌)도 가을의 황혼(秋の夕暮れ)의 비애(悲哀)를 읊는 것임으로 『고킹슈(古今集)』以来의 비후(悲秋)를 상식(知識)으로 하고 있는 것은 확실(確実)한 것입니다. 다만 이 三首는 비후(悲秋)의 노래(歌)로부터 크게 이탈(離脱)하고 있는 것도 명백(明白)한 것입니다. 그 이탈(離脱)의 원인(原因)은 불교사상(仏教思想)에 있습니다. 쟈크렌(寂蓮)도 사이교(西行)도 법사(法師)이기 때문에 거기에는 불교사상(仏教思想)은 법사(法師)만의 전유(専有)되는 問題만은 아닌 것 같습니다. 그리고 이들 三首의 공통적(共通的)인 가을의 황혼(秋の夕暮れ)의 모습(様相)은 《아무것도 없다/何も無い》라는 점에 있습니다. 쟈크렌(寂蓮)은 마키노다츠(まきの立つ)의 가을의 황혼(秋の夕暮れ)에 비애(悲哀)를 発見하고, 사이교(西行)는 가을의 황혼(秋の夕暮れ)에 탈속자(身を捨てた者)에게도 〈무상/もののあはれ〉을 発見입니다. 그리고 사다이에(定家)는 해변(海辺)의 움막(苫屋とまや)에는 아무것도 없다고 하는 것만을 읊습니다. 가을의 황혼(秋の夕暮れ)에 《무・無》라는 것을 発見하는 것입니다. 이것은 短歌가 불교사상(仏教思想)을 통해서 심오(深奥)한 정신성(精神性)을 획득(獲得)한 成果라고 생각하는 것이 可能한 노래(歌)입니다.

人間이 쓸쓸하다라고 느끼는 것은 가을에 나뭇잎이 떨어진다고 하는 現象에 의한 것은 아니고, 심정(心情)의 內面에 의해서 강하게 적막감(寂寞感)을 느낀다고 하는 것이 쟈크렌(寂蓮)의 理解이고, 世俗의 멍에(飾り)를 버리고 仏教의 道를 깨달은(무심한 몸/心なき身)에도 가을날의 황혼(秋の夕暮れ)은 무상감(あはれ)을 느끼게 한다고 하는 것이 사이교(西行)입니다. 그것은 역설적(逆説的)입니다만, 보다 강하게 공무(空無)가 나타나고 있는 것입니다. 어느 쪽이나 부정(否定)의 위(上)에 成立한 심정(心情)의 표현(表現)입니다. 다만 사다이에(定家)의 경우는 지금 약간 다른(相違)것 같습니다. 사다이에(定家)의 노래(歌)는 『고킹슈(古今集)』의 스죠법사(素性法師/すぞほうし)가 읊은,

見渡せば柳桜をこきまぜて都ぞ春の錦なりける(春歌)
본것 뿐인데 남에게 그 아름다움을 말 할 수 있으리요, 이 벚꽃이여, 자, 각자 손으로 꺾어서 고향의 그리운 사람들에게 선물을 하자구나

를 本歌로하고 있는 것입니다. 스죠법사(素性法師)의 노래(歌)는 「꽃이 만발 할 때에 교토를 조망하며 읊었다/花ざかりに、京を見やりてよめる」라고 하듯이 꽃이 만발 할 때(花盛り)에 교토(都)를 조망(眺望)하면서 봄날(春)의 교토(都)를 읊고 있습니다. 이 화려(華麗)한 존재(存在)를 자랑하는 것이 《색·色》의 전환(裏返し)이지만, 사다이에(定家)의 「없다/なりけり」의 노래(歌)인 것입니다. 확실(確実)히 한 쪽은 《있다/有る》를 읊고, 한 쪽은 《없다/無い》를 읊고 있습니다.

이 『고킹슈(古今集)』와 『신고킹슈(新古今集)』와의 관계(関係)는 표리(表裏)의 関係를 나타내는 것이지만, 그것을 왕조(王朝)의 화려(華麗)

한 美와 仏教의 무상(無常)과의 대립(対立)이라는 것처럼 설명(説明)하는 것도 가능(可能)합니다만, 여기에서 아마도 『반야심경(般若心経)』의 「색즉시공(色即是空), 공즉시색(空即是色)」의 사상(思想)이 저변(底辺)에 깔려 있는 것처럼 생각됩니다. 조금 더 『반야심경(般若心経)』을 引用하자면

　　観自在菩薩(かんじざいぼさつ)(観音様)は、深般若波羅蜜多(じんはんにゃはらみた)を実践された時に、五蘊(ごうん)(物質・感覚・知覚・意志・心)はすべて空であると悟って、一切の苦しみを除かれた。そして、舎利子(しゃりし)(釈迦の弟子、シャーリプトラ=舎利弗)に次のように語られた。「舎利子よ、色は空に異なることなく、空は色に異なることなく、色は即ち空であり、空は即ち色である。受想行識もまたこのようである」と述べ、また、「舎利子よ、この諸法は空相(くうそう)にして生じず、垢(あか)つかず、清らかでなく、増さず減らず、それ故に空の中にも色も無く、受も思も行も識も無く、眼も耳も鼻も舌も身も意も無く、色も声も香りも味も触覚も、法も無く、眼世も無く、意識界も無く無明もなく、無明の尽きる事も無く、老いも死も無く、老と死の尽きることも無く、苦も集も滅も道も無く、智も無く得も無く、得る所が無い」と述べられた。

　　간자재보살(観自在菩薩/かんじざいぼさつ)(観音様)은 심반야파라밀다(深般若波羅蜜多/じんはんにゃはらみた)를 実践했을 때에 오온(五蘊/ごうん)(物質・感覚・知覚・意志・心)은 모두 空이라고 깨닫고, 一切의 고통을 제거하게 된다. 그리고 사리시(舎利子)(釈迦의 弟子, 샤리프토라/シャーリプトラ=사리불/舎利弗)에게 다음과 같이 말하였다. 「사리시(舎利子)여, 色은 空과 다름이 없고, 空은 色과 다름이 없고, 色은 즉(即ち) 空이고, 空은 즉(即ち)色이다. 受想行識도 또

한 이와 같다」라고 설파하고, 또 「사리시(舍利子)여, 이 諸法은 空相(くうそう)하여 생기지 않고, 천진무구(垢(あかつかず)하고, 청명(清らか)하지 않고, 늘지도 줄지도 않고, 그 대문에 空의 안(中)에도 色도 없고, 受도 思도 行도 識도 없고, 눈(眼)도 귀(耳)도 코(鼻)도 혀(舌)도 몸(身)도 意도 없고, 色도 목소리(声)도 향기(香り)도 맛(味)도 촉각(触覚)도, 法도 없고, 이생(眼世)도 없고, 意識界도 없고, 無明도 없고, 無明이 尽하는 것도 없고, 老도 死도 없고, 老와 死이 尽하는 것도 없고, 苦도 集도 滅도 道도 없고, 智도 없고 得도 없고, 얻는 점이 없다」라고 설파 하였다.

라고 기술(記述)되어 있습니다. 여기에는 어려운 철리(哲理)가 설파되고 있습니다만, 이른바 色(存在)은 있는 것 같으면서도 없고, 없는 것 같으면서도 있다고 하는 현상(現象)의 이해(理解)에 있는 것입니다. 색(色)을 実相이라고 보든가, 또는 부정(否定)하든가는 개인(個人)의 사상(思想)임 同時에 사다이에(定家)들의 時代의 강고(強固)한 사상(思想)이었던 것입니다. 쟈크렌(寂蓮) 사다이에(定家)는 색즉시공(色即是空)을 읊고 사이교(西行)는 색즉시공(空即是色)을 읽는 것으로 생각할 수 있습니다. 그러나 이것은 어느 쪽이든 《空無》에 대한 理解이고, 그것은 貴族의 몰락(没落)의 時代를 상징(象徴)하는 마음(心情)의 반영(反映)이었던 것으로 생각됩니다.

불교사상(仏教思想)에 의해서 短歌의 혁신(革新)을 한다고 하는 것은 短歌에 불교사상(仏教思想)을 읊고 있는 것은 問題가 아닙니다. 노래(歌)에 불교사상(仏教思想)을 읊는 것, 이미 만요(万葉)의 노래(歌)에 많은 용례(用例)를 볼 수 있지만, 이 단계(段階)에 있어서 불교(仏教)에 의한 短歌의 혁신(革新)이라고 하는 것은 오히려 불교사상(仏教思想)에 의해서 심오(深奧)한 정신성(精神性)을 획득(獲得)하는 것, 그것이 불교사상(仏教思想)에 의한 短歌의 혁신(革新)이었던 것입니다.

사다이에(定家)의 부친(父親)은 후지와라도시나리(藤原俊成/ふじわらとしなり)[12](一二〇〇年前前後의 歌人=詩人), 도시나리(俊成)는 『고라이후우레이쇼(古来風体抄)[13]라는 歌学書를 저술(著述)하고 있습니다. 도시나리(俊成)는 이 책 중에서 야마토(やまと/大和)의 노래(歌)가 다양(多様)하게 읊어져 왔지만, 이들 노래(歌)의 말(言葉)이나 형태(姿)가 理解 곤란(困難)한 상황(状況)에 있다는 점을 들고 천래지관(天台止観) 中国의 수시대(隋時代)의 天台第三祖인 지기(智顗)(ちぎ)에 의해서 정리통합(整理統合)된 仏教의 수행법(修行法)과 비교(比較)하면서

---

12) 후지와라노도시나리(藤原俊成/ふじわらのとしなり [에데규우(永久)2年(1114年) - 센규워년(元久元年)11月30日(1204年12月29日)는 平安時代後期에서 鎌倉時代初期의 구게(公家)・우타비토(歌人). 名는 유우쇼쿠요미(有職読み)로 「슌제이(しゅんぜい)」라고도 읽는다. 후지와라노홋케이미코사류(藤原北家御子左流), 간츄우나공(権中納言)・후지와라노도시타다(藤原俊忠)의 子. 최초 하무로케(葉室家)에 養子로 들어가고 후지와라하무로(藤原葉室) 아키히로(顕広)로 불리었지만, 後에 사다이에(実家)의 미코히다리케(御子左家)로 되돌아가서 改名했다. 法名은 샤쿠아(釈阿). 最終官位는 쇼우삼미(正三位)・고우타이고우구쇼다유(皇太后宮大夫). 『센자이와카슈(千載和歌集)』의 編者로서 알려져 있다.

13) 고라이후우테이쇼우(『古来風体抄』/こらいふうていしょう)는 가마쿠라시대초기(鎌倉時代初期)에 成立한 歌学書. 初撰本(1197年成立)과 再撰本(1201年成立)이 있다. 初撰本은 고시라가와잉(後白河院)의 皇女인 시키시나이신노(式子内親王)(1149年-1201年)가 구게(公卿)이며 우타비토(歌人)인 후지와라노도시나리(藤原俊成)(1114年-1204年)에게 依頼해서 執筆하게 한 것이었다고 한다. 再撰本도 시키시나이신노(式子内親王)의 依頼에 의한 것으로 볼 수 있다. 즉 初撰本와 再撰本과의 사이에는 初撰本를 改稿한것으로 볼 수 있는 撰本이 남아 있다. 만요슈(万葉集)에서191首 『센자이와카슈(千載和歌集)』까지의 칙선와카집(勅撰和歌集)에서 395首(再撰本에서는 398種)을 抄出하고 있고 와카(和歌)의 歴史를 설파함과 동시에 와카(和歌)를 읊는 것은 題材의 対象의 本性을 명백히 하는 것이라고 기술하고 있다.

다음과 같은 점을 논(論)하고 있습니다.

万葉から始まって、古今、後撰、拾遺 歌 様子 深奥 心得。天台止観(てんだいしかん)法文金口(ほうもんこんく)の深い意味があり、和歌は浮言綺語(ふげんきぎよ)の戯れに似ているけれども、事の深い趣は現れているので、これを縁として仏の道に通わすのである。かつ煩悩は菩提(ぼだい)であるということであるから、法華経には「若説俗間経書(略)資生業等皆順正法」といい、普賢観(ふげんかん)には「何者か罪、何者か福、罪福主無く、我が心自ずから空なり」と言う。それによって見れば、いま歌の深い道も、空(くう)・仮(け)・中(ちゅう)の三体に似ているので、両者を通わして記すのである。

만요(万葉)에서 시작 되어 고킹(古今), 고센(後撰), 슈이(拾遺)등의 노래(歌)의 형태(様子)를 이해(心得)할 필요가 있다. 다만 천래지관(天台止観)은 법문금구(法文金口)(ほうもんこんく)의 깊은 意味가 있고, 와카(和歌)는 부언기요(浮言綺語)의 희롱과 비슷하지만, 물상의 정취가 나타나고 있음으로 이것을 계기(緣)로서 仏道를 깨닫게 된다. 또는 번뇌(煩悩)는 보제(菩提)라고 하기 때문에 법화경(法華経)에는 「若説俗間経書(略)資生業等皆順正法」라고 하고 보현관(普賢観)에는 「누군가의 죄(何者か罪), 누군가의 복(何者か福), 죄복주의(罪福主)는 없고, 내 마음 자체가 공(空)이다」라고 한다. 이에 따라서 현재의 노래(歌)의 심오한 길(道)도, 공(空/くう)・게(仮/け)・중(中/ちゅう)의 三体와 비슷함으로, 양자(両者)를 통찰한다고 기술하고 있다.

후지와라노도시나리가비(藤原俊成歌碑)

　여기에는 노래(歌)가 천래지관(天台止観)의 수행실천(修行実践)의 方法인 공간(空観)・가관(仮観)・중관(中観)으로 통하는 것이라고 하는 의견(意見)을 엿볼 수가 있습니다. 이것은 삼관(三観)이라고 불리고 있는 것이지만, 불교사전(仏教辞典)에 의하면 「상식적사리분별(常識的思慮分別)」에 의해 진실(真実)이라고 하는 것은 불교(仏教)의 진실(真実)에서 보자면, 일시적인 것(仮のもの)이라는 관점(観点)에서 일시적인 것(仮)에서 空에 들어간다. 즉 모든 存在는 공(空)이라는 공관(空観), 본질적(本質的)으로는 실체(実体)가 없는 공(空)이지만, 어떠한 계기(縁起)에 의해서 存在하고 있는 現実에 눈(眼)을 돌리는 가관(仮観), 공간(空観)과 가관(仮観)을 지양(止揚)하고 있는 불이(不二)라고 하는 中観을 말하였으므로 공가중삼관(空仮中三観)이라고 한다.」(『岩波仏教辞典』)라고 説明되어 있습니다. 이와 같은 천대지관(天台止観)에 대한 関心이 当時의 仏教의 흐름이었다고 생각하면 도시나리(俊成)의 단가혁신(短歌革新)은 필연(必然)이었다고 할 수 있지만, 아무튼 노래(歌)가 仏教와 대등(対等)한 思想이라는 생각은 短歌의 혁신(革新)에 있어서는 중요(重要)한 問題였다. 게다가 「번뇌즉보제(煩悩即菩提)」 것에서 알 수 있는 것은 노래(歌)를 읊음으로써 번뇌(煩惱)는 즉시 단절(断絶)되어 보제(菩提)(각오의 智惠)에 들어간다고 하기 때문에 仏教에 대해 신뢰(信頼)가 깊었던 当時의 知識人에 있어서는 어려운 仏教의 번뇌(哲理)가 아니라 노래(歌)를 읊음으로써 번뇌(煩惱)로부터 보제(菩提)에 들어 갈 수가 있다고 함으로써 노래(歌)에 대한 관심(関心)이 강해진 것입니다. 따라서 도시나리(俊成)는 계속(継続)해서 다음과 같이 말하고 있습니다.

> この道に心を入れようと思う人は、万代の春、千歳(ちとせ)の秋の後は、みなこの和歌の深い意味によって、法文の無尽であることを悟り、往生極楽の縁を結び、普賢(ふげん)の願海(がんかい)に至って、この歌の言葉を返して、仏を褒め奉り、法を聞いてあまねく十方の仏土に行くのであるが、まずは娑婆(しゃば)の衆生を引導しようとするのである。

> 이 길에 들어가려고 생각하는 사람은, 万代의 봄(春), 치토세(千歳/ちとせ)의 가을의 다음(秋の後)은, 모두 이 와카(和歌)의 심오한 意味에 따라서, 法文이 無尽함을 깨닫고, 往生極楽의 인연(縁)을 맺고, 普賢(ふげん)의 願海(がんかい)에 도달하여, 이 노래(歌)의 말(言葉)를 전환하여 석가(仏)를 찬양하고, 法을 들어 보편적인 十方의 仏土에 가는 것이지만, 우선은 사바(娑婆/しゃば)의 衆生을 引導하려고 한다는 것이다.

마치 도시나리(俊成)는 《가승(歌僧)》과 같은 우타비토(歌人/詩人)로 여겨지고 있습니다. 석가(仏)의 심오(深奧)한 불도(仏道)가 중첩되어 여기에서는 불도(仏道)와 가로(歌道)가 한 쌍(一対)을 이루어가는

것입니다. 도시나리(俊成)는 또한 『센자이와카슈(千載和歌集)』14)의 서문(序文)에 있어서도 「실로 연단을 하면 드디어 견고해지고 앙망하면 드디어 높아지는 것은 이 야마토(やまと)의 歌道」라고 말하고 있습니다. 와카(和歌)는 浮言綺語(うげんきぎご)라는 (화조풍영(花鳥風月詠)에 대한 우타비토(歌人)에 의한 懺悔의 말)의 희롱과 비슷하지만 깊이 있게 깨달을 수가 없는 것이기 때문에 여기에 仏道에 통하는 理由가 있다고 주장(主張)합니다. 이에 따라서 와카(和歌)가《유겐/幽玄・ゆうげん》15)이나《엔/艶・えん》이라는 미학(美学)을 획득(獲得)하게 되고 仏教에 의한 단가혁신(短歌革新)의 커다란 성과(成果)가 나타나고 있습니다.

이에 따라서 사다이에(定家)는《여정요염(余情妖艶)》에 이르게 된다고 할 수 있습니다. 여정(余情)은 헤이안(平安)中期의 우타비토(歌

---

14) 센자이와카슈(『千載和歌集』)는 칙선와카집(勅撰和歌集)의 하나. 『시카슈(詞花集)』의 後 『신고킹슈(新古今集)』의 前에 位置되고, 八代集의 第七이다. 쥬우에이(寿永)二年(1183年)二月, 고시라카와잉(後白河院)으로부터 후지와라도시나리(藤原俊成)에게 撰歌의 院宣이 伝達 되고, 분치(文治)四年(1188年)4月22日에 奏覧. 도시나리(俊成)의 私撰集 『三五代集』을 바탕으로 編纂되었다고 한다. 構成은 春(上・下), 夏, 秋(上・下), 冬, 離別, 羈旅, 哀傷, 賀, 恋(五巻), 雑(上・中・下), 샥교(釈教), 징기(神祇)의 부다테(部立)로 된 二十巻이고, 歌数는 1288首. 그 대부분이 短歌이다.

15) 유우겐(幽玄/ゆうげん)이란 文芸・絵画・芸能・建築等, 등등(諸々)의 芸術領域에 있어서 日本文化의 基層이 되는 理念의 하나. 本来는 仏教나 老荘思想 등, 中国思想의 分野에서 사용되는 漢語였느데, 헤이안(平安)時代後期부터 가마쿠라(鎌倉)時代前期의 代表的인 우타비토(歌人)이고, 센자이와카슈(千載和歌集)를 撰集했던 후지와라노도시나리(藤原俊成)에 의해서 와카(和歌)를 批評하는 用語로서 많이 사용된 以来, 歌論의 中心되는 用語가 되었다. 같은 歌道의 理念인 우싱(有心/うしん)과 함께 사용되는 경우가 많지만, 本来는 다른 意味의 말(言葉)이다. 그 후(後), 能・禅・렌가(連歌)・茶道・하이카이(俳諧)등 中世・近世以来의 日本의 芸術文化에 影響을 계속 끼치고, 오늘날에는今日 一般的用語로서도 사용되게 되었다.

人)인 후지와라노깅토(藤原公任/ふじわらきんとう)가 수카(秀歌)의 우수성(優秀性)을 설파함으로서 일찍이 와카(和歌)의 表現의 方法으로서 중시(重視)되어 왔습니다. 그 점에서 사다이에(定家)의 여정요염(余情妖艶)은《無》를 근원(根源)으로써 또한 存在하는 현상(現象)에 대해서 받아들인 것이고, 정신적(精神的)인 깊이에 도달(到達)해야 할 정서(情緒)였다고 말할 수 있습니다. 전술(前述)한 三夕의 노래(歌)는 실로「色即是空、空即是色」(般若心経)의 極意를 와카(和歌)가 획득(獲得)한 형태(形態)입니다. 이미 현상(現象)은 말(言葉) 외에만 존재(存在)하지 않는 것을 이해(理解)하고, 이야말로 요염(妖艶)(美学)이 획득(獲得)된 것은 仏教에 의해서 短歌의 혁신(革新)이 이루어진 결과(結果)라고 말할 수 있습니다.

男女가 한 쌍(一対)의 우타가케(歌掛け)의 形式은 형태(形態)를 바꾸면서도 우타아와세(歌合せ)와 같은 宮廷이나 貴族들의 우타아소비(歌遊び)로 전개(展開) 됩니다. 한편 漢詩의 一句를 예(例)를 들어서 노래(歌)를 읊는 한화융합(漢和融合)의 形式이 유행(流行)하고, 거기에는 단가(短歌)의 새로운 美学이 발견(発見)된다.

21 조화(合わせ)의 美学

　일본(日本)의 문화(文化)는 중국문화(中国文化)의 모방(模倣)이라고들 합니다. 이에는 일종(一種)의 일본문화(日本文化)에 대한 자조(自嘲)가 포함되어 있는 것으로 생각됩니다. 분명(分明)히 동아시아를 둘러싼 긴 역사 속(歷史中)에서 위대(偉大)한 문명(文明)을 최초(最初)로 창조(創造)한 것은 한제국(漢帝国)이었습니다. 때문에 그 주변(周辺)에 있었던 일본(日本)이 중국문화(中国文化)를 적극적(積極的)으로 수용(受容)한 것은 필연적(必然的)인 일이었다고 할 수 있습니다. 그러한 외래문화(外来文化)의 수용(受容)은 근대(近代)에 이르러 서양문명(西洋文化)으로 시선(視線)이 바뀌게 됩니다. 문제(問題)는 외래문화(外来文化)를 얼마만큼 수용(受容)하였는가가 중요(重要)하지 않고 이들을 받아들인 후(後)에 어떠한 새로운 문화(文化)를 창조(創造)하였는가 하는 점입니다. 오히려 일본(日本)은 외래(外来)의 문화(文化)를 수용(受容)하여 새로운 문화(文化)를 재창조(再創造)하는 연금술(鍊金術)이 우수(優秀)하다고 볼 수 있습니다. 그 기본원리(基本原理)는 타자(他者)와 합치(合致)는데 의미(意味)가 있었습니다. 여기에는 일본(日本文化)의 문화적(文化的)인 특질(特質)로서 〈조화(調和)의 文化〉를 확인(確認)할 수가 있습니다. 그것을 대표(代表)하는 것이 와카(和歌)에 의해서 창조(創造)된 일본적(日本的)인 미학(美学)이었습니다.

『고킹슈·古今集』가 등장(登場)하기 조금 전(前)의 단계(段階)를 보자면 헤이안(平安初期)의 《우타아와세/歌合》[1]라는 노래(歌)의 유희(遊戲)가 있습니다. 우타아와세(歌合)란 左右의 두 쌍으로 나눠진 우타비토(歌人)들에 의해서 하나의 제재(題材)로 노래(歌)를 읊고 한지(判詞)라는 심판(審判)이 승리(勝負)를 판정(判定)하는 노래(歌)의 경기(競技)입니다. 헤이안조(平安朝)의 以後에 왕성(旺盛)하게 개최(開催)되었지만, 오늘날의 남은 最古의 우타아와세(歌合)는 닌나년간(仁和年間)에 開催되었던 「민부교가우타아와세/民部卿家歌合」라고 합니다. 민부교(民部卿)는 아리하라노나리히라(在原業平)이고, 그 유명(有名)한 나리히라(業平)의 형(兄)에 해당(該当)됩니다. 그 가문(家)에서 우타

---

1) 우타아와세(歌合/うたあわせ)란 우타비토(歌人)를 左右二組로 나누어 그 읊은 노래(歌)를 첫 번째마다 비교하여 優劣를 가리는 놀이(遊び). 한지역(審判役)을 한자(判者/はんじゃ), 한데이(判定)의 말(詞/ことば)을 한지(判詞/はんじ)라고 한다. 이 한지(判詞)는 점차로 文学的인 性格을 띠게 되고, 歌論으로 이어지게 된다. 役割은 한자(判者)의 외에 가타우도(方人/かたうど;노래(歌)를 提出하는 者), 오모이비토(念人/おもいびと; 自陣의 노래(歌)를 칭송하고, 弁護하는 役)등이 있고, 左右両陣의 오모이비토(念人)에 의한 一種의 데이베토(ディベート)에 의해서 한자(判者)의 判定을 인도하는 것이다. 헤이안(平安)時代에 시작되고, 記録에 있는 것으로는 닌와(仁和)元年(885年)의 쟈이미부교케우타아와세(在民部卿家歌合)가 最古의 것이라고 한다. 기타 텐도쿠(天徳)4年(960年)의 텐도쿠다이리우타아와세(天徳内裏歌合), 겐규(建久)3年(1192年)의 六百番歌合, 겐징(建仁)元年(1201年)의 千五百番歌合등이 유명하다.基本的으로 「놀리(遊び)」이지만, 헤이안기(平安期)에는 노래(歌)의 優劣이 出世에 관계되기 때문에 重大事였기 때문에 현재에 개최되는 것같은 간편한 것은 아니었다. 또한 時代가 내려감에 따라서 文学性가 높아지고, 前述한 바와 같이 「한지(判詞)」가 文学論·歌論으로서의 位置의 정립되었다. 近代短歌以後,「놀이(遊び)」의 要素가 회피되어 일단(一旦)은 쇠퇴했지만, 1980年代경부터 다시 개최되게 되었다. 오모히비토(念人)는 노래(歌를 얼마만큼 높이 評価하고, 그 우열을 가릴 수가 있는가라는 해독력을 테스트를 받고, 또한 가타우도(方人)는 그 경쟁에 이길 만큼 내성이 강한 노래 (歌)를 짓는 능력을 테스트를 받게 되고, 이것은 近代以降의 文学으로서의 短歌에 있어서도 有用한 것으로 간주되게 되었다.

아와세(歌合)가 개최(開催)되었습니다만, 이때의 우타아와세(歌合)에는 人工的인 《스하마·州浜》가 준비(準備)되어 있었습니다.

이 스하마(州浜)에는 《이나가가/田舍家》가 설치(設置)되고 거기에는 초여름(初夏)의 풍물(風物)인 자규새가 자주 울고 있다는 취향(趣向)이 곁들여지고, 그 취향(趣向)에 기초(基礎)하여 좌우(左右)의 노래(歌)를 경연(競演)하게 됩니다. 우선 왼쪽(左組)팀은 「산집의 모양을 만들어/山家のかたをして」라는 제재(題材)로 오른쪽팀(右組)은 「시골의 모양을 만들어/田舍のかたちをして」라는 제재(題材)로 승부(勝負)를 진행(進行)해 갑니다.

> 左 夏ふかき 山里なれど ほととぎす 声はしげくも きこえざりけり
> 여름이 깊어져 산속 마을에는 뻐꾸기 우는 소리가 시끄럽게 들리네
> 右 荒れにける 宿のこずゑは 高けれど 山ほととぎす まれになくかな
> 황폐해진 집안의 나뭇가지 끝은 높은데 뻐꾸기는 가끔씩 우네

이와 같이 하여 좌우(左右)의 열 팀(十組) 二十首가 읊어지고 최후(最後)는 「사랑(恋)」이 제재(題材)가 되어 두 팀(二組)에 四首가 읊어지고 있습니다. 最初의 二十首는 여름(夏)의 季節의 풍물(風物)을 읊은 것이고 계절가(季節歌)입니다. 거기에 四首의 고이우타(恋歌)가 연이어 읊어지는 것은 《季節과 사랑(恋)》이라는 형태(形態)가 이미 意識되고 있었던 것을 엿볼 수 있습니다. 『만요슈(万葉集)』에는 巻八과 巻十에 季節歌와 고이우타(恋歌)가 한 쌍(一組み)으로서 分類되고 있기 때문에 이 季節과 사랑(恋)라는 풍아성(風雅性)은 『만요슈(万葉集)』의 편찬(編纂)과 깊은 관계(関係)를 맺는 方法인 것입니다. 우타아와세(歌

合)의 경우에 스하마(州浜)가 설치(設置)되었다고 하는 것은 노래(歌)를 읊기 위한 풍물(風景)이 인공적(人工的)으로 설영(設營)되었다는 것입니다. 그것을 실제(實際)의 풍물(風物)로서 실경(實景)과 같이 읊는 것입니다.

이와 같이 인공적(人工的)인 조형물(造形物)을 대상(對象)으로 하여 노래(歌)를 읊는 방법(方法)은 『만요슈(万葉集)』에서도 야카모치(家持)가 시도(試図)한 방법(方法)입니다. 야카모치(家持)의 경우는 正月에 눈이 쌓였을 때에 그 눈을 쌓고 인공적(人工的)인 이와야마(巌山)를 만들고 거기에 또한 인공적(人工的)으로 만든 패랭이꽃을 꽂고, 그것을 노래(歌)로 읊는 것입니다. 이와야마(巌山)는 대해(大海)에 떠있는 봉래(蓬莱)2)등의 산을 이미지로 한 것입니다만, 거기에는 스하마(州浜)의 원형(原型)이 남아 있습니다.

아마도 스하마(州浜)라는 조형(造形)아래에는 大海에 떠있는 봉래(蓬莱)등의 仙山이 우뚝서있는 해변(浜辺)이고 이나가이에(田舎家)라는 仙人이 사는 암자(庵)를 意味하고 있겠지요. 거기에는 자규새가 시끄럽게 울부짖고 있겠지만, 그것은 선계(仙界)라는 낙원(樂園)을 조형(造形)하고 있다고 생각됩니다. 두견새는 만요비토(万葉人)가 즐기던 새로 여기에는 日本的인 季節感이 함축되어 있습니다. 그리고 이 우타아와세(歌合)의 단계(段階)에서는 現実的인 人間世界의 해변(海浜)의 田舎家(시골집)으로 그 이미지가 変化되고 여기에 새로운 美学이 탄생(誕生)하게 됩니다.

短歌가 이와 같은 우타아와세(歌合)라는 경기(競技)를 위한 歌体로

---

2) 中国에서 東海에 있다고 하는 三神山中의 蓬莱山. 仙人이 산다고 하는 架空의 山.

서 선택(選択)되고 있는 것은 일찍이 대영성(対詠性)을 계승(継承)하는 것은 아닙니다. 노래(歌)는 明白하게 독영가(独詠歌)이고, 이 독영가(独詠歌)가 한 쌍을 이루어 경쟁(競争)을 하고 있는 것이 우타아와세(歌合)의 노래(歌)의 特徴입니다. 더욱이 重要한 것은 季節이 中心的인 題材가 되고 사랑(恋)은 부연의 程度로 읊어지고 있는 것입니다. 季節과 사랑(恋)이라는 대조(対照)를 이루면서도 보다 尊重되고 있는 것은 季節歌입니다. 계절가우선(季節歌優先)이라는 흐름가운데 고이우타(恋歌)는 短歌의 本質을 季節歌로 양도하는 상황(状況)을 보이고 있는 것입니다. 그것은 短歌의 本質이었던 고이우타(恋歌), 앞으로(今後)의 運命을 시사(示唆)한다고 볼 수 있습니다.

그것은 왜 季節歌가 短歌의 主流가 되어버렸을 까요. 그 전에 왜 季節이 노래(歌)를 읊기 위한 対象될 수 있었을 까요. 여기에서 말하는 季節이라는 것은 예(例)를 든다면 화조풍월(花鳥風月)이나 설월화(雪月花)등과 같은 日本的이라고 말하는 점의 季節感을 가르키고 있습니다. 이와 같은 季節感은 어떻게 日本人의 文芸속에서 成立하였을까요. 이것은 難問題입니다만, 다음과 같이 생각할 수 있습니다. 우선『만요슈(万葉集)』以前의 가요(歌謡)에 있어서 季節은 거의 意識되지 않았습니다.『만요슈(万葉集)』以前의 歌謡段階의 動物이나 식물(植物)등은 基本的으로는 無季節의 노래(歌)가 中心입니다. 古代歌謡의 段階에서 季節에 注意를 끌고 있었다는 意識은 엿볼 수 없습니다. 그것이 텐치텐노(天智天皇)의 時代인 오우미조(近江朝)가 되자 돌연(突然)히 季節에 관계(関係)된 노래(歌)가 登場하는 것입니다. 그것은 초기만요(初期万葉)의 時代의 누가타노오오기미(額田王)의 노래(歌)에서 볼 수 있습니다. 이 事情을 고려(考慮)하자면 오우미조(近江朝)의 새로운

文学인《한시(漢詩)》가 궁정(宮廷)의 文学으로서 登場하는 것과 아마도 동일(同一)한 현상(現象)이라고 볼 수 있을 것입니다. 예(例)를 들자면 누가타노오오기미(額田王)의 노래(歌)의 다이시(題詞)에

> 天皇、詔內大臣藤原朝臣、競(憐)春山万花之艷秋山千葉之彩時、
> 額田王、以歌判之歌(卷一)
> 천황의 우치노오호마에츠키니 우지와라아손에게 명하여 봄 산의 만화의 아름다움과 가을 산의 단풍의 채색을 비교 했을 때 누가타노오오키미의 우타(歌)를 비교하여 판단하였던 우타(歌)

라고 기술(記述)되어 있습니다. 누가타노오오기미(額田王)는 봄 산(春山)의 꽃(花)과 새(鳥)를 칭송하면서도 가을 산(秋山)이 다양(多樣)하게 채색(彩色)되어 있는 단풍(紅葉)을 손에 넣을 수 있으므로 가을(秋) 쪽이 우수(優秀)하다고 판정(判定)하게 됩니다. 이 다이시(題詞)는 왕(王)의 노래(歌)가 成立하는 場面의 상황(狀況)을 기술(記述)하고 있음에 틀림없습니다. 아마도 테치텐노(天智天皇)가 당시(當時)의 신하(臣下)로서 최고권력(最高權力)의 지위(地位)에 있었던 후지와라노가마타리(藤原鎌足)에게 「춘산만화지염(春山万花之艷)」과 「주산천엽지채(秋山千葉之彩)」와 어느 쪽이 아름다운가 경쟁(競爭)하라는 명령(命令)을 내린 것입니다. 그때에 누가타노오오기미(額田王)가 노래(歌)로 판정(判定)한다는 것이 주지(主旨)였습니다. 노래(歌)가 경쟁(競技)으로서 成立하는 것은 옛날부터 存在했던 노래(歌)의 투쟁(鬪爭)이 배후(背後)에 있다고 생각됩니다만, 季節이 우선시(優先視)되는 日常과는 다른 풍물(風物)이 획득(獲得)되는 것입니다.

이 다이시(題詞)는 실은 重要한 內容이 많이 감추어져 있지만, 종래(從来)에 関心로 관심(関心)을 갖지 못했습니다. 일득(一読)해서 다이시(題詞)는 복잡(複雑)한 內容인 것을 알 수 있습니다. 그 복잡(複雑)함이란 天皇과 우다이진(内大臣)의 등장(登場)이고, 천황(天皇)의 미고토노리(詔)이고, 또 그 內容이고 最後에 누가타노오오기미(額田王)가 노래(歌)로 판정(判定)하였다고 기록(記録)되어 있는 점입니다. 누가타노오오기미(額田王)가 노래(歌)로 판정(判定)하렸다고 하는 것은 명백(明白)하게 이 장(場)이 노래(歌)의 자리(席)가 아니었다고 하는 것을 시사(示唆)하고 있습니다. 노래(歌)의 장(場)이라면 「以歌」라고 쓰는 것은 이상(異常)하기 때문입니다. 따라서 이 노래(歌)가 成立하는 것은 그것이 노래(歌)以外의 장(場)인 것을 意味하고 있습니다. 그리고 그것은 漢詩의 장(場)이었다고 생각하지 않으면 안 되는 것이기도 합니다. 때문에 천황(天皇)의 미코토노리(詔)의 內容이 漢文의 멋진《대구(対句)》에 의해서 씌여지고 있는 것입니다. 이것이 漢詩의 자리(席)에서 미코토노리(詔)로서 내려진 제재(題材)였다고 볼 수 있습니다. 오우미조(近江朝)의 詩人들은 이 題材에 따라서 봄(春)과 가을(秋)을 경쟁(競争)하는 漢詩를 읊고 미코토노리(詔)에 응했던 것입니다. 여기에서 問題가 되는 것은 천황(天皇)인 텐치텐노(天智天皇)가 우다이진(内大臣)인 후지와라가마타리(藤原鎌足)에게 왜 일부러 미코토노리(詔)를 내리고 있는가라는 점입니다. 천황(天皇)이 직접적(直接的)으로 시인(詩人)들에게 미코토노리(詔)를 내리면 끝나는 것입니다. 천황(天皇)과 詩人들 사이에 우다이진(内大臣)이라는 최고권력자(最高権力)자가 포함되어 있는 것은 중요(重要)한 意味가 있어서 입니다. 그 意味라고 하는 것은 이 장(場)이 詩의 연회(宴)이고, 詩의 연회(宴)의 目的이《군신와락(君臣和楽)》에 있다는 점입니다. 일부러 우다이진(内大臣)에게 미코토노리(詔)를 내리고 있는 것은 우다이진(内大臣)이 신하(臣下)의 대표(代表)이기 때문입니다. 그 신하(臣下)의 代表가 천황(天皇)의 미코토노리(詔)를 받아서 詩人들에게 한시(漢詩)를 읊게 하도록 합니다. 누가타노오오기미(額田王)는 우타비토(歌人)의 쪽에서(側) 이 미코토노리(詔)에 응(応)한 것입니다. 따라서 미코토노리(詔)의 내용(内容)을 보자면, 멋진 봄과 가을의 대비(対比)에 의해서 제재(題材)가 만들어져 있는지 알 수 있습니다. 봄 산의 많은 요염(妖艶)한 꽃과 가을 산의 각종 채색(彩色)된 낙엽, 이 중에서 어느 쪽이 아름다운가를 경쟁(競争)한다는 것입니다. 이것은 詩人들에게 출제(出題)된 題材이지만, 이 모습은 상기(上記)에서 보았던 方法과 매우 근사(近似)하게 일치(一致)되어 있는가를 알 수 있습니다. 제재(題材)는 좌우(左右)의 두 쌍으로 나누어져 있고 오른쪽은 「春山万花之艶」를 왼쪽은 「秋山千葉之彩」를 「경쟁(競争)」하라고 하는 것입니다. 이와 같이 좌우(左右)로 나뉘어져 시인(歌人)들이 각각 봄과 가을의 우열(優劣)을 경쟁(競争)하고 있는 것을 알 수 있습니다. 누가타노오오기미(額田王)가 노래(歌)로 판정(判定)했다고 기록(記録)되어 있는 意味도 이러한 오우미조(近江朝)의 漢詩의 세계(世界)를 보면 잘 알 수 있습니다. 여기에 日本文学의 역사상(歴史上)에서 비로소 계절감(季節感)을 읊는 문아(文雅)가 成立한 것입니다. 봄(春)에는 화조(花鳥)가 가을(秋)에는 단풍(紅葉)이 대표(代表)하고 있습니다. 이것은 日本人의 季節感이 자연발생적(自然発生的)으로 成立했다는 상식(常識)을 뒤엎는 問題입니다. 군신(君臣)의 와락(和楽)이라는 연회(宴会)에 왜 이와 같은 季節을 읊을 必要가 있었을까요. 이것은 하나의 모델이 존재(存在)하고 있었다고 생각됩니다. 그

모델이라는 것은 中国의 三国時代(西暦二三〇年前後)에 위국(魏国)이 있었고(「위지왜인전(魏志倭人伝)」으로 有名한 나라입니다.), 그 国王을 조조(曹操)라 하고 그 아들로는 조비(曹丕)(後의 文帝)라는 황태자(皇太子)가 있었습니다. 이 조비(曹丕)는 지금까지의 전란(戦乱)의 時代를 회고하고, 나라가 전쟁(戦争)을 하는 것은 무익한 것이고, 군신(君臣)이 화락(和楽)함으로써 나라(国)의 평화(平和)가 유지(維持)된다고 생각했던 것입니다. 그 이상(理想)은 「文学」에 의해서 실현가능(実現可能)하다고 생각하고, 여기에서 조비(曹丕)는 저명(著名)한 七人의 詩人들을 초청(招待)하여 성대(盛大)한 시연(詩宴)을 개최(開催)하고 군신(君臣)의 화락(和楽)을 행하게 됩니다. 이 조비(曹丕)의 文学과 정치이념(政治理念)에 동경(憧憬)한 것이 후시대(後時代)의 시인(詩人)인 사령운(謝霊雲)이었습니다.

사령운(謝霊雲)은 조비(曹丕)의 시연(詩宴)을 재현(再現)하는 것입니다만, 그 中心이되는 슬로건은 良辰・美景・賞心・楽事이였습니다. 이것은 좋은 季節에 아름다운 風景하에서 그 아름다움을 같은 마음으로 칭송하는 사람들이 모이고 시가관현(詩歌管弦)에 감동(感動)하는 것을 의미(意味)합니다. 군신(君臣)이 마음을 하나로서 화락(和楽)하면 결과(結果)로서 나라(国)의 平和를 실현가능(実現可能)하다고 생각하는 것입니다. 일본인(日本人)의 시각(視覚)에서 보자면, 치졸(稚拙)한 평화론(平和論)처럼 보이지만 소비(曹丕)의 時代는 긴 전란중(戦乱中)에서 누가 아군(味方)인지 누가 적군(敵軍)인지 알 수 없는 상황(状況)이었습니다. 정말로 마음이 서로 통하는 신하(臣下)의 존재(存在)는 매우 얻기 힘든 존재(存在)였다고 말할 수 있겠지요. 그와 같은 중에서도 군신(君臣)의 화락(和楽)이 요청(要請)되었던 것입니다. 여기에 모인

詩人들은 세속(世俗)의 쟁난(争乱)을 초월(超越)하여 마음을 열고 詩를 읊음으로써 벗을 얻는 것입니다. 이때의 조건(条件)으로 한 것이 季節의 아름다운 風物이었습니다.

一年에 한 번밖에 만날 수가 없는 멋진 季節의 아름다운 風景가운데서 詩人들은 군신(君臣)의 깊은 친교(親交)를 읊는 것입니다.

새삼스럽게 누가타노오오기미(額田王)의 노래(歌)의 다이시(題詞)에 돌아가자면 지금까지 논(論)해온 상황(状況)을 볼 수 있습니다. 천황(天皇)이 신하(臣下)인 우다이진(内大臣)에게 미코토노리(詔)를 내려서 詩人들에게 봄(春)과 가을(秋)의 아름다움을 경쟁(競争)하게 하는 것은 실로 료진(良辰)(春秋)美景(花鳥)・賞心(賞美)・楽事(詠詩)라는 詩를 읊는 조건(条件)을 전제(前提)로 한 시연(詩宴)이였다는 것입니다. 이와 같은 시연(詩宴)이 『만요슈(万葉集)』의 증답(応詔)의 노래(歌)로 흘러가는 것입니다. 우타아와세(歌合せ)는 궁정(宮廷)의 文学가운데서도 군(君)과 신하(臣下)와의 조화(調和)로부터 出発한다고 말할 수 있습니다. 나라시대(奈良時代)가 되자 短歌의 우타아와세(歌合せ)는 한층 심오(深奧)해지게 됩니다. 오오토모다비비토(大伴旅人)가 다자이후(大宰府)에서 개최(開催)한 「매화지연(梅花之宴)」은 중국(中国)의 악부(楽府)의 「매화락(梅花落)」이라는 詩와 합친 것이고 야카모치(家持)에게는

うらうらに 照れる 春日(はるひ)に 雲雀(ひばり)上がり 情(こころ)悲しも 独りし思へば(巻十九)
화창하게 빛나고 있는 봄날에 종달새가 날아올라 마음은 적적하네. 혼자서 세상사를 생각하니

라는 노래(歌)가 있고 여기에는 「春費遲遲、鶬鶊正啼。悽惆意非歌難撥。」(봄날은 화창하고, 종달새는 지저귄다. 슬픔은 시를 통하지 않으면 표현 할 길이 없어. 春の日はうらうらと、ひばりはまさに啼く。悲しみの情は歌に非ざれば撥い難い)라는 주(注)가 붙어 있습니다. 이 주석(注釈)은 中国의 고대가요집(古代歌謠集)인 『시경(詩經)』에 보이는 시(詩)의 一部입니다. 야카모치(家持)는 『詩経』의 詩에 맞추어서 이 노래(歌)를 읊고 있는 것을 알 수 있습니다.

이러한 일본(日本)과 중국(中国)의 조화(和漢合わせ)가 헤이안시대(平安時代)에 들어서면 활발(活発)해집니다. 그 대표(代表)는 오오에치사토(大江千里)라는 우타비토(歌人)가 『구다이와카・句題和歌集』중에서 다양(多様)하게 시도(示道)되고 있습니다.

咽霧山鶯啼尚少
山高み ふりくる霧に むすれはや 鳴(な)く鶯の 声まれらなる
높은 산에서 내려오는 안개를 맞아 우는 휘파람새의 울음소리도 잦아지네.

鶯声誘引来花下
鶯の 啼きつる声に さそはれて 花のもとにそ 我はきにける
휘파람새의 울음소리에 이끌려 꽃 밑에 찾아왔노라

偸閑何処無不尋春
しづかなる 時を尋(たづね)て いづこにか 花のありかを ともに尋む
언제였던가 생각해보니 어딘가에 피어 있는 꽃을 찾았노라

花枝攀処芳紛紛
花の枝 折りつるからに 散りまがふ 匂ひのあかず 思ほゆるかな

꽃나무가지를 꺾어보니 흐드러지게 시들어가는 향기를 싫어하지 않네.

　먼저 漢詩의 구(句)를 앞(前)에 두고, 그 한시구(漢詩句)의 세계(世界)를 노래(歌)로 읊습니다. 구제와카(句題和歌)라는 것은 실로 한시구(漢詩句)를 노래(歌)의 제재(題材)로서 단가(短歌)를 읊는 방법(方法)이었습니다. 여기서는 漢詩에 맞춤으로서 短歌를 창출(創出)하는 方法이 시도되었고 와환(和漢)의 交通이 이후(以後)에 정착(定着)하게 됩니다. 그러한 운동(運動)은 동시대(同時代)의 스가와라노미치자네(菅原道真)도 『신센만요슈/新撰万葉集』에서 와카(和歌)를 漢詩로 읊는 方法을 시도하고 있으며 화(和/일본)와 한(漢/중국)을 일치(一致)시키는 것이 短歌의 혁신(革新)에 커다란 역할(役割)을 하게 됩니다.
　치사토(千里)의 구제와카(句題和歌)를 상징(象徵)하는 노래(歌)는 『신고킹와카슈(新古今和歌集)』에

　　　文集嘉陵春夜詩「不明不暗朧朧月」といへることをよめる
　　　照りもせず 曇りもはてぬ 春の夜の朧(おぼろ)月夜に しくものぞなき(春歌)
　　　강하게 빛나지도 않고, 또 완전히 그늘지도 않는 봄날의 달밤에 어깨 동무하고 보는 경치는 없어라

가 채용(採用)되고 있습니다. 아와세(あわせ・調)는 번역(翻訳)이라고도 할 수 있는 방법(方法)입니다만, 와(和)와 한(漢)이 함께 조화(調和)됨으로써 신단가(新短歌)가 탄생(誕生)되는 것을 이해(理解)할 수 있었고 그것은 와카(和歌)에 있어서 새로운 미학(美学)으로서 평가(評価)되

었다고 생각됩니다. 거기에는 한시(漢詩)에는 없는(조화의 미학, あわ
せの美学)이라고 해야 할 와카미학(和歌美学)이 成立된 것입니다. 후
(後)의 『와칸로에이슈和漢朗詠集』는 이 조화의 미학(合わせの美学)
이 完成된 상태(状態)입니다.

22 短歌와 화조풍월(花鳥風月)

短歌는 日本의 風土中에서 성숙(成熟)해짐으로서 여기에는 계절(季節)에 대한 関心을 볼 수 있습니다. 일반적(一般的)으로는 춘하추동(春夏秋冬)의 명확(明確)한 日本의 風土가 아름다운 季節의 表現을 可能하게 했다고 설명(説明)됩니다. 분명히 日本은 季節의 変化가 풍부(豊富)한 風土가 있습니다. 봄(春)에는 매화(梅花)도 벗꽃(桜花)도 피고, 휘파람새(鶯)가 울고, 초여름에는 소쩍새(ホトトギス)가 와서 병꽃(卯の花)을 흩트려 트립니다. 또한 가을에는 단풍(紅葉)의 계절(季節)을 맞이하고 겨울에는 눈(雪)이 내립니다.

이와 같은 일본(日本)의 風土性이 계절(季節)에 강한 関心을 보이게 되고 설월화(雪月花)나 화조풍월(花鳥風月)이라는 季節을 상징(象徴)하는 아름다운 풍물(風物)을 成立시켰습니다. 그것은 와카(和歌)에 의해서 구체적(具体的)으로 表現된 계절감(季節感)입니다만, 그와 같은 日本人의 계절감(季節感)은 日本의 풍토(風土)와 밀접(密接)하게 관계(関係)하고 있다는 것은 중요(重要)한 사실(事実)입니다.

그런데 이와 같은 季節에 대한 강한 関心은 고대가요(古代歌謡)에는 意外로 읊어지고 있지 않습니다. 닭(鶏)이나 매(鷹)가 읊어져도 휘파람새(鶯)나 소쩍새(ホトトギス)가 읊어지고 있지 않는 것은 이 시대(時

代)에 휘파람새(鶯)도 소쩍새(ホトトギス)도 울고 있지 않았기 때문은 아닙니다. 휘파람새(鶯)의 우는 목소에 관심(関心)을 보이지 않았고 닭(鶏)의 울음소리에 관심(関心)을 보이고 있었던 것은 생활적(生活的)인 관심(関心)에서 있고, 또한 습속적(習俗的)인 전통(伝統)의 問題이기도 하였습니다. 고대가요(古代歌謡)에서 볼 수 있는 풍물(風物)의 중심(中心)은 첫째로는 일상적(日常的)·실용적(実用的)인 것이고 새(鳥)나 짐승(獣)도 식용(食用)이 되는 것이 중요(重要)한 원인(原因)입니다.

둘째로는 장송(葬送)의 의례(儀礼)의 새(鳥)들 입니다. 새(鳥)의 의례(儀礼)에 물(水)이나 음식물(飲食物)을 가지고 죽은자(死者)에게 바치는 것입니다. 새(鳥)는 영혼(霊魂)을 운반(運搬)하는 것으로 생각되고 있었기 때문입니다. 이와 같이 본다면 日本人의 季節에 대한 関心이라는 것은 이러한 실용성(実用性)이나 습속성(習俗性)에서 벗어나는 것으로 성립(成立)하는 것이고, 그것은 생활(生活)의 과잉성(過剰性)이 발생(発生)함으로서 비로소 가능(可能)했다고 할 수 있습니다. 이와 같은 생활(生活)의 과잉성(過剰性)은 아마도 궁정문화(宮廷文化)나 도시(都市)의 문화(文化)의 성립(成立)과 깊이 관계(関係)된 것으로 생각됩니다. 무엇보다도 아즈마지방(東国)의 농촌(農村)의 안(中)에서 읊어진 아즈미우타(東歌)에는 특수(特殊)한 예외(例外)를 제외(除外)하면 거의 季節에 대한 関心을 보이고 있지 않는 것을 볼 수 있습니다. 季節에 대한 関心을 나타낸다고 하는 것은 일상생활(日常生活)을 벗어난 곳에서 특별(特別)한 것을 발견(発見)하는 것에 관심(関心)을 보이는 것이라고 말할 수 있습니다 춘하추동(春夏秋冬)의 각각의 계절(季節)에는 꽃구경(花見)이나 단풍구경(紅葉狩り) 또는 달보기(月見)나 눈을 감상(鑑賞)하면서 마시는 술(雪見酒)이 있고 계절(季節)의 풍물(風物)에 대한 관심(関心)이 연중행사(年中行事)로서 고정화(固定化)되었습니다. 계절(季節)의 특이(特異)한 風物을 선택(選択)하는 것은 日常을 떠난 새로운 학문(学習)이나 지식(知識)에 의해서 可能한 것입니다. 現在에도 正月에는 매화(梅)꽃에 휘파람새(鶯)가 와서 울고 있는 연하장(年賀状)을 받습니다만, 이러한 〈매화꽃에 휘파람새(梅に鶯)〉라는 구도(構図)는 그것이 습속성(習俗的)이라 보기보다도 있어야 할 것, 또는 아름다운 것에 대한 이해위(理由上)에서 그것을 전통적(伝統的)인 양식(様式)으로서 인지(認知)해 온 결과(結果)입니다. 왜냐하면 매화꽃(梅花)은 아름답고 휘파람새(鶯)의 울음소리는 듣기에 좋은 것일까, 왜 그것이 일체화(一体化)되고 있는가를 생각한다면 그것은 의외(以外)로 어려운 문제(問題)이라는 것을 알 수 있습니다. 근래(最近)에 들어 젊은 사람들에게 싸리꽃(萩)의 아름다움을 가르키는 것은 곤란(困難)한 문제(問題)가 되었습니다. 무엇보다도 싸리꽃(萩)의 그 자체(自体)를 알고 있는 젊은 사람이 적어졌기 때문에 그 소박(素朴)하고 검소한 아름다운 싸리꽃의 아름다움을 해명(解明)하는 것도 또한 어려운 것은 당연(当然)합니다. 이와 같이 생각하면, 그러면 싸리꽃(萩)을 아름답게 느끼고 있는 사람은 그것을 왜 아름답게 느끼고 있는가라는 자문(自問)을 해보면 좋을 것이라고 생각합니다. 그것을 설명(説明)하기 위해서는 일본인(日本人)의 문화성(文化性)에 관(関)한 설명(説明)이 필요(必要)하게 됩니다. 그 유명(有名)한 하이세이(俳聖)의 바쇼(芭蕉)가 『노쟈라시기행(野ざらし紀行)』[1]에서 어느 날 말(馬)을 타고 여행(旅行)을 하고

---

1) 노자라시기행(『野ざらし紀行』)은 江戸時代中期의 하이카이시마츠오바쇼(俳諧師松尾芭蕉)의 紀行文. 죠교우(貞享)元年(1684年)秋의 8月부터 翌年4月에 걸쳐서 바쇼(芭蕉)가 門人인 센리(千里)와 함께 出身地이기도한 이가우에노(伊賀上野)에의 여행(旅)을 기록한 하이카이기행문(俳諧紀行文).「노자라시기행(野ざらし)」은

있자니 길가에 아름다운 무궁화꽃(木槿·むくげ)이 피어 있는 것을 발견(発見)하였습니다. 무궁화꽃(木槿)에 가까이 가자 말(馬)은 무궁화꽃(木槿)을 먹어버렸다고 합니다.

道のべの　木槿(むくげ)は馬に　食はれけり

길가의 무궁화 꽃을 말에게 먹였네

무궁화(ムクゲ)

여행을 출발할 때에 읊은 一句「노자라시의 바람이 몸에 사무추는구나(野ざらしを心に風のしむ身かな)」에서 由来한다. 즉 門出의 노래(歌)에 「노자라시(野ざらし)」는 상당한 縁起가 좋지 않았다. 또한 출발(出立)이 甲子(기노에네)이기때문에 「기노에네깅코우(甲子吟行)」라고도 한다. 훗구(発句)가 中心되어 文章은 그 서문(前書き), 고토바가키(詞書)로서의 性格이 강(強)하게 나타나고, 이윽고 文章에 장중함(重き)을 둔 「오이노구부미(笈の小文)」를 걸쳐 句文이 融合된 「오쿠노호소미치(おくのほそ道)」에로 発展하는 嚆矢로서의 特徵이 나타나고 있다. 바쇼(芭蕉)는 前年에 死去한 母의 墓参를 目的으로 江戸에서 도우카이도(東海道)를 이세(伊勢)에 향하고 이가우에노(伊賀上野)를 거쳐 야마토국(大和国)에서 마노국오오가키(美濃国大垣), 나고야(名古屋)등을 순행하고 이가(伊賀)에서 한해를 보내(越年し)고, 京都 등 가미카다(上方)를 여행(旅)하고 아타미(熱田)에 一時滞在하고, 가이국(甲斐国)을 거쳐 江戸로 돌아왔다.

라고 읊고 있는 것은 그 때의 구(句)입니다. 이른바 바쇼(芭蕉)는 무궁화꽃(木槿)의 아름다움(美)을 즐기려고 하고 있었지만, 말(馬)은 무궁화꽃(木槿)의 맛(味)을 즐기게 된 것입니다. 거기에 무궁화꽃(木槿)에 대한 말(馬)과 바쇼(芭蕉)와의 거리가 있고 흥미(興味)도 있습니다. 무궁화꽃(木槿)을 아름답다고 감탄하는 것은 무엇인가 문화성(文化性)의 문제(問題)이지만 무궁화꽃(木槿)을 맛있다고 먹는 것은 말(馬)에게 있어서는 실용성(実用性)의 문제(問題)입니다.

싸리꽃이든 무궁화꽃(木槿)이든 그것을 아름답게 느끼는 것은 그 배후(背後)에 日本人이 감동(感動)해온 식물(植物)이기 때문에 싸리꽃(萩)이라고 한다면 『만요슈(万葉集)』에 가장 많이 읊어진 식물(植物)이기 때문에 싸리꽃(萩)을 예(例)로 들자면 『만요슈(万葉集)』에 형성(形成)된 꽃의 문화(文化)와 접속(接続)하고 있습니다. 이에 따라서 싸리꽃(萩)이 읊어진 아름다운 만요가(万葉歌)가 뇌리(脳裏)에 떠오르게 됩니다.

> 明日香川 行き廻(み)る丘の 秋萩は 今日降る雨に 散りか過ぎなむ (巻八)
> 明日香川(아스카강)이 흘러들어오는 언덕의 가을의 싸리는 오늘 내린 비에 져버렸을까
> 我が岡に さ男鹿来鳴く 初萩の 花嬬(はなづま)問ひに 来鳴くさ男鹿(巻八)
> 우리 집 근처의 언덕에 수사슴이 와서 우네. 처음에 핀 싸리꽃에게 물으려고 찾아와서 우는 수사슴이여

와 같이 아스카강(明日香川)변에 핀 싸리꽃(萩)과 내리는 비(雨)가 조화(調和)를 이루어 아스카(明日香)의 風土가 묘사(描写)됩니다. 게다가

거기에 시구레(時雨·가랑비)에 아름다운 싸리꽃(萩)이 지는 것은 아닌가 하는 불안(不安)이 감돌아서 아스카강(明日香川)의 싸리꽃(萩)의 풍물(風物)뿐만 아니라 작자(作者)의 싸리꽃에 대한 정감(情感)도 충분(充分)히 읽어낼 수가 있습니다.

거기에는 아스카강(明日香川)의 고도읍(古都)과 아스카강(明日香川)을 둘러싼 풍토성(風土性)이 펼쳐지고, 그것이 가까운 곳에 강에 피는 싸리꽃(萩)에서도 이 정서(情緖)는 충분(充分)히 이해(理解)되게 되는 것입니다. 아스카강(明日香川)을 알고 있는 사람에게는 한층 더 싸리꽃(萩)의 아름다움(美)이 이해(理解)되겠지요. 또는 싸리꽃(萩)을 찾아오는 수사슴(鹿)은 하나즈마(花嬬·꽃을 사슴의 아내로 비유함)를 물으러 왔다고 하는 것은 싸리꽃(萩)과 사슴(鹿)과의 조화(調和)가 성립(成立)하고 있습니다. 이 조화(調和)는 여기에 싸리꽃(萩)과 사슴(鹿)의 사랑이라는 특별(特別)한 아름다움(美)을 느끼고 있는 증거(証拠)입니다. 또는 싸리꽃(萩)을 참억새(尾花)와 함께 꽃병에 장식(裝飾)함으로서 더욱더 싸리꽃(萩)의 아름다움(美)은 돋보이게 하고 가을의 풍정(風情)을 돋우게 됩니다.

이와 같이 「싸리꽃(萩)은 왜 아름다운가」라는 경우에는 거기에는 일본인(日本人)이 배양(培養)해온 미(美)의 양식(樣式)이라는 전통(伝統)이 있습니다. 따라서 싸리꽃(萩)을 아름답(美)게 느끼는 것은 싸리꽃(萩)의 그 자체가 아름다운(美) 것이 아니라 싸리꽃(萩)은 아름답다(美)고 하는 학습(学習)을 해온 結果라는 것이 됩니다. 이와 같이하여 형성(形成)된 양식(樣式)을 통해서 이해(理解)된 미(美)의 재창조(再創造)가 개인(個人)이 느끼는 싸리꽃(萩)에 대한 관심(関心)이었습니다.

아스카강(明日香川)　　　　　　　싸리꽃(山萩)

　　그러면 일본인(日本人)이 최초(最初)로 계절(季節)에 깊은 관심(関心)을 나타낸 것은 언제였을 까요. 현재(現在)로써 알 수 있는 것은 이는 오우미죠(近江朝)의 時代였다. 이 시대(時代)의 천황(天皇)은 텐치텐노(天智天皇)였지만, 서력(西暦)六六七年에 아스카(飛鳥)에서 시가현(滋賀県)2)의 비와코(琵琶湖)3)의 주변(周辺)의 오오츠(大津)4)로 수도(都)를 천도(遷都)하고 오우미죠(近江朝)의 時代가 시작됩니다. 백촌강(白村江)의 전투(戦闘)에서 백제(百済)가 멸망(滅亡)한 후(後)의 일입니다. 어느 날 천황(天皇)은 후지와라노가마타리(藤原鎌足)에게 「春山

2) 시가현(滋賀県/しがけん)은 비와호(琵琶湖)를 擁하는 日本의 긴키(近畿)地方北東部의 内陸県. 県庁所在地는 오오츠시(大津市).
3) 비와호(琵琶湖/びわこ)는 시가현(滋賀県)에 있는 호수(湖). 日本에서 最大의 面積으로 貯水量을 자랑한다. 湖沼水質保全特別措置法指定湖沼. 라무세루(ラムサール)条約登録湿地. 河川法上은 一級水系 「요도가와(淀川)水系」에 속(属)하는 一級河川이고, 同法上의 名称은 「一級河川琵琶湖」이다.
4) 오오츠시(大津市)는 시가현(滋賀県)의 南西端에 位置하는 都市이고, 同県의 県庁所在地이다. 中核市로 指定되어 있다.

の万花の艶と秋山の千葉の彩りとを競え/봄 산의 만화의 아름다움과 가을 산의 단풍의 색채를 비교하여」라고 명령(命令)을 합니다. 그에 답한 것이 누카타노오오기미(額田王)였습니다.

冬ごもり 春さり来れば
겨울이 지나고 봄이 오면

鳴かざりし 鳥も来鳴きぬ 咲かざりし 花も咲けれど
지금까지 울지 않았던 새도 와서 울고, 피지 않았던 꽃도 피네

山を茂(も)み 入りて取らず 草深み 取りても見ず
산은 무성하고 풀이 우거져 손에 넣을 수도 없고 꺾어서 볼 수도 없네.

秋山の 木の葉を見ては
가을 산의 낙엽을 볼 때
紅葉をば 取りてしのふ 青きをば 置きてそ嘆く
단풍을 감상하고 푸른 잎을 놓고 한탄하네.
そこし恨めし 秋山われは(巻一)
그 때문에 무심코 분하게 생각하고, 그런 마음이 설레는 가을 산이야 말로, 나는

비와호(琵琶湖)의 衛星写真

이를 통하여 대구표현(対句表現)이 완성(完成)된 모습(姿)을 볼 수가 있다고 생각됩니다. 이와 같은 대구(対句)의 기법(技法)은 물론 漢詩에 의한 것은 부정(否定)할 수 없습니다. 천황(天皇)이 가마타리(鎌足)에게 명령(命令)했다고 하는 内容(題)도 대구표현(対句表現)에 의한 것입니다. 이점에서 생각하자면, 이 노래(歌)가 피로(披露)된 경우는 천황(天皇)을 中心로하여 개최(開催)된 漢詩会(詩宴)였던 것으로 여겨집니다. 누카타노오오기미(額田王)의 노래(歌)에서 이와 같은 内容을 완성(完成)한 것입니다. 오우미조(近江朝)라고 하면 百済文化가 꽃핀 時代입니다. 백제(百済)가 멸망(滅亡)하고 많은 知識人들이 오우미(近江)의 궁정(宮廷)에 유입(流入)되게 됩니다. 이 時代에 漢詩가 많이 읊어졌다고 기록(記録)하고 있는 것은 『가이후우소(懐風藻)』의 서문(序文)입니다만, 그들이 中国의 文化를 깊이 理解하고 있는 백제궁정(百済宮廷)의 지식인집단(知識人集団)이었기 때문에 궁정(宮廷)에서 열리는 연회(宴会)를 종래(従来)의 전통가요(伝統歌謡)에서 外来의 漢詩로 바뀐 것을 알 수 있습니다. 누가타노오오기미(額田王)가 갑자기 반이적(変異的)으로 季節의 노래(歌)를 읊은 것은 아니고 오히려 그 中心에는 漢詩가 있고 여기에서는 봄의 꽃(春花)과 가을의 단풍(秋葉)과의 아름다움(美)을 詩人들이 경쟁(競争)하고 있었다고 생각할 수 있습니다.

누카타노오오기미(額田王)의 노래(歌)에서 알 수 있는 것은 봄(春)은 꽃(花)과 새(鳥)에 의해서 상징화(象徴化)되고 있다는 점입니다. 이때의 꽃(花)이나 새(鳥)는 구체적(具体的)이지는 않지만 단풍(黄葉)은 日本文学에서는 여기서 처음으로 보이는 가을의 風物입니다. 헤이안기(平安期)에는「깊은 산속의 단풍을 즈려 밟고가니 사슴의 울음소리가 들리네/奥山の紅葉踏み分けて鳴く鹿の」와 같이 단풍(黄葉)과 사슴

(鹿)이 조화(調和)를 이루게 되지만, 왜 이 오우미조(近江朝)라는 時代에 단풍(黃葉)이 가을의 특징적(特徵的)인 풍물(風物)이었는가를 알 수가 없지만 한반도(韓半島)에서는 평지(平地)에서도 이타야계통(イタヤ系統)의 단풍(黃葉)이 많고 냉한지(寒冷地)에 속하고 그 때문에 赤·靑·黃의 三色이 아름답게 빛나는 것으로 알려져 있습니다. 아마도 백제(百済)의 知識人들은 고향(故郷)의 단풍(黃葉)을 가을의 가장 아름다운 풍물(風物)로 생각하고 있었고, 그것을 시(詩)의 연회(詩宴会)에서 읊고 그리운 고향(故郷)을 그리고 있었던 것으로 생각됩니다. 또한 봄에는 화조(花鳥)라는 조화(組み合わせ)도 화조시(花鳥詩)를 이해(理解)하고 있는 고도(高度)로 세련(洗練)된 文化를 배경(背景)으로 한 것입니다. 이것도 백제(百済)의 궁정(宮廷)에서 개최(開催)되고 있었던 시연(詩宴)에서는 극히 당연(当然)한 소재(素材)였다고 생각됩니다.

여기에서 꽃(花)도 새(鳥)도 이름을 볼 수 없는 것은 누가타노오오기미(額田王)에 있어서 季節의 꽃(花)도 새(鳥)도 아직 익숙하지 않은 것이었다고 말할 수 있었습니다만, 누가타노오오기미(額田王)가 여기에서 가을을 선택(選択)하는 방향(方向)으로 진행(進行)하기 위해서는 꽃의 이름도 새의 이름도 필요(必要)하지 않았을 것입니다. 그러나 누가타노오오기미(額田王)가 봄을 선택(選択)하였다고 한다면 이 꽃(花)과 새(鳥)는 아마도 매화(梅)와 휘파람새(鶯)였을 것이라고 추측(推測)이 됩니다. 그 이유(理由)는 한시(漢詩)에서는 매화(梅)에 휘파람새(鶯)를 덧붙여 읊는 것을 볼 수 있기 때문입니다.

春日鶯梅を翫(はや)す   葛野王(가도노노오오기미)
いささか休暇の景に乗り、

잠시 휴가를 이용하여

苑に入りて青陽を望む。

정원에 들어가 봄날의 양기를 느끼고

素梅は素靨(そえふ)を開き、

하얀 매화는 하얀 꽃 봉우리를 열고

嬌鶯(けうあふ)は嬌声を弄(もてあそ)ぶ。

みめよい鶯は美しい声で鳴く

휘파람새는 아름다운 소리로 울고

これに対(むか)ひて懐抱を開けば、

이 봄날의 모습에 감동하여

優に愁情を暢(の)ぶるに足る。

世俗のわずらわしさから開放されることだ

세속의 번거로움에서 벗어나네

老の将に至らむことを知らず、

그 때문에 늙는 것도 잊어버리고

ただ春觴(しゅんしょう)を酌(く)むを事とす。

ひたすらに春の酒を酌み交わすこととする

한결같이 봄 술을 대작하기로 하네

가도노노오오기미(葛野王)5)는 누가타노오오기미(額田王)의 손자(孫子)에 해당(該当)하고 매우 흥미(興味)있는 관계(関係)를 볼 수가 있습니다. 공무(公務)의 휴가(休暇)때에 정원(庭園)에 들어가고 태양

---

5) 가도노오오기미(葛野王・かどののおおきみ, 텐치텐노(天智天皇)8年(669年)頃 – 게이운(慶雲)2年12月20日(706年1月9日)은 아스카시대(飛鳥時代)의 皇族. 고우붕텐노(弘文天皇 - 오오토모미코(大友皇子)의 第一皇子. 손자로 오우미노미후네(淡海三船)가 있다. 官位는 쇼시이가미(正四位上)・시키부교(式部卿).

(太陽)을 바라보면 주변(周辺)에는 하얀 매화(梅花)가 하얀 미소(白靨・えくぼ)를 짓듯이 피어있고 아름다운 휘파람새(鶯)는 아름다운 울음소리로 울고 있다는 것입니다. 여기에서 봄에는 매화(梅)와 휘파람새라(鶯)의 조화(調和)가 완전(完全)하게 성립(成立)하고 있는 것을 알 수 있습니다만, 이와 같은 조화(組み合わせ, 様式)가 可能한 것은 아마도 오우미조(近江朝)의 漢詩의 시연(詩宴)에서 있었다고 생각할 수 있습니다. 古代의 漢詩集인 『가이후우소우(懷風藻)』의 서문(序文)에 의하면 오우미조(近江朝)에는 백편이상(百編以上)의 漢詩가 읊어졌지만, 유감스럽게도 이들은 임신란(壬申乱)때에 거의 소실(消失)되어 버렸다고 합니다. 이것을 믿을 수 있다면 오우미조(近江朝)에는 漢詩가 융성(隆盛)하여 많은 漢詩가 存在했던 것을 알 수 있습니다. 이들을 재현(再現)하는 것은 불가능(不可)能하지만 『가이후우소우(懷風藻)』에서 볼 수 있는 漢詩를 검토(検討)하면 거기에는 季節의 시(詩)가 다양(多様)하게 읊어지고 있고 봄(春)의 시(詩)에는 매화꽃(梅花)에 휘파람새(鶯)가 조화(組み合わせ)를 이루고 있는 것을 흔히 볼 수 있고 오오츠미코(大津皇子)는 〈葉錦〉를 읊고 있습니다. 이점에서 유추(類推)하자면 오우미조(近江朝)의 시연(詩宴)에는 매화꽃(梅花)에 휘파람새(鶯)라는 조화(組み合わせ)나 가을을 물들이는 단풍(紅葉)의 漢詩가 成立하고 있는 것을 볼 수 있습니다.

휘파람새(鶯)　　　　　　　매화(梅花)

때문에 누가타노오오기미(額田王)의 등장(登場)도 필연적(必然的)인 것이었다고 생각됩니다.

일반적(一般的)으로 와카(和歌)가 季節의 풍물(風物)을 읊는 것은 漢詩보다 늦었습니다. 매화꽃에 휘파람새(梅に鶯)의 양식(樣式)도 와카(和歌)에 등장(登場)하는 것은 텐표(天平)의 時代에 들어서 입니다. 다자후(大宰府)의 장관(長官)에 부임(赴任)한 오오토모다비비토(大伴旅人)는 正月에 「매화꽃의 연회(梅花宴)」를 관저(官邸)에서 개최(開催)하고 관할관리(管轄官吏)인 32명을 모아서 매화꽃(梅花)을 읊게 하는 것입니다. 『만요슈(万葉集)』에서는 최대(最大)의 계절(季節)에 관한 연회(宴会)입니다만, 여기에서 비로소 와카(和歌)에 의한 매화(梅花)의 노래(歌)가 成立한 것입니다. 다비비토(旅人)는 이 매화(梅花)의 연회(宴会)를 수도(首都)에서 개최(開催)되는 한시(漢詩)의 연회(宴会)에 가탁(仮託)하고 그것을 와카(和歌)로 읊어본 것입니다. 그때에 다비비토(旅人)는 「시(詩)에 낙매(落梅)의 편(篇)을 기록(記録)한다. 과거(過去)와 현재(現在)와 어떤 것이 다르겠는가. 자주 정원(庭園)의 매화(梅花)를 읊어 단가(短歌)를 읊을 것인가/詩に落梅の篇を紀す。古と今とそれ何ぞ異らむ。宜しく園梅を賦しいささか短詠をなすべし」라고 서문(序文)에 기록(記録)하고

わが園に 梅の花散る ひさかたの 天(あめ)より雪の 流れ来るかも(巻五)
우리 집 정원의 매화꽃이 진다. 히사가타의 천상에서 눈이 내려오네.

라고 읊고 있습니다. 이것은 한시(漢詩)에 「매화락(梅花落)」(매화꽃이 지다・梅の花落る)라는 시(詩)가 있고 변경(辺境)을 방비(防備)하는

병사(兵士)들이 1년이 다시 순회(巡回)했다는 것을 매화꽃(梅花)을 보고 알고 그리운 고향(故郷)을 생각하면서 읊었다고 합니다만, 이 한시(漢詩)와 대치(対置)를 이루면서 와카(和歌)의 계절감(季節感)이 성립(成立)해 가는 상황(状況)을 알 수 있습니다.

그런데 또 하나 短歌의 季節感을 성숙(成熟)시킨 요인(要因)이 있습니다. 그것은 남여(男女)가 밀회(密会)하는 구실(口実)로서 아름다운 달(月)이나 아름답게 피어 있는 꽃(花)이 필요(必要)한 것입니다. 이것은 中国에서도 「화전월하(花前月下)」라는 말이 있고 男女의 밀회(密会)는 아름다운 꽃이 피어 있는 달빛아래(月下)라는 조건(条件)을 의미(意味)하고 있습니다. 이른바 男女의 密会는 雪月花나 花鳥風月이라는 아름다운 風景가운데에서 이루어지는 것입니다.『만요슈(万葉集)』에서는

> 闇夜(やみ)ならば 宜(うべ)も来まさじ 梅の花 咲ける月夜に 出でまさじとや(巻八)   기노이라츠메(紀女郎)
> 어두운 밤이라면 역시 오시지 않겠지요. 그런데 매화꽃이 아름다운 달밤에 오시지 않는 것 인가요
> 雁がねの 初声聞きて 咲き出たる 屋前(やど)の秋萩 見に来わが背子(巻十) 作者未詳
> 기러기의 첫 울음소리를 듣고 피어난 우리 집에 가을의 싸리꽃을 보러오세요. 사랑하는 그대여

와 같이 매화꽃(梅花)이 아름답게 피어 있는 달밤(月夜)에 남자(男性)가 찾아오지 않는 것을 비판(批判)하거나 또는 남자(男子)가 방문(訪問)하는 노래(歌)를 볼 수 있습니다. 이와 같이 아름다운 달밤(月夜)이 되면 다른 사람에게 발견(発見)될지라도 「꽃을 보러 왔습니다/花を見

に来たのです」라든가 「아름다운 달을 보고 있습니다/美しい月を見ているのです」라고 변명(弁明)을 할 수 있기 때문에 안심(安心)할 수 있습니다. 달빛(月光)이 비치고 매화향기(梅花香気)가 그윽한 가운데 남여(男女)의 밀회(密会), 기러기(雁)의 첫 울음소리를 들으면서 싸리꽃(萩)의 아래에서 밀회(密会)한다고 하는 낭만(浪漫)은 만요비토(万葉人)(만엽집 시대의 사람들)가 완성(完成)해낸 하나의 季節感이었습니다.

23 무사(武士)의 마음(心)과 短歌

마사오카시키(正岡子規)가 「츠라유키(貫之)는 서툰 노래(歌)를 읊으면서 고킹슈(古今集)는 시시한 시집(詩集)이다」(「다시 노래(歌)를 읊어 주는 책/ 再び歌よみに与ふる書」)와 『고킹슈(古今集)』를 부정(否定)하여 만요조(万葉調)에로의 회귀(回帰)를 주장(主張)한 것은 잘 알려졌지만, 『고킹슈(古今集)』以後의 뛰어난 시인(歌人)으로서 3대장군(三代将軍)인 미나모토사네토모(源実朝)[1]를 극찬(極賛)하고 있는 것은 시키(子規)의 단가관(短歌観)을 알 수 있는 점에서 흥미(興味)롭다고 할 수 있습니다.

---

1) 미나토토노사네토모(源実朝/みなもとのさねとも, 源實朝)는 가마쿠라시데전기(鎌倉時代前期)의 가마쿠라막부(鎌倉幕府)의 第3代, 에미시대장군(征夷大将軍)이다. 가마쿠라막부(鎌倉幕府)를 개국한 미나모토노요리토모(源頼朝)의 子로서 태어나고, 형(兄)인 미나모토노요리이에(源頼家)가 追放되자, 12歳에 征夷大将軍를 계승한다. 政治는 처음에는 執権를 잡은 호구죠우지(北条氏)등이 주(主)로 잡고 있었지만, 成長함에 따라서 깊이 関与한다. 官位의 昇進도 빠르고, 武士로서 처음에는 우다이징(右大臣)으로 취임하지만, 그 翌年에 츠루오카하지망구(鶴岡八幡宮)에서 요리이에(頼家)의 子인 구교(公暁)에게 暗殺된다. 이로인해 미나모토쇼군(源氏将軍)은 断絶한 우타비토(歌人)로서도 알려져 있고, 92首가 칙선와카집(勅撰和歌集)에 入集되고, 고구라햐쿠닝잇슈(小倉百一首)에도 선택되어 있다. 家集으로서 킹카이와카슈(金槐和歌集)가 있다.

人の上に立つ人にて文学技芸に達したらん者は人間としては下等の地に居るが通例なれども、実朝は全く例外の人に相違無之候。何故と申すに実朝の歌は只器用といふのでは無く、力量あり見識あり威勢あり、時流に染まず世間に媚びざる処、例の物数奇(ものずき)連中や死に歌よみの公卿と迚(とて)も同日には論じ難く、人間として立派な見識のある人間ならでは実朝の歌の如き力ある歌は詠みいでられまじく候。真淵(まぶち)は力を極めて実朝をほめた人なれども実朝のほめ方はまだ足らぬやうにて存候。(「歌詠みに与ふる書」)

사람의 위에 서는 사람으로서 文学技芸에 능숙한 者는 人間으로서는 下等한 위치(位置)에 있는 것이 通例이지만, 사네토모(実朝)는 완전(完全)히 例外의 사람임에 틀림없다. 왜냐하면, 사네토모(実朝)의 노래(歌)는 다만 器用하다는 것은 아니고, 力量도 있고 見識도 있고 威勢도 있고 時流에 물들지 않고 세상 사람들에게 아부하는 것도 없는 점. 예(例)를 들자면 탐욕적(物数奇)인 무리(連中)나 죽을 때에 노래(歌)를 읊는 구게(公卿)와 똑같은 부류(迚/とて)도 同日에는 論하기 어렵고, 人間으로서 훌륭한 見識이 있는 人間나름대로의 사네토모(実朝)의 노래(歌)와 같은 힘찬 노래(歌)는 읊을 수 없습니다. 마부치(真淵)는 강조하여, 사네토모(実朝)를 칭찬한 사람이지만, 사네토모(実朝)의 칭찬하는 방식(ほめ方)은 아직 충분(充分)하지 못하다.(「다시 노래(歌)를 읊어 주는 책/歌詠みに与ふる書」)

조금 길게 인용(引用)하게 됩니다만, 시키(子規)가 사네토모(実朝)의 노래(歌)를 존중(尊敬)했었던가를 알 수 있는 중요(重要)한 내용(内容)입니다. 시키(子規)는 노래(歌)에 있어서도 히토마로(人麻呂)로 이후의 우타비토(歌人)는 누구이겠는가, 정이대장군(征夷大将軍)인 미나모토 사네토모(みなもとの実朝)/ 人丸ののちの歌よみは誰かあらむ征夷

大将軍みなもとの実朝」(「다케노사토우타/竹の里歌」)라고 읊고 있듯이 사네토모(実朝)에 대한 심취(心酔)는 강했던 것 같습니다. 사네토모(実朝)는 『킹카이와카슈/金塊和歌集』라는 가집(歌集)을 남긴 中世의 우타비토(歌人)로서 알려져 있습니다. 그는 미나모토요리토모(源頼朝)의 차남(次男)으로서 겐큐(建久)三(一一九二)年。十二歳에 태어났습니다. 12세에 三代将軍이 되고, 겐큐원빈(建久元)(一二一九)年의 正月에 츠루오카(鶴岡), 하치만구(八幡宮)에서 조카(甥)인 구교(公暁/くぎょう)에게 암살(暗殺)되고, 二十八歳에 死亡하게 됩니다. 그 사네토모(実朝)의 노래(歌)에는 장군(将軍)으로서 백성(百姓)의 어려움(苦難)을 생각하고 기원(祈願)하는 유명(有名)한 노래(歌)가 있습니다.

> 時により すぐれば民の 嘆きなり 八大竜王 雨やめたまへ
> 때를 지나니 백성의 한숨 소리 들리네, 하치다이류오(八大竜王)여 비가 그치게 하소서

시키(子規)는 이 노래(歌)를 「진솔하고 가식이 없는 뛰어난 표현/真率偽り無くすぐれた勢い」의 노래(歌)라고 칭송하고 있습니다(「8회째 시인에게 주는 책/八たび歌よみに与ふる書」). 시키(子規)의 단가관(短歌観)에서 보자면 이와 같은 노래(歌)가 우수(優秀)한 노래(歌)라고 평가(評価)하고 있는 것을 알 수 있습니다. 좀 더 시키(子規)에 의하면 사네토모(実朝)의 평가(評価)를 보자면 다음과 같은 노래(歌)는 실로 시키(子規)가 흥미(興味)롭게 여기는 우수(優秀)한 노래(歌)이였다고 하는 것을 알 수 있습니다.

武士(もののふ)の 矢並(やなみ)つくろふ 小手(こで)の上に 霰たばし
る 那須の篠原(しのはら)

武士의 활을 재는 작은 손위에 싸라기눈이 내리는 나스의 시노하라
(那須の篠原)

이 노래(歌)에 관해서도 시키(子規)는 다음과 같이 논(論)하고 있습니다.

此の歌の趣味は誰しも面白く思べく、又此の如き趣向が和歌には
極めて珍しき事も知らぬ者はあるまじく、又此歌が強き歌なる事も
分り候へども、此種の句法が殆ど此歌に限る程の特色を為し居ると
きは知らぬ人ぞ多く候べき。普通に歌はなり、けり、らん、かな、け
れ抔(など)の如き助辞を以て斡旋せらるるにて名詞の少きが常なる
に、此歌に限りては名詞極めて多く「てにをは」は「の」の字三、「に」
の字一、二個の動詞も現在になり(動詞の最短き形)居候。此の如く
必要なる材料を以て充実したる歌は実に少なく候。

이 노래(歌)의 趣味는 누구나가 흥미(興味)로워 하고, 또한 이와 같
은 趣向이 와카(和歌)에는 극히 드문 것이라는 것을 모르는 사람은 없
고, 또한 이 노래(歌)가 기운찬 것도 알고 있지만 이 종류(種)의 句法이
거의 이 노래(歌)에 한정(限定)될 정도(程度)의 特色이 있다는 것을 모
르는 사람이 많다. 普通 노래(歌)는 나리(なり), 게리(けり), 랑(らん),
가나(かな), 게레(けれ)등 (抔/など)과 같이 助辞를 사용하여 알선(斡
旋)함으로써 名詞가 적은 것이 일반적(一般的)이고 이 노래(歌)만은
名詞가 대단히 많고「데이오하/てにをは」는「노/の」의 字三,「니/に」의
字一, 二個의 動詞도 現在가 되고(動詞의 가장 짧은 형태)이다. 이와
같이 必要한 材料를 사용하여 充実한 노래(歌)는 실로 적다.

이 시키(子規)에 의한 사네토모(実朝)의 평가(評価)는 여기에서는 명사(名詞)를 중심(中心)으로 한 表現에 따라서 나타나는 솔직(率直)한 감정(感情)의 問題에 있습니다. 그와 같은 方法은 『만요슈(万葉集)』에도 볼 수 있는 점을 시키(子規)는 지적(指摘)하고 있습니다만, 시키(子規)가 관심(関心)을 보인 노래(歌)는 직재성(直截性)이나 솔직성(真率性)을 읊는 것이고 거기에 비로소 시키(子規)는 크게 평가(価値)를 인정(認定)하고 있습니다. 기교(技巧)를 구사(駆使)하고 그냥 화려(華美)하게 創造한 노래(歌)는 아니고, 능숙하지는 않지만 마음이 일직선(一直線)으로 솔직(率直)하게 表現되어 있는 노래(歌), 이야말로 시키(子規)가 높이 評価하는 노래(歌)이고 그 以外는 철저(徹底)하게 비판(批判)하는 대상(対象)이 됩니다.

시키(子規)에 의해서 사네토모(実朝)가 評価된 것은 와카사(和歌史)에 있어서 필연성(必然性)을 내포(内包)하고 있다고 생각됩니다. 헤이안귀족(平安貴族)들의 노래(歌)는 귀족사회(貴族社会)의 붕괴(崩壊)가운데에서 사다이에(定家)의 노래(歌)에서 볼 수 있듯이 「꽃도 단풍도 없어라/花も紅葉もなかりけり」라고 불교적(仏教的)인 《空無》에 대한 끝이 없는 접근(接近)으로만 자기(自己)의 存在를 노래(歌)로 읊는 것은 불가능(不可能)했습니다. 여기에 나타나는 상황(状況)은 《멸망/滅び》이고 그들은 그 멸망(滅亡)을 미적관념(美的観念)으로 수용(受容)해가는 것입니다. 따라서 전술(前述)한바와 같이 공무(空無)의 지평(地平)일 수밖에 없습니다. 그 時代 그 자체(自体)의 멸망(滅亡)을 意味하는 것이었습니다.

이 귀족(貴族)의 時代를 대신하여 등장(登場)한 것이 역사상(歴史上)으로는 무사(武士)의 時代입니다. 와카(和歌)에 있어서는 귀족(貴

族)의 미(美)에서 무사(武士)의 용맹성(無骨)으로 변화(変化)했던 것입니다. 용맹성(無骨)은 솔직성(真率性)이나 직재성(直截性)을 대상(象徵)하고 있는 것이고, 노래(歌)의 기교(技巧)를 구사(駆使)하여 읊는 方法은 존중(尊重)되지 않았습니다. 따라서 여기에는 시키(子規)가 평가(評価)하는 솔직성(真率性)이 表面에 나타는 것이고 서툴(下手)지만 가식이 없는 심정(心情)을 읊고 있다고 하는 평가(評価)를 받게 됩니다. 그와 같은 솔직성(率直性)이 만요적(万葉的)이라고 평가(評価)한 것이 시키(子規)였던 것입니다.

이와 같은 평가(評価)는 시키(子規)의 誤解입니다만, 시키(子規)의 오해(誤解)가 아니라면 그것은 시키(子規)의 의도적(意図的)인 와카(和歌)의 革新을 위한 이데올로기라는 것이 됩니다. 『만요슈(万葉集)』에는 진솔성(率直性)을 다분히 농후(濃厚)하게 지니고 있는 것도 볼 수 있습니다만, 고킹적(古今的)인 기교(技巧)의 노래(歌)도 많이 있습니다. 적어도 『만요슈(万葉集)』를 진솔성(率直性)으로 해석(解釈)하는 것은 불가능(不可能)할 정도(程度)로 다양(多様)한 성격(性格)을 지니고 있기 때문에 『만요슈(万葉集)』에서 진솔성(率直性)을 추구(追求)하는 것은 추구(追求)하는 측의 원망(願望)이 강하게 반영(反映)하고 있다고 보는 수밖에 없습니다. 다만 분명히 사네토모(実朝)의 노래(歌)는 기교(技巧)로 흐르지 않고 생각하는 마음을 솔직(率直)하게 표현(表現)한다고 하는 것은 말할 수 있습니다. 그러나 사네토모(実朝)의 노래(歌)가 반드시 진솔(率直性)한 노래(歌)만이 아니라고 하는 것은 『깅카이와카슈/金塊和歌集』[2]를 보면 알 수 있습니다.

---

2) 깅카이와카슈(『金槐和歌集』)란 가마쿠라시대전기(鎌倉時代前期)의 미나모토노사네토모(源実朝)의 家集이다. 成立은 후지와라노사다이에(藤原定家)에 의해 相伝

吹く風の 涼しくもあるか おのづから 山の蝉鳴きて 秋は来にけり

시원한 바람이 불어오니 자연스럽게 산속의 매미가 우니 가을이 왔네

世の中の 常にもがもな 渚こぐ あまの小船の 網手かなしも

세상은 언제나 변함없이 개울을 저어 가고 하늘의 은하수의 쪽배를
젓는 손이여

넓다란 바다의 해변가에 하염없이 부딪혀오는 파도가 부셔져서 흩어지네,

「부는 바람/吹く風」의 노래(歌)에 대해서는 츠라유키(貫之)의 노래
(歌)에 「강바람은 시원하네/川風の涼しくもあるか」(『고킹슈(古今集)』)
가 있고, 기요스케(淸輔)[3]의 노래(歌)에도 「자연스럽고 시원하네/おの
づから涼しくもあるか」(『신고킹슈/新古今集』)가 있습니다. 또한 가
키모토히토마로(柿本人麻呂)의 작품(作品)이라고 전해(伝)오고 있는
노래(歌)에 「매미의 울음소리를 들으니 가을이 왔네/ひぐらしの鳴く
声聞けば秋は来にけり」『슈이슈(拾遺集)』[4]가 있습니다. 또한 「세상/

___

의 만요슈(万葉集)을 보내온 겐레키(建暦)3年12月18日(1213年)頃으로 하는 説이
有力. 全一巻、663首(貞亨本에서는719首)掲載되어 있다. 『金槐和歌集』의 「金」이
란 주렴(鎌)의 偏을 나타내고, 「가이(槐)」는 가이몽(槐門/大臣의 別称)을 시사하기
위해서 別名은 가마쿠라우다이징가집(鎌倉右大臣家集)이라고도 한다.
3) 후지와라노기요스케(藤原淸輔/ふじわらのきよすけ, 쵸우지(長治)元年(1104年) -
치쇼우(治承)元年6月20日(1177年7月17日)은 헤이안시대말기(平安時代末期)의
구게(公家)・우타비토(歌人). 후지와라홋케이우오나류(藤原北家魚名流), 사교다
이유(左京大夫)・후지와라노아키스케(藤原顕輔)의 次男. 官位는쇼온미게(正四
位下)・타이코우타이규우다이징(太皇太后宮大進). 初名은 다카나가(隆長). 六条
를 号로 했다.
4) 슈이와카슈(『拾遺和歌集』)는 고깅(古今)・고센(後撰)에 버금가는 第三번째의 칙
선와카집(勅撰和歌集)이고, 이른바 「三代集」의 最後에 해당한다. 이치쵸텐노(一
条天皇)의 代, 강고우(寛弘)三年(1006)頃의 成立인가. 古来, 가장인(花山院)의 親
撰, 또는 잉(院)이 후지와라노나가도우(藤原長能)・미나모토노미치나리(源道済)
에 撰進시켰다고 하는데 確証이 되지는 않는다. 先行하는 두 칙선집(勅撰集)과는
다르고 와카도코로(和歌所)가 설치되지 않았다. 후지와라노깅토우(藤原公任)의

世の中」의 노래(歌)는 작자미상(作者不詳)이고「미치노구 陸奥(みち
のく)는 어딘가 모르지만 시오가마(塩竈/しおがま)의 바다를 저어가는
배를 끄는 밧줄이 그래 왠지 모르게 절절히 슬퍼지네/陸奥(みちのく)
はいづくはあれど塩竈(しおがま)の浦漕ぐ舟の綱手(つなで)かなし
も」(『古今集』)가 있고,「오오우나바라/大海」의 노래(歌)는 가사노이라
츠메(笠郎女)[5]의「이세의 바닷가의 바위에 몰려오는 파도/伊勢の海の
磯もとどろに寄する浪」(『万葉集』)가 있고, 작자미상(作者不詳)에「깨
어지고 파쇄 되어 이심(利心)도 없네/割れて砕けて利心(とごころ)もな
し」(同)이 있습니다. 여기에는 『만요슈(万葉集)』를 모방(模倣)하는 태
도(態度)가 나타나고 있습니다만, 기본적(基本的)으로는 『고킹슈(古今
集)』以後의 노래(歌)의 전통상(伝統上)에서 읊어지고 있는 것이 많고
반드시 시키(子規)가 말하는 것과 같지만 진솔한 노래(歌)만을 사네토
모(実朝)가 읊고 있는 것은 아닙니다.

그런데 여기에 무사(武士)는 왜 노래(歌)를 읊는가하는 문제(問題)
가 있습니다. 무사(武士)의 시대(時代)를 맞이한 가마쿠라기 이후(鎌

撰이라는 『슈이쇼우(拾遺抄)』와의 命名의 相似性을 고려하고, 이를 바탕으로 편
찬되었다고 생각된다(両者의 先後関係에 대해서는 古来論争이 이어져 왔지만, 近
代가 되어 슈이쇼우(拾遺抄)에서 슈이슈(拾遺集)에로의 説이 固着했다). 春, 夏,
秋, 冬, 賀, 別, 物名, 雑(上・下), 가구라카(神楽歌), 고이(恋)(五巻), 雑春, 雑
秋, 雑賀, 雑恋, 哀傷의 二十巻, 約1350首로 되어 있다. 雑春・雑恋와 같은 部類
를 갖는 構成은 상당히 独創的인 것이다.
5) 가사노이라츠메(笠女郎/かさのいらつめ)는 나라시대중기(奈良時代中期)의 우타
비토(歌人). 生没年未詳. 一説에는 가사노가나무라(笠金村)의 딸. 오오토모야카모
치(大伴家持)와 관계가 있었던 十余人의 女性의 한사람이고, 同時代에는 오오토
모사카가미노이라츠메(大伴坂上郎女)와 상벽을 이루는 女性歌人. 『万葉集』巻
三, 巻四, 巻八에 計29首의 노래(歌)가 収載되어 있다. 内訳은 譬喩歌 3首, 소우
몽가(相聞歌)24首, 봄(春)및 가을(秋)의 소우몽가(相聞)各1首. 어느 쪽이나 야카모
치(家持)에게 보낸 노래(歌)이다.

倉期以後)[6]에 다수(多数)의 무사(武士)들의 우타비토(歌人)로서 활약(活躍)하는 것은 무사(武士)는 無骨(無教養)이어서는 안 된다고 하는 생각이 있는 것 같습니다.

가마쿠라대불(鎌倉大仏)

여기에는 오래전부터 이상적(理想的)으로 생각되었던 《文과 武》의 양립(両立)을 존중(尊重)하는 전통(伝統)이 있겠지요. 특히 무사(武士)의 時代가 되면 문(文)의 존중(尊重)이 상실(喪失)될 우려도 있습니다. 그러나 무사(武士)들에게 있어서도 《文》을 중요시(重要視)하는 것이 훌륭한 무인(武人)이라고 하는 입장(立場)이 인정(認定)됩니다.

---

6) 가마쿠라(鎌倉/かまくら)는 現在의 가나가와현가마쿠라시(神奈川県鎌倉市)의 中心部에 해당하는 地域。후지와라노미나모토(源頼朝)에 의해서 가마쿠라막부(鎌倉幕府)가 설치된 都市이고 미우라반도(三浦半島)의 츠케네(付け根)에 위치하고 사가미만(相模湾)에 面하고 있다. 옛날에는 렌부(鎌府)라고도 불리었다. 가마쿠라(鎌倉)는 가마쿠라시대(鎌倉時代)에는 日本의 政治에 있어서 가장 重要한 位置의 하나를 점유하고 있었다. 12世紀末에서 14世紀중엽(半)의 1333年까지 幕府가 설치되어 있었다. 近代에 들어와서 가마쿠라(鎌倉)에는 가마쿠라분시(鎌倉文士)라고 부르는 作家, 美術家등의 文化人이 모여살고 몇 가지 드라마나 小説등의 舞台가 되어 왔다.

이미 『고킹슈(古今集)』의 서문(序文)에 의하면 「꽃에서 우는 휘파람 새, 물에 사는 개구리의 울음소리를 들으면 살아서 무엇인가를 노래하지 않으면 안 된다. 힘도 없고 천지를 움직이고, 눈에 보이지 않는 귀신을 불쌍하게 생각하고, 남여의 사이도 자연스럽게 만들고, 용맹한 무사의 마음마저도 위로하는 노래이다/花に鳴く鶯、水にすむかはづのこゑを聞けば、生きとし生けるもの、いづれか歌をよまざりける。力をもいれずして、天地を動かし、目に見えぬ鬼神をもあはれとおもはせ、男女のなかをもやわらげ、たけきもののふのところをもなぐさむるは歌なり」라고 말하고 있습니다. 꽃이 피고 새가 울고, 개구리가 우는 자연(自然)의 움직임에 띠리서 살아서 움직이는 지가 노래(歌)를 읊지 않는 사람은 없다고 말하고, 이들 노래(歌)에 따라서 천지(天地)의 신(神)도 귀신(鬼神)도 감동(感動)하고, 男女의 사이(中)를 중매하고, 용맹(獰猛/どうもう)한 무사(武士)의 마음마저도 위로(慰撫)한다고 하는 것입니다. 노래(歌)가 용맹(獰猛)한 무사(武士)의 심정(心情)을 위로(慰撫)한다고 하는 것은 무사(武士)에게는 노래(歌)따위는 인연(無縁)이 없는 것이라고 생각하고 있기 때문이지만, 그 무사(武士)의 心情마저도 노래(歌)에는 위로(慰労)하는 위력(威力)이 있다고 하는 점에 노래(歌)의 힘을 믿는 츠라유키(貫之)의 自信을 볼 수 있는 것입니다. 아마도 무사(武士)가 노래(歌)를 읊는 立場은 여기에는 마부치(真淵)가 있는 것처럼 생각됩니다.

무사(武士)의 용무(用務)는 전쟁(戦争)에 대비(対比)하여 사건(事件)이 일어나면 적지(敵地)에 가서 전쟁(戦争)을 하는 것에 있습니다만, 그 무인(武人)이 화조풍월(花鳥風月)을 즐기고 연가(恋歌)를 이해(理解)한다고 하는 점은 실로 日本的인《文》의 이해(理解)에 있었다고 생

각되는 것입니다. 그리고 문(文)과 무(武)가 両立하는 것이 무사(武士)에 있어서 중요(重要)한 이상(理想)이었다고 말하고 있습니다. 이 문무(文武)의 양자(両者)를 완비(完備)한 이상적(理想的)인 사람으로 오오츠미코(大津皇子)가 있었습니다. 그는「유년시절부터 학문을 즐기고 박식하여 글을 잘 썼다. 왕성할 때에는 무(武)를 즐기고 힘이 넘쳐서 칼을 든다/幼年にして学を好み、博覧にして能く文を属(つづ)る。壮(さかり)に 及びては武を愛(この)み、多力にして能く剣を撃つ」(『懐風藻』 오오츠미코전[大津皇子伝])라고 칭송을 받고, 그래서 많은 사람이 그의 곁에 모여들었다고 합니다. 이 경우의「文」은 漢文・漢詩를 지칭하지만 와카융성(和歌隆盛)의 時代의 일정(一定)한 단계(段階)에서 문(文)은 와카(和歌)로 전개(展開)되고 와카(和歌)의 理解라 있는 사람 즉, 일본정신(日本精神・やまと心)이 있는 자(者)가 교양(教養)이 있는 자(者)라는 日本型의《文》이 형성(形成)되었다고 말할 수 있습니다.

따라서 무인(武人)으로서 살기위해서는 와카(和歌)를 읊을 수 있는 이해중(理解中)에 있고, 예(例)를 들자면 호소가와유우사이(細川幽斎)[7]는 노부나가(信長)・히데요시(秀吉)・이에야스(家康)를 섬기면

---

7) 호소가와유우사이(細川幽斎/ほそかわゆうさい)는 戦国時代의 武将・다이묘(大名), 우타비토(歌人)。号는 유우사이겐시(幽斎玄旨). 一般的으로는 俗名인 후지다카(藤孝)로 알려져 있다. 또한 一時期, 領地인 나가오카(長岡)를 名字로 하고 있었던 점에서 나가오카후지다카(長岡藤孝/ながおかふじたか)라고도 했다. 아시카가쇼군(足利将軍)家의 렌시(連枝)・미후치우지(三淵氏)의 태생. 호우고우슈(奉公衆)・미츠부치하루가즈(三淵晴員)의 次男이고 母는 儒学・国学者인 기요하라노부다카(清原宣賢)의 딸・치게이잉(智慶院). 晴員의 実兄인 이즈미한구니슈고(和泉半国守護)・후호소카와모토츠네(細川元常)의 養子가 되었다. 초대13代将軍・아시카가요시테루(足利義輝)를 모시고 그의 死後는 15代将軍・아시카가요시아키(足利義昭)의 擁立에 尽力하지만, 後에 오다노부나가(織田信長)를 따라 단고미야즈시(丹後宮津)11万石의 다이묘(大名)가 된다. 後에 도요토미히데요시(豊臣秀吉), 도쿠가와이에야스(徳川家康)를 섬기어 重用되고, 近世大名・히젠호소카와씨(肥後細川氏)의 시조

서 와카(和歌)를 산죠니시사네기(三条西実枝)에게 시사(師事)하고 가학(歌学)을 집성(集成)하게 됩니다. 그 유우사이(幽斎)는『고킹슈(古今集)』以来의 와카(和歌)의 전통(伝統)을 학습(学習)하고 그 전통(伝統)의 존중(尊重)위에 그의 노래(歌)가 완성(完成)되는 것입니다.

古へも 今も変わらぬ 世の中の 心のたねを のこしことのは
옛날에도 지금도 변함이 없는 세상의 물상을 마음에 두는 것은

옛날에도 지금도 변함(変化)이 없는 세상에 마음의 씨앗(種)인 노래(歌)를 남기고 싶어 하는 점에 그의 노래(歌)에 대한 집착(執着)을 볼 수 있습니다. 「옛날에도 지금노」이라고 하는 것은『고킹슈(古今集)』를 지칭하는 것은 분명(分明)하고「마음의 씨앗/心のたね」이라는 것도『고킹슈(古今集)』가나죠(仮名序)의 「일본의 와카는 사람의 마음을 씨앗으로 하여/やまとうたはひとのこころをたねとして」를 引用하고 있고「사물/ことのは」은 동일(同一)하게「세상의 사건을 표현하다/よろづのことのはとぞなれりける」에 의한 것은 명백(明白)합니다. 즉 노래(歌)는 고킹슈가나죠(古今集仮名序)의 모두(冒頭)를 노래(歌)로 읊었다고 하는 것이 됩니다. 그 정도(程度)로『고킹슈(古今集)』이후의 와카(和歌)의 전통(伝統)에 집착(執着)한 것이 유우사이(幽斎)였습니다. 무인(武人)들은 만요조(万葉調)라고 불리는 것보다도『고킹슈(古今集)』以後의 풍류(風雅)에 마음을 두고 있었다고 생각됩니다. 무인(武人)의 무(武)와 균형(均衡)을 이루는 것은 와카적(和歌的)인 미학(美学)이라

(祖)가 된다. 또한 후지와라노사다이에(藤原定家)의 歌道를 계승하여 니죠류(二条流)의 歌道伝承者인 산죠니시사네기(三条西実枝)로부터 고킹덴쥬우(古今伝授)를 받고 近世歌学을 大成하여 当代一流의 文化人이 되기도 했다.

고 한다면 만요조(万葉調)보다도 『고킹슈(古今集)』以後의 풍류(風雅)가 자주 소재(素材)로서 선택(選択)되었습니다. 또한 호죠우지야스(北条氏康)[8]의 노래(歌)는

> 夜を寒み 起きいでてみれば 箱根路や 明けぬにしるき 峰の白雪(詠十五首和歌)
> 밤에 추워서 일어나 보니 하코네의 산길은 날이 새어 봉우리에는 하얀 눈이 내리네

와 같이 『고킹슈(新古今集)』의 기법(技法)이 충분(充分)히 이해(理解)됩니다. 그들은 당시(当時)의 노래(歌)의 先生에게 시사(師事)하여 文의 교양(教養)을 고양(高揚)하게 되기 때문에 時代의 취향(趣向)을 반영(反映)하는 것은 필연적(必然的)인 것이었습니다.

전국무장(戦国武将)을 대표(代表)하는 도요토미히데요시(豊臣秀吉)도 노래(歌)를 남기고 있습니다. 예(例)를 들자면

> 年月を 心にかけし 吉野山 花の盛りを 今日みつるかな
> 세월을 마음에 회고 하고, 요시노산의 꽃이 히드러지게 피어 있는 모습을 오늘도 보네

는 히데요시(秀吉)가 좋아하는 꽃구경(花見)의 노래(歌)입니다만, 극히

---

8) 호구죠우지야스(北条氏康)는 戦国時代의 武将. 사가미(相模)의 戦国大名. 後에 호우죠우지(北条氏)第2代当主・호우죠우지츠나(北条氏綱)의 嫡男으로서 태어난다. 後北条氏 第3代目当主. 母는 우지츠나(氏綱)의 正室인 養珠院関東에서 야마우치(山内)・오우기가야(扇谷)両上杉氏를 따르는 등 外征에 実績을 남김과 동시에 다게다시(武田氏)・이마가와우지(今川氏)과의 사이(間)에 고우소우승상고쿠도우메이(甲相駿三国同盟)를 맺고 後世에 이어지는 民政制度를 充実하게 하는 등 政治的手腕도 発揮했다. 일반적으로 사가미(相模)의 시시(獅子)라고 불린다.

평범(平凡)한 노래(歌)입니다. 평범(平凡)하면서도 노래(歌)를 읊음으로써 무인(武人)의 무지(無骨)에서 벗어날 수 있었다고 볼 수 있습니다. 또한 히데요시(秀吉)에게는 잘 알려진 사세(辞世)의 노래(歌)가 있습니다.

露と落ち 露と消えにし わが身かな なにはのことも 夢のまた夢
이슬처럼 떨어지고, 이슬처럼 사라진 내 몸이여, 세상살이 모두가 꿈이고 또 꿈이네.

「세상살이 모든 것/なにはのこと」이란 나니와(難波)에서 그의 大業을 이룬 것입니다만, 또한 다양(多様)한 意味이기도 하고 여기에 만년(晩年)의 히데요시(秀吉)의 감회(感懐)를 볼 수 있습니다. 꿈(夢)은 무인(武人)의 강렬(強烈)한 기원(祈願)이고, 또한 그것을 실현(実現)했다고 하더라도 인생(人生)의 허무(虚無)함에서 보자면 꿈속의 한 순간(瞬間)이었을 뿐이라는 것이고 사세(辞世)의 노래(歌)로서는 감명적(感銘的)입니다. 短歌는 무인(武人)들의 사세(辞世)의 심정(心情)을 토로하는데 상응(相応)하는 표현체(表現体)가 되어 갑니다.

> 短歌의 生命은 伝統的임과 동시(同時)에 새로운 것에 대한 追求에 있다. 이와 같은 短歌는 革新의 歷史를 거쳐 왔지만, 그 최후(最後)에 완성(完成)되는 단가(短歌)는 연마(練磨)된 감각(感覚)에 의해서 도출(導出)되는 「나·我」라는 存在의 発見에 있다.

24 신감각파(新感覚派)의 短歌

오해(誤解)를 두려워하지 않고 말하자면 고대가요(古代歌謡)에서 『만요슈(万葉集)』의 말기(末期)에 이르는 時代의 문학현상(文学現象)은 文学이 신(神)으로부터 발생(発生)하는 단계(段階)에서 人間의 文学을 획득(獲得)하는 역사(歷史)로의 과정(過程)이었다고 생각되는 것입니다. 이 시기(期間)의 文学은 그 以後의 日本文学의 基本되는 중요(重要)한 싹을 태동(胚胎)시키고 있다는 意味입니다. 역사(歷史)는 고대(古代)에서 현대(現代)로 직선적(直線的)으로 뻗어있는 것이 아니라 과거(過去)의 시기(時間)를 포용(包容)한 채로 유선적(螺旋的)으로 뻗어 있고 과거(過去)와는 이질적(異質的)으로 보이는 현재(現在)를 재창조(再創造)하고 있는 것처럼 생각됩니다. 여기에 文学史의 흥미(興味)가 있습니다.

다이쇼(大正)時代에 《신감각파(新感覚派)》[1]라고 불리는 作家들

---

1) 신감각파(新感覚派/しんかんかくは)는 戦前의 日本文学의 一流派. 1924年(다이쇼大正13)年에 創刊된 同人誌인 『文芸時代』를 母胎로서 登場한 新進作家의 구룹(グループ), 文学思潮, 文学形式를 가르킨다. 戦前의 評論家, 저널리스트(ジャーナリスト)인 치바가메오(千葉亀雄)가 同人인 言語感覚의 신선함에 일찍이 注目하고 『文芸時代』創刊号의 印象을 『世紀』에 発表. 「新感覚派의 誕生」이라고 命名한 以来, 文学史用語로서 널리 定着했다. 『文芸戦線』의 프로레타리아 文学派와 함께 모더니즘文学으로서 다이쇼우후기(大正後期)부터 쇼우와(昭和)初期에 걸쳐서 큰 文学潮流가 되었다.

이『문예시대(文芸時代)』에 모여 들었습니다. 요코미츠리이치(橫光利
一)나 가와바타야스나리(川端康成)등 입니다. 이들은 지금까지의 自然
主義와는 달리 새로운 感覺으로 時代를 끌어안으려고 하였습니다. 그
들은 또《芸術派》라고도 불리었습니다. 近代文芸理論나 文芸批評이
우선(優先)하는 時代였기 때문에 文学表現도 理論的인 무장(武裝)을
하지 않으면 안 되었습니다. 하나의 文学表現의 유행(流行)이 일단락
(一段落)되면 그와 대립(対立)하는 새로운 이론무장(理論武裝)에 의한
신파(新派)가 등장(登場)합니다. 그러나 이와 같은 이론무장(理論武裝)
을 통해서 새로운 문학표현(文学表現)을 시도(試図)하는 方法은 日本
文学中에서도 의외(意外)로 오래된 것입니다. 그것은 이미『고킹슈(古
今集)』에서부터 시작된다고 생각합니다.『고킹슈(古今集)』가 와카(和
歌)를 위한 이론무장(理論武裝)을 한 것은 츠라유키(貫之)나 요시모치
(淑望)의 가나죠(仮名序)나 마나죠(真名序)를 통해서 알 수 있습니다.
이후(以後)에 가학(歌学)의 융성(隆盛)의 時代를 맞이하고 고킹텐쥬
(古今伝授)에 의해서 가문(家/いえ)의 유파(流派)가 탄생(誕生)하고,
단가결사(短歌結社)의 時代에 접어듭니다.

　단지 가학(歌学)이란 측면(側面)에서 보자면『고킹슈(古今集)』以前
의 나라조말(奈良朝末)에 후지와라하마나리(藤原浜成)가『가교효시기
/歌経標式』라는 가학서(歌学書)를 쓰고, 노래(歌)는 가학(歌学)의 이론
(理論)에 기초(基礎)하여 읊어야한다는 것을 주장(主張)하고 있습니다.
그 이론(理論)은 부적절(不適切)한 운(韻)에 의한 시(詩)의 특질(詩病)
의 원리(原理)등을 해설(解説)하는 것으로 漢詩를 읊기 위한 詩学의
理論였기 때문에 그것을 와카(和歌)에 적용(適用)하는 것은 무용지물
이 되어버리고, 마침내 그의 가학이론(歌学理論)은 평가(評価)받지 못

했습니다. 그러나 하마나리(浜成)가 이 가학서(歌学書)를 기록(記録)하고 있었던 時代는 오오토모야카모치(大伴家持)가 최후(最後)에 활약(活躍)하고 있었던 時代였습니다. 정확(正確)히 말하자면 『가교료구시키(歌経標式)』는 七七三年에 成立하고 야카모치(家持)의 최후(最後)의 노래(歌)는 七五九年에 읊어지게 됩니다. 『만요슈(万葉集)』最後의 노래(歌)에서 十四年後에 日本最初의 가학서(歌学書)가 탄생(誕生)하는 것입니다. 그 하마나리(浜成)의 歌学에 의하면 「近代의 우타비토(歌人)는 歌語에는 숙달(熟達)되어 있지만, 음운(音韻)이나 특징(病)을 모른다」라고 심한 어조(語調)로 우타비토(歌人)의 비판(批判)을 시작하고, 노래(歌)의 형태(形態)나 특징(病)등을 예시(例示)하면서 노래(歌)의 원리(原理)를 설명(説明)하고 있습니다. 여기에서 비판(批判)을 받는 《近代의 우타비토(歌人)》란 明白히 오오토모야카모치(大伴家持)를 지칭합니다.

이와 같이 하마나리(浜成)의 주장(主張)은 마사오카시키(正岡子規)와 완전(完全)히 똑같습니다. 시키(子規)는 『고킹슈(古今集)』를 비판(批判)하고 츠라유키(貫之)를 서툰 시인(歌人)이라고 멸시(蔑視)합니다. 이것을 하마나리(浜成)의 말을 인용(援用)하자면 야카모치(家持)는 「서툰 시인이다/下手な歌詠みにて候」라는 말이 됩니다. 하마나리(浜成)가 본 야카모치(家持)의 노래(歌)는 단순(単純)히 단어(単語)를 능숙하게 나열(羅列)한 것에 지나지 않은 것이었습니다.

노래(歌)는 부르는 것인 만큼 운(韻)이 필요(必要)하고 고사(古事)나 新意에 배려(配慮)하고 구말(句末)의 문자(文字)도 겹치지 않게 읊지 않으면 잘못된 것임으로 그와 같은 점에 주의(注意)할 必要가 있는 것을 주장(主張)하는 것입니다. 상당히 기술적(技術的)인 내용(内容)처럼 보이지만 여기에서 하마나리(浜成)를 변호(弁護)하자면, 그의 생각에는 日本의 노래(歌)(아직 와카《和歌》라는 개념(概念)은 성립(成立)하지 않았습니다)를 한시(漢詩)가 가지고 있는 이론(理論)으로 무장(武裝)하고 노래(歌)도 외래(外來)의 漢詩와 동등(同等)한 文學인 점을 논(論)하려고 생각하고 있는 것 같습니다. 이 時代의 漢詩는 궁정(宮廷)을 中心으로한 文學이었기 때문에 한풍(漢風)과 대조(対照)를 이룸으로써 国風이라는 意識이 나타났습니다. 하마나리(浜成)와 同時代에 살았던 만요《万葉》의 우타비토(歌人)인 야카모치(家持)는 漢詩를 읊는 詩人으로서의 측면(側面)도 보이고 있기 때문에 漢詩의 창작방법(創作方法)에 대한 기초적(基礎的)인 지식(知識)은 가지고 있었다고 말할 수 있습니다. 그러나 그 詩学을 노래(歌)에 직접적(直接的)으로 적용(適用)하려는 생각을 가지고 있지 않았습니다. 왜냐하면 야카모치(家持)는 우타비토(歌人)로서의 실적(実績)을 쌓고 있었기 때문에 노래(歌)는 어떻게 읊어야하는가는 이해(理解)하고 있습니다. 그러나 하마나리(浜成)는 우타비토(歌人)로서의 실적(実績)을 가지고 있지 않았습니다. 유일(唯一)하게 『가교료시키(歌経標式)』에 기록(記録)된 하마나리(浜成)의 노래(歌)는

禰須弥能伊弊　　　　ネズミノイヘ(穴の名なり)
네즈미노이에에(굼멍의 이름)
与禰都岐不留比　　　ヨネツキフルヒ(粉の名なり)
요네츠키후루히(가름의 이름)
紀呼岐利弓　　　　　キヲキリテ
기오기리테
此岐々利伊隄須　　　ヒキキリイダス(火の名なり)

히기기리이다스(불의 이름)

与都等伊不可蘇礼　　　ヨツトイフカソレ(四は音なり)

요츠도이후가소레(요츠는 소리이다)

와 같은 것으로 이들을 합치면 「아아 그리워라」가 된다는 것입니다. 「말을 숨기고 마음을 나타낸다./語를 隱して情을 露わす」를 위한 方法의 예(例)로서 들고 있습니다. 연회(宴会)의 여흥(余興)과 같은 노래(歌)였고 도저(到底)히 시인(歌人)이라고는 할 수 없습니다. 오히려 하마나리(浜成)는 노래(歌)의 비평(批評)을 한다는 立場입니다. 일찍이 『만요슈(万葉集)』를 연구(研究)하기 위해서는 노래(歌)를 읊지 않으면 안 된다고 하는데, 하마나리(浜成)는 《노래(歌)를 읊지 않는 노래(歌)의 批評家》의 제1호(第一号)이었습니다. 물론 양자(両者)를 겸하는 것은 이상(理想)이지만, 최근(最近)에는 歌를 읊는 행위(行為)와 歌를 비평(批評)한다는 행위(行為)는 다른 분야(分野)에 속하는 것으로 생각하게 되었습니다.

물론 야카모치(家持)도 歌学을 충분(充分)히 意識하고 있었다고 생각됩니다. 단지 그것이 하마나리(浜成)와는 달랐다고 하는 것입니다. 야카모치(家持)는 노래(歌)의 창작(創作)의 전통(伝統)으로서 「山柿의 門」이 있다고 생각하고 그것은 히토마로(人麿)・아카히토(赤人)・오쿠라(憶良)등의 선행(先行)하는 우타비토(歌人)들의 노래(歌)를 존중(尊重)하는 것이라고 생각하였습니다. 이미 歌의 전통(伝統)은 눈부신 역사(歷史)로서 存在했던 것입니다. 산시(山柿)의 문(門)에 접근(接近)하는 것이 야카모치(家持)의 이상(理想)이었습니다만, 야카모치(家持)는 「山柿의 門」을 들기 전(前)에 또 하나의 중요(重要)한 것을 언급(言及)하고 있습니다. 즉 「나는 어린 시절에 유기(遊芸)의 경지에 이르지

못했다. 때문에 漢詩를 창작(創作)하는 能力이 없습니다.」라고 말하고

있습니다. 이어서 「역시 어린 시절에 산시(山柿)의 門에 이르지 못했다.

때문에 노래(歌)를 創作하는 能力이 부족(不足)한 것입니다」라고 말하

는 것입니다. 여기에는 「遊芸의 庭」과 「山柿의 門」가 대조(対照)를 이

루고 있습니다. 이 대응(対応)은 「遊芸」(오우간《横翰》의 藻)가 漢風

의 교양(教養)이고 「山柿」(裁歌의 趣)가 와풍(倭風)의 교양(教養)인 점

을 지적(指摘)하고 있는 것은 확실(確実)합니다. 그 어느 쪽의 교양(教

養)도 없는 것을 겸손(謙遜)하게 말하고 있지만, 이 두 가지의 조화(調

和)가 이루어졌을 때에 비로소 이상적(理想的)인 노래(歌)가 가능(可

能)했다고 볼 수 있고, 이것은 야카모치(家持)의 가학(歌学)의 훌륭한

탄생(誕生)이라고 할 수 있습니다.

 야카모치(家持)는 에치쥬(越中)의 고구시(国司)가 되어 도야마현(富

山県)에 부임(赴任)하고 거기에서 부하(部下)인 오오토모이케누시(大

伴池主)라는 시우(詩友)를 만나게 됩니다. 야카모치(家持)의 노래(歌)

가 예술성(芸術性)을 띠게 되는 것은 이 이게누시(池主)와 만나고 두

사람이 詩와 노래(歌)와 文章을 증답(贈答)을 반복(反復)한데서 시작

됩니다. 에치쥬(越中)[2]에 부임이전(赴任以前)의 야카모치(家持)의 노

래(歌)는 아사카노미코(安積皇子)[3]의 방카(挽歌)등의 一部를 제외(除

---

2) 엣츄우구니(越中国/えっちゅうのくに)는 일찍이 日本의 地方行政区分이었던 国
  의 하나이고, 호쿠리쿠도(北陸道)에 位置한다. 現在의 도야마현(富山県)과 領域을
  같이한다(다만, 初期는 노도(能登)나 上越의 一部도 포함되었다). 엔기시키(延喜
  式)에서의 格은 上国, 中国. 7世紀末의 고시노구니(越国)의 分割에 의해서 成立했
  다. 하츠미(初見)는 다이호(大宝)2年(702年)3月甲申条(17日)이고 에치고구니(越
  後国)로의 四郡割譲의 記事인(쇼쿠니혼기[続日本紀]). 成立時의 範囲는 現在의
  도야마현전역(富山県全域)과 니이가타현(新潟県)의 西部에 해당한다.
3) 아사카신노[安積親王/あさかしんのう, 징기(神亀)5年(728年) - 텐표(天平)16年閏1

外)하면 소몽적(相聞的)인 증답가(贈答歌)에 의해서 成立하고 있고 대부분은 社交의 고이우타(恋歌)가 中心입니다. 야카모치(家持)는 青春의 시대(時代)에 많은 女性과 고이우타(恋歌)의 学習을 한 것으로 알려져있기 때문에 연정(恋情)을 表現하는 힘은 이후(以後)에도 큰 역할(役割)을 하게 됩니다. 그러나 에치쥬(越中)以後의 야카모치(家持)는 이케누시(池主)라는 詩友의 영향(影響)을 받아 漢詩·漢文의 理解 가운데 새로운 노래(歌)의 창작(創作)에 몰두(没頭)하게 됩니다. 그와 같은 야카모치(家持)의 노래(歌)를 칭하여 이케누시(池主)는「와시(倭詩)」라고 명명(命名)하였습니다. 《와시(倭詩)》라는 것은 한시(漢詩)와 비슷한 왜국(倭国)의 詩(歌)라는 意味입니다. 이것은 以後의 와카(和歌)가 탄생(誕生)하기 위한 매우 중요(重要)한 명명(命名)이었습니다.

에치쥬(越中)에는 야카모치(家持)의 주변(周辺)에는 이케누시(池主)를 비롯하여 다나베후쿠마로(田辺福麿)[4]등의 우타비토(歌人)가 출입

月13日(744年3月7日)]은 나라시대(奈良時代)의 皇族. 쇼무텐노(聖武天皇)의 第二皇子. 母는 아가타노이누카이히로도지(県犬養広刀自). 징기(神亀)5年(728年)에 쇼무텐노(聖武天皇)의 第二皇子로서 태어났다. 同年의 9月13日에 皇太子의 基皇子가 죽었기 때문에 쇼무텐노(聖武天皇)唯一의 미코(皇子)이고, 皇太子의 가장 有力한 候補가 되었다. 그러나, 텐표(天平)10年(738年)1月13日에 고우묘황후(光明皇后)가 母인 아베노우치노신노(阿倍内親王)[後의 고우겐(孝謙)·쇼우도쿠텐노(称徳天皇)]이 太子된다. 텐표(天平)8年(736年)5月, 이미 사이오우(斎王)가된 언니(姉)·이노우에우치노신노(井上内親王)를 위해 写経을 행했다. 텐표(天平)15年(743年)에는 구니교(恭仁京)에 있는 후지와라노야츠타비(藤原八束)의 저택(邸)에서 연회(宴)를 열었는데, 이 연회(宴)에는 当時의 우치노도네리(内舎人)였던 오오토모야카모치(大伴家持)도 出席하고 있고, 야카모치(家持)가 읊은 노래(歌)가 『万葉集』에 남아있다.

4) 다나베노사키마로(田辺福麻呂/たなべのさきまろ, 生没年不詳)는 奈良時代의 만요우우타비토(万葉歌人). 姓은 史(후히토). 다나베씨(田辺氏)(田辺史)는 百済系渡来氏族이고, 니시문씨(西文氏)의 기초로한 文筆·記録의 掌에 취임했었던 史部의 一族으로 想定된다. 748年, 텐표우(天平)20年에 다치바나노모로에(橘諸兄)의

(出入)합니다. 거기에는 노래(歌)의 살롱도 형성(形成)된 것처럼 생각됩니다. 구태여 말하자면 「에치쥬/越中살롱」이 되지만 또한 여기에 모인 우타비토(歌人)를 《신감각파(新感覚派)》라고 부를 수도 있을지 모르겠습니다. 이른바 에치쥬(越中)에 『문예시대(文芸時代)』의 써클이 탄생(誕生)한 것입니다. 에치쥬(越中)以前의 야카모치(家持)의 노래(歌)가 낭만주의(浪漫主義)였다고 한다면 에치쥬(越中)時代의 야카모치(家持)는 신감각파(新感覚派)의 우타비토(歌人)로서 등장(登場)하는 것입니다.

> 天平勝宝二年三月一日の暮に、春の苑の桃李の花を眺瞩(なが)めて
> 테표쇼호2년3월1일 석양에 봄날의 정원의 복숭아꽃을 보고서
> 春の苑 紅にほふ 桃の花 下照る道に 出で立つ少女(をとめ)
> 봄날의 정원에 주홍색이 빛나네. 복숭아꽃이 반짝이는 밑의 길에 나타난 소녀여
> わが園の李の花か 庭に降る はだれのいまだ 残りたるかも
> 우리 정원의 자두 꽃 인가. 그렇지 않으면, 정원에 내린 눈이 아직도 남아 있는 것인가
> 飛び翔る鴫を見て
> 날아가는 도요새를 보고
> 春まけて 物悲しきに さ夜更けて 羽振き鳴く鴫 誰が田にか住む
> 봄이 되어 왠지 마음이 적적한데, 밤이 깊어 날갯짓하는 도요새는 어느 곳의 논에 사는 것일까

使者로서 에치쥬우가미(越中守)・오오토모야카모치(大伴家持)를 방문하고 있다. 후쿠마로(福麻呂)의 와카(和歌)作品은 『万葉集』에 44首가 수록되어 있다. 巻18에 短歌13首가 있고, 巻6・巻9에 있는 長歌10首와 그 항카(反歌)21首는 다나베후쿠마로(田辺福麻呂)의 歌集에 나온다. 이들의 노래(歌)는 用字・作風등에서 후쿠마로(福麻呂)의 作이라고 볼 수 있다.

二日に、柳黛(りゅうたい)を攀(よ)ぢて京師(みやこ)を思へる

2일째에 버들가지를 꺾어 서울(都)을 그리며

春の日に 張れる柳を 取り持ちて 見れば都の 大路思ほゆ

봄날에 부풀어 오른 버들가지를 꺾어 보니 서울(都)의 대로가 그리워지네

竪香子(かたかご)の花を攀ぢ折れる

얼레지 꽃을 꺾어

物部(もののふ)の 八十(やそ)少女らが 汲みまがふ 寺井の上の 竪香子の花

모노노후의 많은 소녀들이 뒤섞이어 물을 기르는, 그 절의 우물 곁의 얼레지 꽃이여

帰る雁を見たる

돌아가는 기러기를 보고

燕来る 時になりぬと 雁がねは 本郷思(くにしの)ひつつ 雲隠り鳴く

제비가 올 때가 되었다고 해서 기러기는 본향을 그리워하며 구름 속에서 울고있네

春設(ま)けて かく帰るとも 秋風に 黄葉の山を 超え来ざらめや

봄이 되어 이렇게 해서 돌아갔다고 하더라도 가을 바람 속 단풍이 드는 산을 또한 왜 넘어오지 않을까

夜の裏に千鳥の喧くを聞ける

밤중에 물떼새가 우는 것을 듣고

夜ぐたちて 寝覚めて居れば 川瀬尋(と)め 情もしのに 鳴く 千鳥かも

야밤이 지나 잠에서 깨어보니 개울을 찾아 마음이 적막해지듯이 우는 물떼새는

夜ぐたちて 鳴く川千鳥 うべしこそ 昔の人も しのひ来にけれ

야밤이 지나서 우는 강의 물떼새여, 당연한 것이 고인도 그리워졌네

暁に鳴く雉を聞ける

새벽에 우는 꿩의 울음소리를 듣고

杉の野に さ躍る雉(きざし) いちしろく 音にしも哭(な)かむ 隠妻(こもりづま)かも

향나무 숲에 춤추며 소리치는 까투리여. 분명히 목소리를 내서 울어 버릴 정도로 그리운 아내인가

あしひきの 八峰の雉 鳴き響(とよ)む 朝明の霞 見ればかなしも

아시히키의 산들의 봉우리에 꿩이 울어대는 새벽에 안개를 보면 슬퍼지네

遥かに江を泝(のぼ)る船人の唱を聞ける

저 멀리 강을 오르는 선원의 노래를 들으며

朝床に 聞けば遥けし 射水川(いみづがは) 朝漕ぎしつつ 歌ふ船人

아침의 침상에서 듣고 있을 때 멀리서 노래가 들려오네. 이므즈 강에서 朝船을 저으며 노래하는 선장은

이들 노래(歌)는 巻十九巻頭에 장식(裝飾)한 노래(歌)입니다. 三月一日의 황혼에서 시작되고 삼일 째의 아침에 걸쳐서 읊어집니다. 그리고 삼일 날 야카모치(家持)의 관저(官邸)에서 三月三日의 셋구(節句)[5]의 연회(宴会)가 열렸습니다. 아마도 야카모치(家持)는 이 기간(期間)

---

5) 죠우미(上巳/じょうし)는 五節句의 하나. 3月3日. 旧暦의 3月3日은 복숭아꽃(桃の花)이 피는 季節이기때문에 모모노셋구(桃の節句)라고도 불린다. 「히나마츠리(雛祭り)」의 起源은 京都의 貴族階級의 子女가 天皇의 성(御所)을 모방한 궁전(御殿)이나 장식(飾り付け)으로 놀이를 한 헤이안시대(平安時代)의 「히나아소비(雛あそび)」가 시작되었다고 한다. 이윽고 武家社会에서도 행해지게 되고, 에도시대(江戸時代)에는 庶民의 인형놀이(人形遊び)와 셋구(節句)가 결부되고, 行事가되고, 發展해 갔다. 그 後, 紙製의 작은 人形(形代)을 만들어 이에 부정한 것을 옮기고, 강(川)이나 바다(海)로 흘려보내어 災厄을 씻는 祭礼가 되었다. 이 風習은 現在에도 「나가시히나(流し雛)」로서 남아 있다. 원래는 5月5日의 端午의 셋구(節句)와 함께 男女의 차이가 없이 행해졌는데 에도시대(江戸時代)경에 豪華스런 히나인형(雛人形)은 여자아이(女の子)에 属하는 것이 되고, 端午의 셋구(節句)(菖蒲의 셋구(節句))는 「쇼우부(尚武)」에 이어 男子아이 셋구(節句)가 되게 되었다.

에도 밤에도 잠들 수 없을 것 같은 흥분(興奮)한 시기(時間)를 보냈다고 생각됩니다. 그 흥분(興奮)을 유발(誘発)한 것은《노래를 읊다·歌를 詠む》라고 하는 것에 대한 긴장(緊張)이었습니다. 왜냐하면 이때의 노래(歌)를 읊는 것에 대한 흥분(興奮)이 일어났는가 하면 그것은《三月三日》날과 깊은 연관(連関)이 있습니다. 이날은《죠미/上巳》라고 하는 날이고 수도(首都)에서는 곡수(曲水)의 연회(宴会)가 개최(開催)되는 날입니다. 게다가 이 행사(行事)는 中国의 풍류(風流)스런 행사(行事)를 가미한 날이고 중국(中国)의 시인(詩人)들은 죠미(上巳)에 詩를 읊는 습관(習慣)을 가지고 있습니다.

三月三日이라는 것은 야카모치(家持)에게 있어서 서울(都)의 풍류(風雅)스런 행사(行事)를 상기(想起)시키고 서울(都) 풍(都風)으로 노래(歌)를 읊는 〈中国風으로 노래(歌)를 읊다〉기회(機会)였습니다. 특히《暮春》과《황혼/夕暮》이란 시언(詩人)들의 시(詩)의 소재(素材)로서 重要한 것입니다. 따라서 야카모치(家持)도 그와 같은 소재(素材)를 선택(選択)하여 마치 카메라를 들고 구도(構図)를 意識하고 있는 것처럼 정원(暮春)의 황혼(夕暮れ)의 庭園에서 향기(香気)가 나는 것처럼 피어 있는 복숭아꽃(桃花)을 배경(背景)으로 거기에서 빛나는 것 같은 소녀(少女)를 배치(配置)합니다. 이것은 수하미인토(樹下美人図)라고 하듯이 그 구도(構図)는 세쇼인(正倉院)의 명물(御物)에 보이는 수하미인도(樹下美人図)의 그 자체(自体)입니다. 또는 황혼(夕暮れ)에 정원(庭園)에 떨어져 쌓인 하얀 자두꽃(李花)이 지다가 남은 눈과 합쳐진 구도(構図)도 소녀(少女)들이 수없이 물을 기르는 우물 위의 얼레지꽃(堅香子/가타가고)의 꽃도 『만요슈(万葉集)』에 새로운 감각(感覚)을 불러일으킨 노래(歌)들입니다.

게다가 이들 노래(歌)는《보다·見る》《오르다·攀じる》《듣다·聞く》라는 신체감각(身体感覚)을 중시(重視)하고 있는 점에 특징(特徵)이 있습니다. 특히「봄 정원의 복숭아꽃도 자두꽃을 바라보며/春の苑の桃李を眺矚めて」라는 것은 실제(實際)의 풍경(風景)을 바라보고 있다는 의미(意味)는 아니고, 구도화(構図化)된 風景을 바라본다는 意味이고, 그 구도화(構図化)된 風景이라는 것은「春苑桃李의 꽃(花)」라는 漢詩의 風景인 것입니다. 一首째의「봄의 정원에 자줏빛으로 핀 복숭아꽃/春の苑紅にほふ桃の花」은 그대로「春苑紅桃의 꽃(花)」이라는 漢詩의 구(句)로 바뀔 정도(程度)로 한시적(漢詩的)인 풍경(風景)입니다. 이와 같은 야카모치(家持)의 새로운 감각(感覚)은 일찍이 춘추시대(青春時代)에 터득한 낭만주의(浪漫主義)의 연정(恋情)의 정서성(情緒性)을 기본(基本)으로 하면서 漢詩의 새로운 표현(表現)을 수용(受容)하면서 実景(自然主義)에서 떠나서 감각(感覚)을 중시(重視)하는 表現에 이른 結果였다고 생각됩니다. 그림이 되는 風景을 基本으로서 人事를 읊는 그와 같은 感覚이 만요말기(万葉末期)에 달성(達成)한 야카모치(家持)의 歌学이었던 것입니다. 야카모치(家持)는 또한 巻十九의 巻末에

> 春の野に 霞たなびき うら悲し この夕かげに 鶯鳴くも
> 봄날의 들판에 안개가 끼어 마음은 슬픔에 젖네. 이 석양의 빛 속에 휘파람새가 우네
> わが屋戸の いささ群竹 吹く風の 音のかそけき この夕かも
> 우리 집의 작은 대나무 숲을 지나는 바람소리가 희미한 석양이여
> うらうらに 照れる春日に 雲雀(ひばり)あがり 情(こころ)悲しも 独りしおもへば

화창하게 빛나는 봄날에 종달새가 날아올라 마음이 적적하네. 혼자서 생각에 잠기니

이시가와타구보쿠(石川啄木)

와 같은 노래(歌)를 배치(配置)합니다. 황혼녘(夕暮れ)의 봄의 안개가운데 자신(自信)의 存在에 대한 슬픔을 発見하고, 정원(庭園)에 부는 바람에 의해서 희미한 소리를 내는 스치는 낙엽(落葉)의 소리를 듣고 봄 날의 빛나는 태양(太陽)아래에 홀로 있는 자신(自信)의 비애(悲哀)를 읊습니다. 특히 정원(庭園)에 심어진 약간의 대나무 잎의 소리(竹葉音)를 듣는 야카모치(家持)의 태도(態度)에는 매우 참신(斬新)한 表現의 획득(獲得)이었다고 볼 수 있습니다. 또는 종달새(雲雀)의 소리와 야카모치(家持)의 마음의 슬픔은 다쿠보쿠(啄木)[6]의 「유연한 청색의

---

6) 이시카와다쿠보쿠(石川啄木/いしかわたくぼく, 1886年(메이지明治19年)2月20日 - 1912年(메이지明治45年)4月13日는 메이지시대(明治時代)의 우타비토(歌人)・詩人・評論家. 本名은 이시카와하지메(石川 一/いしかわはじめ)。이와테현미나미이와테군히나토촌(岩手県南岩手郡日戸村), 現在의 모리오카시타마야마구히나토(盛岡市玉山区日戸)의 曹洞宗日照山常光寺의 주지(住職)・이시카와가즈사다(石川一禎)와 妻・가츠(カツ)의 長男으로서 태어났다. 戸籍에 의하면 1886年 2月 20日의 誕生이었지만, 1885年(메이지明治18年)10月28日에 誕生했다고도 한다.

버들가지를 바라보며 북쪽의 언덕에 눈을 두며 울먹이네/やはらかに柳青める北上の岸辺目に見ゆ泣けとごとくに」(「一握の砂」)를 방불(彷彿)케 합니다. 自然과 一体가된 人間이 이 時代를 맞이하여 自然으로 부터 自立하여 가는 것으로 거기에는 自然과 人間의 괴리(乖離)가 나타납니다. 이와 같은 새로운 감각(感覚)을 몸에 익힌 것이 『만요슈(万葉集)』의 말기(末期)에 활약(活躍)한 야카모치(家持)였던 것입니다.

25 內省化하는 온나우타(女歌)

온나우타(女歌)의 出発은 아마도 우타가키(歌垣)등의 집단(集団)으
로 이루어진 노래(歌)의 증답(掛け合い)의 관습(慣習)으로 거슬러 올라
갈 수 있을 것으로 생각됩니다. 여기에서는 男性과 女性이 대등(対等)
하게 맞서서 고이우타(恋歌)를 증답(掛け合い)하고 상대(相手)를 자극
(挑発)하거나 또는 거부(拒否)하거나 남여(男女)의 사랑이 극(極)에 달
하면서 마지막(最後)에는 두 사람(二人)의 사랑의 성취(成就)를 획득
(獲得)하는 것으로 전개(展開)된 것입니다. 이와 같은 집단(集団)의 가
운데에서 이루어진 증답(歌掛け)의 민속행사(民俗行事)는 여러 민족
(民族)에서 볼 수 있고 상당(相当)히 시대(時代)를 거슬러 올라감으로
써 文化로서는 민족(民族)의 기층(基層)에 속(属)하는 중요(重要)한 것
이었다고 할 수 있습니다.

예(例)를 들자면 『만요슈(万葉集)』에는 누가타노오오기미(額田王)
와 오오아마노미코(大海皇子)가 가마후노(浦生野)에서 노래(歌)를 증
답(贈答)한 유명(有名)한 장면(場面)이 있습니다. 증답(歌掛け)의 관습
(慣習)이 当時의 궁정문화(宮廷文化)에 영향(影響)을 미친 용례(用例)
를 들자면 다음과 같습니다.

あかねさす 紫野(むらさきの)行き 標野(しめの)行き 野守は見ずや

君が袖振る(巻一)　누가타노오오기미(額田王)

붉은 색을 띠는 그 보라색 풀의 들판을 가고, 그 御料地의 들판을 가면서

들판의 파수꾼은 보고 있지 않을까요. 그대는 소매를 흔들고 계시네요.

紫草(むらさき)の　にほへる妹(いも)を　憎くあらば　人妻ゆゑに　われ

恋ひめやも(巻一)　오오아마노미코(大海皇子)

보랏빛과 같이 아름다운 그대가 미웠더라면, 그대는 타인의 아내인

데, 왜 그리워 하리요.

　五月의 단오절(端午節)에 궁정(宮廷)을 대표(代表)해서 수렵(遊猟)

이 오우미(近江/おうみ)의 가마후노(浦生野)에서 개최(開催)되었을 때

에 누가타노오오기미(額田王)가 천황(天皇)이 전유(專有)하는 무라사

키(紫草)의 들(野)을 산보(散歩)하고 있자 멀리에서 황태자(皇子)가 빈

번(頻繁)하게 이쪽을 향하여 손을 흔드는 것을 보고 책망하는 것입니

다. 이 당시(當時)에는 상대(相手)를 향하여 소매(袖)를 흔든다고 하는

행위(行為)는 애정(愛情)을 표시(表示)하는 것이었기 때문에 남의 눈

(人目)에 띄지 않으려고 주의(注意)를 必要가 있었습니다. 그러나 미코

(皇子)는 노골적(露骨的)으로 다른 사람의 눈(人目)을 의식(意識)하지

않고 손을 흔들고 있는 것입니다. 누가타노오오키미(額田王)는 매우 부

끄러워하고 들(野)의 파수꾼(番人)에게 발각(発覚)되는 것을 꺼려 미코

(皇子)를 책망하고 있는 것입니다. 그래도 미코(皇子)는 아름다운 아가

씨[이모(妹)사랑하는 女性을 男性이 부르는 호칭]가 싫다면 남의 아내

(人妻)인 그대를 사랑하겠습니까라고 응수합니다. 미코(皇子)의 노래

(歌)에서 보자면 누가타노오오기미(額田王)는 아름다운 남의 아내(人

妻)를 사랑하여 소매를 흔들고 있다고 하는 것이 됩니다. 그 때문에 여

기에는 금단(禁断)의 연애(恋愛)가 다른 사람의 눈(人目)에 띠어 알려지고 누가타노오오기미(額田王)의 우려하는 심정(心情)이 노래(歌)에 잘 나타나 있습니다.

그런데 누가타노오오기미(額田王)의 노래(歌)는 상대(相手)의 男性을 자극(挑発)하기 위해 읊어진 노래(歌)인 것입니다. 이 단계(段階)에서는 누가타노오오기미(額田王)가 책망한 미코(皇子)는 아직도 소매(袖)를 흔들고 있는 것은 아니고, 오히려 누가타노오오기미(額田王)의 노래상(歌上)에서 상대(相手)에게 소매(袖)를 흔들게 하는 것입니다. 이때에 누가타노오오기미(額田王)는 마치 소녀(少女)와 같이 부끄러워하면서 소매를 흔드는 남자(男子)를 책망합니다. 이것은 남성을 자극(刺激)하는 노래(歌)이고 부끄러워하는 소녀를 연기(演技)하고 있는 것이 누가타노오오기미(額田王)인 것입니다. 그에 반(反)해 미코(皇子)가 증답함으로써 비로소 한 쌍(一対)의 증답가(贈答歌)가 成立하게 되지만, 그 미코(皇子)가 답변한 内容은 누가타노오오기미(額田王)의 立場을 부끄러워하는 소녀(少女)에서 남의 아름다운 아내(人妻)로 전환(逆転)시키고 위험(危険)한 연애(恋愛)의 관계(関係)를 창출(創出)해가는 것입니다. 여기에는 노래(歌)가 지니고 있는 대영(対詠)의 성격(性格)이 나타나고 있습니다. 그것은 긴 歴史중에 반복(反復)된 증답문화(歌掛け文化)의 결과(結実)라고 할 수 있습니다.

그러한 기층(基層)에 있는 증답(歌掛け)의 文化中에서 노래(歌)가 특별(特別)한 文化로서 형성(形成)된 것으로『만요슈(万葉集)』나『고킹슈(古今集)』등의 우수(優秀)한 와카(和歌)의 成立을 보게 됩니다. 온나우타(女歌)는 남녀(男女)가 대등(対等)하게 이루어진 증답(歌掛け)의 한 쪽을 크게 담당(担当)하는 存在이고 증답(歌掛け)中에서 男女는 평등(平等)했던 것입니다. 온나우타(女歌)의 의의(意義)를 강하게 잔존(残存)시키고 있는 것이 『만요슈(万葉集)』입니다만 그 基本的인 가창(歌唱)의 方法은 대영(対詠)(対唱)에 의(依)한 것이었습니다.

　한편 온나우타(女歌)에는 오오노고마치(小野小町)[7]와 같은 독영적 성격(独詠的性格)도 강하게 나타나있고 이것은 온나우타(女歌)가 우타

고마치가비(小町歌碑)(京都随心院)

가키(歌垣)의 습속(習俗)에서 이탈(離脱)하고 다른(別) 노래(歌)의 장(場)을 획득(獲得)함으로써 나타난 問題인 것처럼 생각됩니다. 고마치(小町)는 유녀(遊女)와 결부(結付)되는 경우가 있지만, 바바아키고(馬場あき子)氏가 고마치(小町)의 노래 중(歌中)에 유녀(遊女)의 성격(性

---

7) 오오노고마치(小野小町/おののこまち、生没年不詳)은 헤이안전기(平安前期)9世紀頃의 女流歌人。六歌仙・三十六歌仙의 1人. 오오노고마치(小野小町)의 상세한 系譜는 不明이다. 그녀(彼女)는 絶世의 美女로서 七小町 등의 수많은 逸話가 있고, 後世에 노(能)나 조루리(浄瑠璃)등의 題材로서도 사용되고 있다. 그런데 当時의 오오노고마치상(小野小町像로고하는 그림(絵)이나 彫像은 現存하지않고, 後世에 그려진 그림에서도 後姿가 대부분(大半)을 차지하고 본 모습(素顔)이 그려져 있지 않는 것이 많다. 때문에 美女였던가 아니었던가에 대해서도 真偽의 정도(程)는 알 수 없다.

格)을 보고 있는 것은(『온나우카(女歌)의 糸譜』朝日選書), <기다리는 여자(待つ女)>의 이미지에 의한 것이라고 생각됩니다.

온나우타(女歌)가 男性을 계속(継続)해서 기다리면서도 마침내 방문 (訪問)하지 않는 男性을 증오(憎悪)하며 한탄하는 도식형적(図式型的) 입니다만, 그것은 온나우타(女歌)의 새로운 전개(展開)였던 것입니다. 男性이 女性의 집(家)을 방문(訪問)한다고 하는 당시(当時)의 츠마도 이혼(妻問い8))에 의한 결혼제도(婚姻制度)를 반영(反映)하고 여성(女 性)은 男性을 계속(継続)해서 기다린다고 하는 도식(図式)이 파생(派 生)되 것으로 생각되지만, 그러나 그것뿐이었다고는 생각할 수 없습니 다. 왜냐하면 방문(訪問)하지 않는 男性을 기다리는 女性이 한을 품고 탄식한다고 하는 사실이 있었다고 하더라도 그것을 노래(歌)로 읊는다 는 필연성(必然性)은 없기 때문입니다. 남자(男子)를 증오(憎悪)한다고 하는 마음은 계승(継承)되더라도 증오(憎悪)하는 노래(恨む歌)를 읊는 것에 속(属)하는 것으로 생각됩니다. 기다리는 여자 〈待つ女〉로 有名 한 것은 조금 전에 등장(登場)한 누카타노오오키미(額田王)입니다. 『만 요슈(万葉集)』에는 「텐치텐노(天智天皇)를 생각한다」라는 제목(題目) 하에 다음과 같은 노래(歌)를 볼 수 있습니다.

> 君待つと わが恋ひをれば わが屋戸(やど)の すだれ動かし 秋の風吹 く(巻四)

---

8) 츠마도이혼(妻問い婚)은 부부(夫婦)가 따로 살며 남편(夫)이 밤에 아내(妻)의 처소
에 방문하는 고대의 혼인 방식. 츠마도이혼(妻問婚/つまどいこん)이란 婚姻의 一
種이고, 남편(夫)이 妻의 처소(下)에 다니는 婚姻의 形態. 쇼우세이혼(招婿婚)이라
도 한다. 女系制의 伝統있는 社会등 母権의 강한 民族에서 많이 볼 수 있는 婚姻
形態이고, 普通, 자식(子)은 母親의 一族에게 養育되고, 財産은 딸(娘)이 相続한
다. 일찍이 이러한 婚姻形態를 취하고 있었던 民族으로서 有名것은 인도南部게라
라(ケララ)州에 사는 도라비다인(ドラヴィダ人), 古代의 日本人 등.

그대를 기다리며 사랑에 빠져 있으면, 우리 집의 발을 흔드는 가을바람이 부네

이것이 텐치텐노(天智天皇)를 그리워하며 부른 노래(恋歌)라고 기술(記述)되어 있기 때문에 後世에 혼란(混乱)의 원인(原因)이 되었지만, 노래(歌)의 内容은 男性을 계속 그리워하며 기다릴 때에 집의 발(家簾)을 움직이며 가을바람(秋風)이 불고 있다고 합니다. 전형적(典型的)인 기다리는 여자(待つ女)의 노래(歌)입니다. 男性이 방문(訪問)한 것은 한여름(夏の盛り)이었겠지요. 지금 가을바람(秋風)이 부는 季節이되고 男性이 방문(訪問)하지 않는 슬픔(悲しみ)을 노래(歌)합니다. 일찍이 男性은 돌아갈 때에 내일이라도 돌아오겠다고 하는 말의 표현(表現)이었지만, 오늘인가 내일인가 계속(継続)해서 기다리다가 마침내 가을바람이 불기 시작했다고 하는 것이고 여기에는 여자(女性)의 정한(情恨)의 심정(心情)이 나타나고 있습니다. 이것이 中国의「정시(情詩)」라는 연애시(恋愛詩)에서의 영향(影響)을 받은 것은 일찍부터 지적(指摘)되고 있지만, 그 中国의 정시(情詩)는 유녀(遊女)의 마음이 깃들어 있습니다. 정시(情詩)는 남성시인(男性詩人)들의 손에 의해 읊어진 온나우타(女歌)입니다만, 그 배후(背後)에는 남성시인(男性詩人)들의 양자강유역(揚子江流域)의 유녀(遊女)들과의 교제(交際)가 있고, 유녀(遊女)들의 고이우타(恋歌)를 学習함으로써 成立하고 있는 것입니다. 그 중에서도「원한(怨)」에 관계(関係)된 詩가 많은 것은 버린 男性의 부실(不実)을 女性이 원망(恨む)하는 것으로 그것이 정치적(政治的)인 풍자성을 띠고 있다고 하더라도 연애시(恋愛詩)로서 읊어지고 있는 점에서 생각하자면 역시 기다리는 여자(待つ女)의 한(恨み)이 배경(背景)에 있

다고 말할 수가 있습니다. 이와 같은 詩를 中国에서는 「기후시/棄婦詩」
라고 합니다.

夕暮れになるとさまざまな悲しみが起きて来ますが、いまさら後
悔してもどうにもなりません。

愁いの解けぬままに寝室に帰り、薄絹の袖無しを身につけて溢(あ
ふ)れる涙を抑えるのです。

色づいた梅はゆらゆらと風に揺れて、鶯は声をたてて鳴いています。

あの人は「立派な家に住まわせる」といったのに、まさかあなたが
来てくださらないことになるとは。

(費昶[ひちょう]「長門怨」『玉台新詠』巻六)

황혼녘이 되면 수많은 슬픔들이 상기(想起)되지만, 지금에 와서 후
회(誤解)를 해도 어찌할 수가 없습니다. 우수가 풀리지 않은 채로 침
실로 돌아가고, 엷은 비단의 소매가 없는 것을 몸에 입어도, 넘쳐나는
눈물을 참지 못하는 것입니다. 하얗게 물든 매화는 흔들흔들 바람에
나부끼고, 휘파람새는 슬피 울고 있습니다. 사랑하는 그대는 「멋진 집
에 살고 있겠지요/立派な家に住まわせる」라고 했는데, 설마 그대가
와주시지 않으리라고는(히조/費昶「長門怨」-옥대신영(『玉台新詠』巻六)

이것은 버려진 여자(女性)의 한(恨)을 읊은 것입니다만 여기에는 여
자(女性)의 슬픔과 비애(悲哀)가 농후(濃厚)하게 나타나고 있습니다.
이러한 여자(女性)의 비애(悲哀)나 한(恨)을 읊는다는 문예적(文芸的)
인 취향 외(趣向外)에 여기에는 女性을 버린 사람에 대한 강한 교훈(諭
し)이 있고, 또는 버린 男性을 되돌아오게 하는 힘도 작용(作用)하고
있습니다. 황혼가운데 농후(濃厚)한 슬픔과 우수(憂愁)를 느끼고 있는
여자(女性)의 모습은 일종(一種)의 요염(妖艶)한 표현(表現)입니다. 버

린 남자(男子)에게 악퇴(悪態)를 토하는 것은 아니고, 그것을 원인(原因)으로 하여 얇은 비단옷(薄絹)을 걸치고 구슬프게 통곡(慟哭)하는 아름다운 여인(女性)의 자태(姿態)가 묘사(描写)되어 있고 심하게 오뇌(懊悩)하는 女性의 자태(媚態)가 읊어지고 있습니다. 『고킹(古今)』의 가나죠(仮名序)에 기노츠라유키(紀貫之)가 고마치(小町)를 비평(批評)하여 「아름다운 여인의 번민하는 자태와 같다」라고 서술(叙述)하고 있는 것은 이와 같은 오뇌(懊悩)하는 여자(女性)의 자태(姿態)입니다. 오히려 심한 우수(憂愁)에 젖은 여자의 자태(よき女の艶)를 발견(発見)한 것입니다. 여기에는 中国의 詩人들이 표현(表現)한 번민하는 여인(悩める女)의 자태(姿態)와 공유(共有)하는 「기다리는 여인/待つ女」이 있습니다. 아마도 이와 같은 오뇌(懊悩)하는 여인(女人)의 자태(女艶)를 통해서 새롭게 그 여성(女性)의 품에 남성(男性)이 돌아온다고 하는 도식(図式)이 상정가능(想定可能)합니다.

이것이 풍유(風諭)의 역할(役割)을 하는 한편, 이와 같이 버림받은 여인(女性)이 심하게 슬퍼하는 모습(姿)은 버림받으면서 까지도 혼자서 사랑을 관철(貫徹)하는 여인(女性)의 자태(媚態)이고, 이는 남자(男性)를 되돌아오게 하는 힘이 작용(作用)한 것입니다. 『이세모노가타리/伊勢物語』(第二十三段)에서는 어린 시절부터 친했던 사람과 결혼(結婚)한 男性이 다른 아내(妾)를 두고 다니게 되는 것입니다만, 아내(妻)는 그래도 아무런 말도 없이 배송(配送)하고 있습니다. 男性은 아내(妻)에게 사랑하는 다른 남자(男性)가 생겼을 것이라고 의심(疑心)하고 집을 나가는 척하면서 숨어서 지켜보고 있고 아내(妻)는 화장(化粧)을 하고 매무새를 아름답게 고치고

風吹けば 沖つ白波 龍田山 夜半(よは)にや君が ひとり越ゆらむ

바람이 불면 바다 저편의 다츠다 산의, 야밤에 그대는 홀로 넘겠지요

라고 읊는 유명(有名)한 단(段)이 있습니다. 다른 아내(妻)의 처소(元)를 다니던 남편(夫)이 무섭고 위험(危險)한 다타산(龍田山)을 야밤(夜半)에 혼자서 넘어가는 연인(恋人)의 안전(安全)을 기원(祈願)하는데 男性은 「끝없이 슬프네/かぎりなくかなし(限りなく可愛い)」라고 생각하고 「다른 첩의 처소를 드나드는 것을 못하게 했다는 얘기입니다. 여기에도 「기다리는 여인/待つ女」의 한탄(嘆き)이나 화장(化粧)을 해서 아름답게 치장을 하는 매무새(姿態)에서 男性을 되돌아오게 하는 힘이 작용(作用)하고 있습니다. 기다리는 여자(待つ女)의 한(恨み)은 男性을 원망(怨む)하는데 목적(目的)이 없고 두 사람의 관계(関係)를 회귀(回帰)시키는데 큰 의미(意義)가 있다고 할 수 있습니다. 온나우타(女歌)의 힘이 여기에서 발휘(発揮)되고 있습니다.

그러나 이러한 원한(怨恨)의 노래(歌)를 女性이 읊는 경우에는 오뇌(懊悩)하는 여인(女人)의 요염(艶)한 자태(姿態)는 현실적(現実的)이고 일반적(一般的)인 女性들의 노래(歌)에서 발생(発生)했다고는 볼 수 없습니다. 얼마만큼 기다리는 여인(待つ女)이 現実的으로 存在했다고 하더라도 그것이 이와 같은 원한(怨恨)의 노래(歌)를 읊었다고 하는 것은 현실적(現実的)이지는 않습니다. 왜냐하면 이와 같은 원한(怨恨)의 노래(歌)를 어디에서 어떻게 해서 읊었는가 하는 의문(疑問)이 있기 때문입니다. 게다가 이것은 밀접(密接)한 事情이기 때문에 이와 같은 노래(歌)를 누가 어떻게 손에 넣어(入手)서 기록(記録)하여 남길 수 있었는가 하는 의문(疑問)도 있습니다. 『만요슈(万葉集)』에는 고이우타(恋

歌)가 다수(多数)가 남아 있기 때문에 누구나가 고이우타(恋歌)를 읊었다고 하는 이미지가 있습니다. 그러나 이것은 큰 오해(誤解)라는 인상(印象)이 들고 당시(当時)는 自由로운 연애(恋愛)는 社会的으로 억압(抑圧)을 받고 自由연애(恋愛)는 은폐(隱蔽)되어 있었습니다. 고이우타(恋歌)는 공개(公開)된 場所에서 모두가 듣고 있는 곳에서 노래(歌)하는 것이고, 이는 의사적(擬似的)인 연애(恋愛)에 의한 것이었습니다. 어떠한 고이우타(恋歌)도 공개(公開)된 場所에서 즐기는 것을 전제(前提)로 읊어진 것입니다. 이른바 고이우타(恋歌)는 오페라와 같이 읊어지고 있습니다.

　이점에서 생각해보자면, 오뇌(懊悩)하며 기다리는 여인(待つ女)의 모습(姿態)은 제일(第一)로 전문적(専門的)인 女性들의 기술(技術)로서 읊어진 것으로 생각할 수 있습니다. 이러한 전문적(専門的)인 여성(女性)이란 귀족(貴族)의 살롱의 가카이(歌会)[9]를 가수(시인/歌刀自) 등의 외(外)에는 분명(分明)히 유녀(遊女)들이 存在하고 있었다고 하는 것입니다. 기다리는 연인(待つ女)을 연기(演技)하며 읊는 데에는 유녀(遊女)를 제외(除外)하고는 최적(最適)의 여성(女性)은 없습니다. 그녀

---

9) 시를 읊는 연회나 집회. 우타카이하지메(歌会始/うたかいはじめ)는 와카(和歌·短歌)를 상호 披露하는 「우타카이(歌会)」이고 그해(年)의 연초에 개최하는 것을 지칭한다. 現在에는 年頭에 거행되는 宮中에서의 「우타카이하지메노기(歌会始の儀)」가 특(特)히 有名. 원래는 上代에서 皇族·貴族等이 모여 와카(和歌·短歌)를 서로 披露하는 「우타카이(歌会)」, 그 해(年)의 연초에 개최하는 것을 지칭한다. 오늘(今日)에는 궁주우타카이하지메(宮中歌会始)의 외에 교토레에제에케구게(京都冷泉家公家)의 흐름을 계승하였다)에서 거행되는 것이 有名하다. 레이제이케(冷泉家)에서는 사냥복(狩衣)이나 우치기(袿)등의 헤이안쇼우조쿠(平安装束·헤이안시대귀족의 복장)을 몸에 걸치고 数十名이 모여서 거행되는 것으로 京都의 風物詩로서 毎年메스컴(マスコミ)報道, 古文教科書(資料集)에서 紹介된다. 이밖에 一般의 와카교실(和歌教室·短歌会)에서 講師나 학생(生徒)이 연초(年始)에 노래(歌)를 서로 披露하는 모임을 「우타카이하지메(歌会始)」라고 부르는 경우도 있다.

들은 일반적(一般的)으로 기다리는 여인(待つ女性)의 한스런 마음을 계승(継承)하고「또 올께/また来るよ」라고 말을 해두고 돌아간 객(客)에 대해서 기다리는 여인(待つ女性)의 한탄(嘆き)을 아름다운 모습(媚態)으로 읊는 것입니다. 누카타노오오기미(額田王)의 가을바람(秋風)의 노래(歌)는 방문(訪問)하지 않는 한(恨)을 아름다운 자태(姿態)로 묘사(描写)한 것을 알 수 있고

> 君が家の 花橘は 成りにけり 花なる時に 逢はましものを
> 그대의 집안의 감귤 꽃은 이제는 열매가 열렸겠지요. 꽃이 필 무렵에
> 뵙고 싶었는데

는 『만요슈(万葉集)』(巻八)에 실린 유부녀(遊行女婦/うかれめ)의 노래(歌)입니다. 또한 이웃나라인 韓国의 고가(古歌)에,

> 夢でお目にかかる君は、頼りないものと言うけれど、
> 꿈속에서 뵙는 그대는, 의지 할 수 없노라고 하지만,
> ひどく恋しいその時に、夢でもなければどうして会えよう。
> 몹시 그리울 때에 꿈속이 아니라면 어찌 뵈오리
> かの君よ、夢でもよいから、しばしば姿を見せて下ざりませ。
> 사랑스런 그대여, 꿈속이라도 좋으니, 잠시라도 모습을 보여주세요.
> (아와마츠미노루(岩松実)『韓国의 古時調』에 의함)

이 있고 이조십육세기경(李朝十六世紀頃)의 시조(時調)에 읊어진 것으로 기생(妓生)으로 불리었던 고급유녀(高級遊女)인 명옥(明玉)이라는 女性의 노래(歌)입니다. 時代는 차이(差異)가 있지만, 마치 오오노고마치(小野小町)의 꿈속의 노래(夢歌)를 방불(彷彿)케 하는 작품(作

品)입니다. 기다려도 오지 않는 매정(無常)한 남자(不実男性)를 한결같이 그리워하고 적어도 꿈속에서나마 잠시라도 모습(姿態)을 보고 싶어 하는 마음(心情)을 호소한 점에 온나우타(女歌)의 특질(特質)을 볼 수 있지만, 이것이 전문적(専門的)인 유녀(遊女)의 노래(歌)라고 하는 점에 온나우타(女歌)의 특질(特質)을 볼 수 있습니다. 즉 이와 같이 읊음으로써 발걸음이 뚝 끊어진 남성(男性)의 관심(関心)을 돌리게 하고 남자(男性)의 마음(心情)을 사로잡는 힘이 작용(作用)하게 됩니다. 아마도 이것은 객(客)을 대접(接待)하는 여인(女性)들의 기예(技芸)에 의한 종류(種類)이였음을 알 수 있고, 이와 같이 하여 연인(恋人)을 그리워하고 있었던 성실(誠実)한 女性이라고 볼 수 있습니다. 여인(彼女)들은 이러한 객(客)인 연인(恋人)이 되고, 아내(妻)가 되고, 자유분방(変幻自在)하게 고이우타(恋歌)를 읊고 있는 것입니다.

恋ひ恋ひて 逢へる時だに 愛(うる)はしき 言(こと)尽くしてよ 長くと思はば(巻四)
오오토모사카가미노이라츠메(大伴坂上郎女)
오랫동안 그리워했었는데, 드디어 뵈었네요, 이것만으로도 적어도 기뻐해주세요. 이 사랑이 지속되기를 바라시거든
皆人を 寝よとの鐘は 打つなれど 君をし思へば 寝(い)ねかねてぬかも(巻四)
가사노이라츠메(笠女郎)
모든 사람들이 잠들도록 종을 치지만, 당신을 생각하면, 잠들기 어려우리
現(うつつ)には 逢ふ縁(よし)もなし 夢にだに 間無く見え君 恋に死ぬべし(巻七)作者未詳

현실적으로는 만날 방법조차도 없네요, 적어도 꿈속에나마 잠시라도 볼 수 있는 그대를, 사랑한 나머지 죽어버리겠지요

이 작품(作品)들은 『만요슈(万葉集)』에 기술(記述)되어 있는 女性들의 노래(歌)입니다. 『만요슈(万葉集)』의 女性들의 노래((歌)를 자세(丹念)히 읽어보면 이러한 유녀(遊女)들이 읊는 온나우타(女歌)의 숨소리(息づかい)가 들려오는 것만 같습니다.

한편 민간(民間)의 유미(遊女)들은 찾아오지 않는 객(客)에 대해서 혐오(悪辣/あくらつ)하는 노래(歌)를 읊게 됩니다. 헤이안말(平安末)에 민간가요(民間歌謡)가 완성(完成)된 『료진히쇼/梁塵秘抄』[10]라는 가요집(歌謡集)에 실린 유녀(遊女)의 노래(歌)는

료진히쇼우(梁塵秘抄)의 句碑

---

10) 료진힛쇼(『梁塵秘抄』/りょうじんひしょう)는 헤이안시대말기(平安時代末期)에 편찬된 歌謡集. 현재의(今様)歌謡集成. 編者는 고시라가와노호우노우(後白河法皇). 치쇼(治承)年間(1180年前後)의 作.『료진힛쇼(梁塵秘抄)』는 본래 本編10巻, 口伝集10巻로 보이고 있다. 그러나 現存하는 극소수의 部分뿐이다. 또한 口伝集의 巻第十一以降에 대해서는 비밀(謎)이 있다. 本編은 巻第一의 断簡과 巻第二만이 알려져 있지 않다. 노래(歌)의 数는 巻第一이 21首, 巻第二가 545首, 합쳐서 566首이다. 단지 重複이 있기 때문에 実際의 数는 조금 더 감소한다. 巻第一의 最初에는 「長唄10首, 古柳34首, 今様265首」라고 기술되어 있기 때문에 完本이라면 巻第一에는 309首가 수록되어 있었다고 한다.

我を頼めて来ぬ男

나와 약속을 해놓고도 오지 않는 남자.

角三つ生(お)ひたる鬼になれ。

뿔이 셋인 도깨비가 되세요.

さて人に疎(うと)まれよ。

그런데 타인들에게 미움을 받으세요.

霜雪霰降る田の鳥となれ。

서리 눈 싸라기가 내리는 밭의 새여.

さて足冷たかれ。

그런데 발이 시려워 지길

池の浮草となりねかし。

연못의 부평초가 되길

と揺(ゆ)りかう振り、

비틀비틀거리며

振られ歩け

비틀거리며 걸으세요.

와 같이 읊어지고 있습니다. 「그대를 평생 동안 돌보리/お前のことは、一生面倒見るよ」라든가 「그대를 불행하게 하는 일은 없으리/お前を不幸にすることはしないよ」라든가 「그대는 나의 모든 것/お前はおれのすべてだ」이라든가 기쁘게 하는 것만을 말하고, 나를 의지(意地)하도록 하면서 찾아오지 않는 불성실(不誠実)한 남자(男子)에 대해서 뿔이 나기, 도깨비가 되기를, 다른 사람들에게 미움을 받기를 등의 추악한 언어(言語)를 구사(駆使)하면서도 다른 사람과 함께 즐기고 있었던 것을 엿볼 수 있습니다. 실로 유녀(遊女)야말로 기예자(技芸者)였던 것입니다.

온나우타(女歌)는 男性으로부터 노래(歌)를 이끌게 되는 커다란 役割이 있었다. 真実한 사람인지 不実한 사람인지 그것을 이끄는 것이 온나우타(女歌)의 本質이다. 그런데 短歌가 독영성(独詠性)을 강하게 하면 온나우타(女歌)는 社会性을 전면(前面)에 受容하고 아내의 우타(妻歌)나 어머니의 우타(母歌)를 本質로한 것입니다.

26 온나우타(女歌)의 역할(役割)

온나우타(女歌)란 헤이안시대(平安時代)의 여류(女流)의 우타비토(歌人)들을 상기(想起)하게 되지만, 이 時代의 온나우타(女歌)는 女性들의 내성화(内省化)가 진행(進行)되고 노래(歌)가 독영적(独詠的)으로 되었다고 할 수 있습니다. 6가선(六歌仙)의 한 사람인 오오노고마치(小野小町)의 노래(歌)는 그러한 빠른 단계(段階)의 것으로 생각됩니다. 잘 알려진 『고킹슈(古今集)』의

> 花の色は 移りにけりな いたづらに 我が身世にふる ながめせしまに
> (巻二)
> 꽃의 색깔은 퇴색해버렸구나, 어찌할 수 없이 허무하고, 나는 자신이 이 세상에서 라도 생각을 하면서 지내는 사이에 장맛비는 계속해서 내리고
> 思ひつつ 寝ればや人の 見えつらむ 夢と知りせば 覚めざらましを
> (巻十二)
> 반복해서 생각 하고는 자기 때문에 그대가 그처럼 보였나요, 꿈이라고 알고 있다면 보였을 까요.
> 色見えで 移ろふものは 世の中の 人の心の 花にぞありけり(巻十五)

색깔이 보이지 않고 퇴색해 버리는 것은 꽃입니다만, 사람의 마음도 꽃과 다를바없네

　의 노래(歌)는 고마치(小町)를 代表하는 노래(歌)이고 헤이안시대(平安時代)를 代表하는 온나우타(女歌)입니다. 꽃의 색과 스스로의 변색(変色)을 중첩시켜 세상의 변화(変化)를 탄식합니다. 여기에는 고마치(小町)의 고독(孤独)한 心情이 表現되고 있습니다만, 아마도 当時의 仏教의 사상(思想)도 들어있겠지요.『반야심경(般若心経)』에는「색즉시공(色即是空), 공즉시공(空即是色)」이라는 말(言葉)이 있습니다만, 그와 같은 이해(理解)의 가운데 고마치(小町)의 경우 고이우타(恋歌)로 잘 알려진 것처럼 나중(後)의 二首의 노래(歌)도 유명(有名)합니다. 일찍이 사랑스런 사람을 계속(継続)해서 생각하면 꿈에도 보인다고 합니다. 그래서 고마치(小町)는 적어도 꿈속(夢中)에서 男性을 만날 수 있기를 기원(祈願)하고 연인(恋人)을 열심히(一生懸命)생각하면서 잠을 잤기 때문에 연인(恋人)이 꿈속(夢)에 나타났다고 합니다. 그러나 꿈(夢)은 언젠가는 깨고 맙니다. 이 우연(偶然)한 만남(出会い)이 꿈(夢)이었다고 처음부터 알고 있었다면 깨지 않고 꿈을 계속 꾸고 싶다는 탄식입니다. 꿈이란 漢字로는「儚」이라고 쓰는 것처럼 허무(虚無)한 것의 대명사(代名詞)입니다. 허무한(儚い) 한 꿈(夢)일지라도 적어도 의지(意地)한다고 하는 것은 깊게 자신의 심정(心情)에 침잠하는 태도(態度)이고, 외계(外界)와의 관계(関係)를 단절(断絶)하고, 내부(内部)로 향하는 마음의 상태(状態)입니다. 세 번째의 노래(歌)는 꽃의 변화(変化)에 따라서 어느 틈엔가 변심(変心)한 부실(不実)한 男性을 원망(怨む)하는 탄식(嘆き)의 노래(歌)입니다.

꽃의 변화(花の移ろい), 허무(儚い)한 꿈(夢), 또는 부실(不実)한 男性의 심정(心情)이란 무엇 하나 확실(確実)한 것은 없다고 하는 탄식을 이처럼 읊는 것에 대해서 고마치류(小町流)의 노래(歌)의 완성(完成)을 볼 수 있습니다. 여기에는 불교색(仏教色)을 띠게 하면서 깊이 내부(内部)로 침잠하고 자신을 바라보는 태도(態度)가 엿보입니다만, 여기에 내성화(内省化)하는 온나우타(女歌)의 成立을 볼 수 있습니다. 이와 같이 내성화(内省)하는 온나우타(女歌)를 창조(創造)하는 것은 노래(歌)의 표현방법(表現方法)의 큰 変化를 볼 수 있습니다. 고마치(小町)의 노래(歌)는 어느 쪽이나 독영적(独詠的)입니다. 이러한 독영적(独詠的)으로 노래(歌)가 읊어지는 方法은 近代의 短歌로서는 극히 당연(当然)한 것입니다. 現在의 독영(独詠)에 의한 短歌의 표현방법(表現方法)은 아마도 기록(記録)을 전제(前提)한 문예성(文芸性)을 의도(意図)한 것에 기인(起因)하는 것처럼 생각됩니다. 여러 번 퇴고(推敲)를 반복(反復)하여 이를 文字로 변환(変換)하여 완성(完成)하는 작가방법(作歌方法)은 자기내부(自己内部)의 표현수단(表現手段)으로서 확립(確立)된 것입니다. 여기에 근대단가(近代短歌)의 成立이 있습니다. 많은 결사(結社)에 의해서 생성(生成)되는 공동(共同)의 작가방법(作歌方法)을 보더라도 여기에는 결사적(結社的)인 유의(流儀)가 있고, 그 유의 중(流儀中)에서 다듬어진 作歌의 기술(技術)이 존중(尊重)됩니다. 게다가 여기에 전개(展開)되는 작가(作歌)의 方法은 공동성(共同性)을 장(場)으로 하면서도 결과적(結果的)으로 독영(独詠)에 의해서 成立되고 있는 것이 큰 특징(特徴)입니다.

이러한 독영(独詠)이라는 方法에 의해서 生成되는 노래(歌)에는 自己의 심정(心情)이라는 近代의 문예사관(文芸史観)이 보여 지는 것입

니다만, 이미 고마치(小町)의 노래(歌)에 있어서 그것이 成立하고 있는 것을 보자면 독영(独詠)이라는 노래(歌)의 표현방법(表現方法)에는 긴 역사(歴史)가 있다고 하는 것입니다. 그러나 고마치(小町)는 이러한 독영가(独詠歌)만을 읊고 있는 것은 아닙니다.『고킹슈(古今集)』에는 어떤 사람의 츠이젠구요우(追善供養)의 때에 승려(僧侶)의 독경(読経)의 언어(言語)의 예(例)를 들어 아베노기요유키(あべのきよゆき)[11]가 고마치(小町)에게 보내는 노래(歌)가 있습니다.

> つつめども 袖にたまらぬ 白玉は 人を見ぬ目の 涙なりけり(巻十二)
> 중요하게 둘러쌓았지만, 소매에 머물지 않고 흘러내리는 백옥은 당신을 만나지 못한 눈에서 흘러내리는 눈물이었네.
> 항카(返し)   こまち
> おろかなる 涙ぞ袖に 玉はなす 我はせきあへず たぎつ瀬なれば(巻十二)
> 그대의 절실 하지 않은 눈물만이 소매 위에서 옥을 만들어내요, 저의 눈물은 멈출 수 없어요. 이 눈물은 넘쳐흐르는 급류이기 때문에.

기요유키(きよゆき)는 숨길 수가 없는 눈물이 소매에서 넘쳐흐르는 것은 그대와 관계(関係)를 맺을 수 없는 보이지 않는 눈(見ぬ目)이기 때문이라고 탄식하는 것에 대해서 고마치(小町)는 바보 같은 눈물이기 때문에 소매에서 옥이 되고 저는 독경(読経)의 고마움(有り難さ)에 눈

---

11) 825-900, 헤이안시대전기(平安時代前期)의 官吏. 탠쵸우(天長)2年生. 아베야스히토(安倍安仁)의 子. 세이와요우제이(清和, 陽成), 고우코우(光孝), 우타(宇多), 다이고(醍醐)의 各天皇를 모시고 다지이노쇼우니(大宰少弐), 구라우도(蔵人), 유우벤(右中弁), 무츠노가미(陸奥守), 사누키노가미(讃岐守)등을 歴任했다.「고킹와카슈(古今和歌集)」에 歌2首가 보인다. 쇼우타이(昌泰)3年死去. 76歳.

물은 다기츠세(たぎつ瀬)/급류)와 같이 흘러내리는 것이라고 반문(反問)을 합니다. 男性의 유혹(誘惑)을 기지(機知)에 의해서 반격(反擊)하는 기술(技術)을 엿볼 수가 있습니다. 여기에 온나우타(女歌)의 기술(技術)의 일단(一端)을 엿볼 수가 있습니다. 『고킹슈(古今集)』에는 이와 같은 증답가(贈答歌)가 여러 용례(用例)를 볼 수 있지만 여기에 노래(歌)가 갖는 또 하나의 生命의 作用이 있다고 하는 것입니다.

이와 같이 상대(相手)와의 관계상(関係上)에서 成立한 노래(歌)를 〈대영가(対詠歌)〉라고 부를 수가 있습니다. 즉 독영가(独詠歌)가 개인(個人)의 가운데에서 완결(完結)되는 것에 대해서 대영가(対詠歌)는 상대(相手)와의 관계 중(関係中)에서 구축(構築)되는 노래(歌) 의 方法입니다. 이러한 대영가(対詠歌)의 方法에 관한 연구(研究)는 거의 이루어지지 않은 것이 現実입니다. 그 理由는 이러한 대영가(対詠歌)도 증답가(贈答歌)로서 취급하게 된 것입니다. 명확(明白)히 증답가(贈答歌)임에는 틀림이 없습니다만, 증답가(贈答歌), 그 자체(自体)의 성립(成立)을 가정(仮定)하자면 노래(歌)라는 것의 表現方法의 문제(問題)에 봉착(逢着)하는 것입니다. 노래(歌)는 本来, 어떻게 읊어졌는가라는 점이고 여기에 〈対詠〉이라는 노래(歌)의 방법(方法)이 나타나게 됩니다. 노래(歌)가 대영성(対詠性)을 유지(維持)하면서 읊어졌던 時代는 고대(古代)로 거슬러 올라갑니다. 『만요슈(万葉集)』에는 다양(多様)한 대영가(対詠歌)가 잔존(残存)하고, 여기에는 온나우타(女歌)가 생생(生々)하게 읊어지는 것입니다. 예(例)를 들자면 기노이라츠메(紀女朗)[12]라는 女性이 오오토모야카모치(大伴家持)와 다음과 같은 노래

---

12) 生没年未詳.『만요슈(万葉集)』末期의 우타비토(歌人). 別名은 오시카(紀小鹿). 가히토(紀鹿人)의 딸(娘)이고, 오키노오오키미(安貴王)의 妻. 万葉集에 12首의 短歌가 所収. 이중에 5首가 오오토모야카모치(大伴家持)에 보낸 贈歌.

(歌)를 증답(贈答)하고 있습니다.

神さぶと 否(いな)とにはあらね はたやはた かくして後に さぶしけ
むかも(巻四) 이라츠메(女朗)

사랑을 하기에는 나이가 너무 들었다든가, 없다고 하는 것은 아니지만,
역시 이처럼 사랑에 불타올라 나중에 슬프게 생각하는 것도 있겠지요.

百年に 老舌出でて よよむとも われは厭はじ 恋は益すとも(巻四)
야카모치(家持)

그대가 백세가 되고, 입은 나이가 들어 벌려진 채로, 몸이 나이가 들
어 흔들거릴지라도

그대가 싫어지는 일은 없으리, 더한층 연정이 불타오를지 몰라도

이라츠메(女郎)는 사랑(恋)에는 나이는 관계(関係)가 없지만, 그러나
사랑(恋)해서 후회(後悔)하겠습니까라고 호소하고 있습니다. 이 노래
(歌)에서 볼 때에 이라츠메(女朗)는 야카모치(家持)와는 어울리지 않을
정도(程度)로 연령(年齢)이 떨어져 있었겠지요. 무엇보다도 이라츠메
(女朗)는 오키노오오키미(安貴王)라는 남의 아내(人妻)였다고 기술(記
述)되어 있기 때문에 두 사람의 연령(年齢)의 차이(差異)뿐만 아니라
유부녀(人妻)인 이라츠메(女郎)가 젊은 야카모치(家持)에게 이와 같은
연심(恋心)을 호소했다는 것입니다. 그에 반(反)해서 야카모치(家持)는
그대가 설령 백세(百歳)가 되고 입에서 혀가 나와서 꼬불꼬불해지더라
도 나의 연정(恋心)이 더하는 것은 있어도 결코 싫어지는 일은 없다고
하는 것입니다. 이 두 사람(二人)의 고이우타(恋歌)의 증답(贈答)을 사
실(事実)로서 수용(受容)한다면 대단한 것이 되지만, 이것은 노녀(老
女)와 청년(青年)이라는 테마(テーマ)에 의해서 成立하는 대영가(対詠

歌)이고 이라츠메(女朗)는 젊은 야카모치(家持)에게 이와 같은 사랑 (恋)의 도발(挑発)을 하는 것입니다. 이에 대한 야카모치(家持)의 응수 (応酬)도 대단한 것입니다. 결코 상대(相手)의 연령(年齢)을 부정(否定) 하지 않고, 오히려 그것을 수용(受容)하여 이라츠메(女郎)로부터의 사 랑(恋)에 응수하는 것입니다. 또한 기노이라츠메(紀女朗)와 야카모치 (家持)는 다음과 같은 고이우타(恋歌)도 증답(贈答)하고 있습니다.

女郎 昼は咲き 夜は恋ひ寝る 合歓木(ねむ)の花 君のみ見めや 戯奴 (わけ)さへに見よ(巻八)
낮에는 꽃이 피고, 밤에는 사랑을 하면서 잠드는 자귀나무의 꽃을 주 인만이 보고 있어도 되는가, 그대도 보세요
(巻八)
家持 吾妹子が 形見の合歓木(ねむ)は 花のみに 咲きてけだしく 実 にならじかも
(巻八)
그대의 유품인 자귀나무(合歓木/ねむのき)는 꽃만이 피었고, 아마도 열매는 맺지 않겠지요.
(巻八)

　여기에서도 이라츠메(女郎)는 낮에는 꽃이 피고 밤이 되면 낙엽을 배고 잠드(寝る)는 자귀나무(ネム/合歓木)의 꽃(花)을 저뿐만 아니라 나의 사랑의 노예(奴隷)인 당신도 보세요라고 하는 것입니다. 와케(戯 奴/わけ)는 사랑(恋)의 노예(奴隷)라고 할 정도(程度)의 意味입니다. 이라츠메(女郎)가 스스로를 그대(君)라고 하는 것은 사랑(恋)의 노예 (奴隷)의 여주인(女主人)이라는 의미(意味)이겠지요. 아마도 이라츠메

(女郎)는 사랑(恋)의 노예(奴隷)로 비유(比喩)한 젊은 야카모치(家持)에게 자귀나무꽃(合歡花)을 알려주고 이 노래(歌)를 읊은 것입니다. 자귀나무(合歡木/ねむき)는 漢字로 기술(記述)되어 있는 것처럼 中国에서는 고대(古来)로부터 부부(夫婦)의 동침(合歓/共寢)을 意味하고 부부(夫婦)의 이불(布団)에는 이 자귀나무(合歡木/ねむき)의 자수(刺繡)가 있습니다. 따라서 이라츠메(女郎)가 야카모치(家持)에게 자귀나무꽃을 보내는 것은 두 사람의 동침(共寢)을 의미(意味)하고 있습니다. 이에 대해서 사랑의 노예(奴隷)로 비유(比喩)된 야카모치(家持)는 사랑하는 사람에게 받은 유품(形見)인 자귀나무(合歡木)/ねむのき)는 아름다운 꽃은 피우지만 결국(結局)은 열매(実)는 열리지 않는다고 반문(反問)하고 있습니다. 이것은 물론 사실적(事実的)인 사랑(恋)의 환희(交歓)가 아니고 놀이(遊び)에 의한 고이우타(恋歌)의 대영(対詠)입니다. 이와 같은 고이우타(恋歌)를 즐기는 장(場)이 存在한 것을 알 수 있고, 여기에 女性들이 적극적(積極的)으로 참가(参加)하고 男性들을 자극(挑発)하는 고이우타(恋歌)를 읊고 있는 것입니다. 이것은 그러한 노래(歌)가 成立하는 장(場)이 存在하고 있고, 여기에서는 女性들이 男性들을 자극(挑発)하면서 男性으로부터 노래(歌)를 이끌어 내고, 노래(歌)를 끌어내는 행위(行為)가 이루어지고 있으며 온나우타(女歌)의 역할(役割)은 실(実)로 여기에 있는 것입니다.

이 기노이라츠메(紀女朗)와 야카모치(家持)와의 대영가(対詠歌)는 텐표(天平)라는 時代中에 자주개최(開催)된 우타아소비(歌遊び)입니다만, 일찍이 빠른 단계(段階)에서도 개최(開催)되고 있었던 것을 알 수 있습니다. 男子를 자극(挑発)해서 고이우타(恋歌)를 읊도록 하는 대표적(代表的)인 女性으로는 이시가와노이라츠메(石川女朗)[13]가 있습니다. 『만요슈(万葉集)』에는 이시가와노이라츠메(石川女郎)라고 하는 여성(女性)이 몇 명인가 등장(登場)하고 있기 때문에 이시가와노이라츠메(石川女郎)의 경우 사랑이 많은 女性라는 전통(伝統)이 성립(成立)하고 있었겠지요. 이시가와노이라츠메(石川女郎)가 오오토모다누시[大伴田主-오오토모다비비토(大伴旅人)[14]의 동생]이라는 男性에게 다음과 같은 노래(歌)를 보냅니다.

---

13) 이시가와노우치묘우부(石川内命婦/いしかわのうちみょうぶ, 生没年不詳)은 만요우우타비토(万葉歌人) 오오토모야스마로(大伴安麻呂)의 妻이고 사카가미노이라츠메(坂上郎女), 오오토이나고우(大伴稲公)의 母 이시가와노묘부(石川命婦/いしかわのみょうぶ)라고도 기술한다. 또『万葉集』에는 이시가와노이라츠메(石川郎女)라는 人物도 보이고 있고 이시가와노이라츠메(石川女郎/いしかわ のいらつめ) 오오나코(大名児(/おなこ)라고도 쓴다. 이 이시가와노우치묘우부(石川内命婦)와 이라츠메(郎女)가 同一人物인지 어떤지는 議論이 있고, 아직도 定説이 나오지 않고 있다. 그 중 이시가와노이라츠메(石川郎女)에 대해서는 複数의男性과의 交際를 생각하게 하는 노래(歌)가 남아 있기 때문에 타치바나노모리베(橘守部)와 같이 「遊行女婦也」(『万葉集檜褄手』)로서 遊女로 보는 理解도 옛날부터 있었지만 現在에는 古代豪族의 이시가와씨(石川氏)出身의 女性으로 보는 견해(見方)가 有力하다. 이시카와씨(石川氏)는 소가씨(蘇我氏)의 傍系, 야마토다케치군이시가와(大和高市郡石川)에 本拠를 두고 있다. 오오츠미코(大津皇子)나 구사가베미코(草壁皇子)와 交流가 있었던 것도 이 두 사람이 어머니혈통(母方)에서 이시카와씨(石川氏)와 関係가 있었기 때문일 것이라고 생각된다[두 사람의 母는 소가노구라야마다이시카와마로(蘇我倉山田石川麻呂)의 딸(娘)인 遠智娘와 텐치텐노(天智天皇)와의 사이(間)의 皇女]. 아마 父는 소가노우마코(蘇我馬子)의 孫, 소가노구라야마다이시카와마로(蘇我倉山田石川麻呂)・소가노아카에(蘇我赤兄)・소가노무라지코(蘇我連子)・소가노하타야스(蘇我果安)의 중 누군가이다라고 생각할 수 있지만, 「이라츠메(郎女)」란 貴族의 女性에 대한 敬称이었고, 누구였던가를 特定하는 것은 困難하다.

14) 오오토모노다누시(大伴田主/おおとものたぬし, 生没年不詳)은 나라시대초기(奈良時代初期)의 우타비토(歌人). 字는 仲郎. 다이나공용토모야스마로(大納言大伴安麻呂)의 第2子. 母는 고세우지(巨勢氏). 형(兄)으로 다비비토(旅人), 弟妹로는 스쿠나마로(宿奈麻呂)・이나키미(稲公)・사카가미노이라츠메(坂上郎女)가 있다.

遊士(みやびをと)と われは聞けるを 屋戸貸さず 我をを還(かへ)せ
り おその風流士(みやびを)(卷二)

風流스런 분이라고 저는 들었습니다만, 말류도하지 않고 돌려보내시
리라고는 생각도 못했는데, 바보 같은 風流人이군요.

　다누시(田主)라는 男性은 모습(容姿)이 아름답고 그를 본 사람은 한
숨을 쉬고 천하무노(天下無双)의 미남자(美男子)였기 때문에 그를 본
여자들은 많이 상사병으로 죽(恋死)었다고 하고 그(彼)의 계보(系譜)가
기술(記述)되어 있습니다. 마치 아리하라노나리히라(在原業平)[15]나 히
가루겐지(光源氏)[16]의 선배격(先輩格)인 男性입니다. 이러한 色男, 즉
풍류객(遊士)이라고 불리는 남성(男性)의 행동(行動)이 풍류(風流)라
고 불리어졌던 것입니다.

---

15) 아리와라노나리히라(在原業平/ありわらのなりひら, 텐쵸우(天長)2年(825年) ‑ 겐
　　쇼우(元慶)4年5月28日(880年7月9日)은 헤이안시대초기(平安時代初期)의 貴族‧
　　우타비토(歌人). 헤이제이텐노(平城天皇)의 손자(孫). 三品‧아보신노(阿保親王)
　　의 五男. 官位는 쥬시이가미(從四位上)‧구라우도노토(蔵人頭)‧고노에후권츄우
　　쇼우(右近衛権中将). 六歌仙‧三十六歌仙의 一人. 또한『이세모노가타리(伊勢物
　　語)』의 主人公으로 되어 있다. 別称은 在五中将은 아리와라씨(在原氏)의 五男이
　　었다고 하는 설에 의한다.
16) 히카루겐지(光源氏/ひかるげんじ)는 무라사키시키부(紫式部)의 모노가타리(物語)
　　『겐지모노가타리(源氏物語)』의 主人公이다. 京都에서 태어 났다.『源氏物語』五
　　十四帖中第一帖「기리츠모(桐壺)」로부터 第四十帖「마보로시(幻)」까지 登場한
　　다. 즉「히카루겐지(光源氏)」는「빛이 나는 것처럼 아름다운 겐지」를 意味하는 通
　　称이고 本名이「히카루(光)」라는 것은 아니다.

아리와라노나리히라(在原業平)

여기에서 즉시 이라츠메(女郎)는 다누시(田主)를 희롱(色事)을 하게 됩니다. 그녀(彼女)는 독신(独身)인 것이 적적하고 좋은 男性이 있다면 함께(一緒) 살려고 생각하고 있을 때에 다누시(田主)에 관한 소문을 듣고 어떤 方法을 생각하게 되는 것입니다. 그녀(彼女)는 추한 할머니(お婆さん)로 변장(変装)하여 불을 넣는 흙으로 된 화로(土鍋)를 들고 다누시(田主)의 침실(寝室)쪽으로 가고 콜록콜록하며 기침을 하거나 터벅터벅 발소리(足音)를 내거나 하면서 「옆집의 가난한 노파입니다만, 댁의 불을 얻으러 왔습니다만 /隣の貧しい婆ですが、お宅の火を戴きに来ました」라고 말을 겁니다. 아마도 추운 겨울(冬季節)에 불을 넣은 화로 등이 놓여 있었겠지요. 그러나 다누시(田主)는 그녀(彼女)가 변장(変装)하고 있는 것을 모른 채 그대로 돌려보내고 맙니다. 그래서 이라츠메(女郎)는 그(彼)와의 동침(共室)이 실패(失敗)하게 되고, 이라츠메(女郎)는 그와 동침(共寝)이 불가능(不可能)했을 뿐만 아니라 아주 부끄럽기 짝이 없다고 탄식하게 됩니다. 그래서 지은 것이 앞의 노래(先歌)이고 내용(内容)은 「풍류를 좋아하는 능란한 호색가라고 들었는데 동침

할 처소도 빌려주지 않고 나를 들려 보낸 바보 같은 호색가이다. 그대는/
遊び上手な色男だと聞いていたのに、共寝の宿も貸さずに私を返し
た馬鹿な色男だよ、おまえさんは」이라는 내용(内容)이겠지요.

　이에 대해서 다누시(田主)의 응답(贈答)하는 노래(歌)는

　　　遊士に　われはありけり　屋戸貸さず　還ししわれそ　風流士にはある
　　　(巻二)
　　　그렇습니까. 그렇다면 저는 風流士(みやびを)이군요, 들여보내지 않
　　　고, 돌려보내진 저야 말로 風流士이군요.

입니다.「오히려 저야 말로 풍류를 즐기는 남자입니다. 동침할 처소마
저 빌려주지 않고 그대를 돌려보낸 저는 정말로 풍류(風流)를 즐길 줄
아는 남자입니다/むしろ、私こそが風流な男です。共寝の宿を貸さず
にあなたを返した私は、本当の風流な男なのですよ」라고 합니다.
다누시(田主)는 이라츠메(女朗)의 희롱(色仕掛け)에 대해서 이와 같이
반격(反撃)을 합니다. 여기에는「풍류(風流)」라는 사고(思考)에 대한
두 가지의 스타일이 등장(登場)하고 있는 것을 알 수 있습니다. 하나는
이라츠메(女朗)라는 男女의 호색(好色)에 관한 풍류(風流)이고, 또 하
나는 好色을 거부(拒否)하는 도덕적(道徳的)인 풍류(風流)입니다. 이
와 같은 차이(差異)가 왜 발생(発生)했는가 하면 원래 풍류(風流)라는
사상(思想)은 古代의 中国에서 발생(発生)하였고「풍(風)」은 古来의
美風을 意味하고「류(流)」는 그 잔영(残影)이었습니다. 이른바〈아름
다운 전통/美しき伝統〉이라는 意味이고 극히 도덕적(道徳的)인 것입
니다. 그래서 中国에서는「풍류사(風流士)」라고는 学問이 있고 풍류인

(風流人)이라고 합니다. 그것이 〈아(雅)〉인 점에서 남녀간(男女間)에서도 相手를 평가(評価)하는 말로 사용(使用)되고, 마침내 男女의 호색(好色)을 지칭하는 풍류(風流)로 크게 변질(変質)된 것입니다.

『만요슈(万葉集)』의 경우 빠른 단계(段階)의 예(例)로서 이시가와노 이라츠메(石川女郎)라는 풍류인(風流人)입니다. 이른바 이라츠메(女郎)는 이 당시(当時)의 가장 우수(優秀)한 女性이었던 것입니다. 한편의 다누시(田主)라는 男性은 당시 유명(当時有名)한 호색가(色男)였던 것입니다. 이라츠메(女朗)의 희롱(仕け)에 대해서 그것을 반전(反転)시켜 한 시대 전(一時代前)의 도덕적(道徳的)인 풍류(風流)의 男性으로 변질(変質)됨으로써 이라츠메(女郎)의 희롱(色仕掛け)에 반격(反撃)하는 것입니다.

이와 같이하여 女性들은 男性들을 자극(挑発)하고 男性들에게 고이우타(恋歌)를 읊게 하는 것입니다. 당시(当時)의 男性들은 사랑(恋)에 무관심(無関心)한 입장(立場)을 가장(仮装)했던 것입니다. 남성(一人前)다운 男性은 사랑(恋)따위는 하지 않는다고 하는 것이 우선(一応)은 전제조건(建前)입니다. 온나우타(女歌)는 그러한 男性들의 입에서 대영(対詠)이라는 방법(方法)을 통해 고이우타(恋歌)를 읊게 하는데 성공(成功)한 것입니다. 여기에 온나우타(女歌)의 큰 역할(役割)을 볼 수가 있습니다.

오토코우타(男歌)의 登場은 男性들의 葬送歌이다. 男女平等中에서는 男性다움도 女性다움도 없어진다. 그것은 오토코우타(男歌)의 悲劇의 始発点이고 온나우타(女歌)의 새로운 出発이다. 온나우타(女歌)가 大胆하게 性을 노래(歌)하는 것은 남성의 性을 拒否한 人間으로서의 여자의 性에 있다.

27 오토코우타(男歌)와 온나우타(女歌)

사사키유키츠나(佐佐木幸綱)[1]씨의 노래(歌)는《오토코우타/男歌》라고 불리어지고 있습니다. 확실(確実)히 여기에는 男性에게 要求되는 男性다움이나 고독감(孤独感)이든가 김장감(緊張感), 또는 공격성(攻撃性)등이 충만(充満)해있는 것으로 생각됩니다.『여름의 종/夏の鐘』이라는 歌集에서 몇 수의 예(例)를 들자면

> 遠天に噴ける稲妻あかあかとわれは怒りて野を走るなり
> 저 멀리 섬멸하는 번개의 빛깔은 붉고, 나는 화가 치밀어 들판을 달리네
> もし俺が矢であるならば! 矢印の指すことの孤独へ行く日暮れなり
> 만일 내가 화살이라면! 화살표가 가르키는 곳의 고독으로 향하는 황혼이여

와 같은 노래(歌)가 있습니다. 理由는 알 수 없지만 심한 분노는 번개(稲妻)처럼 번쩍이고 들판을 가로질러 달려가는 것입니다. 그것은 또한

---

1) 사사키유키cm나(佐佐木幸綱/ささきゆきつな, 1938年10月8日-)는 日本의 우타비토(歌人), 国文学者, 日本芸術院会員. 東京出身.「마음의 꽃(心の花)」主宰・編集長. 現代歌人協会理事長. 와세다대학명예교슈(早稲田大学名誉教授). 本名은 사사키유키츠나(佐々木幸綱)이고 祖父, 父를 모방하여「佐佐木」라고 称한다. 祖父인 사사키노부츠나(佐佐木信綱), 父인 하루츠나(佐佐木治綱)도 우타비토(歌人)이다.

화살에 비유(比喩)되고 있습니다. 그리고 이들은 어디로 달리는가하면 다만 고독감(孤独中)으로 계속(継続)해서 달려간다고 하는 것입니다.

인내(忍耐)하지 못하는 男性의 고독(孤独)을 이처럼 읊고 있습니다만, 여기에는 먼 옛날의 율령제(律令制)에 의해서 창조(創造)된 부권(父権)의 시대(時代)로부터 매일 전투(戦闘)에 임(臨)하는 전국시대(戦国時代), 그리고 봉건제시대(封建制時代)라는 男性이 집(家)이나 社会의 정면(矢面)에 서야만 하는 시대(時代)를 살고 社会的으로 男性은 男性다워야 하는 것이 강조(強調)되는 시대(時代)가 도래(到来)하였고 긴긴 남자(男子)의 歷史가 각인되어 있는 것처럼 보입니다.

이와 같이 말하면 어떻든 간에 男性의 歷史는 멋지게(格好)보이지만 男性은 男性다워야 하는 歷史上에 사사키유키츠나(佐佐木幸綱)씨의 오토코우타(男歌)는 생성(生成)되었다고 할 수 있습니다.

그러나 왜 이 現代라는 時代에 《오토코우타/男歌》가 읊어졌을까요. 그것은 명확(明白)히 男性의 時代의 상실(喪失)에 있다고 생각됩니다. 이미 부권(父権)을 주장(主張)하는 것도 강한 男性인 것도 사회적(社会的)으로 그만큼 중요(重要)하지 않은 것이 되어가기 시작합니다. 어느 가정(家庭)에서나 아버지의 存在는 희미해졌다고 하지만, 일찍이 日本中의 어디에서나 아버지의 권력(権力)은 매우 크고 매우 무서운 存在였던 것입니다. 또한 長男은 가업(家業)을 계승(継承)하는 存在로서 重要하게 양육(養育)되었습니다. 男子아이가 탄생(誕生)하면 기쁜 일이고 男子아이가 태어나지 않는 가정(家庭)은 매우 불행(不幸)했다고 할 수 있습니다.

現在는 아버지의 권위(権威)가 상실(喪失)되고 長男이 가업(家)을 잇는 경우도 희박(希薄)해졌습니다. 오히려 소자화(少子化)인 現代社

会에서는 女子아이의 쪽이 좋다고 하는 생각도 보통(普通)처럼 되고, 女性도 社会에 적극적(積極的)으로 나가 男子와 同等한 일을 하고 있습니다. 이와 같은 상황(状況)을 맞이한 남여협력(男女協働)의 時代中에 오토코우타(男歌)가 最後의 광채(光彩)를 발한 것이 사사키유키츠나(佐佐木幸綱)씨의 오토코우타(男歌)라고 생각할 수가 있습니다. 《오토코우타/男歌》란 실로 방카(晩歌/ばんか), 男性의 장송가(葬送歌)였다고 하는 것입니다.

이 男性의 時代의 종언(終焉)에 반비례(半比例)해서 나타난 것이 새로운 여성관(女性観)을 갖은 女性들의 노래(歌)의 登場입니다. 이것을 《신온나우타/新女歌》라고 부를 수가 있습니다.

女性의 歴史는 유교(儒教)의 가르킴 중에 남존여비(男尊女卑)라는 차별(差別)의 숙명(宿命)을 배경(背景)으로 하고 있습니다. 女性은 가업(家)을 잇기 위한 아이(継ぐ子供)(男子 아이)를 출산(出産)하는 存在로서 혹은 가사(家事)나 농사일(野良事業)등의 노동력(労働力)으로서의 가치(価値)를 갖으면서 사회적(社会的)으로는 《三従(산쇼/さんしょう)의 가르침(教え)》에「태어나서는 부모(父母)를 따르고, 시집가서는 남편을 따르고, 늙어서는 자식을 따른다./生まれては親に従い、嫁としては夫に従い、老いては子に従う」와 같이 부모(親)나 남성(男性)의 뒤에 따른 것만이 허락되어 있지 않았습니다. 또는「여자는 삼계에 집이 없다/女は三界に家なし」고까지 여겨져 여기에는 女性의 긴 인내(忍耐)의 역사(歴史)가 각인되어 있습니다. 특히 정절(貞節)은 여자의 미덕(美徳)이고 결혼(結婚)해서 남편(夫)이 사망한 여성(女性)은 미망인(未亡人)이라고 불리고 죽을 때까지 남편(夫)과의 정절(貞節)을 지키는 것을 강요(強要)당하였습니다. 현재(現在)는 미망인(未亡人)이

라는 말(言葉)은 사어(死語)입니다만, 이것은 최근(最近)까지 존재(存在)했었던 말이었습니다.

　이른바 日本에 있어서 男性과 女性의 歷史는 男子다움을 강요(強要)당하는 男性의 歷史와 女性다움을 강요(強要)당하는 歷史였다고 말할 수 있겠지요. 그 어느 쪽이나 환상 중(幻想中)에 강제(強制)된 제도(制度)였고, 그와 같은 제도(制度)를 바람직하다고 여기지 않는 사람들에게는 무거운 짐을 지우는 괴롭고 고독(孤独)한 歷史였다고 생각 됩니다.

　그러나 요즘에 와서 男子와 女子의 역사(歷史)에 큰 변화(变化)가 發生했습니다. 우선 남녀평등(男女平等), 성차별(性差別), 젠다, 섹셜 하라멘트 등 女性들의 自立의 전쟁(戰争)은 세계적(世界的)인 동향(動向)으로서 남성사회(男性社会)의 부성(父性)이나 부권(父権)을 뒤흔들기 시작한 것입니다. 학교(学校)에서는 男子아이도 요리(料理)나 재봉(裁縫)을 배우고, 女子아이는 生理나 생식(生殖)에 대해서 학습(学習)하고, 국회의원(国会議員)이「어떠한 것이지/いかがなものか」라는 정도(程度)로 남녀(男女)가 모두 섹스나 임신(妊娠)에 대한 지식(知識)을 학습(学習)하는 것이 일반화(一般化)되었습니다. 지금까지 터부시되었던 성(性)이 표면화(白日下)되고 그 냅킨도 텔레비전의 선전(宣伝)에 극히 당연(当然)한 것처럼 선전(宣伝)고 있습니다. 사회적(社会的)으로도 역사적(歷史的)으로도 터부시되었던 女性의 性이 현대사회성(現代社会性)을 유지(維持)하기 시작한 것입니다. 그것은 여성해방(女性解放)의 상징적(象徴的)인 모습(姿)으로서 반영(反映)되었습니다. 이것은 女性의 성(性)을 지배(支配)함으로써 女性과의 사회적(社会的)인 밸런스를 맞춘 남성사회(男性社会)의 권력(権力)의 붕괴(崩壊)를 意味하는 것입니다.

이와 같은 시대상황(時代状況)가운데 女性의 우타비토(歌人)들은 여성성(女性性)의 상징(象徵)인 성(性)을 해방(解放)하게 함으로써 남자들에게 타격(打擊)을 가합니다. 어둠 속에서 男性에게 지배(支配)되었던 여성(女性)의 성(性)을 스스로 표면화(白日)시킴으로써 여성(女性)의 성(性)을 스스로의 것으로 획득(獲得)하게 됩니다. 현대(現代)의 《신온나우타/新女歌》의 成立은 여기에 있습니다.

> さむざむと陰を洗へるしまひ湯の底のくらみを見つめながらに(붉은 꽃/紅い花)다츠미야스코(辰巳泰子)
> 몹시 추운 그림자를 씻는 시마히의 뜨거운 물의 저변의 어둠을 바라보면서
> 立て膝をゆっくり割ってくちづけるあなたをいつか産んだ気がする (펫트사이드/ベットサイド) 하야시아마리(林あまり)
> 서서 무릎을 벌려 키스하는 그대를 언젠가 출산한 생각이 드네

이와 같은 온나우타(女歌)의 성격(性格)에 대해서 바바아키코(馬場あき子)[2]씨는 《벗는 방향/脱ぐ方向》의 노래(歌)라고 평가(評価)하고 있습니다(「朝日新聞」 一九九九年). 매우 흥미(興味)로운 비평(批評)입니다만, 女性에 의한 해방(解放)은 自由로운 時代의 심플한 意味는 아닙니다. 사사키(佐佐木)씨의 오토코우타(男歌)가 부권(父權)의 상실(喪失)의 時代의 노래(歌)인 것에 반(反)해 이들 온나우타(女歌)는 모성(母性)을 버린 한 사람의 여성(女性)으로서의 자기(自己)의 발견(発見)을

---

2) 바바아키고(馬場あき子/ばばあきこ, 1928年(昭和3年)1月28日-)는 東京都出身의 우타비토(歌人), 文芸評論家. 短歌結社 「가링(かりん)」主宰. 日本芸術院会員. 아사히가단선자(朝日歌壇選者). 古典이나 노(能)에 대한 造詣가 깊고, 기타미노루(喜多実)에 入門, 新作能의 制作도 행하고 있다. 또한 『도깨비(鬼)의 研究』등 民俗学에도 심오한 知識을 겸비하고 있다.

성(性)에서 발견(発見)하고 있습니다. 女性에 있어서 성(性)이야말로 自己의 근원(根源)의 存在이기 때문입니다. 시마이유(따뜻한 물/湯)에 잠기는 여성기(女性器)를 씻는 일 가운데 女性의 성(性)을 発見합니다. 그것은 차디찬 어둠(暗闇)속에서 바라보는 것이고 여기에《내가/私》가 있습니다. 女性의 성(性)은 그 역사(歷史)를 아직도 밝은 것은 아니고 거기에는 남성(男性)에게 지배(支配)를 받는 女性의 성(性)의 역사(歷史)가 추운 어둠 속(暗闇中)에 꾸물거리고 있다고 생각됩니다.

한편 섹스의 행위 중(行為中)에 이 사랑하는 男性을 일찍이 낳은 기분(気分)이든다고 하는 것은 원시적(原始的)인 모성(母性)이라는 것은 아닙니다. 남자(男子)・부권(父権)・사회(社会)라는 남성(男性)의 원리(原理)의 근원(根源)인 남성성(男性性)을 낳은 것이 여성(女性)이라는 생각이고, 이 순간(瞬間)에 女性은 남성성(男性性)을 초월(超越)해 간다고 할 수 있습니다. 여성(女性)의 성(性)에서 출산(出産)된 것에 지나지 않는 男性性은 결국(結局), 여성성(女性性)으로 회귀(回帰)하는 수밖에 없습니다. 사사키(佐佐木)씨의 천년(千年)의 고독(孤独)은 여성성(女性性)에 회귀(回帰)하는 것을 거부(拒否)하는 最後의 고독(孤独)한 싸움(闘い)의 노래(歌)라는 것이 됩니다. 때문에 어떻게 번개(稲妻/男性器)가 심하게 어둠을 갈라 번뜩일지라도 일직선(一直線)으로 나아간다고 할지라도 도달(到達)하는 장소(場所)는 여성성(女性性), 즉 여성기(女性器)뿐이라는 것이 됩니다. 남성(男性)의 고독(孤独)은 여기에 있습니다.

따라서 다음의 두 종류(種類)의 아버지를 읊은 노래(歌)는 매우 상징적(象徵的)인 問題인 것처럼 생각됩니다.

父の怒りの子なれと出自を願いたる鉄のさびしさ幼日の事
사사키유키츠나(佐佐木幸綱)
아버지의 분노의 아이이지만 탄생을 바라는 철인의 슬픈 나날이여
わがまへにどんぶり鉢の味噌汁をすする男を父と呼ぶなり
다츠미야스코(辰巳泰子)
내 앞에서 돈부리 화로의 된장국을 마시는 남자를 아버지라고 부르네

부친(父親)하고 믿음직스럽고 그만큼 꾸지람을 받으면 무섭지만, 이와 같은 부친(父親)의 분노(噴怒)를 받은 것을 바라는 어린아이가 있습니다. 부친(父親)에 대한 동경, 아버지에 대한 끊임없는 추억(追憶)이 있습니다. 이에 반(反)하여 내 앞에서 돈부리의 화로에 된장국을 가득히 넣어 마시는 남성(男性), 그것이 女性 쪽에서 본 아버지의 모습입니다. 이것은 결코 딸 쪽에서 보고 있는 것은 아닙니다. 여자(女子)로서 아버지를 보았을 때에 남성(男性)의 거친 것과 씩씩함(남성다움)은 단순한 무교양적(無敎養的)인 존재(存在)로 변질(変質)되버리는 것입니다. 여기에는 남성(男性)다움도 아버지로서의 위엄(威嚴)도 없고 조잡(粗雜)하고 교양(強要)없는 남성(男性)의 야비(野卑)한 모습이 남아 있는 것입니다. 남성(男性)은 처음부터 삐에로로 분하고 있었던 것은 아닌가하고 생각됩니다.

近代의 온나우타(女歌)는 에로스보다도 낭만성(浪漫性)으로부터 出發했습니다. 이 요사노아키코(与謝野晶子)[3]의 『흐트러진 머리/みだれ

---

3) 요사노아키코(与謝野晶子/よさのあきこ, 正字体:요사노아키코(與謝野 晶子), 1878年(메이지明治11年)12月7日 - 1942年(쇼우와昭和17年)5月29日)은 戦前日本의 우타비토(歌人), 作家, 思想家. 오오사카사카이시(大阪府堺市)(現在의 사카이구堺区) 出身. 旧姓;호우(鳳)。戸籍名「시요우(志よう)」. 펜네임(ペンネーム)인「아키코(晶子)」의「아키(晶)」는 이「시요우(しよう)」에서 땄다. 남편(夫)은 요사노뎃캉(与謝野鉄

髮』는 近代의 온나우타(女歌)의 낭만성(浪漫性)을 보다 잘 설명(説明)해 주고 있습니다.

요사노아키코(与謝野晶子)

髪五尺ときなば水にやはらかき少女ごころは秘めて放たじ

머리카락이 5척이 되면 물에 부드러운 소녀의 마음은 숨겨졌다가는 열리네

その子二十櫛に流るる黒髪のおごりの春のうつくしきかな

그 아이의 20개의 빗에 흐르는 검은 머리카락의 윤기가나는 봄의 아름다움이여

やは肌のあつき血潮に触れも見でさびしからずや道を説く君

피부의 따뜻한 피를 만져 보아도 슬픔이 사라지지 않은 길을 벗는 그대여

풍요(豊穣)로운 검은 머리(黒髪)는 고래(古来)로부터 女性들의 美의 아름다움을 상징(象徴)합니다. 지금은 실로 少女의 검은 머리(黒髪)는

幹)(与謝野寛). 1921年(大正10年)夫, 鉄幹과 함께 文化学院創設. 대표작에 『미다레가마(みだれ髪)』 요사노아키코가집(与謝野晶子歌集-岩波文庫)가 있다.

아름다움의 절정(絶頂期)의 시기(時期)이고, 그것은 머리카락을 씻는 시가(詩歌)에만 발견(発見)되는 것이고 소녀(少女)의 心情은 감추어진 채입니다. 그 소녀(少女)의 숨겨진 마음이란 男性을 생각하는 마음이라는 것이겠지요. 또는 빗(櫛)에 흘러내리는 검은 머리카락(黒髪)도 여인(女人)의 아름다움의 절정기(絶頂期)를 지칭합니다. 그 검은 머리카락은 에로스는 아니고 낭만성(浪漫性)의 속에 존재(存在)합니다. 사랑을 하는 여인(女人)에 대한 성장(成長)으로서의 검은 머리카락이고 사랑의 상징(象徵)으로서의 봄날의 여인(女人)입니다. 셋째 수(三首)의 노래(歌)는 女性의 육체(肉体)를 아는 것이 길(道)을 아는 것이라고 말하듯이 감추어진 여성성(女性性)이 대두하게 됩니다. 그러나 그것은 男性에 대한 촉발(挑発)이 아니고 男性에 대한 비애(悲哀)입니다. 사람의 살아가야할 길을 아는 사람이 女性의 유연(柔軟)한 피부(柔肌)를 모르는 것에 대한 비애(悲哀)입니다. 여성(女性)의 부드러운 피부(皮膚)를 아는 것은 도덕적(道徳的)인 길(道)이 아니고 사랑의 길(愛道)을 알게 됨을 지칭하는 것이겠지요. 사랑의 길(愛道)이야말로 진실(真実)한 길(本当道)이라는 것입니다. 이것도 에로스가 아니라 낭만성(浪漫性)입니다.

아키코(晶子)의 낭만성(浪漫性)은 近代의 온나우타(女歌)의 出発을 알리는 것입니다만, 그러나 온나우타(女歌)의 일반적(一般的)인 모습(姿)은 모성(母性)의 발로(発露)에 있다고 생각됩니다. 부권(父権)이 살아 있던 時代에 女性의 우타비토(歌人)들은 남편(夫)에 대한 사랑(愛)보다도 자녀(子供)들에 대한 사랑(愛)을 노래(歌)했던 것입니다.

さかりゐる一人の吾子を思ひつつ眼つぶりて飯かきこみぬ
미카시마아야코(三カ島葭子)

성장기에 있는 한 아인 우리 아이를 생각하면서 눈을 감고 밥을 먹네

あはれあはれ寒けき世かな寒き世になど生みけむと吾子見つつ思ふ

오카모토가노코(岡本かの子)

아아, 추운 세상이구나, 추운 세상에 태어난 우리 아이를 보면서 생각
에 잠기네

胎動のおほにしづけしあしたかな吾子の思ひもやすけかるらし

고지마미요코(五島美代子)

태동의 시기의 적막한 내일이여, 우리아이에 대한 생각도 태연함이여

戦に子を死なしめてめざめたる母の命を否定してもみよ

데다오아키코(出田あき)

이와 같이 아이(子供)를 생각하는 어머니의 노래(母歌)는 近代의 생
활(生活)속의 단가(短歌)라는 방법(方法)에 의해서 얻어진 것입니다만,
여기에는 母性의 특성(特質)이 나타나고 있습니다. 母性에 의해서 아
이(子供)를 생각하는 것은 가혹(苛酷)한 세상(世間) 속에 태어난 스스
로의 생명(生命)의 분신(分身)에 대한 방황(彷徨)이나 기태(期待), 또는
절망(絶望)입니다. 여기에는 生命을 낳는 여인(女人)의 지극(真摯/しん
し)한 母性이 있고 에로스도 낭만성(浪漫性)도 읊어지지 않습니다. 이
러한 母性에 의한 온나우타(女歌)에 반(反)해서 온나우타(女歌)의 또
다른 특징(特徵)은 오랫동안 함께 살아서 친숙해진 남편의 죽음(死)을
읊은 온나우타(女歌)입니다.

夫(つま)を焼くための点火をわが手もてなさむ無残をしばしは許せ

이쿠가타타다츠에(生方たつゑ)

임자를 굽기 위한 점화를 내손으로 하는 수밖에 없는 비정함을 용서
하소서

通夜の夜のひとりごころや棺の蓋あけて注(つ)ぎたる一掬(いっきく)
の酒 미야노에에코(宮英子)

장사지네는 밤의 고독한 마음, 관의 뚜껑을 열고 붓는 한 잔 술

남편(夫)을 따르고 남편(夫)의 죽음(死)을 바라보고 아내(妻)로서의
역할(役割)을 마친다고 하는 것이 이 당시(当時)의 아내(妻)들의 미덕
(美德)이었습니다. 이 미덕(美德)의 한 형태(形態)가 남편(夫)을 굽기
위한 점화(点火)가 있고, 남편(夫)이 좋아했던 술(酒)을 시신(死体)에게
따라주는 것이었던 것입니다. 아내(妻)라는 존재(存在)는 남편(夫)보다
먼저 죽는 것은 용서(容赦)받지 못하는 것입니다. 전술(前述)한바와 같
이 女性에게는「삼종의 교훈/三從の教え」이라는 것이 존재(存在)하고
태어나서는 両親을 따르고, 시집가서는 남편(夫)을 따른다고 하는 이
교훈(教訓)을 다함으로써 女性의 미덕(美德)은 완성(完成)되는 것입니
다. 이렇게 하여 온나우타(女歌)는 女性으로서의 탄식을 품으면서 읊어
져 왔습니다. 그것이 現代의 온나우타(女歌)가 되고 스스로의 성(性)을
묘사(描写)함으로써 하나의 完成을 맞이하게 된 것입니다. 새로운 세기
(世紀)를 맞이하는 지금 다음의 百年의 온나우타(女歌)는 어떠한 운명
(運命)을 지게 될까요.

28 정형(定型)의 속박(呪縛)과 現代短歌

短歌를 읊는 경우 반드시 지켜야 할 것은 五七五七七이라는 정형(定型)을 읊은 것입니다. 이 정형(定型)은 日本에 최초(最初)로 등장(登場)했을 때부터였던 형식(形式)의 하나였기 때문에 그 역사(歷史)를 생각하면 요원한 시간(時間)이 걸렸다고 말할 수 있습니다. 短歌라는 정형(定型)이 무엇을 目的으로서 形成되었는지 잊혀져도 短歌를 읊는 사람은 이것을 最初의 文法으로 합니다. 특히 近代短歌는 이것을 노예(奴隷)의 정형(定型)의 속박(呪縛)이라고 생각하거나 여기에서 어떻게 알뜰(逸脫)할 수 있는지를 시험(試驗)했습니다. 五七五七七의 정형(定型)이 표현자(表現者)의 表現을 강하게 속박(束縛)하기 때문이지만, 그 속박(束縛)이야 말로 短歌의 제1의(第一) 文法입니다. 五七五七七이라는 정형(定型)은 이 형식(形式)만 갖추면 어떠한 作品도 短歌로서 인정(認定)을 받을 수 있는 지정석(指定席)인 것입니다.

현대단가(現代短歌)는 이 정형(定型)이라는 속박(束縛)과 싸우든가 또는 익숙해지든가 그 길항(拮抗)의 가운데 탄생(誕生)되고 있는 것처럼 생각됩니다. 그것을 일탈(逸脫)하면 短歌가 아니고 익숙해지면 유형화(類型化)한다고 하는 모순(矛盾)을 갖고, 아마도 한계상황(限界狀況)에서 우타비토(歌人)들은 短歌의 表現을 성립(成立)시키고 있다고 말할 수 있습니다. 지아마리(字余り-단가 중에서 운율이 남는 경우)도 지다라즈(字足らず-단가 중에서 운율이 적은 경우)도 의도화(意図化)하고, 또한 정형(定型)을 깨고 최종적(最終的)으로 三十一文字로 집약(集約)하는 것도 그 하나입니다. 近代短歌를 독자(読者)로서 읊는 흥미(興味)는 이와 같은 점에 있습니다.

　물론 短歌의 文法은 이것만은 아닙니다. 전후세대(戦後世代)의 우타비토(歌人)들이 短歌를 읊는 경우에도 다음과 같은 言語의 文法에 강하게 속박(束縛)을 당하고 있는 것을 볼 수 있습니다.

　　　　人あらぬ野に木の花のにほふとき風上はつねに処女地とおもふ
　　　　곤노스미(今野寿美)
　　　　사람이 없는 들에 나무 꽃이 필 때 바람은 항상 어디론가 불어가네
　　　　かたつぶりゐるを現(うつつ)のあかしとし雨音ふかく蔵(しま)ふあぢ
　　　　さるこじまゆかり(小島ゆかり)
　　　　달팽이가 있는 곳을 보이려고 빗소리가 깊어지는 자양화
　　　　時じくに雪降る国の春をとほみ童女と歌ふてふてふの歌
　　　　다케시타나나코(武下奈々子)
　　　　대를 따라 눈이 내리는 봄을 멀리서 바라보며 노래하는 아가씨

　우선 표기(表記)의 問題에 대해서 예(例)를 들어 보겠습니다. 첫째 수(一首目)에는 「냄새가나다·にほふ」(におう)「생각하다·おもふ」(おもう), 두 번째 수(二首目)에는 「ゐる」(いる/있다)「蔵ふ」(蔵う/해지다)「あぢさゐ」(あじさい/자양화), 세 번째 수(三首目)는 「とひみ」(とおみ/멀리)「歌う」(うたう/노래하다)「てふてふ」(ちょうちょう/나비)라는 표기(表記)를 볼 수 있습니다. 이들은 역사적(歴史的)인 가나츠카

이(仮名遣い·表記)라는 방법(方法)으로 표기(表記)되고 있습니다. 어느 쪽이나 입으로 읽을 때에는 둥그런 괄호를 친 것같이 発音될 것입니다. 그것을 확실(確実)히 알 수 있는 것은 「데후데후/てふてふ」입니다. 이것을 입으로 표현(表現)할 때에는 그대로 「데후데후/てふてふ」라고는 말하지 않고 「쵸우쵸우/ちょうちょう」라고 発音할 것입니다. 「옷을 말리는 대/衣干すてふ」는 「옷을 말리는 대/衣干すちょう」입니다. 때문에 이 표기(表記)는 목소리를 내어 읽기 위한 것은 아니고 명확(明確)히 문자(文字)를 쓰기위한 것임을 알 수 있습니다. 원래(元来)부터 역사적(歴史的)인 가나츠카이(仮名遣い─표기)는 그와 같이 発音되었던 것이기 때문에 고대(古代)에 있어서는 「냄새가나다/にほふ」이고 「노래하다/うたふ」이고 「멀다/とほみ」였던 것입니다. 그러나 그와 같은 발음(発音)은 일찍이 소멸(消滅)해 가고 그와 같이 쓰더라도 発音은 「냄새가나다/におう」이고 「노래하다/うたう」이고 「멀리/とおみ」인 것입니다. 특히 「있다/ゐる」나 「멀리/とほみ」등은 전문가(専門家)가 아닌 한 현대인(現代人)으로서는 발음(発音)이 불가능(不可能)하기 때문에 역사적(歴史的)인 가나츠카이(仮名遣い─표기)에 의한 표기(表記)는 현대단가(現代短歌)에 있어서는 쓰기 위한 표기법(表記法)이 기본(基本)이 되고 존중(尊重)되고 있습니다. 이것이 短歌의 제2(第二)의 文法입니다.

　短歌의 제3(第三)의 文法은 文語에 기초(基礎)하여 표기(表記)입니다. 이 문어표현(文語表現)은 현재 활약(現在活躍)하고 있는 젊은 세대(世代)의 작자(作者)에게도 기본적(基本的)으로 볼 수 있습니다. 예(例)를 들자면

　　　やがてわが街をぬらさむ夜の雨を受話器の底の声は告げゐる

오오츠지타카히로(大辻隆弘)

이윽고 거리를 적실 밤비를 수화기의 목소리가 알리고 있네

夢も見で而立過ぎたり風吹けば水田さばしるさ緑の波

츠츠미겐(塘健)

たんぽぽの穗が守りゐる空間の張りつめたるを吹き崩しけり

구리야마교코(栗木京子)

「민들레꽃을 지키고 있는 공간을 채우는 소리가 조용해지네」와 같은
노래(歌)는 앞의 제2(第二)의 文法과는 다르고, 직접적(直接的)인 發音
의 문제(問題)는 아닙니다. 첫 번째 수(一首目)의 「적시네/ぬらさむ」,
두 번(二首目)째의 「보지 않고/見で」와 「지난/過ぎたり」, 세 번(第三
首目)째의 「얼어붙은/張りつめたる」에서 볼 수 있는 것으로 이들은 다
른 言語로 치환(置換)하기 어려운 表現이고, 다른 言語로 바꾸면 노래
(歌)가 成立하지 않는 問題가 발생(發生) 합니다. 「적시네/ぬらさむ」는
동사(動詞)의 「적시다/ぬらす」의 미연형(未然形)에 추량(推量)의 조동
사(助動詞)인 「일 것이다/む」가 접속(接続)한 것이기 때문에 「이윽고
우리 마을을 적실 것이다/やがてわが街を濡らすことだろう」라는 의
미(意味)가 됩니다. 이 意味를 끌어들이는 以上 「누라상(ぬらさむ)」의
틀을 벗어날 수는 없습니다. 만일 그것과는 다른 意味를 찾는다고 한다
면 자연스럽게 다른 表現이 나타날 것입니다. 두 번째(二首目)의 「보지
않고/見で」는 동사(動詞)인 「보다/見る」에 부정(否定)의 접속사(接続
詞)인 「지않고/で」에 접속(接続)한 것이고, 의미(意味)는 「꿈도 꾸지 못
하고 · 夢も見ることなしに」가 됩니다. 「지나다/過ぎたり」는 동사(動
詞)의 「지나고/過ぎ」에 완료(完了)의 조동사(助動詞) 「했다/たり」가

접속(接續)한 것으로「而立(じりつ、30세)의 나이도 지나버렸다/ 而立 という年も過ぎてしまった」라는 意味입니다. 이들도 다른 言語로 치환(置換)하면 다른 의미내용(意味內容)으로 전개(展開)해 버릴 것입니다. 세 번째(三首目)의「긴장하다/張りつめたる」도 동사(動詞)의 연용형(連用形)인「긴장하고/張りつめ」에 (라)ラ변형(變型)의 조동사(助動詞)「된/たる」가 접속(接續)해서 계속(繼續)을 나타내고「계속 긴장하고 있었던 것을/ずっと張り詰めていたのを」의 意味가 됩니다.

이 부동(不動)의 문어(文語)에 의한 表現이 第三의 文法입니다만, 이들은 자동적(自動的)으로 그 의미(意味)를 이끄는 역할(役割)을 합니다. 이른바 도로표식(道路標識)과 같은 것입니다. 그와 같이 사용(使用)하면 일정(一定)한 향해야할 方向을 제시(提示)해 주는 말입니다. 그러나 현재(現在)에는 文語를 잘 활용(活用)하기 위해서는 고전(古典)의 表現을 숙지(熟知)하고 있어야 합니다. 그 때문에『만요슈(万葉集)』이래(以來)의 表現을 터득하지 않으면 안 되기 때문에 현대단가(現代短歌)에 문어(文語)를 사용(使用)하는 것은 대단히 人工的인 表現技法인 것을 알 수 있습니다. 그리고 무엇보다도 이러한 문어단가(文語短歌)는 『만요슈(万葉集)』의 언어(言語)를 기본(基本)으로 하고 있기 때문에 천수백년(千数百年)前의 표현(表現)을 고수(固執)하는 短歌의 이 보수성(保守性)은 놀라운 걸작(傑作)이라고 할 수 있습니다. 그『만요슈(万葉集)』에서는

向かひ居て みれども飽かぬ 吾妹子に 立ち別れ行かむ たづき知らずも   아베무시마로(阿部虫麿)
맞은편에 있으면서 보고 있어도 싫증나지 않는 당신에게 지금은 이별하려고 하고 있어요. 어찌 할 수 없는 마음이여

ひさかたの 雨の降る日を ただ独り 山辺に居れば いぶせかりけり

오오토모야가모치(大伴家持)

높은 하늘에 뿌옇게 흐린 비 내리는 날에 혼자서 산의 근처에 있으면
마음도 서글퍼지네

皆人を 寝よとの鐘は 打つなれど 君をし思へば 寝ねかてぬかも

가사노이라츠메(笠女郎)

모든 사람이 자려고 종을 쳤지만, 그대를 생각하면, 잠을 이룰 수 없어요

와 같이 읊어지고 있습니다. 우리는 이것은 『만요슈(万葉集)』의 노래(歌)이기 때문에 노래(歌)의 문어(文法)도 당시(当時)의 것이었다고 생각하기 쉽지만, 그러나 이것이 당시(当時) 그대로의 노래(歌)의 文法이었다고 하는 보증(保証)은 어디에도 없습니다. 지금 언급(言及)한 바에 의하면 어쩌면 이들의 노래(歌)의 문법(文法)도 실은 현대단가(現代短歌)와 같이 어느 부분(部分)은 인공적(人工的)으로 만들어져 있었던 가능성(可能性)이 있는 것입니다. 이 이후(以後)도 단가(短歌)의 문법(文法)은 거의 변화(変化)하지 않았기 때문입니다.

あひ見ての 後の心に くらぶれば 昔はものを 思はざりけり

아츠타다(敦忠)

정을 나눈 후의 사모의 정의 절실함을 비교해 보면 만나기 이전의 심정은 수심이라고는 말 할 수 없을 정도로 쓸모없는 것들이었네

思ひわび さても命は あるものを うきにたへぬは なみだなりけり

노우닝법사(能因法師)

무정한 연인에 대한 원망스러움만이 가득하고, 그래도 목숨만은 있는데 그 고통으로 참을 수 없는 눈물이 끊임없이 떨어지네.

와 같이『만요슈(万葉集)』의 문법(文法)과 그다지 다르지 않습니다. 노래(歌)의 문법(文法)이라는 것은 구어(口語)와는 다른 특별(特別)한 언어(言語)의 조건(条件)을 필요(必要)로 하고 있기 때문입니다.

　近代에는 이 문어체(文語体)에서의 탈출(脱出)을 시도(試図)한 우타비토(歌人)들이 있었습니다. 現在는 다와라마치(俵万智)[4]씨의 短歌가 이를 代表하지만 오래된 것으로는

　　　うとんこさ鉄管つんでやつこらせ押し切る坂だバラスの坂だ
　　　츠보노뎃규우(坪野哲久)
　　　밀가루를 빻는 거처럼 강행하는 비포장도로이네
　　　僕によるあなたの心の変化、それがあなたの姿にも現れて来た
　　　도키젠마로(土岐善麿)
　　　나로 인한 당신의 마음의 변화, 그것이 당신의 모습에도 나타나네

와 같은 구어체단가(口語体短歌)가 유행(流行)했습니다. 이미 메이지(明治)・다이쇼(大正)의 時代에 이와 같은 구어체단가(口語体短歌)가 시도된 점이 경이롭습니다. 단가표현(短歌表現)은 기본(基本)을 문어체(文語体)에 두고 있기 때문에 作者가 살고 있는 시대(時代)의 상황(状況)을 추구(追求)하는 경우에는 당연(当然)하지만, 文語로는 한계

---

4) 다와라마치(俵万智/たわらまち, 1962年12月31日~)는 日本의 우타비토(歌人). 結社「心의 꽃(花)」所属. 所属事務所는 東京콘사츠(コンサーツ). 父는 기도루이자석(希土類磁石)의 研究者인 다와라요시오(俵好夫). 経歴은 오오사카후기타가우치군(大阪府北河内郡)門真町(現門真市)生, 同四條畷市, 후쿠이다케후시(福井県武生市現・에치젠시越前市)태생.　2006年부터　미야자키현센다이(宮城県仙台)... 歌集에『사라다기념비(サラダ記念日)』河出書房新社, 1987후의 文庫,『かぜのてのひら』河出書房新社, 1991후의 文庫,『초코렛트혁명(チョコレート革命)』河出書房新社, 1997후의 文庫,『푸우상의 코(プーさんの鼻)』文藝春秋, 2005등이 있다.

(限界)가 있다고 생각하게 되었습니다. 여기에서 口語体에 대한 短歌의 개혁(改革)이 여러 번 시도되었지만, 그것은 반드시 성공(成功)한 것은 아닙니다. 그것을 성공(成功)으로 이끈 것이 다와라마치(俵万智) 씨의 구어체단가(口語体短歌)였던 것이지만, 그러면 그것에 의해서 短歌는 구어체(口語体)로 이어졌는가 하면, 구어체(口語体)로 이어진 것은 극소수파(極少数派)입니다. 그 원인(原因)은 短歌에는 短歌의 文法이 크게 작용(作用)하고 있기 때문에 거기에서 일탈(逸脱)하는 것은 본래(本来)의 단가(短歌)의 가치(価値)를 상실(喪失)할 수 있는 우려가 있다고 생각됩니다.

사라다기념비(サラダ記念日)

그러면 도대체 어떠한 배경(背景)에 의해서 短歌의 文法은 결정(決定)지어졌을까요. 現在의 단가이외(短歌意外)의 가요곡(歌謡曲)등에는 문어조(文語調)의 가사(歌詞)는 거의 볼 수 없습니다. 오히려 입으로 말하는 것 같은 가사(歌詞)가 보통(普通) 볼 수 있습니다. 그만큼 문어단가(文語短歌)는 일종(一種)의 이상(異常)한 세계(世界)이기도 합니다. 고전단가(古典短歌)라고 한다면 그와 같은 것이라고 양해(了解)를 하지만, 〈현대단가(現代短歌)〉는 개혁(改革)되면서도 내용(内

容)은『만요슈(万葉集)』이래(以来)의 와카(和歌)와 조금도 변화(変化) 없는 문어단가(文語短歌)가 우세(優勢)한 것은 역시 이상(異常)한 일이라고 말하지 않을 수 없습니다. 이 특이한 점은 도대체 무엇에 기초(基礎)한 것일까요.

그것이 第四의 短歌의 文法으로 생각됩니다. 또한 현대단가(現代短歌)의 비교적(比較的)으로 젊은 우타비토(歌人)들의 표현(表現)을 보기로 하지요.

> 樹に一語告げて去りたる風ありて梢の緑ひた輝けり
> 가게야마가즈오(景山一男)
> 나무에게 한마디 건네고 사라진 바람이 불어 가지끝은 녹색으로 빛나네
> 鷄卵を割りて五月の陽のもとへ死をひとつづつ流し出したり
> 구리키교코(栗木京子)
> 계란을 깨서 5월의 태양 밑에 죽음을 하나하나 꺼내 보았네
> 生まれ来むはじめての子を待つ日々の心はただに遠浅なせり
> 구바다카시(久葉堯)
> 막 태어난 첫아이를 기다리는 하루하루의 마음은 단지 초조 할뿐
> 炎天に白薔薇(はくさうび)絶つのちふかきしづけさありて刃(やいば)
> 傷めり
> 미즈하라시옹(水原紫苑)
> 작열하는 하늘 아래의 하얀 장미를 꺾은 후의 적막이 더하고 칼로 인한 상처가 남네
> 聖靈にちかづく午後をゆったりと河豚料理屋は目覚めゆくなり
> 사카이슈우이치(坂井修一)
> 성령에 가까워지는 오후는 편안하고, 돼지요리 때문에 눈이 뜨이네

이들 예(例)는 말미(末尾)의 하5구(下五句目)째가 보편적인 종료법(終了法)을 하고 있습니다. 여기에는 「빛나고/輝けり」「꺼내고/出したり」「이루고/なせり」「상처가 있고/傷めり」「가는구나/ゆくなり」등이 예(例)로 나와 있지만, 어느 쪽이나 영탄법(詠嘆性)의 조동사(助動詞)가 접속(接続)하고 있고, 이들도 어떤 의미(意味)에서는 도로표식(道路標識)과 같은 역할(役割)을 하고 있습니다.

하이쿠(俳句)로 말하자면 기레지(切れ字)에 상당(相当)하는 表現이고, 그와 같이 표현(表現)하면 감동(感動)속에 있는 것이 나타나고 독자(読者)는 거기에 이끌립니다. 단지 一・二音이면서도 큰 역할(役割)을 하고 있는 말(語)인 것을 알 수 있다고 생각됩니다. 물론 이와 같은 영탄성(詠嘆性)의 말(語)을 사용(使用)하지 않아도 단가(短歌)는 成立하지만 감동(感動)을 나타내는 데는 「케리/けり」「타리/たり」「세리/せり」「메리/めり」「나리/なり」「아리/あり」「가모/かも」「모/も」「오/を」「야/や」등을 붙이면 意味가 보다 더 선명(鮮明)하게 되는 노래(歌)가 적지 않게 있습니다. 즉 이들 조사(助詞)・조동사(助動詞)는 노래(歌)를 강하게 속박(束縛)하는 것은 아니지만 마음이가는 방향(方向)을 분명(分明)하게 나타내는 것입니다. 때문에 이들 노래(歌)의 내부(内部)에 확고(確固)하게 붙어있는 것이라고 말 할 수 있습니다.

이와 같이 短歌의 文法을 생각하자면 그 基本은 문어표현(文語表現)이나 역사적 가나즈카이(歴史的仮名遣い/かなづかい)의 問題가되고, 그것은 설명(説明)할 필요(必要)도 없는 상식적(常識的)이 되어버립니다. 그러나 왜 현대단가(現代短歌)에 있어서도 스모(相撲)선수의 촛마게(丁髷/스모선수의 특수한 머리 모양)와 같은 문어체(文語体)나 역사적 가나즈카이(歴史的仮名遣い)를 使用하는가 하는 중요(重要)한 질문

(質問)에는 충분(充分)한 설명(説明)이 되지 못하는 것 같은 생각이듭니다. 고전단가(古典短歌)의 전통(伝統)이 있다고 하는 것은 설명(説明)이 충분(充分)하지 못하고, 하물며 고전단가(古典短歌)를 전통적(伝統的)인 권위(権威)로 한다면 시키(子規)의 短歌의 혁신(革新)의 意味가 불명(不明)하게 됩니다.

여기에서 생각할 수 있는 것은 短歌는 읊어지는 전통 중(伝統中)에 있었다는 것입니다. 읊어지는 基本을 구성(構成)하고 있는 것이 短歌의 경우는 五七五七七인 것입니다. 이 음율(音律)은 쓰기 위해서 発生한 것은 아니고 부르기 위하여 発生한 음율(音律)이었습니다. 따라서 이 음률 중(音律中)에 언어(言語)를 삽입(挿入)하지 않으면 안 되기 때문에 저절로 일정(一定)한 文法이 필요(必要)하게 된 것입니다. 역사적 가나즈카이(歴史的仮名遣い)의 표기법은 표기상(表記上)의 問題이기 때문에 문어체(文語体)에 맞출 必要가 있기 때문에 第三・第四와 같은 文法은 五七五七七에 맞추어 읊을 때 必要한 文法이었습니다. 때문에 이로부터 벗어나려면 구어체단가(口語体短歌)가 成立하게 되는 것이고, 그렇지 않는 한 문어체(文語体)를 취하게 되는 것입니다. 게다가 그 문어체(文語体)도 일반적(一般的)으로는 時代와 함께 변화(変化)하는 것이 보통(普通)입니다만, 노래(歌)에 있어서는 그만큼 変化하지 않는 용법 중(用法中)에 있습니다. 때문에 그것은 어느 時代에도 時代를 초월(超越)한 用法이었다고 생각됩니다.

이 時代를 초월(超越)한 노래 (歌)의 文法이야말로 노래(歌)를 成立하게 하는 원형(原理)이고, 그것은 최종적(最終的)으로는 노래(歌)의 곡조(曲調)의 문제(問題)에 봉착(逢着)하게 된다고 생각됩니다. 五七五七七을 정형(定型)으로 한 곡조(曲調)에 맞추기 위한 가사(歌詞)는 항상 그 곡조(曲調)와 一体이었기 때문입니다.

아마미(奄美)의 가창자(唄者)에 의하면 섬 노래(島唄)의 시마로(シ
マロ/奄美方言) 이외로 노래(歌)하는 것은 곤란(困難)하다고 합니다.
그것은 샤미센(三味線)의 곡(曲)이 아마미(奄美)의 八八八六의 음률
(音律)을 생성(生成)하고, 그것이 시마로(シマロ・奄美方言)에 맞게
되어 있기 때문이라고 설명(説明)합니다. 예(例)를 들면 남여(男女)에
의한 우타가케(歌掛け)의 노래 (歌)에서는

> 女 はちぐわちゃ なりゅり
>   8월이 가까워졌는데
>   ふりすでや ねらぬ
>   후리소데의 기모노가 없어
>   あみしゃれが みすで
>   사모님의 기모노를
>   からし たぼれ
>   빌려 주세요
>
> 男 あみしゃれが みすで
>   사모님의 기모노를
>   からそかに しれば
>   빌려드리려고 생각해도
>   なきゃが きじぬみぬ
>   그대에게 좋은 사람이
>   をうれば きゃしゅり
>   있다고 한다면 어떻게 하리

와 같이 읊어지게 됩니다. 이 음률(音律)은 샤미센(三味線)과 일체(一體)가 되어 지방(地方)의 방언(方言)과 일체(一体)가 됩니다. 이것을 시마로(シマロ)이외(以外)의 가창법으로 읊으려고 한다면 곤란(困難)하게 됩니다. 아마도 일본각지(日本各地)의 민요(民謡)도 그러한 지역한정(地域限定)의 곡조(曲調)와 함께 방언대응형(方言対応型)이었을 것입니다. 그 의미(意味)에서는 단가(短歌)가 文語体인 것은 시마(로シマ口)와 같은 것입니다. 문어체(文語体)라는 것은 원래(元来)는 방언(方言)에서 출발(出発)하였다는 것을 알 수 있습니다.

短歌가 곡조(曲調)를 동반(同伴)하여 읊어졌던 시대(時代)가 오래 지속(持続)되고 열도(列島)의 각지(各地)에서는 많은 노래(歌)가 方言으로 읊어졌던 것이지만, 그것이 短歌体로 집약(集約)되면서 『만요슈(万葉集)』에 이르러 成立한 것이 短歌의 기본문법(基本文法)이었다고 생각할 수 있습니다. 『만요슈(万葉集)』의 時代는 지방성(地方性)에서 중앙성(中央性)으로 읊어지는 노래(歌)에서 기술(記述)되는 노래(歌)와 읊어지는 노래(歌)로의 전환기(転換期)이기도 하였습니다. 문어단가(文語短歌)의 成立은 이 단계(段階)에서 일단(一端)의 형태(形態)를 이루게 됩니다. 헤이안시대(平安時代)가 되면 기술(記述)하는 노래(歌)와 읊어지는 노래(歌)가 분리(分離)되게 되지만, 그러나 노래(歌)가 곡조(曲調)에서 분리(分離)되어 기술(記述)하는 것을 목적(目的)으로 한 표기형식(表現形式)을 自立시키게 되더라도 역시 五七五七七에 맞추어진 시마로(シマロ)만은 계승(継承)되어온 것이라고 할 수 있습니다. 그와 같이 생각할 때 비로소 현대 短歌가 문어체(文語体)라는 시마로(シマロ)에서 간단(簡単)하게 벗어날 수 없는 사정(事情)이 이해(理解)되고, 또 단가(短歌)의 文法이 정형(定型)을 基本으로한 속박(呪縛)안에서 現代에 이르기까지 살아있는 理由가 이해(理解)되게 됩니다.

29 短歌의 행방(行方)

日本人에 있어서 「短歌」란 무엇인가 하는 물음은 매우 중대(重大)한 問題입니다. 短歌는 日本人에 있어서 日本的인 것의 하나의 표상(表徵)이라고 할 수 있지만, 그와 같은 표징성(表徵性)은 대부분(大部分)의 단가결사(短歌結社)를 보면 理解되고 결사(結社)에 속하지 않는 단가애호자(短歌愛好者)가 많은 것을 보더라도 理解됩니다. 短歌는 日本에 있어서 「국민문학(国民文学)」으로서 存在하고 있다고 생각되지만, 이와 같은 국민문학(国民文学)을 갖는 国家는 세계(世界)에서도 드물다고 생각됩니다. 国民文学으로서의 短歌라는 명칭(名称)은 近代에 있어서 환상(幻想)과 같은 民族의 자긍심을 상징(象徵)하는 「국민문학(国民文学)」이라는 이데올로기가 있기 때문에 다수(多少)의 오해(誤解)가 発生한 것입니다. 예(例)를 들면 국민가집(国民歌集)으로서의 『만요슈(万葉集)』등은 그 전형적(典型的)인 형태(形態)입니다. 그것은 서양(西洋)의 국민문학론(国民文学論)에서 발생(発生)한 것이지만 어떤 시대(時代)의 이데올로기를 반영(反映)한 것이 되고 거기에는 국민정신(国民精神)의 고양(高揚)이라는 問題가 있습니다.

그러나 短歌가 국민문학(国民文学)으로서 形成된 問題는 그와 같은 近代的인 이데올로기로서의 문제(問題)는 아닙니다. 마사오카시키(正岡子規)의 만요회귀(万葉回帰)가 근대단가(近代短歌)의 出発을 의

미(意味)한 것이 분명(分明)하기 때문에 국민가집(国民歌集)으로서의 『만요슈(万葉集)』와 합류(合流)하여 近代의 短歌가 存在한 것은 인정(認定)할 수 있습니다. 오히려 그와 같은 형태(形態)를 나타내는 점에 短歌라는 표현체(表現体)의 성질(性質)을 볼 수가 있습니다. 그것은 短歌가 표현체(表現体)임과 同時에 표현자(表現者)가 감수하는 시대사조(時代思潮)와 깊이 관여(関与)하는 問題인 것입니다. 즉 표현자(表現者)는 그 時代의 사조(思潮)안에 있어서의 새로운 표현대상(表現対象)을 획득(獲得)하게 되고 그것은 時代와 함께 운명(運命)을 함께하게 됩니다. 文学이 갖는 時代性이란 이와 같은 점에 있다고 생각됩니다.

물론 그것이 時代의 사조(思潮)를 반영(反映)할 때에 그것을 감수(感受)하는 主体인 「나/私」의 問題가 있는 것입니다. 短歌에 있어서 「나/私」는 예(例)를 들자면, 소설(小説)과 같은 「나/私」와는 매우 다르다고 생각됩니다. 설령 사소설(私小説)에 보이는 「나/私」일지라도 그것이 직접작자(直接作者)의 그 자체(自体)를 나타내는 것은 아니기 때문에 거기에 나타나는 「나/私」는 作者의 立場이 투영(投影)되면서 第三者的입니다. 그러한 「나/私」에 대해서 短歌의 「나/私」는

いちはつの花咲きいでて我目には今年ばかりの春ゆかんとす
마사오카시키(正岡子規)
일찍이 꽃이 피어서 내 눈에는 금년의 봄도 지나려고 하네
われ男の子意気の子名の子つるぎの子詩の子恋の子ああもだえの子
요사노뎃강(与謝野鉄幹)
나는 남자아이, 용감한 아이, 칼의 아이, 시의 아이, 사랑의
아이, 아아, 번민하는 아이
あかあかと一本の道とほりたりたまきはる我が命なりけり

사이토시게기치(斎藤茂吉)
빨갛게 큰길에 나가 목숨이 다하도록 달리네

와 같이 「나/われ」를 읊는 노래(歌)에서 볼 수 있는 「나/私」는 자기의 체험(体験)이나 자기를 둘러싼 상황(状況)·사조(思潮)가 농후(濃厚)하게 나타납니다. 이것은 「나/私」를 읊는 노래(歌)로 한정(限定)되고 短歌의 중요(重要)한 性質이라고 생각됩니다. 오히려 그것이 短歌의 生命이라고도 생각되는 것입니다.

短歌가 時代의 사조(思潮)가 농후(濃厚)하게 보이고 있는 것, 또한 短歌가 「나/私」를 농후(濃厚)하게 말하는 것을 생각하자면 때때로 논(論)해져온 단가멸망론(短歌滅亡論)은 그다지 問題가 되지 않는다고 생각됩니다. 또 短歌의 第二芸術論도 단가지상주의(短歌至上主義)를 취하지 않는 한 問題가 되지 않습니다. 오히려 短歌는 第一文学이 아니면 안 된다고 하는 立場을 취하지 않는 표현체(表現体)라고도 할 수 있습니다. 더욱이 헤이안시대(平安時代)의 이후(以降)에 칙선와카집(勅撰和歌集)이 편찬(編纂)되고 궁정(宮廷)이나 귀족(貴族)사이에서 우타아와세(歌合)나 우타카이(歌会)가 개최(開催)되고 短歌가 중요(重要)한 위치(位置)를 점하고 있는 것은 사실(事実)이지만 그것도 단가제1예술(短歌第一芸術)로 하기 위해서 개최(開催)한 것은 아닙니다. 거기에는 귀족(貴族)의 풍류(風流)로서의 와카(和歌), 교양(教養)으로서의 와카(和歌), 교제(交際)로서의 와카(和歌)와 같은 오히려 무용(無用)의 용도(用度)로서 이의(意義)가 있었던 것 같습니다. 궁정(宮廷)이나 귀족(貴族)의 文学은 漢詩를 中心으로 하는 것이기 때문에 『고킹슈(古今集)』의 이전(以前)에 이미 한시(漢詩)·한문(漢文)의 칙선집(勅撰集)이 편찬(編纂)되어 있었습니다. 이 漢詩·漢文의 칙선집(勅撰集)

을 계승(継承)하여 와카(和歌)의 칙선(勅撰)이 이루어지고 한시(漢詩)에 버금가는 와카(和歌)의 立場이 주장(主張)되었던 것입니다. 여기에 短歌가 노래(歌)로서의 文化의 성숙(成熟)을 맞이하게 되었습니다. 또한 短歌는 칙선와카집(勅撰和歌集)에 한정(限定)하지 않고 사가집(私歌集)에 있어서도 방대(膨大)한 양(量)을 양산하였습니다. 오히려 단가(短歌)는 이 사가집(私家集)안에 短歌의 생명(生命)을 내포(内容)하고 있었던 것으로 파악(把握)됩니다. 이것은 短歌의 폭이 얼마나 넓었던가를 나타내는 것입니다.

물론 고전단가(古典短歌)와 근대단가(近代短歌)와는 다르기 때문에 양자(両者)를 일체(一体)로 생각할 수는 없지만, 그러나 短歌体라는 形式이 취하는 基本은 그 時代에 있어서 「나/私」의 희로애락(喜怒哀楽)의 정감(情感)에 있다고 생각됩니다. 『만요슈(万葉集)』에서는 죠우카(雜歌)·소우몽카(相聞歌)·방카(挽歌)라는 분류(分類)를 취하고, 이른바 신(神)과 죽음(死)으로 구성(構成)하였습니다. 『고킹슈(古今集)』以降의 칙선집(勅撰集)은 季節과 사랑(恋)으로 2차적(二元的)인 구성(構成)하였습니다만, 또한 가(賀)·이별(離別)·여행(羈旅)·물명(物名)·애상(哀傷)·삭교(釈教)·징기(神祇)·잡(雜)등의 분류(分類)를 취하고 복잡화(複雑化)되어 갑니다. 이에 대해서 사가집(私家集)은 칙선집(勅撰集)에 따라서 정연(整然)하게 분류(分類)하고 있는 경우도 있습니다만, 그때그때의 노래(歌)가 다양(多様)하게 수록(収録) 되어있습니다. 『교장집(教長集)』이라는 가집(家集)에

のちのよまでとぶらはむなど申しけれど、そののちおとだにせぬ人のもとへ

저세상까지 함께하자고 했지만, 그다음에 소식조차 없는 님에게

わすれじの のちのよまでの ことのはは いかになりにし ちぎりなるらん

저세상에서도 잊지 않겠다고 맹세하신 말씀은 어떻게 되었나요.

かへし(증답)

ちぎりおきし のちのよまでの ことのはは つゆもあだには なしとし
らなん

저세상까지 함께 하겠노라고 맹세한 말씀은 이슬처럼 허무하네요.

와 같이 소식(消息)의 노래(歌)가 있습니다. 이러한 相手의 소식(消息)을 묻는 것 같은 노래(歌)가 사가집(私家集)의 기본(基本)에 있고, 현대적(現代的)으로 말하자면 젊은 세대(世代)들이 휴대폰으로 메일을 교환(交換)하는 것과 같습니다. 여기에 단가(短歌)가 중요(重要)한 정보교환(情報交換)의 수단(手段)으로서 기능(機能)하고 있는 것은 단가체(短歌体)의 특질(特質)이 있는 것입니다. 사가집(私家集)이 갖는 世界는 칙선입집(勅撰入集)에 따라서 읊어지는 노래(歌)도 있습니다만, 그러나 결코 칙선적질서(勅撰的秩序)를 취하는 것은 아니고 그 基本에는 때때로의 생각을 短歌의 形式에 기초(基礎)하고 있는 것입니다.

이처럼 많은 사람들의 생각이 近代의 마사오카시키(正岡子規)를 맞이하여 「사생(写生)」의 단가론(短歌論)으로 접속(接続)해가고 근대단가(近代短歌)의 출발(出発)을 고하고 있습니다. 시키(子規)는 츠라유키(貫之)나 『고킹슈(古今集)』등의 귀족적와카(貴族的和歌)를 비평(批判)하고 있습니다만, 그와 같은 와카(和歌)의 출현(出現)은 표면적(表面的)인 것이고, 短歌에 의한 「나/私」의 세계표현(表現世界)은 『만요슈(万葉集)』以後도 면면(面々)히 사람들의 世界에 퍼져간 것입니다.

여기에 短歌의 生命을 볼 수가 있습니다.

　이러한 「나/私」의 생각을 三十一文字라는 짧은 언어표현(言語表現)을 可能하게 함으로서 短歌는 국민문학(国民文学)의 위치(位置)를 계속유지(継続維持)하고 있다고 말할 수 있습니다. 그러므로 단가멸망(短歌滅亡)의 위기(危機)라는 것은 短歌를 예술지상주의(芸術至上主義)라는 方向만으로 생각한 結果라고 생각할 수 있습니다. 오히려 시키(子規)는 사생론(写生論)보다도 단가(短歌)의 인사성(挨拶性)을 중시(重視)해서는 안 된다고 생각합니다. 사가집(私家集)이 相手와 노래(歌)를 교환(交換)하는 인사성(挨拶性)의 노래(歌)를 많이 수록(収録)하고 있는 것은 노래(歌)가 相手와의 관계성(関係性)을 중요시(重要視)하고 있기 때문이었습니다. 그것은 短歌의 기원(起源)에 까지 거슬러 올라가는 方法이었다고 생각됩니다.

　마사오카시키(正岡子規)의 사생론(写生論)에 의한 단가개혁(短歌改革)은 현대단가(現代短歌)에도 충분(充分)히 계승(継承)되고 있습니다. 그러나 인사(挨拶)로서의 노래(歌)의 기능(機能)이 설파되지 않았기 때문에 근대단가(近代短歌)는 상대(相手)와의 관계성(関係性)을 소홀히 하고 있다고 생각됩니다. 그것은 近代의 短歌가 독영적(独詠的)인 성격(性格)을 갖는 것과 무관(無関)하지 않습니다.

　　花もてる夏樹の上をああ「時」がじいんじいんと過ぎてゆくなり
　　가가와스스무(香川進)
　　꽃을 피어 있는 나무 위를 시간이 빨리빨리 지나가네
　　ゆずらざるわが狭量を吹きてゆく氷湖の風は雪巻きあげて
　　다타가와슈이치(武川忠一)

극복 할 수 없는 나의 편협한 마음을 불어가는 어름 호수의 바람은 눈(雪)의 소용돌이가 치게하네

さくらばな 幾春かけて 老いゆかん 身に水流の 音ひびくなり

바바아키코(馬場あきこ)

벚꽃은 여러 해 봄을 걸치고 늙어가는 몸에 물소리가 울려퍼지네

火の剣のごとき夕陽に跳躍の青年一瞬血ぬられて飛ぶ

가스가이스스무(春日井建)

불의 칼처럼 석양에 도약하는 청년 일순간에 피묻은 채 날아가네

어느 노래(歌)이든 수가(秀歌)로서 높이 평가(評価)되고 있는 노래(歌)입니다. 여기에는 실로 「나/私」가 강하게 표현(表現)되어 있습니다. 그 「나/私」는 어떤 사람이든 여기에 근접(近接)시킬 수 있는 독영성(孤立性)을 내포(内包)하고 있는 것처럼 강하게 느껴지는 것은 노래(歌)가 독영(独詠)이라는 問題를 극단적(極端的)으로 추구(追求)한 결과(結果)가 아닌가하고 생각합니다. 마음의 내부(内部)에로 침잠(沈潜)함으로서 나타나는 「나/私」의 모습이 이와 같은 빛을 발하고 있다고 생각합니다. 여기에는 近代의 고독(孤独)이라는 정신성(精神性)도 포함되고 죽음(死)의 분위기(雰囲気)를 내포(内包)하고 있습니다. 어떤 意味에서는 現代의 短歌는 사세가(辞世歌)와 같이도 들리기도 합니다. 사세(辞世)의 노래 (歌)라고 한다면

願はくは 花の下にて 春死なむ その 如月(きさらぎ)の 望月(もちづき)のころ   사이교(西行)

바라건데 꽃 밑에서 봄이 되어 죽으려하네 보름달이 뜰 때

出でて去なば 主なき宿と なりぬとも 軒端(のきは)の梅よ 春を忘る
な　미나모토노사네토모(源実朝)
여행을 떠나와 주인 없는 집이 될지라도 처마의 매화여 봄을 잊지 말
아다오
風さそふ 花よりもなほ 我はまた 春の名残を いかにせんとや
아사노나카노리(浅野長矩)
바람에 나부끼는 꽃보다도 나는 또 봄날의 자취를 어찌하리

등이 고전시대(古典時代)의 지세가(辞世歌)로서 유명(有名)하지만, 어
딘가 온화(温和)한 느낌이듭니다. 그것은 죽음(死)을 맞이할 때에 이르
는 경지(境地)도 포함하고 있기 때문이겠지요. 그러나 현대단가(現代短
歌)는 죽음(死)보다도 정열적(情熱的)으로 생(生)을 노래(歌)하고 있습
니다. 이것은 죽음(死)을 앞에 둔 사세가(辞世歌)가 아니라 생(生)을 앞
에 둔 사세가(辞世歌)라고 할 수 있지 않을까요.

　이러한 현대단가(現代短歌)중에서 베스트셀러가 된 가집(歌集)이 있
었습니다. 다와라마치(俵万智)씨의 『사라다기념비/サラダ記念日』입
니다. 이 가집(歌集)이 왜 많은 사람들에게 인기(人気)가 있었는가는
여러 가지 理由가 있다고 생각되지만 무엇보다도 단출함과 투명성(透
明性)에 있습니다.

　　「また電話しろよ」「待っていろ」いつもいつも命令形で愛を言う君
　　또 전화해 기다려 언제나 언제나 명령형으로 사랑을 말하는 그대
　　「寒いね」と話しかければ「寒いね」と答える人のいるあたたかさ
　　춥다고 얘기를 걸면 춥네라고 대답하는 사람이 있는 훈기

「嫁さんになれよ」だなんてカンチュ-ハイ二本で言ってしまっていい
の 신부가 되라고 두 마디 말을 해도 되나요
「この味がいいね」と君が言ったから七月六日サラダ記念日
이 맛이 좋은데라고 그대가 말해서 7월7일 사라다기념일

　이들은 어느 쪽이나 단순(単純)한 흐름을 갖는 연애시(恋歌)입니다
만, 여기에는 会話体를 불어 넣어서 相手와의 관계성(関係性)을 중시
(重視)하고 있습니다. 〈나/私〉에 침잠(沈潛)하고 내성(内省)하는 현대
단가(現代短歌)에 대해서 타자(他者)와의 관계(関係)를 적극적(積極
的)으로 맺으려고 하는 단가(短歌)는 일찍이 기능(機能)하고 있었던 노
래(歌)의 生命을 계승(継承)하고 있는 것처럼 느껴집니다. 여기에는 相
手에게 질문(掛け)하고 相手가 응답하는 관계(関係), 이른바 会話가 基
本이되어 성립(成立)하고 있습니다. 즉 이들 노래(歌)의 앞(手前)에 相
手가 명확(明確)하게 存在하고 있는 것입니다. 그 相手와의 会話를 통
해서 노래(歌)의 世界가 성립(成立)하고 있습니다. 또한

　　　愛人でいいのとうたう歌手がいて言ってくれるじゃないのと思う
　　　애인이 좋다고 노래하는 가수가 있어 말해주지 않을까하고 생각하네
　　　白菜が赤帯しめて店先にうっふんうっふん肩をならべる
　　　배추가 붉은 띠를 띠고 점두에 어깨를 나란히 하고
　　　今日までに私がついた嘘なんてどうでもいいよというような海
　　　오늘까지 내가 거짓말한 것 따위는 괜찮다는 듯 말하는 바다
　　　会うまでの時間たっぷり浴びたくて各駅停車で新宿に行く
　　　만날 때까지의 시간을 마음껏 즐기고 싶어서 완행열차로 신쥬쿠에 간다

등은 생(生)을 긍정(肯定)하는 밝은 노래(歌)들입니다. 이들은 앞의 〈生의 사세가(辞世歌)〉와는 전혀 다른 세계(世界)처럼 생각되는 것입니다. 여기에서도 자신(自分)의 밖에 있는 〈歌手〉나 〈배추/白菜〉, 〈바다〉나 〈時間〉등에 적극적(積極的)으로 관계(関係)됨으로서 대상(対象)이 생생하게 現出되어 나타납니다. 이러한 短歌가 이상(異常)한 환영(歓迎)을 받았다고 하는 意味는 거침없이 침잠(沈潜)하는「나/私」의 마음을 추구(追求)하는 것은 아니고, 또한 구어단가(口語短歌)라는 성격(性格)뿐 만 아니라 무엇보다도 다수(多数)의 사람이 공유(共有)한 단출한 短歌였다는 것입니다.

근대단가이후(近代短歌以降)에 경시(軽視)되었던 타자(他者)와의 관계성(関係性)이 이들 노래(歌)에 농후(濃厚)하게 나타난다고 하는 것입니다. 극히 보통(普通)으로 공유(共有)되는 풍경(風景)이나 세계(世界)가 농후(濃厚)하다는 것입니다. 모든 短歌가 이와 동일(同一)할 필요(必要)는 없지만 短歌의 독자(読者)는 이러한 관계성(関係性)이나 공유성(共有性)을 가볍게 읊는 것을 강조(強調)하지 않으면 안 되겠지만, 단가(短歌)의 독자(読者)는 이러한 관계성(関係性)이나 공유성(共有性)을 가볍게 읊는 것을 강하게 의식(意識)하고 있었던 것이겠지요. 앞으로도 단가(短歌)는 여러 번 변혁(変革)을 거치면서 일본인(日本人)의 마음을 계속(継続)읊어가야 할 것으로 생각되지만, 그러나 어떻게 단가(短歌)가 변혁(変革)의 역사(歴史)를 거쳤다고 할지라도 단가(短歌)에는 보편적(普遍的)이라고 할 수 있는 노래(歌)를 읊는다고 하는 원리(原理)가 존재(存在)하고 있다고 생각됩니다. 그것을 적절(適切)하게 표현(表現)한 것은 여러 번 언급(言及) 해온『고킹슈(古今集)』의 가나죠(仮名序)의 모두(冒頭)라고 할 수 있습니다.

やまとうたは、人の心を種としてよろづの言の葉とぞなれりける。
世の中にあるひと、ことわざ繁きものなれば、心に思ふことを、見
와카(和歌)는 인간의 본성이 언어라는 형태로 나타난다고 한다. 이
세상에 있는 한 인간은, 그 정념을 노래로 읊는다고 한다. 보는 るも
の聞くものにつけて、言ひだせるなり。花に鳴く鶯、水にすむかは
づの声を聞けば、生きとし生ける者、いづれか歌をよまざりけ것도
듣는 것도 언어로서 표현한다. 꽃에 우는 휘파람새, 물속에 사는 개구
리의 울음소리를 들으면 살아 있는 것을 무엇이나 노래로 읊는다.る。

　사람은 왜 노래(歌)를 읊는가, 이러한 의문(疑問)에 유효적절(有効適
切)하다고 생각됩니다. 노래(歌)는 마음을 씨앗으로 함으로서 많은 언어
(言語)로서 나타나게 되고 세상(世間)에 살고 있는 사람들은 말해야 할
것이 많고 이루어야 할 것이 많기 때문에 생각하는 것이나 들은 언어(言
語)를 표현(表現)하는 것이고, 특히 봄(春)이 되어 꽃(花)에서 노래(歌)
하는 휘파람새(鶯)의 노래(歌)소리나 여름(夏)이 되어 시원한 강가에서
우는 개구리(蛙)의 울음소리를 듣는 것과 사람은 시(詩)를 읊지 않고는
참을 수 없다고 합니다. 그것은「살아 있는 것/生きとして生ける者」의
생각, 세상(世間)에 살아 있는 사람의, 살아있는 것의 생각 속에 있는
것이었습니다. 이것이야말로 어떠한 時代를 거쳐도 또한 변혁(変革)을
거쳐도 변화(変化)하지 않는 것, 노래(歌)를 읊는 인간(人間)의 영위(営
為)가 발현(発現)되는 것입니다. 이와 같이 생각하자면 앞으로도 이와
같이「세상에 살고 있는 인간의 살고 있다는 생각/世に生きている人の、
生きていることの思い」이 읊어져가는 것이라고 생각됩니다.

日本古典文学大系(岩波書店)

日本古典文学全集(小学館)

日本歌学大系(風間書房)

群書類従(群書類従完成会)

講談社文庫(講談社)

通解名歌辞典(創拓社)

講談社学術文庫(講談社)

新潮社文庫(新潮社)

奄美民謡大観(私家版)

新日本古典文学大系(岩波書店)

日本古典集成(新潮社)

現代日本文学全集(筑摩書房)

角川文庫(角川書店)

新編 和歌の解釈と鑑賞事典(笠間書院)

万葉集歌人集成(講談社)

現代詩歌集(角川書店)

近世名歌選(有朋堂書店)

折口信夫全集(中央公論社)

후기(後記)

　　오늘날에 계승(繼承)되어온 단가(短歌)는 일본인(日本人)의 정신(精神)의 역사(歷史)를 말하는 것으로서 중요(重要)한 문화유산(文化遺産)이다. 『万葉集』에 정착(定着)되어 단가(短歌)의 시대(時代)가 시작되고 수차에 걸친 혁신 속(革新中)에서 오늘에 계승(繼承)되어온 단가(短歌)는 앞으로도 일본인(日本人)이 정신(精神)의 역사(歷史)를 각인할 것으로 생각된다. 이러한 일본인(日本人)의 정신사(精神史)를 명확(明確)하게하기 위해서도 〈단가학·短歌学〉이 추구(追求)될 것임에 틀림없다. 본서(本書)가 그 입문서(入門書)로서의 역할(役割)을 담당(担当) 할 수 있었으면 한다.

　　또한, 본서(本書)의 성격(性格)에서 선학(先学)의 연구서(硏究書)나 연구논문(硏究論文)을 명시(明示)하지는 않았다. 이에 명백(明確)히 함으로써 인사말씀을 드리는 바이다. 출판(出版)에 있어서는 가사마서원 사주(笠間書院社主)·이케다츠야코(池田つやこ)氏의 厚意에 의한 것이다. 편집(編集)은 편집장(編集長)인 하시모토다카시(橋本孝)氏의 신세를 졌고, 装帳은 미기사와야스유키(右沢康之)氏의 신세를 졌다. 또한 校正에 대(対)해서는 사노아츠코(佐野あつこ)氏의 도움을 받았다.

2005年 5月 7日
다츠미마사아키(辰巳正明)

역자가 본서의 번역을 기획한 것은 석사과정을 비롯하여 박사과정을 거치면서 일본의 고대시가집(古代詩歌集)인 민요슈(『万葉集』)와 에도시대(江戶時代)의 하이카이(俳諧 : 俳句), 현대의 단가(短歌)와 하이쿠(俳句)를 연구하면서 느낀 것이 한국에 일본의 단가사(短歌史)를 한 권의 책으로 출간할 필요성을 절실히 느끼고 있었기 때문에 한 실천의 예로써 본서를 완역하게 되었다.

박사과정의 스승인 다츠미마사아키(辰巳正明)씨의 『단가입문(短歌入門)―슈(万葉集)에서 시작된 〈단가혁신(短歌革新)〉의 역사(歷史)―』의 번역을 계획했을 때에 이 저서의 번역이 난해하고 험난할 것을 예상했었고, 오랜 시간이 걸릴 것으로 생각되어 번역을 하면서도 중도에 하차를 수회에 걸쳐서 생각했었다.

그러나 2011년 4월 11일에 졸저인 『동아시아 고전 한시의 비교문학적 연구―「화조풍월」의 미의식과 이미지의 형성-』을 출간하면서도 느꼈던 것은 학문연구의 길이 얼마나 외롭고 힘든 길인가를 실감할 수 있는 기회가 되었다.

현대사회가 문화의 시대, 국제화의 시대 등등 현대사회의 제반 현상을 일컬어 이렇게 언급하고 있다. 그러면서 학계에도 변화의 바람이 세차게 불어 온통 실용주의, 금전만능주의, 즉 인문사회과학이 경시되는 현실, 게다가 제 2외국어과목이 홀대를 받고 지나친 영어중심주의로 인하여 모국어인 한국어(한글)와 한문이 어렵고 실용성이 없다고 천대를 하는 현실로 인하여 안타까운 마음이 든다. 미국이나 일본의 경우 전인교육 또는 각 분야에서 필요로 하는 전문가양성을 위하여 외국어교육의 경우 제 1외국어와 제 2외국어의 구별을 하지 않고 피교육자가 자신의 적성에 맞는 외국어를 선택하여 학습을 할 수 있도록 장려를 하는 외국어 교육정책을 쓰고 있다. 중국의 경우 자국어를 외국어보다도 중시하여 모든 외래어를 중국어로 바꾸어 사용하는 교육을 하고 있는 것은 모국어와 자국문화에 대한 자긍심과 긍지를 갖도록 피교육자에 대한 외국어 교육을 실시하고 있다. 한문을 경시해서는 안 되는 이유가 한문은 5000년의 한국역사의 기록이며 정신문화 그 자체이다. 더 나아가서는 앞으로 중국이 정치, 경제, 사회, 문화 등의 모든 면에서 세계의 중심축이 될 것으로 예상되기 때문에 중국어교육의 밑바탕이 되는 한문교육이 그 어느 때보다도 절실히 필요하기 때문이다.

한편 외국어학과에 있어서도 문학과 어학은 무시되고, 각 학계들이 치우친 교육, 기초학문에 대한 경시 현상이 농후하게 나타나고 있다. 그렇다고 문화교육을 비판하고자 하는 것은 아니다. 어떤 면에서는 현재 역자도 국학원대학(国学院大学)에서 특별연구원(PHD과정-2010년부터 2012년까지)으로서 일본문화(일본민속학과 고대에서 현대에 이르는 일본사상 및 국학을 연구)를 연구하고 있음으로 앞으로 교육의 현장에서 문화교육을 하고, 한국·중국·일본의 민속문화 및 동양사상을 비교문화적 방법론을 통해 폭넓게 연구를 해 갈 계획이다. 그런데 진심으로 필자가 바라는 것은 교육정책이 기초학문을 중시하고, 균형을 이룬 교육을 지향하는 기초학문중심주의, 인문과학중심주의에로의 회귀를 했으면 한다.

2011년도 노벨상에 대한 상세한 내용을 매스컴을 통해서 보고들은 것 인데, 1위인 미국이 284개, 2위인 영국이 106개, 3위인 독일이 80개, 4위인 프랑스가 54개, 5위인 스웨덴이 30개, · · · 8위인 일본이 17개, 16위인 이스라엘이 8개, 공동 17위에 각각 한 개씩인 한국과 중국이 랭크되어 있다. 노벨상의 개수가 각국의 문화수준이나 학문의 수준을 나타내는 척도가 아니겠지만, 우리가 한 번 생각해 봐야 할 것은 왜, 미국과 유럽이 노벨상의 대다수를 독차지하고 있는 가 이다. 객관적으로 생각해볼 때에 이는 곧 기초학문의 역사와 고수준의 학문의 질을 나타내는 지표가 아닐까 생각해본다. 수상자를 보면 미국이나 유럽의 경우 유태인이 대다수를 차지하고 있는 것은 누구나가 다 알고 있는 상식이지만, 유태인이 수많은 노벨상을 수상할 수 있었던 것은 그들이 기초학문(기초과학 등)을 중요시하는 교육의 풍토에서 자랐고 우수한 기술과학의 토대 위에 기초학문을 발전시켜온 결과라고 볼 수가 있다.

문제는 13억의 인구와 제 2의 외환 보유고를 자랑하는 중국이 8위인 일본이나 16위인 이스라엘 보다 노벨상이 적은 이유는 무엇일까. 그것은 기초학문의 기반이 그만큼 튼튼하지 못하다는 것을 의미하며, 학문의 양(量)과 질(質)이 그만큼 낮다는 것을 반증해주는 것은 아닐까 하고 생각해본다. 논지에서 벗어난 것 같은데 역자가 하고 싶은 말은 한국도 일본이나 이스라엘과 같은 고수준의 학문과 국력을 갖추기 위해서는 기초학문을 중시하고 이에 대한 연구기반을 튼튼하게 하는 교육정책의 필요성을 강조하는 바이다.

그런데 인문과학, 또는 제2 외국어 교육에 있어서도 문학과 어학 및 문화의 교육에 있어서도 밸런스가 잡힌 교육정책이 절실히 필요하다고 생각한다.

특히 현대사회가 급변하는 국제화의 시대가 전개되고 있는 가운데 한국이 지향해야 할 교육정책은 동아시아(한국·중국·일본)가 세계의 중심축을 형성해 가고 있는 역사의 현주소를 확인하고, 이에 대한 충분한 대비와 대책이 필요하다고 생각된다.

한국이 지향해야 할 바는 기초과학을 중시하고 인문사회과학을 중시하는 교육정책이 그 어느 때보다도 절실히 요청된다. 이제 서서히 서양중심주의, 중국중심주의, 즉 사대주의의 틀을 벗어나 아시아인으로서, 더 나아가서는 한국인으로서의 자긍심과 긍지를 갖고 우리의 정신문화의 일면인 한글과 오랜 동아시아의 문자문화인 한문을 경시하는 풍조가 바뀌었으면 한다. 이런 의미에서 한국문화에 바탕을 두고 있는 일본연구가 절실히 필요하다고 생각하여 역자는 일본유학의 길을 걷게 되었고, 20여 년(余 年)에 걸쳐서 일본문학을 연구하면서 절실히 느낀 것이 일본의 기층문화이고, 일본인의 정신세계의 바로미터라고 할 수 있는 일본시가사(日本詩歌史)를 통한 일본의 정신문화, 일본학의 바른 연구를 위해서는 반드시 필요하다고 생각한 것이 1300여 년(余年)의 오랜 역사를 지니고 있는 일본의 시가사(詩歌史)를 한눈에 바라볼 수가 있는 문학사, 내지, 일본시가의 개론서의 필요성을 통절하게 느끼는 가운데 금번의 역서의 출판하게 되었다.

다츠미마사아키(辰巳正明)씨는 만요슈(『万葉集』)의 연구의 대가로서 다수의 논문과 저서를 출간하면서 이를 용이하게 이해할 수 있는 입문서로서 본서를 저술하였다. 그야말로 일본최초의 와카집(和歌集)인 만요슈(『万葉集』)를 비롯하여 고킹슈(『古今集』), 8대집(八代集)과 근대단가(近代短歌)와 현대단가사(現代短歌史)를 아우르는 손색이 없는 저서라고 여겨져 번역을 계획하였고, 당초의 계획은 일부분을 제외한 번역을 생각하였으나, 어렵고 힘든 작업이지만, 단가입문(『短歌入門』)을 완역하는 것이 바람직하다고 생각되어 완역을 하게 되었다.

　본서는 원저의 내용을 완역하면서 독자 여러분의 바른 이해를 위하여 원저에 없었던 사진과 전문용어를 용이하게 설명하기 위하여 주석을 역자가 직접 달게 되었다. 그리고 본서에 게재된 사진은 일본어판의 『Wikipedia백과사전』과 「Yahoo Japan」의 사진을 게재하였음을 밝혀두는 바이다. 또한, 번역과정의 문제점에 대한 선학의 질타와 격려를 바라고, 나아가서는 본서를 출간할 수 있도록 허락해주신 제이앤씨 출판사의 여러분과 번거로운 교정과 편집을 담당해주신 정지혜씨께 진심으로 사의를 표하는 바이다.

2011年 11月 10日
東京에서 여순종(余淳宗)

◆ 著者略歴 ─────────────────────────

辰巳正明(Tatsumi・Masaaki)

1945年生
國學院大學教授。博士(文学)。日本古典文学・東アジア文化論専攻。
『万葉集と中国文学』『万葉集と比較詩学』『詩의 起原』
『詩霊論』『折口信夫』
『悲劇의 宰相 長屋王』『山上憶良』『万葉集의 歴史』등의 著作이 있다.

◆ 訳者略歴 ─────────────────────────

余 淳宗
訳者 余 淳 宗

1966年生
国立全南大学校 日語日文科 卒業
早稲田大学 大学院 日本文学研究科 研究課程修了
国立東京学芸大学 大学院 国語教育研究科 修士課程修了
国学院大学 大学院 日本文学研究科博士課程修了(文学博士)
前国立全南大学校 日語日文科 外来教授
前朝鮮大学校 日本語科 外来教授
前国立木浦大学校 日語日文科 外来教授
国学院大学 特別研究員

学位論文

01	「『俳諧季語研究』－月を中心として－」国立東京学芸大学大学院　国語教育専攻国語教育講座（日本語・日本文学分野）2000年度、修士論文
02	「東アジア古典漢詩の比較文学的研究－『花鳥風月』の美意識とイメージの形成－」国学院大学大学院、文学研究科日本文学専攻、2008年度、文学博士論文

論文

01	「芭蕉発句に現れた俳諧性について」『時の扉　第3号』東京学芸大学大学院伝承文学研究、1999年(平成11年)3月22日、東京学芸大学紀要、古典文学第四研究室(石井正巳先生)。p 15－20
02	「日本・韓国・中国の漢詩にみる菊の花－東アジアの重陽節文化に関連して－」『万葉集と東アジア1』余淳宗、2006年3月30日、国学院大学文学部日本文学第1研究室篇, p 117－123
03	『懐風藻に見る梅の花の詩的イメージ研究』日語日文学会研究、第65輯2巻、2008年5月31日、韓国日語日文学会篇、p161－179
04	『日本古代漢詩に見る「蘭」の詩的イメージ研究』国際文化研究、第1輯1巻、2008年8月30日、朝鮮大学校国際文化院、p 177－196
05	『韓・日詩歌に見る『鶯』の比較文学的研究』日語日文学研究、第69 輯2巻、2009年5月9日、韓国日語日文学会篇、p 329－347
06	「懐風藻に見る『松』のイメージ研究－その美意識と象徴性について－」比較文学、韓国比較文学会、第48 輯、2009年6月30日、p 339－359
07	「日本古代詩歌に見る竹の詩的イメージ研究」日語日文学研究、第70 輯2巻、2009年8月31日、韓国日語日文学会篇、 p 115－135
08	「中・日古典詩歌に見る『鶴』の比較文学的研究」日本語教育第53輯、韓国日本語教育学会、2010年9月30日、p 192－210
09	「韓・日詩歌に見る『桃の花』の詩的イメージ研究」単著、韓国日本語教育学会誌『日本語教育』第57輯, 2011年9月30日

美術評論

01	「環境−人間と自然が共存する里山から環境について考える−」国際野外の表現展2005比企『International Openair Expressions 2005 HIKI』国際野外の表現展実行委員会編、2005年9月10日、(美術評論)
02	「화해와 화합의 한・일전(和解と和合の韓・日展)」(社)緑美術文化協会、ソウル仁寺洞ギャラリー,2007年9月28日、(美術評論)
03	「現代日本美術の流れ展」2008年度第7回光州ビエンナーレー特別展示、ナインギャラリー、2008年6月15日(美術評論)

著書

01	『懐風藻−日本の自然観はどように成立したか−』辰巳正明、余淳宗外共著、笠間書院、2008年6月20日, p 200−220
02	『郷歌注釈と研究』中西進、辰巳正明、余淳宗編、新典社選書22、2008年11月5日、p265−269
03	『東アジア古典漢詩の比較文学的研究−「花鳥風月」の美意識とイメージの形成−』2011年4月11日、JNC出版社
04	『短歌入門−万葉集에서 시작된〈短歌革新〉의 歴史−』訳書、2011年11月30日、JNC出版社

短 歌 学 入 門

단가학입문

−万葉集에서 시작된 <短歌革新>의 역사

초판 인쇄   2011년 11월 16일
초판 발행   2011년 11월 30일

저 자   타츠미마사아키(辰巳正明)
옮 긴 이   여순종
발 행 인   윤석현
발 행 처   제이앤씨
등록번호   제7-220호
책임편집   정지혜

우편주소   132-702 서울시 도봉구 창동 624-1 북한산현대홈시티 102-1206
대표전화   (02) 992-3253
전   송   (02) 991-1285
홈페이지   http://www.jncbms.co.kr
전자우편   jncbook@hanmail.net

ISBN 978-89-5668-877-0 93830   정가 26,000원